La chance qu'ils espéraient

*

Un pacte scandaleux

*

Un mariage sous condition

KAT CANTRELL

La chance qu'ils espéraient

Traduction française de
AGNÈS JAUBERT

HARLEQUIN

Titre original :
THE BABY DEAL

Ce roman a déjà été publié en 2020

HARPERCOLLINS FRANCE
83-85, boulevard Vincent-Auriol, 75646 PARIS CEDEX 13
Service Lectrices — Tél. : 01 45 82 47 47 - www.harlequin.fr
ISBN 978-2-2804-9907-1

Composé et édité par HarperCollins France.
Imprimé en décembre 2023 par CPI Black Print (Barcelone)
en utilisant 100% d'électricité renouvelable.
Dépôt légal : janvier 2024.

FSC
www.fsc.org
MIXTE
Papier issu de sources responsables
FSC® C159065

Pour limiter l'empreinte environnementale de ses livres, HarperCollins France s'engage à n'utiliser que du papier fabriqué à partir de bois provenant de forêts gérées durablement et de manière responsable.

1

Répondant au coup de sonnette, Juliana Cane ouvrit la porte et se retrouva nez à nez avec son passé. Huit ans s'étaient écoulés depuis la dernière fois qu'elle avait vu Michael Shaylen. Depuis le jour où elle avait compris que, si elle devait le perdre, elle préférait prendre l'initiative de leur rupture.

Pourtant, devant l'homme qui lui avait fait connaître les émotions les plus bouleversantes de sa vie, elle se sentit soudain la tête vide. Elle avait répété un « bonjour » tout à fait approprié, un « contente de te voir » très affable, deux salutations parfaitement adaptées à la visite impromptue d'un ex. Mais il la prit de court.

— Je dois te parler, annonça-t-il sans ambages.

Abasourdie, elle ne savait que répondre.

— Tu n'as plus de béquilles, parvint-elle enfin à articuler.

Elle s'en voulut immédiatement. Comment pouvait-elle lui poser une question aussi stupide ? Certes, le jour de leurs adieux, il avait la jambe cassée. Mais, en huit ans, il avait eu largement le temps de guérir.

— La journée n'est pas finie, ironisa-t-il.

Devant le sourire si familier qui éclaira son visage couvert d'une barbe naissante, elle sentit un désir fulgurant, depuis longtemps oublié, fuser au creux de son ventre.

Incroyable ! En dépit du temps écoulé, il produisait encore sur elle un effet, émotionnel et physique, qu'elle était incapable de contrôler.

Brisant le silence, sa voix grave, au timbre si chaud, interrompit le fil de ses pensées, accroissant son trouble.

— Comment allez-vous, docteur ? demanda-t-il. C'est bien Dr Cane désormais ?

Justement ! Il était temps de se ressaisir. Un docteur en psychologie n'était-il pas en capacité de gérer ce genre de retrouvailles inopinées ? Hélas, elle semblait bien incapable de contrôler son cœur qui battait la chamade.

— Oui, acquiesça-t-elle. Mais seuls mes patients m'appellent docteur. Tu n'as pas dit au téléphone combien de temps tu comptais rester. Tu as le temps d'entrer ?

— Bien sûr.

Il ponctua sa réponse d'un bref coup d'œil à l'élégante limousine garée le long du trottoir. Avec ses vitres teintées et ses plaques d'immatriculation de voiture de location, l'imposant véhicule avait un parfum de mystère.

— Quelqu'un t'attend dans la voiture ? demanda-t-elle, intriguée. Qui que ce soit, il est le bienvenu.

Même s'il s'agissait d'une top-modèle qui s'habillait en taille 34, avec une chevelure de rêve et un sourire à quatorze mille dollars : le genre de conquête féminine qu'il affectionnait, à en croire les médias.

— Je ne veux pas que cette visite te mette mal à l'aise, Michael, renchérit-elle.

Son prénom s'étrangla dans sa gorge. C'était la première fois qu'elle l'employait.

— Dans ce cas, arrête de m'appeler Michael, répliqua-t-il en esquissant un sourire entendu. Je suis toujours Shay.

Shay. Sa présence était telle qu'il semblait envahir tout l'espace de la véranda. Il ne semblait pas avoir changé : même beau visage buriné, même physique énergique, entretenu par des heures de sport.

Une cicatrice récente barrait son biceps, une longue coupure hachurée par des points de suture de fortune, sans doute réalisés par un médecin du tiers-monde, sans anesthésiant ni antibiotiques, après un accident de tyrolienne dans quelque ville rayée de la carte.

Non, Shay n'avait pas changé.

Assez ! Apparentes ou pas, elle n'avait nulle intention de s'appesantir sur les cicatrices du passé. Reculant d'un pas, elle manqua trébucher sur le tapis du vestibule.

— Entre, je t'en prie.

Après un nouveau regard à la limousine, il la suivit à l'intérieur. Elle hésita un instant. Où allait-elle le recevoir ? Dans le salon, ou dans la salle de séjour, plus conviviale ? Elle opta pour le salon. Tant qu'elle se sentirait flageoler sur ses jambes et que son cerveau refuserait de fonctionner normalement, elle préférait garder une certaine formalité entre eux.

Mais elle maudissait ce trouble que l'arrivée de Shay réveillait en elle. Comment cet homme pouvait-il encore autant la bouleverser après huit ans ?

Etait-ce parce qu'il était toujours aussi beau, aussi indompté et ... Allons ! Elle devait se reprendre. Elle n'aimait plus ce genre d'hommes, même si son corps réagissait encore à sa présence.

Après l'avoir fait entrer dans le salon, elle lui indiqua le moelleux canapé bleu marine. Il s'y installa confortablement, les deux places semblant à peine suffire pour son mètre quatre-vingt-deux et sa large carrure. L'espace d'une seconde, elle s'inquiéta de voir son sofa s'écrouler sous le poids de cette force de la nature.

Eric, son ex-mari, mesurait un mètre quatre-vingts. Pourtant, jamais le canapé n'avait paru trop petit pour lui. Se refusant à analyser pourquoi elle ne s'asseyait pas à côté de lui, elle opta pour un fauteuil de style XVIIIe.

— J'ai été désolée d'apprendre l'accident qui a coûté la vie à Grand et Donna, déclara-t-elle à brûle-pourpoint. Comment s'est passé l'enterrement ?

Devant le chagrin qui voila le beau regard couleur jade de Shay, elle sentit son cœur se serrer. Depuis le décès de ses associés et amis, leur pensée ne devait pas quitter son esprit.

— C'était long, répondit-il d'une voix étouffée.

Elle acquiesça d'un signe de tête compatissant. Elle lisait toujours aussi clairement en lui : la perte de ses meilleurs amis lui avait brisé le cœur. Comme par le passé, un besoin instinctif la poussait à le consoler, à l'apaiser, à le serrer dans ses bras pour calmer sa douleur. Elle sentit l'angoisse monter en elle. Après si longtemps, les états d'âme de Shay n'auraient-ils pas dû la laisser indifférente ?

Elle se fit violence pour se ressaisir. Aussi étrange que cela puisse lui paraître, aujourd'hui, ils étaient quasiment des étrangers l'un pour l'autre. Elle était convaincue que les années avaient éteint le brasier ardent du désir qui couvait entre eux, aussi violent qu'irrationnel. Elle réprima un soupir accablé. Elle s'était trompée, soit. Cela ne l'empêchait pas de feindre le contraire.

A une époque, elle avait été tellement aimantée par sa boulimie de la vie, par sa personnalité hors du commun, par la passion qu'il mettait dans tout ce qu'il entreprenait, et tout particulièrement dans leur relation, qu'elle s'était sentie comme engloutie, incapable de remonter à la surface. Avec Shay, la vie n'était qu'extrêmes. Il n'était qu'extrêmes.

Elle n'avait jamais pu combler ses attentes.

D'où sa surprise de le voir chez elle, aujourd'hui. Que lui valait cette visite ? La question lui brûlait les lèvres, mais il était sans doute préférable de ne pas la lui poser directement. Elle préférait s'aventurer sur un terrain moins risqué.

— Raconte-moi l'enterrement, lui enjoignit-elle.

— Nous les avons enterrés ensemble. C'était mieux ainsi. Les cercueils étaient fermés. Je préférais ne pas les voir.

— Bien sûr, murmura-t-elle, songeuse.

Avaient-ils eu le choix, de toute façon ?

Grant et Donna Greene avaient péri dans l'explosion d'une navette spatiale expérimentale destinée au tourisme dans l'espace. Malgré les chaînes d'information qui avaient passé le clip en boucle, elle n'arrivait toujours pas à imaginer le couple explosant en plein vol. C'était trop horrible. Elle préférait les revoir tous les quatre, sous un soleil éclatant, huit ans auparavant, sur le point de s'élancer dans le vide pour un saut à l'élastique.

L'un après l'autre, ils s'étaient élancés. Shay d'abord, toujours avide d'un nouveau frisson, puis Grant, puis Donna : tous avaient sauté.

Sauf elle.

Tétanisée par la peur, elle n'avait même pas pu regarder en bas. Elle s'était contentée de reculer en secouant la tête, trop terrifiée pour même parler. Trop bouleversée par la vague de tristesse qui l'avait submergée quand la réalité l'avait frappée de plein fouet.

Shay était intrépide. Elle ne l'était pas. Elle avait soudain compris qu'ils n'étaient pas du tout assortis et qu'il finirait par s'en rendre compte, par se lasser d'elle ou, pire, par lui en vouloir.

Simplement, elle avait été la première à cesser de se voiler la face.

Plongée dans ses pensées, elle se concentra sur le panorama exceptionnel que lui offrait l'immense baie vitrée de son salon. Sa décision prise, elle avait changé de vie, avait quitté Dallas pour le Nouveau-Mexique. Elle n'avait rien à attendre d'un homme qui ne faisait aucun projet à long terme, avec qui elle ne pouvait imaginer un avenir : fonder une famille, vivre un mariage normal.

Au Nouveau-Mexique, elle avait pensé pouvoir trouver son équilibre en s'assurant une existence rangée, structurée, à l'opposé de son enfance, à l'opposé de ce qu'elle avait partagé avec Shay. Elle avait pensé être en mesure de construire une vie sécurisante, bien ancrée dans la réalité.

C'était sans compter avec les caprices d'un destin qui avaient déjoué tous ses desseins.

S'exhortant au calme, elle s'appliqua à prendre sa voix la plus professionnelle, ne trahissant rien des souvenirs si vivaces qui affluaient à sa mémoire.

— Et toi, comment vas-tu ? demanda-t-elle.

Contrairement à Eric, son ex-mari, qui n'aimait ni sa voix de psychologue ni qu'elle réponde à ses questions par une question, Shay ne sembla même pas remarquer qu'elle s'adressait à lui comme à un patient.

— Pour le moment, je vis au jour le jour,

Il toussota et, un long moment, les yeux levés, se perdit dans la contemplation du plafond.

— En attendant de régler certaines priorités, GGS Aerospace est gérée par des gens compétents, ajouta-t-il au bout d'un instant.

— Je suis tellement désolée, Shay. Tu veux boire quelque chose ?

— D'abord, je dois te dire pourquoi je suis ici. Le testament...

S'éclaircissant de nouveau la gorge, il enchaîna :

— Grant et Donna avaient un fils. Tu en as probablement entendu parler. Dans leur testament, ils m'ont désigné comme tuteur.

Elle sentit son cœur se serrer. Ce pauvre bébé, désormais orphelin, avait été bringuebalé de droite à gauche, sans grande considération, sans aucun souci des traumatismes éventuels. D'un geste instinctif, elle posa une main sur son ventre et déglutit avec peine.

— Aux infos, j'avais entendu parler d'un bébé, mais j'avais compris qu'il avait été confié à sa famille.

— Je suis sa famille, riposta Shay avec véhémence. Même si nous n'avions pas le même sang, Grant était mon frère, dans tous les sens du terme.

La dureté de son expression la fit ciller.

— Je sais, dit-elle d'une voix feutrée. Je ne voulais pas me montrer blessante.

D'une main, il repoussa de son front ses cheveux châtains, aux reflets caramel. Durant les deux ans qu'ils avaient passés ensemble, il avait toujours porté une casquette de base-ball pour tenter de discipliner ses boucles rebelles. L'avait-il troqué contre un autre couvre-chef, ou s'en passait-il, désormais ?

— Désolé, s'excusa-t-il. Je viens de passer quinze jours atroces. Je vais aller droit au but. Je suis père désormais. Je dois à Grant de donner le meilleur à son enfant. Mais je ne peux pas y arriver seul. J'ai besoin de ton aide.

— De mon aide ? répéta-t-elle. Mais je n'avais pas revu Grant et Donna depuis l'université.

Inutile de préciser que, même à l'époque, ils faisaient partie du monde de Shay, pas du sien. Les trois amis passaient toutes leurs journées ensemble à travailler sur quelque schéma complexe, en employant des termes auxquels elle ne comprenait rien. Ils avaient été trois des esprits les plus brillants de leur génération à plancher sur des solutions improbables pour décoller du sol. Toujours pressés de quitter la terre — et elle, par la même occasion.

— Tu es experte en matière d'enfants. C'est ce dont j'ai besoin.

Ainsi, il avait suivi l'évolution de sa carrière. Quoi d'étonnant, après tout ? N'en avait-elle pas fait autant ? A ceci près que le nom Michael Shaylen faisait régulièrement les gros titres des journaux, tout particulièrement ces deux dernières années, depuis que les nombreux contrats passés entre GGS Aerospace et le gouvernement avaient catapulté les trois fondateurs de la start-up dans la liste très élitiste des milliardaires de moins de trente ans. L'histoire de sa vie était nettement plus banale : une thèse sur les méthodes d'éducation, un mariage avec un homme au style de vie compatible avec le sien, quatre FIV ratées, un divorce sans remous, suivi d'une année de flottement. Mais elle avait retrouvé le cap, son cabinet de psychologie était en plein essor, et elle s'était lancée dans l'écriture d'un nouveau livre sur l'éducation. Si elle ne pouvait pas en avoir, elle pouvait aider les parents à mettre toutes les chances de leur côté pour assurer le bonheur de leur progéniture.

Pas comme ses propres parents qui ne connaissaient rien ou presque de sa vie et s'en contrefichaient. Ils avaient toujours été beaucoup trop absorbés par leurs nombreux déménagements servant à échapper à leurs créanciers pour prêter attention aux problèmes de leur fille. Aussi avait-elle fini par renoncer à leur dire à quel point elle s'était sentie déracinée.

En consignant ses peines et ses aspirations dans son livre, elle avait choisi une autre forme de thérapie. Certes, elle n'avait pas mis au monde de bébé, mais elle apportait sa contribution au monde de l'enfance.

— Oui, je suis psychologue pour enfants et adolescents. Mais je ne comprends pas très bien ce que tu attends de moi.

— Comment est-ce que je l'élève ? Comment est-ce que je m'occupe de lui ? implora-t-il en la dévisageant sans ciller.

Ses prunelles qui avaient viré au vert émeraude reflétaient un tel désarroi que l'atmosphère se chargea soudain d'une émotion indicible. Les années s'évanouirent, et elle sentit tout son corps parcouru de picotements, comme chaque fois qu'il la fixait de ce regard brûlant.

— N'importe qui peut me montrer comment préparer un biberon et changer une couche, poursuivit-il. Je te demande juste de m'apprendre à être père.

Elle devait se ressaisir. Il la sollicitait en tant que professionnelle. C'était une très mauvaise idée. Compte tenu de l'effet que sa simple proximité produisait sur elle, comment pourrait-elle jamais travailler avec lui ?

— C'est une sacrée gageure, fit-elle valoir. Engage une nourrice.

— J'en ai bien l'intention. Aide-moi à en trouver une qui soit compétente. Aide-moi à trouver des écoles, des jouets. Grant m'a confié son fils, je dois tout faire pour le mieux.

Fascinée, elle se noya dans ce regard d'un vert incomparable et l'écouta plaider sa cause.

Il était sérieux.

Jamais elle n'aurait soupçonné que le casse-cou installé dans son canapé possédait un tel sens des responsabilités.

Huit ans plus tôt, elle avait rompu avec lui, car elle voulait voir ses enfants grandir avec leur père, pas avec un homme susceptible de s'écraser à tout instant en bas d'une falaise en rappel, un homme que la soif d'aventure poussait sans relâche à fuir la routine comme la peste.

Et aujourd'hui, l'ironie du sort voulait qu'il soit celui qui ait un bébé à charge.

— Vas-tu au moins y réfléchir ? Si la réponse est non, je pars. Je t'en prie, Juliana.

Il lutta contre son besoin de s'éclaircir de nouveau la gorge.

Cela faisait si longtemps qu'il n'avait pas prononcé son prénom, qu'il s'interdisait de penser à elle. Depuis huit ans, il parvenait à oublier le vide laissé par son départ.

Mais ces dernières vingt-quatre heures, depuis qu'il lui avait téléphoné, Juliana Cane était revenue obséder ses pensées : le sourire qui flottait sur ses lèvres divines quand elle jouait du violon, son visage aux traits d'une beauté à se damner, l'exacte nuance de bleu de ses yeux, la façon dont elle renversait la tête en arrière pendant l'amour...

Sa bouche, toujours aussi sublime, esquissa une moue pensive.

— Que proposes-tu au juste ? J'ai des patients. Un cabinet. Une vie.

Une vie. Eh bien, lui aussi, avait une vie. Du moins, il en avait eu une. Avant que le sort en décide autrement, bouleversant totalement son quotidien.

La nuit qui avait suivi la mort de Grant et de Donna, il n'avait pas fermé l'œil. Pétri de culpabilité, il s'était tourné et retourné dans son lit, ruminant les « si seulement », se maudissant de ne pas avoir vérifié en personne l'alimentation en carburant. Pour la première fois de sa vie, il avait compris que, même si les hommes ne pleuraient pas, quand on avait perdu tout ce qui comptait, les règles ne s'appliquaient plus.

Refoulant sa douleur latente, il croisa les bras et se cala confortablement contre le dossier du canapé.

— J'ai l'impression que tu es en train de répondre oui.

Lissant la jupe de son tailleur de femme d'affaires, elle croisa ses jambes interminables.

— Je suis d'accord pour y réfléchir. Un thé glacé ? C'est du thé bio sucré au stevia.

— Oui, merci, acquiesça-t-il en dissimulant son étonnement.

Il avait toujours détesté le thé glacé. Comment devait-il interpréter le fait qu'elle l'ait oublié ? Elle était sans doute passée à autre chose, et il ne pouvait l'en blâmer. N'avaient-ils pas passé huit ans sans aucun contact ? Et sans l'accident qui avait eu pour conséquence cette paternité fortuite, ils ne se seraient pas revus. Il avait certes suivi sa carrière en se demandant si elle s'épanouissait dans la vie ennuyeuse à laquelle elle semblait aspirer.

Les yeux rivés sur ses escarpins, il la suivit dans la cuisine impeccable. Son choix de chaussures était très réussi. Il rehaussait la beauté de ses jambes spectaculaires. Un flot de souvenirs rejaillit dans sa mémoire : il revoyait ses jambes souples enroulées autour de sa taille, ses seins lourds et sensuels frôlant son torse, se soulevant au rythme de sa respiration. Ils avaient vécu une histoire d'une perfection qui avait frôlé le fabuleux. Tout comme leur entente sexuelle. Or, après quasiment une décennie, si leur passion était contenue, elle était toujours là. Il la sentait.

Pourtant, en balayant du regard les boîtes alignées sur le plan de travail immaculé, toutes étiquetées d'une écriture bien nette, l'évier vide de toute vaisselle, il comprit qu'il avait devant lui des traces de ce que Juliana était devenue : le Dr Cane. La seule différence entre cette cuisine et une cuisine de showroom étaient les coloriages d'enfants sur la porte du réfrigérateur.

Elle semblait avoir décroché le jackpot de l'ennui. Etait-elle heureuse ? Il le lui souhaitait, bien sûr. Tout en sachant néanmoins que jamais une femme aussi passionnée de musique qu'elle l'avait été ne pouvait se contenter d'une vie d'une telle fadeur. Pour preuve, les petites rides mélancoliques qui marquaient la commissure de ses lèvres.

Elle sortit un verre d'un placard.

— Je te propose un travail, reprit-il. Au cas où je n'aurais pas été clair. Un contrat de consultante. Ton prix sera le mien.

— Je vois que négocier n'est toujours pas ton fort, railla-t-elle en repoussant une mèche de ses cheveux blonds derrière son oreille.

Un geste banal mais si familier. A l'époque où ils étaient ensemble, ses cheveux flottaient librement sur ses épaules, comme une invitation aux caresses.

D'ailleurs, ses doigts le démangeaient de se plonger de nouveau dans cette masse dorée, si sexy. Il se sermonna. Ce n'était pas le but de sa visite. Ce n'était pas elle qui avait besoin de lui, mais Mikey.

— Je ne suis pas en train d'essayer de négocier. Négocier est pour ceux qui peuvent s'offrir le luxe de se retirer s'ils ne tombent pas d'accord. Si j'avais une autre option, je n'hésiterais pas. Tu es la dernière personne à qui je m'attendais à demander de l'aide.

Il s'étonna de voir le thé glacé éclabousser le plan de travail, manquant le verre de quelques centimètres.

Ainsi, il l'avait ébranlée. Il peinait à reconnaître la femme qu'elle était devenue. Même si son physique, sa gestuelle n'avaient pas changé, son extrême réserve le perturbait. Pour être tout à fait franc, il n'avait pas su à quoi s'attendre. Mais jamais il n'aurait pensé se retrouver face à cette inconnue si polie.

Il fut pris d'une envie furieuse de la déstabiliser un peu plus. Pourtant, sa priorité étant le bien-être du bébé, la provoquer aurait dû être la dernière de ses préoccupations.

Sans le regarder, elle essuya le liquide renversé.

— Je vois, dit-elle. Si tu veux m'engager comme consultante, je crois bien que nous avons quelques points importants à évoquer avant de trouver un arrangement.

Il secoua la tête. Il n'avait pas la moindre intention de revenir sur leur rupture. Comme toujours quand il voulait détourner le sujet, il sourit.

— Laissons le passé où il est. La question étant réglée, j'attends ton prix.

Le visage impassible, elle lui tendit le verre.

— Je ne dirais pas vraiment que la question est réglée. Néanmoins, je suis prête à ne pas en parler, au moins jusqu'à ce que je prenne une décision. De nombreux paramètres sont à prendre en considération.

Il s'arma de patience. Il ne partirait pas avant d'avoir fait affaire avec elle. Malgré les douloureux souvenirs que ces retrouvailles réveillaient, Mikey méritait le mieux. Il le devait à Grant et à Donna.

— Dans ce cas, permets-moi de jouer la carte de la compassion. Je reviens tout de suite.

Abandonnant Juliana et son verre de thé infect, il sortit de la maison et fit un geste en direction de la voiture. Son assistante, Linda, en descendit, portant le bébé qui dormait à poings fermés. Elle s'avança jusqu'à la véranda et, avec précaution, il prit le léger fardeau dans ses bras. Un si petit être, si fragile et lié à tant d'attentes.

Après lui avoir tenu la porte d'entrée, Linda regagna la voiture. Ces derniers temps, il avait vraiment débordé des fonctions initiales de son poste, et l'augmentation qu'il lui avait déjà octroyée n'était pas à la hauteur de ses fonctions. S'il réussissait à convaincre Juliana, son assistante aurait droit à une croisière de quinze jours, tous frais payés.

Au moment où il débouchait dans le vestibule, Juliana sortit de la cuisine.

— Oh ! s'exclama-t-elle en plaquant une main sur sa bouche. Je ne savais pas que tu l'avais amené.

— J'avais anticipé ton refus. Mais j'ai pensé que le voir pourrait te faire changer d'avis. Ce jeune homme répond au nom de Michael Grant Green. Nous l'appelons Mikey.

Il sourit au bébé silencieux. C'était la première fois depuis des lustres que Mikey ne hurlait pas à pleins poumons.

— Ils lui ont donné ton prénom, murmura-t-elle, les yeux embués.

Même si ce n'était pas une question, il approuva d'un signe de tête, la gorge trop nouée pour répondre. Il hochait beaucoup la tête depuis quinze jours. Prétendant, parce qu'il pouvait gérer une société d'un milliard de dollars, qu'élever un bébé serait un jeu d'enfant. Mais Mikey n'était pas juste un bébé. Maintenant, Mikey était son enfant. Il avait déjà lancé la procédure d'adoption.

Pourquoi ne l'avait-on pas prévenu qu'un bout de papier ne vous transformait pas forcément en père ? Fidèle à son habitude, il affrontait le défi sans ciller. Alors pourquoi ne voyait-il pas arriver le moment où tout commençait à se mettre en place, enfin débarrassé de cette panique qui le terrassait jour et nuit ? L'élégante blonde qui le dévisageait de ce regard azur, si pragmatique, allait lui faire reprendre pied dans la réalité. Son équilibre inné lui avait toujours donné l'impression qu'elle pouvait porter tout le poids du monde sur ses épaules sans trébucher. Sa stabilité lui avait manqué. Elle lui avait manqué.

Surpris par cette évidence, il tressaillit. Que lui arrivait-il ?

Le passé avait beau être le passé, leur rupture n'avait pas été très jolie. Il avait beaucoup crié, Juliana avait beaucoup pleuré, mais, pour finir, elle s'était entêtée à refuser de quitter la terre ferme pour partir vers les étoiles avec lui. Ni l'un ni l'autre n'avait voulu faire de concessions.

S'il l'avait aimée d'un amour fou, il n'avait pas pu accepter de se mettre au tricot afin de lui garantir de rentrer le soir indemne. Mais elle ne pouvait pas l'aimer tel qu'il était, drogué à l'adrénaline. Alors, elle l'avait quitté. Pourtant, il avait consacré une énergie considérable à leur relation. Certaines femmes auraient tout donné pour inspirer un amour d'une telle ferveur. Et la blessure que lui avait laissée son départ n'était toujours pas cicatrisée.

Il réprima un soupir. Avait-il bien fait de décrocher son téléphone ? Jamais il n'aurait pensé que se retrouver en sa présence allait ainsi raviver le passé.

Un hurlement du bébé vint interrompre le fil de ses réflexions. Sans doute réveillé par leurs voix — ou par quelque démon qui le hantait —, Mikey redevenait soudain le bébé avait qui il vivait depuis quinze jours.

— Chut, chut, murmura-t-il en le berçant.

Il avait tout essayé pour le calmer, en vain. Rien ne semblait marcher.

— Laisse-moi faire, dit Juliana.

Ses yeux d'azur brillant de tendresse, elle prit le bébé et le blottit contre son cœur. Mikey nicha son visage dans son chemisier et, comme par miracle, se tut.

Juliana fredonnait. Il n'y avait jamais pensé.

D'habitude, rien ne semblait pouvoir arrêter les pleurs constants du bébé. A force de faire les cent pas aux premières lueurs du jour, nuit après nuit, au bout du rouleau, il était devenu fou. C'était sans doute cette folie, mêlée d'épuisement, qui l'avait poussé à appeler Juliana. Il savait que, quoi qu'il fasse, ce qu'il pourrait apporter à l'enfant ne suffirait pas. Et, comme autrefois, elle serait la seule à pouvoir tout arranger.

— Tu vois ? chuchota-t-il. C'est la raison pour laquelle je suis ici. Tu es parfaite pour ce travail. Dis oui.

Le sourire hésitant sur ses lèvres fit fuser une pointe d'espoir en lui. Un espoir mêlé de ferveur. Mais huit ans, c'était long. Ils avaient tous les deux changé. Juliana de manière plus évidente avec sa réserve professionnelle et ses tailleurs de femme d'affaires. En tout cas, il y avait longtemps qu'il ne pensait plus à elle. Travailler ensemble ne devrait pas être trop difficile.

— Cinquante mille dollars. Et je prends le poste si je peux écrire un livre sur cette expérience.

Il lui jeta un coup d'œil incrédule. Ne savait-elle pas combien elle valait ? Il l'aurait engagée pour un million de dollars sans la moindre hésitation.

— Un livre ? Tu ne vas pas tirer une histoire bien passionnante en parlant de couches et de mobiles de girafes. Tu devrais peut-être pimenter l'intrigue avec un vampire.

— Pas un roman, un guide à l'usage des parents, répondit-elle, souriante, en frôlant les cheveux de Mikey d'un baiser. C'est un projet auquel je réfléchis depuis quelque temps, et j'ai besoin d'une bonne base. Apprendre à un homme à être un bon père est un sujet idéal. Le fait qu'il s'agisse de toi en fera un best-seller.

— Tu veux utiliser mon nom dans un livre ? C'est un peu exagéré.

Cela équivalait presque à vendre l'histoire à un tabloïd, et c'est précisément pour éviter une telle publicité qu'il avait choisi de venir la trouver plutôt que de faire passer des entretiens à des candidates envoyées par une agence de nourrices.

— Tu m'as demandé mon prix, fit-elle valoir en se rembrunissant. Je te rappelle que c'est toi qui as un problème à résoudre.

Il se raidit. Manifestement, il s'agissait bien d'une négociation. Un jour, il apprendrait à ne pas parler sans réfléchir. Avant qu'il soit trop tard pour revenir sur ses paroles.

— Je suis d'accord, mais je veux valider la version finale, et que tu habites chez moi pour être disponible tout le temps. C'est mon prix.

Il se rabroua intérieurement. Il aurait vraiment pu mieux choisir ses mots. Comme quoi, il était loin d'avoir déjà appris sa leçon. « Disponible » pouvait être à double sens. Une belle femme célibataire allait habiter sous son toit, y dormir, y manger... dormait-elle nue ?

Sans se départir de son flegme, elle répondit :

— Je préfère travailler par vidéoconférence. Le consulting virtuel est aussi efficace qu'en personne.

— Pas pour moi. Je veux une immersion totale. Mickey réagit avec toi. Je sais à peine changer une couche, sans parler de tout le reste. Je veux être un père qui met des sparadraps sur un genou écorché, qui joue au ballon dans le jardin. Cela ne vient pas instinctivement.

Même pour un vrai père, parfois. Son vrai père ne lui avait jamais mis de sparadrap, jamais lancé un ballon. Le jour où il était allé chercher Mikey, il s'était juré de ne pas être comme lui, mais d'être le genre de père dont il avait rêvé. Le meilleur père de substitution qu'il puisse être. Il avait l'intention de faire honneur à la confiance que Grant avait placée en lui.

Son expression s'adoucissant, elle répondit :

— Non. Cela ne vient pas instinctivement. Cela demande de l'engagement, des sacrifices, et cela commence dès le berceau. Certains parents ne le comprennent pas. Je me félicite de constater que ce n'est pas ton cas.

Il sentit un étrange désarroi le gagner. Pourquoi son compliment le touchait-il autant ?

— Merci, répondit-il en haussant les épaules avec une désinvolture feinte. Tu comptes accepter ?

— Quel est ton délai ? Je ne peux pas t'apprendre ton rôle de père en une semaine.

— Alors reste six mois. Un an. Je doublerai ton salaire.

Elle fronça les sourcils.

— Je ne peux pas quitter mon cabinet si longtemps, répondit-elle en secouant la tête. Certains de ces jeunes sont vraiment mal en point. Ils ont besoin de moi.

— Ils peuvent trouver une nouvelle thérapeute. Moi, en revanche, je ne peux pas trouver une autre toi.

Leurs regards se croisèrent. Le lien entre eux n'était pas brisé, et elle aussi le sentait. L'imperceptible frémissement de ses épaules la trahissait. Se rappelait-elle la magie des années incandescentes qu'ils avaient partagées ? De nouveau, les souvenirs affluèrent, et il fut incapable d'endiguer le flot d'images déferlant en lui.

Il était passé à autre chose parce qu'il n'avait pas eu le choix. Cela ne voulait pas dire qu'il avait oublié les courbes affolantes que dissimulait l'élégant tailleur, ni l'emprise qu'elle avait gardée sur son cœur après l'avoir quitté. Il n'avait rêvé que d'elle pour l'attendre sur le tarmac au retour de ses expéditions spatiales.

— Peut-être devrions-nous discuter de la nature de l'arrangement que tu proposes. Il s'agit d'un arrangement purement professionnel ou rien.

A la sécheresse de son ton, il comprit qu'elle aussi avait été rattrapée par le passé.

Lui non plus n'avait rien oublié de quand il s'était cassé la jambe dans un accident de snowboard. Elle lui avait dit adieu, faisant voler son cœur en éclats. Un cœur dont il n'avait jamais recollé les morceaux. S'entendre dire que leurs deux personnalités n'étaient pas compatibles avait été la pire douleur de sa vie. Elle ne pouvait l'aimer qu'à certaines conditions, ne pouvait lui donner son amour que s'il devenait un autre, un homme stable et rangé.

Il pouvait engager une nourrice demain. Demander conseil à sa mère. Mais il voulait le meilleur. Et tant pis s'il risquait d'en payer le prix sur le plan émotionnel. Il était prêt.

— Naturellement, répliqua-t-il de sa voix la plus innocente. Seule ton expertise m'intéresse.

Il savait pertinemment que ce n'était qu'à moitié vrai.

Il était pris d'un besoin irrépressible de lui montrer qu'elle avait commis une erreur monumentale en le quittant. De lui prouver que, loin d'être rebuté par sa froideur, il pouvait encore la séduire, même si, manifestement, elle s'obstinait à ignorer l'attirance presque palpable entre eux. Et une fois qu'il aurait fait tomber le dernier bastion de sa résistance, elle finirait par admettre son désir pour lui.

— Je vais t'aider, déclara-t-elle tout à coup, le prenant au dépourvu.

Une fraction de seconde, il resta interloqué. Pourquoi acceptait-elle ? A cause de Mikey, de son projet de livre, ou de leurs souvenirs ? Il n'avait jamais été capable de lire dans ses pensées, et il brûlait de savoir.

— Pendant quelques mois, enchaîna-t-elle. Je vais devoir prendre des dispositions concernant mes patients, ce qui devrait me demander une semaine environ. Je veux les recevoir chacun individuellement pour expliquer mon absence.

Au grand vide laissé par l'explosion de la navette qui avait coûté la vie à ses amis vint se substituer un immense soulagement. Il avait rempli sa mission avec succès : la consultante la plus qualifiée qu'il puisse s'offrir allait l'aider à devenir le père que Mikey méritait. S'il était malin, il s'en contenterait.

Mais il savait déjà qu'il aurait autant de mal à résister à l'envie de séduire le Dr Cane que de jouer la carte de la sécurité.

2

Deux mois ! Elle avait accepté un contrat de deux mois. Elle devait vraiment être tombée sur la tête !

La rencontre avec le bébé l'avait convaincue, et elle n'avait pas honte d'admettre que Shay l'avait manipulée de main de maître. Comment avait-il su que le visage si doux de Mikey serait l'argument décisif ? Etait-ce un hasard ? Ou une attaque calculée ?

Qu'importait ! Le résultat était que, cinq jours après la visite impromptue de Shay, elle se retrouvait à descendre une passerelle métallique accrochée à un jet GGS Aerospace, sur un aérodrome du Texas. Sa super assistante, avec un coup de pouce du destin, étant parvenue à caler des rendez-vous pour ses quinze patients sur quarante-huit heures, elle n'avait plus d'excuses.

Néanmoins, elle se sentait tendue comme une corde. Qu'est-ce qui pouvait bien, dans la proposition de Shay, la tourmenter à ce point ?

Ne savait-elle pas pourtant que, grâce au contrat signé pour ce livre, cette expérience lui serait très bénéfique ? Son instinct maternel était si puissant qu'elle se sentait parfois sur le point d'exploser. Alors, à quoi bon laisser perdre tout cet amour pour les bébés ? Elle voulait partager tout ce qu'elle avait appris.

L'argent aussi serait le bienvenu. Se voir payer la moitié d'une année de salaire pour deux mois de travail lui donnait presque l'impression d'avoir braqué une banque. Pourtant, Shay avait accepté son prix sans ciller. Entre les FIV et le prêt étudiant pour son doctorat, elle avait dû emprunter une coquette somme, et elle allait apprécier de voir sa dette diminuer.

Pourquoi alors avait-elle l'impression d'être au bord d'un précipice ?

Une longue Acura était garée sur le tarmac, à distance respectueuse de l'avion. Une hanche appuyée contre le coffre, les bras croisés, l'air désinvolte, Shay l'attendait. Aujourd'hui, il avait opté pour la casquette de base-ball qui était son signe distinctif et que, fidèle à son habitude, il portait à l'envers. Ainsi, il continuait à mettre des casquettes. Une fraction de seconde, la vision la catapulta dans le passé, lui rappelant l'époque où elle le voyait surtout tête nue. Quand ils faisaient l'amour.

En tressaillant, elle refoula la vague d'émotion familière qui l'envahissait. Shay était toujours le même, vigoureux, vibrant, débordant de testostérone. Tellement loin de ce qu'elle était. Quand elle était plus jeune, plus stupide, elle avait fait fi de toute prudence et, ignorant leur incompatibilité, s'était grisée de son prodigieux appétit de vivre, de son intrépidité sans limites. Cela ne se reproduirait jamais.

— Tu as la voiture de Tony Stark ? s'enquit-elle en guise de salutation. Et ils te laissent conduire sur la piste d'atterrissage ?

Le sourire irrésistible qui l'avait toujours fascinée illumina son visage.

— C'est le privilège du propriétaire de la piste, répondit-il. En fait, j'avais acheté mon NSX avant la sortie d'*Avengers*. A propos, comment connais-tu la marque de voiture de Tony Stark ?

— J'ai trois adolescentes pour patientes. Tu connais la fascination des ados pour les stars de cinéma.

Elle frissonna. Il soufflait un vent glacial sur la piste de GGS Aerospace.

— Alors, c'est ici que tout se passe ? s'enquit-elle.

— En partie. Là-bas, tu as le hangar pour le jet et le bureau se trouve à un kilomètre environ, dit-il avec un signe en direction d'un élégant bâtiment de verre et de marbre qui se dressait à l'extrémité du tarmac. Ce sera notre plate-forme commerciale une fois que nous aurons démarré la section tourisme dans l'espace. Que je l'aurai démarré, pour être plus précis, finit-il d'une voix étranglée.

Malgré les élégantes lunettes de soleil qui dissimulaient son regard, elle devina qu'il n'avait pas encore vraiment assimilé la réalité de la disparition de ses associés. Ou, plus probablement, la réalité de l'enfant dont il avait soudain la garde. Certains prendraient ce cadeau comme une véritable bénédiction. Etait-ce son cas ? Ou considérerait-il ce bébé comme une simple responsabilité qu'il avait acceptée ?

— GGS Aerospace est principalement un fournisseur d'avions militaires, reprit-il après une minute de lourd silence. Nos bureaux sont situés dans un gratte-ciel du centre de Fort Worth, mais les chantiers de construction se trouvent à l'extérieur. Je fais les allers-retours en hélicoptère. Il faut une surface conséquente pour gérer une opération de tourisme de l'espace et le mètre carré revient beaucoup moins cher en périphérie.

— Je vois, approuva-t-elle d'un ton peu convaincu.

Elle n'était pas ici pour se faire expliquer les avantages et les inconvénients d'une société qui dessinait et construisait des appareils parmi les plus dangereux jamais élaborés. Shay et elle n'étaient pas de vieux amis qui se retrouvaient et bavardaient de manière détendue. Il était son client, et elle avait un contrat à remplir.

— Je suppose que tu habites à proximité ? reprit-elle.

Il souleva deux des trois valises que l'équipage avait déposé sur le goudron.

— A trois kilomètres environ. On y va ? fit-il en lui indiquant la troisième valise d'un signe de tête.

Quand il décroisa les bras, elle lut sur son T-shirt :

« Mes Parents ont été enlevés par des extraterrestres et ne m'ont laissé que ce T-shirt pourri. »

Comme si elle avait eu besoin d'indices pour lui rappeler qu'il avait toujours quatorze ans d'âge mental ! Le syndrome de Peter Pan de Shay faisait partie de son charme. C'était l'une des raisons qui l'avait poussée à ne pas l'ignorer quand il l'avait abordée à la bibliothèque de la faculté ce jour fatidique de septembre. Ce qui ne l'avait pas empêchée de craindre qu'il ne grandirait jamais. Constater que le temps qui s'était écoulé depuis cette première rencontre lui donnait hélas raison était accablant.

Manifestement, au lieu de lui mettre du plomb dans la cervelle, le succès et sa fortune récente lui avaient juste permis de s'offrir un terrain de jeu plus spacieux pour ses jouets si dangereux. Oubliait-il tous ces gens qui dépendaient de lui, plus encore maintenant que jamais ? Qu'adviendrait-il des salariés de sa société s'il était grièvement blessé ? S'il mourait ?

Elle se raisonna. Elle devait repousser ce genre de pensée néfaste. La seule personne dont elle était responsable ici était Mikey. Pas Shay.

Après avoir rangé sa troisième valise dans le coffre, elle s'installa sur le siège de cuir. Le tableau de bord affichait une impressionnante variété de gadgets et de boutons. Enfonçant la pédale de l'accélérateur, Shay démarra en trombe. Luttant contre son envie de s'agripper à ce qu'elle pouvait, elle ravala le « ralentis ! » qui lui brûlait les lèvres. Elle allait plutôt lui parler du bébé.

— Parle-moi plus de Mikey, demanda-t-elle d'une voix forte pour couvrir la musique des instruments à corde qui s'échappait des haut-parleurs.

D'ailleurs, pourquoi Shay écoutait-il de la musique classique ? Un choix qui semblait bien incongru pour ses goûts. Certes, il assistait autrefois à ses récitals. Il choisissait toujours une bonne place au centre, au premier rang. Et combien de fois l'avait-elle entendu lui dire à quel point il aimait l'entendre jouer du violon ? A l'époque, elle avait cru que c'était un supplice qu'il endurait pour elle. Elle s'était sans doute trompée.

— C'est un bébé. Que puis-je te dire de plus ?

Le paysage plat et laid défilait à une telle allure qu'elle distinguait à peine les rares cactus qui le peuplaient. Shay tenait fermement le volant, maîtrisant parfaitement son bolide.

— Des tas d'autres choses. Commence déjà par me donner son âge, et nous finirons par aborder toutes les questions.

En voyant ses mains agripper le volant, elle avait la plus grande difficulté à contrôler son trouble. Son corps était lourd, tendu à l'extrême, et un désir latent réveillait des sens qu'elle avait crus anesthésiés depuis longtemps. Mortifiée, elle tourna la tête vers sa fenêtre et se concentra sur le paysage montagneux. Elle n'avait plus vingt-deux ans et, au fil des années, le sexe était devenu un processus nécessaire à la concrétisation d'une grossesse. Ce qui était désormais totalement inutile.

— Presque six mois, je pense. Peut-être cinq.

— J'ai besoin de le savoir exactement. Les bébés démarrent la nourriture solide à six mois. Il devrait déjà manger des bouillies de céréales.

— Mes conversations avec Donna ne portaient que sur les moteurs.

Elle lui lança un regard résigné. Cela n'avait rien de surprenant. Ne se rappelait-elle pas Donna comme une femme plus susceptible de réciter une équation que de donner la date du premier sourire de son fils ? Certes, la maternité pouvait l'avoir changée, mais elle en doutait. Après tout, quel genre de mère fallait-il être pour monter dans une navette spatiale expérimentale sans réfléchir aux conséquences possibles ? Ou pour laisser son bébé à un drogué d'adrénaline au volant d'un bolide conçu pour un super héros ?

— Elle ne parlait jamais de son fils ? s'étonna-t-elle néanmoins. Et Grant ?

— Ils en parlaient tout le temps. Je suppose que je ne faisais pas spécialement attention. Je recommençais à m'intéresser à la conversation quand ils parlaient d'une découverte sur un substitut à l'oxygène liquide. Penser à Donna comme mère plutôt que comme ingénieur me semblait étrange. C'était elle qui avait entièrement conçu le prototype défectueux. Elle y avait consacré trois années de travail.

Juliana réprima un soupir. Cela expliquait beaucoup de choses.

— Il faudra appeler le pédiatre de Mikey aujourd'hui. Je te donnerai une liste de questions à lui poser.

— D'accord, acquiesça-t-il d'un air évasif.

Un peu agacée, elle renchérit :

— Appelle le secrétariat de Donna pour avoir son numéro. Puis commence à prendre des notes. Si tu veux être un père, tu dois savoir certaines choses. Qu'aurais-tu fait, par exemple, si Mikey avait eu de la fièvre ?

— J'aurais appelé Linda, mon assistante, répondit-il sans lui laisser le temps de demander qui était Linda. Je n'ai peut-être pas été clair quand je suis venu te voir. J'ai besoin d'aide. Pas d'être jugé.

— Excuse-moi, siffla-t-elle entre ses dents serrées.

Etant donné les efforts qu'il déployait, elle aurait dû en faire aussi. Elle n'avait pas besoin de lui sauter à la gorge parce qu'il était toujours aussi outrageusement sexy et qu'elle venait de se rendre compte, hélas, que son sex-appeal était loin de la laisser indifférente. Elle devait trouver sans tarder un moyen de s'immuniser. Elle ne quitterait pas ce travail sans avoir pris des notes consistantes pour son livre. Aussi était-il hors de question de retomber sous le charme de Shay.

— Nous sommes arrivés, annonça-t-il en poussant un bouton de télécommande.

La grille en fer forgé glissa derrière le mur de pierres, et la voiture entra dans la propriété, lui offrant pour la première fois de sa vie un aperçu de la vie de milliardaire.

— A quoi servent toutes ces grues autour du lac ? demanda-t-elle, étonnée, en remarquant qu'elles étaient reliées par un câble qui faisait le tour de la pièce d'eau.

— C'est un système de monoski nautique. Tu devrais l'essayer pendant ton séjour. J'ai déjà appelé mon architecte pour faire construire une barrière protectrice autour du lac et de la piscine découverte. Je lui ai promis l'équivalent d'une année d'honoraires.

Ainsi, Shay n'était pas totalement inconscient, se rassura-t-elle. Son travail serait donc moins difficile que ce qu'elle avait envisagé.

Au milieu du parc se dressait la maison. Si l'on pouvait appeler ainsi l'énorme structure de verre et d'acier, à plusieurs étages, avec balcons.

— Toute cette surface pour une seule personne ? s'étonna-t-elle.

— Huit, rectifia-t-il. Mikey, le personnel et moi.

Ce n'était pas une maison, c'était un foyer. Mikey et Shay allaient former une famille. Une flèche douloureuse lui transperça le cœur. Elle avait quitté Shay pour trouver un homme stable, qui pourrait lui offrir une vie tranquille, une famille. Or, aujourd'hui, c'était en fin de compte exactement ce qu'elle recréait avec... Shay.

Si ce n'était que, d'ici quelques semaines, il lui faudrait repartir et laisser la place libre à une autre femme.

Chassant ses pensées mélancoliques, elle lui demanda, sur un ton faussement désinvolte :

— Tu as parlé d'une piscine découverte. Il y a aussi une piscine couverte ? Je vais avoir le temps pour m'habituer à tous ces extra.

Un jet privé, une piscine couverte et un corps d'athlète grec qu'elle prenait bien garde à ne pas remarquer. Il devait passer sa vie à repousser les avances de ses admiratrices. Un doute s'insinua soudain dans son esprit.

— Je ne suis pas là pour jouer ta baby-sitter de choc pendant que tu emmènes ta dernière conquête en jet à Paris, j'espère ? s'enquit-elle.

Quand ils avaient rompu, elle avait pensé qu'il trouverait une fille plus apte qu'elle à sauter dans le vide, au propre et au figuré. Mais si la vie amoureuse de Shay après elle avait toujours été un concept totalement abstrait, elle devait aujourd'hui affronter la réalité. Elle refoula l'amertume soudaine qui lui brûlait la gorge.

L'air courroucé, il s'arrêta dans l'allée circulaire, lui jeta un regard en coin et coupa le contact.

— C'est ça ! mes conquêtes font la queue devant chez moi. Une femme différente tous les soirs, pendant que Mikey hurle jusqu'à ce qu'il s'endorme. Je n'ai absolument plus de vie sociale. Merci de me le rappeler.

Bondissant alors hors de la voiture, il vint lui ouvrir la portière. Elle descendit à son tour et, sans lui laisser le temps de se détourner, prit sa main. Elle souhaitait dissiper ce malaise entre eux. Mais elle n'arrivait pas à le cerner et détestait cette incertitude.

— Dois-je me graver « excuse-moi » sur le front au fer rouge ? Je vais finir par avoir une laryngite vu le nombre de fois où je te l'ai dit.

Son petit rire rauque fit naître des picotements dans son ventre.

— Et si nous faisions une trêve ? suggéra-t-il avec une pression de sa main. Nous nous entendions plutôt bien, autrefois. Voyons si nous pouvons trouver un moyen de recréer cette complicité.

La sensation de ses doigts contre les siens prit une toute autre signification.

— Cela me paraît suspect, tout le contraire de professionnel, remarqua-t-elle.

— Hum, tu crois ?

Il accentua la pression de sa main, effleurant son pouce en une longue caresse. Embrasant tous ses sens, la décharge électrique qui la traversa ranima un torrent de souvenirs qu'elle avait pris grand soin d'ensevelir au fin fond de sa mémoire.

— Vraiment. Tout le contraire, répéta-t-elle.

— Tu l'as déjà dit.

Imperceptiblement mais irréversiblement, il se pencha vers elle, l'enveloppant de son regard intense, à la couleur fascinante. C'était la fois dangereux, insensé, terrifiant.

— Nous devrions entrer, murmura-t-elle d'une voix rauque.

Elle s'éclaircit la gorge, brisant le lien entre eux et, d'un geste qu'elle voulait dégagé, repoussa ses cheveux derrière son épaule. Consciente de ne pas avoir dupé Shay par sa pitoyable tentative d'indifférence, elle reprit :

— Tu veux bien me montrer ma chambre ?

— Bien sûr. Je vais envoyer quelqu'un prendre tes bagages, répondit-il d'une voix qui ne trahissait aucune nervosité.

Son flegme ne l'étonnait guère. S'il lui faisait régulièrement perdre tous ses moyens, elle n'était jamais parvenue à le troubler. Quand elle était avec lui, elle avait toujours l'impression que, d'une seconde à l'autre, ses jambes allaient céder sous son poids. Un sol ferme et solide, voilà ce dont elle avait besoin.

Il monta les marches aux motifs sculptés de palmiers et de fleurs exotiques que seul Shay réussissait à faire pousser dans le désert. Il créait la magie à partir de rien. Comment, elle ne l'avait jamais compris.

Une nouvelle fois, elle se rappela à l'ordre. Elle n'avait pas besoin de le comprendre. Elle était ici pour faire son travail, prendre des notes en vue d'écrire son livre et, ensuite, s'en aller.

Après des kilomètres de couloirs, Shay la fit entrer dans une chambre si luxueuse qu'elle se sentit prise de vertige. Le lit à baldaquin trônait sur un dais surélevé. A sa gauche, un espace salon chaleureux était équipé d'une télévision à écran plat.

Un aquarium rempli de poissons multicolores qui filaient entre des coraux et des anémones scintillantes était encastré dans un mur peint d'une teinte claire qui contrastait avec la couleur pourpre foncé des autres murs. Le couvre-lit, les tissus des fauteuils et les rideaux étaient de soie sauvage, dans des tons mauve pâle, blanc cassé et noirs.

Cette pièce à la décoration cossue, qui respirait l'opulence, n'avait pas grand-chose à voir avec l'homme plutôt rustre qu'elle avait connu à la faculté. Elle peinait à le reconnaître.

— Tu as une très belle maison, dit-elle.

— Grâce à ma mère, précisa-t-il en esquissant une grimace pleine de modestie. Au bout de deux jours, le décorateur et elle s'envoyaient des textos. Je n'ai pas voulu gâcher son plaisir et lui ai laissé carte blanche.

Juliana se rappelait Mme Shaylen comme une femme très convenable, un peu nerveuse, qui enseignait l'anglais dans une école privée de Dallas. Bizarrement, elle ne s'était jamais entendue avec elle. Pourtant, leur priorité commune n'était-elle pas d'éviter de voir Shay se rompre le cou ? Mais il n'en faisait qu'à sa tête.

— Je rangerai mes affaires plus tard, déclara-t-elle. Nous devrions démarrer tout de suite avec Mikey. Que fait-il en général l'après-midi ?

— Ça dépend. Je l'ai confié temporairement à Maria, l'un des membres de mon personnel. Elle a élevé cinq enfants, mais un poste de nourrice ne l'intéresse pas. Il est avec elle en ce moment. Elle le surveille quand je dois aller au bureau ou que j'ai une vidéoconférence de la maison.

— C'est peut-être par là qu'il faudrait commencer. A quoi vont ressembler les deux mois à venir ? Quels résultats espères-tu ? Une immersion totale signifie que tes visites au bureau seront rares. Nous devons établir une liste d'objectifs et assigner des tranches de temps à...

— Eh ! l'interrompit-il. Ça ressemble à un emploi du temps de police. Est-ce si nécessaire ?

— Oui, absolument. Notre temps est limité, et nous avons du pain sur la planche. Il nous faut un plan d'attaque. En outre, il est important de savoir que les enfants s'épanouissent quand ils ont des horaires. Ils aiment savoir de quoi sont faites leurs journées. Cela les rassure. Les heures fixes feront désormais partie de ta vie.

Tout en l'écoutant expliquer le concept le plus fondamental de sa formation au rôle de père, il s'était approché d'elle. Plus profondes qu'elle l'avait cru, de fines pattes d'oie marquaient le coin de ses yeux, lui conférant une certaine maturité. Il n'avait plus vingt-deux ans, et cela lui allait bien. Avait-il aussi bien mûri moralement que physiquement ? Elle était curieuse de le savoir.

Elle sentit son regard glisser sur elle, et l'atmosphère changea de manière tangible, l'air de la pièce se chargeant d'électricité.

— La nouvelle Juliana me plaît vraiment beaucoup ! Ce ton très « pro » que tu prends quand tu consultes, c'est vraiment sexy.

Soudain méfiante, elle le regarda, les yeux plissés.

— Oui. Ça me plaît. Continue, ajouta-t-il en souriant d'un air gourmand.

Elle était soudain très consciente de la proximité de Shay. L'odeur de propre et de frais qui émanait de lui envahissait ses sens, la troublant plus que de raison. Il ne dégageait pas le même parfum huit ans auparavant.

— Je n'avais rien à ajouter.

— Dommage. Que devons-nous faire maintenant ?

— Passer en revue quelques principes de base. Mais, pour commencer, je vais défaire mes valises.

Ne venait-elle pas de dire qu'elle le ferait plus tard ? Elle recula d'un pas, espérant que le mouvement permettrait à son cerveau de retrouver ses facultés normales.

— Ou alors, je pourrais peut-être tester sur toi mon charme unique.

Un instant, elle ferma les yeux. Elle était en train de devenir folle. La première fois qu'il lui avait fait cette suggestion, elle avait ri et avait accepté son invitation à dîner. Après être sortie avec lui un nombre de fois convenable, il avait réussi à la convaincre de coucher avec lui, et elle avait passé quarante-huit heures dans son lit, perdant tous sens du temps et de l'espace. Se libérer de la volupté de ses étreintes avait été l'épreuve la plus difficile de sa vie.

— Je n'en ai aucune envie, merci. Je croyais que nous étions d'accord pour que notre association reste strictement professionnelle.

Tout cela devenait absurde. Au contact de Shay, elle perdait la raison. Il devait arrêter.

Lorsqu'il tendit la main pour enrouler une mèche de ses cheveux autour de l'un de ses doigts, elle sursauta. Perplexe, il laissa retomber son bras, et elle prit une longue inspiration.

— Ce n'est pas mon avis, protesta-t-il. J'ai dit que je t'engageais pour ton expertise. Mais je ne suis pas d'accord pour garder cette distance entre nous. Cela me semble anormal. Alors, j'ai essayé de te refaire le coup de mon charme unique.

Nul besoin d'explications pour comprendre l'allusion. Quand ils étaient à l'université, ils parlaient de tout, ils blaguaient, flirtaient, sans censure. Elle avait été loin de se douter qu'aujourd'hui leurs dialogues seraient beaucoup plus tendus.

— Sache que je ne tomberai pas de nouveau dans le panneau.

— Dans ce cas, je vais peut-être trouver autre chose.

Devant son air sceptique, il haussa les épaules et reprit :

— Marcher sur des œufs chaque fois que nous abordons la question de notre passé me semble étrange.

— Alors, tu t'es dit que tu allais délibérément entrer dans le vif du sujet.

— C'est plus facile que de tourner autour du pot.

L'approche directe de Shay était à l'opposé des conseils des manuels de psychologie. Mais elle savait depuis toujours qu'il n'avait pas pour habitude de suivre les conventions. En outre, en l'occurrence, elle n'avait d'autre option que de passer du temps en sa compagnie.

— Oublions tout ça, et essayons autre chose, comme de vraiment faire un effort pour ne pas remuer le passé, suggéra-t-elle. Toi et moi sommes deux personnes différentes aujourd'hui. Peut-être, cette fois, pouvons-nous être amis.

Il lui décocha un sourire irrésistible.

— Tu veux bien venir dormir chez moi et regarder des films d'horreur ? Ça fait des années que je n'ai pas fait une bonne bataille d'oreillers.

— Désolée, mon vieux ! répliqua-t-elle en riant. Ton avenir va désormais s'organiser autour des couches et des biberons. Mais je serai contente de rester debout tard pour t'aider.

Shay avait l'impression d'avoir perdu le contrôle des événements de sa vie. Si tout était allé moins vite, il aurait peut-être réussi à suivre.

Il aurait dû dormir, mais il avait les yeux rivés sur son réveil. Presque toutes les nuits, Mikey se réveillait entre 1 h 15 et 1 h 20, comme si son estomac était équipé d'une alarme. Pris de sueurs froides, Shay ouvrait habituellement un œil juste avant l'heure fatidique, terrifié à l'idée d'avoir raté le premier hurlement et de laisser pleurer le bébé sans défenses.

Il se leva, enfila une chemise, puis se dirigea vers la porte de communication entre sa chambre et celle du bébé. Même s'il savait que c'était une façon de renforcer le lien qu'il voulait forger avec Mikey, certaines nuits, il regrettait de ne pouvoir le faire en partageant le même sommeil bienheureux.

— Chut ! je suis là.

Il prit le bébé dans ses bras, le plaqua contre une épaule et porta le petit paquet qui braillait vers la cuisine qu'il avait fait installer dans un coin de la nurserie vingt-quatre heures après avoir lu le testament. Et pour laquelle il avait payé le double du prix normal. Tout en murmurant des mots qui ne voulaient rien dire, machinalement, il fit chauffer l'eau et mélangea le lait en poudre pour l'affamé permanent qui reniflait contre sa chemise.

Une bouffée de parfum féminin s'infiltra soudain dans ses narines.

— Bonsoir, chuchota la voix de Juliana derrière lui.

Son corps se durcissant, il éprouva une espèce de vertige. Il aurait été agréable de mettre ses réactions sur le compte de son abstinence sexuelle. Ou de son manque de sommeil. Pourtant, il avait connu maintes nuits presque blanches sans éprouver de telles réactions.

Elle pensait qu'ils devaient essayer d'être amis. C'était impossible. Elle devrait s'habituer à l'idée qu'il la voulait dans ses bras, nue, frissonnant de plaisir.

Prenant le biberon, il la regarda en souriant par-dessus son épaule.

— Bienvenue dans mon monde.

Elle lui rendit son sourire. Au saut du lit, avec sa chevelure tombant en boucles emmêlées sur ses épaules, elle était ravissante.

— Je peux le lui donner ?

— Naturellement.

Il attendit qu'elle soit installée dans le rocking-chair et, avec délicatesse, posa le bébé sur ses genoux, ses doigts le picotant à son contact. Le bébé se jeta sur le biberon comme s'il n'avait rien mangé depuis une semaine.

Se laissant glisser contre le mur, Shay s'assit sur le tapis. Demain, il commanderait un autre rocking-chair. Il aurait déjà dû le faire, mais il n'avait pas pensé qu'ils seraient deux dans la nurserie pour s'occuper de Mikey.

Il regarda Juliana poser le biberon vidé en un temps record sur la table basse et soulever le bébé pour lui faire faire son rot. Elle n'allait pas tarder à comprendre sa douleur...

Quand Mikey se remit à hurler à pleins poumons, il l'observa essayant toutes sortes de tactiques pour le calmer. En vain. L'air inquiet, elle frotta et tapota le petit dos.

— Tu ferais aussi bien de t'installer confortablement, lui conseilla-t-il d'une voix égale. Tu en as pour une bonne heure.

— Shay, ce n'est pas normal. Depuis combien de jours pleure-t-il ainsi après avoir mangé ?

— Tous les jours. Je croyais que les bébés pleuraient beaucoup, répondit-il, soudain un peu mal à l'aise.

Son inexpérience l'aurait-elle empêché de remarquer que Mikey avait un problème ?

Il répondit de son mieux aux questions dont elle le bombarda alors, se félicitant au moins d'une chose : il avait trouvé la personne adéquate pour l'aider. Impressionné par son professionnalisme, il l'écouta l'interroger sur des points qu'il ne s'était jamais fatigué à prendre en considération. Comme s'il avait demandé à la nourrice si Donna utilisait une marque de lait en poudre différente ou si elle avait nourri au sein. Décidément, cette conversation l'enchantait. Quel genre de père fallait-il être pour parler de « nourrir au sein » en toute décontraction ?

— Il souffre probablement de reflux gastrique. Nous allons arranger ça, n'est-ce pas, mon chéri ? murmura-t-elle à l'oreille du nourrisson.

Fredonnant, elle se balança dans le rocking-chair.

Voyant que cela ne marchait pas, elle posa l'enfant à plat ventre sur ses genoux et commença à lui frotter le dos.

— Comment sais-tu toutes ces choses ? Tes professeurs de fac devaient t'adorer.

Pour sa part, il avait été détesté par ses professeurs, comme souvent les étudiants qui ne récoltent que des 20/20 sans jamais lire un livre ni assister aux cours. Il n'avait jamais voulu s'abrutir le cerveau. Grant et lui avaient quitté le MIT pour fonder GGS Aerospace, et Donna les avait rejoints une fois son doctorat en poche. Ç'avait été la meilleure décision de sa vie.

La seconde avait été d'engager Juliana pour faire de lui un père. Elle comblait ses attentes. Avec elle, tout s'arrangeait toujours.

Se levant, elle commença à arpenter la nurserie tout en continuant à bercer Mikey, la tête contre son épaule. Quand, enfin, il fit son rot, elle l'enroula dans une couverture et déclara :

— Je n'ai pas appris à m'occuper de bébés à la fac.

Voyant qu'elle ne poursuivait pas, il lui jeta un regard inquisiteur. Ils avaient rompu au cours de leur dernière année d'université. Il se doutait bien que, depuis huit ans, elle avait eu une vie.

— Tu regardes beaucoup de vidéo de bébés en ligne ? lui demanda-t-il alors.

Lui l'avait fait, et il s'était alors vite rendu compte que les conseils de ces femmes qui aspiraient à être des stars sur internet ne lui suffiraient pas.

— J'ai lu quelques livres.

Sans quitter Mikey des yeux, elle le déposa, apaisé, dans son berceau. Ce soir, Dieu merci, il allait pouvoir se recoucher.

Avoir à gérer simultanément le retour de Juliana dans sa vie et les hurlements du bébé commençait à mettre ses nerfs à rude épreuve.

Ils sortirent de la nurserie sur la pointe des pieds et se séparèrent pour regagner leurs chambres respectives. Puis se retrouvèrent de nouveau à 4 h 05 du matin, la seconde heure de réveil dans l'horloge biologique de Mikey.

— Il se réveille toujours deux fois par nuit ? demanda Juliana, le regard encore embrumé de sommeil.

— Ce n'est pas normal non plus ?

Qu'y avait-il de normal concernant cet enfant ? Etant donné le QI de ses géniteurs, il devrait être bien en avance sur les autres. Une question lui traversa l'esprit. Et si, en raison de son manque d'expérience, il était responsable des problèmes du bébé ?

Il s'avança vers le berceau, mais, d'une main sur son coude, elle le tira en arrière.

— Cette fois, nous allons le laisser pleurer jusqu'à ce qu'il s'endorme.

Interloqué, ses yeux allèrent de la petite forme hurlante à Juliana. Elle voulait laisser le bébé pleurer ? Elle désigna la porte du menton, puis sortit. Toujours aussi perplexe, il la suivit dans sa chambre.

Elle s'assit sur son lit défait.

— Nous allons le surveiller un moment, expliqua-t-elle en montrant le visiophone.

La pâle lueur de la lune donnait une teinte nacrée à son beau visage. Au beau milieu de la nuit, malgré son pyjama et sa robe de chambre, elle irradiait toujours la même élégance.

S'il avait su qu'il aurait une femme dans son lit ce soir, il aurait demandé des draps de soie. Combien il regrettait qu'elle ne soit pas là pour le genre de divertissement nocturne qu'il avait en tête ! Avec un soupir résigné, il alluma la lampe de chevet. Créer une ambiance romantique ne servirait à rien.

Il s'éloigna de son lit. De toute façon, étant donné le nombre de fois où elle avait repoussé ses avances, il était plus avisé de garder ses distances avec le Dr Cane.

Au moins, jusqu'à ce qu'il ait compris comment faire tomber le bastion de sa résistance.

— Tu as lu des livres sur les bébés récemment ? demanda-t-il.

Il n'arrivait toujours pas à comprendre sa décision de ne pas s'occuper de Mikey. Mais qui était-il pour contredire la spécialiste ?

— Oui, au cours de ces dernières années.

— Pas pour te préparer à ce travail, alors ?

— J'en ai lu quelques-uns dans l'avion. Tu m'as engagée pour t'apprendre à être père. Elever un bébé fait partie de mes compétences, mais ce n'est pas mon domaine principal. La psychologie pour enfants concerne toutes les phases de l'enfance et de l'adolescence.

— Je sais.

Mikey continuait à sangloter sans donner le moindre signe de vouloir s'arrêter. Prêt à bondir vers la porte, Shay sentit tous ses muscles se tendre. Il aurait aimé pouvoir faire preuve du même calme olympien que Juliana.

— J'ai lu ta thèse, dit-il alors.

Se détournant du visiophone, elle le regarda d'un air stupéfait.

— Vraiment ? En entier ?

— Tu croyais que je t'avais téléphoné en souvenir du bon vieux temps ? railla-t-il. J'ai fait mes recherches.

— Je suis étonnée, c'est tout. C'est un travail très austère, très académique. La plupart des gens s'endormiraient au bout de deux paragraphes.

— Pas moi. Tu l'as écrite. Or, ton intelligence m'a toujours fasciné.

L'air déconcerté, elle parut assimiler ses paroles. Il disait souvent tout ce qui lui passait par la tête, sans restriction, mais elle se montrait beaucoup plus réservée, beaucoup plus circonspecte dans son choix de mots.

— Tu ne peux pas toujours me trouver intéressante.

— Eh bien, si.

Et il était de plus en plus intéressé au fil des minutes qui passaient. Elle l'avait toujours attiré, mais la femme qu'elle était devenue était différente. Et représentait un défi. Comment allait-il la faire revenir sur sa résolution de s'en tenir à des relations strictement professionnelles ?

La seule façon de le savoir était de la déstabiliser un peu plus et de tester sa réaction.

Un très long moment, ils se regardèrent, et il s'aperçut qu'il s'était détendu. Mikey pleurait toujours, mais par intermittence. Son besoin pressant de bouger s'était apaisé et, pour la première fois depuis l'explosion, il n'avait pas envie d'escalader, de voler, de sauter… pour oublier le fardeau de sa vie.

— Dis-moi, Julia, tu joues toujours du violon ?

Il posa la question, dans l'espoir de la garder sur son lit un peu plus longtemps. Il voulait continuer à parler avec elle, à jouir de sa beauté.

— Non, je n'en ai pas joué depuis l'université.

La note de regret dans sa voix lui serra le cœur. Il avait adoré l'entendre jouer dans l'orchestre de chambre du campus, l'archet levé, son âme semblant s'envoler avec les notes.

— Tu étais douée. Pourquoi as-tu arrêté ?

— J'étais trop occupée, répondit-elle avec un haussement d'épaules. Trouver le temps pour un passe-temps frivole quand on est aussi occupée que moi n'est pas simple.

Il s'aperçut qu'il s'était approché du lit, ses genoux frôlant le matelas. Maintenant qu'il était là, il ferait tout aussi bien de s'asseoir.

— Mais tu adorais jouer. Si tu aimes ça, ce n'est pas frivole.

Pas étonnant qu'elle ait l'air si malheureuse. Elle avait arrêté de laisser la musique emplir son âme.

Avec un sourire taquin, elle s'adossa à l'oreiller, et un souvenir vint se substituer au présent : Juliana, dans cette position exacte, mais nue, les yeux brillants d'impatience alors qu'elle l'attendait, s'offrant à lui.

— Dit celui qui construit des vaisseaux spatiaux à ses heures perdues. Tout le monde ne réussit pas à faire ce qu'il veut dans la vie.

Ces paroles lui firent l'effet d'une douche glaciale, dissipant l'image surgie du fond de sa mémoire. Oui, il avait de la chance de pouvoir vivre sa passion. Une passion qui avait tué deux des personnes qui comptaient le plus pour lui.

Juliana aussi avait compté, autant que Grant et Donna. Mais, aujourd'hui, sa vie lui semblait bien vide.

— Que serais-tu idéalement ? s'enquit-il alors.

— Une mère, murmura-t-elle. Mais ce n'était pas dans les cartes.

— Ton ex ne voulait pas d'enfants ?

Il remua et, l'air innocent, passa délibérément une main sur l'une de ses jambes fuselées. Elle sursauta comme si elle avait été frappée par la foudre.

— Tu savais que j'avais été mariée ?

Après qu'elle eut accepté de l'aider, il avait fait faire des recherches sur elle par un détective privé de Dallas. Il savait tout d'Eric Whittaker, le comptable qui avait été son mari pendant trois ans.

— Je l'ai su.

Son ex était une lavette au regard vide, et manifestement pas un amant inoubliable, si, d'un simple frôlement, il pouvait provoquer une réaction aussi forte. S'il fallait à Mikey quelques jours pour trouver son rythme, ces rendez-vous tardifs pourraient jouer en sa faveur. Shay pourrait continuer son opération de déstabilisation. Le désir qui couvait entre eux allait les submerger en une vague torride, à laquelle ils s'abandonneraient sans pouvoir résister. A la pensée de la réaction qu'il pourrait obtenir avec quelques caresses mieux placées, il sentit son sang bouillonner en lui.

— Il voulait des enfants, expliqua-t-elle avec un long soupir. Nous avons essayé de manière naturelle, puis de manière artificielle. La science n'est pas assez forte pour gagner sur la nature.

— Je suis désolé. C'est pour ça que tu as lu tous ces livres de pédiatrie ?

Pour toute réponse, elle lui adressa un hochement de tête raide.

— Etre ici avec Mikey t'est-il pénible ?

— Je suis une professionnelle, déclara-t-elle, l'air surpris. Je ferai mon travail.

Elle avait suggéré qu'ils soient amis, et il l'avait ignoré. Il se raisonna. Même s'il n'avait pas l'intention de se limiter à une amitié, sa proposition était un bon début.

— Hé ! dit-il en se penchant pour lui prendre la main. Je te pose la question parce que je m'intéresse à toi. Pas parce que je pense que tu vas te défiler devant tes responsabilités.

Elle avait vécu des événements graves. Faire tomber la barrière professionnelle derrière laquelle elle se protégeait allait se révéler plus difficile qu'il ne l'avait cru. Mais il trouverait un moyen.

Baissant les yeux sur leurs doigts joints, elle feignit un bâillement et se leva d'un bond.

— Mikey dort. Bonne nuit.

Sans rien ajouter, elle sortit de sa chambre.

3

Comme l'avait soupçonné Juliana, le pédiatre de Mikey diagnostiqua un reflux gastro-œsophagien. Elle s'étonnait néanmoins de constater qu'avoir eu raison ne stimulait pas spécialement son énergie ni sa bonne humeur. Laisser le bébé pleurer jusqu'à ce qu'il s'endorme n'avait fonctionné que lors de cette première tentative. Une semaine plus tard, malgré les médicaments et plusieurs changements de marques de lait en poudre, il persistait à pleurer la nuit. Maria ne travaillant que pendant la journée et Shay ne s'étant pas encore occupé de chercher une nourrice, ils se relayaient pour les nuits.

L'esprit embrumé, elle regarda les aiguilles de la pendule en forme d'éléphant sur le mur de la nurserie. Etait-il 5 heures du matin ou 17 heures ? Un coup d'œil à la fenêtre derrière laquelle il faisait nuit lui donna la réponse à sa question. Quelle importance ? Le temps ne signifiait plus grand-chose quand on était sur le qui-vive tous les jours. Elle tapota le petit paquet qui hurlait sur son épaule. Le nourrisson pleurait depuis presque une heure.

Comment Donna avait-elle bien pu assurer toutes les nuits sans pour autant cesser ses activités ?

Qu'importait qui s'occupait de lui, Mikey n'avait aucun des adorables réflexes caractérisant les bébés : sourire, gazouiller. Bien qu'elle fût censée être une experte, elle obtenait le même résultat que les autres : tous échouaient lamentablement à calmer ses pleurs.

Ses gigotements la réveillèrent en sursaut. Elle repoussa

ses cheveux qui tombaient dans ses yeux et réprima un soupir douloureux. Elle avait la nuque et les épaules ankylosées. La lumière du jour entrait à flots par les fenêtres de la nurserie aux murs couverts de dessins de girafes, de lions, d'hippopotames et de zèbres. Couché sur une couverture pliée sur ses genoux, Mikey leva les yeux vers elle. Il était étonnamment calme.

L'angoisse lui glaça le cœur. Elle s'était assoupie dans le rocking-chair avec un bébé de cinq mois sur ses genoux. N'importe quoi pouvait arriver : il aurait pu rouler par terre, tomber par accident, s'étouffer dans les coussins.

Jamais sa vraie mère ne se serait montrée aussi irresponsable.

Mais qu'importait combien Mikey comptait sur elle, elle ne devait pas oublier qu'elle n'était que simple consultante. Une femme dont le cerveau semblait ne plus fonctionner dès qu'elle se trouvait en présence du père adoptif de cet enfant.

Au même instant, la porte de communication entre la nurserie et la chambre de Shay s'ouvrit, et ce dernier entra. Pendant la fraction de seconde avant qu'il la referme, elle aperçut son lit dans l'entrebâillement.

Elle avait tout fait pour ne pas repenser à la douceur de son matelas moelleux, à ses draps chauds et accueillants. Ce premier soir, quand ils avaient parlé, elle s'était sentie en terrain si familier qu'elle n'avait pas hésité une seconde à s'asseoir sur son lit. C'est alors qu'il l'avait enveloppée de son regard torride, comme si son pyjama et sa robe de chambre si respectables étaient transparents et qu'il aimait ce qu'ils dévoilaient.

De nouveau, elle sentit ce trouble brûlant l'envahir. Même un homme avec son expérience des femmes pouvait se montrer assez immature pour flirter avec le danger. En tant qu'experte en psychologie, elle aurait dû s'en souvenir.

— Bonjour Juliana, la salua-t-il. Tu as pu dormir ?

— Un peu. Je me suis assoupie dans le rocking-chair.

Elle serra Mikey contre son cœur. Le bébé avait besoin d'elle, et son travail était de le protéger.

Son diplôme ne valait pas grand-chose. Que savait-elle de la façon d'élever un enfant ? Un corpus théorique appris dans des livres. Chaque minute qui passait lui faisait prendre conscience de la réalité du quotidien d'un nourrisson. A combien de parents inquiets venus en consultation dans son cabinet avait-elle fait la morale sur leurs erreurs ? Elle pouvait s'estimer heureuse de ne jamais avoir été dénoncée comme imposteur !

Et dire qu'elle avait l'arrogance de vouloir écrire un livre sur le sujet.

— Ça m'est arrivé plus d'une fois, ma chère, déclara Shay en hochant la tête.

— Eh bien, ce n'est pas recommandé. Ce marathon nocturne doit cesser. Il devient impératif d'engager une nourrice.

Avec une nourrice à demeure, Juliana se verrait soulagée des contraintes exigées par le soin d'un bébé. Elle pourrait ainsi prendre la distance affective nécessaire avec Mikey et retrouver ses perspectives professionnelles. Ce qui lui permettrait peut-être de comprendre le meilleur moyen de s'occuper de lui : il dépendait d'elle.

— J'ai une meilleure idée. Tu as besoin d'une pause. J'ai quelques affaires à régler à Fort Worth, ce matin. Viens avec moi. Tu pourras faire du shopping, et je t'emmènerai déjeuner. Maria gardera Mikey, et nous serons rentrés à 14 ou 15 heures au plus tard.

Un peu surprise, elle resta un instant perplexe. Une pause ? Rien n'aurait pu lui paraître plus agréable.

— Tu es sérieux ? demanda-t-elle.

Pour toute réponse, il prit Mikey dans ses bras et lui tendit une main pour l'aider à se lever.

— Tout à fait. Va te préparer et retrouve-moi en bas dans une heure.

Après s'être douchée en un temps record, elle passa une robe bain de soleil. Une pause était précisément ce dont elle avait besoin pour retrouver ses marques. Cela agirait comme un déclic pour repartir sur de bonnes bases avec Mikey.

Pauvre bébé ! Il ne comprenait probablement pas ce qu'il faisait dans cette nouvelle maison, entouré de nouvelles têtes. Il avait perdu tout ce qui lui avait été familier. Elle ne souhaitait qu'une chose, lui apporter de la stabilité. Lui faire sentir qu'il était aimé, choyé.

Devait-elle annuler l'escapade à Fort Worth ?

Elle se ravisa. D'abord, elle avait besoin de se séparer un peu de l'enfant pour recharger ses batteries, ensuite, c'était l'occasion idéale de progresser dans sa mission de coaching avec Shay.

Elle s'était installée dans le solarium quand il entra. Gagnée par une délicieuse chaleur, elle fut secouée de frissons.

La fatigue, se rassura-t-elle. Si elle pouvait dormir normalement, voir Shay entrer dans une pièce ne l'affecterait en rien. Voir Eric entrer dans une pièce ne lui avait jamais produit aucun effet. A tel point que, quand elle était absorbée dans ses recherches ou sur l'étude d'un cas, il devait la secouer par l'épaule pour attirer son attention. Eric possédait de nombreuses qualités, il était effacé, calme et facile à ignorer quand elle avait besoin de se concentrer. Tout ce qu'elle voulait chez un homme. Elle n'avait que faire d'un génie, agaçant, obstiné, irradiant la virilité.

Eric et Shay étaient comme le jour et la nuit. Les comparer l'un à l'autre était une perte de temps, elle devait abandonner cette habitude. Ce n'était pas un hasard si les deux hommes qui avaient compté un jour pour elle n'avaient strictement rien en commun.

— Tu es prête ? demanda-t-il.

Elle hocha la tête et lui emboîta le pas. Mais ce ne fut qu'en arrivant à son aérodrome privé qu'elle pensa à la question qu'elle aurait dû lui poser bien avant.

— Comment allons-nous à Fort Worth ?

— En hélicoptère. Cela ne fait que deux heures aller-retour, suivant le vent.

Et combien d'heures si le pilote ne volait pas comme un kamikaze sorti tout droit de l'enfer ? songea-t-elle en se mordillant la lèvre avec angoisse. Elle s'empressa de se rassurer. Le temps où Shay prenait des risques inutiles était révolu. Il comprenait maintenant l'importance de sa responsabilité envers Mikey.

— Ne pourrions-nous pas y aller en avion ? demanda-t-elle néanmoins.

— Si, bien sûr. Mais cela m'obligerait à me poser dans un

aéroport municipal. Or, avec l'hélicoptère, je peux atterrir sur le toit de GGS Aerospace. Cela me fait gagner beaucoup de temps et m'évite bien des tracas administratifs. Je pilote des avions pour me détendre, pas pour le travail.

Elle lui jeta un coup d'œil sceptique. Pour se détendre ? Vraiment ?

L'hélicoptère était posé sur la piste comme un énorme insecte d'acier et de verre. Ses pales projetaient de longues ombres sur le sol. Elle sentit l'appréhension lui nouer la gorge. Elle s'exhorta à se convaincre que tout le monde volait en hélicoptère et qu'il n'y avait aucune inquiétude à avoir. Les accidents d'hélicoptères étaient rares. A part à la guerre, quand ils étaient dus à des tirs.

Heureusement, cet appareil avait des portes. Elle prit place sur le siège passager et ferma les yeux pendant que Shay procédait aux vérifications et parlait dans la radio de son casque. Apaisée par le son de sa voix, elle l'observa à travers ses cils baissés.

Elle pouvait y arriver. Il avait décroché sa licence de pilote des années auparavant, bien avant qu'elle le rencontre. Il devait être encore meilleur aujourd'hui.

Elle entendit le bruit des pales qui tournaient et, comme par magie, l'hélicoptère s'éleva dans les airs, guidé d'une main experte par le magicien aux commandes. Les doigts fermement serrés sur le levier entre leurs sièges, Shay procéda à d'innombrables manœuvres. La terre s'éloigna, et ils s'élevèrent dans l'azur infini.

Comme le sol semblait loin dans cette frêle cage de métal qui pouvait tomber en chute libre. Elle mettait tous ses espoirs dans la dextérité du pilote.

Sentant l'appréhension lui nouer l'estomac, elle ferma de nouveau les yeux. Avait il bien dit « deux heures » ?

Par miracle, ils ne s'écrasèrent pas. Elle finit par rouvrir les yeux et, après maintes sueurs froides, l'appareil se posa avec un petit soubresaut. Shay sauta de son siège et l'aida à descendre à son tour. Quand elle sentit le toit du gratte-ciel de GGS Aerospace sous ses pieds, elle laissa échapper un long soupir de soulagement.

— Pas si mal, hein ?

Un peu chancelante, elle sentit la main de Shay se poser dans son dos et s'y appuya avec gratitude. Elle préférait ne pas analyser la logique de sa réaction. Après tout, si elle sentait le sol se dérober sous ses pieds, n'était-il pas seul responsable ?

— Tout est relatif, répliqua-t-elle. Pas si mal comparé à un saut en parachute, peut-être.

En entendant son rire si contagieux, elle se sentit immédiatement rassérénée. Le centre-ville de Fort Worth s'étendait à leurs pieds, scintillant sous le soleil matinal, et une pause bien méritée lui tendait les bras. Elle s'efforça d'oublier le retour en hélicoptère après le déjeuner.

Essayant de savourer ses deux heures de liberté, elle flâna dans les magasins de Sundance Square. Mais la pensée de Mikey ne la quittait pas.

Une boîte à musique attira son attention. Elle pressa l'une de notes, et un air joyeux de Mozart jaillit, lui tirant un sourire. Mozart avait été son compositeur de prédilection. Soudain, son violon lui manqua terriblement. L'autre soir, la question de Shay avait fait remonter des souvenirs, lui faisant prendre conscience à quel point la musique lui manquait.

Gagnée par une étrange nostalgie, elle décida de faire l'acquisition du jouet. Ce serait sans doute le seul cadeau qu'elle ferait jamais à Mikey. En revanche, si elle menait à bien sa mission, Shay serait pour lui un père merveilleux. Aussi, une fois son contrat rempli, elle n'aurait plus aucune raison de se laisser aller à la mélancolie.

Vers midi, elle gagna le restaurant de steaks suggéré par Shay pour le déjeuner. Sans même lui laisser le temps d'indiquer que Michael Shaylen avait réservé pour deux personnes, le maître d'hôtel l'entraîna vers une table à l'écart, intime, et se confondit en excuses de devoir la faire asseoir seule, ce qui manifestement était un crime de lèse-majesté. Pauvre homme ! Voilà bien longtemps qu'elle était habituée aux horaires flexibles de Shay.

Quand il arriva un quart d'heure plus tard, il lui fallut quelques minutes d'adaptation. Bien sûr, avec son T-shirt sur lequel s'étalait la voie lactée, c'était toujours le même Shay.

Mais c'était aussi Michael Shaylen, le milliardaire entrepreneur.

Tous les serveurs furent immédiatement en alerte. Certains clients se mirent à chuchoter, une main sur la bouche, d'autres le suivirent des yeux alors qu'il traversait la salle d'un pas alerte. S'il avait toujours fait tourner les têtes, on avait l'impression aujourd'hui que sa fortune lui donnait une aura particulière.

Pour elle, il était et resterait Shay. Même si elle se félicitait de savoir que sa richesse garantirait à Mikey de ne jamais manquer de rien et lui apporterait la stabilité si importante à son bien-être.

Indifférent aux réactions qu'il provoquait, Shay suivit le maître d'hôtel. Il ne semblait voir qu'elle.

Troublée malgré elle, elle sentit son cœur faire un bond d'allégresse. Il aurait pu se consacrer à bien d'autres priorités aujourd'hui ; son regard intense aurait pu se consacrer à quantité d'autres choses qui, sûrement, réclamaient son attention. Or, c'était elle qu'il regardait.

Comment une violoniste réservée, diplômée en psychologie, avait-elle pu attirer l'attention d'un tel homme ? Il méritait quelqu'un qui le suive pas à pas dans toutes ses folies.

Elle sentit chaque nerf de son corps se tendre comme une corde. Elle ne voulait pas être l'objet d'une telle fascination. D'une telle adoration. Elle le sentait déjà l'aspirer, l'entraînant comme une tornade. Son sang lui battait aux tempes, son cœur cognait dans sa poitrine.

Si elle avait connu les mêmes sensations à l'époque où elle était étudiante, l'effet qu'il produisait sur elle aujourd'hui semblait avoir empiré. Inexplicablement, elle était encore plus bouleversée par sa présence.

Il prit place sur la chaise en face d'elle.

— Tu as passé une bonne journée ? demanda-t-il avec un sourire éblouissant.

Elle sentit ses poumons se vider de leur air.

Il ne pouvait l'affecter que si elle se laissait déstabiliser. Ils n'étaient pas ensemble, ne le seraient plus jamais. Les deux seules raisons de sa présence ici étaient Mikey et la préparation de son livre.

— Oui, très bonne. Merci de m'avoir suggéré de t'accompagner. J'ai apprécié cette escapade, mais je suis prête à reprendre le travail. Nous devons parler des prochaines étapes.

Elle était curieuse de savoir comment Shay allait progresser. Maintenant qu'il avait un fils, il allait sûrement cesser de flirter avec le danger. Si elle lui disait à quel point il était important pour lui de faire preuve de plus de prudence, il l'écouterait.

Après avoir passé une commande rapide au serveur un peu nerveux, il le congédia.

— Pourquoi n'en parlerions-nous pas plus tard ? Déjeunons en tête à tête. Nous reviendrons assez tôt à la réalité.

Elle le reconnaissait bien là. N'était-ce pas ce qu'il avait toujours fait ? Repousser la réalité à plus tard ?

A une époque, ayant tendance à s'embourber dans le quotidien, elle avait été séduite par cette insouciance. Constamment préoccupée par ses études, par son violon, par ses économies, par le futur, Shay avait été comme une bouffée de fraîcheur. Il la distrayait, la détournait de ses listes, de ses emplois du temps, l'entraînant dans un tourbillon d'aventures pleines de spontanéité.

En retour, elle lui avait appris à être plus posé. Ils s'équilibraient. Ou du moins, elle le pensait. Mais, peu à peu, il était devenu évident qu'elle donnait et qu'il prenait, sans aucun compromis. Aussi invraisemblable que cela puisse paraître, à mesure que leur relation progressait, il devenait de plus en plus incontrôlable.

Convaincue qu'il avait besoin d'une femme plus courageuse, au caractère plus trempé, elle avait donc mis un terme à leur relation. Elle cherchait avant tout une relation stabilisante. Un détail qu'elle ferait bien de ne pas oublier aujourd'hui.

— Je préférerais en parler maintenant. Nous sommes limités dans le temps, et je ne vais pas prolonger ce contrat de consultante. Mes clients ont besoin de moi.

— D'accord. De quoi veux-tu parler ? demanda-t-il, ses yeux plissés trahissant sa contrariété.

Elle s'autorisa un petit sourire triomphant. Il était bon de vérifier qu'elle pouvait lui tenir tête.

— Parlons de tes critères dans le choix de la nourrice. Jusqu'à ce que cela soit réglé, nous ne pourrons pas vraiment approfondir les fondements de la paternité autant que je le souhaiterais.

— Je ne veux pas engager de nourrice pour le moment.

— Pourquoi ? Nous ne pouvons pas continuer à nous partager les nuits du bébé comme en ce moment, en espérant avoir encore l'énergie pour tes cours accélérés. Je suis sûre que tu peux trouver une nourrice avec d'excellentes références. En fait, pourquoi ne pas engager celle qui travaillait pour Donna ?

Elle savait que la nourrice de Donna saurait comment gérer les problèmes d'estomac de Mikey et se chargerait de ses biberons nocturnes. Pour elle, c'était les moments les plus difficiles. Non en raison du manque de sommeil, mais parce que, malgré elle, quand elle tenait le bébé au creux de ses bras, elle ne pouvait s'empêcher de rêver qu'elle était sa mère.

— Les références ne sont pas le problème. Oui, Mikey est difficile, mais un défi n'est pas pour me déplaire. Voilà ce qui se passe, ajouta-t-il avec un soupir. Grant et Donna étaient de super parents, qui pouvaient jongler entre les exigences d'une société cotée à un million de dollars et leur fils.

— Comment ça ?

— Tu aurais dû voir à quel point ils aimaient Mikey, enchaîna Shay, les yeux brillants. Donna l'emmenait partout avec elle, aux conseils d'administration, à des déjeuners, dans un porte-bébé. Bien sûr, il n'était pas si difficile à l'époque. Parfois, c'était Grant qui s'en chargeait. Ils essayaient de passer autant de temps avec lui que possible sans que leur travail en pâtisse.

Juliana réfléchit un instant. Si Mikey n'avait pas toujours eu des problèmes d'estomac, Donna l'emmenait au travail pour continuer à le nourrir sans que son emploi du temps en souffre. Elle avait toujours beaucoup de mal à imaginer Donna en mère, mais elle ne devait pas oublier qu'elle ne l'avait pas vue depuis huit ans. Beaucoup de choses pouvaient avoir changé entretemps. Malgré tout, l'amour n'était pas le seul ingrédient pour faire une bonne mère.

— Pour une raison que je ne m'explique pas, poursuivit Shay, ils m'ont fait confiance pour être un père comme eux. Je dois faire honneur à cette confiance et faire tout comme je sais qu'ils aimeraient que je le fasse. Je finirai par engager une nourrice, mais, pour le moment, j'aimerais passer plus de temps avec Mikey avant de lui imposer une autre personne.

— D'accord. Ta décision est légitime. Je pense qu'ils ont fait un très bon choix en te confiant Mikey.

Force lui était d'admettre qu'il avait pris cette responsabilité très à cœur et qu'il la gérait mieux que la plupart ne l'auraient fait. Mieux que ce qu'elle aurait attendu de lui.

Le visage de Shay s'illumina, ses yeux verts scintillaient comme deux pierres précieuses. Elle avait une conscience aiguë de son regard sur elle et n'essaya même pas de contenir la vague sensuelle qui la submergea. De toute façon, c'était peine perdue.

Elle allait laisser passer une semaine avant de lui reparler du recrutement d'une nourrice. Mais ce recrutement était indispensable pour qu'elle parvienne à séparer ses émotions de son travail.

Comme l'avait suggéré Shay en arrivant, ils déjeunèrent sans parler de Mikey. Elle aurait pu protester, mais elle était fascinée par sa bouche. Une éternelle barbe naissante ombrait son menton, et elle ne cessait de penser à la sensation qu'elle éprouvait quand elle en sentait la rugosité sur sa peau. Machinalement, ses cuisses se resserrèrent et une boule de désir brûlant lui noua le ventre, avec une intensité dont elle n'avait pas fait l'expérience depuis huit longues années, mais qui, désormais, revenait avec une fréquence alarmante.

Arrête. Tout de suite, intima-t-elle à son corps indiscipliné.

Après le premier jour, Shay n'avait pas réitéré ses avances. Bien sûr, elle percevait toujours l'attirance dans son regard de jade, mais il respectait son souhait : ils seraient amis et n'auraient pas de nouvelle aventure.

Elle se répéta sa résolution jusqu'à ce qu'ils regagnent le toit de GGS Aerospace. L'hélicoptère aux yeux d'insecte la regardait, sa bouche métallique comme retournée en un sourire moqueur.

— Ça va ? demanda-t-il.

Soudain, sa main était dans la sienne, et elle sentit un frisson électriser son bras.

— Oui, mentit-elle.

Cela n'irait jamais tant qu'il la toucherait, qu'il la regarderait avec ce mélange de sollicitude et de convoitise.

— Tu me fais confiance, n'est-ce pas ?

— Bien sûr. Simplement, je me sens dépassée, j'ai l'impression de perdre le contrôle.

Elle faisait référence à la fois à lui et à l'hélicoptère.

— Alors, ferme les yeux.

Il posa ses doigts sur ses paupières et, d'une pression très légère, les baissa. Puis il l'attira contre son corps vigoureux, et elle se blottit contre ses muscles.

— N'y pense pas, murmura-t-il en l'enlaçant. Je te tiens et je ne te lâcherai pas. A moins que tu le souhaites.

Voulait-elle qu'il la lâche ? Une brise légère soufflait sur son cou, bientôt remplacée par le frôlement de ses doigts glissant dans sa nuque, dans ses cheveux. Son souffle tiède caressant son visage, elle sentit la chaleur de ses lèvres un instant avant qu'elles touchent les siennes.

Les jambes en coton, elle s'agrippa à ses épaules pour reprendre son équilibre. Mais comprenant qu'elle s'abandonnait, il la plaqua contre lui. Et ce fut comme si, soudain, une source venait étancher sa soif. Il s'empara de sa bouche avec frénésie, sa faim décuplée, étouffant son soupir d'aise de son baiser enfiévré.

Envahie par une délicieuse chaleur diffuse, elle était secouée de frissons qui réveillaient en elle des sensations dont elle avait oublié l'existence. Comme si elle était en feu et qu'une lave incandescente roulait dans ses veines, embrasant tous ses sens. Son cœur cognait à grands coups dans sa poitrine. Sa bouche toujours scellée à la sienne, elle s'abandonna à la magie de l'instant.

Le souffle court, elle se dégagea vivement, totalement déstabilisée.

— Je ne peux pas, dit-elle d'une voix étranglée.

Elle avait la gorge nouée, son cœur battait à tout rompre.

Avait-elle à son insu envoyé les mauvais signaux pendant le déjeuner ? C'était impossible.

Elle ne se laisserait pas aspirer dans le tourbillon d'énergie qu'était Shay, ne perdrait pas de vue ses objectifs, ne prendrait pas de nouveau le risque de souffrir en se rendant compte à chaque instant qu'elle ne lui suffirait jamais.

Non, elle ne voulait plus de Shay et de sa sensualité animale, diabolique. Elle voulait un homme paisible, comme elle les préférait.

Les hommes comme Shay qui mordaient la vie à pleines dents étaient des briseurs de cœurs.

Il l'enveloppa de son regard si particulier.

— Je ne m'excuserai pas, déclara-t-il, la tête penchée de côté. Tu ne peux pas nier à quel point c'était bon.

— Beaucoup de bonnes choses peuvent se révéler dangereuses, fit-elle remarquer.

— Si tu es d'accord pour repartir, nous décollerons dans quelques minutes, répondit-il en ignorant sa réponse. J'attends deux personnes que nous ramenons.

Essayant de se convaincre qu'elle ne regrettait pas de voir que toute trace de sensualité avait disparu de son expression, elle demanda de son ton le plus dégagé :

— Tu as des passagers ? Qui ?

— Des candidats intéressés par GGS Aerospace. J'ai fait passer quelques entretiens ce matin, et deux d'entre eux ont émis le souhait de venir visiter nos installations.

Ainsi donc, ces entretiens avaient été la raison de sa visite à Fort Worth ?

— Vu la façon dont sont morts les parents de Mikey, je m'étonne de voir que tu persistes dans ton projet de navette spatiale. Pourquoi ne lis-tu pas plutôt de la science-fiction ?

Sans sourire à sa boutade, il répondit :

— Ceux qui peuvent partir dans l'espace le font. Les autres vivent par procuration à travers les livres.

La pique lui transperça le cœur, sa détresse attisée par la sensation de ses lèvres sur les siennes qui perdurait. Il avait raison. Elle n'avait pas d'enfants alors elle avait écrit un livre sur la maternité. Elle était incapable de trouver les réponses pour aider Mikey, car elle ne faisait que lire des livres.

Il enchaîna alors, enfonçant encore le clou.

— Le prototype qui a explosé avait été conçu par Donna, mais l'idée venait de moi. Ces étoiles sont à des milliards de kilomètres, certes. Mais pourquoi brillent-elles pour nous si ce n'est pas pour nous inciter à les atteindre ?

— Shay, si les étoiles sont si loin, c'est pour nous rappeler que nous appartenons à la terre, répliqua-t-elle, sa voix se brisant.

N'avaient-ils pas déjà eu cette discussion des centaines de fois ? Comment pouvait-elle encore la bouleverser autant ? Simplement parce qu'elle s'était leurrée en pensant qu'il renoncerait à prendre des risques pour Mikey. Or, rien ne pouvait le garder au sol.

4

Après la visite complète des lieux, Shay installa ses deux candidats dans les dépendances aménagées pour les invités et donna des instructions pour assurer leur confort. Le lendemain matin, il les ramènerait à Fort Worth en avion. Il était rare qu'il reçoive des invités, mais, comme pour tout le reste, il pouvait les confier à son personnel.

C'était l'un des avantages de l'argent. Voir satisfaire tous ses caprices ne lui avait demandé aucun problème d'adaptation. Son comptable insistait sur le fait qu'il payait trop pour ce privilège, mais à quoi bon avoir amassé une telle fortune s'il ne pouvait pas en profiter ?

Tout en grimpant les marches du perron arrière, il se remémora qu'il devait prendre contact avec son architecte. Le lac destiné au monoski lui semblait de plus en plus dangereux, et il souhaitait faire construire un mur de protection dès que possible.

Il trouva Juliana et Mikey dans la nurserie, installés sur une grande couverture jonchée de livres d'images. Assis sur ses petites fesses, le bébé serrait un hochet dans sa main potelée. Quand il tapa la page que Juliana venait de tourner, cette dernière se mit à rire.

— Que lis-tu ? demanda-t-il, retenant à grand-peine sa propre hilarité.

Elle leva les yeux vers lui.

— *Bonsoir Lune*, répondit-elle avec un sourire incertain. Ça a l'air de lui plaire.

Ce baiser interrompu planait toujours entre eux. Il avait cru pouvoir faire tomber sa façade Dr Cane plus rapidement. Lui faire oublier son besoin de canaliser son goût du risque. Elle refusait toujours de comprendre que toutes ces aspirations auxquelles elle souhaitait le voir renoncer faisaient partie intégrante de son être.

Il voyait néanmoins qu'il était parvenu à la déstabiliser.

— Tu devrais lui lire *Max et les Maximonstres*, lui conseilla-t-il. C'était mon livre préféré.

— C'est une histoire très sombre, avec des images qui font peur, rétorqua-t-elle d'un ton sévère. Il est bien trop petit.

— Mais non, protesta-t-il. C'est l'histoire d'un garçon qui vit une aventure.

A l'époque où ils étaient ensemble, il avait été bien déterminé à lui faire oublier son côté si rationnel. Jamais il n'avait rencontré de femme aussi sérieuse. Aussi avait-il déployé des efforts héroïques pour l'aider à se détendre. Le jour où, enfin, elle s'était laissé aller, sa patience avait été largement récompensée ! Mais après la jubilation des premiers temps, leurs querelles s'étaient faites de plus en plus fréquentes. Ils se disputaient chaque fois qu'il voulait partir escalader des parois rocheuses, sauter en parachute, ou se livrer à tout autre sport grisant. Il aurait été heureux de trouver une activité qu'ils auraient pu pratiquer ensemble.

Mais tout cela appartenait au passé. Aujourd'hui, il consacrait sa vie à se faire plaisir. Et en souvenir de ce baiser torride, il allait continuer à essayer de faire vaciller sa détermination. Car il savait qu'elle avait beau s'évertuer à se prouver le contraire, le désir violent qu'elle lui inspirait couvait aussi en elle.

Pourtant, au lieu de critiquer son choix en littérature ou de reprendre leur discussion sur la distance des étoiles, elle se contenta de regarder Mikey avec une petite moue ironique.

— Tes entretiens se sont bien passés ? demanda-t-elle avec un intérêt qui semblait sincère.

— Plutôt bien. L'un de ces deux jeunes est vraiment brillant. Même si je n'ai pas une passion pour les diplômés de MIT, nous nous sommes bien entendus. Il va passer un second entretien avec les cadres de la société.

Depuis la disparition de Grant et Donna, Shay et ses cadres représentaient le noyau dur de GGS Aerospace. Ensemble, ils travaillaient sur les initiatives à développer en matière de tourisme spatial et faisaient en sorte que la société continue à faire du bénéfice.

— Ils n'ont pas été trop pénibles à faire passer ? reprit-elle alors.

Il hocha la tête. Manifestement, ce baiser interrompu n'avait rien changé à leurs rapports. Il aurait pourtant été prêt à parier qu'elle se serait refermée comme une huître.

— J'avoue qu'il était étrange de poser des questions à des inconnus sur des sujets que je n'avais abordés qu'avec Grant et Donna, répondit-il. Mais il faut bien songer à pourvoir les postes vacants chez GGS Aerospace, conclut-il, sa voix s'étranglant.

Devant son visage qui s'adoucissait, il se sentit étrangement réconforté par sa compassion. Il avait oublié à quel point elle était sensible, à quel point il aimait parler avec elle. Il n'avait jamais éprouvé ce besoin de parler à cœur ouvert avec aucune de ses ex. Elle restait la seule femme avec qui il pouvait aborder ses passions, ses émotions profondes.

Distraite par Mikey qui jeta son hochet sur ses genoux, elle prit le jouet et le rendit au bébé.

— Je suis désolée, murmura-t-elle en le regardant de nouveau. J'espère que cela ne tardera pas à s'arranger pour toi.

Voilà pourquoi les conversations avec elle lui étaient si précieuses. Elle écoutait vraiment et, inexplicablement, lui donnait l'impression d'être la personne qui comptait le plus au monde pour elle.

— Merci. Moi aussi.

Peut-être avait-il mal interprété sa réticence sur le toit du gratte-ciel de GGS Aerospace. Cela n'avait peut-être rien à voir avec le fait qu'il ne soit pas le genre d'homme tranquille et posé qu'elle affectionnait. Mais avec sa volonté de rester bien campée sur ses positions, à savoir que leur relation devait être strictement professionnelle. Ce qui était ridicule. Il fallait être deux pour faire ainsi vibrer l'air d'une telle tension, et elle aussi l'avait embrassé à en perdre haleine.

Soudain plein d'optimisme, il se félicita intérieurement. Ce contrat de consultante était la situation idéale pour alimenter le brasier qui couvait entre eux. Elle pouvait lui apprendre à être un bon père, réchauffer son lit la nuit, puis rentrer au Nouveau-Mexique avant que leurs divergences d'opinion viennent ternir leur relation.

A une condition près : il allait devoir réussir à lui faire passer sa manie de tout vouloir analyser afin qu'elle se concentre sur le plaisir qu'ils s'apportaient mutuellement.

Inutile de gâcher une entente physique exceptionnelle par un chagrin d'amour.

Mikey donna un coup de pied, et elle sourit.

— Maria dit qu'il supporte très bien son nouveau lait en poudre, déclara-t-elle alors. Sans doute un coup de chance. Je suis sûre que, dès ce soir, nous allons retrouver notre bébé capricieux. Je le soupçonne de commencer à faire ses dents.

— Génial ! Il ne nous manquait plus que ça. Pauvre gamin. Si petit, et déjà tellement de problèmes de santé.

Elle déposa un jouet devant Mikey et pressa un bouton. Pour la plus grande joie du bébé, de la musique classique s'en échappa. Soudain, Shay fut parcouru de frissons. Les notes qui cascadaient avec une gaité teintée de mélancolie le faisaient vibrer au plus profond de son âme.

— C'est le propre des bébés, expliqua-t-elle. Dès qu'ils terminent une phase, ils passent à une autre. Heureusement, si elles sont nombreuses de la naissance à deux ans, elles diminuent à mesure qu'ils grandissent.

A la pensée de Mikey qui allait grandir, il sentit une sourde angoisse le gagner. Un jour, ce bébé pourrait parler, discuter, casser une voiture.

— Ce sont les choses que j'ai besoin d'apprendre, répondit-il avec un haussement d'épaules. Avec toi, tout paraît si simple. Tu as accumulé tellement de connaissances.

Avec un froncement de sourcils, elle repoussa une mèche blonde derrière son oreille.

— Apprendre un livre par cœur n'est pas difficile. Mais être parent est une autre histoire. Assieds-toi, et je vais t'expliquer les diverses phases. Arrête-moi si tu as des questions.

Il obtempéra. Tout en l'écoutant, il savourait de voir son visage rayonnant. Décidément, dès qu'elle parlait de bébés, elle était transportée. Dire qu'elle n'avait pas pu en avoir. Quelle injustice ! Qu'importaient les réactions de Mikey, elle ne semblait jamais ni épuisée ni dépassée. Elle était la maternité incarnée.

Il regarda l'enfant, qui, son hochet à la main, gazouillait avec ravissement, ce qui n'était pas courant. Tout allait plutôt bien. D'autant qu'il se sentait apaisé à l'idée d'avoir un candidat prometteur pour combler le poste vacant à GGS Aerospace.

La sonnerie du téléphone fit sursauter le bébé qui tomba en avant avec un hurlement. Juliana s'empressa de le prendre dans ses bras. Shay répondit machinalement, étouffant un juron quand il s'aperçut que c'était son avocat. Il aurait voulu continuer à savourer le moment. Impatient de mettre un terme à la conversation téléphonique, il écouta Dean Abott d'une oreille distraite, jusqu'à ce que le mot « garde » retienne toute son attention. Il se leva d'un bond, envoyant le rocking-chair s'écraser sur le mur derrière lui.

— Répète, intima-t-il à l'homme de loi, le sang battant à ses tempes.

Il avait l'impression que Dean venait de faire voler son monde en éclats.

Hébété, il raccrocha, rangea son portable dans sa poche et se frotta les yeux.

— Qu'est-ce qui se passe ? s'enquit Juliana.

— Les parents de Grant ont déposé une demande de garde pour Mikey. Ils ne sont pas d'accord avec toi. Ils ne pensent pas qu'un père célibataire qui construit des vaisseaux spatiaux risquant d'exploser soit un tuteur rêvé.

Ils se trompent, ajouta-t-il intérieurement.

Si Grant lui avait donné la priorité sur ses parents dans son testament, il avait une bonne raison. Personne ne devrait revenir sur cette décision et la remettre en question. Il ne lui restait plus qu'à faire honneur à la confiance que son meilleur ami lui avait témoignée. Mikey était tout ce qui lui restait de son ami qui avait été son âme sœur.

Jamais il n'abandonnerait cet enfant.

Juliana se leva et, le bébé sur une hanche, s'approcha de lui.

— Oh ! Shay !

Inexplicablement, ils finirent tous trois enlacés, le parfum léger de la jeune femme se mélangeant à l'odeur de bouillie et de lotion pour bébé de Mikey.

Shay les serra contre lui dans une étreinte désespérée.

— Ils ne peuvent pas me le prendre, Mikey est à moi, affirma-t-il avec conviction.

Cette nuit-là, Juliana peina à trouver le sommeil. Même si elle ne devait prendre son tour pour s'occuper de Mikey qu'à 4 heures du matin, ses yeux refusaient de rester clos. Quand elle ne revivait pas le baiser échangé sur les toits de GGS Aerospace ou essayait sans aucun succès de le chasser de sa mémoire, elle était obsédée par le regard éperdu de Shay quand il avait appris que les parents de Grant demandaient la garde de l'enfant.

Regardant distraitement les poissons multicolores dans l'aquarium face à son lit, elle sentit son cœur saigner pour lui. Il mettait tellement d'énergie à faire passer Mikey avant tout, refusant de se laisser freiner par son chagrin ou par ses doutes, même s'ils couvaient, à fleur de peau.

Elle savait hélas que les Greene avaient une chance de gagner. Elle avait témoigné à des procès de garde d'enfants par le passé. Pour un tribunal, tout était noir et blanc. Sur le papier, Shay n'allait pas faire figure de tuteur idéal.

Or, la réalité était bien plus complexe. Il aimait Mikey. Elle aurait voulu se convaincre que rien d'autre ne comptait. Mais l'amour ne suffisait pas toujours à faire un bon parent. Tout comme l'amour entre deux personnes ne signifiait pas toujours qu'elles étaient compatibles.

A 4 heures du matin, elle se leva et, l'esprit embrumé, gagna la nurserie où Mikey s'époumonait. Elle eut beau tout essayer, rien ne parvint à calmer ses pleurs. Une vraie mère serait-elle différente ? Si elle avait porté l'enfant pendant neuf mois, aurait-il été plus facile de l'aider ? Se montrerait-elle plus compétente si ses pensées n'étaient pas aussi distraites par Shay ?

— Essaie autre chose, suggéra la voix grave du seuil de la porte.

Elle leva les yeux. L'air décontracté, il était adossé au chambranle, la hanche contre le mur, son pantalon de flanelle tombant sur ses hanches de manière presque indécente. Ou peut-être était-ce son torse nu qui frôlait l'indécence. Elle en tremblait presque de convoitise. Il avait toujours un corps de top-modèle.

Elle s'empressa de détourner la tête avant que son regard trahisse ses pensées coquines.

— J'ai tout essayé, répliqua-t-elle. Tu vois où cela m'a menée. Retourne te coucher. C'est mon tour. Tu devrais dormir.

— C'était bien mon intention. Mais n'oublie pas que quand deux chambres communiquent, tu entends tout. Je ne sais pas pourquoi je me suis fatigué à acheter un visiophone. Tu lui as donné ses médicaments ?

— Non. Je veux voir comment il supporte le nouveau lait en poudre.

Elle recula d'un centimètre et sentit le rocking-chair faire obstacle.

Tout devenait gênant au beau milieu de la nuit. Particulièrement de voir Shay torse nu.

L'air préoccupé, il croisa les bras, une position qu'il adoptait quand il se forçait à être immobile. Malgré elle, elle remarqua le plissement des muscles de ses pectoraux.

— Le médecin nous a dit de lui donner ses médicaments pendant quelques jours, reprit-il. Il n'a pleuré qu'une demi-heure la dernière fois que je lui ai donné son biberon.

— Mais il a pleuré quand même. Cela ne semble pas être la solution.

La lune de miel, cette brève période où Shay avait écouté ses conseils, était finie.

— Juliana, tu dois lui administrer son traitement. A quoi bon avoir appelé le médecin si tu ne fais pas que qu'il dit ? Seul un pédiatre peut établir un diagnostic précis. Cet enfant est sous ma responsabilité.

En l'entendant affirmer son autorité avec une telle placidité, elle sentit son cœur se serrer. A quoi bon insister sur le fait que le bébé qu'elle portait dans ses bras n'était pas le sien ? N'en était-elle pas parfaitement consciente ? Bien sûr, Shay ne pouvait pas savoir que, parfois, elle aurait voulu qu'il en soit autrement. A moins qu'il s'en doute.

— Les médicaments que le médecin t'a donnés sont nouveaux, reprit-elle. Tu ne sais pas quels risques ils peuvent entraîner.

— D'accord, dit-il en levant les mains en un geste de capitulation. Arrête. Nous disputer ne nous aidera en rien.

— Cela me fait du bien, répliqua-t-elle. Si Mikey fait trop de bruit, va dormir dans une autre pièce.

Et mets une chemise, ajouta-t-elle silencieusement.

— D'accord, grommela-t-il d'un ton bourru en s'éclipsant.

Une fois la distraction disparue, elle se remit à bercer le bébé et finit par le calmer. Mikey endormi dans ses bras, elle resta dans le rocking-chair. A regarder son petit visage serein, à sentir son souffle léger qui soulevait sa poitrine, elle avait presque l'impression d'être au septième ciel. Les bébés étaient un vrai miracle.

Alors qu'elle se balançait doucement, ses pensées se mirent à vagabonder pour, naturellement, se porter sur Shay.

Elle ne pouvait s'empêcher, malgré elle, de s'étonner que Grant et Donna l'aient choisi comme tuteur. Sans doute connaissaient-ils un aspect de sa personnalité qu'il dévoilait rarement en public. Selon Shay, Grant s'était rarement entendu avec son père sur quoi que ce soit. Les Greene étaient des gens froids, prompts au jugement. De plus, ils vieillissaient. Comment espéraient-ils s'occuper de leur petit-fils quand ce dernier grandirait ? Qui prendrait le relais si l'un d'entre eux devenait infirme ? Ou mourait ?

Si elle ne doutait pas du fait qu'ils aient le bien-être du bébé à cœur, elle était convaincue que c'était aussi le cas de Shay. Sinon pourquoi la façon de s'occuper de Mikey serait-elle un sujet de discorde entre eux ? Mais s'il avait l'intention de rester son tuteur, il aurait besoin d'aide. Et la description des démarches qu'il avait entreprises pour apprendre à être père ne serait pas suffisante.

Elle savait toutefois ce qui pourrait l'être.

Le jour était levé depuis une bonne heure quand, Mikey au creux de son bras, elle partit chercher Shay. Elle le trouva dans sa salle à manger, qui semblait tout droit sortie d'*Art et Décoration*, en train d'avaler une assiette énorme d'œufs au bacon. Dieu merci, il était habillé.

— Je vois que tu prends le petit déjeuner des champions, fit-elle remarquer.

Devant le sourire niais qu'il décocha au bébé, elle se sentit fondre. Décidément, elle était ridicule. Ces flammes qui couraient soudain dans ses veines manquaient vraiment d'à-propos. Ce n'était même pas à elle qu'il souriait.

— J'adore les œufs au bacon, répliqua-t-il.

— A consommer avec parcimonie, répliqua-t-elle, doutant qu'il connaisse la définition de ce mot. Le bacon est bourré de sodium et les œufs de cholestérol.

L'air étonné, il enfourna une énorme bouchée, déglutit et reprit :

— Rien qu'un bon exercice qui fasse bien transpirer ne puisse guérir. Tu veux m'aider à m'en débarrasser ?

Une lueur dangereuse, prédatrice, dansait au fond de son regard. Il était clair qu'il ne faisait pas allusion à l'haltérophilie. Sentant un tourbillon capiteux se propager en elle, d'un geste furtif, elle se pressa le ventre. Elle avait de plus en plus de mal à contrôler sa réaction.

Elle était fatiguée. Mais elle devait aussi admettre que sa seule volonté ne lui permettait pas de lutter contre ses réactions, contre ce désir qui lui faisait honte, suscité en elle par le contact de cet homme. En l'embrassant, il avait réveillé ses sens assoupis, une faim creusée par de longs mois d'abstinence, et elle savait déjà qu'essayer de les discipliner serait peine perdue.

Elle ignora le tourbillon de sentiments confus qui l'agitait. Elle devait rester concentrée. Elle avait un travail à faire, et son professionnalisme laissait à désirer.

— Shay, nous devons parler de la pétition de tutelle. Je suis d'accord pour témoigner pour toi, mais ce ne sera pas suffisant. Un combat difficile t'attend. Si tu ne fais pas quelques changements dans ta vie, tu pourrais perdre le procès.

— Je ne vais pas perdre, répliqua-t-il.

Sourcils froncés, il regarda son assiette et la repoussa.

— Les parents de Grant sont tellement anéantis qu'ils n'ont plus les idées claires. Ils me blâment pour cette explosion et ont monté tout ce stratagème pour ajouter à ma peine. Quel juge retirerait un bébé à quelqu'un qui a mes moyens pour s'occuper de Mikey ? En outre, n'oublie pas le testament. Il a été signé par ses deux parents.

— Un juge regardera au-delà de ça. Etre capable de donner le meilleur à Mikey n'est pas le facteur le plus important. Un testament non plus. Il n'y a pas de lien de sang entre l'enfant et toi, tu n'es pas marié et tu n'es pas dans une relation stable.

L'image d'un mannequin pour maillots de bain allongée dans son lit moelleux passa dans sa tête. Elle ravala le besoin de lui rappeler à quel point l'instinct maternel était important dans ses choix de compagnes. Mais il n'y avait aucun mal à sortir avec un mannequin pour maillots de bain, et Shay était libre de ses actes. Elle sentit sa gorge se nouer davantage.

— Et alors ? Il existe quantité de parents célibataires.

— Oui, mais comme il est question d'une tutelle, un juge déterminera le meilleur environnement pour Mikey. Un père célibataire avec des hobbies à risques, qui gère sa propre entreprise et qui a déjà subi des pertes fatales est susceptible de le faire sourciller. En outre, les Greene sont les grands-parents biologiques de l'enfant.

— Ça m'est parfaitement égal. Ils ne peuvent pas avoir Mikey.

Elle s'assit dans le fauteuil à côté de lui et, le regardant droit dans les yeux, fit sauter Mikey sur ses genoux.

— Dans ce cas, créons un environnement duquel le juge hésitera à le retirer.

— Et comment, Juliana ? fulmina-t-il en se frottant le menton. Tu veux dire que si je veux gagner, je dois me marier ?

— Pas du tout. Etre célibataire n'est qu'un seul point jouant en ta défaveur. Il y a d'autres solutions. Nous allons faire de toi un nouvel homme. Comme un relooking, en quelque sorte.

Un instant silencieux, il la dévisagea.

— Comme la fois où tu m'as fait les ongles ? finit-il par demander.

Le souvenir s'imposa à son esprit. Durant l'un de ses orages d'une extrême violence du Texas, il y avait eu une coupure de courant et, au lieu de braver la pluie, ils avaient bu une bouteille de vin et joué aux cartes à la lumière des bougies. Un pari stupide en avait entraîné un autre, et quand le roi de Juliana avait battu la reine de Shay, il avait dû accepter de la laisser lui faire les ongles. Malgré son amertume, il avait joué le jeu. Shay tenait toujours parole.

Ils avaient savouré ces moments exceptionnels, dans leur bulle, protégés du monde réel. Elle avait oublié cette nuit. Oublié cette sensation de pouvoir s'amuser en toute liberté, balayer ses soucis. En retrouvant la compagnie de Shay, elle retrouvait la tentation de se délivrer des contraintes de sa vie. Mais le passé s'était chargé de lui faire payer cette erreur et, pour éviter de la répéter, il était impératif qu'elle reste professionnelle.

— Pas de relooking de garde-robe ou de cheveux, rectifia-t-elle, de sa voix de Dr Cane. Un relooking de vie. Si tu veux garder Mikey, tu dois faire un grand ménage dans tes habitudes. Pour le procès, le tribunal mandatera un tuteur, qui viendra voir Mikey ici et posera des tas de questions. Avant cela, tu vas devoir faire des changements fondamentaux, évidents. Ensuite, la pétition des Greene n'aura plus aucune prise.

— Ma vie est exactement telle que je la veux, répliqua-t-il avec son obstination habituelle. Que ceux à qui ça ne plaît pas vivent la leur.

— C'est exactement ce que les parents de Grant essaient de faire, déclara-t-elle. Vivre leur propre vie avec Mikey. Si tu veux tenter ta chance, ne te gêne pas. Mais n'oublie pas que ton argent ne pourra pas acheter un autre enfant de Grant.

Malgré le sérieux de son ton, elle était en proie à une frustration et à une nervosité croissantes. Il était facile d'expliquer son agitation par le souvenir de leur baiser et celui de leur conversation nocturne, lui torse nu devant elle. Elle hissa Mikey sur sa hanche et se leva. Mieux valait quitter la pièce.

Shay la retint fermement par le coude.

— Attends. Excuse-moi. Je sais que tu essaies de m'aider. Je t'écoute.

Elle se rassit sur la chaise d'acajou. Shay n'avait pas retiré sa main, et elle sentait la brûlure de sa peau sur la sienne. Mais elle ne voulait pas la regarder.

— Tu ne peux pas te voiler la face, Shay. La vérité, c'est que tu dois ralentir et prendre moins de risques. Plus d'hélicoptères comme moyen de transport principal. Plus de voitures de super-héros. Plus de sports extrêmes. Plus de...

Retirant sa main, il se mit à tambouriner sur la table de ses doigts.

— Ça fait un paquet de restrictions ! s'exclama-t-il. Que suggères-tu ? Que je devienne un autre ?

— Oui. Un père. « Père » est synonyme de « sacrifice ». C'est la raison pour laquelle tu m'as engagée, pour t'aider à devenir le père dont Grant et Donna seraient fiers.

Elle croisa son regard qu'elle soutint sans ciller.

— L'avocat des Greene peut très bien faire comparaître un témoin qui parlera de tous les os que tu t'es brisés ces dernières années, enchaîna-t-elle avec conviction. Tu as exhibé on ne peut plus ostensiblement les candidats pour remplacer Grant et Donna au sein de GGS Aerospace, ce qui veut dire que tu as l'intention de reprendre les travaux sur le prototype de la navette spatiale. Le prototype qui a tué les parents de Mikey. Tu commences à comprendre ou je veux en venir ?

Même s'il lui brisait le cœur, ce procès pour tutelle allait dans son sens. Peut-être allait-elle enfin avoir raison de l'obstination de Shay à vouloir se rompre le cou. Là où même son nouveau statut de père avait échoué.

— Tu penses que je devrais fermer le département dédié au tourisme dans l'espace ? demanda-t-il avec une expression de dégoût. Effacer trois ans de travail dans le simple but de prouver à un juge que je ne vais pas finir de la même manière que Grant et Donna ?

Elle sentit une pointe de satisfaction. Au moins, il ne feignait pas de ne pas comprendre. Cette folie de navette spatiale devait cesser, aucun doute, mais elle avait appris huit ans auparavant qu'il ne changerait pas simplement parce qu'elle le lui demanderait. L'idée devait venir de lui.

— Pour faire acte de bonne foi, renchérit-elle. Cela prouvera sans l'ombre d'un doute que ta priorité est Mikey. C'est ce que le juge voudra voir. A moins que tu ne sois prêt à laisser quelqu'un d'autre essayer ta capsule spatiale.

Il secoua la tête.

— Personne d'autre ne monte dans ma navette, affirma-t-il avec véhémence.

— Eh bien, dans ce cas...

— Au lieu de cela, mon avocat pourrait peut-être attester de mon projet : concevoir des voyages dans l'espace ne représentant aucun risque, que le citoyen lambda pourra s'offrir. Je n'ai pas l'intention de faire exploser une machine de plus d'un million de dollars, surtout si moi ou un autre se trouve à l'intérieur. Je sais exactement ce que je fais. L'espace est l'ultime frontière, et j'ouvre la voie.

Il se tut et, l'air pensif, fixa le mur derrière elle.

— Cela ne plaidera pas pour ma cause, n'est-ce pas ?

Elle lui jeta un coup d'œil étonné. Manifestement, il progressait. Plus qu'il ne l'avait jamais fait pendant leurs années d'université, quand elle avait échoué à lui expliquer à quel point il serait difficile de le perdre alors qu'elle l'aimait tant, à quel point elle était terrifiée de le laisser s'envoler sans savoir s'il reviendrait. Et maintenant, il y avait Mikey. Le pauvre ange avait déjà perdu un père. Perdre son père d'adoption, le seul dont il se souviendrait, serait un terrible traumatisme.

Depuis qu'elle connaissait Shay, il visait les étoiles. Elle l'avait quitté pour le laisser poursuivre son rêve. Etre aujourd'hui la voix de la raison lui était extrêmement pénible.

— Je suis désolée. Je sais que je ce que je dis n'est pas facile à entendre. Mais c'est pour le mieux.

— Le mieux pour qui ? Pour Mikey ou pour toi ?

— Il ne s'agit ni de toi ni de moi. Je ne pense qu'au bien de Mikey. Et je crois en toi. Nous devons nous assurer que tout le monde puisse se rendre compte que ton engagement vis-à-vis de ton fils adoptif est vérifiable. Réfléchis-y, d'accord ?

— Je vais y penser. Et je vais parler à mon avocat, répondit-il d'un ton soucieux, le front plissé.

En entendant sa réponse, le poids qui oppressait sa poitrine aurait dû s'alléger. Pourtant, elle se sentait toujours aussi nouée.

Parce qu'elle avait menti.

S'il faisait ce qu'elle avait proposé, Mikey ne serait pas le seul à en tirer un bénéfice. Son cœur bondissait d'allégresse à l'idée d'un Shay restant à terre. D'un Shay qui ne prendrait plus de risques. Grâce à cette transformation, il aurait toutes les chances de voir le juge pencher en sa faveur. Mais, parallèlement, cela ferait de lui un nouvel homme. L'homme qu'il n'avait jamais été, elle en était convaincue. Après une enfance vécue dans la peur de devoir déménager tous les quatre matins, elle recherchait un compagnon stable pour l'aider à traverser les épreuves de la vie, quelqu'un qui ne la décevrait jamais, sur le plan émotionnel comme sur le plan physique.

Tout l'opposé de ce qu'il avait été pour elle à l'époque de l'université.

Or, s'il suivait son conseil, il pourrait devenir le genre d'homme avec qui elle pouvait s'imaginer passer le restant de ses jours.

S'il suivait son conseil, peut-être pourraient-ils donner à leur baiser volé une dimension tout autre.

5

Essoufflé, Shay rentrait chez lui après une bonne heure d'escalade destinée à lui calmer les nerfs. Contrairement à ce qu'il avait affirmé à Juliana, il comprenait que les parents de Grant n'avaient pas demandé la garde de Mikey dans le but de lui créer des ennuis. Mais parce qu'il était leur petit-fils. S'il se montrait rationnel, il le savait, tout comme il se doutait de la douleur et du chagrin qu'ils devaient ressentir. Il les partageait. Néanmoins, il était fermement déterminé à ne pas faillir à la confiance que lui avait témoigné Grant en lui laissant la responsabilité de son fils.

Il ne pouvait pas non plus en vouloir à Juliana d'avoir fait référence à la façon anticonformiste dont il menait sa vie, des arguments, qui, avec le recul, pourraient jouer en sa défaveur au tribunal.

Pourtant, il était furieux.

Même si Juliana, avec ses suggestions, avait remué le couteau dans la plaie, elle ne désirait rien d'autre que le voir obtenir la garde de Mickey. Pas un instant, elle ne pensait à lui. A eux.

Il se rabroua. Il devait se ressaisir et cesser de la blâmer pour cette circonspection qu'il estimait tant en elle.

Comme il ne pouvait passer sa colère sur personne, il ne pouvait que se blâmer de voir que cette situation impossible le rendait furieux. Il avait beau vouloir se changer les idées par n'importe quel moyen — escalade, avion, moto —, rien ne soignerait ce problème. Pourtant, ce n'était pas faute d'avoir essayé.

Dépité, il parcourut les quarante mètres qui le séparaient du perron à l'arrière de la maison et gagna sa chambre à la hâte. Rien de tel qu'une bonne douche brûlante pour dissiper son humeur massacrante. Se rappelant trop tard qu'il s'était blessé au genou, il poussa un juron en sentant l'eau chaude brûler son éraflure et se lava aussi vite que possible.

Après s'être séché, il entreprit de désinfecter l'entaille et, refusant de cacher sa blessure sous un jean, il enfila un T-shirt et un bermuda. Il était tel qu'il était et, qu'on l'apprécie ou non, il n'avait nulle intention de changer.

Dans l'escalier, il croisa Juliana qui montait. Son regard se posa sur le gros bandage blanc de sa jambe, mais elle ne fit aucun commentaire. Immédiatement, il se sentit rasséréné.

— Tu as quelques minutes ? demanda-t-elle.

Dans sa robe légère, ses cheveux retenus par une barrette en forme de papillon, elle respirait à la fois la fraîcheur et l'élégance.

Il sentit ses doigts le picoter. Rien n'aurait pu lui faire plus plaisir que de défaire sa barrette et de glisser ses doigts dans ses cheveux. Encore sous l'effet de l'adrénaline secrétée pendant l'escalade, il ne lui en faudrait pas beaucoup pour se sentir galvanisé.

— Ça dépend pour quoi, répondit-il, en la détaillant d'un regard suggestif. Qu'est-ce que tu avais en tête ?

Il remarqua le nœud qui fermait son dos nu. Il lui suffirait de le tirer de ses dents pour le dénouer.

Posant sa fine main sur la rampe, elle leva les yeux vers lui.

— Trouver une nourrice, répondit-elle d'un ton décidé. Loin de moi l'idée de te mettre la pression, mais une bonne nourrice servirait ta cause. Le juge montrera plus d'indulgence pour ton statut de père célibataire.

Il crispa les doigts. S'il ne faisait pas attention, il allait céder à son désir et libérer ses beaux cheveux blonds. Il prit appui contre la rampe, à deux centimètres de sa main.

— Vraiment ? Je voulais m'en occuper, de toute façon. Autant battre le fer quand il est chaud. C'était tout ce que tu voulais ?

Une lueur passa dans ses yeux bleus.

— En fait, nous devons discuter du profil idéal. Une fois le profil établi, nous pourrons commencer à contacter quelques agences. Sais-tu si la nourrice de Donna a retrouvé du travail ? Ce serait peut-être le choix le plus logique pour commencer.

Hochant la tête, il se rapprocha imperceptiblement de sa main. Trop absorbée par son discours sur le recrutement d'une nourrice, elle ne remarqua rien.

— Excellente idée ! approuva-t-il. Nous allons engager l'ancienne nourrice de Mikey. Comme ils se connaissent déjà, les parents de Grant n'auront aucune bonne raison de s'en plaindre. Le problème est résolu.

— Loin de là, rétorqua-t-elle en esquissant la plus adorable des moues. Et si elle a déjà trouvé un autre poste ? Et si...

D'un doigt sur sa bouche, il l'interrompit.

— Chut. Nous nous en inquiéterons si elle est déjà employée ailleurs. Où est Mikey ?

— Je l'ai laissé avec Maria pour venir te parler, répondit-elle en repoussant sa main.

— Eh bien, discutons.

De là où il était, il avait une vue plongeante sur la naissance de ses seins. Il sentit une vague de chaleur embraser sa nuque.

— Notre conversation a l'air de te passionner, ironisa-t-elle.

— Je participe, non ? fit-il valoir de son air le plus innocent.

— Je parle de ce que tu ne dis pas, rétorqua-t-elle avec sévérité.

— Vraiment ?

Il avança d'un pas. La sentir si près de lui sans pouvoir la prendre dans ses bras était un véritable supplice.

Deux pas seulement les séparaient maintenant, mais elle ne battit pas en retraite. Il s'en félicita. Enfin, les choses progressaient.

— Qu'est-ce que je ne dis pas ?

— Que tu veux m'attirer dans ton lit, par exemple, pour me faire des tas de choses coquines.

Malgré lui, il sentit ses yeux s'écarquiller.

— Quelle perspicacité ! Et toi, que réponds-tu en silence ? « Dépêche-toi ! »

Elle eut un petit rauque, si sexy qu'il sentit un désir intense le gagner. Peut-être imaginait-elle tout ce qu'ils pouvaient faire de coquin ensemble.

— Non, ma réponse ressemble plus à : « Je t'en prie, calme tes ardeurs. »

Il lui rendit son sourire. Toute sa mauvaise humeur s'était dissipée. Quel idiot il était d'aller faire de l'escalade alors qu'il avait Juliana chez lui !

— Allez ! Ce ne serait pas plutôt : « Peut-être plus tard, quand Mikey sera couché ? »

Toujours impassible, elle resta un instant silencieuse. Pourtant, le brasier qui brûlait au fond de ses prunelles l'encouragea.

— Absolument pas.

— Vraiment ?

En un mouvement, il fut sur la même marche qu'elle. Son parfum collait à sa peau, à ses cheveux, l'enivrant. Il voulait voir son trouble. D'un doigt, il effleura le contour de ses lèvres pulpeuses.

— Tu es bien sûre ?

Les paupières mi-closes, elle laissa échapper un long soupir, se penchant imperceptiblement, aimantée par lui comme il l'était par elle.

Le désir qui enfla en lui fut violent, fulgurant. Une seule chose comptait, l'assouvir, combler ce manque cruel.

— Hum. J'ai vraiment l'impression que tu essaies surtout de me dire : « Peut-être vais-je y réfléchir », murmura-t-il, sentant son érection se durcir.

Pourquoi persistait-il à raconter des bêtises ? Il était temps de passer à autre chose. La tentation de la sentir tout contre lui était trop forte. Incapable d'y résister, il allait l'étreindre dans ses bras.

— Cesse de penser autant, et réfléchis à ça, lâcha-t-il.

Comme pour appuyer ses propos, il la plaqua contre la rampe pour un long baiser passionné, dévorant ses lèvres avec frénésie. Il fit ce qu'il avait rêvé de faire depuis ce qui lui semblait un siècle. Il l'embrassa comme un défi. Tous ses sens surchauffés, il dévora sa bouche, l'étreignant follement, comme pour compenser ces longues années sans elle, se délectant de la sentir de nouveau ferme contre la sienne, de se noyer dans sa saveur sucrée.

Des décharges électriques couraient dans ses veines. Elle

était le feu, la lumière, la passion… Son bras enlaça sa taille, la pressant contre lui, son corps fondu contre le sien. Son baiser s'intensifia, le ballet de leur langue gagna en volupté. Il était tendu comme une corde, son sexe immédiatement gonflé. C'était un baiser ardent, débordant de toutes ses frustrations, de tous ses désirs. Oui, c'était ce qu'il voulait depuis qu'il l'avait vue en bas de l'escalier, depuis qu'il l'avait embrassée sur l'héliport. Il voyait son souhait enfin exaucé.

Il mit toute son âme dans ce baiser.

C'était bon, si réconfortant, si grisant, exactement comme il l'aimait. A la façon dont elle lui répondait, il sentait à quel point elle savourait elle aussi leur baiser.

Si sa raison le sermonnait, son corps, lui, disait oui. Et l'évidence de son désir pour lui le faisait jubiler.

La barrette s'ouvrit entre ses mains, et il libéra la masse de sa chevelure entre ses doigts. Avec un grognement, il approfondit son baiser, dévorant sa bouche.

Elle agrippa ses épaules avec avidité, l'attirant plus près, se lovant contre lui. De ses deux bras, il enlaça cette femme qui avait un jour possédé son cœur.

— Monsieur Shay ?

Une voix masculine transperça la brume de volupté dans laquelle ils baignaient, résonnant dans le vaste vestibule, au rez-de-chaussée.

A regret, il recula et sentit les mains de Juliana glisser voluptueusement dans son dos.

— Rappelle-toi où nous nous sommes interrompus, murmura-t-il.

S'empêcher de l'étreindre de nouveau était une véritable torture. Son regard s'attarda sur ses lèvres brillantes, encore gonflées de leur baiser. Leur goût persistait sur les siennes.

Antonio, le jardinier, surgit en bas de l'escalier, tordant ses mains tachées d'herbe.

— Monsieur Shay, le bambino, il est tombé. Maria dit vous venir vite.

— Le bambino ? Oh non !

— Mikey est blessé ? s'exclama Juliana.

Elle dévala l'escalier, précédant Shay. Elle suivit Antonio et, son pouls battant à tout rompre, Shay leur emboîta le pas. Dans le patio, ils trouvèrent Maria assise, serrant le bébé contre son cœur, tous les deux en larmes.

Manifestement, Mikey avait fait une petite chute. Après avoir pris le bébé dans ses bras pour vérifier qu'il y avait plus de peur que de mal, Juliana tendit le bébé à Shay. Avec un hoquet, Mikey nicha sa tête dans son épaule, bavant un peu. Il avait l'air en pleine forme. Mais il était si petit. Avec tous ces dangers, ces nouvelles étapes à franchir, comment un bébé pouvait-il survivre jusqu'à son premier anniversaire ?

— Je devrais peut-être t'engager comme nourrice ? suggéra-t-il à Juliana après le départ des domestiques.

Juliana se mit à rire.

— C'est exagéré, Shay. Les bébés sont plus résistants que tu crois.

— Je n'aurais pas dû le laisser avec Maria. Elle n'a plus l'âge de s'occuper d'un bébé. Le mouchard mandaté par les Greene en ferait ses choux gras. Où avais-je la tête ?

— Tu ne peux pas tout contrôler. N'accorde pas trop d'importance à cet incident. En tant que père, tu dois savoir que Mikey n'a pas fini de se faire des bobos.

Elle le regarda d'un air entendu.

— Je compatis, reprit-elle. Il n'est pas facile de voir quelqu'un à qui l'on tient se blesser.

Fermant les yeux, il réprima un soupir.

— Message reçu, murmura-t-il.

Elle n'insista pas. Mais il avait compris l'allusion à ses habitudes de casse-cou. Au moins, elle ne l'avait pas traité d'hypocrite.

— Demain matin, j'appellerai la nourrice de Donna, reprit-il. Puis je m'occuperai de régler toutes les questions que nous avons abordées.

Ce qu'il ne disait pas, c'était qu'il n'avait nulle intention de dissoudre le département de tourisme spatial. A la pensée d'archiver tous ces dossiers, de fermer les bâtiments, il sentit son cœur se serrer. Il avait fait construire sa maison près de l'endroit où il pouvait réaliser ses rêves.

Certes, avec Mikey, il allait devoir envisager son futur sous un angle différent. Agir pour le bien du bébé.

Simplement, il ne pourrait pas tout mener de front. Personne ne lui en voudrait de prendre son temps pour procéder à ces transformations. Et, une fois la demande de garde abandonnée par les parents de Grant, il pourrait reprendre ses projets de navette spatiale là où il les avait laissés. Ce que préconisait Juliana n'avait pas à devenir permanent.

Rien ne l'empêchait de rester fidèle à lui-même tout en étant un bon père. Il allait trouver un moyen.

Pris d'une inspiration soudaine, il déclara :

— Je vais inviter les grands-parents de Mikey à nous rendre visite. J'aurais déjà dû le faire. Cela m'aidera à établir un lien avec eux. Leur montrer que je n'ai pas l'intention de les exclure de sa vie.

— Quelle bonne idée ! s'exclama Juliana.

Son sourire serein allégea le poids qui lui oppressait le cœur.

— Shay ? reprit-elle alors. Au sujet de ce qui s'est passé dans l'escalier...

Oubliant immédiatement Mikey, il repensa au baiser interrompu.

— Oui ?

— Je vais réfléchir. Je te le promets.

De tous les événements de la journée, la volte-face de Juliana était sûrement la meilleure surprise.

Juliana ne revit Shay que le lendemain matin.

Il avait généreusement accepté de lui accorder du temps libre tous les matins. Elle le mettait à profit pour travailler dans sa chambre. Assise à son bureau, elle tapait des notes pour son guide parental. Fidèle à sa nature excessive, il lui avait installé un coin bureau équipé de tous les équipements dernier cri.

Elle avait allumé la chaîne hi-fi ultrasophistiquée dans laquelle il avait compilé un nombre incroyable d'œuvres de violon. Les concertos qui rythmaient son travail à l'époque où la musique avait autant compté pour elle que les bébés. Elle avait arrêté de jouer quand elle avait rompu avec Shay.

Imaginer vide la place centrale du premier rang pendant ses concerts avait été trop douloureux. En outre, la musique n'était pas l'élément lui permettant de trouver la stabilité dont elle avait si désespérément besoin. A l'époque comme aujourd'hui.

Mais le fait que, plein de prévenance, il ait installé une chaîne dans sa chambre lui faisait prendre conscience à quel point la musique lui manquait dans sa vie.

Pour la troisième fois en dix minutes, un fracas assourdissant retentit dehors, détournant ses pensées de Shay. Depuis le début de la matinée, quatre équipes de travail au moins étaient à pied d'œuvre dans le jardin envahi par de gros camions.

Augmentant le volume, elle s'efforça de se concentrer. Les grandes lignes du livre commençaient à prendre forme, et elle aimait chaque minute passée à planifier les chapitres, à organiser ses pensées. Ce livre était son projet. Elle avait déjà contacté l'agent d'une collègue qui s'était montré très enthousiaste en entendant le nom de Shay. La somme qu'il lui avait proposée lui permettrait de rembourser sa dette.

Toute sa vie d'adulte, elle avait redouté le téléphone. Jamais elle n'oublierait les menaces des créanciers à l'encontre de ses parents, la peur de voir ses jouets et ses livres saisis, l'humiliation.

Oui, elle s'était endettée pour avoir une chance d'être enceinte. Mais elle avait espéré l'aide d'Eric. Quand ils avaient décidé de divorcer, la culpabilité l'avait poussée à accepter de garder l'emprunt à son nom. Après tout, c'était elle qui était stérile.

Sentant soudain une présence, elle tressaillit et leva les yeux, et son cœur fit un bond dans sa poitrine. Vêtu d'un jean délavé, d'un T-shirt, et coiffé d'une casquette de base-ball à l'envers, Shay était adossé au chambranle de la porte ouverte. Les bras croisés, il la regardait en souriant.

En voyant ses joues ombrées d'une barbe naissante, elle ressentit un frisson d'excitation qui se propagea dans tout son corps. Elle ne l'avait pas vu depuis la veille, mais leur baiser dans l'escalier ne quittait pas ses pensées.

Un instant qui lui parut une éternité, ils se dévisagèrent. Il la dévorait de ses yeux à l'expression insondable.

— Tu vas rester ici à me regarder travailler ? finit-elle par demander, troublée par son mutisme.

— Je n'en avais pas l'intention. Mais comment pouvais-je deviner que tu allais m'offrir une vision si sexy ?

— Me voir taper sur mon clavier t'excite ? Tu devrais peut-être songer à sortir un peu plus, railla-t-elle.

Elle se maudit. Pourquoi sa voix était-elle aussi haletante ?

— C'est toi qui m'excites. Tes pieds nus, ton superbe vernis à ongles, ajouta-t-il d'une voix sensuelle.

Décidément, elle ferait mieux d'arrêter de se laisser émouvoir par ses regards ardents.

Elle devait se ressaisir et agir de façon détachée et professionnelle. Mais depuis qu'il avait dit qu'il allait envisager de changer, elle s'imaginait retomber dans ses bras et s'abandonner à la volupté de ses caresses. Sans parler de toutes ces choses coquines qu'il avait évoquées… Elle brûlait de curiosité d'en faire l'expérience.

Il la détailla du regard, une lueur admirative dans ses prunelles émeraude. Elle tressaillit. Il y avait bien longtemps qu'un homme ne l'avait pas regardée ainsi.

Non, elle ne devait même pas y penser. Elle s'était déjà bien trop laissée aller.

— Je sais que j'ai dit que j'y… réfléchirais, mais avec Mikey, le moment est assez mal choisi, tu ne crois pas ?

Il s'avança vers le bureau d'un pas décidé. Soudain, elle eut l'impression de manquer d'air.

— C'est vraiment ce que tu penses, Juliana ?

Faisant pivoter sa chaise, il la bloqua de ses jambes. Pétrifiée, elle posa le regard sur le corps vigoureux de Shay, sur son torse musclé mis en valeur par son T-shirt.

Il la prit par le menton, et elle en eut le souffle coupé.

— N'essaie pas de trouver de la logique dans ce qui n'en a pas, Juliana, murmura-t-il. Rien ne peut expliquer cette alchimie entre nous. Rien ne peut expliquer qu'il me suffit de te voir pour me sentir vivant.

Ses doigts glissèrent le long de son bras et capturèrent sa main, qu'il plaça sur son cœur qui battait la chamade.

— Rien pour expliquer cette réaction de mon corps quand je sens ton parfum.

— D'un point de vue théorique, il y en a une. C'est cinquante pour cent de stimulant cognitif et...

— D'accord, très bien, docteur Cane. C'est un phénomène physiologique aux données mesurables. Voilà.

La faisant lever de sa chaise, il la prit dans ses bras. Ses mains vigoureuses glissèrent le long de son dos jusqu'à ses fesses, et il la plaqua contre lui, ne lui laissant rien ignorer de son excitation.

— Ça aussi, c'est une donnée... Et je te veux nue, je veux m'enfoncer en toi. A toi de voir.

Troublée au plus haut point, elle était incapable de parler, de penser. Comment lutter contre cette attirance irrépressible qui les poussait l'un vers l'autre ?

Chaque fois qu'elle se pensait en sécurité, saine et sauve, qu'elle pensait avoir le contrôle de la situation, Shay lui prouvait qu'elle avait tort. A peine l'effleurait-il que toute logique l'abandonnait. Mais elle ne pouvait pas se le permettre.

— Bien noté, dit-elle d'une voix étranglée, plaquant ses mains contre son torse pour le forcer à reculer. Sache à ton tour que je n'ai pas encore décidé si je voulais revivre une aventure avec toi. Nous avons essayé une fois, et cela n'a pas marché. Pourquoi devrait-il en être autrement aujourd'hui ?

— Parfois, on fait des choses qui nous font du bien même si elles n'ont aucun sens.

Oui, cela n'avait aucun sens. Il la désirait. Si elle s'abandonnait de nouveau, que se passerait-il ? Elle allait retomber amoureuse de lui et se retrouver exactement dans la même situation que lorsqu'ils étaient étudiants.

— Non, toi, tu fais des choses qui te font du bien et qui n'ont aucun sens. Pas moi.

— C'est ce que tu essaies de te faire croire. Tu sais quoi ? Garde ce vernis à ongles.

Il eut un sourire éblouissant.

— Mais je ne suis pas venu pour ça, reprit-il. J'ai des choses à te montrer. J'ai besoin de ton approbation finale pour le dispositif de sécurité que je fais installer. Tu as dû remarquer tous ces types qui travaillent dehors. Viens avec moi.

Il lui tendit la main, s'attendant à ce qu'elle le suive sur-le-champ.

Elle s'apprêtait à refuser, arguant qu'elle était au beau milieu d'un travail important. Mais il saurait tout de suite qu'elle cherchait une excuse. En outre, c'était une requête raisonnable de la part d'un employeur, et sa curiosité la poussait à aller voir. Sans oublier que savoir qu'il voulait son approbation la flattait malgré elle.

Après lui avoir montré avec fierté le dispositif de sécurité qu'il avait fait aménager pour Mikey, il l'entraîna vers un grand bâtiment adjacent à la piscine.

— Viens, je veux te montrer autre chose.

Elle le suivit et, passant la porte, se retrouva dans un paradis de chrome et de couleurs. Des véhicules de toutes formes et de toutes tailles étaient alignés en deux rangs bien nets sur le sol dallé noir et blanc.

— J'ignorais que c'était ton garage, fit-elle remarquer.

Elle n'avait pas l'occasion tous les jours de visiter un garage conçu pour quarante véhicules. Elle ne s'y connaissait pas en voitures, mais à voir leurs lignes élégantes, elle sut immédiatement qu'il s'agissait de modèles chers, de marques étrangères.

Plus elle passait du temps avec Shay, plus elle se rendait compte qu'il n'était pas le même que celui qu'elle avait connu à l'université. Certes, il avait toujours la même prédilection pour la vitesse et l'altitude. Il se donnait à fond, même quand il s'agissait de prendre des mesures de protection pour un bébé, son enthousiasme contagieux lui conférant ce charme irrésistible.

Mais il avait aussi fait beaucoup de chemin. Sa réussite n'était pas due au hasard. Et si la création de sa société l'avait fait vraiment mûrir ? Ce qu'elle avait entrevu jusque-là du millionnaire-entrepreneur Michael Shaylen ne lui avait pas fait pressentir cette profondeur qu'elle venait de découvrir en lui.

Et plus que tout, elle souhaitait apprendre à connaître ce nouveau Shay.

Mais elle se sentait tiraillée. Elle n'était vraiment pas prête pour assumer les complications d'une nouvelle relation avec lui. Après tout, peut-être n'existaient-elles que dans son imagination.

Elle devait arrêter de se poser autant de questions. Seul Shay parvenait à la rendre aussi stupide.

Sa voix vint interrompre le fil de ses pensées.

— Le garage va changer, disait-il en effleurant la carrosserie d'une voiture d'un geste affectueux. J'ai déjà mis presque toutes les voitures en vente et accepté quelques offres. La Bugatti a fait un bénéfice auquel je ne m'attendais pas et l'Hayabusa s'est vendue en moins d'une demi-heure. Donc tout va bien.

Il appuya ses propos d'un haussement d'épaules fataliste.

— Oh ! fut tout ce qu'elle parvint à articuler.

Son ton désinvolte ne la dupait pas. Ne lui avait-il pas dit vouloir une Hayabusa le jour même de leur rencontre ? Il avait fini par faire de son rêve une réalité. Et maintenant, il la vendait.

— Je peux transformer le garage en tennis couvert, ou en bowling, suivant ce qu'aimera Mikey quand il sera plus grand. Je serai un père qui écoutera les goûts de son enfant, pas un père qui essaiera de lui transmettre les siens.

Comprenant qu'il faisait référence à son propre père, elle hocha la tête sans répondre.

Le souvenir du soir où il s'était livré à elle lui revint. Tout en caressant sa tête, posée sur son ventre, elle l'avait écouté parler, raconter son chagrin d'avoir été incompris par son père qui l'avait pratiquement contraint de s'inscrire au MIT, avec l'intention de faire de lui un professeur de physique, comme lui. Le fait qu'il soit resté à l'université aussi longtemps était tout à son honneur.

Shay voulait être un bon père. Il le prouvait en essayant de changer. Et elle ferait tout ce qui était en son pouvoir pour l'aider, même si cela supposait pour elle des choix pénibles. Même si elle devait assumer le chagrin infini de l'aider à fonder une famille dans laquelle elle n'aurait pas sa place.

La vie de parents est semée de décisions difficiles, de sacrifices. Parfois, il faut renoncer à des rêves qui vous hantent depuis des années. Elle ne s'était pas attendue à voir Shay faire ces sacrifices. Et elle en ferait l'un des thèmes de son livre.

La bonne volonté dont il faisait preuve lui donnait matière à réflexion : et si, cette fois, les choses entre eux pouvaient être différentes ? Mais si elle passait tant de temps à tout analyser, à ne pas vouloir prendre de risques, le saurait-elle jamais ?

— J'ai parlé à mon pilote, et j'irai désormais à Fort Worth en avion, déclara-t-il à brûle-pourpoint en prenant sa main. Il est très chevronné, je peux te fournir ses qualifications. Je ne veux prendre que les bonnes mesures. Si tu vois que je me trompe, je compte sur toi pour me le dire.

Elle se sentit vaciller sur ses jambes. Shay était devenu adulte.

Et elle comprit ce qu'elle voulait : se donner une seconde chance avec l'homme qu'il était devenu.

6

Shay continuait d'exposer ses nouvelles résolutions à Juliana, quand il se rendit compte qu'elle ne suivait plus. Elle le regardait avec une expression vague, de celles qu'elle lui réservait quand il se lançait dans une digression sur la mécanique quantique.

— Donc, j'ai parlé à Emily, la nourrice de Donna, et elle est intéressée par le poste. Elle habite Fort Worth, mais elle est prête à venir s'installer ici. Ai-je oublié quelque chose ? demanda-t-il, surpris par son silence. Juliana, tu m'écoutes ?

— Quelle voiture comptes-tu garder ?

— La Land Rover.

Ce n'était pas tout à fait la vérité. Mais elle le saurait bien assez vite.

— Et l'Acura ? C'était une commande spéciale.

Vendre l'Hayabusa l'avait dévasté, perdre l'Acura allait l'achever. Ses nouveaux propriétaires allaient devoir lui arracher les clés des mains.

— Pouvons-nous nous y asseoir ?

— Bien sûr.

Elle s'avança d'un pas léger vers la voiture. Sa robe légère voletait, dénudant ses cuisses hâlées. Il déglutit avec peine. Savait-elle à quel point elle était séduisante ?

Après lui avoir ouvert la portière côté passager, il s'installa derrière le volant.

— Tu veux que je mette le contact ? C'est plus amusant si le moteur tourne.

— Ça va, répondit-elle en examinant le tableau de bord avec attention. C'est une mécanique très sophistiquée.

— En effet, acquiesça-t-il un peu perplexe. Que se passe-t-il, Juliana ? D'où te vient cet intérêt soudain pour les voitures ? Ou alors, tu as une idée derrière la tête.

Elle lui coula un regard en coin, et il sentit tous ses sens s'embraser.

— Je pense que nous devrions parler. Nous n'avons pas assez parlé.

Fasciné, il regarda ses doigts fuselés courir sur le tableau de bord.

— C'est tout ce que nous avons fait, répliqua-t-il, incapable de détacher son regard de ses doigts. Je n'en avais pas l'intention, mais tu es un vrai moulin à paroles.

Il s'interrompit, perdant le fil de ses idées, fasciné par la façon dont le tissu fin de sa robe à bretelles vint mouler ses seins ronds quand elle se cala confortablement dans le siège passager.

D'une main, elle rassembla sa chevelure et la fit passer derrière son épaule. Des effluves de son parfum, mélange d'agrumes et de fleurs, flottaient dans l'habitacle, et il sentit son érection se durcir. Jamais il n'avait rencontré une femme qui sentait aussi bon.

Il toussota pour s'éclaircir la gorge.

— De quoi voulais-tu me parler ? murmura-t-il d'une voix un peu étranglée.

Elle tourna la tête vers lui et, sans ciller, s'humecta les lèvres de façon suggestive.

— Raconte-moi une chose sur toi qui serait arrivée depuis l'université et que les médias n'auraient pas sue.

— Par exemple ? Que je porte secrètement de la lingerie féminine ?

Elle leva les yeux au ciel. Les lumières du garage s'y reflétèrent, allumant mille étincelles dorées dans ses prunelles azur.

— Pourquoi persistes-tu à faire de l'humour quand j'essaie d'être sérieuse ?

Il garda le silence un instant. Comment lui expliquer qu'il n'arrivait pas à la cerner ? Que se réfugier derrière la plaisanterie l'aidait à gérer son incertitude. Si seulement il avait été aussi simple pour lui de résoudre l'énigme Juliana que de comprendre des équations ! Mais, depuis qu'il l'avait retrouvée, depuis sa première conversation avec le Dr Cane, il avançait en terrain inconnu.

— Tu es toujours si sérieuse. J'aimerais t'apprendre la légèreté. Que veux-tu savoir ?

— Quelque chose de vrai. Je veux savoir qui tu es aujourd'hui. Au-delà de l'homme qui essaie d'être un père.

Elle posa la main sur son avant-bras, et il se sentit happé par la profondeur de son regard au bleu des mers du Sud.

Fasciné, incapable de détacher son regard, il commença :

— J'ai créé une fondation avec ma fortune personnelle, mais seule une personne du conseil administratif est au courant.

— C'est formidable ! Quel est le but de cette fondation ?

— Donner aux jeunes un capital d'investissement pour démarrer leur entreprise. Comme a fait celui qui a misé sur Grant et moi.

Il haussa les épaules avec une désinvolture feinte. En réalité, il se sentait très vulnérable, comme s'il venait de se mettre à nu.

— C'est ma manière de rendre ce que j'ai reçu. En outre, deux de ces entreprises ont développé des technologies des plus innovantes. Et toi ? Raconte-moi tes huit dernières années.

— Oh ! ma vie a été beaucoup moins intéressante que la tienne.

Elle se pencha vers lui, le souffle court. Surpris, il la dévisagea.

— Alors, es-tu… ?

Elle étouffa sa question en l'embrassant.

Abasourdi, il se figea, puis, quand elle s'écarta un peu, il prit ses lèvres avec un grognement rauque.

Sa langue se glissa dans sa bouche, et elle étouffa un gémissement. Se délectant de sa saveur sucrée, il ferma les yeux. Il n'était plus que sensations. Sa peau satinée. Ses lèvres tremblantes. Ses cheveux soyeux qui glissaient sur ses doigts en une caresse délicate.

— Je croyais que nous étions en train de parler, murmura-t-il contre ses lèvres.

Glissant une main sous sa robe, il caressa sa peau nue. Quand elle sentit son pouce glisser sous l'élastique de son slip, elle étouffa un petit cri.

— Continue, et je serai dans l'incapacité de parler, fit-elle d'une voix altérée.

— Tant mieux.

S'aventurant un peu plus loin, ses doigts effleurèrent son sexe, déclenchant en elle des sensations divines. Il eut alors l'impression de se perdre en elle, dans sa bouche, dans ses doux gémissements de plaisir.

— Shay ? reprit-elle en s'écartant, les cheveux ébouriffés, le visage enfiévré. Je voulais te dire... Tous ces changements, tu as bien travaillé.

Soudain, tout fut limpide. Il n'avait pas besoin d'être diplômé en psychologie pour comprendre son miraculeux revirement d'humeur. Dire qu'il pensait avoir vaincu sa réserve professionnelle ! Comment avait-il pu se laisser berner ? Non, elle avait enfin ce qu'elle voulait : une version édulcorée, plus posée, du Shay du passé.

Au même instant, son téléphone se mit à biper. En voyant le nom de l'expéditeur, il laissa échapper un juron. Le message provenait de Cal Blankenship, directeur des opérations, son collaborateur le plus haut placé chez GGS Aerospace. Connaissant par avance la teneur du texto, il en prit néanmoins connaissance.

Leur contrat avec le gouvernement arrivait à terme, et une entreprise concurrente avait déjà fait une offre. L'heure était grave, car ce contrat était vital pour GGS Aerospace, il faisait vivre l'entreprise. Ils ne pouvaient pas se permettre de le perdre.

Il sentit sa gorge se nouer. Grant aurait eu vite fait de régler le problème sans même l'impliquer. Que pouvait-il faire hormis voir ce qui allait arriver ?

— Tu dois rentrer ? demanda-t-elle.

— Oui, mentit-il.

Ce n'était pas vraiment un mensonge. Il avait besoin de prendre de la distance.

Se penchant en avant, elle lui murmura d'une voix suave :

— Ma chambre surplombe la piscine, et j'avais pensé essayer le spa. Peut-être aimerais-tu te joindre à moi tout à l'heure pour me donner un peu plus matière à réfléchir ?

Manifestement, il lui inspirait toujours le même désir. Tant qu'il se tenait tranquille.

Shay n'avait pas l'intention d'accepter l'invitation de Juliana à la rejoindre dans le Jacuzzi.

Certes, elle le désirait. Mais elle ne désirait pas l'homme qu'il était. Elle voulait une version plus sécurisante de lui. Et il se sentait blessé. Une image du passé resurgit, lui dans sa chambre d'université huit ans plus tôt, la jambe plâtrée, écoutant la femme qu'il aimait lui déchirer le cœur.

— Tu dois arrêter tes cascades, Shay, disait-elle. Cette fois, c'est une jambe cassée. La prochaine fois, tu pourrais te briser le cou.

— Je suis comme ça.

— Dans ce cas, ce sera sans moi.

Aussi, ce soir, s'efforçant de se changer les idées en regardant la télévision, il était bien déterminé à ne pas penser à celle qui l'attendait dehors, sous les étoiles. Mais il avait beau changer de chaîne, rien n'arrivait à capter son attention. Ses pensées ne cessaient de vagabonder.

Il se mit ainsi au supplice un bon quart d'heure, se laissant aller à tous les fantasmes. Juliana était en bas, son corps sublime mouillé, et il était ici, seul avec ses principes.

Ainsi, elle finissait par obtenir ce qu'elle avait voulu à l'université. Pourtant, elle ne lui avait pas donné d'ultimatum. Et ce n'était pas pour elle qu'elle lui demandait de mettre un frein à ses habitudes de casse-cou, mais pour Mikey. Il ne ressentait pas son exigence comme par le passé. Ils n'étaient pas amoureux. D'ailleurs, jamais il ne pourrait retomber amoureux d'elle et lui faire confiance : elle l'avait fait trop souffrir.

En outre, s'il était disposé à changer temporairement son mode de vie, il n'avait nulle intention de procéder à des changements permanents.

Il se leva d'un bond, faisant taire la petite voix intérieure qui lui soufflait que la rejoindre n'était pas une bonne idée.

Ne pense pas, agis, s'intima-t-il.

Sans bruit, il sortit par la porte de derrière, ouvrit la barrière neuve et longea la piscine jusqu'au Jacuzzi. Toutes lumières éteintes, l'eau scintillait dans son bassin dallé.

— Tu es venu, lança Juliana dans la pénombre. Je commençais à me sentir un peu seule. Je pensais que j'allais réfléchir en solo.

Il s'arrêta devant le muret de pierres autour du Jacuzzi. Juliana était de l'autre côté, de l'eau jusqu'au cou.

— Je m'en voudrais de t'interrompre, répondit-il. Je peux allumer pour ne rien rater du spectacle ?

Pour toute réponse, elle éclaboussa ses pieds nus.

— Viens, entre. L'eau est à température idéale. Ni trop chaude ni trop froide.

— Dommage, ironisa-t-il. J'espérais que tu me demanderais de te réchauffer.

Il retira sa chemise, hésitant. Devait-il enlever son bermuda ? Non, il allait attendre de voir ce qu'elle avait en tête. Un baiser et une invitation à un bain de minuit n'étaient pas forcément synonymes de galipettes dans l'eau.

Ce qui ne l'avait pas empêché, éternel optimiste, de mettre des préservatifs dans sa poche.

Il entra dans le Jacuzzi et s'assit sur une banquette en face d'elle. L'eau salée sur sa cicatrice au genou lui tira une grimace de douleur. Devant le beau visage de Juliana baigné par la pâle lueur des étoiles, il eut l'impression de manquer d'air.

— Juliana, viens, dit-il, impatient de goûter de nouveau à sa peau avant que ses doutes le fassent changer d'avis.

Elle s'avança vers lui, et il l'attrapa par le bras, la prenant sur ses genoux. Elle noua ses longues jambes autour de sa taille. Son Bikini couvrait tous les endroits de son corps qu'il mourait d'envie d'explorer, et il se réjouit de voir que son haut était noué autour de son cou.

De son doigt, il suivit les contours de sa bouche, puis se mit à picorer ses lèvres. Quand elle remua contre lui, contre son sexe en érection, il eut un grognement rauque.

Il l'attira plus étroitement à lui, se délectant de la chaleur de leurs corps dans la fraîcheur de l'eau.

Penchant la tête, il butina son épaule, puis couvrit son cou humide d'une pluie de baisers. De ses dents, il tira d'un coup sec sur le cordon de son haut de maillot, et le nœud se défit. Elle poussa un petit cri de protestation. Son haut glissa, dévoilant deux seins aux pointes roses qu'il n'avait jamais oubliés.

Elle ramena ses mains sur sa poitrine, pour tenter de cacher sa nudité.

Avec délicatesse, il écarta ses mains pour l'admirer à loisir. Elle était toujours la plus belle femme du monde.

— Quelqu'un pourrait nous voir, murmura-t-elle.

— Les logements du personnel sont en bas de la colline, expliqua-t-il avec un geste de tête. Il n'y a que Maria à la maison, et elle surveille Mikey. De toute façon, que pensais-tu faire ici ? Jouer au palet ?

Pour toute réponse, elle pencha la tête et l'embrassa, d'abord un peu hésitante. Il sentit son corps s'embraser, avide de sa caresse, de sa chaleur. Leurs langues se mêlèrent en un ballet fiévreux et voluptueux. Elle avait le goût sucré du chèvrefeuille.

Sans quitter sa bouche, il acheva de dénouer le cordon de son haut de maillot qui se mit à flotter dans l'eau. Puis il saisit dans ses mains ses seins lourds, caressant de ses pouces les pointes tendues, lui arrachant un gémissement de plaisir. Il la retrouvait, comme avant. Les huit ans passés s'évanouirent. Il avait de nouveau vingt-deux ans, il la désirait désespérément, se consumait d'amour pour elle. Elle redevenait son havre, son pilier.

Son cœur se mit à battre plus vide.

Dire qu'il aurait juré avoir dépassé tout cela.

Il ne voulait ni douceur ni romantisme. Elle devait sentir qu'ils partageaient le même besoin, la même avidité, comme un raz-de-marée emportant tout sur son passage. Il voulait sentir la force de sa passion.

Il s'empressa de réprimer les sentiments qui menaçaient de l'envahir et la plaqua contre lui, happant ses seins dans sa bouche. Mais cela ne suffit pas à chasser le passé, à calmer sa douleur. Il devait étouffer ce désir qu'il avait eu d'un avenir avec Juliana, quand elle l'avait accepté et aimé tel qu'il était.

Avant qu'elle détruise ce beau rêve, anéantissant à jamais la confiance qu'il avait en elle.

Seule subsistait entre eux cette passion dévorante.

Au diable les souvenirs ! s'intima-t-il.

Ses mains caressèrent ses courbes affolantes, son sexe moite.

— Je veux être en toi, Juliana.

Il voulait s'abandonner dans la plénitude de sa chair, ne plus penser.

Goûter avec elle ce moment d'oubli purement physique.

En sentant la langue de Shay sur son sein, Juliana frissonna. Son corps était en fusion, comme tiré d'un long sommeil.

Elle n'avait pas été caressée de la sorte depuis bien longtemps. Elle avait l'impression que tout son corps appelait les caresses, avide de sensations intenses, violentes. Avide de sexe.

Cela ne lui était pas arrivé avec cette intensité depuis longtemps. Pas depuis Shay.

Eric et elle avaient eu une sexualité agréable, mais son infertilité l'avait privée de la capacité à la vivre comme un plaisir. Shay, qui l'avait aimée avant, était peut-être celui qui pourrait lui redonner confiance en elle.

Avec une intensité qui ressemblait à une vengeance, il caressa les pointes durcies de ses seins, lui arrachant des gémissements, l'emportant dans un tourbillon de volupté.

Puis il prit une pointe dans sa bouche, déclenchant en elle une sensation exquise, qui se diffusa dans tout son corps secoué de frissons.

Ses mains de magicien couraient sur sa peau, jouant pour elle la partition du plaisir.

Elle était comme enivrée de désir, privée de toute pensée cohérente. Comme elle s'était trompée en pensant qu'un Shay plus sage ne serait plus dangereux !

Avec la maturité, elle aurait dû être capable de gérer Shay. Pour Mikey. Alors pourquoi le trouvait-elle si irrésistible ? Pourquoi avait-elle l'impression d'être au bord d'un gouffre ?

D'un geste vif, il lui arracha son bas de Bikini. A son érection plaquée contre sa chair, elle sentait son impatience. Quand il retira son slip de bain, ils se retrouvèrent peau contre peau, sexe contre sexe.

Il reprit sa bouche avec fébrilité, faisant naître mille sensations divines dans son ventre. Elle se cambra, se plaquant plus près. Lorsqu'il introduisit un doigt, puis un deuxième, dans son sexe chaud, elle crut qu'elle allait défaillir.

— Shay, fit-elle dans un râle.

— Chut...

Il la caressait de ses doigts experts, lui imprimant un tempo auquel elle se pliait avec délice. Nouant ses jambes autour de sa taille, elle s'offrit sans retenue à lui, qui lui prodiguait des caresses toujours plus subtiles, toujours plus appuyées.

Ivre de volupté sous les assauts de ses doigts habiles, elle s'abandonna, haletante. Le sang battait à ses tempes, un tourbillon de sensations divines l'emportait. Elle ferma les yeux et vit des étoiles danser sous ses paupières closes.

Lui seul lui avait fait connaître la passion. Et maintenant, ils semblaient rattraper ces huit longues années de séparation, et la magie opérait de nouveau, intacte, peut-être même renouvelée.

— Attends, je dois mettre un préservatif, dit-il.

Elle eut l'impression que sa voix lui parvenait de très loin.

— Tu sais que tu n'es pas obligé ?

Il la regarda, interloqué.

— Tu es en train de me dire que nous ne sommes pas obligés d'utiliser une protection ?

— Je ne peux pas avoir d'enfants. Et quant au reste, j'ai été testée.

Et lui ? Le moment était peut-être mal choisi pour évoquer le passé sexuel de Shay.

Lentement, avec un sourire gourmand, il se leva, et, la prenant dans ses bras, la fit asseoir à côté de lui sur le bord du Jacuzzi. Son corps nu s'offrait à ses yeux.

— Je ne vais pas te mentir, dit-il. Il n'y a rien de plus érotique que de faire l'amour sans préservatif.

De l'index, il souleva vers lui son visage et plongea son regard d'un vert infini dans le sien.

— Je n'ai couché avec aucune femme sans préservatif. Néanmoins, tu n'as que ma parole. Je comprendrais que tu veuilles ne prendre aucun risque. Mais j'en ai apporté, et j'en utiliserai un si tu me le demandes. C'est à toi de décider.

Elle n'en croyait pas ses oreilles.

Shay était devenu cet homme extraordinaire. Il était prêt à faire passer Mikey avant tout, à sacrifier ses propres intérêts et, en dépit de la passion qu'il éprouvait en cet instant, il prenait le temps de s'assurer qu'ils étaient bien d'accord pour ne pas utiliser de préservatif.

Et surtout, il semblait lui aussi ne rien avoir oublié de la passion qui autrefois les unissait.

Après des années d'une sexualité « utile » et l'échec d'un mariage dû à son infertilité, c'en était assez ; aucune barrière ne devait plus se dresser entre elle et cet homme qui voulait vivre une expérience unique avec elle, qu'il n'avait partagée avec aucune autre.

L'homme dont elle était tombée amoureuse.

Un homme dont elle pourrait aisément retomber amoureuse, sans risques, maintenant qu'il avait accepté de mener une vie moins dangereuse.

— Pas de préservatif, dit-elle. Juste toi.

Il n'avait pas besoin d'en entendre plus. La plaquant contre lui, il s'empara de sa bouche et se rassit sur le banc du Jacuzzi, Juliana sur ses genoux. Elle noua ses jambes autour de sa taille et vint se placer sur lui avec une lenteur infinie, accueillant en elle son sexe gorgé de désir.

— Juliana, gémit-il.

Leurs regards soudés, ils oubliaient le reste du monde, baignés dans un océan de plaisir pur. Il avait l'impression d'avoir retrouvé cette part de lui qui lui manquait. Rien au monde ne comptait plus que cet instant. Cette femme. Qui avait été tout pour lui.

Elle se soulevait et se cambrait pour venir à sa rencontre, leurs deux corps ondulaient en rythme. Quand il vit Juliana, secouée d'un ultime sursaut, entrouvrir les lèvres pour crier son nom, il sut que jamais il n'avait rien connu de plus beau.

La tête renversée en arrière, il plongea une dernière fois en elle, accélérant le tempo, et se laissa submerger par l'extase du plaisir inouï.

— Juliana, murmura-t-il de nouveau, sans préservatif, c'est inouï.

Prenant une serviette, il lui en entoura les épaules, puis ils sortirent de l'eau. L'entraînant dans la maison, ils montèrent l'escalier jusqu'à sa chambre. Puis, la soulevant dans ses bras, il la déposa sur son lit.

Il vint s'allonger à côté d'elle, glissa une cuisse entre ses jambes. Il couvrit ses seins de baisers brûlants et descendit, plus bas. Avec une douceur extrême, il lui écarta les jambes et l'embrassa là où son désir le réclamait.

Elle se cambra sous l'assaut de ses caresses exquises.

Il caressa son point le plus sensible, où se concentrait tout son désir, et elle ondula sous ses doigts, ivre de volupté. De sa bouche, il étouffa son cri.

Puis il se plaça au-dessus d'elle et la pénétra d'un coup de rein. Jamais l'union de leurs deux corps n'avait semblé aussi évidente.

Les paupières closes, il allait et venait en elle. Au bord de l'extase, elle s'agrippait à lui, sa bouche à un souffle de la sienne. Ils s'abandonnaient, entraînés par un puissant tourbillon de volupté. Captive de son regard émeraude, elle fut submergée par l'orgasme, et il la rejoignit dans l'extase. Le long frisson qui l'électrisa rejaillit sur elle par vagues, dans une explosion de sensations.

Il se laissa retomber sur elle. Comblée, elle resta blottie contre lui.

— La prochaine fois, invite-moi directement à te rejoindre dans ton lit plutôt que dans le Jacuzzi, dit-il en déposant un baiser sur son front.

Elle resserra son étreinte, le cœur gonflé d'une émotion indicible. Il vit des larmes rouler sur ses joues.

— Que se passe-t-il ? demanda-t-il avec inquiétude. Tu as des regrets ?

— Non, non… c'est…

Les sacrifices. Les changements. Cette étreinte.

— Merci pour tout, dit-elle d'une voix étranglée.

Il se mit à rire.

— Je t'en prie. Simplement, je vais peut-être te garder ici. Tu fais du bien à mon ego.

— Je ne devrais peut-être pas te le dire, mais c'est la première fois depuis longtemps que… Tu sais. Je ne voudrais pas que cela te monte à la tête.

— Tu recommences à parler en langage codé. Belle comme tu es, je ne comprends pas pourquoi tu refoules autant ta sensualité. Tu n'étais pas comme ça, avant.

Elle refoulait sa sensualité ? Absolument pas !

— Je ne parle pas en langage codé.

— Si. Tu ne pouvais même pas venir me dire franchement, viens, je te donne rendez-vous à 20 heures pour faire l'amour dans le Jacuzzi. Au lieu de cela, tu m'as dit « je pense que nous devions parler », « réfléchir ». Et maintenant, ce « tu sais ». Qu'est-ce que ça veut dire ?

Il effleura le contour de sa lèvre inférieure, déclenchant en elle des picotements délicieux.

— Un orgasme, avoua-t-elle, les joues en feu.

Il eut un sourire satisfait.

— Pas étonnant que tu m'aies remercié. Je suis content de t'avoir rendu service. Je m'attendais à ce que tu me dises que c'était la première fois que tu avais fait l'amour depuis longtemps. Ce qui est tout aussi flatteur pour mon ego, de toute façon. Alors, depuis combien de temps n'as-tu pas eu d'orgasme ?

— Huit ans.

Il se redressa vivement.

— Tu n'as pas eu d'orgasme depuis notre rupture ? Mais quel était le problème avec ton ex ?

Il n'était pas toi, songea-t-elle, se gardant bien de formuler sa réponse à voix haute.

Inutile de lui faire trop de confidences ; il pavoisait déjà bien assez. Un vrai coq !

— Aucun, répondit-elle. Nous avons eu un mariage civilisé et nous nous sommes très bien entendus.

— En d'autres mots, il était ennuyeux comme la pluie, ironisa-t-il.

C'était assez près de la vérité pour la mettre mal à l'aise. Elle avait délibérément cherché un homme stable, réservé, pour oublier sa relation passionnelle avec Shay. Faire l'amour avec Shay était un festival de plaisirs qui lui faisait perdre tout contrôle.

— Je ne tiens pas à discuter de mon mariage pendant que nous sommes dans ton lit, rétorqua-t-elle.

Elle ne voulait pas y penser. Ne savait-elle pas maintenant avec certitude pourquoi elle avait épousé Eric ? Elle cherchait le contraire de Shay, voilà tout. Et, en définitive, elle était désormais si inhibée qu'elle ne pouvait plus parler de sexe et avait du mal à se laisser totalement aller. Naturellement, Shay était bien trop bien élevé pour y faire allusion. Pourtant, elle savait bien qu'elle était incapable de lui faire connaître le même plaisir que celui qu'il lui procurait.

— C'est toi qui en as parlé. Que faisait-il pour t'exciter ? Je parie qu'une caresse dans le dos te ferait plus d'effet.

— Arrête ! Il ne fait plus partie de ma vie. Vous n'êtes pas en compétition.

— Juliana chérie, j'en suis bien conscient, et même s'il y en avait une, j'ai déjà gagné. Pourquoi ne m'as-tu rien dit ?

— Comme tu l'as fait remarquer, il n'est pas facile d'en parler.

Après ce que Shay lui avait donné, ce à quoi il avait renoncé, elle se sentait redevable envers lui. Ne pouvait-elle pas faire un petit effort pour changer dans l'intimité, le combler sexuellement ?

Pour une fois, elle se jura d'être à la hauteur. Pour lui. Sinon, toute possibilité d'une seconde chance s'évanouirait.

— Tu n'es pas obligée de parler, dit-il. Dors.

Il tapota l'oreiller, et elle s'y enfonça avec gratitude.

7

Ils furent tirés de leur sommeil aux aurores par les hurlements de Mikey.

Shay entrouvrit un œil, cherchant le visiophone du regard. Peut-être espérait-il voir apparaître quelques fées, qui, volant à travers la pièce, sortiraient Mickey de son berceau.

— Je commence à me demander pourquoi j'ai attendu si longtemps pour recruter une nourrice.

— Maria, marmonna Juliana, en se blottissant contre lui. Laisse-la aller s'en occuper. Reste.

Son anatomie réagit immédiatement à cette proposition.

— Elle a gardé Mikey hier soir, alors je lui ai donné sa journée.

— Tu es bien sûr d'être un scientifique qui construit des fusées ? Parce que là, j'ai de sérieux doutes sur ton intelligence, le taquina-t-elle.

Roulant sur elle, elle se redressa sur un coude pour le regarder, ses cheveux tombant sur ses épaules en un voile soyeux. Le drap glissa, dévoilant un sein blanc, sur lequel la rugosité de ses joues avait laissé des marques.

Son érection s'accentua.

— J'ai abandonné mon cursus au MIT, et la dernière fusée que j'ai construite a explosé. Je pense donc que tu as ta réponse.

— Shay, murmura-t-elle en le regardant avec tendresse.

Il détourna les yeux. Il refusait de se laisser gagner par l'émotion. Ni ce matin ni un autre jour.

— Rendors-toi. Je vais m'occuper de Mikey.

Sans lui laisser le temps de protester, il enfila à la hâte quelques vêtements et s'éclipsa, avec l'impression de prendre la fuite. Heureusement, elle ne parut pas s'en apercevoir.

Devant le berceau, il regarda le bébé, le visage tout plissé par les sanglots. Tout en lui murmurant des paroles apaisantes, il le prit dans ses bras et le changea.

Après avoir préparé un biberon, il s'installa dans le rocking-chair. Mikey but avec avidité, cria pendant quelques minutes, puis s'endormit bien plus vite qu'à l'accoutumée. Le nouveau lait semblait mieux lui convenir, même si ses renvois n'avaient pas totalement cessé.

Le bébé silencieux contre son épaule, il réfléchit. Ils n'auraient pas dû faire l'amour la nuit dernière.

Pourtant, il aimerait recommencer dès que possible.

Jamais aucune femme ne l'avait séduit comme Juliana. Son odeur collait à sa peau, à la fois excitante et exaspérante. Dans sa jeunesse agitée, il s'était donné totalement à elle, l'avait aimée avec une telle violence que, quand elle avait rompu, des années durant il avait été incapable de refermer la blessure béante qu'elle avait laissée dans son cœur. Dès lors, il était hors de question qu'il retombe amoureux d'elle.

Le sexe était lié au corps, l'amour à l'esprit. Il ne doutait pas un instant de pouvoir séparer les deux. N'était-ce pas ce qu'il faisait sans aucune difficulté depuis qu'elle l'avait quitté ? Mais Juliana était-elle capable d'un tel détachement ? Pas vraiment.

Et là était le problème.

Il s'était dit qu'elle repartirait au Nouveau-Mexique au bout de quelques semaines, avec quelques bons souvenirs, mais ce matin ce qu'il avait lu dans son regard avait anéanti ses espoirs. Il n'avait pas prévu qu'elle en viendrait à penser que cette relation était viable. Qu'elle tomberait amoureuse de cette version édulcorée de lui.

Il suffisait à une femme d'avoir un orgasme pour qu'elle s'imagine la bague au doigt, comme dans un conte de fées.

Il se balança plus fort, et Mikey poussa un petit cri. Essayait-il de lui dire qu'il était content, ou le contraire ? Dans le doute, il ralentit.

Tout le monde voulait le voir ralentir.

Juliana pouvait toujours rêver de le voir lui passer la bague au doigt, c'était aussi peu probable que la NASA envoyant des hommes sur Pluton. Il chérissait sa liberté. En outre, il ne lui avait fait aucune promesse.

Si elle s'attachait, tant pis pour elle. Exactement comme elle l'avait forcé à le faire huit ans auparavant, elle saurait recoller les morceaux de son cœur brisé.

Juliana et lui allaient devoir éclaircir certains points. Comme le fait qu'ils n'avaient aucun avenir en commun.

Quand Mikey se réveilla, il joua un moment avec lui. Puis il prit part à une vidéoconférence très importante pour les contrats entre le gouvernement et GGS Aerospace. Sans Grant, il lui incombait de les décrocher. Or, la mort de son ami ne l'avait pas transformé, comme par miracle, en négociateur averti, pas plus qu'elle n'avait fait de lui un père éclairé. Il détestait ne pas pouvoir combler ses lacunes.

Quand Cal Blankenship lui fit remarquer son air absent, il se ressaisit, bien décidé à oublier la nuit précédente.

Concentré sur la vidéoconférence, il comprenait, non sans une certaine amertume, qu'il allait devoir passer quelques jours à Fort Worth avec les cadres de son entreprise pour trouver une stratégie et battre la concurrence. Sinon, ils devraient mettre la clé sous la porte.

En outre, il devait préparer l'Hayabusa pour son nouveau propriétaire, ce qui ne faisait qu'aggraver sa mauvaise humeur.

Il aimait cette moto. Il aimait tous ses véhicules, tous ses avions, il aimait chaque engin qu'il possédait. D'autres hommes collectionnaient les cartes de basketteurs ou les femmes. Lui, il aimait la vitesse. Du moins, il l'avait aimée. Maintenant, il était père, et seul l'espoir de voir Mikey partager un jour sa passion des bolides le consolait.

Après avoir remis la moto à son transporteur, il rentra, se félicitant d'avoir réussi toute la journée à éviter Juliana.

Elle l'attendait dans la salle de séjour. Quand il referma la porte-fenêtre, elle se leva d'un bond, comme s'il venait de la surprendre à batifoler avec le jardinier.

— Bonsoir, dit-elle en le regardant avec de grands yeux.

— Bonsoir.

Leur silence le mettait mal à l'aise. Maintenant, ils se comportaient de façon bizarre l'un avec l'autre, et c'était de sa faute. Il devait lui présenter des excuses pour avoir disparu ce matin. Des images d'alliances et de mariage passèrent devant ses yeux. Il se ravisa. Non, il ne lui présenterait pas d'excuses, c'était inutile.

— J'ai parlé à Emily, la nourrice de Donna, reprit-il. Je la reçois demain en entretien, et, si tout va bien, elle peut commencer tout de suite.

— Super !

D'un air gauche, elle se dandina d'un pied sur l'autre et rajusta la barrette dans ses cheveux d'un geste nerveux. Le silence semblait s'éterniser.

— Et si nous parlions du temps ? ironisa-t-il, sans avoir vraiment le cœur à rire.

— J'ai besoin d'un service, répondit-elle en s'éclaircissant la voix.

— Qui est ?

— Je... je ne savais pas qu'il serait si difficile à exprimer.

En soupirant, elle lui fit signe d'approcher.

— Tu es trop loin, et j'ai l'impression de devoir crier.

Il avança de deux pas, assez près pour sentir son parfum, pour toucher ses douces courbes féminines, son corps si sensuel.

— Bien, commença-t-elle, j'ai un problème.

Il sentit son cœur se serrer et l'angoisse le gagner.

— Que se passe-t-il ?

— Ce n'est pas facile pour moi de parler de...

Elle poussa un nouveau soupir qui gonfla ses seins sublimes dont le goût persistait dans son souvenir.

— ... sexe.

— Ah, tu veux parler de ce problème-là.

A son tour, il soupira. Il était soulagé. Ainsi, elle voulait parler de sexe ? Rien de plus facile pour lui. En revanche, il était incapable de parler de leur relation, de l'avenir, de mariage. Pas pour le moment, avec ses émotions encore à vif.

— Oui, parce que j'ai un problème avec le sexe en général.

— Je n'ai pas eu cette impression hier soir, fit-il valoir en repensant à leurs fabuleux ébats.

— Parce que tu as pris toutes les initiatives, et que j'ai suivi. Je ne sais pas vraiment m'y prendre pour te séduire. Je ne sais pas si je te donne du plaisir. Et c'est ce que je veux.

Surpris, il l'interrompit d'un geste.

— Tu n'as aucun doute à avoir.

— Pourtant, dans la voiture, quand je t'ai embrassé...

Elle semblait si malheureuse qu'il ne put s'empêcher de lui prendre la main.

— Juliana, ce qui s'est passé dans la voiture frôlait la perfection, et j'en ai apprécié chaque minute. Ainsi que chaque instant de la nuit dernière. Pourquoi te dénigres-tu ainsi ?

— Tu es parti tellement vite ce matin, et je ne t'ai pas vu de la journée. J'en ai conclu que tu me fuyais parce que je t'avais déçu. Or, je veux être à la hauteur de tes attentes, au lit. Tu le mérites.

Se hissant sur la pointe des pieds, elle le regarda droit dans les yeux.

— Après y avoir longuement réfléchi, j'ai la réponse. Laisse-moi réessayer.

Il la dévisagea, consterné. Comment pouvait-il lui expliquer que c'était son sentiment de culpabilité et non la déception qui l'avait poussé à se lever si vite ?

Pire, il avait été si déterminé à n'écouter que son corps, à tirer le maximum de plaisir de cette expérience, qu'il n'avait pas accordé assez d'attention à ses besoins. Quel abruti il faisait !

Il ne lui restait plus qu'à réparer et lui adresser ses plus plates excuses. Sans omettre néanmoins de lui préciser qu'il n'était en aucun cas question d'engagement à long terme. Mais avant qu'il ait eu le temps d'ouvrir la bouche, elle reprit :

— Je veux satisfaire tous tes fantasmes.

De plus en plus perplexe, il secoua la tête.

— De quoi parles-tu ?

— De sexe, dit-elle avec un petit hochement de tête. Je veux du sexe. Avec toi. Et je veux en parler avec les vrais mots, je veux te dire ce que j'aime, te poser des questions sur ce que tu aimes.

Sa vue se brouillait, ses jambes étaient douloureuses de l'effort qu'il faisait de se retenir de la prendre dans ses bras et lui faire l'amour sur-le-champ.

— Tu veux me soumettre à un questionnaire ? ironisa-t-il pour chasser son trouble.

Son visage aux traits fins s'empourpra.

— Pas dans un contexte médical. Mais je suppose que mon idée s'en rapproche. Je préférais faire l'expérience sur le moment en te demandant si la façon dont je bouge te plaît. Ce que je souhaiterais, c'est expérimenter certaines caresses pendant l'amour et te demander si ça te plaît. Tu vois, c'est une façon très logique de résoudre les deux problèmes à la fois.

— Expérimenter. Sur moi. D'un point de vue sexuel, parvint-il à articuler.

— Je t'en prie. Je sais que c'est...

— Tais-toi, Juliana. Tais-toi juste une minute.

Il ignorait s'il devait rire ou pleurer, mais si elle continuait à parler, il allait peut-être faire les deux. Pas même l'expression blessée sur son visage ne pouvait dissiper l'image qui embrasait ses sens : Juliana nue, le chevauchant en chaloupant des hanches, la tête renversée dans l'extase.

— Je suis désolé, j'essaie toujours de comprendre.

— Je sais, répondit-elle en baissant la tête, refusant de croiser ses yeux. C'est mon infertilité qui m'a fait perdre la possibilité d'avoir une vie sexuelle normale. J'espère pouvoir être différente avec toi. Peut-être grâce à notre passé. Tu provoques en moi des sensations que je croyais avoir oubliées. Je veux te rendre la pareille.

Elle voulait surmonter un problème lié à son mariage, et elle pensait qu'il était le seul à pouvoir l'aider. Et dans la thérapie qu'elle s'était autoprescrite, elle s'autorisait à parler librement de sexe, sans tabous, pour essayer de comprendre ce qui lui procurait du plaisir.

Ainsi, comme pour lui, leur relation était simplement physique.

Personne ne rêvait de mariage, et personne n'allait souffrir.

Quel homme refuserait à une femme de devenir l'objet de ses expériences sexuelles ?

— Que dirais-tu de commencer tout de suite ? demanda-t-il avec un sourire suggestif.

Elle rougit de nouveau.

— Je vais avoir besoin de préliminaires pour me débarrasser de mes inhibitions. Peut-être plus tard ce soir ?

La journée avait affreusement démarré, mais les choses s'arrangeaient. La place vide laissée par l'Hayabusa dans son garage ne le hantait même plus. Se rappelant soudain la vidéoconférence, il eut un grognement de frustration.

— Je dois me rendre à Fort Worth pour quelques jours. Le jet n'était pas disponible demain. Je dois partir dans une heure.

Devant la déception qu'il lut sur son visage, il sentit son moral remonter en flèche.

— Tu ne peux pas reprogrammer ?

Il se mordit la langue. Il brûlait d'envie de lui rappeler qu'il possédait un hélicoptère qui aurait parfaitement fait l'affaire, mais qu'il avait fait la promesse de ne pas s'en servir.

— J'ai aussi programmé demain l'entretien d'Emily. Tout va bien, enchaîna-t-il en déposant un baiser sur main. Plus on anticipe les bonnes choses, plus on les apprécie.

Shay était parti depuis quarante-huit heures et, à chaque seconde qui passait, Juliana sentait un peu plus l'énergie lui manquer.

Il devait rentrer de son voyage d'affaires ce soir. Détachant son regard du réveil, elle réinstalla le bébé sur ses genoux. Mikey était grincheux, il refusait de rester tranquille. Il avait appris à ramper par terre, ce qui était beaucoup plus intéressant que le livre d'images sur le cirque qu'elle avait choisi de lui lire. Bien sûr, elle n'aurait pas pu accompagner Shay à Fort Worth, et elle avait été contente de rester ici pour s'occuper du bébé. Le temps qu'elle passait en sa compagnie lui était précieux. Elle l'avait promené dans le parc et lui avait fait découvrir les bains à bulles.

Bientôt, il marcherait et dirait ses premiers mots. Comme « maman ». Mais qui allait-il appeler maman ? Elle sentit des larmes lui piquer les yeux. Pauvre bébé. Shay l'aimait, bien sûr, mais l'amour d'une mère était unique. Elle voulait que Mikey le connaisse.

En attendant, elle ne savait comment le calmer. Donna aurait su quoi faire. Quant à elle, ne saurait-elle jamais s'y prendre avec Mikey, avec les bébés en général, parce qu'elle ne pourrait jamais être mère ?

Elle soupira.

Pourquoi ne pouvait-elle pas passer du temps avec Mikey sans douter d'elle-même ? Elle aimait les bébés. Elle aimait l'idée d'être mère. Mais elle n'était pas la mère de Mikey, et être une mère au quotidien était beaucoup plus difficile qu'elle ne l'avait imaginé.

De désespoir, elle prit le jouet musical qu'elle avait acheté dans un magasin de Fort Worth et appuya sur le bouton. La musique de Mozart s'éleva dans la pièce. Elle aurait aimé voir les pleurs de Mikey cesser, mais ce ne fut pas le cas. Néanmoins, le concerto la rasséréna. Quand elle jouait du violon, la musique lui venait facilement, naturellement. Se sentir compétente dans un domaine lui manquait. Elle ferma les yeux. Elle allait faire en sorte de comprendre comment devenir une mère compétente.

Son téléphone portable se mit à sonner. Quand elle vit le nom de Shay s'afficher à l'écran, son cœur s'emballa.

— Allô ? répondit-elle.

— J'ai hâte de te voir, dit-il de sa voix chaude et rauque, aux intonations caressantes.

Un frisson d'impatience la traversa.

— Oh ! tu étais parti ? Je n'avais pas remarqué.

Son rire résonna à l'autre bout du fil.

— Je t'ai acheté un cadeau à Fort Worth. J'aimerais que tu le portes. Tu le feras ?

— Le porter où ?

— Ce soir. Pour moi. C'est quelque chose qui me plaît.

Une angoisse la saisit. Et si elle essayait et qu'elle ne parvenait pas à satisfaire Shay ? Il était tellement... viril, sensuel, plein d'assurance.

— Nous allons quelque part ?

— Pas cette fois. Nous dînons ici. Cela fait partie de mon marché.

Elle sentit le désir naître au creux de son ventre. Il ne l'avait même pas encore touchée que déjà tous ses sens s'embrasaient.

— Je porterai ton cadeau. Tu peux me dire ce que c'est ?

— Je ne préfère pas. Ça doit rester une surprise. J'ai amené Emily avec moi. Descends la rencontrer. Tu trouveras le paquet sur le plan de travail de la cuisine.

— Tu es déjà là ? Avec Emily ?

Son émoi était au paroxysme.

— J'ai demandé au pilote de foncer. Tu pourras me réprimander plus tard.

Il raccrocha.

Elle rangea son téléphone dans sa poche en secouant la tête. Il était préférable de ne pas penser où tout cela allait les mener. Pas maintenant, alors que tout avec Mikey lui semblait si précaire. Et quand elle était si peu sûre de combler Shay. Il lui semblait presque plus facile de ne pas brusquer les événements, de laisser les choses se faire naturellement. Ainsi, elle aurait moins peur.

Mikey dans les bras, elle descendit dans la cuisine. Une jolie brune, l'air vif, assise à la table réservée aux repas du personnel, bavardait avec Maria.

Une fois les présentations faites, Emily demanda à prendre Mikey dans ses bras. Tout en gazouillant, celui-ci se mit à frapper son visage de son petit poing.

Juliana sentit son cœur se serrer. Manifestement, Mikey et sa nourrice sympathisaient vite.

C'était parfait. C'était exactement ce dont Shay et elle avaient discuté. La nourrice n'était pas une étrangère. Emily semblait avoir la jeune vingtaine, un bon âge pour récupérer de nuits blanches. Juliana et Shay allaient pouvoir se concentrer sur la raison de sa présence ici. Elle allait pouvoir lui apprendre à être un bon père. Tout allait bien.

Simplement, elle ne s'était pas attendue à se sentir soudain inutile. Comme si, égoïstement, elle voulait Mikey pour elle toute seule. C'était ridicule ! Après toutes ces années d'études. Tout ce travail pour construire son cabinet, pour développer une relation avec ses patients, les apaiser, leur donner l'espoir de retrouver leur équilibre. Etait-elle prête à troquer tout cela pour changer des couches ?

Mais elle connaissait exactement la raison de la douleur qui lui enserrait la poitrine.

Elle ne voulait pas être nourrice. Au fond de son cœur, elle craignait d'avoir rêvé d'un rôle totalement différent, impossible, dans la vie de Mikey : elle voulait être sa mère.

Il était temps de se ressaisir. Elle sourit à Emily. La nourrice correspondait parfaitement à ses attentes. Maintenant qu'elle était arrivée, elle allait pouvoir se concentrer sur son travail.

Elle remarqua alors le mystérieux sac posé sur le comptoir. Gros et rouge, il ne portait pas de marque. Sa curiosité piquée, elle prit congé et monta dans sa chambre, serrant le sac contre elle.

Déballant le contenu, elle cilla, surprise.

De la lingerie : un soutien-gorge et un slip minuscules, de soie bleue, transparente.

Sentant ses joues s'embraser, elle prit les pièces de lingerie délicates. Shay voulait qu'elle porte cet ensemble pour dîner ?

Il ne lui avait jamais rien acheté de tel dans le passé. Tout cela lui paraissait étrange. Avant, il ne cessait de lui parler d'amour. Cette fois, il passait son temps à la couvrir de baisers. Quels étaient ses sentiments vis-à-vis d'elle ? Pourquoi semblait-il mettre autant de réticence à dévoiler ses émotions ?

Elle secoua la tête. Après tout, n'était-elle pas celle qui avait décidé de mettre l'accent sur le physique ?

C'est alors qu'elle vit son mot.

« Prends un long bain et pense à moi. Porte ce que tu voudras sur mon cadeau. Nous dînons à 18 heures dans ma chambre. Shay. »

Des sels de bain parfumés au jasmin se trouvaient aussi dans le sac. La perspective était bien délassante.

Le dîner dans sa chambre pouvait être interprété de mille

façons. Elle décida qu'il voulait garder leur liaison discrète vis-à-vis du personnel, ce qu'elle appréciait.

Elle se glissa dans l'eau chaude du bain et ferma les yeux, se laissant aller à une douce torpeur.

Une fois sortie de la salle de bains, elle enfila le soutien-gorge et le slip et ne put résister à l'envie de contempler son reflet dans le miroir. Elle ne ressemblait pas vraiment à une top-modèle, mais le soutien-gorge bleu cobalt faisait pigeonner ses seins et le slip était très échancré sur son ventre. Elle enfila une robe à bretelles et se remaquilla. Se sentant soudain pleine d'audace dans cette lingerie si sexy, elle mit quelques paillettes dans son vernis à ongles et resta pieds nus.

A 18 heures, elle gagna la chambre de Shay. Quand elle frappa, elle se rendit compte qu'elle n'était plus nerveuse du tout. Elle se sentait déjà belle. Choyée. Désirée.

Shay était un homme adorable, et elle allait lui rendre sa générosité au centuple.

8

Quand Juliana frappa à sa porte, Shay ouvrit, un sourire aux lèvres. Un concerto de Stravinsky en musique de fond créait une ambiance feutrée, engageante. Elle voulait s'abandonner à la beauté de la musique. S'abandonner à ses sentiments pour Shay.

— Me voilà, dit-elle.

Il l'attira si vivement à l'intérieur qu'elle poussa un petit cri. Il la poussa contre la porte fermée et s'empara de sa bouche qu'il dévora en un baiser délicieux, une cuisse entre ses jambes. L'urgence la prit, violente. Ses joues étaient en feu, et elle sentit une douce chaleur se diffuser dans tout son corps. Les lèvres de Shay embrassaient les siennes avec insistance, attisant le désir qu'elle refoulait depuis si longtemps. Ses doigts caressaient sa nuque, se glissant dans ses cheveux. Il posa son autre main dans le creux de ses reins, l'attirant plus près.

Elle lui rendit son baiser, se fondant contre son corps vigoureux. Le frôlement de la soie contre ses seins, entre ses jambes, était d'une sensualité indescriptible.

Elle ferma les yeux. Des arcs-en-ciel d'or et de pourpre dansaient derrière ses paupières, son sang était en ébullition.

Vivante ! Au creux de ses bras, sous sa bouche avide, elle se sentait incroyablement vivante.

Son sang battait à ses tempes, et une sensation délicieuse envahit tout son être. Ses doigts glissèrent sur son torse puissant, tremblant au contact de ses muscles durs. Il était tendu, elle sentait chaque fibre de son corps la réclamer, sa langue effleurant sa lèvre inférieure en une caresse possessive qui la faisait vibrer.

Son cœur battant à tout rompre, au gré du ballet langoureux de leurs deux langues qui se cherchaient, elle perçut son souffle court, sentit ses doigts se resserrer sur sa nuque moite.

Il prit son menton entre ses mains et plongea son regard dans le sien.

— Je devenais fou, à t'attendre.

— Je suis là, répondit-elle avec un sourire. Qu'y a-t-il pour le dîner ?

— Ça t'intéresse vraiment ?

— Non, en fait, je n'ai pas très faim.

Le vert de ses prunelles s'embrasa. Glissant un doigt sous une bretelle de sa robe, il caressa le tissu bleu du soutien-gorge.

— Je n'ai qu'une hâte, voir l'ensemble sur toi. Mais d'abord, j'ai un autre programme.

— Lequel ?

Il l'attira vers le canapé de sa chambre, la fit asseoir et lui tendit un verre rempli d'un liquide pâle.

— Tequila.

— Tu veux boire ?

— C'est un jeu. Fais-moi confiance, la rassura-t-il. D'accord ?

Les règles étaient simples : il disait un mot érotique, et elle devait le répéter. Si elle gardait son sérieux, il buvait. Si elle ne pouvait pas le dire ou si elle hésitait, c'était elle qui buvait.

C'était malin. Et très excitant. Décidément, il était très fort.

A la troisième gorgée, tout devint plus facile. Bientôt, elle gagnait et, l'esprit un peu embrumé par la tequila, s'amusait follement. Elle se fichait d'être un peu ivre. Shay était tellement beau, tellement merveilleux, elle n'avait qu'une hâte, sentir ses mains sur sa peau.

Elle prit ses mains et les posa sur ses seins, savourant son contact et la musique de Stravinsky qui lui rappelait ce moment de sa vie où ils étaient ensemble. Leur vie n'était que musique, à l'époque : son violon, des CD, leurs cris d'euphorie, les chuchotements de leurs cœurs.

Elle voulait sentir de nouveau la musique dans son âme, elle voulait se sentir liée à Shay, comme s'il n'appartenait qu'à elle, comme quand ils étaient étudiants.

Elle renversa la tête en arrière et noua ses jambes autour de sa taille. Sa robe remonta sur ses cuisses, et il plaqua son sexe dur contre le sien.

— Nous passons donc à la suite du programme, murmura-t-il d'une voix hachée alors qu'elle caressait ses cheveux.

— Si c'est de te voir nu, oui, acquiesça-t-elle en lui retirant sa chemise.

Elle laissa ses doigts courir sur son torse hâlé. Il l'enveloppa de son regard brûlant, et elle n'eut pas besoin de lui demander s'il aimait ses caresses.

Mais elle voulait le transporter au septième ciel. Elle l'aida à se déshabiller totalement, puis se rassit sur ses genoux, le ceinturant de ses cuisses.

Elle retira sa robe à bretelles, dévoilant l'ensemble de soie bleue. Une lueur de convoitise dans les yeux, il contempla la lingerie vaporeuse qui mettait en valeur son corps.

Il tendit la main, mais elle secoua la tête.

— Tu peux regarder, mais pas toucher.

— Je croyais que je pouvais faire tout ce que j'aimais, fit-il d'une voix altérée. Et j'aime te toucher.

— Non, c'est à moi de te faire plaisir, répliqua-t-elle avec un souffle rauque.

Décidément, elle adorait l'effet de la tequila.

Elle ondula contre lui, le contact de son érection allumant un brasier entre ses cuisses, avide de laisser éclater la tempête de feu qui faisait rage dans son ventre. Mais il ne s'agissait pas encore de son plaisir, mais du sien.

Se dégageant de son étreinte, elle se mit à genoux devant lui et prit son pénis dur dans sa main. Elle brûlait de le prendre en elle.

— Juliana ! gémit-il.

Les yeux fermés, elle sentit ses doigts se resserrer dans ses cheveux, ses cuisses se tendre sous ses mains, alors qu'elle faisait courir sa langue le long de son sexe. Puis elle le prit dans sa bouche, ses mains se refermant à la base pour le caresser en même temps. Sa langue roulait, ses mains s'activaient. Son goût inonda ses veines. Secoué de spasmes de plaisir, il se renversa en arrière.

Elle était tout à la fois étonnée et fière de lui prodiguer un tel plaisir.

— A mon tour, dit-il soudain.

Se levant, il la prit dans ses bras et la porta jusqu'au lit. Avec délicatesse, il l'allongea sur l'édredon. Comme elle se sentait belle avec lui !

— Je l'enlève ? demanda-t-elle en montrant son soutien-gorge.

— Surtout pas.

Il s'allongea près d'elle et l'attira dans ses bras. Puis il se mit à l'embrasser avec fougue, comme pour lui dire silencieusement : « Tu es à moi ». Elle se blottit contre lui, cherchant sa chaleur, ses mains courant sur son corps, incapable de s'en rassasier.

Il approfondit son baiser, puis laissa sa bouche courir le long de sa gorge, jusqu'à ses seins emprisonnés dans la soie bleue.

Alors, elle les prit en coupe et les lui offrit. Il captura une pointe tendue entre ses lèvres et se mit à la sucer. Elle sentait la chaleur de son souffle contre la perle durcie de son mamelon, ses longs doigts sous ses seins. Elle était parcourue de frissons divins.

Sa bouche toujours scellée à la sienne, il glissa sa main sous son slip, jusqu'à la chair frémissante, brûlante, qui l'attendait. Elle tressaillit sous l'intimité de sa caresse et s'abandonna à la magie de l'instant.

Ecartant les cuisses, elle s'offrit totalement à lui. Seule comptait la sensation de ses mains sur elle. Et lorsque, poussant le jeu plus loin, il glissa un doigt, puis deux, dans son sexe, elle crut défaillir.

La musique résonnait en elle, une symphonie dont son corps était la partition.

Comme il serait facile de retomber amoureuse ! D'ailleurs, serait-ce si effrayant ?

— Arrête, lui souffla-t-il. Tu penses tout haut. Regarde-moi.

Elle obtempéra et se noya dans son regard.

— Tu es si belle, si sexy, dit-il en portant sa main à ses lèvres, pour remonter le long de son bras. Tout en toi est sublime. Ta peau a un goût divin, tu sens merveilleusement bon.

— Shay, murmura-t-elle.

Il n'y avait jamais eu que lui.

Prenant le relais de ses doigts, ses lèvres se posèrent alors sur la soie entre ses jambes. Ivre de volupté sous les assauts de sa langue habile, elle renversa la tête en arrière, se soumettant avec un abandon total. Le sang lui battait aux tempes, elle était emportée par un tourbillon de sensations divines.

Lui seul lui avait fait connaître la passion. Et maintenant, il était là, avec elle, comblant ces huit ans de séparation, et la magie opérait de nouveau, intacte, peut-être même plus forte.

— Regarde-moi, lui intima-t-il de nouveau en relevant la tête. Est-ce que je t'ai déçu ?

Repoussant la soie de son slip, il s'enfonça en elle. Encore quelques centimètres, et il serait tout entier en elle.

Sa vision se brouilla. Son corps n'était plus que sensations. Rien d'autre n'existait que l'union de leurs deux corps soudés. Elle laissa échapper un cri. Sentant la pulsation s'intensifier dans son ventre, annonçant l'explosion finale, elle s'agrippa à lui. L'orgasme la submergea, la secouant de tremblements, et Shay la rejoignit dans l'extase. Elle s'abandonna aux vagues de volupté qui déferlaient, puissantes, inédites, inimaginables.

Son cœur était gonflé d'amour. Elle se savait perdue.

— Laisse-toi porter, lui chuchota-t-il.

Elle s'enivra des sensations exquises qui prenaient possession de tout son corps. Elle riva son regard au sien, à ces sublimes yeux verts qu'elle n'avait jamais oubliés.

Non, elle n'était pas perdue. Elle avait retrouvé son havre.

Comblé, il poussa un râle et se laissa retomber sur elle, leurs deux corps soudés, secoués par les derniers frissons de l'extase.

Jamais ils n'avaient connu un tel degré de félicité. Jamais il n'aurait dû laisser Juliana quitter son lit, songea-t-il.

Il avait organisé ce dîner dans sa chambre pour l'empêcher de se faire de faux espoirs. Entre eux, il n'était question que de sexe, pas d'amour. Leur relation n'en était pas une et n'avait pas d'avenir. Il voulait lui prouver qu'elle se faisait de fausses idées en pensant qu'elle ne savait pas le combler. Il voulait aussi lui faire atteindre des sommets de volupté.

Mais les choses étaient plus complexes. Quand il était en elle, la frontière entre le physique et le mental, entre le sexe et l'amour, devenait floue.

Il n'avait pas l'impression d'être vraiment en mesure de faire la différence entre les deux, du moins pas quand il la regardait dans les yeux. Chaque fois qu'ils faisaient l'amour, la frontière se faisait de plus en plus floue.

Refusant de passer tout le petit déjeuner à s'appesantir sur la question, il se remémora la nuit précédente. Leur première nuit ensemble avait été spectaculaire. Mais la nuit dernière avait été au-delà de ses plus folles espérances.

D'où, sans doute, son trouble. La perfection de leur entente sexuelle faisait naître en lui une certaine émotion. Il ne devait pas chercher plus loin.

Ce matin, Juliana était rayonnante. Belle à se damner. Distrait, il était incapable de la quitter des yeux.

Elle bavardait avec Emily comme si de rien n'était, comme si son monde ne venait pas de basculer. Comment faisait-elle ?

Elle lui jeta un coup d'œil, et son sourire complice embrasa tous ses sens. Elle aussi avait fait basculer son monde.

Décidément, il aimait faire l'amour sans préservatif, surtout quand l'effet de la tequila poussait Juliana à lui procurer les caresses les plus audacieuses.

Son petit déjeuner terminé, elle se leva de table, et Emily prit Mikey dans sa chaise haute. La nourrice s'était adaptée sans difficultés à son nouvel environnement, s'installant facilement dans son rôle. Le bébé semblait s'épanouir avec elle, et Shay appréciait de se voir épargner les hurlements du milieu de la nuit. Avec un sourire joyeux, Emily s'éclipsa, emmenant le bébé, les laissant en tête à tête.

— Tu veux venir, Shay ? demanda Juliana.

— Bien sûr, je suis prêt à recommencer, répondit-il.

Rougissante, elle lui donna une tape sur le bras, et une bouffée de son parfum parvint jusqu'à lui.

— Non, je te demandais si tu voulais venir promener Mikey avec Emily et moi.

Comme toujours, son parfum embrumait ses pensées.

— Absolument. Donne-moi une minute.

L'attirant dans ses bras, il la plaqua contre le mur pour un baiser du matin. Et cette fois, sans aucune vision de bague au doigt.

Moins il pensait mariage, mieux c'était.

Elle lui rendit son baiser avec fougue, et il se grisa de sa saveur. Il prit alors conscience qu'ils se trouvaient dans la salle à manger.

— Plus tard, lui promit-il en la relâchant.

Elle hocha la tête, et s'éclaircit la gorge.

— D'accord, acquiesça-t-elle d'une voix un peu altérée.

Poussant Mikey dans sa poussette, il sortit dans le jardin avec les deux femmes. Une fois sous un saule pleureur, Emily étala une couverture sur l'herbe, pour que Mikey puisse ramper dessus. Il l'observa, amusé, partir en exploration, remuant ses petits bras et ses petites jambes potelés.

Juliana s'allongea sur la couverture, riant avec le bébé. Une brise légère agitait ses cheveux. Il brûlait d'envie de plonger ses doigts dans sa chevelure soyeuse, de la sentir glisser sur eux en une caresse délicate, de goûter à la douceur sucrée de sa bouche. Sa peau satinée. Ses lèvres tremblantes. Il ferma les yeux un instant. Il n'était plus que sensations.

Mais ils étaient dans le jardin, avec le bébé et Emily, devant la maison, au grand jour. Il allait devoir s'armer de patience et attendre ce soir pour lui faire de nouveau l'amour.

Mikey se traîna jusqu'à Juliana et tomba la tête la première dans ses genoux. Elle le prit dans ses bras. La patience et la tendresse qu'elle témoignait au bébé allaient bien au-delà du travail d'une simple consultante. Mikey lui rendait son affection, et ce, depuis la minute où il l'avait rencontrée.

Un jour, le bébé marcherait. Shay sentit sa gorge se nouer. Il ne lui semblait pas normal que Juliana ne soit pas là pour le voir.

Il se ressaisit. Il pourrait toujours lui envoyer des photos de son téléphone portable.

Mais devant l'image du bonheur qu'offrait Juliana, le visage rayonnant, regardant Mikey batifoler dans ce cadre bucolique, sous un soleil radieux, il sentit une émotion qu'il n'avait pas connue depuis des années gonfler sa poitrine.

Tout cela devenait bien dangereux.

Il était temps de mettre un terme à cette petite scène de famille. Emily faisait son travail, et il avait du pain sur la planche. Il déposa un baiser sur la tête du bébé, prit congé et quitta le trio sans un regard en arrière.

Une fois dans son bureau, il essaya de s'absorber dans son travail. Hélas, qu'importait le nombre de fenêtres qu'il ouvrait sur son ordinateur, l'image du bébé avec Juliana ne voulait pas s'effacer de son esprit. Il ne pouvait s'empêcher de les imaginer mariés, formant une famille heureuse.

Pas une fois, Juliana n'avait fait allusion au mariage. C'était lui qui, ne connaissant rien de ses pensées, persistait à s'affoler. Son regard lumineux n'était peut-être que la conséquence de la nuit de rêve qu'ils venaient de partager.

Peut-être qu'après avoir été comblée une femme n'attendait qu'une chose, l'être de nouveau.

Ce qui lui convenait tout à fait. Il ne devait pas laisser son imagination s'emballer.

En outre, il avait besoin de se concentrer sur son travail. La réunion à Fort Worth visant à élaborer une stratégie pour conserver leur contrat avec le gouvernement ne s'était pas bien passée. Piètre financier, il ne voyait pas comment s'y prendre pour redresser le budget de GGS Aerospace. Et il allait devoir trouver une solution.

Quand Juliana passa sa tête par la porte de son bureau, il s'aperçut qu'il était l'heure de déjeuner. Ses cheveux remontés en un chignon retenu par une barrette, elle avait repris son style Dr Cane.

— Je t'ai apporté un sandwich, annonça-t-elle.

Un coup d'œil à sa pendule lui indiqua qu'il était presque 14 heures.

— Tu vas me nourrir ?

— Non. Je ne veux pas te déranger.

— Mais voyons ! C'est pour cela qu'au lieu de me faire apporter le sandwich par une domestique, tu t'en charges en personne.

— Contrairement à d'autres que je ne citerai pas, je n'ai pas l'habitude de me faire servir, l'informa-t-elle d'un ton espiègle. Je n'ai même pas envisagé de déranger une domestique.

Avec un sourire, il s'adossa à sa chaise et étira les muscles de son dos un peu ankylosé.

— Je ne me plains pas. Tu peux m'apporter mon déjeuner quand tu veux.

Entrant dans la pièce, elle posa une assiette et une bouteille de soda devant lui. Elle se souvenait de ce qu'il aimait boire. A moins que, ce qui était plus probable, la cuisinière le lui ait dit. Pourquoi se sentait-il déçu, soudain ?

— J'avais une idée derrière la tête, confessa-t-elle.

Intrigué, il haussa les sourcils.

— Ça ne me dit trop rien qui vaille.

Avant qu'elle ait eu le temps de protester, il fit pivoter son fauteuil de bureau et l'attira sur ses genoux pour l'embrasser avec fougue. Elle se blottit dans ses bras, et il posa une main sur sa taille pour l'immobiliser afin de mieux l'embrasser. Quand il la libéra, ses lèvres étaient gonflées, ses joues empourprées, et des mèches folles s'échappaient de sa barrette ouverte.

Il lui lança un regard triomphant. Encore une fois, il était parvenu à déstabiliser le Dr Cane, si posée, si professionnelle. Rien ne lui plaisait autant. Elle était tellement sublime quand elle laissait sa spontanéité l'emporter sur sa raison.

— En fait, je suis venue pour parler, avoua-t-elle d'une voix un peu saccadée.

Il l'embrassa de nouveau, faisant glisser sa robe de façon à pouvoir emprisonner un sein sous son soutien-gorge. Il aurait préféré caresser son sein nu, mais sentir la pointe se durcir sous le tissu l'excitait déjà. Elle repoussa sa main.

— Sérieusement, Shay. Maintenant qu'Emily est ici, j'aimerais consacrer deux heures par jour à nos cours.

Il nicha son nez dans son cou pour la faire taire.

— Je voudrais que nous nous fixions des horaires, reprit-elle au bout d'un instant. Quel est ton planning ?

— Un vrai cauchemar ! J'avais l'intention de prendre un long congé pendant que tu étais ici, mais des circonstances imprévues m'en empêchent.

— Que se passe-t-il ? s'inquiéta-t-elle.

L'air anxieux, elle repoussa une mèche de cheveux de son front.

— L'un de mes concurrents à fait au gouvernement une offre inférieure à celle du contrat que nous avons en cours. C'était le genre de problème que Grant gérait, ajouta-t-il avec un haussement d'épaules désabusé.

— Je suis désolée, dit-elle, compatissante, en effleurant ses lèvres d'un baiser.

Elle semblait deviner à quel point les moments qu'il traversait étaient difficiles. Elle avait toujours su déchiffrer ses tourments.

— Merci.

Il ferma les yeux et, se penchant vers lui, elle l'enlaça, le grisant de son parfum. Ils restèrent ainsi, dans un silence confortable. Sa présence l'apaisait, il en avait un besoin intense.

— Raconte-moi, lui suggéra-t-elle avec une telle douceur qu'il s'exécuta volontiers.

— Depuis l'accident, je vis un calvaire. Nous étions un trio très complémentaire. Grant était le cerveau, Donna le cœur. Maintenant, je suis seul, GGS ne sera plus jamais pareil, ajouta-t-il, la gorge serrée, en la serrant contre lui.

— Shay, lui chuchota-t-elle, son souffle tiède sur son oreille. Je suis là pour toi.

Il se sentit réconforté par ses paroles. Juliana était forte, il avait toujours eu besoin de sa force. Elle était la seule à pouvoir la lui apporter. Elle l'accueillait toujours au creux du havre de ses bras, restait son phare dans la tempête. Qu'importait tout le reste, cela n'avait pas changé, et il s'agrippait à cette force.

Prenant son visage en coupe, elle l'embrassa avec une infinie douceur.

— Si Grant était le cerveau et Donna était le cœur, quel était ton rôle, Shay ?

Il ne voulait pas le lui dire, ne pouvait pas le dire. Mais à son regard si perspicace, il vit qu'elle connaissait déjà la réponse. N'avait-elle pas toujours su lire en lui comme dans un livre ouvert ?

— Tu peux oublier le Dr Cane, déclara-t-il. Cela n'a pas d'importance.

— En cet instant, avec toi, je suis juste Juliana. Et si, cela a de l'importance. Dis-le, Shay. Sinon, tu vas garder cela enfoui.

Il laissa échapper un soupir résigné.

— J'étais le courage, finit-il par répondre.

Il comprit qu'elle avait raison. Le simple fait de prononcer le mot lui donnait du poids. De la légitimité.

— C'est à cause de moi que Grant a arrêté l'université pour fonder GGS Aerospace, reprit-il. Je l'ai convaincu. Donna avait inventé un moteur prodigieux. Grant me l'a montré, tout excité. Quand j'ai vu ce qu'il pouvait rapporter, j'ai compris que je devais agir vite. J'avais raison. Ce moteur a fini dans le premier avion espion suborbital.

— Oui. Tu as des prémonitions et tu as le courage d'en faire une réalité. Une combinaison rare. Tu es la personne la plus courageuse que je connaisse. Accroche-toi, et tu trouveras ta voie.

Enivré par le parfum de Juliana qui inondait ses sens, oubliant son découragement, il avait soudain l'impression que tout était possible. Mais elle n'avait pas encore entendu la triste suite de leur aventure.

— Quand nous avons conçu le prototype de navette destinée au tourisme spatial, il était convenu que je ferai le premier essai, Grant et Donna le deuxième, raconta-t-il en se rembrunissant.

Elle n'était pas surprise. N'était-il pas toujours celui qui ouvrait la voie ? Toujours le premier sur la ligne ?

— Mais au moment du premier décollage, nous avons eu un problème de moteur, et je suis resté au sol. Or, la navette a explosé lors du second essai. Pourquoi, Juliana ? Ils avaient un fils, une vie ensemble. Et moi ? Je n'ai rien.

— Tu ne peux pas t'en vouloir, répliqua-t-elle avec douceur. Tu ne peux pas ressasser le passé, te demander pourquoi. Ils ont fait leurs choix. Ils n'avaient pas à monter dans cet engin. Pourquoi l'ont-ils fait ?

— Ils savaient à quel point c'était important pour moi. L'espace a toujours été mon rêve, le conquérir, l'apprivoiser. Offrir la chance de découvrir son infinité à tous ceux qui le désirent. Et mon arrogance va peut-être me coûter ma société. Sans Grant et Donna, elle bat sérieusement de l'aile, et je ne peux pas la redresser seul.

— Mais si, répliqua-t-elle d'un ton calme, comme si c'était un fait. Bats-toi. Toi aussi, tu as quelques neurones. Qui a eu l'idée de la tequila pour m'aider à me débarrasser de mes inhibitions ? Malgré mon diplôme en psychologie, je n'ai même pas eu l'intelligence d'y penser.

— Il faut dire que j'étais motivé, ironisa-t-il. T'entendre prononcer des mots érotiques était des plus plaisants. Tu n'as pas envie de recommencer, là, maintenant ?

Sans sourire à sa boutade, elle répliqua :

— Je ne vais pas te laisser changer de sujet. Tu es intelligent et tu as un cœur d'or. Sinon, tu aurais sauté sur l'occasion d'expédier Mikey chez ses grands-parents ; ne laisse la culpabilité t'abattre. Ton courage va te permettre de remettre GGS à flot.

L'entendre affirmer sa confiance en lui avec une telle ferveur lui mit du baume au cœur. La chaleur de son corps contre le sien, la certitude de son regard remettaient ses priorités en perspective. Elle avait raison. Il avait toujours aimé le risque, car, s'il ne fonçait pas, c'était sa peur qui l'emportait. Il ne pouvait se permettre de la laisser le contrôler.

S'il renonçait à son initiative de tourisme dans l'espace, s'il y renonçait vraiment, une partie de lui se demanderait toujours s'il l'avait fait par mesure de sécurité ou parce qu'il s'était laissé dominer par ses appréhensions.

Il ne pouvait pas renoncer.

9

Juliana partageait son temps entre son livre, Emily et Mikey, et les séances d'expertise parentale avec Shay. Elle essayait de concentrer son attention sur son livre, mais elle était distraite.

Passer toutes ses nuits dans les bras de Shay ne favorisait pas sa concentration. Par un accord tacite, ils restaient discrets sur leurs activités nocturnes. Ils ne sortaient pas en tête à tête, n'affichaient pas leur relation. Ils ne montaient pas à l'étage en même temps. Jamais il ne lui prenait la main devant le personnel. En revanche, dès que l'occasion se présentait, il l'attirait dans une alcôve sombre et l'embrassait à perdre haleine.

Il faisait vibrer son âme de délicieuses notes de plaisir. Elle était incapable de se rassasier de sa présence, ne rêvait que d'une chose, voir ces moments durer toujours.

Chaque soir, elle se préparait pour la nuit et, en catimini, gagnait sa chambre. Dans leur hâte, ils n'atteignaient même pas le lit pour leur première étreinte.

Ce soir, à peine avait-elle franchi le seuil qu'il l'embrassa, écartant son peignoir de ses doigts fébriles. Désormais, ses mains connaissaient si bien son corps qu'il ne lui fallut que quelques minutes pour la faire chavirer. Il la suivit dans l'extase.

Plus tard, blottie dans ses bras, elle resta à rêver, écoutant son souffle régulier dans le silence de la nuit. Il la sécurisait, la stabilisait. Elle avait vraiment l'impression qu'ils étaient amants dans tous les sens du terme. Mais l'étaient-ils vraiment ?

Elle aurait voulu lui poser la question, mais quelque chose la retenait. Avant leur séparation, il lui disait souvent qu'il l'aimait. Quand ils faisaient l'amour, il le lui chuchotait, sondant son âme de ses yeux de jade, comme s'ils avaient été liés à jamais. Puis il prenait son visage au creux de ses paumes, l'embrassait et le lui répétait.

Tout était différent, désormais. Il était plus calme, plus circonspect dans ses propos. Et cela la perturbait malgré elle.

Mais peut-être avaient-ils changé tous les deux, tout simplement. Ils ne se faisaient plus de promesses. Elle avait une vie au Nouveau-Mexique, des patients qu'elle aimait. Un cabinet important qu'elle avait monté. Shay avait sa vie, il avait maintenant un fils et une nourrice, et n'avait pas besoin d'elle. Pas une fois, ils n'avaient abordé le sujet de ce qui pourrait se passer à la fin de son contrat.

Sa gorge se noua, et elle sentit une vague de chagrin la submerger. Comme elle aurait souhaité faire partie de la famille qu'elle avait aidé à créer !

Elle n'était pas en position de discuter des mesures à venir. Le plus raisonnable était d'évaluer ce qu'elle attendait de cette relation, avant de se voir de nouveau totalement happée par ses sentiments pour Shay.

— Dis-moi, Juliana ? Pourquoi n'avez-vous pas adopté, ton ex et toi ? demanda-t-il à brûle-pourpoint, sa main caressant ses cheveux.

Elle réfléchit, ne sachant comment répondre. Ce n'était pas la première fois qu'il faisait référence à Eric après avoir fait l'amour. Etait-il jaloux ?

— Nous en avons parlé avant de commencer les FIV. Nous nous étions promis de rester ensemble même si cela ne marchait pas. Ce n'est pas ce qui s'est passé.

— Pourquoi ? Tu as toujours dit que tu voulais te marier pour la vie, et même fêter tes noces d'or. Le matin où j'ai lu dans le journal que tu avais divorcé, j'ai failli m'étrangler avec mon café.

Elle réfléchit un instant. Pourquoi ? C'était une bonne question.

— Je n'ai pas décidé de divorcer. Mais essayer d'avoir un bébé sans y parvenir n'est pas simple pour un couple. Peu à peu, nous nous sommes éloignés.

— Mais c'est toi qui as demandé le divorce. Pas lui.

Elle se redressa.

— Je vois que tu as fait tes recherches. Oui, j'ai demandé le divorce. Eric en a parlé le premier, puis il a fait marche arrière. Où veux-tu en venir ?

— Rallonge-toi, lui dit-il d'une voix douce. Je m'apprêtais à dire que, même avec les meilleures intentions, certaines promesses ne peuvent être honorées.

Il était si sexy avec ses cheveux en bataille, les draps enroulés autour de sa taille. Mais au lieu de revenir se blottir contre son torse, elle s'éloigna de l'autre côté du lit.

— Je n'ai pas voulu rompre la promesse. Mais tu ne peux pas imaginer ce que j'ai traversé.

— Non, je ne le peux pas. Mais je sais ce que c'est de vouloir quelque chose. Et tu voulais un bébé.

— Oui. Plus que tout au monde.

Un petit morceau de bonheur qu'elle aurait senti grandir dans son ventre pendant neuf mois.

— Je sais que d'un point de vue scientifique, les femmes sont faites pour procréer. Mais quand tu le vis, c'est de l'émotion pure. Je… je ne pouvais pas gérer.

Sa voix se brisa. Comblant la distance, il la ramena au creux de ses bras protecteurs. Les souvenirs de ces années de calvaire remontèrent à sa mémoire et, lentement, elle raconta :

— *In vitro*, en latin, cela veut dire dans le verre. C'était ainsi que je me sentais. J'étais derrière ce verre, et plus rien ne pouvait m'atteindre. Je voulais tellement ce bébé.

Encore aujourd'hui, elle ne pouvait expliquer pourquoi le besoin de sentir cette vie grandir en elle avait été si violent. Son besoin d'être mère surpassait tout le reste. Le souvenir du doux visage de Mikey et de ses adorables gazouillis attisa sa détresse.

Le fantôme de cet enfant qu'elle n'avait jamais conçu continuait à hanter ses rêves. Elle imaginait une petite fille aux cheveux blonds qui aurait donné à sa vie son sens véritable. Qui l'aurait aidée à combler les manques affectifs de sa propre enfance.

D'une pression de ses doigts, Shay l'encouragea à continuer.

— J'étais constamment distraite. Je ne me rappelais même pas les choses les plus simples. Presque tous les soirs, je faisais brûler le dîner. Je pleurais pour un rien. Sauf quand j'appelais pour les résultats et qu'une voix désincarnée m'annonçait que je n'étais pas enceinte. Dans ces cas-là, j'avais les yeux secs. Je trouvais tellement injuste que d'autres femmes puissent être mères. Je ne pouvais pas me contrôler. Eric a renoncé à essayer de me comprendre. Je l'ai laissé faire.

— Oh ! Juliana ! Je suis désolée. Tu es si sereine en général. Jamais je ne me serais douté de l'épreuve que tu as traversée.

Il effleura sa tempe de ses lèvres et, un long moment, la serra contre son cœur.

— Personne ne le sait, chuchota-t-elle. Pas même Eric.

Elle n'avait jamais partagé aucune de ses craintes avec lui. Elle l'avait repoussé parce qu'elle n'était pas amoureuse de lui.

— Mais tu t'es confié à moi.

C'était vrai. Et elle préférait ne pas savoir pourquoi. D'un autre côté, elle avait refoulé beaucoup de questions concernant son mariage. Le moment était peut-être venu d'analyser les décisions qu'elle avait prises au cours de ces huit dernières années. Nombre d'entre elles n'étaient-elles pas liées à l'homme qui la tenait dans ses bras ?

— Avec toi, je peux être vraiment moi, Juliana, avoua-t-elle. Tu es la seule personne au monde avec qui je ne suis pas le Dr Cane.

Elle marqua une pause. Pour la toute première fois, elle comprenait à quel point ce lien lui était précieux.

— Je suis censée être celle qui guérit, pas celle qui souffre. Alors, je refoule beaucoup mes émotions. Je ne sais pas me livrer.

Elle ne savait même pas analyser ses sentiments cachés. Elle était allée jusqu'à épouser un homme qu'elle n'aimait pas, parce qu'il n'était pas Shay.

— Je sais, acquiesça-t-il. La plupart du temps, tu es un mystère total pour moi.

— Vraiment ?

— C'est ce qui te rend en partie si fascinante. Avec toi, je ne m'ennuie jamais.

Interloquée, elle le dévisagea. C'était une révélation. Elle était sûre qu'au bout d'un certain temps, Shay se lasserait d'elle. Rien ne semblait lui faire peur, et elle n'avait pas idée d'où lui venait ce cran. Pas idée de comment elle pourrait combler sa vie s'il fonçait à la vitesse de la lumière.

Lissant ses cheveux d'une main distraite, il reprit :

— Tu te rappelles que je t'ai dit que j'allais adopter Mikey. Ai-je pris la bonne décision, à ton avis ?

Elle hocha la tête. Voilà donc pourquoi il l'avait interrogée sur leur décision avec Eric de ne pas adopter.

— Absolument, répondit-elle, contente de changer de sujet. Il est important pour un enfant de se sentir désiré. C'est ce que l'adoption lui apportera.

Il se tourna vers elle et, sondant son regard de ses beaux yeux verts, déclara d'une voix grave :

— Juliana, je suis propriétaire d'une société qui construit des machines qui peuvent poser des questions d'éthique. Des engins de guerre. L'armée n'achète pas mes avions pour transporter des marguerites. Ne penses-tu pas que je ne sois pas la meilleure personne pour adopter ?

— D'un point de vue éthique, tu contribues à garantir la défense du pays. C'est ce qui te donnera la possibilité d'assurer son avenir à Mikey. Le moment venu, vous pourrez avoir une conversation sur les sacrifices requis pour assurer la sécurité des Etats-Unis. Protéger le mode de vie qui compte pour toi me paraît tout à fait légitime.

Il acquiesça.

— Ecris-le. Tu pourrais le dire au juge. J'ai découvert aujourd'hui que c'était le principal argument des Greene contre moi, depuis que j'ai abandonné le projet de tourisme dans l'espace.

Elle secoua la tête.

— C'est de là que viennent toutes ces questions ? Quelle objection ridicule ! Les parents biologiques de Mikey ont aidé à construire ces avions. Ne laisse pas les Greene te faire douter. Tu es déjà un père extra, et tu ne feras que t'améliorer.

Shay : un père extra ? Aussi incroyable que cela eût pu paraître à une époque, c'était la vérité. Une vérité qui la mettait un peu mal à l'aise. Elle avait pensé un jour qu'Eric ferait un très bon père parce qu'il respectait les limitations de vitesse et qu'il mangeait bio. Mais réussir dans son rôle de parent demandait tellement plus : des sacrifices, des engagements.

Des qualités qui, pour Shay, semblaient couler de source.

— Je n'ai pas eu besoin d'eux pour commencer à douter, répliqua-t-il en grimaçant. Crois-tu qu'il soit possible d'aimer un enfant adopté autant que son propre enfant ?

— Oui, si tu cesses de considérer Mikey comme un enfant adopté. Il est réel, Shay. Aussi réel qu'un enfant que tu aurais eu naturellement.

Sa réponse avait été machinale, une réponse de professionnelle à des parents. C'était pour elle une question banale qui ne lui posait aucune difficulté.

— Pourrais-tu aimer un enfant adopté autant que celui que tu aurais conçu *in vitro* ? demanda-t-il alors.

Oui. Elle aimait déjà Mikey plus que de raison.

Les larmes lui brûlaient les paupières. L'amour ne suffisait pas à faire un bon parent. En dépit des apparences, c'était pour elle-même, et non pour lui, qu'elle avait poussé Shay à engager une nourrice. C'était une nécessité. En décidant qu'elle avait besoin de prendre de la distance pour faire son travail, elle n'avait fait qu'éviter d'affronter l'évidence : elle n'était pas la mère de Mikey, et jamais elle ne pourrait la remplacer.

Huit ans auparavant, elle avait évalué l'avenir de sa relation avec Shay en l'imaginant mari et père de famille. Il n'avait pas fait le poids. Aujourd'hui, c'était elle qui ne le faisait pas.

— Je ne sais pas quoi répondre, chuchota-t-elle. Je ne saurais pas comment être la mère dont il a besoin.

Et jusqu'à ce qu'elle le sache, elle ne devait pas rêver à une seconde chance avec Shay. Ou penser à Mikey autrement que comme le fils de Shay.

Quelques jours plus tard, Boyd et Karen Greene descendirent de la voiture que Shay avait fait envoyer à l'aéroport. Après les avoir salués, il demanda au chauffeur de monter leurs valises dans la suite réservée aux invités.

Un long moment, les Greene le dévisagèrent, Mme Greene serrant le bras de son mari, et il soutint leur regard. Ils avaient l'air plus vieux encore et aussi invraisemblable que ce soit, plus fanés qu'à l'enterrement.

Il avait été le meilleur ami de leur fils pendant dix ans, et ils avaient passé de nombreuses vacances chez eux, en famille. Le plus souvent, Shay accompagnait Grant pour le soutenir moralement, car les discussions avec son père étaient fréquentes. A l'intense animosité de M. Greene vis-à-vis de l'ami qui avait encouragé son fils à quitter le MIT était venue se substituer une tolérance prudente et réciproque.

Mais depuis l'explosion, leur relation s'était détériorée. En effet, M. et Mme Greene tenaient Shay pour responsable de l'accident qui avait coûté la vie à leur fils.

— Vous avez fait bon voyage ? s'enquit-il.

Il était curieux de savoir combien de temps ils allaient échanger des politesses avant l'ouverture des hostilités.

— Oui, merci, répondit M. Greene. Nous apprécions l'invitation. C'était inattendu.

— C'est ma faute, concéda-t-il en hochant la tête. Nous ne devrions pas rester coupés les uns des autres. Mikey est votre petit-fils, et je veux que vous fassiez partie de sa vie.

M. Greene balaya l'immense propriété du regard.

— Nos avocats pensent que tu nous as invités pour nous convaincre de renoncer à notre demande d'adoption. Ils nous ont conseillé de ne pas venir.

Shay tressaillit. La franchise de M. Greene lui rappelait celle de son meilleur ami. Grant aussi avait coutume d'aller droit au but, une qualité qu'il avait toujours appréciée chez lui. Il regrettait de ne pouvoir trouver un terrain d'entente avec ses parents.

— Nous n'avons pas pu, intervint Mme Green, les yeux brillants, implorants. Rien n'aurait pu nous retenir loin de Mikey. Où est-il ?

— Dans sa chambre, avec Emily, son ancienne nourrice. Je l'ai recrutée pour travailler pour moi.

— Oh ! j'adore Emily ! s'exclama Mme Greene avec un enthousiasme sincère. Elle s'occupe si bien de Mikey.

Il réprima un soupir de soulagement. Comme Juliana avait eu raison de lui suggérer de contacter Emily. Non, il n'avait pas invité les Greene pour les convaincre d'abandonner leur demande d'adoption. Quoi qu'il advienne, il ne renoncerait jamais à sa tutelle de l'enfant. Il se battrait au tribunal jusqu'à son dernier centime, ce qui pouvait durer très longtemps.

Néanmoins, il voulait poser des jalons pour établir une relation à long terme avec eux. Aussi se réjouissait-il de voir qu'ils approuvaient le choix d'Emily. Mikey devrait connaître toute sa famille biologique, y compris les parents et la sœur adolescente de Donna, tout comme sa famille adoptive. Avec un peu de chance, il s'assurerait que l'enfant ne fasse aucune différence entre les deux.

— Je vais vous faire visiter, déclara-t-il alors.

Les Greene lui emboîtèrent le pas pour monter à l'étage. Arrivée dans la nurserie, Mme Greene se précipita pour prendre Mikey dans ses bras. Mais le bébé fondit en larmes et se mit à gigoter pour se dégager. L'air déconfit, sa grand-mère le rendit à Emily. La nourrice l'apaisa et, peu à peu, ses pleurs se transformèrent en gémissements.

Au même instant, Juliana entra dans la pièce. Elle portait un tailleur couture qui épousait ses formes délicieuses. Il sentit sa bouche se dessécher.

— J'aimerais rencontrer M. et Mme Greene, déclara-t-elle.

Répondant à son souhait, il la présenta comme une experte en éducation engagée par ses soins pour le former à son nouveau rôle de père.

Une phrase tellement courte pour résumer la générosité qu'elle mettait dans son travail. Elle avait surmonté la période difficile de son infertilité et en était sortie avec le besoin d'aider les autres. Une femme moins forte aurait fait un rejet, refusant la présence d'enfants dans sa vie.

— Tu es entouré de gens que tu as engagés pour t'aider, fit

remarquer M. Greene d'un air sévère. Fais-tu quoi que ce soit toi-même, ou te contentes-tu de jeter ton argent par les fenêtres ?

Shay ignora la provocation. Après tout, cet enfant était l'héritier de la fortune de Grant et de Donna. Il avait les moyens de protéger le bébé. Peu de gens pouvaient en dire autant.

— Je fais ce qui est le mieux dans l'intérêt de Mikey, fit-il valoir.

M. Greene le toisa.

— Si c'était vrai, tu comprendrais que le mieux pour lui serait que nous en obtenions la garde.

— Nous ne sommes pas d'accord, intervint Juliana d'une voix douce. Shay est un excellent père, et je témoignerai en sa faveur en tant que psychologue pour enfants. Grant et Donna lui faisaient confiance. Tout le monde devrait en faire autant.

Shay lui lança un regard interloqué. Dire qu'elle parvenait à l'émouvoir même quand ils ne faisaient pas l'amour !

Les Greene dévisagèrent Juliana, mais celle-ci ne cilla pas. Il était fier de la sentir à son côté.

— Vous connaissiez Grant et Donna ! s'exclama soudain Mme Green. Je savais bien que votre nom m'était familier. J'ai des photos de vous quatre quelque part.

— Vous avez une excellente mémoire, lui dit Juliana avec son sourire le plus affable. Je ne les avais pas revus depuis la fin de mes études. En effet, nous étions tous amis, à l'époque. Mais je crois que Mikey a eu assez d'excitation pour aujourd'hui. Voulez-vous que Shay vous montre votre chambre ? Je suis sûre que vous aimeriez vous rafraîchir après votre voyage.

Shay était de plus en plus subjugué. Son habilité le laissait pantois. En une simple phrase, elle avait renforcé sa crédibilité auprès des Greene en faisant référence à une ancienne relation avec Grant et Donna. Puis elle s'était arrangée pour le débarrasser d'eux et lui donner une chance de se ressaisir.

Elle était si sexy quand elle se montrait autoritaire, professionnelle, responsable. Et il était le seul à pouvoir la déstabiliser.

Les Greene acquiescèrent, et il les précéda hors de la pièce.

Dès qu'il les eut installés, il rejoignit Juliana dans sa chambre et referma la porte d'un coup de pied. Surprise, elle leva les yeux de son bureau, les cheveux impeccables. Il n'allait pas tarder à la décoiffer.

— Je suppose que je n'ai pas besoin de te demander si cette visite est pour affaires ou pour le plaisir, lui dit-elle.

Sans perdre de temps à lui répondre, il la fit se lever de sa chaise, leurs deux corps se plaquant l'un contre l'autre avec violence. Il la voulait nue, abandonnée dans ses bras.

Il laissa glisser son regard sur ses seins voluptueux qui se soulevaient au rythme de sa respiration. Il plongea son regard dans les profondeurs limpides de ses yeux. Sentant son souffle tiède contre sa bouche, il resserra son étreinte.

Sans laisser à Juliana le temps de reprendre son souffle, il l'embrassa avec fougue.

Il la sentait frissonner sous ses mains. Il intensifia son baiser. Sa bouche était si douce. Si pleine, si consentante. Il resserra les mains autour de ses épaules, l'attirant plus près. Elle étouffa un gémissement qui lui donna l'envie d'entendre de nouveau ses cris d'extase quand elle était allongée, nue et consentante, sous lui. Il aimait la voir s'abandonner au plaisir.

L'image enflammait son esprit. Il se pressa contre elle, ses mains descendirent sur sa taille fine. Il voulait sentir sa peau nue contre la sienne, prendre ses seins lourds au creux de ses mains, les caresser, l'entendre gémir de plaisir.

Elle était infiniment désirable. Elle répondait à son baiser, sa langue délicieuse glissant sur ses dents, ses lèvres pulpeuses dévorant les siennes avec fièvre.

Elle se plaqua plus près, sa paume glissant sur lui en une caresse urgente, ardente, ses ongles griffant son torse. Elle prit sa lèvre inférieure entre ses dents. Il sentit son sexe se durcir douloureusement.

Il s'arracha à sa bouche et happa la pointe d'un sein. Renversant la tête en arrière, elle se cambra, alors qu'il lui infligeait la plus douce des tortures. Puis, d'une petite poussée, il la plaqua contre le bureau, souleva sa cuisse et la pénétra.

Il laissa échapper un râle, alors qu'elle l'accueillait en elle. Il la sentait vibrer à chacun de ses assauts. Des perles de sueur lui piquaient les yeux. Sa vision se brouilla. Emporté dans un tourbillon capiteux, il se laissa enfin aller à la jouissance qui le submergeait avec une violence inouïe. Et dans un ultime sursaut, il offrit à Juliana un orgasme fulgurant, avant de la rejoindre dans l'extase.

L'émotion lui étreignait de nouveau la poitrine, mais il était incapable de se retirer. Pas encore. Il jouait à un jeu très dangereux, un jeu dans lequel il feignait que leur relation n'était que sexuelle, qu'il n'était pas en train de s'attacher à Juliana. De beaucoup trop s'attacher.

Pourtant, le danger l'attirait, le provoquait.

La femme dans ses bras avait le pouvoir de faire saigner son cœur. Une blessure qui ne pourrait jamais se refermer. Et rien ne le terrifiait plus.

Mais il ne se laisserait pas contrôler par la peur. Il avait toujours su la dompter, et il allait continuer.

La sonnerie du téléphone de Juliana vint interrompre le fil de ses pensées.

— Oh non ! s'exclama-t-elle en lisant le nom qui s'affichait à l'écran.

Elle se leva pour répondre, et la vue de son corps nu attisa encore son désir.

Les Greene étaient probablement reposés maintenant. En bon hôte, il était temps d'aller les rejoindre. Il commença à réunir ses vêtements et entendit soudain le téléphone tomber par terre. Le visage défait, Juliana s'effondra sur le tapis.

— Que s'est-il passé ? L'un de tes parents ? la pressa-t-il en s'agenouillant à côté d'elle, ne sachant pas vraiment comment la réconforter.

Les yeux vides, elle secoua la tête.

— Amanda. Une adolescente. Une patiente. Elle a voulu se suicider.

— Que puis-je faire ?

Les mains sur ses joues, elle se leva, chancelante.

— Rien, répondit-elle. Je dois aller la voir à l'hôpital. Elle me réclame.

Après s'être habillé à la hâte, il l'aida à enfiler ses vêtements.

— Bien sûr. Tu peux prendre le jet et rester aussi longtemps que nécessaire. Je demanderai au pilote de t'attendre.

Il faillit ajouter qu'il allait l'accompagner, pour être avec elle si elle avait besoin de lui. Mais, pour une fois, il se ravisa avant de parler trop vite. D'un point de vue logistique, il serait difficile qu'ils s'absentent tous les deux. Les Greene venaient d'arriver, et il imaginait mal Emily, fraîchement recrutée, s'occuper de Mikey et de ses grands-parents. Ce serait tout au moins son excuse si Juliana lui demandait de venir.

En réalité, prendre de la distance serait bon pour lui comme pour elle. Cela leur donnerait une chance d'évaluer la situation. Quand elle reviendrait, il contrôlerait beaucoup mieux ses sentiments.

De toute façon, elle n'avait fait aucune allusion à lui.

Une nouvelle pensée lui traversa alors l'esprit.

— Tu vas revenir ? demanda-t-il, soudain alarmé.

Distraite, elle prit une valise qu'elle commença à remplir sans accorder la moindre attention à son choix de vêtements. Sans lui accorder même un regard.

— Je ne sais pas.

Sentant son cœur s'arrêter un instant, il enchaîna :

— Tu n'es pas obligée. Maintenant, j'ai Emily. Si tu le souhaites, je peux considérer que tu as rempli ton contrat.

Il n'avait même pas pensé à ce stupide contrat en évoquant son retour. Mais qu'y avait-il d'autre entre eux ? Que pouvait-il se permettre d'autre ?

— J'apprécie ta compréhension. Je te téléphonerai pour te faire part de ma décision.

Elle se laissa tomber sur le lit.

— Je n'étais pas là pour elle, Shay, dit-elle, accablée. Je dois aller la voir, aller l'aider. Je ne saurai rien tant que je n'aurai pas compris comment cela a pu arriver.

Elle ferma la valise et sortit de la chambre. Il la suivit des yeux. Elle partait et ne reviendrait peut-être pas. Pas une fois elle n'avait mentionné leur futur.

Il attendit vainement la vague de soulagement censée le submerger.

10

Accablée par la vue des bandages autour des poignets de la jeune fille, Juliana s'installa au chevet d'Amanda.

— Docteur Cane. Vous êtes venue, murmura cette dernière en lui serrant faiblement la main.

Comme s'il y avait eu une possibilité qu'elle ne vienne pas. Elle avait dit à ses patients qu'elle partait pour deux mois. Pas pour toujours. Son cabinet était son travail, sa vie. Son identité.

— Je suis venue aussi vite que j'ai pu.

S'il ne lui avait rien apporté d'autre, le temps passé en compagnie de Shay lui aurait au moins prouvé une chose : sa vie lui convenait parfaitement. Elle était une bonne thérapeute. Mais elle n'était toujours pas sûre de pouvoir être une bonne mère pour Mikey. Ou une bonne épouse. Plus maintenant. Peut-être plus jamais.

L'adolescente regarda ses bras, ses cheveux bruns balayant son visage.

— Je suppose que vous savez ce qui s'est passé.

Elle hocha la tête. Ses parents ne lui avaient épargné aucun des détails horribles. Mais elle ne croyait pas une seconde que l'histoire se résumait à cela.

Raison pour laquelle elle avait pris l'avion pour New Mexico. Amanda ne se confierait qu'à elle. Au fil des ans, elle avait conseillé l'adolescente, écoutant ses angoisses, ses drames, sans jamais la juger. Ce n'était pas sa première tentative de suicide, la dernière avait eu lieu presque neuf mois auparavant.

Amanda lui faisait confiance. Et Juliana ne l'abandonnerait pas.

Les yeux de la jeune fille se remplirent de larmes.

— Troy a rompu avec moi.

— Je suis désolée, mon ange. Mais toi et moi savons toutes les deux que tu es trop intelligente pour t'ouvrir les veines à cause de cet abruti.

Troy était le tout premier petit ami d'Amanda. D'après ce qu'elle avait pu comprendre lors de leurs séances, c'était un jeune homme assez perdu, mais malgré ses conseils, sa jeune patiente n'avait jamais pu se résoudre à le quitter.

— C'est que..., reprit l'adolescente d'une voix étranglée, même si je ne voulais pas encore coucher avec lui, je l'aimais tellement que j'étais prête à faire tout ce qu'il voulait. Pourquoi est-ce que ça n'a pas suffi ?

Ah, la question à un million de dollars ! Combien de sacrifices suffisaient ? Elle pensa à Shay et à tout ce qu'elle lui avait demandé de sacrifier, dans le passé et aujourd'hui.

Si les Greene obtenaient la garde, allait-il s'en vouloir de ne pas l'avoir écoutée ? Ou allait-il la maudire pour lui d'avoir demandé de faire ces sacrifices en vain ?

— Tu connais déjà la réponse à cette question, répondit-elle néanmoins, pleine d'espoir.

— Oui, il voulait quelqu'un qu'il puisse contrôler, pas une petite amie.

Elle répétait presque mot pour mot ce que Juliana lui avait dit et redit.

— Si tu sais tout cela, pourquoi as-tu essayé de te suicider ?

— Je voulais que Troy souffre, qu'il soit triste de savoir que c'était sa faute.

— Si tu te tues, ce ne sera jamais la faute de Troy

— Vous êtes méchante, docteur Cane, déclara Amanda en retirant sa main, fixant le mur.

Juliana sentit la douleur lui nouer la gorge. Le lien qu'elle partageait avec Amanda, avec ses patients, était tout pour elle. Elle se devait de trouver les mots justes. Se composant une expression sereine pour masquer son émotion, elle déclara :

— Je te traite comme une adulte, et tu l'apprécies. Aussi, je vais te poser une question d'adulte. Que penses-tu pouvoir faire différemment dans l'avenir pour avoir une meilleure relation avec un garçon ?

— Ne plus avoir de relation avec un garçon.

— C'est un choix pertinent. Et tellement irréaliste. Vois-tu une autre façon ? ajouta-t-elle avec un hochement de tête encourageant.

— Ne pas me montrer aussi idiote avec un garçon qui prétend m'aimer, répondit Amanda en se redressant. J'aimerais être avec un garçon qui m'aime exactement comme je suis. Troy voulait que je sois quelqu'un que je ne suis pas. Je l'ai laissé me transformer en quelqu'un que je n'aime pas. Pourquoi ? J'ai pensé que si je m'ouvrais les veines, je me sentirais moins bête d'avoir obéi à tous ses désirs et que, peut-être, il comprendrait combien il m'avait fait souffrir.

Soulagée, Juliana ferma les yeux. Amanda l'avait écoutée. Ce n'était pas une tentative de suicide, c'était un appel à l'aide.

— Très bien. Tu as donné trop de pouvoir à Troy en le laissant te dicter tes actions. Le grand amour est un compromis. Chacun donne le meilleur de soi-même à l'autre. Il demande des sacrifices, un engagement.

— C'est ça, docteur Cane, dit Amanda d'un air las. Je veux juste être avec un garçon qui me rendra heureuse.

Sa réponse laissa Juliana songeuse. Comment pouvait-on fonder une relation sur le bonheur ? Quelle notion incompréhensible !

Pourtant, un peu plus tard, alors qu'elle rentrait chez elle, la phrase d'Amanda continuait de l'obséder. Avait-elle jamais pris une seule décision fondée sur la quête du bonheur ? Eh bien non, elle n'avait écouté que sa logique, faisant passer son désir de stabilité avant tout.

Une démarche qui l'avait poussée à renoncer à la musique. A rompre avec Shay. A épouser Eric.

Et pourtant, aucune de ces décisions n'avait satisfait ses aspirations.

Au lieu de cela, elle s'était débattue dans le cauchemar de son infertilité, avec pour seul soutien un mari avec lequel elle n'avait aucune complicité. Isolée et seule, elle avait assouvi ses besoins émotionnels avec ses patients. Son travail était épanouissant, mais la psychologie n'avait pas guéri les blessures de sa vie.

Ces dix dernières années, elle n'avait connu le bonheur qu'en jouant du violon ou dans les bras de Shay. Or, depuis la fin de ses études, elle n'avait rien trouvé de mieux que de refouler sa passion pour la musique et de prendre ses distances avec le seul homme qui avait su la rendre heureuse, en partant du principe qu'ils n'avaient rien à faire ensemble.

Elle avait travesti la vérité en lui disant qu'elle rentrait au Nouveau-Mexique pour Amanda. Ce n'était pas la seule raison. Mais cet appel au secours était tombé à pic. Il permettait une cassure nette avant qu'il soit trop tard. Elle avait besoin de cicatriser avant de pouvoir vivre une relation, en tant que mère et en tant que femme. Et Shay était tellement… différent de l'étudiant qui l'avait aimée. Il se livrait si peu.

Leur idylle n'avait pas d'avenir.

Il avait fait d'énormes progrès dans son rôle de père, et même s'il ne maîtrisait pas encore toutes les subtilités de son nouveau statut, il avait déjà donné son accord pour mettre un terme précoce à leur contrat. Il était donc probable qu'il voyait les mêmes limites à leur histoire.

Si elle résumait la situation, elle n'avait aucune bonne raison de retourner au Texas. Et pourtant, elle en avait une. Très mauvaise. Elle voulait Shay. Farouchement. Egoïstement.

Pour une fois, elle voulait faire taire son sens pratique et suivre son impulsion. Ne pas penser à l'avenir. A son sentiment de ne pas pouvoir suffire à Mikey. Elle voulait arrêter de s'appesantir sur les terribles conséquences que se donner une seconde chance avec Shay pouvait entraîner. Elle voulait se faire du bien, être heureuse, pour le temps que cela durerait.

Et seul Shay pouvait lui apporter ce bonheur. Ce bonheur que, depuis toujours, il essayait de lui transmettre.

A peine arrivée chez elle, elle fonça dans sa chambre, jeta sa valise sur le lit et commença à la remplir tout en composant le numéro de Shay. Quand il décrocha, elle ne lui dit même pas bonjour.

— Je reviens. Tout de suite, annonça-t-elle.

Shay envoya un texto à Juliana pour lui dire que le pilote ne viendrait la chercher que le lendemain matin. Un orage avec des bourrasques d'une violence extrême l'empêchant de décoller, ils allaient devoir patienter avant de se retrouver.

Qu'importait, elle revenait.

Bouillonnant d'impatience, son sang roulant comme un torrent furieux dans ses veines, il ne se fatigua pas à essayer de dormir. Il brûlait de la serrer de nouveau dans ses bras. Bravant la pluie, il se dirigea vers l'ancien garage, converti en un centre de projets où il pouvait s'échapper de la maison et travailler sur de nouveaux concepts sans être interrompu.

Même si le seul projet qui l'occupait était sa navette spatiale destinée au tourisme dans l'espace.

Il regrettait d'être obligé de se montrer si discret. Mais les Greene étaient toujours là et, jusqu'à ce qu'ils aient abandonné leur demande d'adoption, il ne prendrait aucun risque.

Quand Juliana était partie, croyant qu'elle ne reviendrait pas, il n'avait pas vu l'intérêt de lui révéler son secret. Il savait désormais qu'il n'aurait pas le choix.

Si leur concurrent décrochait le contrat avec le gouvernement, il lui faudrait un plan B pour sauver l'entreprise. Le tourisme dans l'espace était la solution. Les prévisions annonçaient de gros bénéfices, et les bâtiments étaient déjà construits. C'était une évidence.

En outre, ce centre de projets donnait à sa vie le sens qui lui manquait depuis l'accident. Il avait dû renoncer à ses voitures, à ses motos, à son hélicoptère : la liste était trop longue et déprimante. Mais rien de tout cela ne lui semblait aussi terrible quand, penché sur son poste de travail, il gardait ses rêves vivants. Un rêve que Juliana devrait enfin comprendre et accepter.

Il s'absorba dans le travail. Quand il regagna sa chambre, il était plus de 2 heures du matin. L'orage s'étant calmé quelques heures auparavant, il dormit d'un sommeil de plomb jusqu'au matin.

A 8 heures, il était sur le tarmac, regardant l'avion s'immobiliser. Juliana en surgit et, son regard rivé au sien, descendit la passerelle, sa sublime silhouette se découpant sur un ciel bleu.

Malgré lui, il sentait ses émotions à fleur de peau. Qu'importait ! Elle était revenue, et cela changeait tout. Même s'il ne savait pas encore très bien en quoi.

Quand elle tomba dans ses bras et qu'il respira son parfum, rien n'eut plus d'importance. Il ne voulait qu'une chose, savourer cet instant, la sensation de cette femme si douce contre lui, le faire durer pour l'éternité.

— Tu m'as manqué, dit-il d'un ton bourru, en la serrant plus fort.

Elle murmura son approbation.

— Partons d'ici.

Il sentit un désir brûlant le submerger quand elle appuya sa phrase d'une ondulation des hanches, frôlant son sexe en érection.

Il prit le volant et la ramena en trombe chez lui. Il l'aida à descendre de voiture, laissa les valises et l'entraîna dans sa chambre, refermant la porte derrière eux.

Pris par l'urgence de leur désir, ils s'arrachèrent leurs vêtements à la hâte.

— Dépêche-toi ! s'exclama-t-elle.

Rien n'était plus érotique que Juliana prenant les commandes.

Il l'allongea sur son lit et se glissa en elle. Elle s'offrait à ses assauts, en murmurant son prénom. Chacun de ses gémissements l'embrasait. Elle ondulait sous lui, et il sentit son corps se durcir, prêt à exploser du désir qu'elle lui inspirait.

Le regard rivé l'un à l'autre, ils ne pouvaient se mentir : le lien qui les unissait allait bien au-delà de l'intimité de leurs deux corps. C'était un lien bien plus intense que le feu qui la consumait alors qu'il faisait durer le plaisir jusqu'à l'insoutenable. Plus puissant que la fièvre qui s'emparait d'elle comme un orage violent.

Sans le quitter des yeux, elle poussa un petit cri. Une dernière fois, il plongea en elle et, cette fois, l'extase les frappa de plein fouet, les réunissant dans la même ardeur.

Puis il roula de côté, l'entraîna avec lui, leurs membres enchevêtrés, leur peau moite. Caressant sa chevelure dorée, incapable de la laisser partir, il plaqua sa tête contre son cœur qui battait à se rompre.

Tout se confondit, le passé, le présent. Il savait qu'il ne lui aurait pas téléphoné. Il aurait eu l'impression de l'autoriser à espérer un avenir avec celui qu'elle voulait le voir devenir. Ou de risquer de voir son cœur se briser si elle ne voulait pas de lui tel qu'il était.

Mais elle l'avait appelé, et maintenant elle était là, dans son lit, toujours aussi belle, mais plus forte. Les épreuves auxquelles elle avait survécu l'avaient endurcie. Peut-être était-elle prête à avoir une conversation sur sa capacité à être heureuse avec lui à long terme.

Si seulement elle pouvait l'aimer malgré son désir de s'envoler dans l'espace !

Peut-être était-il prêt à lui donner une nouvelle chance.

Il était temps de savoir ce que son retour signifiait.

— J'ai quelque chose pour toi, déclara-t-il.

Se dégageant de son étreinte, il sortit un paquet du placard.

Elle se redressa et prit la grosse boîte, une lueur d'impatience dans ses prunelles bleues. Combien il aimait la voir laisser tomber sa façade impassible et dévoiler ses sentiments !

Elle défit le papier cadeau et ouvrit la boîte. Elle en examina le contenu avec un sourire ému.

— Ça te plaît ? demanda-t-il, en maudissant l'appréhension qui lui nouait l'estomac.

Il avait passé tant de temps à le choisir.

— C'est magnifique ! J'avais oublié à quel point j'aimais l'odeur du bois, ajouta-t-elle en soulevant le violon de son étui pour le sentir.

— J'ai pensé que tu serais contente de te remettre à jouer. Pour moi, si tu en as envie.

— Je suis bien rouillée, répondit-elle en riant. Mais j'avoue que j'y ai pensé. J'ai l'impression que tu as lu dans mes pensées. Merci. C'est un cadeau merveilleux.

— Tout le plaisir est pour moi.

Il la regarda, nue, le visage rayonnant, tout ce qu'il avait toujours rêvé de posséder. Sentant soudain le souffle lui manquer, il demanda d'une voix altérée :

— Juliana, pourquoi es-tu revenue ?

L'air surpris, elle leva les yeux vers lui.

— Notre contrat était terminé, reprit-il. Tu aurais pu rester au Nouveau-Mexique. Jusqu'ici, nous avons réussi à éviter cette conversation, mais j'en ai assez de tourner autour du pot. Tu as téléphoné. Tu es revenue. Pourquoi ?

Calmement, elle posa le violon sur le lit défait et croisa les bras.

— Pourquoi m'as-tu offert un violon avant de me poser la question ?

Il préférait ne pas y penser. Parce que, dans le fond de son cœur, il savait qu'il l'avait fait pour une raison qui lui ressemblait si peu qu'il préférait ne pas la nommer. Pour la première fois de sa vie, il faisait preuve de prudence.

— Je t'ai posé la question en premier, rétorqua-t-il.

Les yeux plissés, elle le toisa de la tête aux pieds.

— Mon travail de consultante est peut-être terminé, mais pour nous deux, rien n'est terminé. Tu n'es pas d'accord ?

— Si. Alors, que vient-on de décider ?

— Je crois que nous avons décidé d'être de nouveau ensemble.

— C'est ce que tu veux ? Redevenir un couple ? demanda-t-il.

— Pas d'étiquette, pas encore. Il nous reste de nombreux problèmes à résoudre, à commencer par Mikey. Et la demande d'adoption. Mon cabinet au Nouveau-Mexique. Mon congé n'est pas permanent, et je ne vais pas pouvoir obtenir plus de quinze jours de plus. Mais je sais au moins une chose : je veux être avec toi.

Il brûlait de lui demander : « Tu veux être avec moi pour combien de temps ? Dans quelles conditions ? Y a-t-il une possibilité de compromis ? » Mais il était incapable de prononcer les mots.

— D'accord, se contenta-t-il de répondre.

— Pouvons-nous prendre les choses au jour le jour pour le moment ?

Cela lui convenait parfaitement. Au jour le jour signifiait pas de cœur brisé, pas de grands serments, de bague au doigt. Son retour n'avait pas de signification cachée, et il ne trouvait pas la déception amère. Vraiment pas. Compte tenu de la nature de leurs ébats, comment aurait-il pu se sentir déçu ?

— Au jour le jour pour le moment, répéta-t-il en l'attirant dans ses bras.

Il se laissa tomber sur le lit et captura sa bouche. Après un très long baiser, elle se dégagea.

— Les Greene sont toujours là ? demanda-t-elle, haletante.

— Oui, pourquoi ?

Il s'avança pour goûter de nouveau à sa douceur, mais elle repoussa.

— Parce qu'il est 9 h 45, et que le fait que tu ne sois pas en bas est très probablement suspect.

Il eut un grognement de frustration.

— D'accord. Habille-toi, et nous allons aller les retrouver. Mais ils partent cet après-midi. Alors, ne fais aucun plan pour demain matin.

Il allait attendre le lendemain pour l'entretenir de son initiative de relancer le projet de tourisme spatial.

Ou le jour suivant. Inutile d'aborder sa demi-promesse de ne plus voler jusqu'à ce qu'ils soient tous les deux prêts à parler de l'avenir.

11

Les Greene partirent en fin d'après-midi. Juliana défit ses valises dans la chambre de Shay. Il aimait voir leurs affaires ensemble. Aimait avoir son shampooing dans la douche à côté du sien. Il n'avait jamais vécu avec une femme et trouvait merveilleux de pouvoir le faire.

Il s'adossa à la chaise de son bureau et, pour la quatrième fois, parcourut les prévisions de budget provisionnel. Elles n'étaient toujours pas très prometteuses. Si GGS Aerospace perdait son contrat avec le gouvernement, la société ferait faillite en six mois, un an au maximum.

L'offre de leur concurrent restait secrète. Ses meilleurs éléments s'étaient penchés sur le budget, et ils avaient très peu de marge pour baisser la leur. Sans doute pas assez.

Son téléphone portable sonna. C'était encore son avocat, Dean Abott. Ce procès de demande d'adoption le minait. Il avait vraiment pensé qu'après leur visite les Greene allaient se détendre. N'avaient-ils pas compris à quel point le bonheur de Mikey lui tenait à cœur ?

— Que se passe-t-il ? demanda-t-il.

— Tu aurais dû me dire que tu sortais avec Juliana Cane, le réprimanda Dean.

— Je sors avec Juliana Cane.

Il resta le premier surpris de l'effet que lui produisaient ces paroles. Le fait de les prononcer à voix haute rendait leur relation réelle. Qu'importait s'il ne pouvait mettre une étiquette sur ce qu'ils vivaient, ils étaient impliqués, et ni lui ni elle n'en sortirait indemne. Cette pensée lui donnait à réfléchir.

— Il y a un problème, si nous avons toujours l'intention de la faire témoigner en tant qu'experte. Les Greene affirment que tu couches avec elle pour influencer son témoignage. Le juge ne l'empêchera sans doute pas de témoigner, mais cela affaiblira ta position. Ce serait mieux si tu arrêtais de la voir pour le moment. Quitte à reprendre avec elle plus tard.

Shay laissa échapper un juron. Leurs rencontres amoureuses dans sa chambre avaient été moins discrètes que prévu.

— Ça ne va pas être simple. Nous vivons ensemble.

Etait-ce vraiment le cas ? C'était l'un des paramètres qu'ils avaient ignorés quand ils avaient défini leur relation.

Lorsque le congé de Juliana serait terminé, qu'arriverait-il ? Vivraient-ils une relation longue distance ? Passerait-elle la moitié de la semaine au Nouveau-Mexique et l'autre avec lui ? Peut-être avait-elle l'intention de rompre, le moment venu.

L'idée ne l'emballait pas le moins du monde.

— C'est sérieux ? Au point de lui offrir une bague de fiançailles ?

Shay sentit son sang se glacer.

— Serais-tu en train de suggérer que Juliana et moi devrions feindre d'être fiancés ?

Il en était incapable. Il était facile de s'imaginer passer vraiment la bague au doigt de Juliana. Il pouvait aussi l'imaginer vivre chez lui pour toujours, combler le vide qu'elle avait laissé huit ans auparavant, devenir sa femme, devenir la mère de Mikey.

Mais des fiançailles étaient en contradiction totale avec leur décision de prendre les choses au jour le jour. Il aurait été vraiment idiot d'envisager une conversation avec elle sur le fait de passer le reste de leur vie ensemble.

— Ce serait un coup de maître, Shay. Si tu avais une fiancée, et tout particulièrement une fiancée experte en éducation, le juge examinerait favorablement ta requête. Nous n'aurions même pas besoin du témoignage de Juliana.

Shay sentit une douleur fulgurante brûler sa poitrine.

— Je ne sais pas. Je veux me débarrasser de ce problème en

faisant comprendre aux Greene que je suis le meilleur choix pour Mikey. Pas en truquant les apparences.

— Je ne t'ai pas dit le pire, poursuivit l'avocat. Ils ont fait appel pour bloquer ta demande d'adoption.

La vision de Shay se brouilla.

— Comment ? fulmina-t-il. Ils ne peuvent pas faire cela.

Comment ces gens si têtus, si prompts à juger, pouvaient-ils être apparentés à celui qui avait été son meilleur ami pendant plus d'un tiers de sa vie ?

— Si, ils en ont le pouvoir. Le juge l'a autorisé, parce que, s'ils gagnent leur demande de garde, cela annulera l'adoption.

— Le juge aurait dû rejeter la pétition des Greene dès le départ, grommela-t-il. Je vais y réfléchir.

Il reposa le téléphone d'un geste brusque et, soudain morose, regarda par la fenêtre.

La vérité le frappa, aussi froide qu'implacable. Il ne faisait pas confiance à Juliana. Elle pouvait lui briser de nouveau le cœur. D'ailleurs, il devait admettre qu'il le savait déjà quand ils étaient étudiants.

Pourtant, il ne pouvait pas se décider à la voir partir. Après tout, quand il s'agissait de Juliana, malgré ses appréhensions, il avait toujours foncé. Rien n'avait changé.

Ne lui avait-elle pas dit qu'il était courageux ?

L'épouser résoudrait tous ses problèmes.

A condition qu'il ne la laisse pas le détruire encore une fois.

Pour la onzième fois au moins, Juliana vérifia son reflet dans le miroir en pied dans la somptueuse chambre de Shay. La robe azur était élégante, de très bon goût, mais surtout appropriée, quel que soit le genre de soirée que Shay avait en tête. Bien sûr, s'il lui avait dit où il comptait l'emmener pour leur premier rendez-vous officiel, elle n'aurait pas eu à hésiter sur sa tenue.

La demande de rendez-vous l'avait prise par surprise. Ils avaient testé leur relation, se concentrant sur leur relation physique. Ce qui lui convenait tout à fait. Elle ne voyait pas très bien comment vivre au jour le jour si elle laissait trop vagabonder ses pensées. Et Shay savait la combler de telle façon qu'elle avait l'esprit libre.

Il sortit de la salle de bains. Dans son costume sombre, ses cheveux plaqués en arrière, bien disciplinés, il était d'une beauté étourdissante. En outre, il s'était rasé.

— Tu t'es fait tout beau, fit-elle remarquer.

Mais elle savait déjà que la légère rugosité de sa peau allait lui manquer. Ses joues imberbes faisaient ressortir les traits de son visage, lui conférant une beauté sauvage.

— Merci. Tu n'es pas mal non plus.

Dans ce qui lui parut une pensée après coup, il traversa l'immense tapis et déposa un baiser rapide sur ses lèvres.

— J'aime tes chaussures.

Elle avança une jambe, comme un mannequin qui défilait, pour dévoiler les sublimes escarpins Manolo Blahnick qu'elle avait achetés pour leur premier rendez-vous huit ans auparavant.

— Ces vieux machins ?

— Plus tard, quand nous rentrerons, j'aimerais que tu les gardes, suggéra-t-il.

Mais au lieu de ponctuer sa phrase du clin d'œil lascif auquel elle se serait attendue pour accompagner ce type de requête, il la dévisagea d'un air songeur.

— Tout va bien ? s'étonna-t-elle.

— C'est étrange de sortir avec toi sans aller te chercher à ta résidence universitaire. Nous nous habillons dans la même chambre. Quand nous allons rentrer, nous allons nous coucher dans le même lit, que nous fassions l'amour ou pas.

— Tu as envie que je te mette dans l'humeur ? demanda-t-elle d'un air aguicheur. Un strip-tease peut-être ?

— Tout ce que tu fais me met dans l'humeur, répliqua-t-il avec le plus grand sérieux.

Elle tressaillit. Ils partageaient une chambre, des meubles. Une salle de bains. A l'occasion, des obligations nocturnes avec le bébé. Elle conduisait sa Land Rover à Abilene, la ville la plus proche, dès qu'elle en avait envie. Tout cela avait comme un parfum de permanence. Pourtant, ce n'était pas le cas. Même si elle le souhaitait ardemment, elle ne pouvait pas donner plus, ni à Mikey ni à lui. L'amour ne suffisait pas au bonheur d'une famille. Se doutait-il qu'elle comptait les jours avant que tout s'écroule ?

— Y a-t-il quelque chose dont tu aimerais parler ? s'enquit-elle alors, se forçant à lui poser la question qu'elle redoutait.

Il porta sa main à ses lèvres et l'embrassa.

— Ce que nous vivons aujourd'hui est différent, c'est tout.

— Oui, mais c'est mieux.

Il se détendit soudain, et elle aussi. Il avait fait une simple remarque, voilà tout. Elle n'avait pas besoin de se mettre martel en tête pour cela.

Dans la voiture, ils discutèrent de Mikey. Puis il s'engagea dans une rue qui menait au Hamilton Planetarium.

Une émotion lui noua soudain la poitrine, et elle comprit immédiatement l'implication de ce choix. Lors de leur troisième rendez-vous, il l'avait amenée dans un planétarium et, blottis dans leurs sièges, il lui avait chuchoté pour la première fois qu'il l'aimait sous la voûte étoilée.

Comment avait-elle pu oublier ? Il avait fait tellement d'efforts pour lui faire partager ses intérêts. Et ils avaient même fait l'amour pour la première fois à la lumière des étoiles.

Après l'avoir aidée à descendre de voiture, il la fit entrer. Mais contrairement au rendez-vous dans le planétarium de leur passé, l'endroit était désert. Ils étaient les seuls visiteurs.

Devant sa surprise, il lui lança un regard narquois.

— J'ai loué tout le planétarium, lui expliqua-t-il.

Muette, elle hocha la tête. Elle n'aurait pas dû être étonnée.

Elle le suivit dans la partie la plus vaste où était dressée une table couverte de porcelaine et de cristal scintillant. Il lui avait concocté un dîner en tête à tête sous le dôme de l'univers au son des valses de Strauss. Il aimait marquer les occasions avec de la musique.

Elle sentit ses jambes flageoler. Elle avait aimé Shay étudiant, tel qu'il était, mais le milliardaire Michael Shaylen gagnait vraiment à être connu. Les plats étaient succulents, le vin coulait à flots, servi par un personnel d'une discrétion exemplaire. Tout le long du dîner, Shay se montra d'une grande prévenance et, pleine d'appréhension, elle attendit la fin de ce beau rêve.

Aussi quand, juste après le dessert, il prit sa main et la serra dans la sienne, elle ne fut pas vraiment étonnée.

— J'ai bien réfléchi. Vivre notre relation au jour le jour ne me convient plus.

Malgré l'angoisse qui la submergea, elle se composa un visage impassible. Elle l'avait pressenti. Avec le recul, elle comprenait que son humeur étrange aurait dû la mettre sur ses gardes.

— Tu es en train de me dire que tu souhaites y mettre un terme ?

Il hocha lentement la tête, et elle se sentit gagnée par la peur. Il avait sans doute compris qu'il avait besoin d'une compagne qui lui convenait davantage pour être la mère de son fils. Quelqu'un qui avait plus à offrir que juste son amour.

Il avait raison. Mikey et Shay méritaient le meilleur.

— Et si je voulais quelque chose de plus permanent ? demanda-t-il en la regardant droit dans les yeux, la prenant totalement au dépourvu.

Quelque chose de plus permanent ? Elle était de plus en plus perplexe. C'était l'opposé d'une rupture. Abasourdie, elle fut prise de vertige. Les étoiles au-dessus de sa tête s'étaient mises à tournoyer.

— Explique-toi plus clairement, Shay. Permanent comment ?

— Extrêmement permanent, déclara-t-il en sortant un écrin de sa poche.

Il l'ouvrit, révélant un éclat doré qui ressemblait étrangement à une bague.

Les pensées se bousculèrent dans son esprit. Mais celle qui revenait sans cesse la poussait à s'interroger sur le fait qu'il n'ait pas une seule fois prononcé le mot *amour*.

— Tu me demandes de t'épouser ? Parce que je crois bien que j'ai raté un épisode.

— Oui. C'est ce que je suis en train de te demander, acquiesça-t-il en faisant scintiller sous ses yeux un diamant de dix carats au moins.

— Je suis désolée, pouvons-nous reprendre de zéro ? Je suis

sûre que, tout comme moi, ce n'est pas la façon dont tu imaginais ta demande en mariage.

— Et comment l'imaginais-tu ? demanda-t-il en la regardant fixement. Savais-tu que j'allais te faire une demande en mariage ce soir ?

— Non, bien sûr que non. Sinon, j'aurais su réagir. Mais je t'ai imaginé me demandant en mariage des milliers de fois. Tu as manifestement oublié que je suis une femme, et que toi et moi étions amoureux.

Elle s'aperçut qu'elle avait parlé au passé. Etaient-ils encore amoureux aujourd'hui ?

— Moi aussi, je l'ai imaginé, répondit-il.

— A l'époque ? Ou maintenant ?

— Les deux. J'avais une bague. A l'époque. Un anneau d'or. Je n'avais pas les moyens d'acheter autre chose.

— Je n'en avais pas la moindre idée, dit-elle, l'émotion lui nouant la gorge.

— Je sais.

Devant son beau regard émeraude exprimant tout ce qu'il ne disait pas à voix haute, elle sentit la tristesse l'envahir de nouveau. Il ne lui avait pas offert l'anneau parce qu'elle avait rompu avec lui. Par un caprice du destin, leurs chemins s'étaient croisés de nouveau. Et fidèle à lui-même, il avait rassemblé le courage pour tenter de nouveau sa chance.

— Comment pensais-tu faire ta demande à l'époque ? demanda-t-elle d'une voix altérée.

— Un peu comme ça, dans un endroit où nous pourrions voir les étoiles. J'ai gardé l'idée.

Shay n'avait jamais été un grand romantique, mais il se rattrapait quand il le fallait.

— Je t'imaginais un genou à terre.

Solennel, il se leva, contourna la table et s'agenouilla devant sa chaise.

Le souffle coupé, elle le vit porter sa main à ses lèvres.

— Veux-tu m'épouser ? lui demanda-t-il en l'enveloppant d'un regard brûlant.

— Shay.

Il était toujours Shay. Même s'il n'était plus celui dont elle était tombée amoureuse autrefois. Il avait changé, devenant un homme avec des responsabilités, une société qu'il avait créée, et il voulait l'épouser. Elle n'avait pas à redouter un avenir incertain, parce qu'il serait toujours là pour elle.

— Oui, répondit-elle alors sans hésitation.

Ils apprendraient à dépasser les obstacles ensemble. Ils se rendaient heureux, et rien d'autre ne comptait. En décidant de vivre leur relation au jour le jour, ils avaient tous les deux fait un autre genre d'expérience. Elle avait eu peur d'en demander plus, mais Shay, avec son audace habituelle, avait foncé.

Comme elle lui en était reconnaissante !

Il glissa la bague à son doigt. Un peu large, elle devrait être ajustée, mais cela n'avait pas d'importance. Puis il l'embrassa avec une douceur infinie.

— Nous allons devoir parler de beaucoup de choses, déclara-t-elle alors. Mais cela peut attendre. Pouvons-nous rentrer à la maison ?

A la maison. Elle serait chez elle. Et Mikey serait son fils. Elle allait l'aimer autant que l'avait aimé sa mère biologique. Plus encore. Et même si elle ne savait pas encore comment, elle serait une bonne mère. Elle trouverait aussi un moyen de continuer à suivre ses patients au Nouveau-Mexique. Elle n'avait pas la moindre idée de comment elle y parviendrait, mais elle allait adopter la philosophie de Shay et s'en inquiéterait plus tard.

Comme elle se préoccuperait plus tard de pourquoi Shay n'avait pas dit qu'il l'aimait.

Une fois qu'ils furent rentrés, il l'entraîna jusqu'à sa chambre, lui retira lentement sa robe de premier rendez-vous. Il parut ne pas remarquer qu'elle avait oublié de garder ses escarpins. Sans dire un mot, il se contenta de la toucher et de l'embrasser. Leurs corps se trouvèrent instantanément. Elle se laissa emporter par les vagues de la volupté. Ses joues dépourvues de barbe glissaient sur sa peau sans la piquer, une sensation nouvelle, mais extraordinaire.

Quand le plaisir la submergea, elle lui murmura, haletante :

— Je t'aime.

Quel bonheur infini de pouvoir enfin avouer cet amour qui dormait en elle depuis tant d'années !

— Moi aussi, dit-il en hochant la tête, les yeux fermés.

A son tour, il se laissa aller à la jouissance qui déferla en lui. Puis, au lieu de la serrer contre lui, comme d'habitude, il roula sur son oreiller et regarda le plafond.

— Qu'est-ce qui ne va pas ? demanda-t-elle, sentant un étrange désarroi la gagner.

Elle pensait comprendre. Vivre une relation au jour le jour avait été son idée, et il s'inquiétait sans aucun doute d'avoir été trop vite.

— Je suis désolé. Tu mérites une plus belle soirée de fiançailles, dit-il avec un long soupir en se tournant vers elle. Je dois te dire quelque chose. Les Greene ont bloqué ma demande d'adoption.

C'était donc là la raison pour laquelle il était si tendu. Elle s'efforça de calmer les battements affolés de son cœur.

— Comment peuvent-ils ?

— Mon avocat dit que c'est temporaire. Tu sais, au cas où ils gagnent et obtiennent la garde de Mikey.

— Mais ils ne vont pas gagner.

Elle avait parlé avec une telle ferveur qu'il esquissa un sourire.

— Ils le pourraient. Je suis réaliste, c'est tout. Nous devons nous marier aussi vite que possible. Le juge préférera confier un bébé à un jeune couple marié plutôt qu'à un couple plus âgé.

— Oui, tu as sans doute raison.

Il détourna les yeux, et elle sentit un étrange picotement dans sa gorge.

— Tu y as déjà réfléchi, c'est ça ?

— Nous pouvons aller au Mexique cette semaine, répondit-il. Nous marier sur la plage, si tu le souhaites.

Soudain, toutes les pièces se mirent en place : sa tension, la demande en mariage, sa réaction à sa déclaration d'amour.

Si tout était différent cette fois, c'était parce que Shay n'était pas amoureux d'elle. Et dire qu'elle avait passé la soirée à essayer d'analyser son humeur étrange et à se convaincre d'une chimère.

— Tu m'as demandé de t'épouser pour pouvoir gagner le procès ? lâcha-t-elle alors.

L'accusation fit à Shay l'effet d'une flèche en plein cœur.

— Je t'ai demandé de m'épouser parce que je le voulais, dit-il.

Ce qui était la vérité. Mais l'amertume qu'elle éprouvait la portait à croire que, peut-être, il s'était servi de la demande de garde comme d'une excuse pour éviter d'affronter ses vrais sentiments.

— Tu m'aurais demandé de t'épouser si les Greene n'avaient pas fait une demande pour bloquer ta procédure d'adoption ?

Il garda le silence. Il se sentait incapable de lui donner une réponse. Hélas, son mutisme devait être éloquent.

— Tu avais vraiment l'intention de m'épouser ? finit-elle par demander.

En proie à une rage soudaine, il s'efforça de se maîtriser.

— Bien sûr. Je fais honneur à mes engagements. Tu penses bien que d'autres facteurs entrent en jeu dans ma demande en mariage.

— Lesquels ?

Cette conversation était en train de tourner au vinaigre, et il n'arrivait pas à comprendre pourquoi. Au lieu d'une fiancée comblée, il avait devant elle le Dr Crane et son esprit cartésien. Si elle voulait discuter logique, il avait quantité de raisons cohérentes à lui donner.

— Mikey a besoin d'une mère. Pour lui, tu serais la maman idéale.

Et il était prêt à tout faire pour donner à son enfant une super maman.

— Tu n'es pas amoureux de moi, n'est-ce pas ?

Non, il ne l'était absolument pas.

Si ce n'était qu'il était presque sûr que l'émotion qui lui étreignait la poitrine allait bien au-delà d'une simple affection pour la femme qui partageait son lit. Mais il n'avait nulle intention de l'analyser. Ni maintenant ni jamais.

— Ce n'est pas si simple, répondit-il, esquivant la question.

— Si, ça l'est, rétorqua-t-elle avec un petit rire acerbe. Je ne sais pas très bien ce qui est pire, savoir que tu serais vraiment allé au bout de cette histoire de mariage ou que tu pensais que je serais d'accord pour t'épouser dans le but de battre les Greene.

Il sentit sa colère flamber de nouveau. Ne supportant plus de voir sa nudité offerte, il bondit du lit pour enfiler un jean et un T-shirt.

— Qu'est-ce que tu veux de moi, Juliana ? Des fleurs et des poèmes ? Je peux te faire livrer une roseraie demain.

Les yeux fermés, elle prit une longue inspiration.

— Je veux que tu sois comme tu étais avant. Tu te souviens de l'époque de la fac ? Tu passais ton temps à me dire que tu m'aimais. Surtout quand nous faisions l'amour. Tu me regardais avec amour. Ça me manque.

Sa rage lui brouillait la vue. Cette fois, il n'essaya pas de la contenir.

— Celui que j'étais te manque ? A moi aussi. Moi aussi, j'aimais ce garçon. J'aimais les bolides, faire de l'escalade dans des pays exotiques. J'aimais voler, rêver au jour où j'atteindrais les étoiles. J'aimais être amoureux de toi. Hélas, je ne peux plus être cet homme. Mais je suis le père de Mikey, et j'avais pensé que tu serais ma femme.

Avait-elle jamais vraiment aimé le vrai Shay ?

Il vit son expression s'adoucir. Il était devant elle, le cœur saignant, tandis qu'elle restait de marbre. C'était le prix qu'il payait pour s'être livré sans pudeur.

— Tu es fâché, se contenta-t-elle de répondre.

Rien ne parvenait-il donc jamais à lui faire perdre son sang-froid ? Sa capacité à garder son calme en toutes circonstances avait toujours été la qualité qu'il avait préférée chez elle. Pourtant, en cet instant, il voulait la voir souffrir, comme il souffrait, en se souvenant de tout ce qu'ils avaient eu et perdu.

Pour le bien de Mikey, il allait l'épouser et vivre avec elle pour le restant de ses jours, mais plus jamais il ne lui dirait qu'il l'aimait. Elle en demandait trop.

— Ce à quoi j'ai renoncé ne te suffit toujours pas ? Tu veux aussi mon cœur ? Dommage. Il est resté à Dallas, en mille morceaux.

Sans se départir de son flegme, elle hocha la tête.

— Alors, tout est lié à ce qui est arrivé à l'université ?

— Le passé est le passé. Je t'ai dit que j'avais tiré un trait. Il s'agit du présent. J'ai fait tout ce que tu m'as demandé, ce qui n'empêche pas les Greene de maintenir leur demande de garde. Je suis à court de ressources.

Il se laissa tomber par terre. Il était las de sa colère. Après tout, Juliana avait juste posé des questions sur leur relation. Ces mêmes questions qui le taraudaient. Elle couvrit ses seins nus et s'assit à son tour. Ramenant ses genoux contre son buste, elle les enroula de ses bras.

— Shay, le passé n'est jamais le passé. Nous n'aurions pas dû essayer de l'ignorer. Pour ce que ça vaut, je suis désolée de ce qui est arrivé. Autrefois et maintenant. Mais j'ai toujours fait ce que je pensais le mieux.

— Le mieux pour toi, repartit-il.

— Oui. J'ai rompu avec toi parce que je ne pouvais pas supporter l'idée de te perdre, que tu meures, que tu me laisses. Surtout pas si cela devait arriver alors que nous aurions des enfants, une vie ensemble. Si je devais te perdre, je devais le faire à mes conditions. C'était la seule chose que je pouvais contrôler. Savoir se protéger est un réflexe humain.

— C'est ta nature, Juliana. Pas la mienne.

— Touché, répondit-elle en agrippant ses genoux. Je voyais bien que le relooking ne te réussissait pas. Pourquoi n'as-tu rien dit si tous ces changements t'étouffaient à ce point ?

Abattu, il se frotta le visage, surpris de le sentir si doux.

— Parce que c'était la bonne décision. Je n'aurais jamais changé, sinon. Et cependant, j'ai l'impression que cela n'a servi à rien. Manifestement, la seule chose qui impressionnera le juge est que nous soyons mariés. Les Greene affirment que nous nous envoyons en l'air à midi pendant que la nourrice surveille leur précieux et innocent petit-fils.

— Je comprends, dit-elle en regardant le mur. Les changements n'étaient pas destinés à te priver de ton âme, Shay. J'essayais juste de t'aider. Mais j'admets que j'aime l'idée de te savoir en sécurité.

Il lui lança un regard ironique. Enfin, elle admettait la vérité.

— C'était plutôt clair, surtout après notre conversation dans le garage, le jour où tu m'as embrassé.

L'une des rares fois où il n'avait pas eu de problème à deviner ce qui se passait dans son regard bleu.

— Supposons que nous n'ayons pas eu cette conversation, et que j'aille choisir une robe blanche. Nous irons au Mexique nous marier, et les Greene renonceront à leur demande. Et après ? demanda-t-elle, une joue posée sur ses genoux, en le dévisageant d'un air grave.

— Est-ce le moment pour t'avouer que je travaille toujours sur mon prototype de navette spatiale de tourisme ?

Le regard douloureux, elle s'efforça de répondre d'une voix égale :

— Tu n'as jamais eu l'intention d'arrêter, je me trompe ?

L'accusation tacite le toucha. Elle était assez vraie pour susciter en lui un léger sentiment de culpabilité.

— Tu étais partie. J'ai pensé que tu ne reviendrais pas. Toutes mes voitures et mes motos étaient vendues. Devine ce qui me restait ? Les étoiles.

Elle baissa de nouveau les paupières et, d'une voix étranglée, demanda :

— Tu as toujours l'intention de monter dans ce vaisseau spatial ?

Il pouvait contourner la question. Mentir. Ou bien, il pouvait à son tour lui lancer un défi et savoir une fois pour toutes qui elle voulait : le vrai Shay ou un homme qui n'existait pas.

— Je ne peux pas rester au sol en permanence. Cela nous rendra tous les deux très malheureux. Je dois vraiment être moi.

Le Shay que je voudrais que tu aimes, ajouta-t-il intérieurement.

Il aurait dû commencer la soirée par cette conversation. Alors, peut-être seraient-ils encore au lit au lieu de ressasser le passé, le présent et l'avenir de leur relation.

— C'est tout à fait légitime. Le mariage n'est pas le seul moyen d'impressionner un juge, tu sais, dit-elle d'un ton décidé. Il y a une autre option. Une meilleure. Nous devrions rompre.

Et voilà ! Elle recommençait. Mais cette fois, il avait été assez malin pour ne pas lui donner son cœur, qu'elle aurait allègrement piétiné.

12

— Rompre ? répéta Shay. En quoi est-ce la solution ?

Juliana sentit une douleur indicible l'oppresser. Après avoir admis qu'il n'était pas amoureux d'elle et qu'il n'avait aucunement renoncé à sa navette spatiale, à quoi pouvait-il s'attendre ?

— Parce que je ne peux pas être avec toi. Pas de cette façon. Pas même pour Mikey et pour la demande d'adoption.

Surtout pas pour Mikey. Un pur égoïsme l'avait poussée à dire oui à la proposition de Shay. Elle avait eu la naïveté de penser que son amour allait tout arranger.

Il était grand temps de faire preuve de raison.

L'amour de Donna pour son fils l'avait poussée à le confier à Shay. Elle aussi devait trouver le courage d'aimer suffisamment Mikey pour agir dans son intérêt.

— Mais j'ai besoin de toi pour gagner. Cela changerait quelque chose si j'étais amoureux de toi ?

Il s'éclaircit la gorge. Il avait dû avoir du mal à formuler la question. Manifestement, il ne s'agissait pas d'amour, et il avait déjà confirmé son soupçon : il n'avait envisagé ce mariage que dans le but de garder Mikey.

Shay n'était toujours pas l'homme pour elle. D'abord parce qu'il ne l'aimait pas. Ensuite, parce que son amour ne suffisait pas à le faire renoncer à ses aspirations spatiales.

Elle n'en revenait pas ! Elle s'était jetée dans l'abîme sans un regard en arrière et se retrouvait une deuxième fois le cœur brisé. Et, de nouveau, elle devait mettre un terme à cette relation qui lui donnait l'impression d'être dans des sables mouvants. Hélas, son amour pour Mikey ne facilitait pas les choses.

— Tu n'es pas amoureux de moi, déclara-t-elle.

Il fit mine de protester, mais elle l'interrompit.

— Je dois rentrer chez moi, annonça-t-elle, sa voix se brisant.

S'en aller alors qu'elle commençait tout juste à se sentir chez elle.

— Oui, c'est ta spécialité, répliqua-t-il, amer. Partir. Je me demande si tu serais même capable d'épeler le mot « engagement ».

La dureté de ses propos lui fit l'effet d'une gifle, mais elle refusa de le montrer. Baisser sa garde avait été l'une de ses nombreuses erreurs avec Shay. Les mains tremblantes, elle secoua la tête.

— Je fais ce qu'il y a de mieux pour tout le monde. Tu gagneras la procédure d'adoption sans être marié. Mais je témoignerai si tu le souhaites.

— Pourquoi ne ferais-tu pas un compromis ? Reste. Epouse-moi, vis dans le luxe et sois la mère de Mikey. Tout ce que tu as à faire, c'est de m'accepter tel que je suis.

Elle le dévisagea, abasourdie par le sentiment de néant qui la submergea. Comment Shay aurait-il pu deviner ce à quoi elle renonçait ?

— Je ne peux pas faire ce genre de compromis, répliqua-t-elle. Et je ne veux pas que tu sois coincé dans un mariage sans amour. Ce qui signifie que nous ne pouvons pas être ensemble.

Elle avait raison. Il avait changé, il était devenu un autre homme, un homme qui avait fermé son cœur, son âme. Même s'il avait renoncé à ses voitures et à ses motos, il préférait toujours vivre sa vie au milieu des étoiles que sur la terre. Avec elle.

Elle retira la bague de fiançailles qu'elle portait depuis moins de quatre heures et la posa sur le tapis. Elle aurait préféré qu'il lui prouve son amour d'un simple anneau d'or, mais avec sincérité.

Puis elle regagna la chambre d'amis et attendit les premières lueurs de l'aube sans fermer l'œil de la nuit.

Shay prit des dispositions pour la faire ramener au Nouveau-Mexique dans son jet privé. Elle partit l'après-midi même sans lui reparler. Elle payait cher le prix de son insouciance.

Arrivée chez elle, elle prit une douche bien chaude, défit ses valises. Puis elle fit le ménage à fond, des lessives, et remplit ses placards. A minuit passé, elle s'assit enfin, épuisée. Un épuisement tant physique que moral. Pourtant, elle n'avait pas envie d'aller se coucher.

Plongée dans un silence pesant, la maison vide respirait la solitude. Comme toujours, depuis son divorce.

Le mieux serait sans doute de travailler sur son guide à l'usage des parents. Elle s'assit à son bureau et ouvrit son ordinateur. Pourquoi, elle n'en avait pas la moindre idée. A un certain moment, elle allait devoir admettre que son livre n'était pas destiné à devenir le best-seller qu'elle avait imaginé. Elle n'avait plus le cœur à l'écrire.

Le nom de Shay s'afficha à l'écran, et un étau lui enserra le cœur. Elle était parvenue à échapper à ses filets, mais il avait laissé ses marques partout. Il lui manquait. Son énergie, son sourire irrésistible, la sensation de sa peau sous ses doigts, tout lui manquait.

Mais il ne l'aimait pas. C'était ce qui, dès le début, faisait toute la différence.

Les lettres se brouillaient devant elle. Elle refoula la tristesse qui la gagnait et se concentra jusqu'à ce que les mots prennent forme.

Le rôle de parent est fait de compromis constants, il demande des sacrifices et un engagement.

N'avait-elle pas défini le grand amour par les mêmes mots, ou presque, pour Amanda ? Elle sortit ses notes de l'hôpital et se les relut.

Le grand amour est fait de compromis. Chacun apporte le meilleur de lui-même et se donne à cent pour cent à l'autre. Il demande des sacrifices et un engagement.

Des sacrifices et un engagement. Elle expliquait aux autres sans aucune passion comment aborder leur rôle de parent et leurs relations amoureuses. Pourtant, que ce soit dans son mariage ou avec Shay, elle n'avait absolument pas mis ses conseils en pratique.

C'est alors qu'elle relut les mots d'Amanda.

J'aimerais être avec un garçon qui m'aime exactement comme je suis. Troy voulait que je sois quelqu'un que je ne suis pas.

Soudain prise de vertige, elle se leva pour aller boire et trébucha dans la cuisine plongée dans la pénombre. L'eau fraîche coula dans sa gorge desséchée sans pour autant faire taire ses questions.

Elle était exactement comme Troy. N'écoutant que son besoin de sécurité, elle avait essayé de faire de Shay quelqu'un qu'il n'était pas. Et quand elle avait compris qu'elle ne le changerait pas, elle l'avait quitté. Pas une fois, mais deux.

Une sourde angoisse l'étreignit soudain. Elle l'avait fait souffrir.

Tu veux aussi mon cœur ? Dommage. Il est resté à Dallas en mille morceaux.

Le Dr Cane avait mis cette phrase sur le compte d'un ressentiment. Juliana l'avait interprétée comme une incapacité à lui faire confiance.

Shay était devenu exactement comme elle croyait le vouloir : prudent. Et elle détestait sa nouvelle réserve.

Elle posa le verre vide et se laissa glisser sur le sol. Shay méritait d'être avec quelqu'un qui l'aimait exactement comme il était : courageux. Audacieux. Ne craignant pas de saisir la vie à bras-le-corps. De faire des choix et des compromis.

Il méritait une femme qui n'essayait pas de tuer la seule chose qu'elle aimait chez lui.

Et en dépit de sa panique absolue à cette pensée... elle savait qu'elle voulait être cette femme.

Mais elle ne l'était pas. Du moins, elle ne l'était pas encore. Pour être la femme qu'il méritait, elle devait changer.

Et tant qu'elle n'aurait pas changé, accepté de faire son autoanalyse, elle ne trouverait pas le bonheur. Elle détestait penser à ses propres défauts. Les psychologues étaient censés aider les autres, pas eux-mêmes. Changer les habitudes d'une vie lui semblait presque impossible. Mais elle le ferait parce qu'elle le devait.

Elle gagna son bureau, s'y installa et tapa une liste de démarches qu'elle aurait recommandées à un patient souffrant du même problème. Puis, la tête lourde, elle referma son ordinateur portable. Elle ne pouvait pas résoudre son problème de manière académique. En fait, moins penser l'aiderait probablement.

Shay. Il avait toujours été le seul à pouvoir chasser ses préoccupations de son esprit. Tout à coup, la réponse lui apparut, limpide.

Se levant d'un bond, elle se précipita dans sa chambre et sortit son violon de son étui. Pour la première fois en huit ans, elle enduit l'archet de colophane et le fit glisser sur les cordes, accordant les chaudes vibrations des notes.

Elle s'était montrée aveugle et égoïste. Shay lui avait donné la clé, et elle ne l'avait même pas reconnue. Alors qu'elle s'abandonnait à la musique, celle-ci s'infiltra jusqu'au tréfonds de son âme, déverrouillant son cœur. Le violon avait été sa passion, et elle l'avait abandonné. Tout comme elle avait abandonné Shay pour une vie raisonnable, toute tracée, qui ne lui laissait qu'un immense sentiment de néant.

La seule façon de se montrer digne de Shay était de retrouver la musique. De se retrouver elle-même.

Elle joua. Et joua. Les notes naissaient sous ses doigts comme une cascade, exprimant tous ses désirs secrets, ses besoins, ses peurs. Elle s'en imbibait, plongeant dans la musique comme dans un océan sombre, chevauchant la vague de ses passions. Elle la remplissait, et elle avait l'impression d'enfin se retrouver, de ne plus avoir besoin de personne pour la combler.

La musique agit comme une machine à remonter le temps, ravivant son amour pour Shay, lui donnant toutes les réponses. Elle comprenait à quel point elle avait besoin de lui, mais que sa crainte de l'abandon lui avait fait préférer la sécurité d'une vie stable.

La seule façon pour elle de vraiment guérir était de lâcher prise. Alors elle lâcha prise. Et se sentit inondée d'un amour infini pour Shay.

Elle aimait sa confiance en lui, son audace, sa générosité. Elle aimait sa façon de toujours l'attirer plus haut. Elle ne voulait plus résister, elle n'avait plus peur du manque de rationalité, d'ordre. Avec lui, elle n'était plus le Dr Cane, elle pouvait être Juliana.

Si elle voulait être heureuse, si elle voulait être avec Shay et le rendre heureux, elle devait accepter de prendre des risques et de devenir une femme capable de combler une force de la nature.

Elle devait trouver le courage d'aller de l'avant.

Chaque jour qui passait, Shay regrettait d'avoir vendu son Hayabusa. Mais jamais autant qu'aujourd'hui. Il rêvait d'une longue virée dans le désert. De toute façon, même s'il avait eu sa moto, il n'aurait pas pu s'évader. Emily avait pris sa matinée, et Mikey était particulièrement ronchon. En outre, il était plongé dans le budget de GGS Aerospace pour essayer de sauver quelques dollars.

Il tenta de se concentrer sur les feuilles de calcul devant ses yeux, mais les chiffres se brouillaient. Depuis que, quatre jours plus tôt, Juliana était partie sans un regard en arrière, il se sentait vidé de toute son énergie. Or, le contrat avec le gouvernement allait bientôt expirer. Il devait faire une offre inférieure à celle de son concurrent ou faire décoller par miracle un prototype en un temps record. L'un ou l'autre sauverait GGS. Pour le moment, il en était loin.

Et Mikey continuait à pleurer. Il essaya plusieurs tactiques apprises de Juliana, en vain.

De toute façon, rien n'allait plus.

Un mal de tête effroyable lui vrillait les tempes. Et le chiffre donné par le service juridique pour assurer le renouvellement de leur contrat par le gouvernement était faramineux.

Un quart d'heure plus tard, il posa Mikey qui hurlait toujours dans le Baby-Relax à côté de sa chaise et lui tendit un livre à mâchouiller. Le bébé le mit directement dans sa bouche et se calma.

Shay leva les yeux au ciel. Un livre. C'était le secret de son silence ? Avec un « gah », Mikey le lui tendit.

— Un gage de paix ?

Prudemment, il prit le livre mouillé par un coin. *Bonsoir Lune*, le préféré de Juliana.

Ses yeux se mirent à le brûler. Il la sentait toujours dans ses bras, la sentait dans son sommeil. Il avait bien fait de ne pas lui donner une nouvelle chance de lui briser le cœur. Sinon, il aurait vécu son absence comme une véritable torture.

Mikey frappa sa jambe avec le livre.

Bonsoir Lune : c'était un signe. Il avait sa réponse. Il devait mettre son courage à l'épreuve ultime.

Il devait dire adieu à la lune, aux étoiles, à l'espace, aux vols en orbite. A tout cela. Aussi insoutenable que ce soit, Juliana avait eu raison sur un point. Sa vie avait pris un tournant irréversible à son insu, sans lui laisser un moment pour s'acclimater. Mais il était temps de devenir un homme nouveau avec elle. Un homme qui pouvait faire de vrais sacrifices. Douloureux, difficiles et nécessaires. Mais pour le mieux. En une demi-heure, il répondit à l'e-mail de son avocat en détaillant une nouvelle stratégie financière, risquée mais très rentable en cas de succès. Puis il lui fit part de son projet de vendre le gratte-ciel de GGS Aerospace à Fort Worth et d'installer la société ici même, où un bâtiment flambant neuf pouvait l'abriter.

En bonus, il n'aurait plus besoin d'aller travailler en avion. Il regrettait que Juliana ne soit plus là pour apprécier l'audace qu'elle avait perçue en lui. La vérité le frappa alors de plein fouet. Juliana l'avait poussé à admettre qu'il avait du courage, parce qu'elle le connaissait assez pour lire dans son cœur.

Elle l'avait incité à utiliser ses atouts de manière constructive, en les canalisant pour créer une société, pas pour vivre ses dangereuses passions. Pas parce qu'elle le voulait différent, mais parce qu'elle voulait le voir exploiter ses qualités profondes pour tirer le meilleur de lui-même. Faire de lui quelqu'un de meilleur : un père, un mari et le seul fondateur de GGS encore vivant.

Il l'avait remerciée en la tenant obstinément à distance.

— Je me suis comporté en parfait imbécile avec Juliana.

Mikey agita son petit poing. Shay sourit. C'était sans doute sa manière d'applaudir. Ce n'était pas l'approbation de Grant, mais cela y ressemblait.

Son téléphone se mit à biper, et il sentit son estomac se nouer d'appréhension. Sa proposition avait dû plaire au conseil d'administration pour que Cal le rappelle si vite. Il jeta un coup d'œil à l'écran et tressaillit. Ce n'était pas son avocat. C'était Juliana.

Son message contenait une vidéo en pièce jointe. Intrigué, il ouvrit le dossier. Elle n'aurait quand même pas osé lui envoyé ce strip-tease qu'elle lui avait promis ?

Mais quand il vit Juliana apparaître à l'écran, il se rabroua d'avoir eu une pensée aussi triviale. Une musique mélancolique, passionnée, s'échappa du haut-parleur de son portable. Irradiant une émotion indescriptible, elle faisait glisser son archet sur les cordes. Elle était la musique incarnée.

Son cœur, qu'il avait cru brisé, battait la chamade au rythme des notes. Malgré tout ce qu'il s'était dit, toutes ses promesses, tous ses mensonges, il n'avait jamais guéri de Juliana Cane. Le jour où il l'avait vue jouer du violon pour la première fois, des années auparavant, il avait su qu'il était perdu. Amoureux jusqu'à son dernier souffle.

Elle l'avait rappelée. Elle était revenue du Nouveau-Mexique, et elle voulait être avec lui. Elle lui avait dit qu'elle l'aimait sans aucune assurance de ses propres sentiments. Elle avait recommencé à jouer du violon et lui avait envoyé cette vidéo.

Malgré ce cœur qu'il refusait de lui ouvrir, Juliana persistait à lui prouver son courage.

Qu'avait-il fait ? Il avait résisté à l'idée de lui faire de nouveau confiance. Tellement convaincu qu'elle allait le décevoir, il avait refusé de suivre ses conseils, lui avait proposé des compromis insignifiants et avait refusé de lui donner une vraie seconde chance. Il n'avait même pas envisagé de lui pardonner.

Et s'il l'avait fait ?

Mikey sur les genoux, tous les deux fascinés, ils regardèrent la vidéo sur l'ordinateur à trois reprises.

Ce message pouvait avoir quantité de significations. Y compris le risque de voir son cœur se briser encore une fois. Mais il ne laisserait pas la peur l'emporter.

Oui, Juliana était encore partie. Mais, cette fois, il allait la suivre.

13

Juliana n'avait pas vu Shay depuis cinq jours, pas depuis qu'elle s'était rendu compte que, si elle devait le perdre, elle préférait que ce soit à ses conditions.

Quand il sonna, elle lui ouvrit, ivre de joie en voyant celui qui faisait toujours battre son cœur. Ne sachant comment lui faire comprendre à quel point celui-ci était gonflé d'amour, elle lui dit simplement :

— Je t'attendais.

— Ah bon ? répondit-il d'une voix étranglée. Ce n'était jamais qu'une vidéo. Comment savais-tu que j'allais venir ?

Elle sourit et lui fit signe d'entrer.

— Tu es la seule personne au monde pour qui je compte assez pour déchiffrer mes codes.

La vidéo contenait un message :

« Je ferai le premier pas si tu fais le second. »

Elle avait misé le tout pour le tout et, manifestement, elle avait bien fait. Shay était ici.

— Alors c'était ça ? demanda-t-il. Un code ?

Il la suivit dans la salle de séjour et s'installa sur le canapé. Devant lui, sur la table basse, était posé le violon. Juliana vint s'asseoir à côté de lui.

— J'ai compris toute seule la raison pour laquelle tu m'avais offert ce violon, commença-t-elle. Cela m'a pris un moment. Merci. Ce que tu m'as donné… je ne pourrai jamais te le rendre.

Emue, elle le regarda, priant pour qu'il lise en elle à cœur ouvert, qu'il voit à quel point elle s'en voulait de l'avoir fait souffrir, à quel point elle lui était reconnaissante pour le cadeau. Qu'il comprenne l'amour qu'elle avait vu renaître en elle.

Les bras croisés, il la dévisagea.

— C'était juste un violon, répondit-il avec un haussement d'épaules.

Son expression ne trahissait rien de ses pensées. S'éloigner de lui avait été nécessaire. Mais, le cœur serré, elle comprit qu'elle en payait le prix.

— Non. Ce n'est pas juste un violon, protesta-t-elle. Tout comme la vidéo n'était pas juste une vidéo. Nous nous ressemblons tellement, toi et moi. Et il ne nous est pas toujours facile de parler.

— Nous nous ressemblons ? répéta-t-il, stupéfait. Nous sommes les deux personnes les plus opposées au monde. C'est ce qui nous a menés à cette situation.

Au moins, il acceptait la discussion, ce qui était plus que ce qu'elle méritait. Elle croisa ses mains sur ses genoux. Ses doigts la démangeaient de le toucher.

— Quand j'ai pris l'archet et que j'ai commencé à jouer, j'ai enfin compris que la musique classique était ton code à toi. Je me trompe ?

Il se figea, si calme qu'elle en oublia de respirer. Puis elle sentit un imperceptible changement. De son regard de jade, il sonda son visage, comme pour s'imprégner de ses moindres nuances.

— Juliana, je t'ai offert le violon parce que la première fois que je t'ai entendue jouer, j'ai su que j'étais perdu. Tu m'as frappé en plein cœur.

Il appuya son aveu en pressant sa main sur son cœur Elle le sentit battre sous sa paume.

— Et je n'ai jamais oublié, enchaîna-t-il. Tu jouais avec une telle passion, sans aucune retenue. Une passion qu'au fil des années tu as perdue. Je voulais que tu la retrouves.

Ses yeux s'embuèrent de larmes qu'elle laissa rouler sur ses joues.

— J'ai essayé de me convaincre que je n'aimais pas la manière dont tu avais bouleversé mon monde trop ordonné. Que j'avais trop peur de me laisser submerger par le raz-de-marée des émotions que tu me faisais ressentir. Mais j'étais de plus en plus attirée par l'idée d'oublier le Dr Cane et de redevenir Juliana. Même si je prétendais le contraire. En retrouvant la musique, j'ai compris que je voulais cesser de refouler mes sentiments profonds au nom de la raison et partager la grande aventure de la vie, de l'amour. Avec toi.

Il la dévisagea avec intensité et, d'un geste d'une tendresse infinie, essuya ses larmes de son pouce.

— Rien ne me ferait plus plaisir.

— Ces deux fois où je t'ai quitté, j'ai agi par instinct de protection. Je ne pouvais pas mettre mon équilibre en péril et je voulais faire de toi un homme stable, posé. Pardon.

Un instant, elle ferma les yeux et laissa retomber sa main. Mais il la pressa plus près de sa poitrine, refusant de la lâcher. Refusant de la laisser détourner le regard.

— Mais, Juliana tu ne comprends pas ? C'est toi ma stabilité. Mon pilier, les deux pieds fermement ancrés dans la réalité.

Elle acquiesça. Une déclaration charmante, certes, mais ils n'avaient pas abordé le plus important.

— Shay, pourquoi m'as-tu demandé de t'épouser, en vérité ?

— En vérité, répéta-t-il, l'air soudain gêné, avec une petite grimace. Je t'ai demandé en mariage pour surmonter ma peur. C'était une façon pratique de te garder à proximité sans prendre aucun risque.

— Tu n'as jamais peur. Tu es la personne la plus courageuse que je connaisse.

Il secoua la tête, ses mèches couleur caramel barrant son front. Aujourd'hui, il ne portait pas de casquette.

— Le courage, c'est d'avancer même quand on a peur. Alors, j'ai autre chose à t'avouer. Je n'ai pas eu peur de t'épouser. J'ai eu peur de t'aimer. Et si je suis venu aujourd'hui, c'était parce que je ne pouvais plus me laisser retenir par cette peur.

Soulagée, elle se sentit gagnée par une joie timide, comblant le sentiment de néant en elle.

— Et maintenant, que faisons-nous ? demanda-t-elle.

— Que veux-tu faire ?

Elle ne put s'empêcher de rire.

— Tu vois bien que nous sommes pareils. Tu réponds à ma question par une question. Je suis désolée d'avoir voulu te changer. Je ne veux pas que tu sois un autre. J'ai enfin trouvé le courage de te laisser être toi-même et de faire face s'il devait t'arriver quelque chose. Remplace tes voitures et tes motos. Prévois d'escalader une montagne. Fais ce qui te rend heureux. Mes appréhensions t'ont poussé à croire que tu allais perdre le procès d'adoption. Je sais que je me trompais. Si tu peux me pardonner, j'aimerais que nous nous redonnions une vraie chance, cette fois.

Mais elle ne devait pas oublier qu'il n'était pas seul.

— Avant de répondre, souviens-toi que tu as Mikey à prendre en considération. En toutes choses.

Elle pressa sa main.

— Je sais que j'ai atteint un stade dans ma vie où je peux guérir du chagrin de ne jamais pouvoir avoir d'enfants, poursuivit-elle. Je ne peux pas promettre d'être une bonne mère pour ton fils. Je veux essayer. Mais tu dois réfléchir au fait que nous ne pourrons pas avoir de bébés ensemble avant d'accepter de me donner une seconde chance.

— Juliana, n'importe quel enfant aurait de la chance de t'avoir pour mère.

— Je ne suis pas très douée pour le bonheur, répondit-elle, les lèvres tremblantes. Je ne sais pas comment être une bonne mère.

Pour toute réponse, il la fit se lever du canapé et l'entraîna devant le miroir de l'entrée.

Regarde-toi

Il se tenait juste derrière elle, les cheveux en bataille, une barbe de cinq jours sur ses joues. Si beau, si viril, si indomptable. Vibrant d'une force qui la réchauffa. Elle dut se faire violence pour ne pas se lover dans ces bras si rassurants.

— Ne me regarde pas, la rabroua-t-il avec un sourire. Regarde-toi. Fraîche. Impeccable. Rien ne te perturbe. C'est la mère que je veux pour mon fils. Attends-moi.

Il disparut et revint le violon à la main.

— Maintenant, regarde de nouveau. Tu es une femme qui comprend la passion et toutes les autres émotions humaines. Et particulièrement le courage. Tu es aussi la mère que je veux pour mon fils. L'ancienne et la nouvelle Juliana.

D'autres larmes jaillirent sur ses joues, et elle regarda celle qui pleurait dans le miroir. Elle se reconnaissait à peine. Elle avait accepté un travail consistant à apprendre à Shay à devenir père, et voilà qu'il lui apprenait à être mère. Posant le violon sur le guéridon, elle soutint son regard.

— Je ne pourrai jamais te donner d'enfants. Cela ne te dérange pas ?

Il haussa les sourcils.

— Je veux que tu sois la mère de tous mes enfants. Quelle que soit la façon dont ils viendront à moi. J'ai fait un peu de recherches dans les procédures expérimentales qui sont faites en Suisse. Il y a aussi les mères porteuses. Le monde de la science t'est ouvert. Ou bien nous pouvons adopter. Si tu le souhaites.

Elle sentit son cœur sur le point d'exploser d'allégresse.

— Tu as peur ? lui chuchota-t-il à l'oreille.

Elle acquiesça.

— Moi aussi. Cela veut dire que nous devons aller de l'avant.

Il la prit dans ses bras et la serra contre lui, alors qu'elle sombrait dans le vert infini de ces yeux qui la regardaient dans le miroir. Plus jamais il ne la laisserait affronter ses cauchemars seule. Cela changeait tout. L'infertilité n'était plus une fatalité, mais un défi qu'elle pouvait surmonter et laisser derrière elle. Il lui était impossible de résister plus longtemps. Elle se laissa aller contre son corps solide.

— Je suis d'accord pour aller de l'avant, dit-elle.

— C'est ce que nous allons faire, répondit-il. Les changements que tu m'as demandés de faire étaient des sacrifices. Mais des sacrifices nécessaires, parce que Mikey a besoin que je sois là pour lui. Je suis furieux de ne plus pouvoir enfourcher une moto ou prendre l'avion, mais, Juliana, quand tu es partie, je me suis rendu compte que quand tu étais avec moi je n'avais plus besoin de toute cette vitesse. Je ne peux être le père dont Mikey a besoin, je ne peux être digne de la confiance de Grant que si tu m'apportes un cadre. Tout le monde veut se sentir en sécurité, et c'est ce que tu me procures. Tu es mon équilibre. Je ne peux pas être l'homme que tu vois si tu n'es pas avec moi. Sans toi, je ne peux pas être un bon père.

— Je ne sais pas quoi dire, balbutia-t-elle.

— Mais si. Que dit ton cœur ? Dis-le, Juliana. Dis-le à voix haute. Cela le rendra réel.

Les mots sortirent de sa bouche sans contrainte.

— Je t'aime. Je t'aime exactement comme tu es. Si tu me pardonnes et que tu trouves une façon de me faire de nouveau confiance, je recommencerai à t'embrasser pour te dire au revoir chaque matin, je te verrai prendre ton hélicoptère sans plus jamais te critiquer. Veux-tu me donner une nouvelle chance ?

— Ni hélicoptère ni navette spatiale. Désormais, ce sera toi mon adrénaline. J'espère pouvoir te convaincre en te disant que j'ai vendu l'immeuble à Fort Worth et que nous déménageons toutes les activités de GGS dans les bâtiments de mon aérodrome.

Elle sentit son pouls s'accélérer.

— Pourquoi fais-tu ça ? Shay, l'espace est ton rêve. Tu ne peux pas renoncer.

— Mon rêve est d'être dans les étoiles et, chaque fois que je regarde dans tes yeux, je suis dans les étoiles. Tu m'as appris que l'amour est synonyme de vrais sacrifices. Aussi les ai-je faits. Je voulais que tu sois heureuse, parce que, Juliana, je t'aime aussi, lui murmura-t-il à l'oreille. Je t'ai toujours aimé, je t'aimerai toujours.

Son visage rayonnait.

Non, Shay, continue tes activités, travaille sur le vaisseau spatial et met-le en orbite. Je refuse de faire des compromis sur ça.

— Tu refuses, vraiment ?

Il sourit, de ce sourire éblouissant, irrésistible, qui éclaira tout son visage.

— C'est d'accord si je laisse quelqu'un d'autre l'essayer et que j'attends qu'il soit homologué pour une utilisation commerciale avant de faire mon premier vol. C'est le seul compromis que j'accepte.

— C'est un sacré compromis, approuva-t-elle. Je n'ai rien d'aussi important à te proposer en retour.

— Tu te trompes. Joue du violon pour moi de temps en temps. Encore mieux, ajouta-t-il une lueur taquine dans le regard, tu m'as parlé d'un strip-tease. Trouve une façon de mettre au point un concert-strip-tease. Et nous serons quittes.

Son rire fusa à travers ses larmes.

— Je vais y réfléchir.

— Réfléchis déjà à ça, déclara-t-il en la faisant pivoter dans ses bras et en montrant l'anneau d'or qu'il gardait depuis des années.

Il scella ses paroles d'un long baiser passionné, et le temps sembla s'arrêter. Soudain, tout était limpide. Tout ce qu'elle voulait, tout ce dont elle avait besoin, c'était cet homme.

Il habitait son cœur, sa tête, son âme.

Quand ils reprirent leur souffle, elle répondit, un peu haletante :

— Oui, je vais t'épouser. Et signer les papiers d'adoption. Nous allons adopter Mikey ensemble, et nous serons une vraie famille.

Une semaine plus tard, Shay et Juliana s'envolaient pour Cabo Luca afin de se marier sur la plage. Avec l'aide d'Emily, Mikey leur apporta les alliances, et quand Shay glissa l'anneau à son annulaire, Juliana referma son poing sur le métal brûlant de l'amour de celui qui était désormais son mari.

Oubliant leurs griefs, les Greene les avaient félicités et comptaient leur rendre régulièrement visite pour profiter de leur petit-fils.

Décidément, la vie était pleine de surprises : renoncer à ses rêves de toujours pouvait parfois faire naître un bonheur insoupçonné.

YVONNE LINDSAY

Un pacte scandaleux

Traduction française de
GABY GRENAT

HARLEQUIN

Titre original :
THE PREGNANCY CONTRACT

Ce roman a déjà été publié en 2016.

1

— Il est *mort* ?

Wade examina attentivement la jeune femme. Quelle bonne actrice elle faisait ! En la regardant, n'importe qui aurait pensé qu'elle était émue, voire bouleversée, d'apprendre la mort de son père, mais il n'était pas dupe. Piper Mitchell n'était pas la fille affectueuse qu'elle voulait paraître, loin de là. Sinon, pourquoi aurait-elle passé les huit dernières années à faire la fête aux quatre coins du monde au lieu de rester près de lui ? La disparition de Rex Mitchell, son mentor et son meilleur ami, causait à Wade une peine immense qu'il aurait dû partager avec la fille de ce dernier... Hélas ! la personnalité déroutante de Piper ne lui permettait guère d'exprimer avec elle ses sentiments ou *a fortiori* ses émotions... Ce ne serait qu'une perte de temps, et il avait mieux à faire désormais !

— Oui, répondit-il sèchement. Ton père est mort il y a quatre jours.

D'un geste de la main, il désigna le grand nombre de personnes qui se pressaient dans les salons de la vaste demeure.

— Tous ceux que tu vois là sont venus à mon invitation lui rendre un dernier hommage.

Piper demeurait figée sur place.

— C'est impossible... Tu mens.

— Si tu crois que je gaspillerais ma salive à te raconter des histoires !

Elle sentit les mots cruels s'enfoncer lentement jusqu'à son cœur. Le teint hâlé qui dorait son visage quelques instants plus tôt disparut brusquement pour laisser place à une pâleur cireuse, et son regard clair, aussi brillant tout à l'heure que des aigues-marines, se voila. Ses pupilles se dilatèrent démesurément et de larges cernes mauves apparurent sous ses yeux.

Elle chancela et recula d'un pas. Wade eut tout juste le temps de tendre le bras pour l'empêcher de tomber dans l'escalier derrière elle.

Elle baissa les yeux vers le bras de Wade qui la maintenait, puis se recroquevilla sur elle-même.

— Je... je ne me sens pas très bien.

Sa voix faiblit jusqu'à devenir à peine audible tandis que ses genoux ployaient sous elle et que ses paupières se fermaient.

Tout en la maudissant d'avoir si mal programmé son retour et de lui infliger ce malaise inattendu, Wade la souleva dans ses bras pour lui faire franchir la porte d'entrée.

Dès qu'il les aperçut, Dexter, le maître d'hôtel, quitta le grand salon où les amis du défunt s'étaient réunis pour un ultime cocktail donné en sa mémoire.

— Monsieur Collins, voulez-vous de l'aide ?

— Miss Mitchell s'est évanouie en apprenant le décès de son père.

Wade avait serré les mâchoires pour retenir les mots beaucoup moins aimables qui lui étaient spontanément montés aux lèvres pour expliquer le malaise de la jeune femme.

— Voulez-vous que j'appelle un médecin ? proposa Dexter.

— Non, je pense que c'est inutile. Nous allons voir comment elle se sent quand elle aura repris connaissance. Est-ce que sa chambre est faite ?

— M. Mitchell tenait absolument à ce que la chambre de Miss Piper soit toujours prête à l'accueillir.

— Parfait. Je vais l'y installer.

Puis, jetant un coup d'œil sur le sac à dos que Piper avait déposé dans la véranda, Wade ajouta :

— Pourriez-vous vous charger de ses affaires, je vous prie ?

— Bien entendu, monsieur Collins.

La fille de son ancien patron dans les bras, Wade gravit le grand escalier qui conduisait aux chambres. En haut, il n'était même pas essoufflé tant Piper était légère. Il la déposa sur le lit et remarqua alors combien elle était menue sous le vaste sweat-shirt qui dissimulait ses formes.

— Il vaudrait peut-être mieux que j'appelle Mme Dexter pour s'occuper d'elle, proposa le maître d'hôtel après avoir déposé le sac à dos décoloré et informe sur le parquet soigneusement ciré de la pièce.

— Oui, c'est une bonne idée, approuva Wade, cherchant anxieusement un signe de vie sur le corps toujours inerte de la jeune femme. Allez la chercher, je vous attends ici.

Il se sentait soulagé. Pas question pour lui en effet de prendre soin de Piper plus longtemps que nécessaire. Plus maintenant.

Pourquoi diable était-elle revenue ? Et précisément en un moment pareil ?

Debout près du lit, il regarda la poitrine de la jeune femme se soulever et s'abaisser sous le sweat-shirt usagé. Perplexe, il secoua la tête. Ces huit dernières années, il avait consulté les comptes rendus de la banque et savait qu'elle avait dépensé tout l'argent qui y avait été déposé. Pour quoi faire, grands dieux ? A voir comment elle était fagotée, ce n'était certainement pas pour acheter des vêtements.

Un petit coup frappé à la porte l'avertit de la présence discrète de la gouvernante en charge de la grande maison qu'il avait achetée à Rex Mitchell deux ans plus tôt.

— Mon Dieu ! ma petite Piper, qu'est-ce qui t'est arrivé ? demanda Mme Dexter en posant sa main sur le front de la jeune femme. Et tes beaux cheveux, qu'est-ce que tu en as fait ? Qu'est-ce que c'est que cette horrible coiffure ?

— Je crois que c'est ce qu'on appelle des dreadlocks, expliqua Wade avec une moue de mépris.

C'était bien dans le style de Piper de débarquer chez lui dans un accoutrement pareil ! Exactement le genre de stratagème qu'elle affectionnait pour attirer l'attention sur elle. Ça ne lui avait donc pas suffi d'en avoir usé et abusé pendant son adolescence ?

D'un geste de la main, Wade rejeta ses cheveux bruns en arrière. Allons... pourquoi s'étonner ? Pourquoi avoir imaginé, ne serait-ce qu'un instant, que Piper était capable de changer ? Il était bien trop naïf ! Fidèle à son image, elle lui prouvait une fois de plus que la seule personne dont elle était capable de se soucier était elle-même, Miss Piper Mitchell, fille unique et bien-aimée du puissant homme d'affaires Rex Michell. Point final. Jamais rien ni personne ne pourrait s'interposer entre son désir et son plaisir. Personne, pas même son père mourant.

Pas même le bébé qu'elle aurait dû avoir..., pensa Wade amèrement.

Dexter fit un pas vers lui.

— Monsieur Collins, vos invités...

— Oui, merci, Dexter. Je redescends tout de suite.

Wade abandonna les deux femmes pour rejoindre tous ceux qu'il avait conviés afin de rendre un dernier hommage à Rex Mitchell, conseiller et soutien indéfectible qui lui avait permis de parvenir à l'excellence malgré les difficultés liées à son origine humble. D'un caractère parfois difficile, cet homme généreux, foncièrement honnête, avait énormément soutenu Wade à ses débuts.

Il adorait sa fille, mais celle-ci l'avait remercié de son amour en le quittant sans un regard en arrière juste après avoir fêté ses vingt ans. Sans doute voulait-elle ainsi se venger de celui qui avait toujours tenté d'imposer des limites à ses extravagances. Fantasque et capricieuse, elle ne supportait pas qu'on contrarie ses envies. Plutôt que changer, elle avait préféré partir. Et voilà où son obstination l'avait menée... Amaigrie, affublée de dreadlocks dignes du premier routard venu, elle gisait, évanouie, dans la chambre douillette qu'elle n'aurait jamais dû quitter.

Wade rejoignit les convives rassemblés dans le grand salon de la demeure qui était maintenant la sienne. Tout autant que ceux qui y avaient vécu, cette maison faisait partie de l'histoire d'Auckland, ce dont Wade était parfaitement conscient. Il avait appris à chérir cette belle propriété autant que s'il y était né, et s'était promis de l'entretenir comme elle le méritait puisque ses moyens lui permettaient de sauvegarder ce patrimoine exceptionnel.

Soulagé par la présence de Mme Dexter auprès de Piper, il recommença à s'entretenir avec les uns et les autres, acceptant les condoléances, écoutant les souvenirs drôles ou émouvants qui évoquaient Rex Mitchell et que certains racontaient avec un sourire amusé ou triste.

A la fin de la soirée, il se retrouva seul avec les Dexter qui commençaient à ranger. Piper était restée à l'étage. Quand viendrait-elle se montrer ? A vrai dire, il n'était pas pressé que ce moment arrive, car leurs retrouvailles ne seraient certainement pas des plus agréables.

Comme souvent après le dîner, il traversa le hall pour gagner la bibliothèque où il se dirigea directement vers le bar pour se verser un verre de cognac. Le liquide ambré glouglouta dans la bouteille, exactement comme tous les soirs où il avait partagé ce rituel avec Rex avant que la maladie ne le cloue au lit.

Puis, exactement comme autrefois, il prit place dans un des fauteuils placés près de la cheminée et porta un toast silencieux au fauteuil demeuré vide en face de lui.

— Je vois que tu n'as guère attendu pour boire le cognac de mon père !

Wade se raidit dans son siège, surpris par le ton amer de Piper, puis se ressaisit aussitôt. Non, il n'allait pas lui laisser percevoir à quel point elle l'avait blessé. Mieux que n'importe qui pourtant, elle savait qu'il buvait peu et seulement en compagnie choisie.

— Tu veux prendre un verre avec moi ? demanda-t-il sans même prendre la peine de se tourner vers la jeune femme.

— Pourquoi pas ?

Il l'entendit se servir, puis s'avancer vers le fauteuil qui avait été celui de son père.

Un parfum de chèvrefeuille, délicieusement familier autrefois, parvint à ses narines, le forçant à se tourner malgré lui. Piper avait pris une douche et enfilé un jean propre et un pull fin à travers lequel il devinait les os de ses épaules. Son visage était amaigri lui aussi. Plus dur, plus mûr qu'autrefois. Rien à voir avec celui de la jeune fille gâtée qui lui avait volé son cœur pour le piétiner sans pitié quand elle était partie huit ans plus tôt.

— Je n'arrive pas à croire qu'il est vraiment mort..., murmura-t-elle.

Cela, Wade le comprenait parfaitement. Il avait éprouvé la même chose. Pourtant, il avait eu le temps de se préparer à la disparition de Rex. Quand la maladie avait commencé à l'empêcher de tenir tous ses engagements, Rex lui avait vendu sa demeure afin d'éviter qu'elle tombe après sa mort aux mains de promoteurs sans scrupule qui auraient bâti à la place des immeubles sans âme. Puis, un peu plus tard, devant l'inefficacité des soins qu'il s'imposait néanmoins de suivre, il lui avait cédé les rênes de l'entreprise.

Wade fixa son interlocutrice d'un air sérieux.

— C'est pourtant vrai.

— Je sais que c'est stupide, mais je le croyais éternel... Il a eu une crise cardiaque ?

— Non. Qu'est-ce qui te fait croire ça ?

— Je ne sais pas. Il travaillait beaucoup.

— Ton père a eu un cancer du pancréas.

Wade regarda ses yeux clairs s'emplir de larmes. Il n'avait pas approuvé la décision de Rex de cacher la gravité de sa maladie à Piper lorsqu'elle téléphonait pour prendre des nouvelles. En fait, au cours des derniers mois, l'obstination du vieil homme sur ce sujet avait été le seul motif de discorde entre eux deux. Rex pensait que Piper n'était pas assez forte pour supporter le stress de le savoir malade. Wade au contraire estimait que Piper, sa fille unique, aurait dû être auprès de lui pour l'assister dans ses derniers jours. Et il se moquait pas mal de savoir si oui ou non elle était capable de supporter la situation.

— Si j'avais su, je serais rentrée plus tôt, déclara Piper.

— Je pense que c'est en partie pour cette raison qu'il ne voulait rien te dire.

— Pourquoi ? Je ne comprends pas.

— Tu connaissais ton père... Il ne s'est pas passé de jour sans qu'il regrette ton absence, mais, plus que tout, il voulait que tu ne reviennes que lorsque tu l'aurais toi-même décidé, pas parce que le devoir filial te le commandait.

— C'est-à-dire que je l'ai déçu, encore une fois ?

Le visage de la jeune femme s'était fermé.

— Ne me fais pas dire ce que je n'ai pas dit, Piper. Rex voulait te protéger de la méchanceté du monde. Ces derniers temps, sa maladie en faisait partie.

— Tu peux dire ce que tu veux, je sais que j'aurai déçu mon père jusqu'au bout, ajouta Piper tristement. Alors que toi, tu as toujours été le *golden boy* de son cœur...

Wade laissa échapper un long soupir.

— De toute façon, cela n'a plus grande importance maintenant, n'est-ce pas ?

Piper aurait aimé répondre quelque chose de méchant, quelque chose qui oblige Wade à se mettre en colère et à se disputer avec elle. Après tout, ils s'étaient suffisamment entraînés à ce genre d'exercice du temps où ils vivaient ensemble ! La passion brûlante qui les animait autrefois avait été riche en émotions ardentes et profondes mais aussi en sursauts brusques et violents. Oui, elle se sentait de taille à affronter une dispute avec Wade. Elle l'appelait même de ses vœux, histoire sans doute de se sentir encore vivante...

En revanche, ce qu'elle ne se sentait pas capable de supporter, c'était l'idée qu'elle ne verrait plus son père, qu'elle n'entendrait plus vibrer sa voix grave dans la grande maison qui était dans leur famille depuis des générations, que plus jamais elle ne sentirait ses bras la serrer contre lui. A cette pensée, le vide qui s'était installé dans son cœur s'agrandit encore.

Jamais elle ne pourrait le consoler des soucis qu'elle lui avait causés au cours de son adolescence capricieuse. Il avait été très affecté de la voir partir à l'étranger peu après son vingtième anniversaire, mais, en même temps, elle était suffisamment fine pour avoir compris son soulagement de ne plus avoir à affronter au quotidien les toquades et le comportement souvent extravagant qui était alors le sien.

Elle regrettait amèrement que son père ait tenu à garder secrète la gravité de sa maladie. La dernière fois qu'elle l'avait appelé, elle lui avait trouvé une voix fatiguée, mais il ne lui avait rien dit qui soit susceptible de l'inquiéter. Voyons, quand était-ce donc ? Trois mois plus tôt ? Au moins...

Une onde de jalousie la traversa. Wade, lui, avait été tenu informé. Depuis très longtemps, son père avait tout partagé avec lui. Dès que Rex avait pris Wade comme stagiaire dans son entreprise d'import-export, leur entente avait été exceptionnelle. Wade était rapidement devenu le fils que Rex n'avait pas eu. Le fils mythique qu'elle avait dû affronter, elle, la fille unique et bien réelle de Rex.

Oh ! comme elle avait envié leur complicité affectueuse ! A tel point que, par pure jalousie, elle avait fait son possible pour la briser. Ses tentatives s'étaient soldées par des échecs. Tout ce qu'elle avait réussi à faire, c'était blesser cruellement les deux hommes qui comptaient le plus dans sa vie.

Car elle avait aimé Wade passionnément. Le simple fait de se trouver assise en face de lui avait suffi à ranimer le désir qu'elle avait éprouvé autrefois pour lui, et l'expression fâchée qu'elle lisait sur son visage n'empêchait pas son cœur de battre plus vite. Depuis leur dernière rencontre, il avait mûri. Ses traits avaient pris une expression sérieuse, et il avait un peu grossi, ce qui lui allait fort bien. Le travail et la vie qu'il menait lui avaient apparemment bien réussi.

Elle jeta un coup d'œil rapide à l'annulaire de sa main gauche. Non, il ne portait pas d'alliance... Elle se reprocha aussitôt de s'en préoccuper. A quoi bon, en effet ? Wade n'avait pas attendu pour lui manifester clairement l'antipathie qu'il éprouvait à son égard. Si elle voulait au moins gagner son amitié, il lui faudrait réussir à lui faire oublier sa conduite passée, ses exigences et ses caprices insensés, lorsqu'elle demandait à Wade bien plus qu'il ne pouvait donner. Dans son inconscience, elle était même allée jusqu'à le mettre en demeure de choisir entre son père et elle. Comme elle le regrettait aujourd'hui !

— Je sais ce que mon père représentait pour toi, Wade, et

combien vous étiez proches l'un de l'autre. J'imagine que sa mort doit te faire beaucoup de peine, reprit-elle d'une voix radoucie.

Surpris par ce revirement inattendu, Wade leva vers elle un regard las.

— Oui, c'est vrai. Merci de ton amabilité.

Piper remarqua alors les fines rides au coin de ses yeux gris. Elles ne s'y trouvaient pas autrefois.

— Est-ce qu'il a souffert ?

— Seulement dans la mesure où il ne pouvait plus faire ce qu'il aimait. Les médecins ont su assurer son confort jusqu'au bout, et il a pu rester à la maison comme il le souhaitait. J'avais fait installer un lit médicalisé dans le petit salon du rez-de-chaussée où une infirmière restait auprès de lui vingt-quatre heures sur vingt-quatre.

— Merci de l'avoir accompagné comme tu l'as fait.

— Je n'ai pas de mérite, répondit simplement Wade. C'était le seul endroit où j'avais envie de me trouver pendant tout ce temps-là.

Et voilà ! Une fois de plus, la gifle subtile, mais qui frappait juste et fort. Une façon voilée de lui rappeler qu'elle n'avait pas été là...

Piper réprima son besoin instinctif de se justifier, d'expliquer ses choix, son attitude. Elle était au-dessus de cela maintenant. Il était impossible de revenir en arrière et de réécrire l'histoire, mais elle pouvait prendre un nouveau départ. Ici et maintenant. Elle allait changer du tout au tout et n'attendrait pas davantage pour le prouver. Pour commencer, elle s'efforcerait d'être aimable quand elle s'adresserait à Wade et ferait passer son ego au second plan.

— Je te suis réellement reconnaissante d'avoir été là. C'était sûrement très important pour lui. Il avait énormément de respect et d'affection pour toi.

— Ces sentiments étaient mutuels.

— Et la société Mitchell Exports ? Que va-t-elle devenir maintenant que mon père n'est plus là pour tenir le gouvernail ? Tu n'es pas inquiet pour son avenir ?

— Non. Rex et moi avions mis au point une passation de

pouvoir dès le début de sa maladie. En fait, c'est moi qui dirige l'entreprise depuis un an et demi.

— Pas possible ! Tu veux dire qu'il avait accepté de te laisser cette responsabilité si vite ?

— Oui, il avait préféré qu'il en soit ainsi. En fait, le traitement l'avait déjà trop affaibli pour qu'il la gère encore lui-même, mais il a gardé jusqu'à la fin un intérêt réel pour tout ce qui se passait dans l'entreprise. Tu sais comment il était !

Piper réfléchissait. Voyons, où se trouvait-elle à cette époque ? En Somalie ? Non, elle était au Kenya où elle avait travaillé dans une clinique pour femmes. Ensuite, elle était allée porter secours en Asie, après une inondation… Puis il y avait eu ce tremblement de terre dans une île indonésienne et elle s'était portée volontaire pour aider les familles. Bref, elle avait été partout, sauf là où elle aurait dû se trouver, dans le seul endroit au monde où sa présence aurait réellement fait une différence.

Tout à coup, une immense fatigue s'abattit sur ses épaules. Elle lutta pour la repousser, mais ne put retenir un bâillement.

— Tu es encore fatiguée ? demanda Wade.

— Oui. Quand je suis arrivée, cela faisait trente-six heures que je voyageais. Mon corps est encore sous le coup du décalage horaire.

— Monte te reposer. Je demanderai à Mme Dexter d'apporter un plateau pour dîner.

En dépit de toutes ses bonnes intentions, Piper sentit l'agacement la gagner. Elle était ici chez elle. Pourquoi donc Wade jouait-il le rôle de l'hôte attentif ? Ce serait plutôt à elle de lui offrir l'hospitalité sous le toit de son père ! Pourtant, les bonnes résolutions qu'elle venait de prendre lui firent ravaler la réplique cinglante qui lui était montée aux lèvres. Elle se leva.

— Inutile d'ennuyer Dexie, répondit-elle. Je prendrai quelque chose dans la cuisine avant de monter.

Elle s'étira lentement, heureuse de pouvoir détendre un peu ses muscles restés inactifs pendant ses longues heures de voyage. Puis elle s'interrompit soudain, consciente du regard de Wade sur elle. Un picotement familier s'éveilla au creux de son ventre, irradiant dans tout son corps. Elle déglutit pour faire disparaître la tension qui lui nouait la gorge.

L'attirance qu'elle avait éprouvée pour lui dans le passé existait toujours. Aussi forte qu'autrefois. Et lui ? Que ressentait-il ? Leurs regards se croisèrent, et elle y lut le même désir. Très vite pourtant, les yeux de Wade redevinrent gris, froids, indifférents, comme au moment où il était venu lui ouvrir la porte.

Désireuse de se retirer en le laissant sur une bonne impression, elle lui tendit la main en souriant.

— Merci du fond du cœur pour tout ce que tu as fait, Wade.

Wade se mit debout à son tour, si grand qu'il la dépassait d'une bonne tête. Il lui serra brièvement la main, comme si l'idée de garder sa main dans la sienne plus longtemps que nécessaire lui était insupportable.

— Je l'ai fait pour Rex.

— Je sais et je t'en suis très reconnaissante.

Elle fit un pas vers lui.

— Je vais te raccompagner et ensuite j'irai me coucher. J'aurai sûrement beaucoup à faire avec le notaire dès demain.

Wade l'escorta vers la porte, mais une fois dans le couloir, au lieu de se diriger vers le vestibule, il obliqua vers la droite et se mit à gravir les marches qui conduisaient aux chambres du premier étage.

— Où vas-tu ? demanda Piper.

— Dans ma chambre.

— Dans *ta* chambre ?

— Oui. Je vis ici.

— Ecoute, Wade, j'apprécie réellement que tu te sois installé à la maison pour t'occuper de mon père, mais ce n'est plus nécessaire maintenant. Franchement, j'ai besoin de tranquillité pour mettre mes idées en ordre.

— Pas de problème. Tu peux rester ici aussi longtemps que tu le souhaites.

Piper se figea.

— Pardon ?

— Tu as bien entendu, Piper. Malgré ta coiffure de routarde écervelée, je ne pense pas que tu sois devenue stupide !

Au diable ! pensa Piper. *Qu'il aille au diable !*

Elle en avait assez. C'était trop difficile d'avoir à gérer autant de choses en même temps ! La nouvelle du décès de son père à laquelle elle ne s'attendait absolument pas lui avait asséné un choc dont elle aurait du mal à se remettre. S'ajoutaient les retrouvailles, complexes, avec Wade, son ancien amant qu'elle n'avait plus vu depuis huit ans. La coupe était pleine. Malgré son désir de faire amende honorable, elle n'allait pas supporter qu'il se moque d'elle par-dessus le marché !

— Ecoute, se hâta-t-elle d'ajouter, nous savons tous les deux que, avec ce qui s'est passé entre nous autrefois, ce n'est pas une très bonne idée que tu restes dormir ici.

— Sans doute... Mais je crains que tu n'aies pas compris tout à l'heure quand je t'ai dit que je vivais ici. Piper, cette maison m'appartient. Tu es mon invitée.

2

— Qu'est-ce que tu as dit ?

La maison lui appartenait ?

Elle devait avoir mal compris ! C'était impossible. Cette maison avait été bâtie par ses ancêtres et transmise de génération en génération. Wade aurait-il profité de la faiblesse de Rex pour lui soutirer le titre de propriété ? Cela ne lui ressemblait guère, mais c'était la seule explication qu'elle entrevoyait.

— Ecoute, déclara Wade posément. Je crois que le moment est mal choisi pour discuter de cela. Tu as eu une rude et longue journée. Nous reprendrons cette conversation demain quand tu te seras reposée.

— Pas question ! Je veux savoir tout de suite ce qui s'est passé !

— Comme tu voudras, répondit Wade en désignant la porte de la bibliothèque. Allons nous asseoir.

Ils retournèrent tous les deux dans la pièce qu'ils venaient de quitter. Piper se laissa tomber dans son fauteuil, chaque nerf de son corps vibrant d'angoisse. Wade s'assit avec calme et distinction, ce qui contribua à agacer encore davantage la jeune femme.

— Je t'écoute ! lâcha Piper. Explique-moi comment tu es devenu le propriétaire de la maison de mon père, qui était celle de mon grand-père et, avant cela, celle de...

— Arrête tes litanies, Piper ! Tu n'as aucune chance de m'attendrir.

Des litanies ? Il appelait cela *des litanies* ? Alors que c'était l'histoire de sa famille qu'elle lui racontait !

Wade ne lui laissa pas le temps de réagir.

— Ton père et moi avons mis au point un arrangement financier dès le début de sa maladie. Comme ses chances de guérison étaient très faibles, il a décidé de se lancer dans une thérapie alternative très onéreuse proposée seulement aux Etats-Unis.

— Quel arrangement aviez-vous conclu ?

— Un instant, s'il te plaît ! Comment veux-tu que je t'explique si tu ne me laisses pas parler ?

— De toute manière, je ne comprends pas pourquoi vous en êtes arrivés là. Ma famille n'a jamais manqué d'argent, que je sache.

— Jusqu'à récemment, en effet.

Il leva les yeux vers Piper, prêt à l'affrontement.

Elle soutint son regard, furieuse de se sentir agressée.

— C'est une critique que tu m'adresses ? J'ai mon propre compte en banque et je n'ai jamais puisé dans les finances de mon père.

Wade serra les mâchoires et, d'un geste qui lui était coutumier, se passa la main dans les cheveux, mettant en désordre les mèches brunes qu'elle aimait tant caresser autrefois. Elle eut un pincement au cœur et serra les poings pour chasser au plus vite le trouble qui la gagnait.

— Tu n'es pas le nombril du monde, Piper, reprit-il. Quand tu te seras un peu calmée, tu comprendras que nous avons fait ce qui était le mieux à ce moment-là.

— *A ce moment-là ?* Explique-toi !

— Rex était décidé à tout tenter pour vaincre sa maladie. Il n'était pas question de s'opposer à sa volonté de lutter par tous les moyens qu'il pouvait avoir à sa disposition, même après que les médecins lui ont clairement dit qu'une guérison n'était pas envisageable. Il voulait se battre, quel que soit le coût des traitements. Et ce coût était énorme. D'autant plus que, au cas où la nouvelle ne serait pas parvenue dans les contrées lointaines où tu menais la belle vie, nous subissons ici une récession terrible. Notre entreprise a été touchée au même titre que les autres, et Rex a utilisé sa fortune personnelle pour la maintenir à flot.

— Et toi ? Tu n'as pas utilisé ton argent ?

— Rex a toujours refusé. Il considérait Mitchell Exports comme son enfant et n'a jamais voulu que quiconque intervienne dans ses affaires, même pour l'aider.

Voilà qui ne la surprenait guère. Elle avait toujours eu le sentiment que l'entreprise comptait plus que tout aux yeux de son père.

— Ce qui explique qu'il ait eu besoin d'emprunter de l'argent pour son traitement...

— Oui, et il refusait obstinément d'utiliser celui que je lui proposais. Il ne l'a finalement accepté qu'en échange d'une hypothèque sur sa propriété.

— Mais elle vaut des millions de dollars !

— Il voulait vivre, Piper. Et il était disposé à payer n'importe quel prix pour vaincre la maladie. A ce moment-là d'ailleurs, il était persuadé qu'il me rembourserait sans problème une fois guéri.

Piper hocha la tête.

— Il savait aussi que tu adorais cet endroit et que tu en prendrais grand soin.

— Exactement. Il a préféré cette solution à celle qui consistait, pour trouver les sommes dont il avait besoin, à mettre la maison sur le marché. Il craignait par-dessus tout que des promoteurs s'emparent de son bien pour le transformer en lotissement. Quand il a compris qu'il allait mourir, il m'a entièrement cédé le droit de propriété, se réservant seulement la jouissance jusqu'à sa mort.

Piper avait les larmes aux yeux. Ce que lui disait Wade paraissait parfaitement plausible, car Rex avait toujours eu une confiance inébranlable en Wade. Si ce dernier avait eu l'occasion de prouver son amitié à Rex tout en devenant le propriétaire de sa maison et de son entreprise, pourquoi aurait-il refusé ? Il était tout à fait normal qu'il ait saisi cette opportunité...

Mais cela n'enlevait rien à l'abominable sentiment de perte qui terrassait Piper. Car quelles que soient les raisons, et aussi légitimes qu'elles puissent être, il n'en demeurait pas moins que son père avait transmis son héritage à quelqu'un d'autre que sa fille.

Si elle avait prouvé à son père qu'elle était aussi capable de mener ses affaires que le fils qu'il avait toujours rêvé d'avoir, si elle était restée auprès de lui dans les moments difficiles au lieu de partir au bout du monde, elle aurait peut-être réussi à l'aider...

Mais elle était partie loin, et longtemps. Dès lors, quoi d'étonnant à ce que Rex ait cherché quelqu'un de plus fiable pour gérer ses biens et sa maison ?

Pour autant, la logique de ce raisonnement ne rendait pas la situation actuelle moins douloureuse. Elle n'avait jamais connu d'autre maison que celle-ci et, désormais, elle n'y était plus chez elle. Le désespoir fondit sur elle, glacé comme un suaire. Qu'allait-elle devenir ? Elle avait vingt-huit ans, pas de maison, pas de travail et pas de projets… L'avenir s'annonçait très sombre, malgré l'argent qu'elle avait à la banque.

La voix calme de Wade interrompit le cours de ses pensées.

— Rex m'a demandé de veiller sur toi, Piper. Comme je te le disais tout à l'heure, tu peux rester ici aussi longtemps que tu en auras besoin.

Elle pinça les lèvres. Combien de temps lui faudrait-il pour refaire surface ? Son désir de restaurer les relations qu'elle avait malmenées autrefois en se conduisant comme une enfant gâtée l'avait ramenée chez elle, en Nouvelle-Zélande. Après quatre années passées en tant que bénévole dans des pays durement éprouvés par la guerre ou par des catastrophes naturelles, ses yeux s'étaient enfin ouverts. Son regard sur le monde avait complètement changé. Elle avait pris conscience du vide de l'existence qu'elle avait menée avant cela et elle avait enfin compris à quel point elle devait aux personnes qui s'étaient efforcées de lui apporter l'amour et la stabilité dont elle avait tant besoin. Son père et Wade, essentiellement.

Dire qu'elle les avait rejetés avec colère parce qu'ils ne l'aimaient pas comme elle l'aurait souhaité, sans voir combien elle-même les blessait par ses comportements égoïstes et irresponsables !

— Je te remercie pour ton hospitalité, murmura-t-elle.

Que dire d'autre ? Elle était à sa merci. Wade pouvait très bien lui demander de quitter les lieux s'il le souhaitait.

— Si tu estimes en avoir assez appris pour ce soir, nous pouvons aller nous coucher, tu ne crois pas ?

Il se leva, hésita un moment sur le pas de la porte comme s'il s'apprêtait à ajouter quelque chose, puis continua vers le couloir.

Piper demeura un instant encore dans la bibliothèque, attentive aux craquements des poutres de la vieille maison. Un bruit auquel elle ne prêtait aucune attention autrefois et qui lui rappelait maintenant tous ceux qui avaient vécu ici avant elle et y avaient imprimé leur marque. Et elle, quelle trace de son passage la belle demeure allait-elle conserver ?

Aucune. Elle n'avait rien laissé.

Elle prit une profonde inspiration. Puis une autre.

Elle avait décidé de changer de vie. Personne ne lui avait jamais promis que ce serait facile et qu'elle aurait à sa disposition tout ce qu'elle avait jusque-là considéré comme normal. C'était sans doute là une des leçons qu'elle avait besoin d'apprendre : rien, ni personne, n'était immuable.

Lentement, elle se dirigea vers le couloir. Ses pieds nus ne faisaient aucun bruit sur le tapis qui recouvrait le parquet ciré. Arrivée sur le seuil du petit salon où son père avait passé ses dernières semaines, elle hésita un instant. Le choix de Rex ne l'avait pas surprise. Cette pièce avait été la préférée de sa mère, du moins, c'est ce qu'on lui avait raconté, car elle n'avait aucun souvenir de cette dernière, mis à part la vague sensation d'avoir été entourée par des bras parfumés et couverte de baisers. Enfant, elle venait souvent dans cette pièce se pelotonner sur le canapé pour essayer de retrouver un peu de la femme qui l'avait mise au monde, mais elle n'avait jamais réussi à évoquer autre chose que cette vague réminiscence. Quels vestiges de son père allait-elle y trouver ? Y avait-il encore l'équipement médical dont Wade lui avait parlé ?

La poignée en cuivre tourna sous ses doigts soudain décidés, et la porte s'ouvrit. Piper eut alors la surprise de retrouver la pièce exactement telle qu'elle l'avait laissée des années plus tôt.

La chaise longue était toujours placée devant la porte-fenêtre qui donnait sous la véranda remplie de plantes vertes. Le canapé recouvert de tissu fleuri était toujours là, ainsi que les tables basses situées à chacune de ses extrémités. Elle prit une profonde inspiration. Non, pas le moindre relent de médicaments, de maladie, de mort. On aurait dit que son père n'avait jamais été malade.

Le cœur lourd, elle sortit de la pièce. Des bruits en provenance de la cuisine lui rappelèrent que Dexter et sa femme travaillaient encore pour remettre de l'ordre après la réception organisée par Wade à la mémoire de Rex. Et si elle allait les retrouver ? Ils seraient sans doute heureux qu'elle leur propose son aide. Pourtant, le besoin de se retrouver seule avec ses pensées fut le plus fort. Elle cherchait désespérément un lien avec son père, une preuve que, malgré tout ce qu'elle avait fait, il l'avait aimée.

Elle monta l'escalier qui conduisait aux chambres. Quand sa mère était morte, Piper avait trois ans. Rex avait donc engagé une nounou qui dormait dans la chambre proche de la nursery, et s'était réservé une chambre située à l'autre bout de la maison. Cette organisation était le reflet de la distance qu'il avait maintenue avec sa fille pendant très longtemps. Il avait fallu attendre qu'elle lui ramène de brillants résultats du lycée pour qu'il commence à s'intéresser à elle et à lui prodiguer ses encouragements. Un peu comme si l'excellence était la condition à remplir pour qu'il lui consacre un peu de son précieux temps.

Pourtant, l'intérêt qu'elle éveillait chez lui était toujours de courte durée, car, très vite, son attention revenait à son entreprise et à son travail. Piper aurait aimé qu'il se souvienne qu'elle était intelligente, capable de réussir et, pourquoi pas, de travailler avec lui plus tard comme il aurait aimé que le fasse un fils, s'il en avait eu un.

Hélas ! elle avait beau obtenir régulièrement les meilleures notes de sa promotion, il n'en faisait guère cas. Une fois le bulletin lu, il retournait à ses affaires après de rapides félicitations.

En définitive, il s'était davantage intéressé à elle quand elle s'était comportée en enfant gâtée. Satisfaire le moindre des caprices de sa fille lui paraissait plus important que parler avec elle de son avenir. Lasse de chercher à l'impressionner dans un domaine auquel il ne prêtait guère attention, Piper avait fini par se cantonner à son rôle de petite princesse-tyran qui était devenu sa seconde nature. Elle en avait même fait un art dans lequel elle était passée experte, même si cela ne devait pas lui rendre service par la suite.

Au lieu d'entrer dans sa chambre, elle se dirigea vers la suite qu'avait occupée son père. La porte était ouverte. Elle entra dans la pièce, et retrouva d'un coup la personnalité de son père.

La suite était impeccablement rangée, exactement dans le style de cet homme qui aimait que tout soit parfait. Çà et là, elle aperçut les objets qu'elle avait de tout temps associés à son père, comme ses livres préférés ou les bonbons à la menthe qu'il gardait à côté de lui dans une bonbonnière de verre sur sa table de chevet.

Elle ouvrit l'armoire d'où s'échappa l'odeur de l'eau de Cologne légèrement poivrée qu'il utilisait depuis toujours. Sa robe de chambre était encore accrochée à l'intérieur de la porte. Piper s'en empara et enfouit son visage dans la douceur du velours.

— Tu cherches quelque chose ? demanda la voix de Wade dans son dos.

Elle se retourna brusquement. Wade se tenait dans l'embrasure de la porte. Il devait être en train de se déshabiller quand il l'avait entendue, car il ne portait plus ni veste ni cravate. Sa chemise entrouverte laissait apercevoir sa peau mate, et les poignets de ses manches étaient déboutonnés.

Une nostalgie intense s'empara d'elle à la pensée de ce qui aurait pu être. Oui, elle avait cruellement besoin de quelque chose. De réconfort. Mais elle ne le lui avouerait pas, car il était bien la dernière personne à pouvoir le lui offrir. Elle devait d'abord se faire pardonner son passé et lui prouver, en même temps qu'à elle-même, qu'elle était devenue une personne digne d'estime.

— Non, merci. Enfin... disons que mon père me manque et que je regrette qu'il ne m'ait pas donné une chance de rentrer plus tôt pour lui dire au revoir.

Wade s'appuya contre le chambranle.

— Comme je te l'ai dit tout à l'heure, Rex ne voulait pas que tu aies à supporter les conséquences de sa maladie ni que tu le voies se dégrader. Il y avait sans doute un peu de fierté dans son désir que tu gardes de lui le souvenir d'une personne bien vivante et en pleine santé.

— Il ne pensait pas que je reviendrais, n'est-ce pas ?

Wade hocha la tête.

— Non. Je ne pense pas qu'il croyait à ton retour. Et pourtant, il n'a jamais cessé de le souhaiter.

La lumière du couloir baignait Piper dans un halo doré, ce qui la faisait paraître encore plus vulnérable, petite silhouette blonde serrant contre elle la robe de chambre de son père, exactement comme un enfant l'aurait fait de son ours en peluche. A vrai dire, c'était tout ce qui lui restait, mais cela, il n'allait pas le lui dire tout de suite. Pour l'instant, elle avait bien assez à faire pour s'habituer à la disparition de Rex. Wade savait le déchirement qu'elle était en train de vivre, car lui-même n'avait pas fini d'affronter le vide laissé par ce dernier.

Un élan de sympathie le poussa vers la jeune femme, mais il s'empressa de le refréner. Certes, il avait de la peine pour elle, mais non, non et non ! Il était hors de question de se laisser glisser sur cette pente bien trop dangereuse. D'ailleurs, il était las de prodiguer des paroles réconfortantes aux uns et aux autres. Proposer son soutien à Piper serait la goutte qui ferait déborder le vase. En outre, les choix qu'elle avait faits autrefois rendaient cette action impossible. Ou plus exactement, LE choix...

Jamais il n'oublierait qu'elle avait mis un terme à une grossesse dont elle n'avait même pas pris la peine de l'informer. Il s'était juré de lui faire payer cher cette faute, et rien ne le ferait changer d'avis. Piper lui était redevable de ce qu'il y a de plus précieux au monde : un enfant.

A cette pensée, une colère aussi violente qu'au premier jour s'empara de lui. Et pourtant, ses mains brûlaient de l'envie de toucher la jeune femme, de caresser ses cheveux dorés, de la prendre dans ses bras comme autrefois, quand il était si follement amoureux d'elle. Malgré la rancune qu'il nourrissait à son égard, ce vieux sentiment n'était pas totalement mort, hélas ! Afin de mieux lui résister, il serra les poings et les enfouit dans les poches de son pantalon.

Qui sait ? Piper serait bien capable d'accepter la consolation qu'il lui offrirait pour ensuite tout lui jeter à la figure comme elle l'avait déjà fait.

Dieu sait si elle avait été claire lors de leur dernière dispute, juste avant son départ pour l'étranger ! Elle lui avait dit et répété qu'elle n'avait pas besoin de lui. Pour rien. Jamais. Tout à l'heure encore, quand elle l'avait rejoint dans la bibliothèque, toute son attitude tendait à lui prouver qu'il n'était qu'un intrus et que c'était elle qui menait le jeu.

Voilà pourquoi il devait se rappeler que la vulnérabilité qu'elle affichait n'était qu'une façade, rien de plus. Piper Mitchell était capable de se tirer toute seule de n'importe quelle situation. Pas question de se laisser attendrir. Elle l'avait dupé une fois, et cela n'arriverait plus, il se l'était juré.

Pourquoi diable d'ailleurs évoquait-il tout cela ? Les jours précédents avaient été difficiles, voilà tout. Sa sensibilité était à vif, ses émotions à fleur de peau. Il lui faudrait un peu de temps pour retrouver son calme, régler les problèmes de l'entreprise et digérer un peu de cette peine qui le rendait hypersensible. Une fois son deuil fait, il ne se laisserait plus ébranler par les souvenirs qui le liaient à Piper et encore moins par ses allures de princesse endeuillée.

De son geste habituel de la main, il rejeta en arrière ses épais cheveux bruns.

— C'est moi qui suis chargé de trier les affaires de ton père. Tu voudras peut-être m'aider à le faire ?

Pour toute réponse, la jeune femme hocha la tête.

Voilà qui était tout à fait typique d'elle ! Même pas un mot pour montrer qu'elle tenait compte de celui qui lui adressait la parole... Toujours centrée sur sa petite personne !

Pourtant, il crut entendre un bruit qui ressemblait à un sanglot étouffé.

— Ecoute, proposa-t-il, la journée a été rude. Si tu allais te coucher maintenant ? Rien ne presse, nous reparlerons de tout cela demain.

— D'accord, mais ne jette rien sans m'avoir consultée.

Nous y voilà de nouveau, pensa Wade. Malgré sa voix mal assurée, elle recommençait à donner des ordres !

— Evidemment, approuva-t-il en s'efforçant de chasser de sa voix la moindre trace de compassion. Au fait, les avocats de ton père viennent demain faire la lecture de son testament, viens y assister. Je sais déjà ce qu'il contient, mais ce sera pour toi l'occasion d'être mise au courant de façon officielle.

— Oui, c'est une bonne idée. Je viendrai.

Comme elle s'approchait de la porte, il s'écarta pour lui laisser le passage, mais elle se prit le pied dans le tapis et trébucha. Instinctivement, comme il l'avait déjà fait plus tôt dans la journée, il tendit le bras pour la retenir. Une fois encore, le corps de Piper s'appuya contre le sien de tout son poids, à la recherche d'un appui.

Elle leva vers lui un regard gêné.

— Désolée… Il faut absolument que je perde l'habitude de trébucher à tout bout de champ !

— Ce ne serait pas plus mal en effet, répondit Wade froidement.

Pourtant, son corps s'était mis à brûler au contact de celui de la jeune femme. Il se raidit afin de lutter contre les sensations qui se propageaient dans tout son corps. A ses yeux, avec sa beauté désarmante de naturel, Piper avait toujours représenté la tentation faite femme. Heureusement, il était plus fort maintenant, il saurait y résister.

Son corps vibrait du désir de lui retirer le pull qu'elle portait. Il connaissait par cœur la douceur laiteuse de sa peau et la chaleur des coins secrets de son corps qui lui offrait autrefois des délices toujours renouvelés. Pourtant, il chassa résolument cette pensée. Cet égarement sensuel avait été de courte durée, Dieu merci ! Dégrisé tout à coup, il comprit qu'il avait été à deux doigts de retomber dans le piège d'une passion qui aveugle et fait perdre toute capacité de jugement sain et équilibré. Non, très peu pour lui désormais ! Il n'était plus homme à se laisser aveugler par la passion.

Piper recula, toujours agrippée à la robe de chambre de son père, prenant grand soin qu'aucune partie de son corps n'entre en contact avec celui de Wade.

— A quelle heure dois-je être prête ?

— Le rendez-vous est prévu en milieu de matinée.

— Parfait. Dans ce cas, je te verrai sûrement au petit déjeuner.

Elle passa devant lui et regagna sa chambre sans se retourner. Rêveur, il la regarda s'éloigner, avec son port de tête gracieux et l'ondulation délicieuse de ses hanches.

D'aucuns affirment que la vengeance est un plat qui se mange froid. Wade, lui, souhaitait au contraire le déguster bien chaud, brûlant même. Oui, il obtiendrait réparation et, quand le moment serait venu, il saurait en savourer chaque instant avec volupté.

Une fois retournée dans sa chambre, Piper se laissa tomber sur son lit et porta les doigts à ses lèvres. Tout à l'heure, elle avait bien cru que Wade allait l'embrasser. Elle avait reconnu sans l'ombre d'un doute la lueur de désir qui brillait dans le regard sombre de celui qui avait été son amant. Tout son corps en avait été ébranlé et ses sens réveillés avec une urgence qu'elle n'avait plus connue depuis longtemps.

Pourquoi s'était-il arrêté ? Pourquoi cette volte-face ? A un moment donné, il s'était montré aimable et conciliant. La minute d'après, froid et autoritaire. Et la suivante, brûlant de désir… Bien rodé à leur complicité, le corps de Piper avait aussitôt répondu à cet appel muet des sens. Maintenant encore, alors qu'ils étaient loin l'un de l'autre, son sang, comme une lave en fusion, battait violemment à ses tempes.

Oppressée, elle se leva et se mit à arpenter sa chambre dans l'espoir d'apaiser la tension qu'elle éprouvait. Un petit rire amer lui échappa. Elle savait très bien quelle sorte de détente elle souhaitait ! Et avec qui… Mais cela ne se produirait pas. Wade l'avait toujours bouleversée, et ce dès l'instant où elle avait posé les yeux sur lui. Au cours de leur relation, cette attirance s'était ensuite muée en une complicité sexuelle profonde et gratifiante. Aujourd'hui encore, elle était certaine que leur entente serait aussi merveilleuse que par le passé, mais elle refusait de s'engager dans cette direction, qui pour elle n'entraînerait que des souffrances dont elle ne voulait plus. Elle était revenue pour prouver qu'elle n'était plus la jeune fille capricieuse et égoïste entièrement centrée sur elle-même, mais une jeune femme intéressée par les autres et bien décidée à apporter sa contribution pour un monde meilleur.

Son père avait disparu sans lui laisser le temps de lui prouver qu'elle valait mieux que l'étiquette qu'il lui avait attribuée, et cela l'attristait profondément. Il l'aimait sans doute beaucoup, mais il ne l'avait jamais comprise et n'avait jamais perçu son potentiel. En fait, il l'avait toujours traitée comme une poupée de porcelaine, délicate et précieuse, au rôle purement décoratif. Bref, un élément agréable mais parfaitement inutile à ses yeux. Il n'était pas le seul à blâmer dans l'histoire, Piper était prête à reconnaître qu'elle avait été complice. Elle avait trouvé son compte dans cet arrangement qui ne lui demandait aucun effort et la maintenait dans un cocon confortable et douillet. Le trait était tiré sur cette partie de son histoire. S'il était trop tard désormais pour montrer à son père qu'elle pouvait être différente de ce qu'il croyait, elle pouvait au moins se le prouver à elle-même.

Elle fronça les sourcils, inquiète tout à coup. Comment y parviendrait-elle si elle n'était pas capable de maîtriser son émoi face à Wade ?

Elle redressa les épaules. Allons... Elle avait changé depuis son départ. Elle avait vécu seule à l'étranger dans des conditions difficiles, au milieu de gens qui souffraient et auxquels elle avait su apporter un peu d'aide et de réconfort. Voilà qui devait lui donner confiance en elle et lui permettre de ne pas perdre tous ses moyens malgré l'attirance physique qu'elle éprouvait encore pour son ancien amant.

Pour le moment, la priorité était de s'occuper des affaires de son père. La réunion prévue le lendemain la mettrait au courant de ses nouvelles responsabilités qui seraient lourdes, à n'en pas douter. Pour cela, il lui faudrait avoir les idées claires, ce qui impliquait une bonne nuit de sommeil.

Elle se prépara à se mettre au lit, apaisée par la routine des gestes de sa toilette et le recours à un confort qu'autrefois elle considérait comme normal. Si on lui avait dit qu'un jour elle se réjouirait d'avoir de l'eau chaude au robinet... Elle eut un petit rire. Piper Mitchell était tombée si bas qu'elle s'extasiait sur la plomberie la plus élémentaire !

C'est avec une satisfaction immense qu'elle se glissa entre les draps propres et parfumés de son lit. Là, bien au chaud sous la couette, elle se laissa enfin aller à la fatigue contre laquelle elle luttait et plongea dans un sommeil sans rêves.

Tout au moins, c'est ce qu'elle crut, car lorsqu'elle s'éveilla, de bon matin, elle eut la surprise de découvrir ses joues baignées de larmes et son oreiller tout humide sous son visage. Elle avait dû rêver de son père, et le sentiment de perte irréparable ajouté au fait qu'elle n'avait pas su se montrer à lui sous son vrai jour l'avait bouleversée à son insu.

Elle essuya ses larmes d'un revers de la main. Pleurer ne résoudrait rien, elle l'avait appris durement. Quelle que soit la douleur ou la perte, il fallait apprendre à vivre avec. C'est ce qu'elle allait faire. Tout de suite.

Repoussant la couette, elle se leva, s'étira et décida de délaisser la douche pour s'accorder le plaisir délicieux d'un long bain. Tout en regardant l'eau chaude remplir la baignoire ancienne posée sur ses pieds de griffon, elle se dit que c'était vraiment merveilleux d'être de retour chez soi. Hélas la douloureuse réalité lui revint aussitôt à la mémoire : cette maison qu'elle adorait ne lui appartenait plus. Elle y était l'invitée de Wade. Quelle mauvaise surprise... Désormais, sa situation était dramatiquement précaire. A part les compétences de diplomate aux pieds nus qu'elle avait acquises sur le terrain à force de négocier pour des médicaments et des soins avec les rebelles des pays où elle se trouvait, elle n'avait aucune qualification professionnelle. Et elle n'avait même plus de toit sur sa tête.

Comme le bain était prêt à l'accueillir, elle décida de chasser ces pensées sombres et de se laisser aller au plaisir de glisser dans l'eau tiède. Après avoir vécu si longtemps dans des pays tropicaux, jamais elle n'aurait imaginé avoir encore envie de chaleur, et pourtant, aujourd'hui, cette eau qui l'enveloppait lui apportait un réconfort dont elle avait grand besoin. Avec son père mort, ses projets personnels bien flous, le monde autour d'elle était extraordinairement froid et inhospitalier.

Allongée dans la baignoire, elle ferma les yeux et se laissa aller à la douceur de l'eau qui enveloppait son corps las. Au cours des années difficiles qu'elle avait vécues, elle avait développé sa capacité à s'isoler afin de supporter avec moins de difficulté ses dures conditions d'existence et la misère qui l'entourait. Aujourd'hui, revenue dans le cadre de sa jeunesse, elle ne parvenait pas à trouver le calme nécessaire pour y parvenir.

Les soucis l'assaillaient, l'empêchant de se détendre comme elle l'aurait souhaité. Malgré sa contrariété de la voir partir au loin, son père ne l'avait jamais empêchée de dépenser l'argent dont elle avait hérité de sa mère lors de son dix-huitième anniversaire. Chaque fois qu'elle avait demandé un virement, elle l'avait obtenu tout de suite et sans qu'il lui demande l'utilisation qu'elle comptait en faire. Normalement, il devrait en rester suffisamment pour lui permettre de reprendre les études qu'elle avait abandonnées au moment de sa fugue.

Sa fugue ? Le mot paraissait déplacé, et pourtant c'était bien celui qui convenait le mieux pour désigner la décision qu'elle avait prise autrefois sur un coup de tête. Heureusement, elle avait mûri… Allons, se dit-elle, un peu rassérénée, avec l'argent qui lui restait, elle devrait réussir à commencer sa nouvelle vie.

Quel dommage que son père ne soit plus là pour apprécier sa transformation ! Elle aurait tant aimé construire une nouvelle relation avec lui après lui avoir montré qui elle était réellement et de quoi elle était capable.

Tant pis… Il lui faudrait s'embarquer dans cette aventure en sachant qu'elle ne le faisait plus pour éblouir son père, mais pour elle-même.

Elle sortit de la baignoire, se sécha voluptueusement avec le drap de bain parfumé à la lavande et retourna dans sa chambre pour s'habiller. Son sac à dos avait été vidé, mais elle ne réussit pas à trouver les vêtements qu'il contenait. Sans doute Mme Dexter les avait-elle pris pour les ranger. Elle se demanda ce que la gouvernante avait pensé en découvrant que la garde-robe de

Miss Piper Mitchell consistait en tout et pour tout en deux jeans passablement usagés, un pantalon de camouflage et un lot de T-shirts dignes de passer directement dans la boîte des chiffons à poussière.

Dans l'un des tiroirs de la commode, elle trouva des sous-vêtements qu'elle ne connaissait pas, entre autres, un soutien-gorge d'un rose dragée délicat et le slip assorti, de la taille qu'elle portait avant de partir. Elle les enfila, puis se regarda dans la glace, un peu déçue. Son travail éprouvant et une nourriture frugale lui avaient fait perdre pas mal de poids. Le slip pouvait à la rigueur aller grâce à l'élastique qu'il avait à la taille, mais le soutien-gorge, ravissant, était trop grand pour elle. Allait-elle le rembourrer comme quand elle était adolescente ? Non, mieux valait s'en dispenser, tout simplement.

Lorsqu'elle ouvrit les portes de sa penderie, un étrange sentiment de déjà-vu s'empara d'elle. Là, classés par couleur, tous les vêtements qu'elle avait laissés en partant se trouvaient soigneusement suspendus sur des cintres. Un coup d'œil jeté sur les étiquettes qui y étaient accrochées lui permit de découvrir avec stupeur qu'ils avaient été récemment nettoyés par le teinturier. Comment cela se faisait-il puisque personne ne savait qu'elle allait rentrer ?

Elle écarta les couleurs voyantes pour choisir un tailleur-pantalon gris anthracite fait sur mesure huit ans plus tôt. Aujourd'hui, elle avait l'impression de nager dedans. Heureusement, la mode aimait désormais les tenues moins cintrées, et elle trouva un chemisier blanc qui lui permettrait de porter la veste ouverte sans qu'on remarque qu'elle était devenue trop large pour elle. Une fois la ceinture du pantalon resserrée de deux crans, elle constata en se regardant dans la glace que, finalement, elle ne s'en sortait pas si mal. Mis à part les cheveux toutefois...

Une écharpe de soie blanche et noire lui permit de nouer ses dreadlocks en une queue-de-cheval assez approximative, mais bon, ce serait suffisant pour les avocats. Elle aviserait par la suite s'il convenait ou non de conserver cette coiffure exotique qui avait l'air de tant déplaire à Wade et à Mme Dexter.

Une paire de chaussures à talons vint parachever sa tenue, et tant pis si elle vacillait légèrement en se mettant debout. Puisqu'elle mettait quotidiennement ce genre de vêtements autrefois, elle devait être capable de s'y réhabituer, même si c'était un peu acrobatique, comme elle le constata en descendant l'escalier avec mille précautions.

Dès qu'elle fut installée à la table de la cuisine, Mme Dexter s'empressa de lui servir le thé qu'elle affectionnait autrefois tout en lui expliquant la raison de l'absence de Wade.

— M. Collins a dû se rendre à son bureau pour une affaire urgente. S'il ne peut pas revenir à temps te chercher, il a dit qu'il enverrait un taxi pour que tu rencontres Me Chatwick.

— Merci, Dexie, je serai prête à l'heure dite.

Malgré son ton calme, elle était déçue de ne pas retrouver Wade. Evidemment, c'était assez naïf de sa part d'avoir cru qu'il se tiendrait à sa disposition, mais, en fait, elle aurait aimé savoir qu'il appréciait son effort vestimentaire.

— Au fait, Dexie, qu'est-ce que tu as fait des vêtements qui se trouvaient dans mon sac à dos ?

— Des vêtements ! Mais, ma petite Piper, les affaires que tu transportais ne méritaient pas même ce nom. Je les ai données à Dexter pour qu'il les brûle. Jamais ton père n'aurait supporté de te voir habillée avec ça.

Piper se mordit la lèvre pour retenir la riposte qui lui était venue. Ses vieux vêtements, c'était tout ce qu'elle possédait… et voilà qu'avec les meilleures intentions du monde on venait de l'en priver sans lui demander son avis. Encore une preuve supplémentaire qu'elle n'était qu'une quantité négligeable aux yeux de toute la maisonnée. Est-ce qu'un jour enfin elle aurait le droit de mener sa barque comme elle le souhaitait sans que personne n'interfère dans ses choix ? Même pour quelque chose d'aussi élémentaire que sa garde-robe, on l'avait remise dans le rang sans la consulter.

Mais Dexie reprenait déjà avec toute la gentillesse du monde :

— Il y a tellement de jolis vêtements qui t'attendent dans ta chambre ! Franchement, je te trouve bien plus mignonne ce matin qu'avec le vieux pantalon tout effiloché que tu portais hier. A part cette coiffure bizarre...

Piper eut un sourire attendri.

— Comment ! Tu n'aimes pas mes dreadlocks ?

— Heu... pas vraiment. Je ne pense pas que M. Mitchell t'aurait permis de rester avec ça.

Le sourire de Piper mourut sur ses lèvres. Non, bien sûr, jamais son père n'aurait toléré qu'elle se présente devant lui ainsi coiffée. Il n'aurait pas compris qu'avec la vie qu'elle menait c'était non seulement pratique, mais aussi une façon de ressembler aux gens dont elle s'occupait. Maintenant qu'elle était de retour, il lui faudrait sans doute dire adieu à cette touche d'exotisme, tout au moins une fois passé le rendez-vous avec les avocats de son père.

— Voyons, que voulez-vous dire quand vous affirmez que je n'ai plus d'argent à la banque ? Depuis la mort de ma mère, mon compte fonctionne normalement et me rapporte des intérêts. Ce n'est pas possible que j'aie tout dépensé.

— Non, c'est vrai. Mais, comme vous le savez, la crise financière est sévère. Les investissements n'ont pas rapporté ce qu'ils auraient dû. A vrai dire, vous avez perdu beaucoup d'argent.

— Combien ?

L'avocat se racla la gorge, gêné.

— Vraiment beaucoup.

Inquiète, Piper fronça les sourcils.

— Vous voulez dire qu'il ne me reste rien ?

— Je le crains, miss Mitchell.

Piper eut tout à coup l'impression que les étagères garnies de livres reliés se mettaient à tourner autour d'elle. Etait-ce possible ?

— Je tiens à ajouter, poursuivit l'avocat, que M. Collins s'est montré extrêmement bienveillant et généreux. Quand il a vu dans quelle situation difficile votre père se trouvait, il a tenu à l'aider autant que possible et lui a laissé la jouissance de sa maison jusqu'à la fin.

Piper sentait sa gorge se serrer jusqu'à l'étouffer.

— Qu'est-il arrivé à la collection d'œuvres d'art de ma mère ? Il me semble qu'elle devait me revenir à la mort de mon père.

— D'après le testament laissé par votre mère, c'était M. Mitchell qui en avait la disposition. Elle est passée à M. Collins qui l'a confiée à la Sydney Art Gallery.

— Mais ce n'était pas à lui d'en disposer !

La panique s'était emparée de la jeune femme. Elle n'avait donc plus rien ?

— D'après le testament de votre mère, il est effectivement stipulé qu'elle souhaitait que vous en soyez l'héritière, mais votre père pouvait en disposer à sa guise. Il y a quelques années, il m'avait confié son inquiétude à l'idée que vous soyez peut-être amenée à en vendre certaines pièces, ce qu'il tenait à éviter à tout prix.

Piper s'écroula sur sa chaise. La situation n'aurait pu être pire...

— Il y a encore quelque chose, ajouta l'avocat.

Une sueur glacée ruissela dans son dos. Le ton employé par l'homme de loi et l'expression de son visage ne présageaient rien de bon.

— Je vous écoute, déclara-t-elle, pressée d'en finir au plus vite.

— C'est à propos de votre fond en fidéicommis. Avec la crise économique et les retraits importants que vous avez effectués, il s'est trouvé largement déficitaire. M. Collins a usé de son argent personnel pour combler le trou financier et l'alimenter.

— A combien s'élève ma dette ?

La somme énoncée par l'avocat était si énorme que des points noirs se mirent à danser devant les yeux de la malheureuse.

Ainsi, c'était grâce à l'argent que Wade lui avançait qu'elle avait financé écoles et dispensaires, acheté des vêtements et de la nourriture pour les gens qu'elle assistait ?

— M. Collins a le droit de vous réclamer les remboursements quand bon lui semblera, reprit l'avocat.

— Est-ce que mon père en a versé une partie ?

— Non.

— Pas du tout ?

— Non, pas du tout, mais je dois dire que M. Collins n'a jamais rien réclamé.

Piper ne comprenait vraiment pas. Comment quelqu'un pouvait-il avoir avancé de telles sommes sans rien exiger en retour ?

— En tout cas, jusqu'à ce jour, termina Me Chadwick.

— C'est... c'est-à-dire que je dois lui rendre cet argent maintenant ?

— Oui, miss Mitchell, je le crains. Il a d'ailleurs précisé qu'il exigerait que lui soit remboursée l'intégralité de la dette.

3

L'intégralité de la dette ?

Piper bouillait de colère. Les insultes qui lui montaient aux lèvres faillirent l'étouffer tant il lui coûta de les refréner. Wade n'était qu'un fumier, une ordure, un… Aucun mot n'était assez dur pour le qualifier. Finalement, à court d'insultes, elle se pinça les lèvres. Pas étonnant qu'il se soit arrangé pour éviter la réunion de ce matin, il n'avait tout de même pas osé se payer sa tête en direct !

Impassible, l'avocat attendait sa réponse. Elle s'obligea à respirer un bon coup, puis se redressa, furieuse mais digne.

— Pouvez-vous me dire quand M. Collins a exprimé cette exigence ?

— Nous avons reçu ses instructions ce matin même.

Ce matin !

Elle faillit tomber à la renverse. C'était inimaginable. Pendant qu'elle était en train de se détendre dans son bain, Wade ourdait ce traquenard machiavélique… il savait parfaitement qu'elle n'avait pas le premier sou pour le rembourser.

— Je vous remercie, maître Chadwick, réussit-elle à articuler, folle de rage contenue.

— Est-ce que je peux faire quelque chose pour vous aider ? demanda l'avocat, conscient du malaise de la jeune femme.

— Oui. Un miracle ! rétorqua-t-elle sans sourire.

Les jambes molles, elle quitta l'étude et trouva devant la porte la voiture que Wade avait envoyée à son intention. Elle faillit tourner les talons et partir dans la direction opposée, mais eut tôt fait de se raviser. A quoi bon ? Cette réaction de gamine ne suffirait pas à annuler sa monstrueuse dette. Et de plus, où irait-elle ?

Le chemin du retour s'effectua dans une sorte de brouillard cotonneux. A l'arrivée, elle aurait été incapable de dire par où le chauffeur était passé, mais elle retrouva toute sa lucidité en arrivant devant la maison où elle avait grandi. Cette bâtisse toute blanche, entourée d'un jardin d'hiver, fière des quatre clochetons à la toiture vernissée qui marquaient les angles de ce qui n'avait été au début qu'une grosse ferme, était son abri, son refuge, son cocon. Et pourtant, elle en était dépouillée, sans avoir les moyens de s'en construire un autre. Pourquoi ? Parce qu'elle avait eu la naïveté de croire que sa sécurité financière n'aurait pas de fin.

Qu'allait-elle devenir ? La tête lui tournait autant que si elle avait trop bu. Comme elle s'avançait vers l'escalier, une haute silhouette apparut sur le seuil du salon du rez-de-chaussée.

— Wade... Je te croyais retenu au bureau.

— J'ai terminé plus tôt que prévu.

Elle dévisagea l'homme qui lui avait avancé de l'argent et le lui réclamait froidement au moment où il savait qu'elle était au plus bas. Pendant combien de temps aurait-il continué à alimenter son compte ? Si elle n'était pas rentrée hier, à combien sa dette aurait-elle fini par se monter ?

Soudain, une folle envie de rire s'empara d'elle. En définitive, toute cette situation était absurde ! Elle n'avait pas les moyens de rembourser quoi que ce soit. Certes, Wade la tenait à sa merci, mais, à part le plaisir sadique qu'il éprouvait peut-être à la tenir en son pouvoir, il n'en retirerait aucun profit, puisque toute possibilité d'éponger sa dette échappait au domaine des possibles. Même en travaillant nuit et jour toute sa vie, jamais elle ne gagnerait suffisamment d'argent pour y parvenir. Dès lors, inutile de paniquer, tout cela n'avait aucun sens, ils nageaient en plein ridicule, point final.

— Il faut que nous ayons une conversation, déclara Wade.

— Vraiment ! ironisa Piper.

Wade ne releva pas la provocation. Il ouvrit la porte du salon et invita la jeune femme à entrer. Là, ils prirent place dans des fauteuils en tissu rose et vert pâle, fort peu assortis à l'expression sérieuse de son visage. Pas un cheveu de sa coiffure n'était en désordre. Sa cravate rayée, parfaitement nouée, était en accord total avec son costume gris anthracite, sa chemise immaculée, impeccable. Il était parfait et il le savait. Mais Piper était tombée si bas que rien ne pouvait plus l'impressionner, et surtout pas un play-boy gominé et pommadé, assez retors pour acculer sans sourciller une orpheline à la ruine.

Sans hésiter, elle saisit le taureau par les cornes.

— Il paraît que je te dois de l'argent ?

Elle regardait Wade bien en face, mais, en s'entendant prononcer ces mots, la réalité lui sauta à la gorge et sa belle assurance fondit comme neige au soleil. Oui, elle lui devait de l'argent, énormément d'argent...

A sa grande surprise, Wade éclata de rire. Ses dents très blanches étincelèrent, ses yeux se plissèrent en une réelle expression d'amusement et son rire qui, en d'autres circonstances aurait été éminemment contagieux, résonna dans la pièce.

— Bravo, Piper ! C'est le moins qu'on puisse dire, en effet !

Piper refusa de se mettre au diapason de la plaisanterie. Libre à lui de parler sur le ton qui lui plaisait. Après tout, c'était lui qui détenait toutes les cartes dans ses belles mains aux longs doigts fins. Elle préféra se préparer à recevoir dignement le coup qu'il allait lui porter.

— Me Chadwick t'a dit à combien s'élevait ta dette ?

— Oui, en effet.

— Et il t'a informée que j'entendais la recouvrer ?

— Intérêts et principal, ajouta-t-elle, sur un ton aussi désinvolte que possible.

Si elle réussissait à le mettre en colère, peut-être sortirait-elle enfin de l'engourdissement qui la paralysait depuis qu'elle avait appris la nouvelle de sa débâcle.

— Exactement.

Wade se cala contre le dossier de son fauteuil, parfaitement détendu, alors que son regard fixait intensément son interlocutrice.

— Il me faudra du temps, déclara-t-elle platement.

— Vraiment ?

— Evidemment ! rétorqua Piper, piégée malgré elle. Il me faut trouver un travail, un logement… Ce serait tout à fait déraisonnable de ta part d'exiger que je te rembourse tout de suite.

— Je comprends, acquiesça Wade.

Il s'interrompit un instant pour chasser de la main un grain de poussière imaginaire sur son pantalon.

— Le problème, reprit-il, c'est que je n'ai aucune envie de me montrer raisonnable en ce moment.

Un frisson d'angoisse fit tressaillir la jeune femme.

— Mais…

— Non, franchement, je ne vois pas pourquoi je me montrerais raisonnable. Considérons les faits, Piper : tu n'as jamais terminé tes études, alors que rien ne t'en empêchait et tu n'as jamais cherché à trouver un emploi pendant que tu étais en Nouvelle-Zélande. D'après l'état actuel de tes finances, je peux déduire sans grand risque de me tromper que tu n'as jamais travaillé un seul jour dans ta vie. Pourquoi est-ce que tu ferais mieux maintenant ? Le chômage sévit dans tous les secteurs, et tu n'as pas plus de compétences que tous ceux qui cherchent désespérément un gagne-pain.

— Je n'ai jamais dit que je valais plus que les autres.

— C'est vrai. En tout cas, pas depuis que tu es de retour.

Piper se sentit rougir. Elle savait exactement à quoi Wade faisait allusion. Huit ans auparavant, elle l'avait mis en demeure de lui prouver qu'elle comptait plus à ses yeux que tout le reste, y compris sa carrière et son avenir professionnel, en lui demandant d'abandonner le stage qu'il effectuait chez Mitchell Exports pour partir en voyage avec elle. Devant son refus, elle avait préféré rompre et partir seule.

— Je suis désolée, Wade. Vraiment. J'étais jeune alors, têtue et idiote.

— Tu crois que tu as tant changé que ça ?

Wade la dévisageait, persuadé du contraire. Piper était foncièrement égoïste, elle l'avait prouvé. Quelques années plus tôt, quand elle avait découvert qu'elle était enceinte, elle aurait très bien pu mettre son amour-propre et sa vanité de côté et rentrer à Auckland mener sa grossesse à terme. Une grossesse qui était le témoignage de l'amour qu'il avait cru partager avec elle. Mais elle avait fait un autre choix. Sans l'en informer, comme s'il n'était pas concerné le moins du monde, elle avait mis un terme à la vie qui commençait en elle avec la même dureté que celle dont elle avait fait preuve en mettant fin à leur relation.

— J'ai changé, Wade, insista-t-elle. Je n'ai pas dépensé mon argent en vain.

— Tout ton argent ?

— Non. Quand je suis partie, j'étais très immature, j'en ai gaspillé pas mal, mais j'ai vite évolué.

— Ta franchise me plaît, mais cela ne suffit pas à résoudre ton problème actuel.

— Il me faudra du temps pour y arriver.

— C'est une possibilité, en effet, mais j'en ai une autre à te proposer. La suggestion que je vais te faire prend en compte ton manque total d'expérience professionnelle, mais te permettrait de mettre en valeur la seule chose pour laquelle tu es réellement douée.

Piper se pencha vers Wade, curieuse d'entendre la proposition qu'il allait lui faire.

— A quoi penses-tu ?

Wade plongea son regard dans celui de la jeune femme.

— Comme tu le sais, j'ai travaillé très dur pour ton père pendant des années. Maintenant qu'il est mort, j'ai encore plus de travail pour diriger l'entreprise. Par conséquent, je n'ai pas le temps, ni d'ailleurs l'envie, de me mettre en quête d'une femme susceptible de devenir mon épouse. Pour l'instant tout au moins, c'est un objectif que je ne peux pas me fixer. Par contre, il y a quelque chose que je souhaite plus que tout.

Wade s'interrompit un instant pour regarder Piper, attentive, mais incapable de deviner où il voulait en venir.

Il poursuivit en la fixant d'un air dur :

— J'ai constitué un héritage qui s'avérera vain si je n'ai pas dans ma vie quelqu'un de spécial à qui le léguer. Tu sais que ma mère est morte quand j'avais dix ans et que mon père a refusé de s'occuper de moi. Depuis, je suis décidé à aimer et protéger mes enfants, exactement comme Rex l'a fait pour toi. Quand ta mère est morte alors que tu étais si petite, la vie aurait été plus facile pour lui s'il t'avait oubliée. Mais il ne t'a jamais négligée, bien au contraire. Parfois, il s'est même un peu trop soucié de toi...

— Notre histoire est complètement différente, Wade. C'est vrai que mon père a toujours pris soin de moi, mais pas forcément de la manière dont je l'aurais voulu. Il fallait que je fasse des efforts inouïs pour qu'il s'intéresse véritablement à moi.

— Il était très exigeant, mais il t'a toujours aimée. Toujours et en dépit de tout. Est-ce que tu t'es demandé pourquoi ta chambre était exactement dans l'état où tu l'avais laissée quand tu es partie ? Pourquoi il y avait du linge dans les tiroirs de ta commode et pourquoi tes vêtements étaient régulièrement envoyés chez le teinturier au cas où tu rentrerais à l'improviste ? C'était sa façon à lui de t'attendre, sa façon de te montrer à quel point il t'aimait.

Wade laissa échapper un soupir et se frotta le menton.

— Mais nous nous égarons. Ce que je voulais te dire, c'est que pour moi la famille est ce qu'il y a de plus important au monde. Tout le travail que j'ai fait n'aura de sens que si je peux laisser mon héritage à quelqu'un.

Piper bondit sur ses pieds, furieuse.

— Cet héritage qui comprend tout ce qui devait m'appartenir ? Y compris la collection d'œuvres d'art de ma mère ?

— Tout ce que j'ai légalement acheté, en effet.

— Qu'est-ce que j'ai à voir dans tout ça ?

Wade demeura silencieux, persuadé que Piper ne tarderait pas à deviner.

Peu à peu en effet, une idée confuse germa dans son esprit, puis se clarifia jusqu'à prendre la forme d'une question précise.

— Tu... tu veux que je te donne cet enfant ?

Elle avait crié, stupéfaite d'avoir imaginé une telle énormité.

Wade retint un instant sa respiration avant de poursuivre :

— C'est en effet la proposition que je comptais te faire.

— Tu es devenu fou ?

— Pas du tout.

— Mais… tu te prends pour qui ?

— Pour un créancier qui exige le remboursement de ce qui lui est dû.

— Je maintiens que tu as perdu la tête.

— Tu refuses ma proposition ?

— Bien sûr ! Evidemment ! Tu croyais que j'allais accepter ?

Wade se mit debout à son tour.

— Je reconnais que nous ne nous trouvons pas dans un cas de figure classique, mais je suis prêt à renoncer à la dette considérable que tu as contractée envers moi si tu me donnes cet enfant.

Ils étaient face à face maintenant, dressés l'un contre l'autre comme deux lutteurs. La gorge de Piper palpitait avec violence. Sous la soie de son chemisier blanc, ses seins qui se soulevaient et s'abaissaient au gré de sa respiration haletante ne le laissaient pas indifférent. Les souvenirs affluaient en même temps que le désir s'éveillait en lui.

— Nos corps n'éprouvent pas de répulsion l'un pour l'autre, déclara-t-il. Tu ne devrais pas avoir beaucoup de mal à remplir ta part du contrat.

— Mais tu parles d'un enfant ! explosa Piper. D'un être humain, pas d'un pion sur un jeu d'échec.

Wade se délectait de la colère qu'il avait allumée dans ses yeux aigue-marine.

— Je sais exactement de quoi je parle. La balle est dans ton camp, ma chère. Est-ce que tu es prête à faire ce que je te demande ?

Piper le regardait, horrifiée. Etait-il réellement sérieux ? C'était aberrant à tous points de vue… Pour commencer, elle n'était pas prête à avoir un enfant. En tout cas, pas maintenant. Peut-être jamais, d'ailleurs. Elle allait prononcer à haute voix le mot « non » qu'elle avait sur le bout de la langue lorsque Wade reprit la parole :

— Je n'ai pas l'intention de me montrer tyrannique quant aux relations que tu pourras entretenir avec notre fils ou notre fille.

La surprise la fit ciller.

— Pardon ?

— Tu as très bien compris !

— Non.

— Eh bien, je m'explique. Au cas où tu accepterais, je ne mettrai aucune restriction aux contacts que tu souhaiterais avoir avec notre enfant.

Mon Dieu !, pensa Piper, *il parle comme si l'accord était déjà conclu. Comme si j'avais déjà dit oui. Pis, comme si je n'avais pas le choix.*

— Il n'y aura pas de problème, se hâta-t-elle de répondre.

— Tant mieux. Je suis heureux de voir que tu es prête à te montrer raisonnable.

— Tu ne m'as pas comprise, corrigea la jeune femme. Il n'y aura pas de problème parce que la question ne se posera pas. Il n'y aura pas de bébé.

Au lieu d'argumenter avec elle, Wade se contenta de sourire. Mais son sourire n'était ni amusé ni plaisant. Ses yeux gris étincelaient, exactement comme ceux d'un prédateur habitué à l'emporter sur sa proie.

Instinctivement, Piper croisa les bras sur sa poitrine.

— Pourquoi est-ce que tu souris ? Ce que tu suggères est ridicule. En fait, cela va même au-delà du ridicule, c'est carrément impossible.

— Impossible ? Non, je ne crois pas.

Les traits du visage de Wade se durcirent jusqu'à arborer une expression beaucoup plus en accord avec l'éclat autoritaire de son regard.

— A moins bien entendu que tu ne sois en mesure de rembourser ta dette.

Ces mots vinrent se ficher droit dans le cœur de Piper. Elle n'était pas même en mesure de lui rembourser ne serait-ce que le premier centime… Une simple nuit d'hôtel était au-dessus de ses moyens, alors que lui possédait tout. Tout ce qui avait été à elle autrefois, et plus encore.

— Tu sais très bien que je n'ai pas le sou !, s'écria-t-elle. Tu as déjà pris tout ce qui aurait dû me revenir : ma maison, mon histoire, la collection de ma mère. Tu m'as même pris mon père !

Sitôt ces mots prononcés, elle comprit d'où venait toute sa

souffrance. Son père en était la cause. Il l'avait si peu aimée qu'il avait tout cédé à Wade. Tout ce qui avait été son enfance à elle, sa vie.

Cette accusation ne parut pas atteindre Wade le moins du monde.

— J'ai aimé Rex comme un père et j'étais auprès de lui quand il avait besoin de quelqu'un.

— J'aurais été là moi aussi si j'avais été au courant, murmura Piper en se détournant vers la fenêtre.

Elle sentit plutôt qu'elle n'entendit Wade se rapprocher d'elle. La main qu'il posa sur son épaule était étonnamment douce et légère. L'homme d'affaires dénué de cœur à qui elle avait parlé un instant plus tôt paraissait avoir disparu pour céder la place à l'homme dont elle était tombée amoureuse autrefois. L'homme auprès de qui elle s'était toujours sentie aimée et protégée.

— Tu ne me croiras peut-être pas, mais je t'assure que je l'ai pressé de te tenir informée de son état de santé. Surtout quand il a su qu'il arrivait au terme de sa vie. Mais Rex était têtu, exactement comme toi, Piper.

La voix de Wade s'était faite si douce, si enveloppante, si évocatrice des moments heureux du passé que les dernières murailles que Piper avait élevées pour protéger son cœur s'écroulèrent d'un coup.

Le sanglot qu'elle retenait depuis trop longtemps dans sa poitrine s'échappa enfin. Après tout ce qu'elle avait appris aujourd'hui et la requête que venait de lui faire Wade, elle ne pouvait plus retenir l'émotion qui la nouait.

Wade la tourna vers lui et la prit dans ses bras. D'une main, il lui massa le dos tandis que, de l'autre, il lui caressa les cheveux. Elle paraissait si vulnérable...

Piper avait enfoui son visage dans la chemise de Wade. Pourquoi était-ce si bon de se trouver là, nichée contre sa large poitrine ? Elle aurait dû s'écarter et refuser qu'il la console, lui qui se comportait comme son ennemi. Mais c'était au-dessus de ses forces, et elle se surprit à essuyer ses larmes avec sa belle chemise d'homme d'affaires à succès, tandis que les sanglots la secouaient de plus belle.

Au bout d'un long moment, elle reprit peu à peu le contrôle d'elle-même et sentit à quel point le corps de Wade était lui-même tendu.

Il prit une profonde inspiration avant de parler :

— Ce serait vraiment si terrible, Piper ?

Cette fois, il avait parlé à voix basse, comme pour la contraindre par la douceur à accepter.

Elle secoua la tête.

— Je t'en prie, arrête ! Je vais trouver une solution pour te rembourser. Laisse-moi juste un peu de temps pour réfléchir à une solution.

Brusquement, il l'écarta de lui et, un instant, elle crut qu'il allait exiger qu'elle lui donne sa réponse sur-le-champ, pour pouvoir soit la jeter à la rue, soit la prendre sur son épaule et l'entraîner directement dans son lit.

Cette pensée fit battre son cœur plus vite tandis que ses genoux faiblissaient sous elle. Horreur... voilà que même son corps la laissait tomber ! Malgré les années passées au loin, ce traître n'avait pas oublié les caresses qui le grisaient, la complicité sensuelle qu'il avait connue avec celui de Wade.

Mais tout cela était du passé. L'homme dont elle avait été follement éprise s'était transformé en quelqu'un qu'elle reconnaissait à peine. Elle était incapable d'aimer cet étranger qui ne l'aimait pas non plus. Laisser un enfant naître de ce malentendu serait une grave erreur.

Malgré l'attirance physique indéniable qu'elle éprouvait encore pour Wade, il était hors de question d'envisager une nouvelle grossesse dans les circonstances actuelles.

Car ce serait bien une nouvelle grossesse. La précédente avait échoué, bien malgré elle. En serait-il différemment cette fois ? Non, elle ne voulait pas s'exposer à revivre pareille tristesse, c'était trop douloureux. L'expression de son visage dut refléter la peur qu'elle ressentait, car Wade finit par hocher la tête d'un air compatissant. Un fol espoir s'empara de Piper, vite envolé lorsqu'il asséna :

— Je te laisse jusqu'à l'heure du dîner pour prendre ta décision.

4

Piper était bien trop abasourdie pour répliquer quoi que ce soit. Elle se contenta de regarder Wade quitter la pièce. Un peu plus tard, elle entendit la porte d'entrée s'ouvrir et se refermer, puis le moteur de la Porsche démarrer devant l'entrée. Voilà, il était parti. Elle allait enfin pouvoir respirer librement, loin de ce regard magnétique qui la clouait au sol aussi sûrement que l'épingle retient un papillon sur la plaque de liège.

La pendule ancienne qui trônait sur la cheminée du salon ne marquait pas encore midi. C'était une chance, car elle disposait ainsi d'un peu de temps pour rassembler la somme d'argent qui lui permettrait de repousser la proposition inacceptable de Wade.

L'idée de se retrouver au lit avec son ancien amant la troubla un instant, mais elle eut tôt fait de la rejeter. Un enfant ? Non, certainement pas ! Elle allait forcément trouver une solution.

Par où commencer ? Allait-elle faire le siège des banques ? Non, étant donné sa situation, c'était inutile, personne ne lui prêterait un centime. Il lui restait donc à faire le tour des amis de son père, en espérant qu'un certain nombre d'entre eux serait ému par sa banqueroute.

Elle gagna la bibliothèque, s'assit au bureau de son père et ouvrit son carnet d'adresses à la lettre A où s'étirait une liste de noms. C'était un début. Il lui suffisait maintenant de trouver le courage et les mots adéquats pour formuler sa requête.

Le soleil se couchait dans le ciel d'automne lorsqu'elle raccrocha après son dernier appel. Ses oreilles grésillaient de la fatigue des communications passées sans relâche au cours de la journée. Elle venait de découvrir qu'en partant comme elle l'avait fait elle avait brûlé ses vaisseaux. Tous les gens qu'elle considérait autrefois comme des amis l'avaient rayée de leur liste quand elle avait abandonné son père. Elle n'avait pas récolté l'ombre d'un dollar.

La brave Mme Dexter lui avait apporté un sandwich et une tasse de thé, mais elle n'avait pas eu le cœur d'y toucher. Les refus successifs lui avaient totalement coupé l'appétit, et ce qui l'attendait n'était pas pour lui remettre l'estomac en place.

— Oh ! Piper, tu n'as rien mangé..., s'exclama Mme Dexter en venant chercher le plateau. Il te faut prendre soin de toi si tu veux te remplumer un peu !

— Je me sens très bien, Dexie, ne t'inquiète pas.

— Très bien... très bien... c'est toi qui le dis ! Si tu veux qu'un bel homme comme M. Collins fasse de nouveau attention à toi, il te faut grossir un peu.

Piper leva un regard horrifié sur la gouvernante.

— Pourquoi est-ce que j'aurais envie de ça ?

— Et pourquoi pas ? rétorqua la brave femme. Vous formiez un beau couple tous les deux autrefois.

— Je ne crois pas que...

— Pardonne-moi, ma petite Piper. Tu es à peine rentrée que déjà je suis en train de te donner des conseils ! File dans ta chambre passer une jolie robe pour le dîner. M. Collins sera de retour dans une petite heure, et il aura sûrement envie de te voir toute belle. Il n'y a que tes cheveux qui... Qu'est-ce que nous allons en faire ?

— Là où j'étais, j'étais coiffée comme tout le monde, Dexie.

— Oui, mais... Enfin, comme tu voudras. Fais vite comme je te dis, Dexter va bientôt servir l'apéritif.

Piper ne put s'empêcher de hocher la tête. Elle avait vingt-huit ans, mais Dexie la traitait toujours comme une petite fille. Avec son père qui en faisait autant, comment s'étonner qu'elle n'ait pas réussi à grandir ?

— Dexie, j'aimerais que tu me donnes des boîtes de rangement. J'aimerais faire un peu de tri dans mes affaires.

— Quelle idée !

— Je veux me débarrasser d’un certain nombre de choses.

— Mais pourquoi ?

— Je ne suis plus une petite fille.

— M. Mitchell tenait à ce que tout reste comme…

— Mon père n’est plus là, Dexie, et je n’ai que faire de mes poupées en porcelaine.

Mme Dexter laissa échapper un gros soupir.

— Très bien, comme tu voudras. Dexter va t’apporter tout de suite les boîtes que j’avais mises en réserve quand M. Collins s’est installé ici.

Piper eut du mal à retenir les mots qui lui montaient aux lèvres. Au diable, M. Collins ! Si seulement il avait pu refaire ses valises et disparaître à jamais, elle s’en serait fort bien portée.

Elle obéit néanmoins et regagna sa chambre où elle passa un T-shirt qu’elle portait autrefois et un pantalon d’une marque recherchée. Dire que, avec l’argent que représentait cette tenue, elle aurait pu nourrir toute une famille africaine pendant un mois ! L’énormité de la somme qu’elle devait à Wade l’écrasa tout à coup.

Qu’allait-elle faire ?

Une heure plus tard, elle n’avait toujours pas trouvé de solution. Heureusement, le fait de plier chaque poupée dans du papier de soie avant de l’enrouler dans du papier bulle lui occupait les doigts et l’esprit. Au fur et à mesure que les regards figés des poupées disparaissaient derrière le couvercle des boîtes, elle se sentait de plus en plus légère. Comme si, peu à peu, elle échappait à une surveillance qui lui avait toujours pesé. Plus besoin de craindre le jugement de qui que ce soit ni de se torturer pour courir après un idéal de perfection de toute manière inatteignable.

Un bruit de pas dans le couloir devant sa chambre mit fin à ce moment d’euphorie. Wade était rentré du bureau. Il avait dû monter se changer et, d’ici peu, elle allait devoir lui donner une réponse.

Laquelle ? Elle n’en avait pas la moindre idée.

Que pouvait-elle dire, de toute façon ? Le choix qu’il lui proposait était purement rhétorique. Wade savait très bien que ce n’en était pas réellement un, puisqu’elle n’avait pas le premier sou pour le rembourser. C'était là qu'il voulait en venir. Mais pourquoi exiger un enfant d'elle ?

Quand il lui avait assuré ne pas avoir de temps à consacrer à des fréquentations féminines, elle n'avait pas cru un mot de son histoire. Des bataillons entiers de belles créatures se seraient fait un plaisir de porter son enfant pour gagner une place, aussi petite soit-elle, dans la vie de cet homme séduisant à qui tout avait réussi. Alors ?

Un pincement au cœur lui rappela qu'elle-même avait mis fin à leur relation à force d'égoïsme et de caprices. Elle l'avait voulu tout à elle, en enfant gâtée qui n'accepte pas de partager quoi que ce soit. Aujourd'hui, il se vengeait en lui proposant cet étrange marché. Marché de dupes... car, même si elle acceptait son outrageuse proposition, elle serait toujours perdante. Elle ne serait plus endettée, certes, mais elle aurait tout de même perdu tout ce qui lui avait appartenu.

Wade paraissait obnubilé par le désir ardent d'avoir un héritier, mais l'affection qu'il porterait sans aucun doute à son fils ou sa fille compenserait-elle le manque d'amour avec lequel cet enfant aurait été conçu ? Sa précédente grossesse n'avait pas été préméditée, mais le bébé avait été conçu avec passion. Ce serait si différent cette fois... Elle en avait froid dans le dos.

Piper s'assit sur le bord de son lit et posa les mains sur son ventre. Sa fausse couche avait été une des épreuves les plus dures de son existence. Quand elle avait découvert qu'elle était enceinte, il lui avait semblé que, enfin, sa vie prenait un sens. Elle avait envisagé d'annoncer à Wade que leur plaisir à faire l'amour allait leur donner quelque chose qu'ils ne pensaient pas mériter : un enfant qu'ils aimeraient tous les deux.

Mais auparavant, elle lui avait demandé de l'accompagner plusieurs semaines autour du monde. Sans hésiter, Wade avait refusé pour poursuivre son stage chez Mitchell Exports. La déception de Piper avait été cruelle. Wade disait l'aimer, mais il refusait de tout abandonner pour la suivre ? Tant pis pour lui ! Elle se tairait et mènerait seule sa grossesse à terme.

Après tout, puisque lui aussi plaçait Mitchell Exports et sa carrière avant elle, exactement comme Rex l'avait fait toute sa vie, elle préférait vivre cette aventure sans lui. Hélas ! au bout de quatorze semaines, elle avait fait une fausse couche spontanée. Le cœur brisé, elle avait surmonté cette difficulté comme elle l'avait toujours fait jusque-là : en faisant la fête. Pourtant, aujourd'hui encore, même si personne n'en savait rien, la blessure était toujours là, aussi vive que lorsqu'elle avait compris que jamais rien ne comblerait le vide laissé par l'enfant qui n'était jamais né. Wade n'en avait rien su, et c'était bien mieux ainsi.

Avec le recul du temps, elle avait fini par comprendre que Wade avait fait le bon choix, celui d'un homme raisonnable. Quitter son emploi à ce moment-là aurait été pure folie. Il s'était engagé auprès de Rex Mitchell et avait honoré sa parole, comme prévu. C'était d'ailleurs pour cette honnêteté et ce sérieux que Rex l'avait choisi. Ces qualités avaient permis à Wade de devenir le meilleur dans son domaine, et ce n'était que justice.

A l'époque, elle était bien trop jeune et égoïste pour le soutenir. Aujourd'hui, qu'en était-il ? Si une partie d'elle-même la narguait en lui assurant qu'elle n'aurait jamais dû rentrer, une autre, plus mûre, lui assurait qu'elle avait bien fait de revenir faire la paix avec Rex et Wade.

Il était désormais impossible de restaurer la relation à son père et, toute sa vie, elle porterait la souffrance de cet échec. Mais avec Wade, c'était une autre histoire, et il était encore temps.

Pouvait-elle considérer qu'en acceptant sa proposition elle lui offrait l'occasion de faire la paix ? Cette idée ne lui plaisait pas vraiment, car elle avait le sentiment que l'enfant, *leur* enfant, serait utilisé pour racheter sa propre conscience. Non, elle ne se sentirait jamais à l'aise si elle consentait à pareille manipulation. Plus jeune, elle aurait peut-être accepté, mais aujourd'hui elle en était incapable. Ses pérégrinations au bout du monde lui avaient appris trop de choses sur la vie, la mort et l'amour.

L'amour... Y avait-il une chance, même la plus ténue, de restaurer leur ancienne relation ? De construire cette fois quelque chose de solide et de valable ? L'idée la terrorisait et l'exaltait en même temps. Tout à coup, elle réalisa que, pour la première fois depuis qu'elle était de retour et qu'elle avait appris la mort de son père, sa vie retrouvait un but. Certes, c'était un risque à prendre sans savoir ce qui pouvait en résulter, mais après tout, pourquoi pas ?

Elle se leva et alla ouvrir sa penderie. Toutes ses belles robes s'y alignaient, bien coupées, parfaites. Irritantes. Quand elle avait demandé à son père de travailler avec lui à Mitchell Exports, au poste qu'il lui conviendrait de lui attribuer, il avait refusé tout net, lui conseillant au contraire de continuer dans la voie qui était la sienne : la beauté et l'élégance. En d'autres termes, elle devait se contenter d'incarner le symbole de son succès. Voilà pourquoi, le jour où elle avait claqué la porte de la maison derrière elle, elle n'avait qu'une idée en tête : mettre le plus de distance possible entre lui et elle.

Pourtant, maintenant, en voyant avec quel soin il avait fait veiller sur sa garde-robe, elle comprenait que cela avait été sa façon de l'aimer, même si ce n'était pas de ce genre d'amour dont elle avait besoin. Quel dommage qu'elle ne l'ait pas compris plus tôt ! Rex était incapable d'imaginer qu'elle puisse être douée pour autre chose que la représentation. De son côté, elle s'était juré qu'elle ne reviendrait qu'une fois qu'il aurait compris qu'elle était aussi forte et capable que n'importe qui d'autre.

Hélas ! elle aurait dû savoir que Rex Mitchell ne demandait rien à personne. Leur obstination s'était avérée aussi tenace l'une que l'autre. Aucun des deux n'avait voulu céder, et Wade était fait de la même étoffe. Voilà pourquoi il l'avait acculée et qu'elle se retrouvait désormais dans une situation où il pouvait la contraindre à faire ce qu'il voulait.

Allait-elle céder ? Elle n'en savait encore rien. La perspective d'une nouvelle grossesse lui faisait peur. Au creux de ses bras, le vide de l'enfant qu'elle n'avait jamais pu tenir lui faisait encore mal. Mais, aussi étrange que cela puisse paraître, il lui semblait qu'elle avait là une chance de réparer ce qui n'avait pas fonctionné. Qu'il s'agisse d'elle, de Wade ou de l'enfant.

Après avoir hésité longuement sur sa tenue, son choix se porta sur une robe de soie bleu foncé, très fluide, qui envelopperait sa silhouette plus fine qu'autrefois sans donner l'impression qu'elle flottait dedans. Elle avait adoré cette robe, et Wade autant qu'elle…

En fait, constata-t-elle quelques instants plus tard en se regardant dans la glace, la robe lui allait encore mieux qu'avant. Le bleu sombre de la soie faisait ressortir le bleu de ses yeux, et les plis souples lui rendaient une féminité qu'elle avait mise sous le boisseau pendant trop longtemps. Elle enfila une paire de chaussures à hauts talons bleu marine et noua ses dreadlocks avec un foulard argenté, assorti au fin galon qui suivait le décolleté de la robe.

Depuis des années, elle ne se maquillait plus. Ses maigres bagages ne contenaient ni poudre ni rouge à lèvres. Elle s'en passerait donc ce soir comme d'habitude. La main sur la poignée en cuivre de la porte, elle hésita encore. Qu'allait-elle dire à Wade ? Elle n'avait aucune envie de devenir une usine à bébé uniquement pour satisfaire son désir frustré de devenir père ! Et comment s'organiseraient-ils pour la garde de l'enfant ? Il avait dit qu'il se montrerait raisonnable, mais qu'est-ce qu'il entendait par là ? Où l'enfant et elle vivraient-ils ?

Que de questions… Sa main se crispa sur la poignée. S'il tenait tant à cet enfant, il faudrait qu'il accepte qu'elle aussi pose ses conditions. Et, au pis, elle pouvait toujours refuser.

Wade contemplait le gazon qui s'étirait devant la fenêtre du salon en s'efforçant de se persuader qu'il était parfaitement calme. Il avait entendu Piper dans sa chambre et savait qu'elle était en train de se préparer. Qu'allait-elle lui répondre ?

Il avala une gorgée du sauvignon qu'il avait versé dans son verre. Elle était rentrée hier seulement, et déjà elle avait mis tout son univers sens dessus dessous. Ce matin, alors qu'il somnolait encore, une vérité, rude à accepter, s'était imposée à lui : en dépit de tout, Piper le séduisait toujours. Dire qu'il avait cru être vacciné à tout jamais contre son charme !

Elle avait toujours la capacité de le blesser, et il n'avait pas envie de lui faire de cadeau. Trop heureux de voir l'enfant prodigue revenir au bercail, Rex n'aurait sans doute pas approuvé sa dureté, mais tant pis !

« Veille sur elle à ma place » avaient été les derniers mots de Rex. Sans réfléchir, Wade avait promis. Mais Rex ne lui avait nullement interdit d'ajouter quelques conditions. Piper lui devait bien plus que de l'argent, et il tenait à être dédommagé.

Bien sûr, elle pouvait très bien l'envoyer promener et le laisser se débrouiller tout seul pour rentrer dans ses frais. Mais il pensait que, en digne fille de Rex, elle aurait à cœur d'honorer sa dette et que, peut-être, l'attirance physique diffuse qui existait toujours entre eux la ferait pencher du côté qu'il souhaitait. Jamais elle n'avait pu se refuser à lui, pourquoi en trouverait-elle la force maintenant ?

En entendant la porte s'ouvrir derrière lui, il se retourna et la vision qui s'offrit à ses yeux lui porta un coup en plein cœur. Il se rappelait dans ses moindres détails la robe qu'elle portait ce soir et tout aussi bien la façon dont il la lui avait retirée. Quelle folle nuit ils avaient passée ensuite ! A cette pensée, son corps ne fut plus qu'un roc de désir.

Le regard clair de Piper rencontra le sien, et il comprit tout de suite qu'elle avait choisi ce vêtement en connaissance de cause. Il lui fit un petit signe de tête pour lui prouver que, lui aussi, se rappelait. Mais qu'elle ne s'attende pas à davantage de complicité de sa part ce soir. Sa collaboration s'arrêterait là.

— Tu acceptes de boire un verre de vin avec moi ?

— Volontiers.

Il alla emplir un verre de cristal tandis qu'elle prenait place dans l'un des fauteuils.

— Ta journée s'est bien passée ? demanda-t-il avec une pointe d'ironie en constatant qu'elle veillait soigneusement à ce que leurs doigts ne se rencontrent pas.

Voilà qui lui donnait l'assurance que, si elle restait insensible du point de vue affectif, il réussissait à l'émouvoir physiquement. Il en éprouva une vive satisfaction.

— Inutile de jouer à ce jeu, Wade. Nous savons très bien tous les deux que tu te moques pas mal de la manière dont j'ai passé ma journée.

— Détrompe-toi. Je devine que tu as passé ton après-midi à passer des coups de fil...

— Et alors ?

— Eh bien, j'admire avec quelle promptitude tu as pu te débarrasser de toute fierté pour faire tes sollicitations. Ça n'a pas dû être facile.

Elle prit la pique avec une bienveillance inattendue.

— La fierté n'est peut-être pas la qualité que j'admire le plus au monde.

— Est-ce que tu as obtenu les réponses que tu espérais ?

— Arrête tes simagrées, Wade ! Tu sais parfaitement ce qu'on m'a dit. J'imagine que les amis de mon père se sont hâtés de t'appeler dès qu'ils ont eu raccroché avec moi.

— Certains m'ont téléphoné avant même que tu les aies contactés. Les nouvelles vont vite dans notre petit monde !

— J'imagine que tu leur as conseillé de ne pas me prêter l'argent que je leur demandais.

La voix de Piper était glacée, mais, à la regarder, on n'aurait jamais deviné à quel point ses échecs réitérés l'avaient abattue. Son expression demeurait sereine, son regard clair et brillant. Même ses lèvres étaient détendues et non pas tirées d'inquiétude comme il s'y était attendu.

— Je n'ai pas eu à le faire. Ta réputation a suffi à les dissuader.

Cette fois, il avait mis dans le mille, car il la vit vaciller. Cependant, le petit jeu cruel auquel il se livrait ne l'intéressait plus. Il lui tardait d'en venir au point principal.

— Tu as pris ta décision ?

Il y eut un court silence, comme si ces quelques secondes pouvaient empêcher leur sort de basculer.

— Le délai que tu m'as accordé n'expire qu'au dîner.

— Arrête de jouer avec les mots, Piper ! Oui ou non, est-ce que tu acceptes de porter mon enfant ?

5

Piper se leva, gracieuse comme toujours, et marcha en direction de la fenêtre. Avec ses longues jambes et son port de tête altier, Wade lui avait toujours trouvé des allures de danseuse. Il eut beau détourner rapidement la tête, son sang battait dans ses veines, brûlant de sensualité. Allons… s'il se laissait troubler par une chute de reins, comment arriverait-il à ses fins ?

Il s'efforça de se raisonner et de retrouver son calme avant de regarder de nouveau son interlocutrice qui lui faisait face, bras croisés, l'air déterminé. Aurait-elle trouvé une parade pour se dérober ?

— J'ai bien réfléchi à ta proposition, déclara Piper calmement, mais pour l'instant je ne peux pas te répondre. Il me manque trop d'éléments. Est-ce que je peux te poser un certain nombre de questions ?

— Je t'écoute.

— Au cas où j'accepterais ta proposition, je tiens à recevoir une attestation écrite stipulant clairement que tu annules ma dette. Je ne veux pas courir le risque de me faire duper.

Se faire duper ? Allons… inutile de relever l'insulte, décida Wade.

— Très bien. Je la ferai rédiger par mes avocats.

— Ensuite, j'aimerais savoir comment tu envisages que je subvienne à mes besoins si j'accepte d'avoir ton enfant.

— En prenant un emploi, comme tout le monde.

— Tu te dégages donc de toute responsabilité concernant ma subsistance ?

— Rassure-toi, Dexie veillera à ce que tu ne meures pas de faim.

Piper fronça les sourcils.

— Tu envisages donc que je vive sous le même toit que toi ?

— Oui, ma chère. Tout au moins jusqu'à la naissance du bébé. Je tiens à m'assurer que ta grossesse se déroule dans les meilleures conditions, mais ce que tu feras ensuite ne me concerne pas. Si tu veux habiter ailleurs, libre à toi, je ne me mêlerai pas de tes affaires.

— Tu me permettrais de prendre l'enfant et d'aller vivre loin d'ici ?

— Tu ne m'as pas compris. J'ai dit : si *tu* veux habiter ailleurs. L'enfant restera avec moi et sera élevé ici.

— Mais enfin, Wade, un enfant a besoin de sa mère !

— J'engagerai autant de nounous qu'il le faudra pour qu'il ne manque de rien, tu n'auras pas à t'en occuper.

Piper détourna brusquement la tête, mais lorsqu'elle fit de nouveau face à Wade elle le foudroya du regard.

— Je peux te garantir que si jamais j'ai un enfant avec toi, c'est moi qui m'occuperai de lui.

Wade haussa les épaules, déconcerté. Piper avait tout à coup des allures de tigresse… Pareille réaction le prenait au dépourvu. Qu'est-ce que c'était que ce brusque sursaut d'instinct maternel ? Elle protégeait déjà un enfant pas même conçu ! Voilà qui était en totale contradiction avec ce qu'il savait d'elle. La surprise lui coupa la parole un instant. Puis il comprit que mieux valait perdre une bataille que la guerre. Autant capituler sur ce point si cela devait lui permettre de remporter la partie.

— Ce sera comme tu le souhaites.

— Et si je veux rester ici pour vivre avec mon bébé ?

— Nous trouverons un arrangement.

— Tu me verseras un salaire ?

Wade fronça les sourcils.

— Je rêve ! Tu as déjà oublié l'énormité de ta dette ? Je pensais que tu serais satisfaite de la savoir effacée, mais apparemment cela ne te suffit pas. Tu veux de l'argent pour avoir notre bébé ?

Piper ne broncha pas.

— Si jamais je donne mon accord, ce qui n'est pas encore fait, je te le rappelle, j'aurai besoin de faire des achats pour le bébé et pour moi-même. Sans compter que je souhaite être suivie par un spécialiste compétent, ce qui augmentera le montant des frais médicaux.

— Tant que tu vivras chez moi, je réglerai tout cela.

— Comme tu es généreux ! railla Piper. Et si je décide d'habiter ailleurs ?

— Pas question. Je t'ai déjà dit que je tiens à suivre le déroulement de la grossesse afin de m'assurer que tout va bien pour le bébé. Ensuite, tu feras comme bon te semble. Nous mettrons au point un règlement pour le droit de visite, mais, étant donné ta situation, je pense que tu serais mieux sous mon toit.

— Autrement dit, tu me forces à rester ici ?

— Non. Tu feras ce que tu veux, mais après la naissance.

— Bien joué de ta part… Tu espères donc me voir ensuite disparaître une bonne fois pour toutes ?

— N'est-ce pas ce que tu fais d'ordinaire ?

Piper pâlit, et Wade regretta les mots qu'il venait de prononcer. Il n'avait nul besoin de se montrer aussi dur. Pourtant, il se ressaisit aussitôt. Pas question de montrer le moindre signe de faiblesse… Pour gagner la partie, il devait jouer ses atouts. Tous. Sans pitié. Après tout, est-ce qu'elle en avait eu de la pitié, elle, autrefois ?

Il redressa la tête.

— Autre chose ?

— Oui. Je veux récupérer la collection de ma mère.

Décidément, Piper se révélait un adversaire de taille. Elle avait préparé ses coups avec une précision et un soin dont il ne l'aurait pas crue capable. Au temps pour lui. Il n'aurait pas dû sous-estimer son adversaire. Maintenant, il devait gérer au mieux les surprises que Piper lui réservait. Il se souvint que Rex s'était inquiété que Piper puisse disperser la collection en vendant certaines des toiles. Il craignait que sa fille se serve de l'argent ainsi récolté pour continuer à mener la vie futile qui était la sienne depuis qu'elle avait quitté l'Université. Mais Rex n'était plus là, et Wade avait un souci plus important que celui de préserver une collection pour laquelle il n'éprouvait pas d'attachement particulier. Après tout, il n'était pas le directeur de conscience de Piper. Elle ferait comme bon lui semble, peu lui importait.

— Bon, mettons tout cela au clair. Outre l'annulation de ta dette, tu me réclames la collection de ta mère, c'est ça ?

— Oui.

— C'est tout ?

— Non.

— Tu ne trouves pas que tu exagères un peu ?

— Non.

— Qu'est-ce que tu veux encore ?

— Un emploi dans la société Mitchell Exports.

Un emploi ? Wade avait envie de se pincer. Piper Mitchell voulait un emploi ? Décidément, il allait de surprise en surprise ! En dépit de la mauvaise posture dans laquelle elle se trouvait, elle se débrouillait pour se montrer aussi exigeante qu'autrefois. A contrecœur, Wade en éprouva une certaine admiration.

— Quelle idée ! A quoi cela te servirait-il ? Tu ne sais rien faire d'autre que dépenser de l'argent.

— Tu peux penser ce que tu veux, je maintiens ma demande. Si tu refuses, notre marché tombe à l'eau. Peu importe le poste que tu me proposeras : je veux une place dans l'entreprise de mon père.

— Très bien, tu l'auras, mais tu toucheras le salaire minimum, je ne vois pas pourquoi je te donnerais davantage.

A vrai dire, Wade pensait qu'elle ne le valait même pas.

— Je n'en demande pas plus. Ce sera assez pour subvenir à mes besoins par la suite.

Wade ressentit soudain un élan d'optimiste. Il lui semblait qu'ils touchaient au but, que l'accord allait se conclure. Mais à quel prix ? Certes, il avait réussi à amener Piper là où il le souhaitait, mais, par un retournement étrange de situation, il avait maintenant l'impression que c'était elle qui le manipulait. Du coup, il adopta une posture défensive.

— J'accepte tes conditions, mais j'ai moi aussi quelques exigences.

— Lesquelles ?

— D'abord, je veux que tu fasses un bilan médical. Etant donné le style de vie que tu as mené, je veux avoir la certitude que ton état de santé te permet de porter mon enfant.

— Qu'est-ce que tu reproches à mon style de vie ?

— Disons que je ne voudrais pas que les fréquentations un peu bizarres que tu as eues dans ta jeunesse aient nui à ta santé.

Les joues de Piper s'empourprèrent.

— Et toi ? Qui me garantit que tu n'as rien attrapé auprès de tes fréquentations triées sur le volet ? Moi aussi, je te demande la même chose, je n'ai pas envie que tu me transmettes une maladie honteuse !

Une fois encore, Wade dut reconnaître qu'en tant qu'adversaire Piper avait du répondant. Elle se défendait bec et ongles, peu disposée à accepter sans argumenter les termes du marché qu'il lui proposait. Oui, Piper Mitchell avait de la personnalité ! S'il l'avait oublié, il était en train de le redécouvrir.

— Très bien. Dans un souci d'équité, je prendrai rendez-vous pour nous deux.

Piper se rapprocha de la table basse sur laquelle elle avait posé son verre. Elle le prit et le leva à hauteur de son visage en un geste décidé.

— Affaire conclue ?

Wade alla chercher son verre et vint le cogner doucement contre celui de Piper.

— Affaire conclue.

Elle avait dit oui... Elle avait accepté. Ils allaient faire un enfant ensemble. Cette perspective devait-elle l'exciter ou la terrifier ? Elle ne savait trop. Pour le moment, l'angoisse prédominait.

Quand Wade allait-il vouloir mettre en route ce bébé ? Vraisemblablement pas avant d'avoir obtenu le feu vert du médecin. Les doutes qu'il avait formulés sur sa moralité l'avaient blessée. Jamais elle n'avait jamais été le genre de fille à coucher avec le premier venu. Bien sûr, elle s'était amusée, mais jamais jusqu'à faire l'amour avec n'importe qui. A deux reprises, après avoir quitté la Nouvelle-Zélande, elle avait eu une liaison, mais elle avait vite compris qu'aucun homme ne pourrait lui faire éprouver ce qu'elle avait partagé avec Wade. Finalement, elle avait trouvé plus simple de renoncer à cette quête, puisque aucun de ses nouveaux amoureux ne déclenchait l'étincelle si particulière qui pétillait entre elle et Wade... à l'époque.

Car Wade avait beaucoup changé. Il était plus autoritaire qu'autrefois, plus dur, comme s'il ne supportait pas le moindre grain de sable dans ce qu'il avait décidé. Avait-il changé aussi dans l'intimité ? Allait-elle retrouver l'amant patient et délicat qu'elle avait connu autrefois ?

Soudain, une éventualité lui traversa l'esprit. Wade avait peut-être prévu de recourir à une fécondation assistée. Elle avait hâte d'être fixée sur les modalités du projet auquel elle venait de consentir.

Peu après leur étrange conversation, ils passèrent à table. Dexie avait préparé le dîner avec le plus grand soin, mais dans son trouble Piper aurait été incapable de dire ce qu'ils avaient mangé. Elle se rappelait seulement que tout avait été délicieux, et que l'argenterie étincelait sur la nappe immaculée et repassée de frais. Impossible également de se souvenir de leur conversation pendant le repas. Celui-ci lui était apparu comme un intermède destiné à lui permettre d'intégrer pleinement la décision qu'elle venait de prendre.

Comme elle le redoutait, le sommeil la fuit ce soir-là. Elle ne connut que de brefs moments de repos peuplés de rêves dans lesquels Wade apparaissait plus ou moins dévêtu. A côté d'elle, sur elle, en elle... A l'aube, elle fut réveillée par le bruit de la pluie battant contre la fenêtre. Le corps en feu à la suite des scènes torrides qu'elle venait de vivre en songe, elle se leva et plaça son visage contre la vitre, heureuse de sentir sa fébrilité peu à peu soulagée par la fraîcheur du carreau contre son front.

En fait, elle était complètement glacée lorsqu'elle retourna dans son lit. Son sommeil agité fut interrompu par Mme Dexter qui venait lui annoncer que Wade l'attendait dans la bibliothèque. Un coup d'œil à son réveil lui confirma qu'elle avait dormi beaucoup trop tard, car il était déjà 10 heures passées.

Elle se passa un peu d'eau fraîche sur le visage, enfila la robe de chambre de son père et se hâta de rejoindre Wade. Il l'attendait, assis au bureau de Rex qui était devenu le sien désormais.

— On dirait que tu as mal dormi, lança-t-il en la voyant entrer.

Cette remarque agaça immédiatement Piper. Pourtant, elle ravala la réponse acerbe qui lui montait aux lèvres. Elle sourit et prit place dans le fauteuil en face du bureau, avec autant de grâce qu'elle en était capable.

— Pas du tout. Et toi ?

Les cernes qu'il avait sous les yeux valaient largement ceux qu'elle avait aperçus tout à l'heure dans son propre miroir...

— Très bien, fut sa réponse laconique.

Il plongea le nez dans un classeur, puis en sortit une feuille de papier qu'il lui tendit.

— Voici le texte de notre contrat. Lis-le et dis-moi ce que tu en penses.

— Tu n'as pas perdu de temps !

— Non. Tu as changé d'avis ?

— Nullement. Me prendrais-tu pour une girouette ?

Malgré la réponse qui avait fusé, elle comprit que se présenter à Wade dans cette tenue négligée était une erreur. Elle avait voulu lui montrer à quel point il l'impressionnait peu, mais maintenant, face à son costume impeccable, son visage rasé de frais et ses cheveux parfaitement lissés, elle se sentait en position de désavantage. A chacune de ses inspirations, le parfum de l'eau de toilette de Wade la tourmentait délicieusement : épicé, exotique, séduisant.

Elle se redressa et s'efforça d'oublier le négligé de sa tenue.

— Non, Wade, je n'ai pas changé d'avis. Nous sommes parvenus à un accord, et je le respecterai.

Ne serait-ce que pour te prouver que je suis capable de tenir parole..., songea-t-elle.

— Quand dois-je commencer mon travail à Mitchell Exports ?

Mal à l'aise, elle se tortilla un peu sur sa chaise en voyant Wade poser un regard perplexe sur sa tenue.

— Ne me dis pas que tu pensais commencer aujourd'hui ? demanda-t-il d'un ton moqueur.

— Non. Demain me paraissait parfait.

— Penses-tu pouvoir être prête demain matin à 8 heures pour venir au bureau avec moi ?

— Evidemment.

Un éclair approbateur brilla dans les yeux gris de Wade. Il n'en fallut pas davantage pour qu'elle se sente profondément émue et irritée en même temps de constater à quel point elle attachait de l'importance à son approbation. Sa petite moue moqueuse s'était transformée en un vrai sourire. Avec ce sourire, constata Piper, il devenait réellement un autre homme. N'importe qui, homme, femme ou enfant, ne pouvait manquer d'être séduit quand il avait cette expression sur le visage. Déçue, elle constata que, dans ce domaine, elle était comme tout le monde.

— Parfait. Tu sais toujours conduire une voiture ?

Elle trouva la question idiote. S'il l'avait vue au volant d'une Jeep brinquebalante éviter nids-de-poule et précipices, il aurait compris qu'elle pouvait sans problème affronter les embouteillages d'Auckland.

— Oui, bien sûr.

— Le rendez-vous chez le médecin est aujourd'hui à 11 heures. Voici son adresse.

Elle prit la carte de visite qu'il lui tendait et y lut le nom d'une femme médecin, May Ritter.

— Merci.

— Ce serait peut-être une bonne idée de te changer avant de sortir…

— Franchement, heureusement que tu me le rappelles, je n'y aurais pas pensé ! ironisa-t-elle en resserrant la ceinture de la vielle robe de chambre. C'est tout ce que tu as à me dire ?

— Oui, pour l'instant.

Il plongea la main dans la poche de sa veste et en retira un trousseau de clés qu'il lui tendit. La jeune femme sursauta lorsqu'elle sentit les doigts de Wade serrer les siens au moment où elle prenait les clés au creux de sa main.

— Conduis prudemment, Piper, d'accord ?

— Qu'est-ce que ça peut te faire ? lança-t-elle d'un ton faussement désinvolte, alors que son cœur battait la chamade après le contact de leurs doigts.

— Je n'oublie pas que tu vas porter mon enfant.

Ces mots la blessèrent profondément.

Evidemment, elle n'était qu'un moyen pour Wade d'obtenir ce qu'il souhaitait par-dessus tout. Qu'allait-elle donc s'imaginer ? Ils avaient un contrat. Cependant, cette remarque lui fit prendre conscience d'à quel point elle aurait aimé être plus pour lui. Bien plus.

— Ne t'inquiète pas, répondit-elle, sur un ton aussi dégagé que possible. Pas question de commettre la moindre imprudence susceptible de mettre en danger la fabrique à bébé.

Comme il ne relâchait pas sa main, elle ajouta :

— Tu ferais mieux de me laisser partir si tu ne veux pas que j'arrive en retard à mon rendez-vous. On se voit ce soir ?

— Non. J'ai un rendez-vous.

— Ah... Un rendez-vous galant ?

— On peut dire les choses comme ça.

Elle fronça les sourcils. Il avait donc l'intention de continuer à fréquenter d'autres femmes au moment où il allait essayer de lui faire un enfant ?

— Je croyais que tu n'avais pas de temps pour ce genre de choses...

— Oh ! cela n'a rien à voir !

— Je comprends, répondit-elle, lèvres pincées. Question de sexe, c'est tout.

Zut. Quand donc apprendrait-elle à tenir sa langue ?

Cette fois, Wade ne se gêna pas pour éclater de rire.

— Ça te dérangerait ?

Oui, bien plus qu'elle ne l'aurait souhaité, mais elle n'allait pas le lui avouer !

— Dans la mesure où nous avons décidé de prendre des précautions, oui. Quand est *ton* rendez-vous chez le médecin ?

— Ne t'inquiète pas, je ne risque pas d'attraper quoi que ce soit ce soir.

Elle eut une moue de dédain.

— Je l'espère bien.

Elle se retira ensuite avec autant de dignité que le lui permettait la robe de chambre de son père. Arrivée au pied de l'escalier, la voix de Wade la rattrapa.

— Si tu veux, tu peux m'accompagner.

Quoi ? Il se moquait d'elle ! Elle se retourna vivement.

— Pour passer la soirée avec l'une de tes conquêtes ? Non, merci bien, j'ai mieux à faire.

— Comme tu voudras. Je voulais juste que tu aies le choix.

Quelle idée ! Pour qui la prenait-il ? Elle avait tout de même sa fierté !

— Je préfère me mettre au lit de bonne heure, puisque je commence à travailler demain matin.

— Parfait, comme tu veux.

Elle monta l'escalier. Un instant, elle fut tentée de retourner lui annoncer qu'elle avait changé d'avis et qu'elle sortirait avec lui. L'idée qu'il passe la soirée avec une femme l'agaçait. Allait-il l'embrasser ? Allait-il la caresser ? Allait-il…

Elle secoua résolument la tête. Assez ! Pas question de se torturer avec cette histoire.

Néanmoins, en arrivant à la porte de sa chambre, elle savait qu'elle allait ajouter une clause à leur contrat… une clause d'exclusivité, et tant pis si celle-ci déchaînait sa colère !

6

Piper eut tôt fait de découvrir que conduire la Porsche de Wade était sans commune mesure avec faire avancer la vieille Jeep qu'elle avait utilisée jusqu'au mois précédent. Les mains posées sur le volant recouvert de daim, elle éprouva un véritable plaisir physique à faire vrombir le moteur et à parcourir l'allée qui menait au portail en fer forgé de la propriété.

La voiture se laissait mener avec tant de souplesse et répondait si facilement à la moindre accélération qu'elle fut tentée, un instant, de filer vers l'autoroute afin d'expérimenter à son aise tout son potentiel. Quelques années plus tôt, cette tentation aurait certainement été la plus forte, mais Piper n'était plus la jeune fille irresponsable d'autrefois. Elle décida de ne pas céder à la tentation et de respecter l'emploi du temps prévu. Direction, la clinique !

Une fois garée sur le parking, elle se sentit gagnée par de la nervosité. Que se passerait-il si l'examen révélait quelque chose qui remette en question l'accord qu'elle avait passé avec Wade ? Autant en avoir le cœur net le plus vite possible…

Le luxe de la clinique lui parut extravagant, comparé à la pauvreté des dispensaires de brousse dans lesquels elle avait effectué ses années de bénévolat. La salle d'attente était accueillante, il y avait des fleurs sur le bureau de la secrétaire, une douce musique d'ambiance pour aider les patients à se détendre… un luxe inimaginable sous d'autres latitudes !

Elle eut à peine le temps de feuilleter quelques magazines que déjà le médecin la faisait appeler.

— Bonjour, lui dit cette dernière une fois qu'elles furent toutes deux dans le bureau. Je suis le docteur May Ritter. Wade m'a demandé de vous recevoir ce matin.

La femme était sympathique, et Piper se sentit aussitôt en confiance.

— Parlez-moi un peu de vous, demanda la praticienne.

— Qu'avez-vous besoin de savoir ? demanda Piper, bien consciente qu'elle se trouvait là pour un examen prénuptial.

— Votre nom bien sûr, votre âge et vos antécédents médicaux.

Un léger frisson la parcourut. Allait-elle devoir parler de sa fausse couche ? Elle ne voulait pas que Wade en soit informé. Il aurait vite deviné que c'était son enfant qu'elle avait perdu alors qu'elle ne l'avait même pas informé de sa grossesse, ce qui ne faciliterait pas leurs relations déjà tendues.

— J'imagine que les informations données ici demeurent confidentielles ?

— Bien entendu. Wade m'a bien expliqué qu'il veut être certain que votre état de santé vous permet d'envisager d'avoir un bébé, mais tout ce que vous me direz restera entre nous. Wade a beau être un ami, cela n'interfère absolument pas avec le secret professionnel.

— Vous connaissez Wade personnellement ?

— Il y a cinq ans que lui et mon mari s'affrontent dans des compétitions de squash que je trouve un peu ridicules, mais ils s'amusent comme des fous. Wade est le parrain de notre petite fille qui a trois ans et qu'il adore. C'est lui d'ailleurs qui vient la garder ce soir pendant que nous allons dîner chez des amis.

Piper se sentit tout à coup beaucoup plus légère. Ainsi, elle connaissait la raison de l'absence, ce soir, de Wade. Il allait faire la nounou ! Pas étonnant qu'il ait été si amusé de la réaction de jalousie qu'elle avait eue. En fait, elle s'était montrée ridicule. Pourquoi ne lui avait-il tout simplement pas dit la vérité au lieu de lui laisser croire qu'il allait voir une autre femme ?

Du coup, elle se sentit beaucoup plus à l'aise pour se confier.

— Je dois vous dire que ce ne sera pas la première fois que je serai enceinte. En fait, j'ai perdu un bébé à la quatorzième semaine de grossesse.

— Je suis désolée de l'apprendre. Vous aviez eu des complications ?

— Non. Il paraît seulement que cela arrive de temps à autre.

— C'est toujours une expérience douloureuse, déclara le médecin. J'espère que vous étiez bien entourée à ce moment-là.

— Hélas ! non. A part l'équipe médicale, j'étais seule.

Des larmes lui étaient montées aux yeux.

— En fait, j'ai très peur que cela se produise de nouveau.

— Il n'y a aucune raison pour que cela arrive, déclara May d'une voix rassurante. J'y veillerai, soyez-en sûre.

— J'ai encore quelque chose d'important à ajouter, poursuivit Piper. J'ai travaillé à l'étranger ces dernières années et j'ai eu la malaria.

— Quand exactement ?

— Il y a quatre ans.

Elle avait contracté cette maladie en Afrique, dès le début de son volontariat, parce qu'elle avait négligé de suivre le traitement conseillé. Le rappel à la réalité avait été sévère et lui avait servi de leçon. Heureusement, elle n'avait pas eu de rechute, mais rien n'assurait qu'elle continuerait à avoir cette chance.

— Avez-vous eu de nouveaux épisodes ?

— Non, pas jusqu'à maintenant.

— Parfait. Quel genre de travail faisiez-vous là-bas ?

— Comme je n'ai aucune qualification, je faisais ce qu'on me demandait. Essentiellement, j'aidais dans les dispensaires, je distribuais de la nourriture ou bien je prenais soin des femmes et de leurs enfants.

— Vous avez dû voir des choses terribles.

— Oui. Mais au moins, j'avais le sentiment d'être utile.

— Je comprends, approuva May. Voyons, passons maintenant à l'examen médical proprement dit.

Elle rédigea une ordonnance pour le laboratoire d'analyses et la donna à Piper.

— Dès que vous aurez fait les analyses de sang et d'urine, vous pourrez commencer à prendre les vitamines que je vous ai prescrites.

— Vous ne voyez donc pas d'objection à ce que j'essaie d'être enceinte d'ici quelque temps ?

— Il me faut attendre le résultat des analyses pour en être tout à fait sûre, mais a priori je ne vois aucune contre-indication. Le seul souci éventuel est la malaria. Si vous aviez une rechute pendant la grossesse, cela pourrait compliquer les choses pour le bébé.

— Quel genre de complications ?

— La plupart des médicaments utilisés pour combattre cette maladie sont contre-indiqués en cas de grossesse. Mais, étant donné que vous n'avez jamais eu de rechute, il n'y a pas de raison pour que cela arrive pendant votre grossesse.

Quelques instants plus tard, Piper se retrouvait au volant de la Porsche, assez étourdie. Le projet qu'elle avait avec Wade venait de prendre une consistance nouvelle, et la peur de l'échec la tenaillait.

En fait, en acceptant la proposition de Wade, elle n'avait pas mesuré la gravité de son engagement. Il fallait désormais qu'elle veille à ce que tout se passe au mieux. Pour elle, bien sûr, mais surtout pour l'enfant à venir.

Wade poussa un soupir de soulagement en rentrant chez lui ce soir-là. Maggie, la petite fille de May et de Paul, était adorable, mais une soirée entière avec elle aurait épuisé n'importe quel homme normalement constitué. A voir le charme qu'elle était déjà capable de déployer, il était évident qu'elle briserait des cœurs quand elle serait grande ! A vrai dire, Wade préférait qu'il en soit ainsi. Pour rien au monde, il n'aurait voulu voir sa petite princesse souffrir.

Par moments, d'ailleurs, il s'inquiétait de voir à quel point il éprouvait le besoin de protéger cette fillette qui n'était pas la sienne. Il savait pourtant que les enfants avaient besoin de faire leurs propres expériences. Néanmoins, il avait envie de la protéger, de l'envelopper dans un cocon pour lui épargner les contrariétés et les déceptions de la vie.

Il mourait d'impatience de devenir père. Le sien n'avait pas été un père modèle, loin de là, et il avait à cœur de prouver qu'il pouvait faire bien mieux que celui qui avait refusé de s'occuper de lui. Jamais, au grand jamais, il ne faillirait à son devoir.

En jetant un coup d'œil en direction de l'étage, il aperçut le faible rai de lumière qui filtrait par-dessous la porte de Piper. Elle devait déjà être au lit... Il s'en félicita. Epuisé par une journée de travail au cours de laquelle les difficultés n'avaient pas manqué et une soirée avec Maggie qui lui en avait fait voir de toutes les couleurs, il ne se sentait pas de taille à vivre un nouvel affrontement avec la jeune femme. Depuis le retour de cette dernière, leurs conversations avaient été plus que houleuses, et il était fort aise de ne pas avoir à gérer une nouvelle dispute ce soir.

Avant de monter, il se dirigea vers la bibliothèque afin d'y déposer son ordinateur. Au moment où il ouvrit la porte, il perçut, surpris, un mouvement dans la pièce sombre. La lueur dorée en provenance de la cheminée où le feu achevait de se consumer éclaira la silhouette de la personne qu'il avait si peu envie de rencontrer à cette heure. Comme ce matin, Piper portait sa chemise de nuit sur laquelle elle avait passé la robe de chambre de son père. Celle-ci, entrouverte, laissait apercevoir le sein de la jeune femme endormie dans le fauteuil, les pieds repliés sous elle. La peau bronzée de ses jambes et de ses bras contrastait avec la blancheur du sein qui apparaissait dans l'échancrure de la chemise de nuit.

Elle avait dû sentir une présence dans la pièce, car elle se redressa, ouvrit les yeux et appela :

— Wade ?

— Tu attendais quelqu'un d'autre ? demanda-t-il d'un ton sec.

Tout à coup, elle lui parut parfaitement éveillée.

— Ne fais pas l'idiot, s'il te plaît. Je veux te parler de notre accord. Je tiens à y faire un ajout.

— Encore ?

Wade était excédé. Quand allait-elle comprendre que ce n'était pas elle qui menait le jeu ?

— Piper, nous avons suffisamment débattu du sujet. J'ai ajouté à ma proposition tout ce que tu demandais. Comprends que tu ne peux pas apporter des modifications à tout bout de champ.

— Il s'agit d'une simple clause. Rien qu'une, et je ne demanderai plus rien.

— Vas-y, je t'écoute.

— En fait, je préférerais que tu la lises…

Elle se leva et prit sur le bureau un dossier qu'elle avait dû y déposer plus tôt, le feuilleta et s'arrêta sur une page qu'elle tendit à Wade. Il s'approcha tandis qu'elle se penchait pour allumer la lampe du bureau. Ce geste suffit pour dévoiler au regard de ce dernier la forme exquise des seins qui se pressaient contre le coton immaculé du vêtement de nuit. Instantanément, il sentit sa bouche devenir sèche. Son sang se mit à battre si fort dans ses veines qu'il se demanda si Piper ne l'entendait pas elle aussi. Bravement, il s'efforça de ne pas tenir compte de l'ombre tentatrice si proche de lui, mais, comme si elle avait deviné à quelle torture elle le soumettait, elle resserra la robe de chambre et noua fermement la ceinture autour de sa taille.

Son cœur se serra, mais il parvint à se concentrer sur le document. L'écriture élégante de Piper lui révéla un texte très clair qui lui donna envie de rire. Ainsi, elle ne souhaitait pas qu'il voie d'autres femmes pendant leur relation ? Le réflexe de mauvaise humeur qu'elle avait eu ce matin en imaginant qu'il avait un rendez-vous galant à la place de sa séance de baby-sitting aurait dû le préparer à pareil amendement !

Bizarrement, le fait de la savoir jalouse lui procurait une certaine satisfaction, tout en le déstabilisant quelque peu. Que devait-il en penser ? Avait-il réellement envie de se consacrer à sa relation avec Piper ?

Le mot « relation » était sans doute inapproprié. Pourtant, il suffisait à remplir sa poitrine d'une chaleur inattendue mais fort agréable, qu'il se hâta néanmoins de refouler. Il avait affaire à Piper Mitchell ! Après la façon dont elle l'avait traité, il lui aurait fallu être profondément masochiste pour avoir envie de renouveler l'expérience.

Il se redressa, sérieux et calmé.

— C'est tout ?

— Oui.

— Parfait. Dès que mon avocat aura mis cela au clair demain, nous pourrons passer aux choses sérieuses.

— C'est-à-dire ?

Il s'approcha d'elle, si près, qu'il aperçut briller ses lèvres sur lesquelles elle venait nerveusement de passer la langue.

— La conception du bébé.

— Heu... oui, bien sûr. Mais seulement quand nous aurons les résultats du labo.

— Piper, si je ne te connaissais pas aussi bien, je commencerais à me demander si tu n'es pas un peu nerveuse !

Elle déglutit, marqua un temps de pause, puis se lança.

— J'ai réalisé aujourd'hui que nous n'avions pas précisé la façon dont nous allons concevoir cet enfant.

— Mais, ma chère, nous allons utiliser la bonne vieille méthode qui, Dieu soit loué, est encore souvent en vigueur de nos jours.

— Tu ne veux donc pas avoir recours à une fécondation assistée ?

La voix de Piper avait pris une intonation aiguë, comme si elle avait peur. Wade se sentit tout à coup un peu coupable de la pousser ainsi à bout. Pourtant, ils s'étaient toujours si bien entendus au lit qu'elle avait tort de s'inquiéter.

— Mais pourquoi ? Il n'y a pas de raison. Je pense au contraire que nous pouvons l'un et l'autre trouver beaucoup de plaisir dans le processus.

Sans cesser de parler, il contourna le bureau et vint se placer tout près de la jeune femme. Il posa une main sur sa nuque et l'attira contre lui. Le temps de percevoir un éclair de surprise dans son regard aigue-marine, et il posa ses lèvres sur la bouche pulpeuse qu'elle lui tendait tout en fermant les paupières. Elle laissa la langue de Wade dessiner le contour de sa bouche, puis elle poussa un soupir et entrouvrit les lèvres. Wade en profita pour se faire plus hardi et se mit à l'embrasser avec avidité. Elle se laissa aller contre lui, et il sentit contre son torse la rondeur délicieuse de ses seins. Plus bas, son ventre tiède s'était plaqué contre son sexe durci. Dire qu'il croyait son désir pour elle à tout jamais éteint ! Or, ce désir était d'une telle intensité qu'il envisagea de faire l'amour à Piper sur-le-champ. Il avait envie de l'allonger sur le bureau, de relever sa chemise de nuit jusqu'à sa taille et de plonger entre ses longues jambes jusqu'au refuge brûlant qui assouvirait son désir.

Mais il se ressaisit bien vite. Au lieu de céder à son fantasme, il se concentra sur leur baiser et réussit à amener Piper à la même impatience que celle qui le possédait. Cette tactique n'était en rien innocente, elle faisait partie de son plan. Le jour où il attirerait Piper dans son lit, il voulait trouver en elle une partenaire pleinement consentante et prête à l'accueillir. Physiquement tout au moins.

Alors il continua à dévorer sa bouche avec sensualité, mêlant délicieusement leurs langues. Piper gémit, frémissante, offerte, gourmande, avide d'une faim que rien ne paraissait pouvoir assouvir.

7

Piper luttait pour rassembler ses esprits, mais sa raison avait cédé le pas aux sensations qui la submergeaient. Elle goûtait le baiser expert de Wade. Les lèvres de son ancien amant taquinaient délicieusement les siennes, sa langue était un tourment délicieux.

Elle voulait plus qu'un baiser, bien plus. Son corps tout entier brûlait de désir. Ses seins, son ventre, son sexe : tout en elle appelait la douceur des lèvres de son amant.

Elle noua ses bras autour de son cou et se pressa encore plus fort contre lui, excitée par l'érection qu'elle sentait contre elle. Le corps de Wade lui paraissait différent d'autrefois. Il était plus musclé, ses jambes étaient plus fortes, mais la griserie que son étreinte lui procurait était bien la même.

Elle laissa ses mains descendre le long de sa poitrine, jusqu'à la ceinture de cuir qui retenait son pantalon. D'un geste habile qu'elle croyait avoir oublié, mais que ses doigts retrouvèrent avec une étonnante facilité, elle dégrafa la ceinture, puis sa main glissa dans son sous-vêtement, pressée de retrouver la douceur soyeuse du sexe de son amant d'autrefois.

Wade ne put retenir un sursaut de volupté lorsqu'elle prit son sexe dans sa main et commença à le caresser. Elle le sentait frissonner contre elle lorsque tout à coup il la saisit par le poignet et l'écarta de lui. Haletante, elle s'efforça de retrouver le contrôle de sa respiration, un peu honteuse de son comportement audacieux, mais son corps vibrait encore de désir frustré.

Sa réaction instinctive, animale, l'envie qu'elle avait de Wade lui fit prendre conscience de quelque chose qu'elle voulait encore se cacher : elle éprouvait toujours quelque chose pour lui, quelque chose de profond et d'incontrôlable. Voilà qui lui fit l'effet d'une douche froide. Car si Wade ressentait toujours du désir pour elle — elle venait d'en avoir la preuve brûlante —, rien ne laissait supposer que ses sentiments allaient plus loin que le mépris qu'il ne cessait de lui manifester depuis son retour.

Elle recula d'un pas, les jambes en coton, et fixa Wade. L'espace d'un instant, il lui sembla percevoir sur son visage une expression lui rappelant que, autrefois, leurs deux cœurs avaient battu à l'unisson. Cela lui redonna un peu d'espoir. Peut-être quelque chose pourrait-il renaître sur les cendres de leur ancienne relation ?

Mais, très vite, la douceur entrevue céda la place à l'arrogance.

— Pas question de sentiments entre nous, bien entendu, précisa-t-il, mais, du point de vue purement physique, nous venons d'avoir la preuve que nous n'aurons pas de problème, tu ne crois pas ?

Et voilà... La remarque blessante, assénée d'une voix glacée, lui jeta au visage l'évidence qu'elle refusait : elle était capable de l'émouvoir physiquement, mais il n'était pas question entre eux de sentiments. Les pensées qui lui avaient traversées l'esprit quelques secondes plus tôt n'étaient que des illusions.

Elle hocha la tête.

— Par conséquent, inutile de parler de conception assistée, trancha Wade.

Elle opina en silence.

— Tu ferais mieux d'aller te coucher maintenant. Une longue journée de travail t'attend demain.

Enfin, maintenant qu'ils étaient revenus sur le terrain des affaires courantes, elle retrouva l'usage de la parole.

— Est-ce que nous partirons ensemble ?

— Non, je dois être au bureau de bonne heure. Si tu veux, je peux te laisser ma voiture.

— Je peux utiliser celle de mon père ?

— Impossible, elle a été vendue l'an dernier. Il y a bien la camionnette dont se servent les Dexter, mais je crains qu'ils en aient besoin demain. Tu n'aimes pas conduire la Porsche ?

— Le problème n'est pas là. Je crains la réaction des gens si j'arrive au travail au volant de ta voiture. Tout le monde va croire que j'ai obtenu un emploi parce que je couche avec toi.

Wade la dévisagea sans tendresse.

— Et alors ? Ça te gêne que l'on pense que nous nous fréquentons ?

— Oui. Quand je t'ai dit que je voulais apprendre à me débrouiller seule, je le pensais réellement. Je ne veux pas de traitement de faveur parce que je m'appelle Piper Mitchell.

Wade se mit à rire, mais c'était un rire dépourvu de gaieté, qui la mit mal à l'aise.

— Tu ne penses pas que c'est déjà un traitement de faveur que d'avoir obtenu un emploi alors que tu n'as ni expérience ni qualification ?

Il se frotta les yeux, puis la considéra de nouveau.

— File te coucher, Piper. Je veillerai à ce que tu aies demain un moyen de locomotion qui ne mette pas ta réputation en danger. Personne ne pensera du mal de toi, ne t'inquiète pas.

— Je te remercie. Bonne nuit, Wade.

— Oui, bonne nuit, répondit-il.

Mais, en s'éloignant, elle l'entendit marmonner :

— Comme si c'était possible…

Le lendemain matin, le bruit du moteur de la voiture de Wade réveilla Piper. Elle jeta un coup d'œil à son réveil. Il était 6 heures. Décidément, il ne plaisantait pas quand il disait qu'il devait commencer de bonne heure… Elle roula sur le côté pour essayer de se rendormir, mais sans succès. En fait, la perspective de commencer à travailler aujourd'hui l'emplissait de plaisir et de crainte. Pour la première fois de sa vie, elle allait occuper un emploi rémunéré. N'allait-elle pas se couvrir de ridicule ? Comment réagirait-elle si elle se rendait compte que tout le monde la détestait parce qu'elle était la fille de Rex Mitchell ?

Elle se posait tant de questions qu'elle s'en donna le vertige et décida de se lever plutôt que de continuer à se torturer. Sur une chaise l'attendaient les vêtements qu'elle avait choisis pour sa première journée de travail. Un tailleur-pantalon bleu marine et un chemisier blanc, simples et sobres. Aujourd'hui encore, par la force des choses, elle ne porterait pas de soutien-gorge, mais elle ne pouvait pas continuer ainsi. Il lui faudrait trouver un moment pour aller en acheter de nouveaux à sa taille.

Avant d'entrer dans la salle de bains, elle se regarda dans la glace sans complaisance. Une fois encore, elle était en train de se réinventer. Après la jeune fille trop gâtée, la célibataire folle de fêtes et de plaisirs, la bénévole dévouée et infatigable, place à la jeune femme désireuse de se faire une place au soleil dans le monde des affaires !

Le look impeccable qu'elle avait préparé pêchait tout de même sur un point. Un seul, mais de taille. Piper fouilla dans les tiroirs de sa table de toilette et trouva ce qu'il lui fallait : une paire de ciseaux en acier, digne du meilleur coiffeur du centre-ville. Allons... il fallait en passer par là, se dit-elle en attrapant une » des dreadlocks qui pendaient dans son dos. Elle la tendit au-dessus de sa tête, ferma les yeux et clac ! Elle la coupa net. Elle venait de faire un pas décisif et irréversible vers la nouvelle Piper Mitchell.

Comme elle enjambait le bac de la douche, elle fut saisie d'une soudaine envie de rire. Elle se sentait différente, plus légère. Evidemment, elle l'était ! Cinq années de mèches blondes gisaient sur le sol carrelé de la salle de bains. Elle passa la main dans ce qui lui restait de cheveux, se regarda dans le miroir et se découvrit auréolée d'un halo doré. Dès que ses moyens le lui permettraient, il lui faudrait s'offrir une séance chez un professionnel, mais en attendant, ce n'était pas si mal.

Sa douche prise, elle sécha ses cheveux et les coiffa avec les doigts. Pour quelqu'un qui les avait portés longs si longtemps, le changement était radical, mais déjà elle s'y habituait. Elle finit de se préparer puis s'examina dans le miroir d'un œil critique. Sa nouvelle coiffure avait plutôt bonne allure, sa tenue paraissait tout à fait adaptée à sa vie de femme active, et, grâce à la petite trousse laissée par Dexie sur sa coiffeuse, elle était maquillée juste ce qu'il fallait pour avoir bonne mine sans paraître affectée. Parfait ! Il lui suffisait maintenant de ne pas arriver en retard au travail, sous peine d'encourir le regard moqueur de Wade ou pis, son air satisfait de voir qu'elle n'était pas capable d'arriver à l'heure comme elle s'y était engagée.

Comme elle entrait dans la cuisine, Mme Dexter laissa échapper un cri de surprise.

— Mon Dieu, Piper ! Qu'est-ce que tu as fait à tes cheveux ?

— Tu n'aimes pas ma nouvelle coiffure ?

— C'est un peu surprenant, mais nettement mieux que ce que tu avais en arrivant !

— J'irai chez le coiffeur un de ces jours, rassure-toi.

— En attendant, pense à prendre un imperméable avant de sortir, ajouta Dexie.

Elle désigna du doigt un mot griffonné sur un bout de papier et quelques pièces de monnaie posées par-dessus. Piper eut tôt fait d'en prendre connaissance.

« Voici les horaires de bus. L'arrêt le plus proche se trouve à huit cents mètres de la maison. Profite bien de cette petite balade.

» P.S. : Le service financier déduira de ton salaire le prix du trajet. »

Piper eut envie d'éclater de rire. Le bus ? Wade pensait-il réellement qu'elle serait contrariée à l'idée de prendre le bus ? C'était vraiment trop drôle… S'il avait vu avec quels moyens de transport cahotants, brinquebalants et inconfortables elle s'était déplacée ces derniers mois ! Mme Dexter, en tout cas, paraissait très affectée. Piper eut à cœur de la réconforter.

— Je suis ravie de ce bain de foule, Dexie. C'est une bonne occasion de retrouver l'ambiance de la ville que j'ai un peu oubliée. Et merci pour ton somptueux petit déjeuner qui m'a mise en super forme.

Elle se leva, embrassa la gouvernante sur la joue et fila chercher un imperméable dans la penderie de l'entrée, là où ils avaient toujours été rangés.

— Bonne journée, Piper.

— A toi aussi, Dexie.

Tout en se dirigeant d'un bon pas vers l'arrêt de bus, elle s'appliqua à analyser avec le plus de lucidité possible le plan machiavélique de Wade. On aurait dit qu'il faisait tout pour la réduire à sa merci. Il voulait lui prouver qu'elle était incapable de se comporter de façon responsable et de mener une vie normale ? Elle ne lui ferait pas ce plaisir. Certes, elle avait accepté de porter son enfant, mais ce n'était pas pour autant qu'elle allait abdiquer toute fierté !

A 8 h 30 précises, Wade pénétra dans le hall d'accueil.

— Vous avez eu des nouvelles de Miss Mitchell ? s'enquit-il auprès de la réceptionniste.

— Oui, monsieur. Elle est arrivée il y a une demi-heure et Jane lui fait faire le tour des bureaux comme vous le lui aviez demandé.

Tiens ! Elle était donc à l'heure ?

Wade était assez surpris. A vrai dire, il s'était préparé à affronter au téléphone une des spectaculaires colères dont Piper avait le secret autrefois quand elle se serait aperçue qu'elle devait emprunter le bus. Il était même un peu déçu de ne pas pouvoir se moquer d'elle comme il l'avait prévu.

— Vous avez une idée de là où elles se trouvent ?

— Sans doute à la comptabilité.

— Parfait. Je vais les y rejoindre.

C'était exactement dans ce secteur qu'il voulait que Piper fasse ses débuts. Si un rayon d'activité était susceptible de mettre un terme à son ridicule désir de travailler dans l'entreprise, ce serait certainement celui-ci. Wade était bien persuadé que jamais Piper n'avait tenu un livre de comptes entre ses mains, encore moins équilibré un budget. La noyer parmi les factures lui avait paru le meilleur moyen de lui rabattre son caquet.

Comme il s'avançait vers le bureau de la comptabilité, il entendit des rires résonner, ce qui n'était pas inhabituel grâce à la bonne ambiance que Rex et lui-même avaient réussi à créer dans l'entreprise. Toutefois, c'était plus que d'ordinaire. Il poussa la porte et découvrit toute l'équipe debout autour d'un bureau.

Une jeune femme se tenait devant l'ordinateur, le dos face à la porte. Qui était-ce ? Ce fut la réaction de son corps qui la lui fit reconnaître avant que ses yeux n'en soient capables. Piper. Une Piper complètement différente de celle qu'il avait embrassée la veille. Qu'était-il arrivé à ses cheveux ? A la place de la masse embrouillée de ses dreadlocks, des mèches courtes coiffées à la diable moussaient autour de sa tête. Jamais il ne l'avait vue avec des cheveux aussi courts. Sa nuque et la ligne de son cou paraissaient encore plus délicates. Encore plus attendrissantes…

Son arrivée mit fin aux rires et à la bonne humeur pour laisser place au silence. Piper regarda par-dessus son épaule pour voir ce qui se passait. Leurs regards se rencontrèrent, et Wade eut la satisfaction de la voir rougir avant qu'elle détourne les yeux.

— Tout se passe bien ? demanda-t-il, un peu contrarié tout de même de se sentir comme un intrus dans sa propre entreprise.

— A merveille, répondit Jane. Je pense que Piper va s'adapter très vite.

— Parfait, marmonna Wade qui pensait exactement le contraire. Vous êtes bien sûre qu'il faut tout ce monde autour d'elle pour la mettre au courant ?

L'un après l'autre, les employés s'excusèrent et quittèrent la pièce, laissant Jane et Piper face à Wade. Jane considérait ce dernier d'un air étonné. Elle travaillait à Mitchell Exports depuis plus de cinq ans, et c'était la première fois qu'elle l'entendait s'adresser sur ce ton à son équipe. Quant à Wade, le fait de savoir qu'il ne se comportait pas comme à son habitude le mettait encore davantage de mauvaise humeur.

— Je suis content de te voir déjà au travail, Piper, déclara-t-il, satisfait de voir la jeune femme rougir sous son regard.

— Vous pensiez que cela me poserait un problème… chef ? ajouta-t-elle après un instant d'hésitation.

Eh bien ! Voilà qui le mettait à sa place… Il préféra ignorer cette pique et lui adressa un sourire assez froid.

— J'apprécie que tu aies respecté ton engagement, mais, cela dit, nous ne faisons pas un concours de popularité.

— J'en suis parfaitement consciente, chef.

— Et nous ne faisons pas de manières dans cette entreprise. Tu peux donc m'appeler Wade, comme tout le monde.

Elle lui sourit et laissa le silence s'établir entre eux sous le regard de Jane qui allait de l'un à l'autre comme au cours d'un match de tennis.

— Bon, je vous laisse toutes les deux maintenant, je ne veux pas vous empêcher de travailler, conclut Wade, légèrement mal à l'aise.

Il jeta un coup d'œil à Jane qui s'arrêta de sourire et sortit, fort mécontent de lui-même.

Diable… Piper l'avait eu sur toute la ligne. Il n'avait rien à lui reprocher. Se serait-il trompé sur son compte ? Elle avait pris le bus, s'était coupé les cheveux, était arrivée à l'heure… bref, elle avait fait tout son possible pour rentrer dans le rang qu'il lui avait proposé, sans plaintes ni récriminations.

Avec un soupir résigné, il décrocha le téléphone et appela son concessionnaire automobile.

Piper remonta l'allée de gravillons qui la ramenait à la maison avec mille précautions pour ses pauvres pieds durement malmenés par les escarpins à hauts talons qu'elle avait portés toute la journée. Malgré les durillons gagnés à force de marcher dans les grosses chaussures ou les bottes en caoutchouc qu'elle avait portées ces dernières années, il lui semblait que la plante de ses pieds était à vif. Acheter une paire de chaussures confortables serait la première dépense qu'elle effectuerait dès qu'elle aurait touché son salaire. Puisqu'elle devrait faire chaque jour à pied le trajet aller-retour jusqu'à l'arrêt d'autobus, autant porter des souliers plats ; c'était tout bonnement une question de survie.

Comme elle s'approchait de la maison, elle aperçut une voiture inconnue garée devant la porte. Zut… des invités. Restait à espérer qu'elle n'aurait pas à les rencontrer, car la seule chose dont elle avait envie en cet instant était de retirer ses chaussures et de prendre un long bain de pieds avec des sels calmants.

Afin d'éviter Wade et les personnes qu'il recevait, elle contourna la maison pour passer par-derrière. Peine perdue. A peine avait-elle poussé la porte que Wade vint à sa rencontre.

— Je te dois des excuses pour ce matin, dit-il simplement.

Un peu surprise, Piper le regarda.

— Excuses acceptées, mais tu t'es effectivement comporté comme un imbécile.

— Au moins, je ne peux pas te reprocher de cacher ce que tu penses !

— Eh bien, voilà au moins compliment. Tu as autre chose à me dire ?

— Oui.

Wade fouilla dans sa poche et en sortit un trousseau de clés qu'il lui tendit.

— C'est pour toi.

— Pour quoi faire ?

— La voiture garée devant la maison est pour toi.

Piper éprouva un intense sentiment de soulagement. Une voiture ! C'était son indépendance assurée en plus de la fin de ses trajets à pied matin et soir. Mais il ne fallait tout de même pas que Wade s'imagine qu'elle attendait qu'il lui fasse l'aumône. Si elle devait continuer à utiliser les transports publics pour faire ses preuves, elle le ferait, point final.

— Qu'est-ce que tu reproches au bus ?

— Rien, mais je pense qu'une voiture sera plus confortable, surtout lorsque tu seras enceinte.

Ce dernier mot ramena brusquement Piper à une réalité que les nouveautés de la journée lui avaient fait oublier. Entre Wade et elle, il s'agissait de tout autre chose que d'une simple joute verbale.

— Tu vas la déduire de mon salaire ?

— Non, c'est un cadeau. Et tu as un compte à la station-service du quartier.

— Je te remercie, dit-elle simplement en acceptant les clés et en retournant voir la voiture, accompagnée de Wade.

Le véhicule n'était pas neuf, mais en bon état.

— J'ai pensé que tu ne souhaiterais pas avoir une voiture trop voyante, expliqua-t-il.

— Effectivement. J'apprécie ton tact.

— Tu veux qu'on l'essaie ?

Piper pensait toujours à son bain de pieds, mais l'envie d'étrenner son cadeau fut la plus forte.

— Tu viens avec moi ?

— Oui, dit-il en se glissant à la place du passager.

Piper prit place au volant, régla le siège, le rétroviseur, boucla sa ceinture. La présence de Wade lui paraissait remplir l'habitacle, et cette impression n'était pas seulement due à la grande taille de son passager. Il souriait et paraissait réellement enchanté à la perspective de cette petite expédition avec elle.

Elle réalisa alors à quel point ce Wade-là lui avait manqué. Celui qui était heureux en sa compagnie, qui riait avec elle et plaisantait sans arrière-pensée.

Lorsqu'ils furent de retour, elle coupa le contact et Wade se tourna vers elle.

— Je suis content que tu t'entendes bien avec Jane et tes autres collègues. A l'avenir, je tâcherai de ne pas me conduire comme un idiot...

8

Tout en pénétrant dans le vestibule avec lui, Piper analysait la réaction inattendue de Wade. Depuis son retour, ils étaient comme chien et chat, à s'envoyer des piques et à se dire des méchancetés, mais cette suite d'escarmouches et d'affrontements cachait quelque chose de très fort et de très puissant dont ni l'un ni l'autre ne voulait reconnaître l'existence. Un remède existait pourtant, qui mettrait fin à ce malaise, un seul, et elle savait parfaitement lequel.

— Est-ce que tu penses que je devrais me montrer plus poli ?

Non, ce n'était pas à cela qu'elle pensait. Pas du tout… En fait, elle rêvait de poser ses lèvres sur les siennes et de l'embrasser à bouche que veux-tu, jusqu'à ce que, fou de désir et d'impatience, il ait enfin recours à la solution qui s'imposait.

Hélas ! l'arrivée de Mme Dexter l'arrêta avant qu'elle n'ait seulement envisagé de passer du rêve à la réalité.

— Le dîner est prêt. Vous pouvez passer à table dès que vous le souhaitez.

Piper regretta de ne pouvoir parler plus longtemps avec Wade, mais finalement, étant donné sa fatigue et l'état de ses pieds, elle se sentit soulagée de ne pas avoir à explorer davantage la piste entrevue.

La conversation ne fut pas très animée au cours du dîner. Elle posa quelques questions à Wade au sujet de l'entreprise, auxquelles il répondit avec clarté et précision. A contrecœur, elle sentait s'installer en elle une admiration sincère pour la manière dont il avait su gérer les affaires de son père.

Plus tard, comme elle s'apprêtait à se mettre au lit, elle repensa à ses études inachevées. Pourquoi ne pas les reprendre ? Ce serait extrêmement gratifiant de terminer ce qu'elle avait commencé et l'aiderait sans doute à progresser plus rapidement chez Mitchell Exports.

Wade ne l'avait sans doute pas encore compris, mais elle ambitionnait de devenir une partenaire à part entière dans l'entreprise. Exactement comme quand elle était petite et qu'elle avait compris que c'était cela qui retenait son père loin d'elle pendant de si longues heures. Elle avait voulu faire partie de sa vie, de son univers, compter enfin pour lui. Hélas ! pétri de préjugés, Rex ne l'avait jamais crue capable d'autre chose que de dépenser de l'argent. En définitive, en menant une vie dissipée, elle n'avait fait que se conformer à l'image qu'il se faisait d'elle, hélas ! Le moment était venu de prouver qu'elle valait bien mieux, et elle le ferait. Oui, pour commencer, elle allait reprendre ses études, sa décision était prise.

Cette fois, se dit-elle en se glissant entre ses draps frais, elle était réellement sur le bon chemin.

Jour après jour, un semblant de routine commençait à s'établir. Tous les matins, Piper se préparait, quittait la maison après Wade et, tous les soirs, elle rentrait avant lui. Elle savait qu'il supervisait son travail mais, jusqu'à présent, elle n'avait commis qu'une seule erreur dans les factures qui lui avaient été confiées. Heureusement, Jane s'en était rendu compte avant qu'elles n'arrivent sur le bureau de Wade, et l'incident était passé inaperçu. Elle s'en était réjouie, car elle ne voulait pas prêter le flanc à des critiques et encore moins perdre son emploi.

Le vendredi, en fin de journée, ses collègues l'invitèrent à se joindre à eux pour l'apéritif de fin de semaine qu'ils avaient coutume de prendre ensemble. Elle en fut très heureuse, mais assez rapidement, perdue au milieu de tous ces gens unis par une complicité remontant à plusieurs années, elle se sentit un peu perdue et préféra rentrer chez elle.

La cuisine était allumée quand elle arriva. Elle en fut un peu étonnée car les Dexter devaient prendre leur soirée pour aller chez leur fille, mais elle eut la solution de l'énigme en apercevant Wade debout devant les fourneaux, un tablier blanc noué autour de la taille.

— Qu'est-ce que tu fais ? Tu joues au chef cuistot ?

Wade ne leva même pas le nez pour répondre à sa question. Le visage penché sur une cocotte en fonte, il en remuait soigneusement le contenu avec une cuillère de bois.

— Attends avant de te moquer de moi. J'ai rarement le temps de faire la cuisine, mais j'adore ça !

— J'imagine que Dexie te laisse rarement pénétrer dans son domaine.

En effet, la gouvernante avait horreur que l'on empiète sur son territoire et ne se privait pas de le faire savoir dès que quelqu'un faisait mine de toucher à ses casseroles.

— Voilà pourquoi je profite de son jour de sortie pour laisser libre cours à mon talent... Le repas sera prêt dans une demi-heure, tu as le temps d'aller te changer.

Il saisit la bouteille de vin posée sur la table, l'ouvrit et remplit un verre qu'il tendit à Piper.

— Tiens, monte ça avec toi.

Piper en huma le bouquet avant de goûter.

— Magnifique ! Je ne connais pas ce cru.

— Il est nouveau. J'ai rencontré le propriétaire aujourd'hui. Nous allons nous occuper d'exporter leur production dans le Pacifique Sud.

— J'espère qu'ils en garderont un peu pour la consommation intérieure, ce vin est délicieux.

Elle en but une autre gorgée.

— Est-ce que tu peux m'accorder un peu plus d'une demi-heure ? J'aimerais me détendre un moment dans mon bain avant de dîner.

— Tu es fatiguée, n'est-ce pas ?

— Oui, un peu.

— Tu regrettes ?

— Quoi ?

— De travailler.

— Non, pas du tout. J'ai simplement perdu l'habitude de rester assise toute la journée.

— Prends ton temps... Rien ne presse, je t'attends.

Piper baissa la tête pour cacher ses joues qui s'empourpraient. Voilà qui ressemblait fort à un rendez-vous... Et franchement, elle adorait ça !

Wade la regarda quitter la pièce et se dit qu'elle ne serait peut-être pas aussi détendue si elle avait su ce qu'il mijotait pour elle ce soir-là.

Il baissa le feu sous la cocotte et s'assit à la table de la cuisine, son verre à la main. D'un geste habile, il fit tournoyer le vin afin de permettre à tout l'arôme de s'en dégager. Devant lui se trouvaient les résultats du laboratoire. Leur lecture lui avait inspiré des sentiments mêlés. Quand il avait échafaudé son plan, il voulait avant tout faire regretter à Piper de les avoir quittés, lui et Rex. Mais depuis son retour elle ne cessait de le surprendre. Elle l'avait réellement impressionné avec son désir d'indépendance et son courage à commencer au plus bas de l'échelle dans l'entreprise. Sans parler de la compétence inattendue dont elle avait fait preuve au cours de la semaine.

Rex s'était-il trompé sur le compte de sa fille ? Il s'était obstiné à la protéger de tout, au lieu de la laisser vivre avec ce que cela comportait de risques et d'échecs. Piper avait dû se sentir cruellement sous-estimée. Wade se rappela avec une émotion certaine le jour où elle avait vainement tenté d'inviter son père à venir déjeuner avec elle. Rex avait refusé et lui avait conseillé d'inviter Wade à sa place. Un éclair de déception avait brillé dans les yeux de la jeune femme, très vite suivi d'ailleurs d'une lueur de colère quand il avait accepté.

Ce repas s'était pourtant avéré très intéressant. Piper avait été drôle, séduisante et, par moments, un peu inquiétante. Il avait senti sous son assurance de façade un grand besoin d'être comprise et une immense vulnérabilité. Il l'avait vue s'épanouir sous l'attention qu'il lui avait accordée, mais, comme si elle estimait que sa conversation ne suffirait pas à le charmer, elle avait aussi joué la carte de la coquetterie pour l'amener là où elle voulait. Il était jeune à l'époque et aurait été franchement idiot d'ignorer l'attirance physique intense qu'il éprouvait pour elle et qu'elle avait tout fait pour susciter. C'est ainsi qu'avait démarré entre eux relation passionnelle qu'il espérait bien renouer ce soir.

Il avait toujours en lui ce profond désir d'enfants, mais plus que tout il se rendait compte à quel point il avait envie d'avoir Piper dans son lit.

Lorsqu'elle redescendit, reposée et à l'aise dans son pantalon et son sweater en velours noir, il l'escorta dans la salle à manger.

— Nous ne mangeons pas dans la cuisine ?

— Pas question ! Le plat que j'ai si longuement mijoté mérite mieux que ça.

Le petit cri de surprise qu'elle poussa en pénétrant dans la pièce enchanta Wade. Il avait dressé la table sur une belle nappe afin que ce qui allait se passer soit autre chose que l'accomplissement d'un contrat. L'argenterie brillait de mille feux, les bougies rouges des chandeliers répandaient une douce lumière et le cristal des verres étincelait.

— Tu t'es donné beaucoup de mal ! s'exclama Piper en prenant place à table.

— Il m'a semblé qu'il convenait de fêter dignement la fin de ta première semaine de travail.

— Merci ! C'est très gentil de ta part. Tu veux que je te serve ?

— Volontiers.

Elle se pencha vers le plat et, par l'échancrure de son gilet dont la couleur noire faisait ressortir l'éclat doré de ses cheveux, Wade aperçut la pointe d'un sein rose sombre. Cela suffit pour lui faire regretter d'avoir prévu tant de formalités avant de passer au moment qu'il attendait avec impatience. Pourtant, mieux valait ne rien bousculer...

Une fois leurs assiettes remplies, il leva son verre pour un toast.

— A ta première semaine chez Mitchell Exports !

— Et à toutes celles qui suivront, enchaîna Piper.

Puis, elle goûta la préparation de Wade.

— Mmm… c'est du bœuf Stroganov, n'est-ce pas ? Quel délice ! Pas étonnant que Dexie refuse de te voir dans sa cuisine, tu es un sacré concurrent.

— En fait, je suis bien content que ce soit elle qui assure le quotidien.

— Oui, mais tu te débrouilles à merveille quand tu en as envie. Moi, je suis complètement nulle. Le seul ustensile de cuisine que je sache manier est l'ouvre-boîte !

— Ce n'est pas si difficile de cuisiner… Il faudrait seulement que quelqu'un te montre comment t'y prendre.

Piper demeura pensive un instant.

— Je me demande ce qu'aurait été ma vie si je n'avais pas perdu ma mère si jeune. Est-ce qu'elle m'aurait appris à tenir une maison ? Dexie fait tout à merveille, mais elle n'a aucune patience avec les débutants. Chaque fois que j'ai voulu l'aider, elle s'est débrouillée pour refuser.

— Tu te souviens de ta mère ?

— Non, pas vraiment. Je sais que mon père l'adorait. En fait, je me demande s'il n'est pas un peu mort en même temps qu'elle. Toi aussi, tu as perdu ta mère très tôt. Tu as des souvenirs d'elle ?

— Oui. Elle était drôle au possible. Avec elle, la vie était une fête perpétuelle.

Un instant, il replongea dans son passé. Comme tout avait changé avec sa mort ! Il s'était retrouvé à l'assistance publique et n'avait plus ri très souvent.

— Allons, coupa-t-il. Ne sombrons pas dans la tristesse ! Ce dîner est une célébration, profitons-en.

Piper lui sourit, mais un voile de tristesse flottait toujours sur son joli visage. Pendant tout le reste du repas, Wade s'efforça de le chasser.

9

Le dîner terminé, ils débarrassèrent et rangèrent la vaisselle dans la machine. Piper s'émerveillait de voir combien ils étaient à l'aise tous les deux. On aurait dit qu'ils accomplissaient un rituel quotidien, sans heurts ni frictions. Wade était redevenu comme elle l'aimait autrefois, avant qu'elle ait tout gâché en se mettant en compétition avec lui pour attirer l'attention de son père. Elle avait honte maintenant d'avoir été aussi possessive, au point de jalouser toutes les personnes qui avaient une place dans le cœur de Wade, y compris Rex, son propre père.

Comme elle s'était montrée immature ! Au lieu de les avoir tous les deux dans sa vie, elle n'en avait eu aucun. Car, aujourd'hui, sa relation avec Wade reposait sur un contrat, pas sur une émotion ou un sentiment comme autrefois. Ah ! si elle avait pu remonter le temps, elle l'aurait fait avec plaisir ! Pourtant, cela l'aurait privée de tout ce que ses voyages lui avaient enseigné. Peut-être lui avait-il fallu faire ce cheminement pour apprendre ce qui était réellement important dans la vie.

Les rangements effectués, Wade manifesta l'envie de retenir Piper encore un peu.

— Si nous prenions un dernier verre avant de nous coucher ?

— Volontiers. Dans la bibliothèque ?

— Non. Je pensais t'inviter dans mon petit salon, à l'étage.

— Tiens... je ne savais pas qu'il en existait un.

— J'ai fait réaliser quelques travaux dans la suite des invités quand je me suis installé ici et j'en ai fait ma chambre.

Piper haussa les sourcils. Cette suite avait d'abord été celle de ses parents. Puis, à la mort de sa mère, son père s'était installé au rez-de-chaussée.

— J'ai bien envie de voir les transformations que tu as effectuées.

En même temps, son estomac se serrait un peu à l'idée de quitter le terrain neutre des pièces communes pour se retrouver dans le domaine privé de Wade.

Néanmoins, ils montèrent ensemble et, sitôt la porte ouverte, Piper eut un petit sursaut de surprise. La pièce ne ressemblait pas du tout à ce à quoi elle s'attendait. Pas de meubles sombres comme dans le reste de la maison, au contraire, des couleurs claires, qui rendaient l'ensemble léger et accueillant. Elle prit place dans un confortable canapé beige clair, extrêmement confortable, installé devant la cheminée. Tout suggérait le luxe et le bien-être.

Wade ajouta une bûche dans le foyer où des braises attendaient d'être ranimées.

— J'ai fait restaurer la cheminée. C'est bien agréable d'avoir un peu de feu quand il fait frais comme ce soir.

Piper tendit les mains vers les flammes. Elle découvrit avec surprise qu'elles tremblaient et se hâta de les reposer sur ses genoux. Que se passait-il ? Elle était montée boire un dernier verre, il n'y avait pas de quoi se mettre dans un état pareil !

— Wade ? Est-ce que tu me caches quelque chose ?

— Quelle question bizarre !

— J'ai l'impression que tu as organisé une mise en scène et que tu as un projet dont tu ne veux pas m'informer.

— Un projet ? Eh bien... oui, on peut appeler ça comme ça.

En le voyant chercher quelque chose dans la poche de son pantalon, elle s'inquiéta réellement. Puis, lorsqu'il lui tendit une feuille de papier à l'en-tête du laboratoire, elle comprit. Elle posa son verre sur la table basse et, les yeux un peu brouillés par l'émotion, elle s'efforça de déchiffrer ce qui y était écrit. Il lui fallut ciller deux ou trois fois pour y parvenir, mais elle réussit enfin à lire les résultats.

Puis elle leva le visage vers Wade qui s'était installé sur le canapé qui lui faisait face.

— Tout paraît pour le mieux, dit-elle, comme s'il s'agissait d'une constatation sans importance.

— En effet, approuva Wade d'une voix plus grave.

Elle attendit son commentaire, mais il se contenta de l'observer silencieusement. Sous ce regard appuyé, elle sentit sa peau commencer à picoter, mais ce n'était pas une sensation désagréable, loin de là. C'était même assez plaisant.

Elle trempa ses lèvres dans son verre de porto, puis demanda d'une voix aussi posée que possible :

— Quand est-ce que tu suggères que nous commencions à...

Impossible de prononcer les mots. En tout cas, pas à voix haute.

— A fabriquer le bébé ?

— Heu... oui.

— Je ne vois pas d'inconvénient à commencer tout de suite.

Piper sentit tous ses muscles se raidir d'appréhension.

— Tout de suite ?

— Oui, bien sûr. Tu as une objection ?

Wade se leva et vint s'asseoir à côté d'elle. Négligemment, il allongea le bras derrière la jeune femme.

— En fait... non, bien sûr.

— Dans ce cas, tu ne m'en voudras pas de prendre quelques libertés, murmura-t-il d'une voix caressante.

Il prit le visage de Piper dans sa main et le tourna vers lui. Puis, il y posa ses lèvres avec une douceur et une détermination qui la confondirent. Rien à voir avec la précipitation qu'elle appréhendait. Peu à peu, elle sentit son corps se détendre. Wade embrassait vraiment bien...

— Il y a des jours et des jours que j'en ai envie, murmura-t-il à son oreille.

Piper ne sut que répondre. Si une partie d'elle-même était enchantée d'apprendre que Wade avait pâti des mêmes frustrations qu'elle, une autre, elle, était complètement perdue. Bien sûr, elle savait depuis longtemps que ce moment viendrait, mais, maintenant qu'il était arrivé, elle ne se sentait pas prête. En revanche, son corps, lui, semblait l'être. Sur ce plan, il serait sans doute extrêmement plaisant de faire l'amour avec Wade et de revivre avec lui des ivresses qu'elle n'avait jamais pu oublier. Sur le plan émotionnel pourtant, les choses étaient bien différentes. Sortirait-elle indemne de cette aventure risquée ?

Les lèvres de Wade glissaient maintenant le long de son cou, embrasant sa peau. Tous les sens en éveil, elle se laissait dériver dans l'ivresse qu'il lui distillait comme un philtre puissant. *Oh…*, pensa-t-elle, *il n'a pas oublié…* Son cou avait toujours été chez elle une zone érogène particulièrement sensible, surtout vers la nuque, précisément là où il venait de poser ses lèvres.

— Tu aimes toujours ça ? demanda Wade.

Pour toute réponse, elle laissa aller sa tête de l'autre côté, livrant à la caresse de Wade un chemin libre de tout obstacle. Il en profita aussitôt, lui prodiguant des baisers passionnés. Il avait soulevé le bas du gilet de Piper, et sa main remontait doucement vers ses seins, ses petits seins fermes aux mamelons rose sombre, qu'il avait entrevus par l'échancrure et dont la vision lui donnait la fièvre. Mais il ne se pressait pas, heureux de découvrir que, partout où ils passaient, ses doigts déclenchaient des frissons de volupté et un abandon de plus en plus perceptible.

— Si nous nous débarrassions de ça ? proposa-t-il en saisissant le bas du gilet.

— Oui, mais on en fait autant de ton côté ! proposa-t-elle en attrapant le bord du sweater qui moulait le torse massif de Wade.

Il était beau. Non pas de cette beauté sculpturale gagnée à force de séances de musculation, mais d'une force qu'on devinait sous sa peau lisse et dorée.

Avec impatience, Piper s'attaqua à la ceinture qui retenait son pantalon. Un petit grognement de protestation lui échappa lorsque Wade arrêta sa main pour la prendre dans la sienne. Mais il se transforma très vite en un murmure de satisfaction quand elle sentit qu'il la mettait debout afin de continuer à la déshabiller. Avec dextérité et une grande douceur, il la débarrassa de son pantalon, puis de sa petite culotte en dentelle rose.

Avant de se mettre nu à son tour, il ramassa les coussins épars sur le canapé et les disposa sur le sol, devant la cheminée où il l'attira d'un geste tendre. Ensuite, il éteignit toutes les lampes qui éclairaient la pièce, de manière que la clarté dansante du foyer et la lueur dorée des bougies soient les seules sources de lumière.

Piper s'allongea sur cette couche improvisée et sourit en le voyant défaire sa ceinture, retirer son pantalon et se mettre entièrement nu, le sexe dressé.

Sans un mot, il s'allongea à côté d'elle et commença à la caresser. Prise d'un brusque vertige, Piper se tenait immobile, le cœur battant à cent à l'heure, délicieusement enivrée par les caresses légères qu'il lui prodiguait. Des caresses aussi aériennes qu'une plume, destinées à l'exciter. Et qui obtinrent tout de suite l'effet recherché. Elle sentit la pointe de ses seins se dresser et une douce chaleur moite commencer à gagner son ventre. Les yeux clos, le corps en feu, elle se laissa chavirer dans les bras de Wade, abandonnée au désir qui montait en elle comme une vague que rien ne pourrait arrêter. Les sensations qui l'assaillaient, intenses, ressuscitaient celles non moins brûlantes dont elle gardait le souvenir et qu'elle s'était efforcée d'enfouir au plus profond de sa mémoire après ses tentatives infructueuses de les retrouver dans les bras d'autres hommes que Wade.

C'est à cet instant qu'il changea de tactique. D'un coup de reins, il se plaça sur elle et la plaqua sur les coussins. D'une main, il lui maintint les poignets au-dessus de la tête, et, de l'autre, il continua ses douces tortures, traçant sur sa gorge et sur ses seins de savantes arabesques de volupté.

— J'ai envie de te caresser, murmura-t-elle.

— Non, pas encore. Je ne serais pas capable de me contrôler et je veux que ce moment soit bon pour nous deux.

L'idée qu'il luttait pour retarder sa jouissance fouetta la sensualité de Piper, livrée sans retenue aux mains expertes qui la faisaient se consumer de plaisir. Elle frémissait, ondulait sous lui, excitée de sentir le sexe de Wade au creux de ses jambes.

— Tu ne me facilites pas les choses ! murmura Wade sur un ton de reproche plein de tendresse.

— Je n'en ai pas la moindre envie, rétorqua Piper. Je veux que tu ressentes les mêmes choses que moi.

— Alors rassure-toi, c'est exactement ce qui se passe.

Il s'empara de ses lèvres et l'embrassa avec l'avidité d'un homme près de capituler devant l'intensité du plaisir. Elle lui rendit son baiser avec autant de frénésie, les sens embrasés.

Enfin, Dieu soit loué ! il lui lâcha les mains et elle put le toucher. D'abord, caresser ses épaules, sa poitrine, mordiller les durs petits mamelons de ses seins. Wade lui rendait caresse pour caresse, léchant, suçant, aspirant à tour de rôle les pointes dressées de ses seins qui s'offraient, fiers et provocants. Elle laissa glisser ses mains le long de son dos, puis passa sa main droite sous son ventre et s'empara de son sexe brûlant. Elle le caressa et sentit les gouttes qui commençaient à y perler.

Alors elle écarta les jambes et le guida en elle, dans la moiteur accueillante de son sexe. Elle le laissa s'y installer et le sentit frissonner, puis souleva légèrement ses hanches, cambrant le bassin pour venir à sa rencontre, mais il résista, comme décidé à ne pas aller plus loin. Piper sentait une frustration l'envahir. Elle le voulait tout en elle, tout de suite !

— Wade, je t'en prie...

Elle mendiait, suppliait, impatiente de se laisser posséder pleinement.

— Oui, laissa-t-il échapper d'une voix rauque.

Elle entoura de ses jambes les hanches de son amant, offerte à la pénétration totale qu'elle souhaitait. Enfin, elle le sentit tout entier en elle, qui allait et venait. A chaque coup de reins, elle sentait le plaisir monter, un peu plus intense. Leurs corps se retrouvaient, apprivoisés par les voluptés partagées autrefois, prêts à les revivre et à en inventer de nouvelles, encore plus puissantes.

Des éclats de lumière flottaient sous les paupières de Piper pendant que le plaisir montait en elle, jusqu'à ce que, tout à coup, la jouissance explose au creux de son ventre avec une intensité inédite. Elle se cambra, cria son plaisir à pleine gorge, et Wade la rejoignit en un cri étouffé et rauque avant de se laisser tomber sur elle, vaincu lui aussi par la volupté retrouvée.

Jamais, même huit ans plus tôt avec Wade, Piper n'avait connu un plaisir aussi intense, une si parfaite harmonie dans la jouissance. Hébétée, les sens anéantis après les instants intenses qu'ils venaient de vivre, elle sentait son cœur battre à la vitesse d'un étalon lancé au galop.

— Je t'ai fait mal ? demanda Wade, un peu inquiet.

— Mal ? Tu plaisantes ?

Comme il tentait de se relever, elle serra encore plus fort les hanches de Wade avec ses jambes, le retenant en elle encore un moment.

— Je pèse trop lourd, protesta-t-il.

— Non. Reste, je veux te sentir encore.

Ils demeurèrent encore ainsi un long moment, dans un état de ravissement partagé. Aussi loin qu'elle s'en souvienne, jamais Piper n'avait éprouvé un aussi intense sentiment de plénitude. Elle allait tout faire pour le prolonger. Les yeux clos, elle retint encore Wade contre elle, se délectant de sa chaleur et de son poids, espérant de toutes ses forces que leur enfant aurait été conçu au cours de ce moment de pure extase partagée.

Beaucoup plus tard, ce fut le bruit de la pluie contre les vitres qui l'éveilla. Les bougies disposées sur la cheminée étaient consumées depuis longtemps, et seules quelques rares braises rougeoyaient encore dans l'âtre.

Le poids de Wade la maintenait toujours plaquée contre les coussins. Ce n'était pas une position très confortable, mais elle ne songeait pas à s'en plaindre. Elle laissa sa main glisser le long de son dos. Il était la force et la douceur mêlées, et ce contraste la ravissait.

Elle se demanda si elle n'était pas encore amoureuse de lui. Au fur et à mesure que la question se précisait dans son esprit, elle se préparait à accueillir la réponse et à affronter l'inéluctable vérité.

Car la réponse tenait en un mot, un seul.

Oui.

10

Elle dut faire un mouvement qui dérangea Wade, car il remua et releva la tête, puis se souleva sur son avant-bras.

— Oh… je ne voulais pas m'endormir sur toi comme ça !

— Tout va bien, mais je crois que je ferais mieux de regagner mon lit.

— Pourquoi ?

— Eh bien… parce que nous avons déjà…

— Tu crois que je vais te laisser partir comme ça ?

Il se leva, tendit la main à Piper pour l'aider à se relever et la guida vers la porte qui conduisait à sa chambre. Là, il écarta la courtepointe de velours du grand lit qui y occupait la place centrale et écarta les draps brodés.

— Très prince d'autrefois…, commenta Piper tandis que Wade l'invitait à se glisser entre les draps.

— En effet, répondit Wade avec un sourire.

Le contraste entre la peau chaude de Wade et la fraîcheur des draps la fit frissonner. Un frisson auquel s'ajouta très vite une sensation de plaisir, dès que Wade passa les bras autour d'elle et commença à jouer avec la toison de son pubis au creux de laquelle se cachait le bouton dressé de son sexe.

— Oh !, s'exclama-t-elle, le souffle coupé.

— S'il te plaît, encore une fois, demanda Wade.

De nouveau, son sexe était dressé, prêt à prodiguer un nouvel assaut.

— Tu crois ?

— Bien sûr !

Elle l'aida à pénétrer en elle de nouveau et, cette fois, le plaisir arriva tout de suite. Très vite, il atteint son paroxysme, violent comme un électrochoc qui la projeta aux confins de l'extase.

— C'est trop... c'est trop..., gémit Piper qui sanglotait de volupté, la tête enfouie dans son oreiller.

— Non, ce n'est jamais trop, répondit Wade avant de s'abandonner lui aussi au plaisir.

Longtemps après qu'elle a plongé dans un sommeil profond, Wade continua à tenir Piper dans ses bras. Son esprit vagabondait, plein d'incertitudes. Qui sait ? Peut-être venaient-ils de commencer une nouvelle vie tous les deux. A cette pensée, il ne pouvait s'empêcher de sentir son cœur se gonfler d'espérance.

Quoi qu'il arrive, une chose était cependant certaine : il accompagnerait Piper pas à pas tout au long de sa grossesse. Ensuite, il suivrait les progrès de son enfant, et cette perspective l'exaltait. Son imagination lui présentait une Piper souriante à ses côtés, compagne attentive et empressée, mais il repoussa l'image.

A son réveil le lendemain matin, il fut surpris de se retrouver seul. Piper avait disparu, et le réveil marquait déjà 9 heures. Incapable de se souvenir quand, la dernière fois, il avait dormi aussi tard, il se hâta de se lever, fila sous la douche et s'habilla précipitamment.

Il retrouva Piper dans la cuisine où elle venait de terminer son petit déjeuner, le regard fixé sur des prospectus étalés devant elle.

— Bonjour, lança Wade.

— Bonjour, répondit Piper sans lever les yeux. Je t'ai préparé des œufs brouillés. Ils sont au chaud dans le four.

— Ah ! c'est vrai ! Les Dexter sont absents ce week-end. Merci d'avoir cuisiné pour moi. Je vois que tu n'as pas perdu l'habitude de prendre un bon petit déjeuner.

— J'avais très faim ce matin, avoua-t-elle en rougissant.

— Moi aussi, j'ai très faim ! reconnut Wade en la fixant intensément.

Pour son plus grand plaisir, il vit la rougeur de Piper s'accentuer tandis qu'elle détournait le regard et le posait sur un dépliant devant elle.

— Qu'est-ce que tu étais en train de regarder ? demanda Wade en se versant une tasse de café.

— Pas grand-chose...

— Un pas grand-chose qui a tout de même l'air de t'intéresser beaucoup ! Je peux voir ?

Il se pencha sur la table et eut la surprise de découvrir un prospectus de l'université.

— Tu as l'intention de reprendre tes études ?

— Oui. Ça te contrarie ?

— Non, à condition que cela n'interfère pas avec nos différents accords.

— Tu veux parler de mon travail à Mitchell Exports ? Rassure-toi, ce que j'y fais n'est pas épuisant.

— Oui, mais il y a aussi l'engagement que tu as pris envers moi, ou plus exactement celui que tu as pris envers l'enfant qui est peut-être déjà conçu. Je ne veux pas que tu te surmènes ni que tu mettes sa santé en danger.

Piper le fixa droit dans les yeux.

— Rassure-toi, tu n'as aucune inquiétude à avoir.

— Si tu me laissais moi-même juger de ce qui doit ou non m'inquiéter ?

Il but une gorgée de café, puis reprit :

— Dans quelle discipline envisages-tu de t'inscrire ?

— Je voudrais terminer les études de gestion que j'ai abandonnées en partant.

— Il y a huit ans que tu as décroché. Tu crois que tu vas pouvoir t'y remettre facilement ? Il te faudra beaucoup de temps, de patience et de persévérance pour réussir. Tu ne crains pas de te lancer dans quelque chose de trop difficile ?

Piper pinça les lèvres.

— Merci pour tes encouragements ! Moi qui croyais que tu serais content de voir que je faisais mon possible pour subvenir moi-même à mes besoins...

— Je t'ai dit que, tant que tu vivrais sous mon toit, je pourvoirais à toutes tes dépenses.

— Parfait, tu paieras donc mon inscription à la fac.

— Ce n'est pas ce que je voulais dire.

Piper se leva, ramassa ses papiers et toisa Wade.

— Très bien. Dans ce cas, je vais faire une demande de bourse.

Sans laisser à Wade, un peu abasourdi, le temps de répondre quoi que ce soit, elle quitta la cuisine.

Quelle détermination, songea-t-il. Elle semblait vraiment sérieuse... Bien sûr, si elle donnait suite, il lui assurerait le support financier dont elle aurait besoin pour avoir les meilleures chances de réussite.

Sa tasse à la main, il hocha la tête, pensif. Comme il était difficile de faire coïncider la jeune fille frivole dont il gardait le souvenir avec la femme décidée qu'elle était devenue !

Malgré l'air hautain qu'elle avait affiché, Piper remonta dans sa chambre les larmes aux yeux. Dire qu'elle avait imaginé que Wade la soutiendrait... Qu'il comprendrait combien il était important pour elle de reprendre ses études et d'obtenir un diplôme ! En réalité, il était aussi borné que son père, aussi décidé que lui à la maintenir dans la case prédéterminée qui correspondait à des schémas traditionnels et périmés. Elle aurait beau se démener pour se faire apprécier de lui en tant que personne à part entière, jamais elle n'y réussirait. Pas étonnant qu'ils se soient si bien entendu tous les deux ! En les quittant, elle avait sans doute pris la meilleure décision de sa vie. Que lui avait-il pris de vouloir rentrer ?

Depuis son retour, elle n'avait connu que déceptions et disputes. En définitive, il était plus facile et plus gratifiant de puiser de l'eau avec un vieux seau dans un puits du désert ou de déblayer une route après un éboulement.

Découragée, elle alla s'installer dans la pièce qui avait été celle de sa mère. Pourquoi tout était-il si compliqué ? Si le monde était bien fait, elle pourrait déclarer son amour à Wade et, bien entendu, celui-ci y répondrait. Ils se marieraient et auraient beaucoup d'enfants… Un éclat de rire cynique lui échappa. Si… En fait, Wade n'attendait qu'une seule et unique chose d'elle, et ce n'était évidemment pas son amour.

Elle posa la main sur son ventre. Leur enfant avait-il été déjà conçu ? Elle n'eut pas le loisir de se poser plus longtemps la question, car la porte s'ouvrit et Wade pénétra dans la pièce.

— Tu es vraiment sérieuse à propos de la reprise de tes études ?

— Bien sûr ! Sinon, pourquoi est-ce que je me serais donné le mal de réunir toute cette documentation ?

Elle secoua rageusement sa main pleine de dépliants sous le nez de Wade.

— J'en ai besoin, Wade. Pour moi. Je sais que je n'ai pas mesuré autrefois la chance que j'avais, que je ne la méritais pas et que j'ai tout gâché. Mais je veux avoir une seconde chance. Cette fois, je ne ferai pas l'idiote !

Tout de suite, elle se reprocha d'en avoir trop dit. S'il lui éclatait de rire au nez, ce serait bien fait pour elle.

A sa grande surprise, il se rapprocha et tendit la main.

— Tu veux bien me montrer ce que tu envisages de choisir ?

Sans un mot, elle obtempéra. Il s'installa sur une chaise et prit son temps pour lire soigneusement l'imprimé.

— Tu veux te lancer là-dedans ?

— Oui.

— Vraiment ?

— Oui et d'ailleurs…

— Laisse-moi finir !

— Je t'en prie.

— Si vraiment tu es décidée à t'accrocher, tu peux suivre ce cursus aux frais de l'entreprise. Ton père avait commencé à prendre des stagiaires, et nous continuons dans cette voie en finançant des étudiants qui reçoivent un salaire pour préparer leurs diplômes. Nous avons des critères sévères, et c'est un bureau composé de membres du personnel qui a le dernier mot quant à la sélection des candidats. Accepterais-tu de leur présenter ton projet pour qu'ils l'évaluent ?

Piper pinça les lèvres, assez effrayée par cette perspective.

Mais si elle voulait changer, il fallait commencer par là. Ce serait son baptême du feu.

— Oui. Je ferai tout ce qu'il faut pour réussir.

— Attention, Piper, ce ne sera pas une partie de plaisir. Tu devras travailler dur, y compris le soir quand tu seras de retour à la maison. Tu te sens capable de faire ce sacrifice ?

— Je crois que tu n'as pas compris à quel point ce diplôme est important pour moi, Wade. Je suis absolument décidée à me lancer dans cette aventure, quels que soient les efforts que j'aurai à fournir.

— Et quand tu seras enceinte ?

— Je ne vois pas pourquoi cela m'empêcherait d'étudier. Je me débrouillerai, d'autres l'ont fait avant moi. Et puis, je suis lucide. Je sais que je ne vais pas réussir du jour au lendemain, mais je m'attellerai à la tâche, tu peux en être sûr.

Wade paraissait maintenant convaincu de sa détermination.

— Parfait. Dès lundi, j'aurai une discussion avec le bureau et je te tiendrai au courant.

— Merci.

Lorsque Wade quitta la pièce, Piper était sous le coup de la surprise. Jamais elle n'aurait espéré autant de soutien de sa part. Restait maintenant à honorer cette confiance.

Au fur et à mesure que l'automne glissait doucement vers l'hiver, Wade se sentait contraint de réviser l'image qu'il avait de Piper. Son application au travail l'avait rendue extrêmement populaire auprès de ses collègues. Une fois même, une de ses interventions sur un texte en espagnol avait permis de corriger un contresens et sauvé la mise auprès d'un client sud-américain très prisé, ce qui représentait des millions de dollars pour l'entreprise Mitchell.

Quand donc avait-elle appris l'espagnol ? s'était demandé Wade en signant le contrat. Et quels étaient ses autres talents cachés ?

Le jour, elle s'avérait une employée diligente. Hors des heures qu'elle devait à l'entreprise, elle étudiait d'arrache-pied et, le soir, elle continuait à être une maîtresse extraordinaire.

Wade attendait ces moments avec impatience. Faire l'amour avec Piper avait toujours été extrêmement agréable, mais ce qu'ils partageaient désormais surpassait tout ce qu'ils avaient connu. Leurs mouvements étaient parfaitement accordés, et leur désir de se donner mutuellement du plaisir était intense. Mis à part la semaine pendant laquelle Piper avait eu ses règles, ils avaient fait l'amour toutes les nuits, et, même pendant cette semaine, Wade lui avait demandé de rester dans son lit pour avoir le plaisir de dormir contre elle et de la tenir dans ses bras.

Il allait de surprise en surprise. La plus récente avait été de découvrir qu'elle payait elle-même l'essence qu'elle utilisait au lieu de la mettre sur le compte qu'il avait ouvert pour elle. Lorsqu'il lui en fit la remarque, elle se contenta de lui répondre que, puisqu'elle gagnait sa vie, elle pouvait très bien pourvoir elle-même à ses propres besoins. Malgré ses efforts pour la persuader que ces frais relevaient de ce qu'il considérait être sa responsabilité à lui, elle n'avait rien voulu entendre.

Dans le fond, Wade comprenait le besoin qu'elle éprouvait de se débrouiller seule, car c'est ainsi que lui-même avait toujours fonctionné. Se découvrir ainsi des points communs avec Piper le déstabilisait considérablement.

Pourquoi Rex n'avait-il pas davantage encouragé sa fille à devenir autonome ? Il ne lui avait vraiment pas rendu service en l'élevant comme il l'avait fait ! Piper était intelligente et comprenait très vite tout ce qui touchait à la gestion de l'entreprise. En outre, elle proposait souvent des solutions innovantes, qu'il aurait attendues de quelqu'un ayant une grande expérience de la vie. Qu'avait-elle bien pu faire qui lui permette aujourd'hui de révéler un potentiel dont il n'avait même pas entrevu l'existence ?

En conséquence, son attitude à l'égard de la fille de son mentor évoluait de jour en jour. Peu à peu, il oubliait sa colère et sa rancune qui lui avaient donné envie de régler des comptes avec elle.

Un après-midi, son assistant vint le trouver pour lui signaler que Piper s'était sentie fatiguée et était rentrée se reposer.

— Qu'est-ce qu'elle a ? demanda Wade.

— Sans doute la grippe. Elle a commencé à travailler après les vaccinations du personnel.

— Annulez mes rendez-vous, déclara Wade, je ne serai pas disponible cette fin de journée.

Il voulait en avoir le cœur net. Piper avait-elle attrapé la grippe ?

Ou bien… était-elle enceinte ?

11

Sur le chemin du retour, la circulation s'avéra pénible. Le trafic était dense, et la pluie n'arrangeait rien. Les essuie-glaces de sa voiture avaient fort à faire pour donner à Wade un minimum de visibilité.

Lorsqu'il arriva à l'angle de sa rue, la circulation était totalement stoppée. Un peu plus haut, Wade aperçut un gyrophare, une voiture de police, un camion de pompiers et une ambulance. L'appréhension lui serra l'estomac. Sans prêter attention à la pluie qui avait redoublé, il gara sa voiture sur le bas-côté et remonta en courant la file de véhicules pour voir ce qui causait l'arrêt de la circulation. Comme il arrivait au croisement, sa crainte se mua en panique. Là, encastrée contre un poteau électrique, il venait de reconnaître la voiture de Piper.

Aveuglé par la pluie, il joua des coudes pour se frayer un chemin au milieu de la foule. Plus rien ne comptait désormais que de savoir si Piper allait bien.

Une équipe de pompiers travaillait à découper au chalumeau la portière avant afin de désincarcérer la personne qui se trouvait encore au volant.

— Désolé, monsieur, il est interdit d'approcher, déclara un jeune policier en retenant Wade par le bras.

— C'est ma...

Qui était-elle en fait pour lui ? Wade était incapable de trouver le mot susceptible de caractériser leur relation, et pourtant il fallait absolument qu'il persuade le policier qu'il avait le droit de s'approcher de la blessée.

— Oui ?

— C'est ma fiancée ! hurla Wade.

— Laissez les pompiers faire leur travail, elle va être vite dégagée maintenant.

— Comment va-t-elle ? Est-elle blessée ?, demanda Wade en s'efforçant de discerner la silhouette de Piper par-dessus l'épaule du jeune homme.

A son grand soulagement, il vit qu'on l'aidait à sortir et qu'on la conduisait vers l'ambulance.

— Je peux m'approcher maintenant ?

— Oui, vous pouvez y aller.

Le policier s'écarta, et Wade se précipita pour rejoindre Piper.

— Non, monsieur, désolé…, commença le médecin de service.

— Non, laissez…, murmura Piper. C'est mon ami.

Wade fut autorisé à rester à côté d'elle. Assise sur un brancard, on venait de lui poser un gros pansement sur le nez.

— Ne t'inquiète pas, dit-elle, c'est plus spectaculaire qu'autre chose. Le choc de l'airbag m'a fait saigner du nez, c'est tout.

— Comment tu te sens ?

— Un peu secouée, répondit-elle avec un pâle sourire.

— Elle aura pas mal de bleus et de courbatures, déclara le médecin, mais rien de plus. Ce sera l'affaire de quelques jours. Nous allons tout de même la conduire à l'hôpital pour nous assurer qu'il n'y a pas de blessures internes.

— Et si jamais elle était enceinte ? Y aurait-il des conséquences pour l'enfant ?

— Je ne veux pas aller à l'hôpital, protesta Piper. Je veux juste rentrer à la maison et prendre un bon bain bien chaud.

— Vous pensez que c'est possible ? demanda Wade.

— Oui. Elle n'est pas blessée. Il n'a aucune raison de vous inquiéter. Accordez-nous juste quelques minutes pour terminer notre examen.

— Parfait. Pendant ce temps, je vais chercher ma voiture.

En quittant l'ambulance, Wade vit la dépanneuse en train de hisser la voiture accidentée sur sa plate-forme.

— Vous avez eu de la chance ! s'exclama l'ouvrier.

— Ce n'est pas moi qui étais au volant. C'était ma fiancée.

De nouveau, ce mot lui était venu aux lèvres. Pourtant, Piper était autre chose pour lui ; elle était plus, tellement plus…

Le véhicule était en piteux état. Le côté passager était complètement défoncé. Si quelqu'un y avait été assis, il serait probablement mort. Et si la voiture avait heurté le pylône de l'autre côté, Piper aurait été gravement blessée, ou pis encore. Comme la voiture était hissée sur la remorqueuse, Wade remarqua que l'arrière avait également souffert, ce qui l'amena à se demander ce qui avait causé l'accident.

— La police pense qu'elle a été heurtée au moment où elle s'apprêtait à tourner par quelqu'un qui la suivait trop près et trop vite. Heureusement, il y a des témoins, le coupable ne s'en tirera pas comme ça.

Wade sentit la rage l'envahir. Ainsi, le responsable de l'accident avait pris la fuite ? Si jamais il lui mettait la main dessus, il passerait un mauvais quart d'heure…

— Qu'est-ce que je fais de l'épave ?

— Ce que vous voudrez, je ne veux plus la voir.

— Vous en tireriez pourtant quelque chose.

— Eh bien, profitez-en. Contentez-vous de m'envoyer la note de la dépanneuse, je ne veux pas m'occuper du reste.

— Comme vous voudrez.

Wade récupéra sa voiture et regagna l'ambulance, mais il lui fallut patienter le temps que Piper fasse sa déposition. Enfin, il eut la permission de la ramener à la maison. La pluie tombait moins fort, mais le froid s'était fait pénétrant. Il le sentait jusque dans ses os. Il n'avait qu'une idée en tête : ramener Piper au chaud, l'installer dans son grand lit et s'assurer qu'elle serait en sécurité.

Il comprenait maintenant pourquoi Rex avait tellement voulu préserver sa fille des réalités du monde et de ses dangers. Après la mort de son épouse, il avait eu à cœur de protéger son unique enfant. Cette détermination n'avait sans doute pas été idéale pour Piper, mais elle avait été pour lui le moyen de calmer son angoisse.

Une fois Piper installée à côté de lui, Wade constata qu'elle s'était mise à trembler de tous ses membres.

— Wade, je suis désolée pour la voiture.

— Ce n'est pas ta faute.

— C'est ce qu'on m'a dit, mais tout de même...

— N'y pense plus. Détends-toi et pense au bon bain chaud qui t'attend.

Au bout d'un moment, Wade ne put plus retenir la question qui lui brûlait les lèvres.

— Pourquoi es-tu partie de si bonne heure ? Jane m'a dit que tu ne t'étais pas sentie bien.

— J'ai dû manger à midi quelque chose que je n'ai pas supporté. J'avais l'estomac barbouillé, et je ne réussissais pas à me concentrer sur mon travail. En fait, j'aurais mieux fait de rester au bureau...

— Tu es sûre que c'est une question de digestion ?

— Bien sûr. Qu'est-ce que tu veux que...

Elle n'acheva pas sa phrase.

— Oh...

Elle pâlit.

— Je pense qu'il serait sage de te faire examiner par May, proposa Wade.

— C'est inutile. Laisse-moi me remettre de l'accident. Si je suis enceinte, nous ne pouvons rien faire de plus de toute façon.

Wade n'apprécia pas la manière désinvolte dont Piper prenait les choses. Si jamais elle était enceinte, il tenait à s'assurer qu'elle et le bébé n'avaient pas souffert de l'accident. Qu'elle le veuille ou non, il ferait venir May.

A leur retour, Dexie poussa des hauts cris en apercevant le nez tuméfié de Piper. Wade la mit au courant, puis lui demanda de faire couler un bain. Dès que les deux femmes eurent disparu, il appela le docteur May Ritter.

— May, Piper vient d'avoir un accident de voiture, et je pense qu'elle est enceinte. Y a-t-il des risques pour elle ou pour l'enfant ?

— Tout dépend. Est-ce qu'elle est blessée ?

— Non, secouée tout au plus.

— Bon. Qu'est-ce qui te fait penser qu'elle est enceinte ? Elle n'est pas venue me voir pour passer un test de grossesse.

— Elle a quitté le bureau de bonne heure aujourd'hui parce qu'elle ne se sentait pas bien.

— Ecoute, je pense qu'il n'y a pas de quoi s'inquiéter. Laisse-la se reposer ce soir et amène-la à mon cabinet demain. Nous verrons ce qu'il en est au sujet de cette hypothétique grossesse.

— Merci, May. A demain.

Il retourna dans la cuisine où Dexie était en train de préparer un plateau pour Piper.

— Pouvez-vous y mettre un repas pour deux, s'il vous plaît ? Je dînerai en haut avec Piper.

Puis il monta la retrouver dans la salle de bains où flottait un parfum de chèvrefeuille. Un petit bruit lui fit dresser l'oreille. Piper pleurait. En silence, mais avec de grosses larmes rondes, comme celles d'une enfant.

En un bond, Wade fut auprès d'elle.

— Ça va ? Tu veux que j'appelle une ambulance ?

— Non. Je vais bien. C'est juste que... que je ne peux pas m'empêcher de pleurer. Je n'arrête pas de revoir ce pylône me venir dessus sans que je puisse rien faire pour l'en empêcher.

Elle grelottait de plus belle, tant et si bien que Wade n'y réfléchit pas à deux fois. Il retira ses vêtements et se glissa à son tour dans la grande baignoire. Il passa un bras autour des épaules de Piper et l'invita à poser la tête sur son épaule.

— Là..., murmura-t-il. Tu te sens mieux ?

Elle hocha la tête. Les boucles blondes qui avaient bien poussé depuis qu'elle avait coupé ses dreadlocks six semaines plus tôt vinrent caresser le cou de Wade. Sa coupe très courte lui allait bien parce qu'elle mettait en valeur la délicatesse de son cou, mais il préférait les mèches plus longues qu'elle portait aujourd'hui.

Il se laissa aller dans la baignoire, ferma les yeux, tout au bonheur de tenir Piper dans ses bras. Si seulement il était toujours aussi simple de protéger la personne qu'on aimait...

La personne qu'on aimait ?

Il sursauta. C'était pourtant la pensée qui venait de lui traverser l'esprit. Serait-il de nouveau tombé amoureux de Piper ? Non, impossible. L'euphorie qu'il ressentait était seulement le contrecoup de la peur qu'il venait d'avoir. Il était normal qu'il s'inquiète pour elle. Après tout, elle portait peut-être son enfant et elle venait de courir un grave danger. Son devoir était de veiller sur elle. Son devoir, et rien de plus.

Piper se nicha dans le creux de son épaule, et il resserra automatiquement son étreinte. Non, il ne l'aimait pas.

Mais ce n'était pas pour autant qu'il était impatient de la voir s'en aller.

12

Peu à peu, les pleurs de Piper cessèrent, et elle s'arrêta de trembler. On aurait dit que la seule présence de Wade à côté d'elle avait suffi à l'apaiser. Elle avait posé les mains sur son ventre. Pour la première fois depuis très longtemps, elle se sentait parfaitement en sécurité.

Heureusement, cette journée difficile touchait à sa fin. Dès son réveil, elle ne s'était pas sentie bien, mais elle s'était levée tout de même, soulagée de constater qu'elle se sentait mieux après une tasse de thé noir et une tartine de pain grillé, et persuadée qu'après le déjeuner elle aurait retrouvé sa bonne forme habituelle. Hélas ! il n'en fut rien. Au contraire, elle s'était sentie encore plus mal.

L'hypothèse évoquée par Wade commençait à lui trotter dans la tête. Serait-elle enceinte ? Ce serait vraiment rapide par rapport à la moyenne, mais certaines femmes avaient la chance — ou la malchance — d'être tout de suite enceintes. C'est bien ce qui s'était passé d'ailleurs la première fois qu'elle s'était donnée à lui sans prendre de précautions.

Elle se rappelait très bien les circonstances. C'était l'époque où elle avait décidé de le soustraire à l'influence de son père et où elle avait utilisé pour cela tous les moyens, y compris la grève du sexe. Par ailleurs, ses relations avec Rex s'étaient tellement dégradées qu'elle avait décidé de partir. Coincé entre le père et la fille, Wade était mal à l'aise avec les deux. Désireux de faire la paix avec Piper, il l'avait invitée à passer la soirée chez lui, dans son bel appartement. Là, elle lui avait tout donné, son corps et son âme. Sans précautions et sans retenue.

Le lendemain matin, elle s'attendait que, en échange de cet abandon total et comme preuve d'amour, il l'accompagne dans le voyage autour du monde qu'elle avait prévu. Ne l'aimait-il pas assez pour tout laisser et partir avec elle ? Apparemment non.

Aujourd'hui encore, elle s'étonnait d'avoir été assez sotte pour croire que le genre de vie qu'elle avait alors à lui proposer pouvait le tenter. Wade était un jeune homme intelligent, ambitieux, qui n'était pas le moins du monde disposé à lui servir de garde du corps ni même de chevalier servant. Jamais il n'aurait été heureux en menant une vie oisive et dénuée de but. D'ailleurs, elle ne l'avait pas été non plus, même s'il lui avait fallu un peu de temps pour se l'avouer à elle-même.

Elle était partie seule et lorsqu'elle avait découvert qu'elle était enceinte, elle y avait vu le juste châtiment de sa conduite débridée. Pourtant, sa fausse couche avait été pour elle une épreuve terrible. Alors qu'elle n'avait pas désiré cet enfant et qu'elle ne sentait absolument pas la fibre maternelle, elle avait découvert avec horreur qu'il laissait dans sa vie une béance incommensurable dont elle avait mis des mois à se remettre.

Que lui réservait l'avenir ? Peut-être était-elle de nouveau enceinte ? De Wade encore une fois. Cet enfant, elle l'avait conçu comme la première fois en se donnant à lui avec amour, mais pour lui les choses étaient tout autres.

Wade remua à côté d'elle et ouvrit le robinet pour faire couler un peu plus d'eau chaude.

— Nous ferions mieux de sortir de l'eau bientôt, déclara-t-il.

Piper referma le robinet. Elle se sentait beaucoup mieux, détendue, euphorique. Si bien que, lorsqu'elle découvrit le sexe de Wade dressé, elle l'enfourcha, provocante et décidée.

— Eh… tu n'es pas censée te reposer ? protesta-t-il.

— Je me sens en pleine forme !

— Je ne pense pas que…

— Ne pense rien et laisse-moi faire. Je suis sûre que faire

l'amour avec toi est le meilleur moyen de chasser toutes les émotions négatives.

— Tu crois ?

— J'en suis certaine !

— Très bien, vérifions si c'est vrai !

Piper ne se le fit pas dire deux fois. Penchée sur Wade, elle se mit à l'embrasser passionnément. Ses mains glissaient sur ses épaules musclées, les palpaient, les massaient, comme pour transfuser en elle la force qui habitait le grand corps plein de vie de son amant. L'accident auquel elle venait d'échapper n'était plus qu'un mauvais rêve, la réalité était là, sous ses doigts, tiède, dure et tendre en même temps.

En dépit de leurs retrouvailles orageuses, l'homme qui était allongé sous elle lui avait offert une seconde chance. Elle pouvait se faire pardonner et rattraper ce qu'elle avait gâché autrefois.

Elle releva ses hanches et saisit d'une main le sexe de Wade, qu'elle glissa en elle. Les yeux dans les yeux, ils commencèrent à remuer ensemble, les mains de Wade plaquées sur ses fesses. Du regard, il l'encourageait au fur et à mesure qu'elle laissait onduler ses hanches et que le désir montait en elle, de plus en plus puissant, de plus en plus exigeant.

L'eau de la baignoire clapotait contre le rebord, versait de temps à autre sur le carrelage, mais aucun d'eux ne s'en souciait. Ils n'en avaient même pas conscience, totalement concentrés sur la complicité de leurs deux corps.

Wade releva la tête et prit dans sa bouche l'un des mamelons de Piper. Ses lèvres se refermèrent autour de l'aréole couleur d'ambre, tandis que ses dents en mordillaient le bout raidi et sensible.

Comme une décharge, la volupté se transmit de la pointe de son sein au creux de son ventre. Doucement, elle sentit le plaisir monter, mais très vite la brûlure de ses entrailles explosa comme une boule de feu qui fit trembler son corps et danser des étoiles sous ses paupières closes.

A la fin, elle s'écroula contre lui qui grognait et haletait. Tous deux avaient tout oublié, si ce n'est la passion qui les faisait frissonner l'un contre l'autre.

— Je n'aurais jamais cru que notre entente pouvait encore s'améliorer..., murmura Piper.

Wade la serra plus fort contre lui, aussi peu désireux qu'elle de mettre fin à leur complicité physique. Pourtant, l'eau fraîchissante finit par les arracher à la douceur de leur extase et à séparer leurs corps soudés l'un à l'autre par l'ivresse de la jouissance.

Après s'être enveloppé dans un drap de bain, Wade aida Piper à se sécher en lui tamponnant le corps. C'était si tendre, si affectueux qu'elle sentit l'émotion l'envahir au point de lui faire de nouveau monter les larmes aux yeux. Elle se mordit la lèvre pour retenir le sanglot qui montait dans sa gorge.

— Je t'ai fait mal ? demanda Wade qui avait perçu sa réaction.

— Pas du tout. Je crois que je suis un peu trop bouleversée pour réagir normalement.

— La journée n'a pas été de tout repos ! Viens, Mme Dexter nous a préparé un plateau-repas que nous allons manger dans mon petit salon.

Avant de la conduire devant la cheminée où flambait un bon feu, il essuya une larme qui coulait sur la joue de Piper. La brave Mme Dexter avait également tiré les rideaux et allumé les petites lampes posées dans différents coins de la pièce qui baignait de ce fait dans une lumière douce et reposante.

Epuisée, Piper se laissa aller dans les profondeurs moelleuses du canapé pendant que Wade inspectait le contenu du plateau.

— Tiens, mange ça, proposa-t-il en tendant à Piper le toast qu'il venait de tartiner avec une pâte rouge.

— Hmmm, qu'est-ce que c'est ? Je trouve ça délicieux !

— Je crois que c'est une sorte de purée faite à partir de tomates séchées.

Ils dévorèrent tout ce que Dexie leur avait préparé, en particulier les morceaux de poulet rôti nappés d'une sauce à base de fines herbes dont elle avait le secret. Ils délaissèrent en revanche la bouteille de vin qui accompagnait le repas, se contentant d'eau minérale.

Une fois rassasiée, Piper ramassa ses jambes sous elle et appuya la tête contre le dossier du canapé.

— Tu es fatiguée ?

— Harassée…

— Si tu allais te coucher ?

— Non, c'est trop tôt encore.

— Et alors ? Tu as besoin de te reposer. Au fait, j'ai pris rendez-vous pour toi chez May demain matin.

Piper se redressa vivement.

— Pourquoi ? C'était inutile.

— Tu as oublié que tu as quitté le bureau parce que tu ne te sentais pas bien.

— Peu importe, c'est fini maintenant. Je refuse d'aller voir May demain et je ne comprends pas pourquoi tu as pris cette décision à ma place.

Wade lui adressa un regard contrarié.

— Piper, qu'est-ce qui te fait peur ?

Piper sentait sa combativité se réveiller. Elle savait à quel point Wade désirait qu'elle soit enceinte, mais que se passerait-il une fois qu'elle le serait ? Cette incertitude la terrifiait. Certes, elle ne se retrouverait pas seule comme la première fois, mais est-ce que Wade voudrait encore coucher avec elle une fois qu'il aurait atteint son objectif ? Qui sait s'il ne lui fermerait pas la porte de sa chambre pour la laisser mener à terme sa grossesse sous le seul regard du médecin qu'il avait choisi ?

Cette perspective l'effrayait. Elle était amoureuse de lui. Elle voulait continuer à dormir avec lui. Faire l'amour avec lui. Il ne l'aimait pas, mais plus elle retarderait le moment où il l'écarterait de sa vie, plus elle avait de chances de parvenir à briser la coquille dans laquelle il s'était retiré. Avec du temps, la confiance et l'amour renaîtraient entre eux. Alors, ils pourraient élever leur enfant ensemble dans une maison pleine d'affection. Oui, elle devait à tout prix gagner du temps…

— Je n'ai pas peur de quoi que ce soit. J'estime que c'est inutile, c'est tout.

— Et moi, je trouve que tes seins ont grossi et que tes mamelons sont plus sensibles que d'habitude.

Instinctivement, comme pour se protéger, elle resserra la

sortie-de-bain qui l'enveloppait. Puis, elle se leva et alla se poster devant la cheminée.

— Cela ne veut rien dire. Tu es un amant fantastique, voilà pourquoi mon corps réagit si bien.

— Tant mieux, mais quoi que tu en penses, sois prête demain à 10 h 30. Je te conduirai chez May, je ne te laisse pas le choix.

Sans un mot de plus, il disparut dans sa chambre et revint quelques instants plus tard revêtu d'un jean et d'un col roulé noir qui le rendaient plus séduisant que jamais. Irritée, l'instant d'avant, par son autorité qu'elle jugeait tyrannique, elle sentit immédiatement le désir renaître en elle. Quelle frustration si jamais il la renvoyait dormir seule sous prétexte qu'ils n'avaient plus besoin de coucher ensemble puisqu'elle était enceinte !

— Va te coucher, Piper, tu ne tiens plus debout.

Il rassembla la vaisselle et la posa sur le plateau qu'il emporta avec lui dans la cuisine. Piper se retrouva seule face à la cheminée, et ses dernières velléités de résistance eurent tôt fait de s'évanouir. D'accord, elle allait se mettre au lit. Mais c'était parce qu'elle était épuisée, non pas parce que Wade le lui avait ordonné.

Pourtant, malgré son immense fatigue, elle ne réussit pas à trouver le sommeil. C'est seulement quand, au bout de plusieurs heures, Wade la rejoignit dans le grand lit et l'entoura de ses bras comme il avait pris l'habitude de le faire, une main sur l'un de ses seins, qu'elle réussit enfin à s'endormir.

Wade n'en pouvait plus d'impatience. Piper était dans le cabinet du médecin depuis plus d'une demi-heure, et cette attente le rendait fou. Tout de même, il ne fallait pas autant de temps pour effectuer un test de grossesse ! Il commençait à regretter de ne pas avoir incité Piper à effectuer le test elle-même dans sa salle de bains...

Enfin, la secrétaire le convia à rejoindre Piper. Il se hâta vers le cabinet de May et entra dès qu'elle eut répondu à son coup frappé à la porte.

Son regard alla de l'une à l'autre, mais il ne put rien lire sur leurs visages. Celui de Piper était dénué de toute expression. A vrai dire, depuis son réveil, elle avait mal partout et économisait le moindre geste afin de ne pas réveiller les douleurs causées par le choc de la veille. Quant à May, les traits impassibles, elle invita Wade à s'asseoir près de Piper.

— Je suis maintenant à même de garantir que l'accident de Piper ne laissera aucune séquelle, mais il faut tout de même que cette jeune femme se montre très prudente pendant les mois à venir.

Le cœur de Wade bondit dans sa poitrine.

— *Pendant les mois à venir ?*

— Oui.

— Est-ce que...

Tout à coup, il avait peur d'appeler les choses par leur nom.

— Oui, reprit May, Piper est enceinte. Vous attendez un enfant.

Wade s'appuya contre le dossier de sa chaise, profondément ému et plein d'espoir. Son rêve était donc sur le point de se réaliser ! Puis, il se tourna vers Piper. Pourquoi donc paraissait-elle si contrariée ?

13

Elle était enceinte.

En apprenant la nouvelle, une léthargie s'était abattue sur elle. Quand May lui avait fait part du résultat des analyses d'urine, elle avait eu l'impression de basculer dans une autre dimension. Elle était terrifiée.

Elle avait demandé si elle courait le risque de faire une nouvelle fausse couche, mais May était restée assez évasive. Comme le médecin ignorait la cause de la première fausse couche, elle ne pouvait pas assurer que cette grossesse se déroulerait sans encombre. Tout au plus pouvait-elle promettre qu'elle la suivrait avec le plus grand soin afin que tout se passe au mieux.

Piper jeta un coup d'œil en direction de Wade. Il paraissait au comble du bonheur. Son visage reflétait une joie intense, alors qu'elle-même était terrifiée. Maintenant qu'il avait atteint son but, allait-il la délaisser ? Et que se passerait-il si elle ne parvenait pas à mener la grossesse à son terme ?

May et Wade établissaient ensemble le calendrier des futures visites médicales et celui des échographies, mais Piper avait l'impression que rien de tout cela ne la concernait. Ce genre de préoccupations était vraiment le cadet de ses soucis pour l'instant. L'urgence était d'apprendre à maîtriser la peur qui la paralysait sur son siège.

Pendant le trajet du retour, Wade ne cessa de parler de l'enfant à venir. Il débordait d'énergie et se montrait intarissable, alors que Piper s'efforçait de maîtriser les contractions anarchiques de son estomac.

— Arrête-toi ! cria-t-elle tout à coup.

— Mais pourquoi ?

— Tout de suite !

A peine la voiture garée sur le bas-côté, elle sortit précipitamment malgré ses courbatures et courut s'appuyer contre un arbre, la tête penchée entre les bras, s'appliquant à aspirer de grandes goulées d'air frais.

Comment allait-elle survivre si le simple fait d'entendre Wade évoquer le bébé la rendait aussi malade ?

Elle sentit alors la main de Wade se poser doucement sur sa nuque.

— Tu te sens mieux ?

— Non.

Malheureusement, c'était la stricte vérité.

— Prends tout ton temps pour te remettre.

— Oui, merci.

Wade continua à lui caresser le cou tandis qu'elle s'efforçait de se concentrer sur la sensation que lui procurait le contact de leurs deux épidermes. Sa tiédeur tempéra peu à peu le froid qui la glaçait. Finalement, son estomac se calma.

— Je crois que nous pouvons repartir maintenant...

— Tu es sûre ? Rien ne presse.

Comme il était attentionné ! Le serait-il autant si elle n'était pas enceinte ?

— Je me sens bien. Rentrons maintenant.

La main de Wade glissa le long de son dos, et il l'accompagna ainsi jusqu'à la voiture. Il veilla à ce qu'elle soit confortablement installée et boucla lui-même la ceinture de sécurité, ce qui la fit grimacer de douleur. Son corps endolori venait de se souvenir du rendez-vous brutal qu'elle avait eu la veille avec le pylône électrique...

— Je suis désolé, dit Wade.

— Ce n'est rien de grave.

— Oui, mais tu as besoin de soins et d'attentions.

— Uniquement parce que je suis enceinte ?

La question avait jailli de sa bouche sans qu'elle puisse la retenir.

— A cause de ton état, et aussi à cause de ce qui t'est arrivé hier. Il faut que tu relâches un peu la pression, Piper. Laisse-moi prendre soin de toi. Je vois que la nouvelle t'a troublée, et je le comprends d'autant mieux que moi-même je suis un peu sous le choc. Je ne pensais pas que tout se passerait si bien.

Il s'installa derrière le volant tandis que Piper regardait fixement à travers le pare-brise. « Que tout se passerait si bien » ? Alors pourquoi avait-elle l'impression au contraire que tout allait de travers ? Il lui semblait qu'elle était en train de perdre le contrôle de tout. Elle avait espéré, ou plus exactement voulu, avoir suffisamment de temps pour regagner l'amour de Wade. Désormais, elle craignait que tous les sentiments de ce dernier se reportent sur l'enfant à venir. Allait-elle encore compter à ses yeux ?

Les termes du contrat qui les liait l'un à l'autre étaient parfaitement clairs, tout au moins, tant qu'elle restait sous le toit de Wade. Mais comment pourrait-elle supporter d'y demeurer en sachant qu'il ne s'intéresserait qu'au bébé ? Y avait-il une place pour elle après la naissance ?

A ces inquiétudes s'ajoutait sa hantise d'une nouvelle fausse couche. Si par malchance cela arrivait, Wade croirait-il qu'elle avait aimé cet enfant depuis le moment même de sa conception ? Et qu'elle aimait son père tout autant ?

Les semaines semblaient passer à toute allure. Wade avait acheté un livre qui expliquait les différents stades de la grossesse et montrait la croissance du fœtus. Il le consultait sans arrêt, fasciné par toutes ces étapes. Piper en était à la quatorzième semaine et, bien qu'elle soit toujours aussi mince, son ventre commençait à s'alourdir. Ses seins avaient grossi et continuaient à être extrêmement sensibles, ce qui enchantait Wade chaque fois qu'ils faisaient l'amour.

Il avait réfléchi longuement à la façon dont il se représentait les choses. Au début, leurs ébats avaient été pour lui de simples relations sexuelles. Peu à peu cependant, il n'avait plus perçu leurs étreintes de la même manière. Inutile de chercher à se leurrer. Ses sentiments à l'égard de Piper avaient changé. Et encore plus maintenant. Il se rendait compte qu'il devenait de plus en plus possessif et protecteur. Il avait rejeté avec véhémence la proposition de Piper de réintégrer sa chambre. En effet, il estimait qu'il était de son devoir de veiller sur elle et sur le bébé et ne cessait de se demander s'il était à la hauteur de cette responsabilité.

Depuis son retour de voyage, Piper lui paraissait frêle, mais c'était encore pire maintenant. Il estimait qu'elle travaillait trop, d'autant qu'à ses journées à Mitchell Exports s'ajoutaient de longues heures d'étude le soir après le dîner. Comme il le lui faisait remarquer un jour, elle lui avait répondu sèchement :

— Il faut bien que je termine au moins une chose dans ma vie !

Pareille répartie l'avait laissé coi. Pour l'instant, elle n'avait pas encore annoncé sa grossesse à ses collègues. D'après elle, cela ne concernait personne d'autre qu'elle-même et Wade. Lui, au contraire, aurait eu envie de crier sur tous les toits qu'ils allaient avoir un enfant. Malgré tout, il respecta sa décision et garda le secret, à regret.

En fait, Piper paraissait plongée dans une apathie dont rien ne réussissait à la tirer. Les seuls moments où elle manifestait de l'émotion, c'était quand ils se retrouvaient au lit. Pourtant, elle était parfois si fatiguée qu'elle s'endormait aussitôt la tête posée sur l'oreiller.

Wade pensait qu'elle s'animerait pour la préparation de la chambre d'enfant. Un peu déçu, il constata qu'elle se contentait d'être d'accord avec tout ce qu'il proposait. Le jour où le décorateur à qui elle avait donné carte blanche devait terminer son travail, Wade mourait d'impatience à l'idée de découvrir le résultat avec elle. Son secret espoir était que la pièce terminée éveille enfin chez Piper un peu d'intérêt pour le bébé.

Aussi, à son retour le soir, en dépit des grognements de faim de son estomac, il délaissa le repas préparé par Mme Dexter pour monter directement à l'étage. Depuis l'allée, il avait aperçu de la lumière dans la chambre d'enfant et il espérait que Piper s'y trouvait.

Des odeurs de peinture et de colle emplissaient le corridor, de plus en plus fortes à mesure qu'il approchait de la chambre. Il poussa la porte et eut la satisfaction d'apercevoir Piper debout devant la commode, le dos à la porte, une petite brassière dans les mains.

— La chambre d'enfant est vraiment réussie, tu ne trouves pas ? demanda-t-il en balayant la pièce des yeux.

Tout y était impeccable. Une farandole de petits ours bleus et roses décorait le pourtour de la pièce. Les embrasses des rideaux blancs reprenaient le même motif, ainsi que la garniture du petit lit blanc. Les ouvriers avaient travaillé avec sérieux, et tout était parfait.

— Oui, répondit Piper d'une voix si triste que Wade lui lança un regard atterré.

— Piper, qu'est-ce qu'il y a ?

Il s'avança, posa une main sur l'épaule de la jeune femme et tourna son visage vers lui. Ses joues étaient baignées de larmes.

— Mais... qu'est-ce qui t'arrive ?

— C'est que je...

— Dis-moi ce qui t'inquiète.

— Eh bien... je ne sais pas comment je vais y arriver.

— Arriver à quoi ?

— A tout. A être une mère. Je ne peux pas !

Diable... Wade était abasourdi. Qu'est-ce qu'elle racontait là ? Tous les mauvais souvenirs qu'il avait fini par oublier lui revinrent à la mémoire. Est-ce que Piper envisageait de nouveau un avortement ? C'était hors de question ! La colère s'empara de lui. Dire qu'il croyait qu'elle avait changé ! Qu'il avait commencé à l'aimer...

— Non seulement tu peux, mais tu le seras ! déclara-t-il d'une voix à peine contrôlée.

— Il y a trop de choses qui m'échappent, sanglota Piper. Je suis terrifiée. Tu ne comprends pas, Wade...

— Bien sûr que si ! Je comprends parfaitement. A la première difficulté, tu essaies de te défiler. Comme tu l'as fait la première fois. Eh bien, je suis désolé, tu mèneras cette grossesse à terme et *tu auras ce bébé*.

Piper leva vers lui un visage épouvanté.

— Mais s'il arrive quelque chose ?

— Quoi ? Comme la dernière fois ? Ah non !, Piper ! Ce qui est arrivé il y a huit ans ne se reproduira pas. Tu mèneras cette grossesse à son terme, même si pour cela je dois t'enfermer à double tour dans ta chambre.

Piper sentit le sang se retirer de son visage. Un vertige la fit vaciller sur ses jambes soudain incapables de supporter son poids. *Se pouvait-il qu'il soit au courant ?*

— Comment as-tu appris que...

— Peu importe. Je le sais, point final. J'ai cru que tu avais changé, que tu étais devenue une personne sérieuse, digne de confiance, mais je découvre que tu es toujours la même, incapable de grandir et d'accepter tes responsabilités.

Il s'arrêta un instant, le souffle court. Puis, d'une voix menaçante de colère contenue, il ajouta :

— Sache que si jamais quelque chose arrive à cet enfant, je t'en tiendrai pour responsable. Je te demanderai des comptes, et cela, même si je dois te poursuivre jusqu'au bout du monde pour te faire payer.

Ses paroles lui firent l'effet d'une gifle cinglante. Elle voulut protester, se défendre, se justifier, mais elle n'en trouva pas la force, les mots s'étouffant dans sa gorge. Toute son énergie passait dans ses efforts pour ne pas s'évanouir.

— A t'entendre, on dirait que je suis coupable, réussit-elle enfin à articuler.

— N'est-ce pas le cas ? rétorqua Wade, sarcastique.

— Non ! Comment peux-tu me croire capable d'une chose pareille ?

— Je ne te crois pas, Piper.

Tout à coup, la farandole des oursons s'emballa autour d'elle.

Etourdie, elle vacilla pendant que le monde s'écroulait en silence autour d'elle. Cette conversation lui paraissait irréelle. Elle n'avait rien fait qui puisse provoquer sa fausse couche, rien, absolument rien ! Depuis combien de temps Wade était-il au courant de sa première grossesse ? Pourquoi était-il si agressif ?

Wade reprit la parole, martelant chacune des syllabes qu'il prononçait :

— Je te répète que, cette fois, mon enfant arrivera à son terme, que tu le veuilles ou non. N'imagine pas une seconde recommencer ce que tu as fait il y a huit ans.

Son ton autoritaire et possessif irrita profondément Piper. Voilà qu'il clamait ses droits sur un enfant qu'il n'avait pas connu. Elle se rebiffa.

— Et qui te dit que cet enfant était le tien ?

— Tu veux dire qu'il n'était pas de moi ?

— Je ne dis rien du tout. Comment as-tu su ?

— C'est Rex qui m'a mis au courant. Il est arrivé un matin au travail complètement décomposé et m'a dit que tu avais avorté. Il n'a jamais soupçonné que c'était moi le père.

Wade repoussa ses cheveux en arrière.

— Tu imagines ce que j'ai ressenti ? Un rapide calcul m'a vite permis de comprendre que cet enfant était le mien. Cet enfant dont tu ne m'avais jamais parlé ! Comment as-tu pu faire une chose pareille ?

Piper était atterrée. Son monde venait de voler en éclats. Wade la croyait capable de quelque chose de terrible. Elle l'aimait. Elle avait cru qu'il l'aimait aussi, qu'il la comprenait. Malgré les disputes qui les avaient opposés avant son départ, il aurait dû savoir qu'elle était incapable de mettre volontairement fin à une grossesse.

— Je n'ai rien provoqué, Wade. J'ai fait une fausse couche spontanée.

— Tu imagines que je vais gober ça ?

— Oui. Parce que je dis la vérité.

— Comme si c'était dans tes habitudes ! Tu m'as assez dit que tu m'aimais alors que c'était un mensonge. Non, Piper, je ne te crois pas. D'ailleurs, je ne vois pas pourquoi ton père m'aurait menti. Toi, en revanche…

Au ton de sa voix, Piper comprit qu'elle n'avait aucune chance de le persuader du contraire. Tout au fond d'elle, l'espoir ténu qu'elle avait entretenu de revivre une histoire d'amour avec Wade mourut. Non, aucun futur commun n'était possible.

Il fallait faire face. Elle ferma les yeux un moment. Quand elle les rouvrit, les oursons avaient cessé leur valse effrénée et restaient sagement à leur place sur les murs.

— Maintenant que je sais en quelle estime tu me tiens, je me demande comment tu as pu te résoudre à coucher avec moi.

Ces derniers mots avaient un goût de cendre dans sa bouche. « Coucher »… Pour elle, tous les moments d'intimité qu'ils avaient partagés avaient été l'expression silencieuse de l'amour qu'elle éprouvait pour Wade. Quelle idiote elle avait été de croire qu'il était au diapason ! Pareil sentiment ne faisait pas partie de ses projets.

Une idée curieuse lui vint alors à l'esprit.

— C'est pour que je sois en dette envers toi que tu as toujours alimenté mon compte en banque ? Avais-tu orchestré cette vengeance de longue date ?

— Oui. Pour obtenir ce dont tu m'as privé. L'argent ne compte pas. En revanche, ce que tu as supprimé, une vie, cela n'a pas de prix. Tu n'avais pas le droit d'en disposer à ta guise.

— Mais je te dis que je n'y suis pour rien ! Qu'il s'est agi d'une fausse couche spontanée. J'ai changé de vie, je suis revenue ici pour réparer les souffrances que j'ai causées à mon père aussi bien qu'à toi…

— Pour ton père, il est trop tard, mais pour moi, c'est parfait. Porte mon enfant jusqu'au bout et ensuite : bon vent !

14

Bon vent !

Piper était médusée. Wade pensait réellement qu'elle allait mettre cet enfant au monde, chair de sa chair, puis tourner les talons et disparaître ? C'était inimaginable.

— Tu avais dit que j'aurais le choix de partir ou de rester pour participer à l'éducation de notre enfant.

— J'ai changé d'avis. Une fois que le bébé sera né, je veux que tu partes. Il mérite mieux qu'une mère qui lui promettra monts et merveilles et le délaissera à la moindre difficulté.

— Parce que tu crois que c'est ce que je ferai ?

— Ton C.V. parle pour toi…

— J'ai changé, Wade.

— Des mots… des mots… Tu as toujours su les utiliser à ton avantage.

Wade s'apprêtait à quitter la chambre d'enfant, mais se retourna vers Piper.

— Etant donné les circonstances, je pense qu'il vaut mieux que tu regagnes ta chambre. Je vais demander à Mme Dexter d'y ramener tes affaires.

Allongé dans son grand lit, Wade fixait les moulures du plafond, malheureux comme les pierres de s'y trouver tout seul. Il s'était complètement trompé sur Piper, et cette prise de conscience lui faisait mal. Bien plus qu'il n'aurait cru. En fait, il se sentait floué et se reprochait amèrement sa naïveté. Une fois encore, elle s'était moquée de lui. Dire qu'il s'était cru immunisé contre ce genre de souffrance ! Pas question de laisser encore à Piper la possibilité de le torturer. Il la tiendrait désormais à distance de lui et de leur enfant. Car le bébé aussi souffrirait de ses inconséquences et de ses revirements.

Dans le fond, Piper ne valait pas mieux qu'Eric Collins, son propre père, menteur invétéré. Avec amertume, il se rappela qu'à la mort de sa mère il s'était retrouvé livré à lui-même, tant et si bien que les voisins étaient intervenus pour alerter les services sociaux. Le couple à qui il avait été confié était gentil, malgré ses principes assez rigides, mais chaque soir, allongé dans son lit étroit, à côté des trois autres garçons qu'ils accueillaient en même temps que lui, il s'était promis que jamais il n'abandonnerait ses enfants. Quoi qu'il arrive.

Pourtant, il n'avait pas pu tenir parole pour son premier enfant, ce qui était pour lui une souffrance terrible. Cette fois, ce serait différent. Piper Mitchell n'avait qu'à se faire à cette idée.

Les jours qui suivirent furent pénibles pour tous les deux. Le travail apportait à Wade une forme de répit, car il pouvait se plonger dans ses dossiers et n'avait que rarement affaire à Piper, même s'il ne se désintéressait pas pour autant de ce qu'elle faisait. Comme il ne lui accordait plus une once de confiance, chacune de ses sorties du bureau était soigneusement contrôlée.

A la maison, en revanche, il était plus difficile de garder ses distances. Wade avait pris l'habitude de ramener du travail et de dîner dans la bibliothèque. Ce qui lui coûtait le plus, c'était d'affronter les regards désolés des Dexter qui n'y comprenaient rien. L'atmosphère pesante qui régnait dans la maison le déprimait considérablement. Heureusement, cela ne durerait qu'un temps. Une fois que le bébé serait né et Piper partie faire ce qui lui chantait, la vie serait plus paisible.

A cette pensée, son cœur se serra, mais il s'efforça de chasser sa tristesse. Il pourrait recommencer sans elle — il l'avait déjà fait —, mais cette fois elle ne lui enlèverait pas son enfant.

Deux semaines s'étaient écoulées depuis leur affrontement,

lorsque Wade fut confronté à un choix difficile. Le responsable de sa filiale aux Samoa venait d'avoir une congestion cérébrale. Aucun des membres de l'équipe sur place depuis quelques mois seulement n'était en mesure d'assumer un rôle de direction, même temporaire. La seule personne qu'il aurait pu déléguer depuis Auckland, Roy Beckett, se trouvait en Europe, occupé à signer d'autres marchés, et ne rentrerait pas avant quatre jours.

Il ne restait qu'une solution, à savoir faire lui-même le déplacement. L'idée de laisser Piper seule le contrariait beaucoup, mais voyager avec elle ne lui paraissait guère raisonnable. Ces derniers temps, elle était plus frêle que jamais et de grands cernes mauves lui mangeaient le visage. Au bureau, chacun s'inquiétait de sa santé. A la maison, Mme Dexter veillait sur elle comme une poule sur son poussin, lui préparait de petites collations plusieurs fois par jour, mais, malgré toutes ses attentions, Piper ne cessait de dépérir.

Wade se cala dans son fauteuil et se frotta le menton. Avec tant de gens autour d'elle, Piper ne pourrait rien faire de stupide. Elle en était à seize semaines de grossesse maintenant. D'après les livres qu'il avait achetés, elle avait dû sentir l'enfant remuer dans son ventre. Qu'elle décide maintenant de mettre fin à sa grossesse paraissait peu envisageable. Pourtant, il n'avait aucune envie de la laisser. Son intuition lui conseillait de ne pas partir ; pourtant, il n'avait pas le choix.

Lorsque Piper descendit prendre son petit déjeuner ce matin-là, elle trouva Wade qui l'attendait, assis à la table de la cuisine. Cela ne fut pas sans la surprendre, car depuis leur affrontement elle avait noté qu'il faisait tout pour l'éviter. Au lieu de l'apaiser, cette tactique ne faisait d'ailleurs qu'accroître sa nervosité, car elle anticipait avec appréhension les moments où ils se croiseraient. Dans le fond, elle préférait encore se retrouver face à face avec lui : il était plus facile pour elle de lui tenir tête.

Mme Dexter comprit qu'une explication s'annonçait. Discrète comme toujours, elle s'empara d'un torchon à poussière avant de disparaître.

— Si vous avez besoin de moi, vous me trouverez dans le petit salon.

Dès qu'elle eut quitté la pièce, Wade s'adressa à Piper :

— Je dois m'absenter quelques jours.

— Ah ?

Piper avait tellement pris l'habitude de vivre sous surveillance qu'elle ne s'attendait absolument pas à cette déclaration. Puisque Wade se tenait au courant de ses moindres faits et gestes, elle était très surprise de voir qu'il envisageait de s'absenter.

— Il y a un problème aux Samoa. Je serai de retour lundi.

— J'espère que ce n'est rien de sérieux.

Elle savait que cette filiale toute récente n'avait pas encore pris son essor. La situation devait être critique pour que Wade estime nécessaire de s'y rendre lui-même.

— Le directeur a eu un problème de santé. Il faut que j'aille sur place en attendant que Roy puisse venir me relayer.

— Personne ne peut le faire à ta place ?

— Non. Si c'était possible, c'est le choix que j'aurais fait.

— Tu pars quand ?

— Mon avion décolle cet après-midi. Je laisserai ma voiture à l'aéroport.

— Je peux t'y conduire si tu veux.

— Non, merci. Mon vol de retour lundi n'arrive qu'au milieu de la nuit, je ne veux pas que tu veilles aussi tard.

Piper lui fut reconnaissante de cette attention, car la fatigue qu'elle éprouvait lui avait donné l'habitude de se coucher de bonne heure.

— Comme tu voudras.

Leurs regards se croisèrent pour la première fois.

Celui de Wade était dur et autoritaire.

— Piper, en mon absence, ne fais rien que tu puisses regretter.

— Qu'est-ce que tu veux dire ?

— Tu le sais parfaitement, rétorqua Wade d'une voix sèche.

Piper posa une main protectrice sur son ventre.

— Je ne ferai jamais rien qui puisse faire du mal à mon bébé. Pas plus que je ne l'ai fait autrefois.

Wade haussa les épaules d'un air las.

— J'aimerais te croire, Piper. Malheureusement, je ne te fais pas confiance.

Elle se pencha, posa sa main sur le bras de Wade. A travers le tissu de sa veste, la chaleur du corps de ce dernier lui parvint, et, comme par réflexe, le cœur de la jeune femme se mit à battre plus vite.

— Tu as tort.

— J'aimerais en être persuadé.

— Qu'est-ce que je peux faire pour que tu me croies ?

— Je ne sais pas. J'ai appris trop tôt que les belles promesses ne valent rien si elles ne sont pas suivies par des actes.

— Tu penses à ton père ?

— Oui, bien sûr.

— Je t'assure que je ne lui ressemble pas.

Pour toute réponse, Wade retira son bras.

— Je partirai directement du bureau. Rappelle-toi, Piper. Ne fais pas de bêtise.

Sans un mot de plus, il quitta la cuisine. Piper en fut extrêmement blessée. Comme un automate, elle prit son petit déjeuner, non pas parce qu'elle avait faim, mais parce qu'elle savait que son enfant avait besoin de forces. Elle était désespérée.

A son retour à la maison, le vendredi soir, après la journée passée au bureau, tout était calme. Les Dexter avaient pris leur soirée, et Dexie lui avait laissé un mot lui conseillant de faire réchauffer son repas. Exactement comme si elle avait huit ans ! Cette attention était toutefois attendrissante, et elle l'apprécia à sa juste valeur.

Malheureusement, la migraine qui l'avait taraudée toute la journée semblait augmenter au lieu de s'apaiser. Malgré sa réticence à prendre des médicaments compte tenu de sa grossesse, elle songea qu'il lui faudrait néanmoins se résoudre à avaler un cachet si la douleur continuait à empirer. En attendant, comme elle venait de frissonner, elle décida de monter dans sa chambre se vêtir plus chaudement. C'était étrange comme elle avait souffert du froid alors que le temps n'avait pas changé.

Dans sa penderie, elle choisit d'enfiler un survêtement molletonné qui lui tiendrait bien chaud et, pour faire bonne mesure, elle passa par-dessus la robe de chambre en velours de son père. Elle serra la ceinture avec précaution, toujours soucieuse de ne pas incommoder le bébé, car malgré les seize semaines qui s'étaient déroulées sans problème, elle redoutait toujours une alerte.

Il était encore trop tôt pour aller se coucher, et elle n'avait pas envie de regarder la télévision. Pourquoi ne pas commencer à classer les papiers personnels de son père ? En s'y mettant tout de suite, elle aurait peut-être terminé pour le retour de Wade qui ne s'en était pas préoccupé.

Elle gratta une allumette pour allumer le feu préparé dans la cheminée, tira les rideaux pour conserver un maximum de chaleur et s'installa au bureau, décidée à commencer le tri.

Une heure plus tard, elle se mit à transpirer et retira la robe de chambre. Il faisait trop chaud, elle avait dû mettre trop de bois dans le feu… Quelques instants plus tard, elle recommença à grelotter.

Elle n'y comprenait rien ! Elle enfila de nouveau la robe de chambre qu'elle laissa entrouverte. Son tri avançait, elle n'avait pas envie de s'arrêter en si bon chemin. Il n'était pas encore très tard, et elle n'avait toujours pas faim. Autant vider un ultime tiroir avant de faire réchauffer son repas.

Ce tiroir lui réservait une surprise. Il contenait une boîte avec son nom écrit dessus. Elle en fut assez étonnée, car son père n'avait jamais manifesté grand intérêt pour ses diplômes ou ses récompenses. Qu'allait-elle y trouver ? Le couvercle soulevé, une pile de ses vieux bulletins scolaires et des cartes de vœux qu'elle avait elle-même dessinées à l'occasion des anniversaires de Rex lui apparut. Les larmes lui montèrent immédiatement aux yeux. Cette découverte lui prouvait que, malgré sa froideur et la distance qu'il avait instaurée entre eux, elle avait réellement compté aux yeux de son père. Enfin, le vide béant qu'elle portait en elle venait d'être comblé. Elle essuya ses larmes d'un revers de manche et ouvrit le dossier qui restait au fond de la boîte.

Il s'agissait d'un dossier de l'assurance que son père avait contractée pour elle au moment de son départ pour l'étranger. Il contenait des bulletins de santé et, en particulier, un certificat qui mentionnait « avortement spontané ». Soudain, tout devint clair dans son esprit. Rex avait mal interprété l'information. Il n'avait retenu que le premier des deux mots et n'avait dû utiliser que celui-ci lorsqu'il avait fait part de la nouvelle à Wade.

Une nausée lui souleva l'estomac. Tant de rancune, tant de souffrance, à cause de ce malentendu ? C'était trop injuste ! Son premier réflexe fut de prendre le téléphone pour appeler Wade afin de lui annoncer qu'elle avait la preuve de ce qui s'était réellement passé. Puis elle se ravisa. C'était le genre de chose qu'il valait mieux annoncer au cours d'une conversation en face à face.

Comme elle rangeait soigneusement tous ces papiers, elle fut secouée par une violente nausée et son front fut baigné de sueur. Elle aurait dû manger quelque chose... En fait, son estomac se révoltait quand elle n'avait pas pris suffisamment de collations dans la journée. Elle aurait très bien pu attendre le lendemain pour trier les papiers de son père.

Une douleur éclata dans sa tête, si violente qu'elle dut s'agripper au bureau. La dernière fois qu'elle s'était sentie aussi mal, c'est quand elle avait eu la malaria. Ce souvenir lui fit l'effet d'un véritable séisme. Est-ce qu'elle était en train de faire une rechute ? May lui avait dit que les médicaments risquaient d'être dangereux pour le bébé.

Tremblante, elle soutenait son ventre de ses deux mains. Non, pas de nouveau ! Rien ne devait arriver à cet enfant. Et Wade ? Jamais Wade ne croirait qu'elle n'avait rien fait pour déclencher le malaise.

Elle s'avança vers la porte en titubant. Il fallait appeler May, mais son numéro était resté en bas. Chancelante, elle réussit à descendre la première volée de marches, incapable de penser à autre chose qu'à Wade. Il fallait absolument qu'il sache qu'elle avait tout fait pour que le bébé aille bien.

Une fois arrivée sur le palier, la douleur était devenue si violente que ses forces l'abandonnèrent complètement et elle s'évanouit.

15

— Piper ! Piper !

La voix inquiète de Dexie la tira des brumes douloureuses où elle avait plongé.

— Dexter, appelle vite une ambulance. Et téléphone à M. Collins. Il a laissé son numéro dans le bureau.

— Non..., supplia Piper.

— Il faut qu'il soit au courant ! protesta Dexie.

— P... pas t... tout de suite, insista Piper qui grelottait. Attendons... de savoir... Docteur Ritter... appelez-la...

Son corps tremblait de plus en plus violemment, ses dents s'entrechoquaient. Elle ferma les yeux, incapable de parler davantage.

Avant de replonger dans l'inconscience, elle eut le temps de sentir la main de Dexie lui caresser le front, et cette sensation rassurante lui apporta un peu de paix.

Wade commençait à souffler un peu. A son arrivée aux Samoa, il avait trouvé le chaos dans les affaires, mais son expérience et sa bonne connaissance des dossiers lui avaient déjà permis d'évaluer la situation et de comprendre qu'il réussirait à la maîtriser. Roy était la personne parfaite pour prendre sa suite, il suffisait de l'attendre, ce n'était qu'une question de jours.

Il saisit le verre de whisky qu'il avait commandé au bar et admira les eaux turquoise du lagon au-delà de la piscine de l'hôtel. Le cadre était idyllique, et encore plus quand il pensait au froid hivernal qu'il avait laissé à Auckland. Malheureusement, ce n'était pas le genre d'endroit où l'on aime se retrouver seul. Il aurait dû demander à Piper de l'accompagner… cette pensée lui fit éprouver des regrets.

Sans réfléchir, il sortit son téléphone de sa poche et composa le numéro de la maison. La sonnerie retentit plusieurs fois avant que la voix altérée de Dexter lui réponde.

— Dexter ? Tout va bien ?

— Oh ! Monsieur ! L'ambulance vient juste de partir. Je voulais vous appeler dès que nous aurions su où miss Piper avait été conduite.

Ses paroles lui firent l'effet d'un uppercut.

— Que s'est-il passé ?

Il n'osait pas demander clairement si Piper avait attenté à la sécurité de l'enfant.

— Quand nous sommes rentrés ce soir, nous avons découvert miss Piper évanouie sur le palier. Nous ne savons pas pendant combien de temps elle est restée là. Heureusement que toutes les lumières éclairées dans la maison ont attiré notre attention, car sans cela nous serions allés directement chez nous.

— Elle est tombée dans l'escalier ?

— Non, elle est malade, mais on ne sait pas encore ce qu'elle a. Elle a refusé de prendre quelque médicament que ce soit de peur que cela fasse mal au bébé.

Wade essaya d'obtenir un maximum de détails avant de réserver son vol de retour. Le premier n'était prévu qu'à 2 heures du matin, ce qui lui laissait encore plusieurs heures à attendre. Rester dans cet hôtel allait le rendre fou ! Il préféra faire ses bagages et partir tout de suite pour l'aéroport. De cette manière, même si c'était totalement illusoire, il se sentirait moins loin.

Les heures qui le séparaient du moment où il saurait enfin si tout allait bien lui parurent interminables. La pensée de Piper ne le quittait pas une seconde. Quelque chose dans ce que Dexter lui avait dit ne collait pas avec l'image qu'il avait de la jeune femme. Elle avait refusé tout médicament par crainte que cela nuise à l'enfant... Donc, sa première préoccupation avait été le bébé. Voilà qui lui paraissait contradictoire avec ce qu'il savait de l'histoire de Piper. Y avait-il un malentendu ?

Cette possibilité l'amena à se rappeler avec autant d'exactitude possible le souvenir de la conversation qu'ils avaient eue ensemble dans la chambre d'enfant. Il se la repassa en boucle dans sa tête, jusqu'à avoir la certitude que jamais Piper n'avait dit qu'elle voulait se débarrasser de l'enfant. Elle avait au contraire insisté sur le fait que l'accident était tout à fait indépendant de sa volonté. D'ailleurs, elle n'avait jamais varié dans ses déclarations.

Avait-il commis une grossière erreur ? Aurait-il tiré des conclusions hâtives ? Avait-il été suffisamment attentif à ce qu'elle lui disait, ou bien avait-il laissé ses souvenirs brouiller la conversation ? A cette pensée, un étau impitoyable lui serra le cœur. Enfin, il regarda la vérité en face. Depuis son retour, Piper était bien différente. Elle travaillait sérieusement, elle remplissait ses engagements...

Elle aurait pu refuser sa proposition, partir. L'argent n'était pas ce qui l'avait retenue, il en était certain, elle avait trop de fierté pour cela.

Trop de fierté aussi pour jouer la comédie. Si elle était malade, ce devait être sérieux. L'inquiétude de Wade monta d'un cran, et il comprit alors à quel point il craignait pour la santé et le bien-être de la jeune femme. Il l'aimait... Oui. Maintenant qu'elle était peut-être en danger, cette vérité lui éclatait au visage. Il n'en pouvait plus d'attendre pour lui demander pardon et lui dire combien il était désolé de l'avoir soumise à tant d'épreuves.

A 5 heures du matin, lorsque son avion atterrit à Auckland, il se hâta de descendre et aurait abandonné son bagage sur le tapis roulant afin de gagner du temps s'il n'avait pas été l'un des premiers à se présenter. Il passa les douanes et se précipita vers un taxi. Une seule pensée occupait son esprit : Piper.

Le soleil commençait à se lever lorsqu'il arriva à l'hôpital. Par un sursaut de volonté, il s'efforça de considérer les rayons roses et mauves qui traversaient les nuages comme un signe de bon augure. Oui, il fallait que tout aille bien... que Piper aille bien.

May Ritter était auprès de Piper lorsqu'il arriva à l'étage où elle avait été admise.

— Wade ! Tu es rentré vite !

— Si j'avais pu, j'aurais fait encore plus vite. Comment va Piper ?

— Nous avons stabilisé son état et le monitoring du fœtus montre que tout est normal.

— Merci, mon Dieu !

— La fièvre est stationnaire.

— Pourquoi a-t-elle de la fièvre ?

May sourit et posa une main sur le bras de son ami afin de le rassurer.

— C'est le virus de cette mauvaise grippe qui sévit cet hiver. Je t'avoue que j'ai été très soulagée quand j'ai compris qu'il ne s'agissait pas d'une rechute de malaria. Les symptômes sont identiques, et Piper a eu très peur.

— La malaria ?

— Oui. Elle a attrapé cette maladie pendant qu'elle faisait du bénévolat. Je crois que c'était en Afrique où elle travaillait dans un dispensaire avant de partir dans d'autres pays.

Wade la considéra, très étonné.

— Mais... Il s'agit là d'un travail très dur physiquement et moralement.

— Oui. Elle a été très courageuse de tenir malgré sa maladie.

Comme Wade paraissait de plus en plus stupéfait, elle ajouta :

— Elle ne t'a jamais raconté cet épisode de sa vie ?

— Non. Je ne savais pas qu'elle avait fait du bénévolat.

Il hocha la tête, abasourdi. Piper, bénévole ? Cette enfant gâtée était allée aider les gens dans le besoin ? Voilà qui ne cadrait pas du tout avec la jeune fille frivole qui l'avait quitté, mais plutôt bien avec la jeune femme qui était revenue.

— Elle a beaucoup voyagé, poursuivit May. Surtout en Afrique et en Asie. N'hésite pas à l'interroger sur ses voyages dès que tu en auras l'occasion.

— Je n'y manquerai pas !

Décidément, il y avait tout un pan de la vie de Piper qu'il lui restait à découvrir.

— Est-ce que je peux la voir ?

— Elle se repose pour le moment.

— Je promets de ne pas la déranger. Je veux juste la regarder.

— Je comprends, mais ne la réveille pas. Sa fièvre baisse doucement, et elle a terriblement besoin de dormir et de récupérer. Si tout se passe bien, nous ne la garderons pas longtemps ici.

— Gardez-la tant qu'elle a besoin de soins. Je veux qu'elle soit bien suivie.

— Nous nous assurerons que son état de santé lui permette de rentrer, ne t'inquiète pas. Normalement, dans un cas comme le sien, nous donnons un traitement inoffensif en cas de grossesse, mais Piper a insisté pour que nous ne le lui administrions qu'en cas d'extrême nécessité. Elle est très préoccupée par la santé de son bébé, mais je te promets que, si cette grippe lui faisait courir le moindre risque, nous lui ferions prendre les médicaments.

— Merci infiniment, dit Wade. Où se trouve-t-elle ?

May indiqua la porte voisine de la salle des infirmières et fit un dernier signe à Wade pour lui recommander le silence.

— Ne t'inquiète pas ! Je veux qu'elle se rétablisse le plus vite possible.

Le cœur battant, il poussa la porte de la chambre où la lumière était tamisée afin de préserver une atmosphère de repos. Piper gisait sur le lit d'hôpital, petite et menue. Il s'avança doucement pour contempler son visage encore rouge de fièvre sur lequel les longs cils dessinaient une ombre légère. Il lui sembla qu'elle dormait normalement, ce qui le soulagea considérablement.

Une chaise se trouvait à côté du lit. Il s'y installa et continua à la regarder en silence. Combien de temps resta-t-il ainsi ? Il n'aurait su dire. Enfin, il la vit remuer sous les couvertures.

— Wade ?

Il se redressa en entendant son nom.

— Oui. Tu veux que j'appelle une infirmière ? Comment te sens-tu ?

— Je ne l'ai pas fait exprès, il faut que tu me croies, murmura-t-elle avant de retomber dans son sommeil fiévreux.

Ces mots brisèrent le cœur de Wade. Elle avait tellement peur de lui que ses premiers mots avaient été pour se disculper ! Après tout, il ne méritait pas mieux... Il n'avait pensé qu'à se venger. Pourquoi ? Parce qu'à son insu, l'ombre d'Eric Collins, son père irresponsable, continuait à lui dicter sa conduite.

Pourtant, il était adulte depuis longtemps. Pourquoi laissait-il encore le traumatisme infligé par son père orienter ses actes ? Il avait réussi en affaires, ce à quoi Eric n'était jamais parvenu. Il avait acquis richesse et statut social. Puisque la possibilité de changer à son avantage une situation qui avait été difficile se présentait à lui maintenant, pourquoi se cramponnait-il ainsi au passé ?

Quand elle avait quitté Auckland, Piper avait dû, comme il l'avait fait lui-même, lutter toute seule pour tracer son chemin. De quel droit critiquerait-il les choix qu'elle avait faits ? Elle avait sans doute dû affronter des difficultés dont il ne soupçonnait même pas l'existence.

Il en arriva à la conclusion que, finalement, ce qui comptait vraiment à ses yeux, ce n'était pas ce que Piper avait fait autrefois, mais la certitude qu'elle allait bien, maintenant et dans le futur. Un futur dont il voulait faire partie afin de la protéger et de tout partager avec elle.

Est-ce qu'elle lui permettrait de l'aimer encore ?

Incapable de répondre à cette question, il demeura plusieurs heures au chevet de Piper, à se contenter de la regarder dormir. Il fallut que May, venue en milieu de journée faire une visite à sa patiente, lui ordonne fermement de rentrer chez lui pour le faire bouger. Et encore, ce fut à la condition qu'elle l'appelle dès qu'il y aurait du nouveau. La fièvre était remontée et, vraisemblablement, Piper ne quitterait pas l'hôpital le jour même. Wade recommença à s'inquiéter pour elle et leur enfant.

Le taxi le ramena chez lui sans qu'il ait vraiment conscience du trajet tant il était fatigué. Il donna rapidement des nouvelles de Piper aux Dexter et gagna l'étage. En arrivant devant sa chambre, il se souvint que Mme Dexter lui avait dit que Piper avait trié les papiers de son père.

Il se dirigea vers la pièce de Rex et alluma le plafonnier. Rien n'avait changé, si ce n'est qu'une pile de papiers était maintenant étalée sur le bureau. Il les passa en revue rapidement et s'apprêtait à les ranger dans la boîte d'où visiblement ils provenaient lorsqu'un mot arrêta son regard : « avortement ».

Un goût amer lui emplit la bouche. Il fallait qu'il réussisse à considérer cet épisode comme faisant partie du passé. Un passé lointain qui ne devait pas interférer avec sa vie présente et encore moins peser sur son futur. Il avait pardonné à Piper. Pourtant, une sorte de curiosité le poussa tout de même à lire ce qui était contenu dans le dossier.

Plus il lisait, plus l'amertume se faisait insupportable. « Avortement spontané »... *Spontané !* Rex avait mal lu l'information. Il n'avait pas perçu la différence énorme que faisait un mot de plus ou un mot de moins. En fait, Piper avait été victime d'un de ces caprices de la nature qui demeurent inexpliqués malgré leurs conséquences sur la vie des humains.

Il alla s'asseoir, écrasé de culpabilité. Il comprenait maintenant la réticence de Piper à faire ce qu'il lui demandait. En fait, il le lui avait imposé, car il savait très bien qu'elle ne se trouvait pas dans une position qui lui permettrait de refuser.

Son attitude lui faisait horreur. Il s'était braqué sur son désir de vengeance. Il avait voulu la faire payer pour un acte dont il l'avait crue responsable, alors qu'en fait elle n'avait fait que subir un revers de la nature.

Elle avait dû, toute seule, loin de chez elle, affronter un deuil terrible. Voilà qui le plongeait dans l'admiration. Ensuite, elle avait décidé de consacrer sa vie à faire le bien autour d'elle, comme le lui avait dit May.

Lors du malentendu qui les avait séparés, il n'avait pas compris son angoisse et avait mal interprété son inquiétude. En fait, elle devait en être à la même période que celle où elle avait fait sa fausse couche, et cet accident l'avait fait douter de la possibilité de mener sa grossesse à terme. Au lieu de la soutenir, il l'avait condamnée à la solitude et à l'angoisse.

Wade rangea les papiers dans la boîte. Désormais, Piper ne

serait plus jamais seule. Si tout au moins elle l'acceptait comme compagnon.

Assise sur le bord de son lit d'hôpital, Piper s'efforçait de calmer sa nervosité. Avait-elle rêvé que Wade était venu la voir ? Normalement, il était encore aux Samoa jusqu'à lundi soir. La fièvre avait dû lui donner des hallucinations. Il lui semblait que les deux jours qu'elle venait de vivre étaient tout droit sortis d'un cauchemar.

Elle posa une main sur son ventre et sentit le bébé remuer. Tant qu'il allait bien, elle se sentait de taille à tout supporter. May lui avait assuré qu'il ne courait aucun risque et avait même apporté dans sa chambre un appareil à ultrasons pour le lui prouver. Piper avait alors découvert le sexe du bébé à venir. C'était une petite fille. Comment Wade allait-il prendre la nouvelle ? Elle avait toujours pensé qu'il était le genre d'homme à rêver d'un fils pour continuer l'œuvre dont il était si fier.

On frappa à la porte et, exactement comme si le fait de penser à lui avait suffi à le faire surgir, il apparut, l'air inquiet.

— Bonjour, Piper. Tu te sens mieux ?

Quelle surprise ! Tout compte fait, peut-être n'avait-elle pas rêvé.

— Je te croyais encore aux Samoa.

— Je suis rentré dès que les Dexter m'ont appris que tu étais malade. Au fait, ils t'attendent avec impatience pour te gâter.

Et toi ? se demanda Piper. *Est-ce que je t'ai manqué ?*

Wade lui sourit maladroitement.

— Tu es prête à rentrer à la maison ?

— Oui. J'attends que l'infirmière me fasse signer une décharge.

— Parfait.

Il s'adossa au mur et glissa ses mains dans les poches de son jean. Le silence s'installa entre eux.

Piper était navrée. S'ils avaient été un couple normal, il se serait assis à côté d'elle sur le lit, l'aurait prise dans ses bras au lieu de se tenir debout près de la porte comme une sentinelle.

— Wade ?

— Piper ?

— Parle le premier.

— Non, pas ici. Ce que je veux te dire peut attendre que nous soyons à la maison.

La gorge de Piper se serra. Pourquoi ne pas lui parler tout de suite ? Est-ce qu'encore une fois il voulait l'accuser ? Ce n'était pourtant pas sa faute si elle avait attrapé une mauvaise grippe !

— Je voulais t'annoncer quelque chose que j'ai appris ce matin.

— Qu'est-ce que c'est ?

— Je connais le sexe du bébé. Est-ce que tu veux savoir ?

Il sortit les mains de ses poches et se redressa.

— Bien sûr !

— C'est une petite fille.

Toute une série d'expressions traversa le beau visage de Wade. La surprise, l'incrédulité, puis la joie qui fit briller ses yeux.

— Mon Dieu... nous allons avoir une petite fille ! C'est merveilleux.

Piper n'était pas au diapason. Fille ou garçon, de toute manière, elle savait qu'elle ne ferait pas partie de la vie de cet enfant, il le lui avait dit clairement.

— C'est drôle, dit-il, j'avais toujours pensé que ce serait un garçon.

— Tu es déçu ?

— Pas du tout ! Je suis fou de joie ! Je n'aurais jamais pensé avoir cette chance. Merci de me l'annoncer si vite, je peux ainsi me réjouir à l'avance.

Mais, de nouveau, il avait repris l'allure raide qu'il avait au début, et, une fois de plus, elle sentit la tristesse l'envahir. Quel dommage qu'ils ne puissent pas partager cette nouvelle avec l'affection mutuelle qui unit les couples normaux...

L'infirmière arriva avec les papiers nécessaires à la sortie de Piper et un fauteuil roulant.

— Je n'ai pas besoin de ça ! protesta Piper.

— Bien sûr que si, déclara Wade. Tu n'es pas aussi forte que ce que tu crois. Tu as été vraiment malade ces derniers jours !

Piper céda et prit place dans le fauteuil, surprise des attentions dont il l'entourait. Et puis... elle en avait assez de se disputer avec lui. Il avait raison, elle était fatiguée. A moins que ce ne soit le fait de se trouver si près de lui de nouveau qui lui donnait l'impression d'avoir des jambes en coton ?

De retour à la maison, Mme Dexter l'embrassa avec effusion et l'accompagna dans sa chambre où elle l'installa au milieu d'une demi-douzaine d'oreillers.

Wade vint la rejoindre ensuite, le visage fermé.

— Tu es bien installée ?

— Oui, très bien. Merci.

— Es-tu disposée à avoir une petite conversation avec moi ?

Piper sentit son cœur se serrer. *Nous y voilà*, se dit-elle. Il allait l'accuser de ne pas avoir pris suffisamment soin d'elle et d'avoir mis la vie du bébé en danger. Elle prit une profonde inspiration et s'apprêta à se défendre du mieux possible.

— Je t'écoute.

— Je peux m'asseoir à côté de toi ? demanda Wade en désignant le lit.

— Je t'en prie.

Pendant un long moment, il garda les yeux fixés au sol. Enfin, il tourna son visage vers elle. Un visage sérieux et vulnérable comme elle ne le lui avait jamais vu.

— Je te dois des excuses, commença Wade. Beaucoup d'excuses.

Piper ne s'attendait pas à cela. La surprise lui coupa toute répartie. Wade lui prit la main.

— Je t'ai mal traitée, Piper, poursuivit-il, et j'en suis profondément désolé. Je n'ai rien à dire pour ma défense, mais j'espère tout de même que tu me pardonneras un jour. Tu connais un peu mon histoire. Tu sais quel genre de père j'ai eu et combien je me suis juré de ne pas lui ressembler.

Piper hocha la tête.

— Je suis au courant de ta fausse couche, poursuivit-il. Je sais qu'il s'agissait d'une fausse couche et non d'un avortement comme je l'ai longtemps cru. On ne peut pas revenir en arrière, mais j'aurais vraiment aimé être à tes côtés à ce moment-là.

— Comment l'as-tu appris ?

— Hier, j'ai lu les papiers que tu avais entrepris de ranger dans le bureau de ton père. J'en étais arrivé à un point où je t'avais pardonné ce que je croyais avoir été ton choix quand j'ai découvert le dossier médical qui mentionnait clairement qu'il s'agissait d'un avortement spontané.

Il tourna son visage vers Piper.

— Je souhaite continuer ma vie avec toi, Piper, si tu me le permets. Je sais que je ne le mérite pas, mais je te demande d'envisager de rester ici pour élever notre fille avec moi, comme une véritable famille.

— Une vraie famille ?

Piper n'osait pas croire ce qu'elle entendait.

— Je t'aime, Piper. Plus que jamais. Je t'en supplie, accorde-moi une nouvelle chance. Laisse-moi être l'homme qui te protègera chaque jour pendant le restant de nos vies.

— Wade…

Sa gorge était nouée par l'émotion.

— Je ne méritais pas ton amour autrefois, déclara-t-elle, mais je te prouverai que je ne suis plus la même.

— Je le sais, murmura Wade en déposant un baiser au creux de sa main. Nous étions trop jeunes autrefois pour comprendre la chance que nous avions de nous aimer.

— C'est vrai, reconnut Piper.

— Nous avons tous les deux commis de grosses fautes, mais, au moins, nous avons su en tirer les leçons. Piper, est-ce que tu acceptes de m'épouser ? Est-ce que tu veux bien finir de grandir à côté de moi ?

— Oui. Je serai fière d'être ta femme.

— Alors il ne faut pas que tu restes ici ! déclara Wade en soulevant Piper dans ses bras.

— Eh… où est-ce que tu m'emmènes ?

— Chez moi… chez nous… dans mon lit !

Quelques instants plus tard, lorsque Wade la déposa délicatement dans le grand lit de sa chambre, Piper avait déjà compris qu'à jamais elle serait la première dans son cœur et dans sa vie.

MAISEY YATES

Un mariage sous condition

Traduction française de
ÉDOUARD DIAZ

HARLEQUIN

Titre original :
CLAIM ME, COWBOY

Ce roman a déjà été publié en 2019.

Prologue

1er novembre 2017

CHERCHE UNE ÉPOUSE

Célibataire fortuné, 34 ans, cherche épouse.

Jamais marié, pas d'enfants. Cherche compagne capable de figurer à ses côtés lors d'événements internationaux, mondains ou du domaine des affaires. Doit accepter de résider à Copper Ridge, Oregon. Avantages incluent nombreux voyages, généreuse allocation, résidence dans plusieurs propriétés de grand luxe.

5 novembre 2017

CHERCHE UNE ÉPOUSE INCOMPATIBLE

Célibataire fortuné, 34 ans, cherche jeune femme pour jouer le rôle de ma fiancée dans le but de donner une bonne leçon à mon père qui se mêle de tout. J'ai besoin d'une candidate particulièrement insupportable. Doit accepter de séjourner à Copper Ridge durant un mois au minimum. Rémunération généreuse.

1

— Non, inutile de m'envoyer ce genre de photos.

Joshua Grayson tourna son regard vers la fenêtre de son bureau, luttant contre sa frustration.

Il avait quitté Seattle six mois plus tôt pour revenir s'installer ici, à Copper Ridge, se détournant sans aucun regret des silhouettes rectangulaires des immeubles de la métropole pour le spectacle des montagnes.

Lorsqu'il contemplait les montagnes, il avait l'impression de se ressourcer.

Pouvoir remonter à cheval y contribuait aussi beaucoup. Il adorait galoper d'un bout à l'autre de la propriété, sans autre son dans les oreilles que le bruit du vent et le martèlement des sabots sur le sol.

Mais, à cet instant précis, même cela n'aurait pu soulager l'état de tension où il vivait depuis qu'il devait gérer les résultats de la petite annonce ridicule que son père avait fait paraître dans le journal – à son insu. Une nouvelle tentative du vieil homme afin de contraindre Joshua à adopter le seul style de vie qu'il jugeait convenable pour son fils : une épouse et des enfants.

Son père n'arrivait pas à comprendre que Joshua avait d'autres priorités.

Non, décidément, ce genre de vie n'était pas pour lui. Et c'était pour cette raison qu'il avait décidé de donner à son père une bonne leçon.

Mais certainement pas avec Brindy, qui proposait de lui envoyer des selfies « au naturel ».

— Mais, protesta-t-elle d'un ton grincheux, votre petite annonce disait...

— Ce n'était pas ma petite annonce, coupa-t-il. Au revoir.

Ce n'était pas lui qui avait placé la première de ces deux annonces dans l'un des plus grands journaux du pays, soi-disant afin de trouver une épouse pour la vie. En revanche, il était bien l'auteur de la seconde, qui demandait aux candidates d'être les plus extravagantes possible, pour tenir un rôle uniquement temporaire.

Il en avait assez des machinations de son père, même si elles partaient d'une bonne intention. Il en avait assez qu'on lui présente les filles de « vieux amis » à toutes les réunions de famille. Il en avait assez de devoir éviter ces femmes qui le traquaient sans relâche comme s'il était le renard dans une chasse à courre.

Mais c'était lui qui gagnerait cette partie. Une bonne fois pour toutes. Et il comptait sur la femme qui devait bientôt arriver pour être son joker.

La première femme à avoir répondu à sa contre-annonce s'appelait Danielle Kelly, et elle n'avait que vingt-deux ans – ce qui servait très bien ses projets. Son père penserait qu'elle était trop jeune pour lui. À vrai dire, Joshua était du même avis. Il préférait les femmes plus mûres.

Il savait que la jeunesse, l'idée des corps lisses et fermes, alimentaient les fantasmes de certains hommes. Mais, dans son expérience, plus la femme était jeune et moins elle était à l'écoute de sa propre sensualité. Il n'avait pas la patience de devenir leur professeur.

Ce qu'il entreprenait en ce moment ne l'enchantait pas non plus, mais les jeux étaient faits. Plus vite il mettrait un terme à cette farce, et plus vite il pourrait retourner à sa vie réelle.

Le carillon de l'entrée sonna, il se leva et fit le tour de sa table de travail. Elle était arrivée.

Un coup d'œil à sa montre lui indiqua qu'elle était en retard et il esquissa un sourire.

Encore mieux.

Il dévala l'escalier, impatient de rencontrer son épouse temporaire. De mettre en œuvre son plan génial et d'en finir le plus vite possible. Il traversa le hall à grands pas, ouvrit la porte d'un geste brusque...

Et il se figea.

La femme plantée sur le seuil était petite. Et aussi très jeune, comme il s'y était attendu, mais... Elle ne portait aucun maquillage, ce qui la rajeunissait encore, lui donnait l'air d'une adolescente. Elle avait des traits fins et délicats, des cheveux lisses brun foncé sous un bonnet de laine si effiloché qu'il semblait sur le point de se détricoter sur sa tête.

Il ne s'attarda pas sur le reste – son vieux pull aux manches trop longues, son jean moulant qui avait vu de meilleurs jours –, car un autre détail venait d'attirer son attention. Un petit paquet qu'elle portait entre ses bras.

Un bébé.

Son épouse temporaire était venue avec un bébé.

De mieux en mieux.

Danielle priait pour que cet homme ne soit pas un tueur en série. Car il y avait tout de même de quoi se poser des questions. Quel idiot irait placer une petite annonce dans le journal pour trouver une épouse temporaire ?

Apparemment, cet idiot-là.

Danielle mit un instant à comprendre qu'elle fixait le centre d'un large torse masculin aux muscles saillants. Elle dut lever un peu la tête pour voir son visage. Il était très... grand. Et très séduisant.

Incroyablement séduisant.

Large d'épaules, doté d'une puissante musculature, avec une ombre de barbe sur ses joues qui conférait une certaine rudesse masculine à un visage trop joliment classique.

— S'il vous plaît, dites-moi que vous n'êtes pas Danielle Kelly, dit-il, croisant ses bras sur le large torse qu'elle avait peine à quitter des yeux.

— Si, si, c'est moi, assura-t-elle. Attendiez-vous quelqu'un d'autre ? Je suppose que j'aurais dû le prévoir. Je ne dois pas être la seule à avoir répondu à votre annonce, même si j'avoue que je l'ai trouvée un peu étrange. La promesse d'une généreuse rémunération était tentante. Mais, si je peux vous donner mon avis, vous devriez espacer davantage vos rendez-vous.

— Vous avez un bébé, observa-t-il.

— Oui, convint Danielle, baissant les yeux vers le paquet dans ses bras.

— Vous ne l'aviez pas signalé, dans vos mails.

— Bien sûr que non. Je m'étais dit qu'il vous serait trop facile d'écarter ma candidature.

Cette réponse le fit rire malgré lui, mais il se reprit vite.

— Vous aviez supposé juste, convint-il.

— Mais, à présent, je suis ici. Et je n'ai plus de quoi payer l'essence pour rentrer chez moi. Je vous rappelle que vous aviez demandé quelqu'un qui ne fasse pas du tout l'affaire.

Elle repositionna Riley dans ses bras, avant d'ajouter :

— À mon avis, vous trouverez difficilement une femme moins bien qualifiée que moi pour vous épouser.

Elle imaginait facilement l'image qu'elle devait offrir, avec son épave de voiture toute rafistolée garée dans l'allée et elle-même vêtue de ces guenilles. Elle avait faim et elle savait qu'elle avait perdu du poids au cours des dernières semaines. Elle avait été mince, mais, à présent, elle avait les os saillants et des cernes si sombres qu'on aurait dit qu'elle avait les deux yeux pochés.

— En tout cas, je me suis dit que je ferais une piètre fiancée pour un homme d'affaires comme vous, ajouta-t-elle. N'êtes-vous pas de mon avis ?

— Et le bébé ?

— Oui, quoi ?

— Avez-vous prévu qu'il vive ici, avec vous ?

— Bien sûr que non, répliqua-t-elle, sarcastique. Il vivra dans ma voiture pendant que je ferai la fête dans votre belle maison de star.

— Un bébé ne faisait pas partie de l'accord, grogna-t-il.

— Quel est le problème ? Votre mail disait que ce serait seulement jusqu'à Noël. Pouvez-vous vous imaginer en train de raconter à votre père que vous aviez choisi d'épouser une Cendrillon des bas quartiers de Portland et qu'elle s'est présentée à votre porte avec un bébé dans les bras ? Ce sera incroyablement embarrassant, bien entendu, mais pour finir tout le monde en rira.

— Entrez, marmonna-t-il en s'effaçant pour la laisser pénétrer dans sa somptueuse maison, l'air toujours aussi taciturne.

Serrant Riley contre sa poitrine, elle traversa le seuil, admirant les hauts plafonds, les immenses baies vitrées qui offraient une vue grandiose sur les montagnes.

Portland n'était pas une ville désagréable. L'air n'y était pas trop pollué et, une fois que l'on avait dépassé les gratte-ciel, la nature n'était jamais très loin.

Mais ce panorama, c'était tout de même autre chose.

Elle abaissa le regard vers le sol et, surprise, elle fit précipitamment un pas en arrière en s'apercevant qu'elle se tenait sur un sol de verre. Un clair ruisseau coulait sous la dalle transparente, et on y distinguait même quelques poissons entre les rochers, juste sous la surface de l'eau.

— C'est une réalisation de ma sœur, expliqua-t-il. Elle est la nouvelle architecte en vogue dans la région et, le plus extraordinaire, c'est qu'elle a à peine plus de vingt ans. Ses innovations bousculent sérieusement les anciens standards de sa profession.

— On croirait entendre une citation de magazine.

— Cela pourrait le devenir, répondit-il en riant. C'est moi qui écris les communiqués de presse de Faith. C'est mon métier, voyez-vous. Je suis responsable des relations publiques de notre firme. Nous nous sommes beaucoup développés récemment, et pas seulement dans le domaine de la conception, mais aussi de la construction proprement dite. Comme vous le constatez, le travail de Faith est très spécialisé et très envié.

Danielle demeura songeuse un instant. Elle ne parvenait

même pas à imaginer que l'on puisse connaître un tel succès à un si jeune âge. Naturellement, Joshua et sa sœur devaient être issus d'une famille fortunée. Il était impossible de se construire une telle vie en partant de rien.

Danielle avait le même âge, et elle n'avait même pas de compte bancaire à son nom et, moins encore, une florissante entreprise à elle.

Tout cela devait changer. Pour Riley.

Après tout, c'était pour lui qu'elle était ici.

En vérité, rien d'autre n'aurait pu la convaincre de répondre à cette petite annonce. Elle avait vécu dans la pauvreté durant toute sa vie. Mais Riley méritait mieux : une vie stable. Et il ne méritait certainement pas de finir dans une famille d'accueil pour l'unique raison qu'elle n'arrivait pas à mettre sa vie en ordre.

— Dites m'en davantage, concernant cet arrangement, dit-elle en traversant prudemment la surface de verre transparente. Qu'attendez-vous de moi, au juste ?

Elle tenait à être fixée dès le départ. Connaître les termes et les conditions de leur contrat qu'il n'avait pas précisés dans ses mails. Si quelque chose ne lui convenait pas, elle était prête à faire immédiatement demi-tour. Et, s'il essayait de l'arrêter, il le regretterait.

— Mon père a placé une petite annonce dans un quotidien national prétendant que je cherchais une épouse, expliqua-t-il. J'ai eu la surprise de recevoir une avalanche de réponses avant même d'avoir lu l'annonce. Mon père croyait bien faire, mademoiselle Kelly. Il est prêt à tout pour que ses enfants soient heureux. Le problème, c'est que, pour lui, il n'existe qu'une seule façon d'y parvenir.

Il désigna d'un geste circulaire l'espace qui les entourait, la maison magnifique et le paysage, avant d'ajouter :

— Il ne croit pas que tout ceci puisse me rendre heureux. Il se trompe, mais il refuse de l'entendre. Je voudrais bien lui donner une leçon.

— En le laissant croire qu'il a gagné ?

— En quelque sorte. C'est là que vous intervenez. Comme je

vous le disais, il ne comprend pas qu'on puisse avoir un point de vue différent du sien. Pour lui, une épouse doit rester à la maison et me masser les pieds lorsque je rentre du travail. Il veut me marier à une femme qui accepte cette tradition, une femme douce et docile. Et j'imagine que vous n'êtes pas ce genre de femme, ajouta-t-il en la toisant de la tête aux pieds.

— Pas vraiment, convint-elle, s'abstenant de préciser que, dans l'environnement où elle avait vécu, il n'y avait pas vraiment de place pour cette sorte de douceur.

— Et vous avez raison, il ne va pas du tout apprécier que vous soyez venue avec un bébé. En fait, il vous considérera sûrement comme une aventurière.

— C'est ce que je suis, répliqua-t-elle. Si vous n'aviez pas proposé de l'argent, je ne serais pas ici. J'ai besoin d'argent, monsieur Grayson, pas d'un fiancé.

— Appelez-moi Joshua. Suivez-moi, s'il vous plaît.

Elle lui emboîta le pas. Après avoir traversé un salon qui paraissait tout droit sorti des pages d'un magazine d'art de vivre, ils entrèrent dans la cuisine.

Cet espace la laissa pantoise. Tout ici brillait de mille feux. Acier inoxydable et bois précieux, c'était un mélange éclectique de modernité et tradition, à mille lieues de la cuisine de sa mère au sol de linoléum usé, avec des fleurs en plastique dans un horrible vase pour unique fantaisie.

— Vous vivrez ici durant toute la période de notre accord, déclara-t-il. Vous m'accompagnerez aux réunions de famille et aux événements professionnels auxquels je serai appelé à participer.

— N'êtes-vous pas inquiet à l'idée que je sois aussi incompatible avec votre milieu professionnel ?

— Pas vraiment. Nos partenaires en affaires sont fascinés par tout ce qui rompt avec la tradition. Comme je vous le disais tout à l'heure, ma sœur Faith est une sorte de pionnière en la matière.

— Génial, répondit-elle sans enthousiasme. Je me réjouis d'être une valeur non traditionnelle pour vous.

— Que vous en soyez heureuse ou non n'est pas mon affaire,

observa-t-il. Comme vous serez payée, alors vous n'avez pas besoin d'être heureuse.

— Eh bien je n'ai pas envie d'être malheureuse non plus, répliqua-t-elle, fronçant les sourcils. C'est l'autre détail dont nous devons discuter : les conditions et tout le reste. J'ignore ce que vous pensez obtenir de moi, mais je ne suis pas ici pour être votre partenaire sexuelle. Je suis venue pour jouer le rôle de votre fiancée, comme le disait l'annonce.

L'expression de dédain qu'elle vit apparaître sur le visage de son interlocuteur était presque comique. Presque. Car elle mettait sérieusement à mal son ego féminin.

— Je crois que je serai capable de me contrôler, mademoiselle Kelly.

— Si je vous appelle Joshua, vous pouvez m'appeler Danielle, répondit-elle seulement.

— J'en prends bonne note.

Le ton de sa voix suggérait qu'il ne tiendrait pas forcément compte de ses souhaits. Un caractère difficile. Pas étonnant qu'il n'ait trouvé aucune femme qui accepte de l'épouser. Elle aurait dû se douter que quelque chose n'allait pas chez lui. Après tout, il était très riche et plus séduisant qu'elle n'aimait le reconnaître. Le père de Joshua n'aurait pas dû avoir besoin d'une petite annonce pour lui trouver une épouse.

Un claquement de doigts et elles auraient accouru en masse.

Cette idée provoqua un nouveau frisson d'inquiétude en elle. Elle devrait peut-être écouter ces signaux d'alerte.

Mais il y avait la question de l'argent. Elle avait besoin de ce salaire.

— Que suis-je censée faire avec le reste de mon temps ? s'enquit-elle.

— Simplement rester là, répondit-il comme si c'était la chose la plus naturelle du monde, comme si l'idée de rester à ne rien faire dans ce palais n'était pas étrange du tout. De plus, vous avez votre bébé. Je suppose que ça prend beaucoup de temps.

— « Il », corrigea-t-elle. Il s'appelle Riley. Et vous avez raison, il m'occupe une bonne partie de la journée. Riley est un bébé, vous savez, totalement sans défense, et il a besoin de quelqu'un pour satisfaire tous ses besoins, physiques et émotionnels. Visiblement, vous l'ignorez.

— Je ne m'en cache pas, répondit-il, la fusillant du regard.

— De toute façon, cette maison est suffisamment grande pour que vous n'ayez jamais à vous en soucier.

— J'ai des horaires particuliers, observa-t-il. Je travaille avec des clients dans le monde entier et je dois rester disponible pour communiquer avec eux au téléphone, ce qui signifie que je dors rarement plus de deux heures de suite. Je passe aussi énormément de temps à l'extérieur.

Elle s'en serait doutée. Bien sûr, il se comportait comme un homme d'affaires coincé, mais il portait un jean et un T-shirt. Et il était dans une forme physique qui ne pouvait pas avoir été acquise uniquement dans une salle de sport. Mais, bien sûr, concernant les hommes et leur physique, elle n'était pas vraiment une experte.

— Alors, où est le piège ? s'enquit-elle.

Rien dans la vie ne vous était donné aussi facilement, elle en était certaine. Elle s'attendait encore à ce qu'il la conduise dans son donjon et qu'il lui montre où il rangeait ses instruments de torture.

— Il n'y a aucun piège, assura-t-il. C'est seulement ce qui arrive lorsqu'un homme trop riche et doté d'un sens de l'humour un peu pervers décide de donner une leçon à son enquiquineur de père.

— Donc, si j'ai bien compris, je vis dans cette magnifique maison, je porte votre bague, je rencontre votre famille et je me conduis de façon abominable. Et, ensuite, je suis payée ?

— C'est exactement notre accord, mademoiselle Kelly.

— Et si j'en profitais pour voler votre argenterie ?

— Dans ce cas, je gagne encore, répondit-il en riant. Si vous vous enfuyez en pleine nuit, je n'ai pas à vous payer, et je peux déclarer à mon père qu'à cause de ses manigances j'ai été victime d'une intrigante et que j'en ai le cœur brisé.

Il avait vraiment pensé à tout. C'était sûrement l'une des raisons qui expliquaient sa réussite.

— Alors… Euh… Allons-nous le faire ?

— Vous aurez des papiers à signer, mais oui, nous allons nous lancer, répondit-il d'un ton assuré.

Il tira un petit écrin de velours de la poche de son jean et fit basculer le couvercle, révélant une bague ornée d'un diamant si énorme qu'il en paraissait obscène.

C'était le moment qu'elle redoutait. Il allait sûrement lui ordonner de se promener toute la journée déguisée en ours en peluche ou quelque chose du même genre.

Au lieu de cela, il tira la bague de son écrin et la lui tendit.

— Donnez-moi votre main.

Elle obéit automatiquement, son corps décidant à sa place. Allait-il mettre un genou à terre devant elle ou simplement glisser la bague à son annulaire ?

Il ne fit ni l'un ni l'autre. Il se contenta de déposer le précieux bijou au creux de sa paume.

Elle referma les doigts sur la bague avec l'impression d'avoir reçu une décharge électrique, consciente qu'elle tenait dans sa main une somme d'argent supérieure à ce qu'elle gagnerait probablement durant toute sa vie.

À la réflexion, ce n'était pas vrai. Car, au cours du mois à venir, elle allait gagner assez d'argent pour régler tous ses problèmes et ceux de Riley, et obtenir sa garde permanente.

Sa vie n'avait été qu'une succession d'épreuves, entre de constants déménagements et les « tontons » de plus en plus douteux que sa mère ramenait à la maison. La faim, le froid, la peur, l'incertitude…

Elle ne permettrait pas que Riley subisse le même sort. Elle allait tout faire pour que son demi-frère soit protégé. Cet accord, même si Joshua avait exigé d'elle qu'elle se déguise en oursonne sexy, était un prix à payer modeste pour offrir un avenir à Riley.

2

En suivant Danielle dans le couloir, Joshua regrettait de ne pas avoir de gouvernante chez lui. Une vieille dame britannique aurait été bien pratique en un moment comme celui-ci. Elle aurait sûrement trouvé Danielle et son bébé adorables. Ce qui n'était pas du tout son cas.

Au contraire, il avait l'impression que son intimité avait été envahie. C'était idiot, bien entendu, car il avait lui-même créé cette situation. Toutefois, il ne l'avait fait qu'après avoir lu la petite annonce de son père et décidé que ce vieil entremetteur avait besoin d'une bonne leçon qui le découragerait à l'avenir de se mêler de sa vie.

Il importait peu que son père ait un cœur d'or ou qu'il soit bien intentionné. Joshua en avait assez d'être harcelé avec la même question chaque fois qu'il dînait chez ses parents : quand comptait-il fonder une famille ?

Cela n'arriverait jamais.

À une autre époque de sa vie, il avait cru que tel était son destin. Il avait été impatient de se marier. Mais les gens qui vous déclarent qu'il vaut mieux avoir aimé et perdu que de n'avoir jamais aimé n'ont visiblement jamais été les responsables de la rupture.

Aujourd'hui, il était plutôt satisfait de vivre seul. Et, lorsque sa solitude lui pesait, il appelait simplement une femme et passait quelques heures avec elle dans son lit. Trouver l'amour ne faisait pas partie de ses projets.

— C'est vraiment une grande maison, remarqua-t-elle.

Le ton était vaguement désapprobateur, ce qui lui sembla un comble. Soit, il avait payé une femme pour qu'elle prétende être sa fiancée durant quelque temps. Et il était vrai aussi que sa maison comportait plus de pièces qu'il ne pouvait en utiliser. Mais elle avait répondu à l'annonce d'un parfait inconnu en quête d'une fiancée temporaire. Honnêtement, elle était mal placée pour le juger.

— Oui, en effet, grommela-t-il.

— Pourquoi ? insista-t-elle. Vous vivez seul, n'est-ce pas ?

— Parce que la taille compte, répondit-il, ignorant le bébé qu'il venait d'entendre gémir dans ses bras.

— Oui, je vois, dit-elle d'un ton sans chaleur. J'ai déjà habité dans des immeubles plus petits que cette maison.

— Et que suis-je censé en conclure ? grogna-t-il en s'arrêtant pour lui faire face. Dois-je me sentir coupable d'habiter dans une grande maison ? Croyez-moi, mes débuts ont été plus que modestes. J'ai simplement choisi un mode de vie différent de celui de mes parents parce que j'en ai les moyens et que je l'ai mérité.

— Oh ! je vois. Alors, je suppose que, moi aussi, j'ai mérité de me retrouver dans une situation désespérée.

— Je ne connais pas votre vie, Danielle, répliqua-t-il, vaguement conscient qu'il prononçait son prénom pour la première fois. Et, plus important encore, je ne veux pas la connaître.

— Tant mieux, car, moi non plus, je n'ai pas envie de connaître la vôtre. Seulement, comme je vais habiter chez vous, je serai sûrement amenée à… entrevoir certains détails de votre vie. Et cela pourrait donner lieu à des conversations comme celle-ci. Si vous vous permettez de faire des suppositions à mon sujet, vous devez être préparé à ce que je fasse de même.

— Je n'ai aucune obligation envers vous. Je vous rappelle que je suis votre employeur et que vous travaillez pour moi. Cela signifie que, s'il me prend envie de vous raconter les traumatismes émotionnels de mon enfance, vous restez assise à m'écouter religieusement. Et, à l'inverse, si je n'ai pas envie d'écouter les vôtres, rien ne m'y oblige. Il me suffit de vous jeter de l'argent jusqu'à ce que vous vous taisiez.

— Fichtre ! Voilà l'offre d'emploi que j'ai attendue toute ma vie. Vous verrez, j'ai la langue bien pendue, et beaucoup de mal à me taire. Cela signifie que vous allez devoir me couvrir d'or.

— N'éprouvez pas ma patience, mademoiselle Kelly, répliqua-t-il, revenant à son nom de famille pour reprendre ses distances.

Il n'avait vraiment pas envie qu'elle lui raconte son enfance ou lui explique les raisons qui l'avaient amenée chez lui. Il n'avait aucun désir de se poser des questions au sujet de son passé, de son enfance pas davantage que de sa vie d'adulte. Il ne voulait pas connaître le nom du père de son enfant, ni savoir pourquoi elle se trouvait dans une telle situation. Ce n'était pas ses affaires et il s'en fichait.

— « N'éprouvez pas ma patience, mademoiselle Kelly », gronda-t-elle, singeant le ton de sa voix.

— Vraiment, je...

— Quoi ? l'interrompit-elle. Vous ne pouvez pas vous comporter comme un parfait goujat et espérer que la personne en face ne vous renvoie pas la balle.

— Je fais ce qui me plaît, puisque je vous paie pour être ici.

— Vous n'avez pas l'intention de me regarder passer l'aspirateur déguisée en ours en peluche, n'est-ce pas ?

— Quoi ?

— Certains hommes ont ce genre de fantasmes. Ils aiment les animaux en peluche. Ou, plutôt, les gens en costume d'animaux en peluche.

— Pas moi.

— Vous m'en voyez soulagée.

— J'aime les femmes, précisa-t-il. Vêtues comme des femmes. Ou, mieux encore, nues.

— Je ne vous juge pas. Votre père avait sûrement une bonne raison pour placer cette fameuse annonce dans le journal. Il tient visiblement à vous voir marié.

— Il ne comprend pas qu'on puisse choisir une autre vie que la sienne. Il a été heureux avec une famille et un ranch. Mais aucun de ses enfants ne partage son point de vue et il n'y a rien de mal à cela.

— Alors, aucun de vous n'est marié ?

— L'un de nous a franchi le pas. Le seul de mes frères qui rêvait de vivre dans un ranch.

Il s'arrêta devant la porte tout au bout du couloir, se réjouissant secrètement d'avoir réservé cette chambre pour la femme qui répondrait à sa petite annonce. Il ignorait alors qu'elle allait arriver chargée d'un bébé, mais, à présent, il tenait d'autant plus à l'éloigner le plus possible de lui.

— Est-ce ma chambre ? s'enquit-elle.

— Oui, confirma-t-il, ouvrant la porte en grand.

Elle s'immobilisa sur le seuil de la chambre, bouche bée, et il dut reconnaître qu'il ressentit une certaine satisfaction à voir sa réaction. Elle avait l'air... éblouie. Comme une personne découvrant une magnifique œuvre d'art. Sauf qu'il s'agissait seulement d'une chambre. Plutôt fastueuse, il devait en convenir, jusque dans les petits détails.

Le grand lit avait été confectionné avec des branches naturelles aux formes irrégulières, soutenues par des piliers faits de troncs d'arbres laqués et brillants, qui allaient du sol jusqu'au plafond en conservant la forme qu'ils avaient dans les bois. Ce lit transformait la pièce en une sorte de forêt enchantée. Un peu trop fantaisiste à son goût, certes – sa propre chambre était d'ailleurs d'un style beaucoup plus épuré –, mais, à l'évidence, Danielle était conquise.

Ce qui aurait dû le laisser indifférent.

— J'ai déjà vécu dans des appartements plus petits que cette chambre, c'est certain, observa-t-elle en parcourant la pièce d'un regard circulaire, son bébé serré dans ses bras.

Elle leva les yeux vers la mezzanine, conçue pour avoir l'air suspendue entre les branches, avant d'ajouter, d'un air émerveillé :

— Et, là-haut... Est-ce un coin de lecture ?

— Je n'en suis pas vraiment sûr.

Il supposait que ce perchoir était probablement plutôt destiné à des ébats coquins, mais, bien sûr, c'était seulement une opinion. Si cette chambre avait été la sienne, c'est ainsi qu'il l'aurait utilisée. En amour, il fallait savoir être créatif.

— Nous avions un coin de lecture similaire, remarqua-t-elle d'un air songeur. Pas chez nous, bien sûr, mais à l'école communale. Notre maîtresse adorait les livres et elle aimait nous les faire lire. Alors nous avions le droit de rester allongés en classe avec un livre et...

Elle se tut brusquement, comme si elle venait de prendre conscience de ce qu'elle faisait.

— Cela ne fait rien, marmonna-t-elle. D'ailleurs, je vous ennuie. Disons seulement que ce sera mon coin de lecture.

— Vous pouvez vous y installer déguisée en ourse en peluche si cela vous tente, rétorqua-t-il. Je m'en fiche.

— C'est votre fantasme, pas le mien.

— Avez-vous des bagages que je dois aller chercher dans votre voiture ?

— Je ne vous ai rien demandé, répondit-elle, visiblement étonnée par cette proposition.

Il comprit tout à coup qu'elle le croyait en train d'essayer de se montrer charmant avec elle. Pour lui, cette offre était simplement de rigueur. C'était ce que son père lui avait inculqué depuis sa plus tendre enfance : lorsqu'on croise une femme lourdement chargée et qu'on ne lui propose pas de porter ses paquets, on n'est pas un homme digne de ce nom.

— Cela ne me dérange pas, grogna-t-il.

— D'ailleurs, il n'y a qu'un seul sac, observa-t-elle.

Il la dévisagea, stupéfait. Elle était une femme. Une maman. Il était certain que la plupart des mamans voyageaient avec une tonne de bagages.

— Un seul sac ?

— Oui, confirma-t-elle, haussant les épaules. Nous voyageons léger.

— Je vais aller vous le chercher, déclara-t-il en tournant les talons pour sortir de la chambre.

— C'est inutile, insista-t-elle. Je vais aller le chercher moi-même.

— Je vous ai dit que je m'en chargeais, grogna-t-il.

— Ma voiture est fermée à clé.

Il se contenta de l'ignorer et poursuivit imperturbablement

son chemin jusqu'à la porte d'entrée, puis il sortit du même pas pour se diriger vers la monstrueuse antiquité couleur bordeaux, garée dans son allée.

La portière était un peu de travers. Il lui suffit de la soulever un peu et de tirer fort pour réussir à l'ouvrir.

— Pas très bien fermée, remarqua-t-il.

— Vous êtes insupportable, marmonna-t-elle en le fusillant du regard.

Sur le siège arrière, il ne vit qu'un sac de sport usé jusqu'à la corde, à l'évidence son seul bagage, qui en des temps meilleurs avait été bleu ciel. La fermeture à glissière cassée avait été remplacée par quatre grosses épingles à nourrice. Pas très pratique, tout cela.

— Ce soir, vous sortirez tout le contenu de cette chose et j'en ferai un grand feu.

— C'est le seul sac que je possède, protesta-t-elle.

— Je vous en achèterai un neuf.

— J'espère qu'il ne sera pas retiré de ma paie.

— Vous avez ma parole que toutes les dépenses nécessaires pour vous aider à tenir votre place dans cet environnement ou pour m'éviter d'attraper la gale seront à ma charge.

— Je n'ai pas la gale ! s'insurgea-t-elle.

— Je n'ai pas dit que vous l'aviez, observa-t-il. Mais ce sac de sport m'inquiète davantage.

— Ce sac est propre, rétorqua-t-elle. Et moi aussi.

Jetant le fameux sac sur son épaule, il reprit le chemin de la maison à grands pas, Danielle trottinant derrière lui comme une nymphe enragée, minuscule mais incroyablement intense. Il sentait son regard planté dans son dos comme un poignard, juste entre ses omoplates.

Cette femme n'était pas du genre à se laisser intimider.

C'était peut-être le signe qu'il devrait la traiter avec douceur. Pas parce qu'elle en avait besoin, mais parce que, à l'évidence, personne n'avait encore jamais essayé d'être aimable avec elle. Le problème, c'était qu'il ne savait pas comment s'y prendre. Sans oublier qu'il la payait une fortune pour qu'elle l'accepte tel qu'il était.

Et qu'elle avait amené un bébé dans sa maison.

— Vous allez avoir besoin de quelques petites choses, observa-t-il en fronçant les sourcils.

— Quelle sorte de petites choses ? s'enquit-elle alors qu'ils entraient dans la chambre qu'il lui avait réservée.

— Un berceau, par exemple, précisa-t-il en laissant négligemment tomber le sac de sport sur le sol. Pour le reste, je m'en remets à vous, car je n'ai aucune idée des besoins d'un bébé.

Elle lui décocha un regard noir, puis elle se pencha pour ouvrir le sac, d'où elle retira d'abord un biberon et une boîte de lait en poudre qu'elle jeta sur le lit, puis une couverture qu'elle étala sur le sol avant de coucher le bébé en son centre.

— Nous n'avions pas profité d'un tel confort depuis longtemps, répondit-elle, mais je suppose que quelques articles pour chambre d'enfant seraient les bienvenus. Cela dit, jusqu'ici, Riley et moi nous en sommes très bien passés. Au fond, peut-être pas si bien que cela, corrigea-t-elle après une pause. Si c'était le cas, je n'aurais sûrement pas répondu à votre annonce. En tout cas, ce que j'ai me suffit pour le moment. Lorsque vous m'aurez payée, Riley et moi allons commencer une nouvelle vie. Entre-temps, tout cela n'a aucune importance.

— Qu'est devenu le père de Riley ? Il me semble qu'il devrait vous verser une pension alimentaire, non ?

— Croyez-vous vraiment que je sais qui il est ?

Elle avait dû lire une expression de désapprobation sur son visage, car elle rougit et lui lança un regard irrité.

— Ce que je veux dire, c'est que j'ignore où il se trouve, ajouta-t-elle. Il s'est bien gardé de laisser une adresse. D'ailleurs, je ne suis même pas sûre de connaître son véritable nom.

— Je vais appeler Poppy, mon assistante au bureau. Elle saura probablement mieux que moi de quoi vous pourriez avoir besoin.

En fait, Poppy était l'assistante de son frère Isaiah, mais elle donnait occasionnellement un coup de main à Joshua et à Faith. Poppy pouvait faire en sorte que tout ce dont le bébé pourrait exiger soit livré à la maison sous vingt-quatre heures.

— C'est inutile, assura-t-elle. Vous n'avez pas besoin de vous mettre en quatre pour nous.

— Je suis censé convaincre mes parents que je m'apprête à vous épouser, rétorqua-t-il. Je ne pense pas qu'ils puissent croire que je laisse ma fiancée vivre dans le dénuement. Tout doit être impeccable ou ils se méfieront. Considérez qu'il s'agit d'un bonus qui vient compléter votre salaire.

Elle le dévisagea un instant, ses yeux lançant des éclairs, puis elle hocha la tête.

— Bon, d'accord.

Sans trop savoir pourquoi, il s'était attendu à ce qu'elle refuse. Mais, après tout, c'était la promesse d'un gain financier qui l'avait incitée de répondre à son annonce. Pourquoi contesterait-elle un bonus ?

— Parfait, conclut-il. Vous ne me verrez probablement pas très souvent. Je travaille beaucoup. Nous dînons chez mes parents après-demain. Entre-temps, sentez-vous libre d'explorer la maison et la propriété. Cette maison est aussi la vôtre. Pour le moment.

Il ne faisait pas cela par générosité. Simplement, il n'avait pas envie de devoir répondre à des questions ou s'inquiéter qu'elle soit constamment à lui demander ce qu'elle pouvait faire et ce qui lui était interdit. Il désirait les installer dans cette chambre, elle et le bébé, et les oublier jusqu'à ce qu'il ait besoin d'eux comme accessoires utiles à son plan.

— Vraiment ? s'étonna-t-elle, sa méfiance naturelle refaisant surface.

— Je suis un homme très occupé, mademoiselle Kelly, répondit-il. Je n'ai pas l'intention de jouer les baby-sitters. Pour vous ou pour le bébé.

Et, sur ces mots, il tourna les talons et la laissa seule.

3

Danielle avait mal dormi, cette nuit-là. Et, naturellement, elle n'avait pas quitté sa chambre depuis qu'il l'y avait laissée. Toutefois, tôt le lendemain matin, un fourgon de livraison était arrivé. Et c'était sa signature qu'on lui avait demandée. Ensuite, cela avait été un défilé de cartons, comme une parade de Noël sans emballage cadeau.

Toute une équipe d'hommes avaient monté les cartons à l'étage. Ils avaient assemblé un berceau, une chaise pour bébé et une série d'accessoires dont elle ignorait même l'existence. Comment aurait-elle pu les connaître ? Elle ne s'était jamais attendue à devoir s'occuper d'un bébé.

Lorsque sa mère avait fait une réapparition dans sa vie – seule et enceinte –, Danielle venait enfin de vivre deux années sans souci dans son propre espace. Pour la première fois de sa vie, elle avait été enfin libre de ne s'occuper que d'elle-même, mais elle avait accueilli chaleureusement sa mère et avait tout fait pour qu'elle se sente bien. Elle avait même payé de sa poche une assurance médicale, afin que le coût de la prise en charge de sa grossesse ne la dissuade pas de s'occuper correctement d'elle-même et du bébé.

Plus tard, lorsque sa mère avait à nouveau disparu en les abandonnant, Riley et elle, Danielle avait compris que son petit frère allait probablement rester à sa charge et elle avait contacté les services sociaux.

Deux possibilités s'offraient à elle. Riley pouvait être confié à une famille d'accueil ou bien Danielle acceptait de suivre des cours pour nouveaux parents, auquel cas elle serait temporairement nommée sa tutrice légale.

Elle avait choisi la seconde solution.

Mais elle avait le plus grand mal à joindre les deux bouts, et cette vie-là ressemblait trop à celle qu'elle-même avait vécue depuis son enfance. Elle désirait davantage pour Riley. Pour eux deux. Un emploi à temps partiel de caissière de supermarché n'était déjà pas très lucratif lorsqu'elle était seule, mais avec Riley, il serait impossible d'en vivre.

Elle avait pourtant fait de son mieux, échangeant des heures de baby-sitting avec une autre célibataire, une voisine dans son immeuble, mais leurs emplois du temps respectifs ne le permettaient pas toujours. Après avoir manqué trop de journées de travail, Danielle avait été licenciée.

Ce qui lui avait valu un premier avertissement des services sociaux.

Au moins, aujourd'hui, elle avait retrouvé un emploi.

Et elle y gagnait une chambre d'enfant complète.

Par bonheur, Joshua n'était nulle part en vue, ce qui lui laissait le temps de réfléchir tranquillement à sa nouvelle situation. Sans sa présence renfrognée, elle avait l'impression de vivre dans la villa de vacances la plus luxueuse du monde. En tout cas, la plus luxueuse qu'elle puisse imaginer.

Elle avait un moniteur pour bébé dans sa poche, qui lui permettrait d'entendre Riley s'il se réveillait. L'instrument lui procurait une liberté dont elle avait été privée depuis la naissance de Riley. Mais, bien sûr, un tel appareil aurait été inutile dans son petit appartement, où elle aurait entendu le bébé pleurer où qu'elle soit.

En revanche, dans cette immense maison, il lui aurait été impossible de descendre se préparer un sandwich à la cuisine pendant que Riley faisait sa sieste dans son berceau tout neuf – le premier qu'il ait eu de sa vie. De plus, comme le moniteur pour bébé disposait aussi d'un vibreur, elle pouvait même écouter de la musique.

Danielle possédait encore l'antique baladeur MP3 que sa mère lui avait offert pour son seizième anniversaire, des années plus tôt. Elle avait appris très tôt à soigner les quelques objets en sa possession, car elle n'était jamais sûre de pouvoir les remplacer. Naturellement, sa musique était aussi ancienne que son support, mais cela ne la préoccupait pas : toute la musique produite depuis ses seize ans était à jeter.

Balançant les hanches en cadence, elle traversa la cuisine en chantonnant à mi-voix. Elle entreprit aussitôt d'explorer les placards et tomba en arrêt devant des tartelettes aux fruits d'une marque que sa mère n'achetait jamais parce qu'elles étaient trop chères. Il y en avait même de plusieurs parfums et elle décida d'en goûter une de chaque pour décider laquelle était la meilleure.

Elle ne s'était pas rendu compte à quel point elle avait faim, mais la sensation n'était pas nouvelle. Elle la traînait avec elle depuis des jours, voire des semaines.

Et, assise sur le luxueux canapé du coin salon, dégustant les délicieuses pâtisseries l'une après l'autre, elle sentit tout à coup que sa vue se brouillait de larmes de soulagement. Car Riley et elle étaient en sécurité, maintenant, bien au chaud. Et elle voyait enfin poindre une lueur d'espoir à l'horizon. La fin du terrible dénuement dans lequel elle avait vécu durant toute sa vie.

À vrai dire, cela semblait presque trop beau pour être vrai. Elle avait peine à croire qu'elle avait effectué un tel bond en avant. Qu'elle était réellement en train de s'extraire de ce gouffre sans fond sans sombrer dans la prostitution.

Bien entendu, certains esprits étroits pourraient décréter que l'accord conclu avec Joshua n'était qu'une forme de prostitution, mais elle n'était pas du tout de leur avis. Il n'avait jamais été question de sexe entre eux.

À cette pensée, elle faillit s'étouffer avec la tartelette qu'elle dégustait. Malgré tout, elle ne pouvait s'empêcher de se demander ce qu'elle ressentirait dans les bras de Joshua. Ou ceux d'un autre homme, d'ailleurs. Les frasques de sa mère avaient à jamais dégoûté Danielle des hommes. Mais, à bien y réfléchir, ce qui lui répugnait, c'était plutôt la manière dont ces derniers s'étaient comportés avec sa mère.

Celle-ci s'exposait à la souffrance, à dépendre volontairement d'une autre personne, jusqu'à ce que cette personne la quitte un jour en la laissant encore plus misérable qu'avant.

Non, merci.

Mais elle comprenait qu'une femme puisse perdre l'esprit au point d'accepter un tel risque. Surtout lorsque le responsable de ce coup de folie avait des yeux aussi bleus que Joshua.

Oubliant la tartelette qu'elle tenait entre ses doigts, elle s'adossa au canapé, le regard perdu dans le vide. La veille, elle avait remarqué une légère ombre de barbe dorée sur son visage énergique, ses yeux étincelants d'irritation. Logiquement, cela n'aurait pas dû lui apparaître comme un avantage, un bonus supplémentaire. Sauf que son irritation lui donnait envie de relever le défi tacite qu'elle représentait. D'essayer de transformer cette étincelle en autre chose. En une flamme plus...

— Êtes-vous en train de dévorer toutes mes tartelettes ?

Elle sursauta en entendant cette voix par-dessus la musique, et la tartelette qu'elle dégustait lui échappa des mains. Arrachant précipitamment son casque, elle se retourna face à Joshua, qui la fusillait du regard, ses bras croisés sur son large torse.

— Vous m'aviez dit que je pouvais faire comme chez moi, rappela-t-elle d'une toute petite voix. Et, d'ailleurs, vous auriez pu frapper avant d'entrer. Vous avez failli me faire mourir de peur. Au fond, c'était peut-être ce que vous cherchiez. Si ça se trouve, vous êtes un tueur en série.

— C'est ridicule, grogna-t-il. Si vous pensiez cela, vous ne seriez pas ici.

— Je n'avais pas vraiment le choix, répliqua-t-elle, essuyant un reste de confiture sur sa lèvre.

— Vous n'en avez pas laissé une seule, remarqua-t-il d'un ton accusateur.

— Vous aviez dit que je pouvais manger ce dont j'avais envie. Eh bien, j'avais envie de ces tartelettes.

— Vous les avez toutes mangées.

— D'ailleurs, pourquoi aviez-vous de telles gourmandises chez vous ? Cela n'a pas l'air d'être votre genre.

— J'aime bien déguster une ou deux de ces tartelettes. Surtout lorsque j'ai travaillé à l'extérieur.

— Vous travaillez à l'extérieur ?

— Oui, confirma-t-il. J'ai des chevaux.

Tout à coup, l'irritation qu'elle ressentait à son encontre se dissipa comme par magie. La magie des chevaux.

— Vous avez des chevaux ? répéta-t-elle, s'efforçant vainement de dissimuler son émerveillement.

— Oui.

— Pourrais-je... Pourrais-je les voir ?

— Si vous y tenez, oui.

Elle avait déjà vérifié la portée du moniteur pour bébé. Si les chevaux n'étaient pas trop loin de la maison, elle pourrait aller les voir pendant que Riley faisait sa sieste.

— Peut-on voir la maison depuis l'écurie ? s'enquit-elle.

— Oui, bien sûr, le bâtiment se trouve juste de l'autre côté de l'allée.

— Pourrais-je les voir maintenant ?

— Je ne sais pas. Vous avez mangé toutes mes tartelettes. Pire encore, vous avez jeté la dernière sur le sol.

— Je suis désolée, s'excusa-t-elle en soupirant. Mais je suis sûre qu'un homme capable de faire apparaître une chambre d'enfant complète jusqu'au dernier détail en moins de vingt-quatre heures peut certainement se procurer des tartelettes aux fruits d'un claquement de doigts.

— Ou simplement passer au magasin.

Elle imaginait mal un homme comme Joshua Grayson déambulant entre les rayonnages d'une épicerie. L'image était même presque comique. Il était trop imposant. Trop... masculin pour des activités aussi domestiques.

— Qu'y a-t-il ? fit-il en la dévisageant.

— C'est seulement que je n'arrive pas à vous imaginer en train de faire vos courses à l'épicerie.

— Eh bien, détrompez-vous, parce que je le fais souvent. J'aime manger. Et tout spécialement ces tartelettes aux fruits.

— Ma mère ne m'en achetait jamais, avoua-t-elle. Elles étaient trop chères.

— Ma mère ne m'aurait jamais acheté ce genre de sucreries non plus, reconnut-il en riant.

— C'est l'avantage d'être adulte, même si ce n'est pas toujours facile.

— Se gaver de tartelettes aux fruits lorsqu'on en a envie ?

— Oui, exactement.

— Vous ne placez pas la barre très haut, remarqua-t-il.

— Peut-être. Mais qu'est-ce que c'est bon !

— Si cela vous fait plaisir, je n'y trouve rien à redire, conclut-il. Et maintenant, si nous allions voir les chevaux ?

En accompagnant Danielle à l'extérieur pour lui montrer ses chevaux, Joshua ne savait pas trop à quoi s'attendre. Il s'était senti irrité en constatant qu'elle avait dévoré les tartelettes qui constituaient son goûter préféré, lors de sa pause d'après-midi. Et, paradoxalement, encore plus irrité qu'elle l'ait questionné sur le choix de son goûter préféré. Il détestait avoir à expliquer à qui que ce soit ce qu'il faisait de son temps ou sa façon de s'alimenter.

Puis elle aperçut les chevaux. Et l'expression qu'il vit apparaître sur son visage dissipa instantanément toute son irritation. Elle était… transfigurée. Émerveillée devant un spectacle devenu banal pour lui.

Le fait même qu'il se soit senti obligé d'acquérir des chevaux, lorsqu'il s'était installé dans cette maison, était consternant. Lorsqu'il était enfant, il avait détesté les corvées du ranch. Il lui tardait de quitter la maison pour aller vivre en ville. Toutefois, au cours de ces dernières années, son sentiment à ce sujet avait évolué. Il s'était découvert un besoin nouveau de renouer avec ses racines, de rentrer chez lui.

Or, pour le meilleur ou pour le pire, c'était ici qu'il se sentait chez lui. Et ce n'était pas uniquement la côte brumeuse de l'Oregon, ni la ville de Copper Creek, mais aussi un ranch. Des chevaux. Chevaucher dans l'air frais du matin jusqu'à ce que le soleil apparaisse au-dessus des montagnes, colorant toute la nature d'or pâle.

Oui, c'était ici qu'il était chez lui.

Il devinait que, pour Danielle qui contemplait les chevaux et l'intérieur de l'écurie comme une scène magique, ce ranch qu'il aimait n'était pas simplement une résidence temporaire.

Aujourd'hui, elle ne portait pas son bonnet de laine. Ses longs cheveux lisses d'un brun sombre encadraient son joli visage un peu pâle, au petit menton pointu. Son nez était tout aussi petit et l'ensemble lui évoquait une nymphe des bois. Ce n'était pas une beauté spectaculaire, mais quelque chose chez elle captivait l'imagination. Fascinait. Sans trop savoir pourquoi, il ne se lassait pas de l'observer tandis qu'elle buvait des yeux les puissants animaux.

— Vous n'avez jamais eu de chevaux, en grandissant ?

— Non, convint-elle en s'approchant timidement de l'un des box. J'ai grandi à Portland.

— Ah, fit-il. Je vois.

— Toujours dans des appartements, ajouta-t-elle en fronçant les sourcils. Nous déménagions souvent. Quelquefois, nous habitions chez l'un des petits amis de ma mère, dans un endroit un peu plus luxueux. C'était le seul avantage.

— Que voulez-vous dire ?

— Ma mère est une toxicomane aux mœurs légères, expliqua-t-elle d'une voix dénuée d'émotion.

— Ah.

Il n'arrivait pas à décider si elle plaisantait ou non. En grandissant, il avait toujours vécu dans la même maison. Ses parents vivaient encore au ranch, qui était dans sa famille depuis deux générations. Il avait quitté le foyer familial pour aller à l'université, puis pour créer sa société, mais son cas était totalement différent. Il avait toujours su qu'il pouvait y retourner quand ça lui plairait. Il avait des racines.

— Allez-vous retourner à Portland à la fin de votre mission ici ? s'enquit-il.

— Je n'en suis pas sûre, répondit-elle d'un air un peu gêné.

Jusqu'à présent, je n'avais jamais eu la possibilité de choisir ma résidence.

Il comprit à cet instant qu'elle devait être jeune. Mais jeune à quel point ?

— Vous avez vingt-deux ans, disiez-vous ?

— Oui, convint-elle d'un ton un peu défensif. Alors, je n'ai pas encore eu l'occasion de décider ce que je veux faire – ce que je veux être – lorsque je serai grande, vous voyez ?

— Oui, répondit-il. Je vois.

Il avait mis un peu de temps à trouver sa voie, mais, avant même d'avoir terminé le lycée, il savait déjà que la vie du ranch à Copper Ridge n'était pas pour lui. Il avait décidé de s'installer en ville. Il rêvait d'un destin plus grand. Il avait étudié le marketing, car il avait un certain talent pour vendre des idées ou des produits. Pas nécessairement ceux qu'il avait conçus lui-même, mais c'était lui qui faisait en sorte que le client comprenne, en les découvrant, que c'était exactement ce qui avait manqué dans son existence jusque-là.

C'était grâce à lui qu'une idée se transformait en or.

Il avait toujours aimé son métier, mais sa réussite aurait été réellement satisfaisante s'il avait pu commencer sa carrière en fondant une société avec son frère et sa sœur. En révélant au monde l'extraordinaire talent de Faith comme il le faisait aujourd'hui. Pourtant, la passion qu'il avait mise dans son travail, à ses débuts, avait été davantage motivée par son besoin de réussite et d'enrichissement que par l'amour de sa profession. Et, à l'époque, cela signifiait laisser sa sœur et son frère derrière lui. Mais, plus tard, cette carrière qu'il avait choisie était bel et bien devenue une passion. Et il avait compris qu'il était le relais dont tout le monde avait besoin.

Beaucoup de gens avaient des idées, mais seulement quelques-uns possédaient le talent de les mener jusqu'au bout. Et plus rares encore étaient ceux qui savaient ferrer le client. C'était là qu'il intervenait.

Il avait fait son premier stage de formation en entreprise à l'âge de vingt ans. Il lui était difficile d'imaginer qu'on puisse ne pas avoir encore de but dans sa vie à vingt-deux ans.

Mais, bien sûr, Danielle avait la charge d'un bébé, et il ne pouvait pas imaginer non plus avoir un enfant à cet âge-là.

À cette idée, il sentit son cœur se serrer.

Il n'aimait pas penser aux bébés, point final.

— Vous me jugez, observa-t-elle en s'éloignant du box.

— Pas du tout. Vous pouvez vous approcher davantage des chevaux, vous savez. Vous pouvez même les caresser.

Elle tourna vivement la tête vers les chevaux et, lorsqu'elle se retourna face à lui, il vit briller un espoir presque comique dans ses grands yeux.

— Vraiment ? Je peux ?

— Oui, naturellement. Ils ne vous mordront pas, si vous ne mettez pas vos doigts dans leur bouche.

— Je ne sais pas, répondit-elle d'un air craintif, fourrant les mains dans ses poches.

Mais il voyait qu'elle en mourait d'envie. Seulement, elle avait peur. Alors, il insista d'une voix douce :

— Ne craignez rien, Danielle, caressez ces chevaux.

Elle lui lança un regard surpris en l'entendant prononcer son nom, mais sortit les mains de ses poches et, s'avançant d'un pas, elle tendit une main hésitante… avant de la retirer vivement.

Joshua arrivait au bout de sa patience. D'abord, elle ne savait pas ce qu'elle ferait lorsqu'elle serait plus âgée et, maintenant, elle avait peur de toucher un cheval ? Qui était cette femme ? Il se rapprocha et, refermant les doigts autour de son poignet, il la tira plus près du portillon du box.

— Tout ira bien, assura-t-il.

Il venait à peine de prononcer ces mots que son corps enregistra ce qu'il avait fait. Et il prit conscience qu'elle était merveilleusement tiède et sa peau incroyablement douce.

Et, aussi, qu'elle était beaucoup trop mince.

Une étrange combinaison de sensations s'empara de tout son corps. Son cœur se serrait de compassion pour elle, tandis qu'un début d'érection tendait son jean.

— Allons, n'ayez pas peur, insista-t-il, s'efforçant de se ressaisir.

Il remarqua qu'elle avait le feu aux joues. Était-elle en colère ? Ou bien avait-elle ressenti cet éclair de désir brûlant, elle aussi ? Au fond, quelle importance ?

— Venez, dit-il en l'entraînant plus près du portillon. Voilà, nous y sommes. Tendez votre main bien à plat, comme ceci.

Elle obéit docilement et il la relâcha, s'efforçant d'ignorer la sensation persistante de la chaleur de sa peau contre sa paume.

L'un de ses chevaux – une jument grise du nom de Blue – s'approcha du portillon et posa les naseaux sur la main tendue de Danielle, qui la retira vivement, étouffant un petit cri, avant d'éclater de rire.

— Elle a des moustaches très douces, remarqua-t-elle.

— C'est une remarque juste, reconnut-il, esquissant un sourire. Et il n'y a pas plus doux que Blue. Vous n'avez pas à avoir peur d'elle.

— Je n'ai peur de rien, répliqua Danielle, tendant à nouveau sa main et laissant la jument la renifler à sa guise.

Il ne le croyait pas une seconde, mais il devait reconnaître qu'elle était brave. Et fragile. Elle était de ces personnes qui pouvaient presque tout supporter, mais qui avaient un point faible dans leur cuirasse, où le moindre coup serait fatal.

— Aimeriez-vous faire une promenade à cheval, à l'occasion ? s'enquit-il.

Elle retira à nouveau la main et une expression indéfinissable apparut dans son regard. Une douceur teintée de crainte et de méfiance.

— Je ne sais pas. Pourquoi ?

— Vous paraissez aimer les chevaux.

— C'est vrai, mais je n'en ai jamais monté.

— Je serais votre professeur.

— Je ne sais pas, répondit-elle en s'éloignant de lui et du box de Blue. Je dois garder un œil sur Riley.

— Je vais engager une nounou, s'entendit-il déclarer.

— Pourquoi ? fit-elle, visiblement soupçonneuse.

— Dans l'éventualité où j'aurais besoin de vous dans des situations incompatibles avec la présence d'un bébé, répondit-il.

Ce qui se produira probablement. Nous allons passer plus d'un mois ensemble et il est impossible de prévoir les situations où nous allons nous trouver. Je ne m'attendais pas à ce que vous soyez accompagnée d'un bébé. Je reconnais que cet enfant m'aidera à prouver que vous n'êtes pas l'épouse qu'il me faut, mais il se pourrait aussi que nous ayons à sortir sans lui.

Cette idée n'avait pas l'air d'emballer Danielle et il en comprenait parfaitement la raison. Elle s'accrochait à ce bébé comme à une bouée de sauvetage. Comme si, en le lâchant, elle risquait de couler à pic.

— Et j'aurais le droit de monter ces chevaux ? s'enquit-elle, encore méfiante.

— Oui, je vous l'ai déjà dit.

— Bien sûr. Mais cela ne veut pas dire grand-chose pour moi. La parole des gens ne me suffit pas. Je préfère les documents signés.

— Je n'ai pas l'intention de vous signer un contrat m'engageant à vous donner des leçons d'équitation, grogna-t-il. Vous allez devoir me faire confiance.

— Vous me demandez de faire confiance à un type bizarre cousu d'or, qui a passé une petite annonce dans le journal pour se trouver une fausse épouse ?

— Je suis le diable avec qui vous avez pactisé, mademoiselle Kelly, rappela-t-il. Je crois qu'il serait dans votre intérêt de lui faire confiance.

— Au moins, j'exige une poignée de main pour sceller notre accord.

Elle lui tendit sa main et il lut dans ses yeux qu'elle était totalement sincère. Alors, il serra cette paume dans la sienne, émerveillé par son incroyable délicatesse. À présent, il se sentait coupable de s'être mis en colère parce qu'elle avait mangé toutes ses tartelettes. Cette femme avait besoin qu'il engage un chef étoilé juste pour elle. Il allait s'assurer qu'elle ferait trois bons repas par jour. Depuis combien de temps ne s'était-elle plus alimentée convenablement ? Elle n'avait vraiment pas l'air d'une femme venant tout juste d'accoucher. Elle ne paraissait pas avoir grossi d'un gramme, et il se demanda comment elle avait pu survivre aux épreuves épuisantes de la grossesse et de l'accouchement. Naturellement, il ne lui poserait aucune question à ce sujet. Ce n'était pas son affaire.

Et de tels sujets n'auraient même pas dû l'intéresser.

— Soit, déclara-t-elle enfin. Vous pouvez engager quelqu'un et j'apprendrai à monter à cheval.

— Vous êtes une négociatrice redoutable, observa-t-il en libérant sa main.

— Je devrais peut-être en faire ma profession.

Il essaya d'imaginer cette créature fragile comme une porcelaine dans une salle de conseil d'administration et il faillit éclater de rire. Mais il s'en garda bien, car il pressentait qu'elle se jetterait sur lui toutes griffes dehors s'il osait se moquer d'elle.

— Si c'est ce que vous désirez, pourquoi pas ?

— Je devrais retourner dans la maison, observa-t-elle. Riley pourrait bientôt se réveiller. Sans compter que je ne connais pas bien ce moniteur pour bébé. Je ne suis pas sûre de pouvoir lui faire confiance.

— Je comprends, répondit-il sans y croire.

Ils retournèrent ensemble vers la maison et il continua à observer du coin de l'œil la femme menue mais déterminée qui marchait à ses côtés, le front haut, les mains au fond de ses poches, comme si elle défiait le monde entier de se mettre en travers de son chemin. Ou comme si elle faisait semblant de ne pas avoir peur.

Puis il se rappela sévèrement que tout cela était sans importance. Elle n'était qu'un moyen de parvenir à son but, même s'il découvrait chez elle une complexité tout à fait inattendue.

Ces nombreuses facettes de sa personnalité n'étaient pas ce dont il avait besoin chez elle. Danielle Kelly n'avait qu'un unique rôle à jouer dans sa vie : être présentée à ses parents et jugée totalement inapte à devenir son épouse.

Il tourna à nouveau son regard vers elle, marchant à grands pas à ses côtés comme un elfe intransigeant, et il réprima un sourire.

Oui, songea-t-il, elle accomplirait parfaitement la mission qu'il lui avait assignée.

4

Danielle n'était pas encore tout à fait remise de cet épisode avec Joshua, aux écuries. Elle avait touché un cheval. Et elle l'avait touché, lui. Deux actions aussi inattendues l'une que l'autre. Il lui avait déclaré qu'ils dîneraient ensemble, ce soir, et qu'elle aurait droit à un cours intensif d'histoire familiale des Grayson. Elle n'était pas tout à fait sûre d'être prête pour cela non plus.

Elle avait passé sa maigre garde-robe en revue, à la recherche d'une tenue pouvant convenir à un dîner avec un milliardaire. Elle n'avait rien trouvé. Naturellement.

L'idée même de chercher un tel article dans ce sac qu'il soupçonnait d'être infecté par la gale était ridicule. Agacée, elle enfila le jean délavé qu'elle portait la veille.

Il n'avait probablement jamais connu de femme qui porte ses vêtements deux fois. Et moins encore le même vêtement deux jours de suite. Cette idée lui procura un plaisir un peu pervers. Après tout, elle était ici pour être jugée imprésentable. Autant commencer tout de suite.

Elle jeta un coup d'œil à son reflet dans le miroir et, glissant les doigts dans ses longs cheveux, elle fronça les sourcils. Qu'importait l'état de sa coiffure ?

Joshua était si séduisant qu'elle avait l'impression d'être une souris grise lorsqu'elle se plaçait près de lui. Elle trouvait totalement injuste qu'un homme qui disposait de ressources illimitées pour s'acheter de beaux vêtements soit en même temps beau comme un dieu.

Poussant un soupir découragé, elle souleva Riley hors de son berceau et l'installa dans le couffin pour l'emmener au dîner. À cet instant, il était réveillé et jetait des regards curieux autour de lui. Elle préférait l'emmener plutôt que le laisser seul dans la chambre.

Riley était un bébé facile à vivre. Il ne pleurait presque jamais. Mais elle savait que, durant les premiers jours de sa vie, sa mère l'avait beaucoup négligé, le laissant seul trop souvent pour aller s'amuser avec ses amis. Danielle n'aimait pas le quitter à moins qu'il ne soit endormi.

— Notre dîner est prêt, l'informa Joshua lorsqu'elle entra dans la salle à manger. Je l'ai mis à réchauffer dans le four.

— Est-ce vous qui l'avez cuisiné ?

Il quitta la pièce sans répondre à sa question, pour revenir un instant plus tard, portant deux assiettes fumantes sur un plateau. Elle mourait de faim et il lui importait peu de savoir ce qu'il y avait dans son assiette. Pour elle, ce serait forcément un repas de gourmet. C'était chaud, et cela ne provenait pas d'une boîte de conserve. Sans compter qu'ils allaient dîner à une jolie table dans une luxueuse salle à manger. Ils étaient très loin de son minuscule appartement, avec sa table pliante de camping.

C'était un repas impeccablement diététique, ce qui la surprit un peu après avoir découvert son goût immodéré pour les tartelettes aux fruits hypercaloriques.

— Poulet au risotto, annonça-t-il.

— « Risotto » ? s'étonna-t-elle. Qu'est-ce que c'est ?

— Pour faire simple, c'est une spécialité italienne de riz au bouillon avec divers ingrédients, expliqua-t-il.

Au moins, songea-t-elle, il ne l'avait pas dévisagée comme si elle avait été une extraterrestre parce qu'elle ignorait ce qu'était le risotto. Puis elle se souvint qu'il lui avait déclaré être d'origine modeste. Peut-être avait-il l'habitude de côtoyer des gens au palais moins sophistiqué que le sien.

À présent curieuse, elle ramassa sa fourchette et goûta prudemment une première bouchée. C'était bon. C'était même délicieux. Et, presque sans s'en rendre compte, elle fit disparaître le contenu de son assiette. Levant alors les yeux, elle s'aperçut qu'il avait à peine avalé deux bouchées et elle se sentit rougir jusqu'aux oreilles.

— Il reste encore du risotto, observa-t-il.

Là-dessus, il ramassa l'assiette devant elle et retourna dans la cuisine, la laissant seule, et plus qu'un peu embarrassée, à attendre son retour.

Il réapparut un instant plus tard avec son assiette à nouveau bien garnie et la casserole contenant le reste du risotto dans l'autre main.

— Régalez-vous, dit-il en posant le tout devant elle.

C'était une excellente suggestion et elle n'allait certes pas le contrarier. Elle termina le poulet avec délectation, puis elle se servit une troisième portion de risotto. Enfin, elle prit le temps de passer à la salade.

— Ne devions-nous pas discuter de mes devoirs de fiancée, et de tout le reste ? remarqua-t-elle, s'apercevant soudain qu'il la dévisageait en silence.

— J'ai pensé qu'il serait préférable de vous laisser d'abord dîner tranquillement.

— C'est étonnamment aimable de votre part, commenta-t-elle, avalant une nouvelle bouchée.

— Vous semblez… avoir faim.

C'était l'euphémisme du siècle. Elle avait faim. Faim d'une multitude de choses. La nourriture n'était qu'une nécessité secondaire.

— Ces quelques derniers mois ont été plutôt chaotiques, expliqua-t-elle en soupirant.

— Quel âge a le bébé ? Quel âge a… euh… Riley ?

Pour la première fois, elle nota qu'il semblait éviter d'appeler Riley par son nom. Et même qu'il faisait de son mieux pour l'ignorer complètement.

À l'évidence, Riley n'en était pas du tout incommodé. Confortablement allongé dans son couffin, il contemplait le plafond de ses yeux bleu-gris, mâchonnant avec indolence son petit poing.

C'était au moins un côté positif de cette situation. Riley était si petit que tous ces bouleversements ne le perturbaient pas beaucoup. Il avait survécu à toutes les erreurs de leur mère sans trop en souffrir. Tout du moins Danielle l'espérait-elle de tout cœur.

— Il a presque quatre mois, précisa-t-elle, esquissant un doux sourire.

Certes, il n'avait pas été facile de s'occuper de son demi-frère. Elle avait dû surmonter de nombreuses difficultés. Mais ce bébé avait fait naître en elle une motivation qui, jusque-là, avait été absente dans sa vie.

Avant Riley, elle s'était plus ou moins contentée de savourer sa nouvelle liberté, de ne plus devoir constamment réparer les catastrophes que sa mère semait sur son chemin. Elle travaillait dans un magasin et elle sortait avec des amies après le travail, pour prendre un café ou déguster des *burritos* au restaurant mexicain ouvert la nuit.

Elle menait une vie simple et presque sans souci. C'était un luxe qui lui avait été refusé durant les années qu'elle avait vécues avec sa mère, à gérer ses innombrables drames amoureux, ses plans boiteux pour améliorer leur quotidien et ses interminables crises de déprime.

De longues années durant lesquelles elle aurait dû mener la vie d'une enfant, mais où elle avait dû assumer un rôle de parent. Lorsque sa mère s'écroulait dans la salle de bains parce qu'elle avait trop bu, c'était Danielle qui devait s'occuper d'elle, placer un oreiller sous sa tête, avant de se préparer un toast en guise de dîner et de faire ses devoirs pour l'école.

C'est pourquoi s'occuper uniquement d'elle-même lui avait semblé aussi simple. Pour être honnête, elle en avait un peu voulu à Riley, au début. Elle redoutait de devoir à nouveau prendre en charge une autre personne. Mais, s'occuper d'un bébé s'était avéré très différent. Cet enfant n'était pas la victime de ses propres choix erronés, mais de circonstances extérieures.

Pour elle, Riley était un reflet de l'enfant qu'elle avait été autrefois.

À la différence qu'elle-même n'avait eu personne pour intervenir en sa faveur et s'occuper d'elle lorsque sa mère manquait à ses devoirs les plus élémentaires. Riley, lui, avait quelqu'un sur qui il pouvait compter. Et c'était cette idée qui la motivait passionnément et lui donnait de l'énergie. Et ce besoin de dévouement était accompagné d'un amour inconditionnel, tel qu'elle n'en avait jamais ressenti pour un autre être humain. Elle ferait tout pour Riley. Elle lui donnerait tout.

— Dois-je comprendre que vous êtes restée seule avec lui durant tout ce temps ?

Elle ne savait pas vraiment pourquoi elle hésitait tant à lui avouer que Riley n'était pas son fils. Peut-être parce que, en pratique, ce bébé était son fils. Elle projetait de l'adopter officiellement aussitôt qu'elle en aurait les moyens, lorsque sa propre vie serait suffisamment en ordre pour que les services sociaux lui donnent une réponse favorable.

L'autre argument, c'était que, tant que les gens le pensaient son fils, ils s'abstenaient de lui suggérer d'autres solutions pour son bien. Joshua Grayson était un homme froid. Il semblait avoir une famille qui l'aimait et qui essayait de le soutenir, mais, au lieu de l'attendrir, cette affection dont il était entouré le faisait enrager. Il se servait d'elle pour punir son père d'être intervenu dans sa vie d'une façon qu'elle jugeait tout à fait innocente. C'était mesquin de sa part, d'autant que, bénéficiaire de son plan idiot, elle était mal placée pour le juger.

Elle avait tout de même le pressentiment que, s'il apprenait que Riley n'était pas son fils, Joshua lui suggérerait de se conduire en « personne responsable ». C'est-à-dire de confier Riley à une vraie famille, avec deux parents. Elle n'avait pas du tout envie d'avoir une telle discussion avec lui. Ni avec personne d'autre, d'ailleurs. Elle n'avait déjà que trop de handicaps. Elle n'avait pas envie de se disputer avec lui à ce sujet-là aussi.

— La plupart du temps, oui, reconnut-elle, naviguant prudemment entre vérité et mensonge. Depuis qu'il a trois semaines. Et j'ai pensé... J'ai pensé que j'en étais capable. J'étais indépendante depuis longtemps. Ensuite, je me suis aperçue que les problèmes logistiques s'accumulent lorsqu'on ne peut pas quitter son appartement en cas de besoin. Il est plus difficile de trouver du travail et je n'avais pas les moyens de payer une garde d'enfants. Les établissements subventionnés sont toujours pleins, alors j'échangeais des heures de baby-sitting avec une voisine, mais nos horaires n'étaient pas toujours compatibles. Enfin, bref, c'était difficile. Vous comprendrez donc sûrement pourquoi répondre à votre annonce m'est apparu comme la meilleure solution possible.

— Comme je vous l'ai déjà dit, je n'ai pas l'intention de vous juger pour avoir accepté ma proposition.

— J'essaie seulement de vous expliquer que, dans d'autres circonstances, je l'aurais probablement ignorée. Mais ma vie s'était terriblement compliquée. J'ai perdu mon emploi parce que mes horaires n'étaient pas assez flexibles et que je manquais trop souvent le travail lorsque je ne trouvais personne pour garder Riley.

— Eh bien, répondit-il, une expression indéfinissable sur son visage, vous devriez bientôt avoir un souci de moins. Vous aurez largement les moyens de faire garder votre fils.

Et pas seulement cela, songea-t-elle. Elle allait enfin pouvoir prendre de vraies décisions concernant sa vie et ce qu'elle en attendait. Plus tôt ce jour-là, lorsque Joshua lui avait demandé si elle comptait ou non retourner à Portland, elle avait soudain compris que c'était la première fois de sa vie qu'elle serait libre de décider de son lieu de résidence, au lieu de rester où elle était parce que c'était plus simple. Elle allait enfin pouvoir prendre son destin en main.

— Oui, sans doute, répondit-elle, déterminée à ramener cette conversation dans la bonne direction. Alors, je suppose que nous devrions parler de votre famille.

Elle n'avait pas besoin de lui parler d'elle-même. Il était inutile qu'ils cherchent à mieux se connaître. Elle devait seulement accomplir la mission pour laquelle il la payait : tromper sa famille, mentir et faire tout ce qu'il lui demanderait dans ce sens. Pour que Riley et elle puissent commencer leur nouvelle vie.

— Je vous ai déjà dit que ma sœur est une architecte de génie. Mon frère aîné, Isaiah, est l'expert financier de la famille, et mon domaine à moi, c'est la communication. Nous avons aussi un autre frère nommé Devlin, marié et père de deux enfants, qui dirige un petit ranch dans les environs. Et, enfin, il y a mes parents.

— Raison pour laquelle nous nous trouvons dans cette situation, conclut-elle.

En prononçant ces mots, elle jeta un regard en coin à la casserole de risotto et décida de s'en servir une autre cuillerée tout en poursuivant leur conversation.

— Il ne s'agit pas tant de ma mère, précisa-t-il. Elle se désole pour moi, bien sûr, me lance des regards tristes et rêve de me voir marié. Mais c'est mon père qui fait de l'ingérence active.

— C'est assez surprenant, observa-t-elle. Enfin, bien sûr, ce que je sais des pères, je l'ai appris par la télévision. Je n'ai jamais eu de père moi-même. Oui, enfin, je suppose que j'en ai un quelque part, mais je ne l'ai jamais rencontré, ajouta-t-elle comme il la dévisageait d'un air surpris. Je ne connais même pas son nom.

Elle se rendit soudain compte que sa propre histoire était très similaire à ce qu'elle lui avait raconté au sujet de Riley, sauf que le problème ne venait pas d'elle, mais de sa mère. Et du fait que celle-ci répétait le même cycle encore et encore, sans faire le moindre effort pour changer.

— Vous avez dû en souffrir, remarqua-t-il. Je suis désolé.

— Ne le soyez pas. Je parie que c'était un bon à rien. C'est bien ce que les circonstances semblent indiquer, non ?

— En effet, c'est fort probable, convint-il.

— Mais le sujet, ici, n'est pas mon manque de figure paternelle, rappela-t-elle. Nous parlons de la présence envahissante de votre géniteur.

— Ma mère est assez vieux jeu, observa-t-il en riant. Et mon père également. Mon frère Devlin l'est aussi un peu, mais il y a quand même un côté rebelle chez lui, comme ses tatouages, entre autres choses. Il deviendra probablement votre allié, car il n'est marié que depuis quelques mois. Autrement dit, tout ce qui touche à l'amour le rend sentimental. Mon frère Isaiah ne vous appréciera pas du tout. Ma sœur fera de son mieux pour vous accepter. Pour résumer, si vous poussez des jurons, si vous mangez la bouche grande ouverte, si vous posez les coudes sur la table, ou si, en règle générale, vous vous conduisez comme une chatte de gouttière, ma famille vous trouvera probablement indigne de m'épouser. Si vous pouviez, en outre, déclarer en quelques occasions que vous êtres impatiente de dépenser mon argent et que vous avez déjà mis au monde un bébé il y a quatre mois de cela, ce serait parfait, conclut-il après une pause.

— Le fait que je sois accompagnée d'un bébé de quatre mois devrait suffire à le prouver, observa-t-elle.

L'idée de se présenter au ranch de sa famille et de se comporter comme un cauchemar ambulant ne lui paraissait plus aussi anodine qu'au départ. Désormais, elle connaissait les noms de tous les membres de sa famille et ils commençaient à devenir beaucoup plus réels.

— C'est un petit plus, bien sûr, reconnut-il. Dommage qu'il soit si calme. Cela pourrait nous aider, s'il hurlait un peu.

— Je n'en suis pas aussi sûre que vous, répliqua-t-elle en riant. Je soupçonne que votre mère et votre sœur pourraient être tentées de le prendre dans leurs bras. Le vrai problème serait là. Pas qu'ils me détestent tous – cette partie-là sera facile –, mais qu'ils ne puissent pas s'empêcher d'aimer Riley.

Ce commentaire lui fit l'effet d'un coup de poing au plexus. Elle commençait à comprendre les risques de leur petit jeu. Elle allait mentir à tous ces gens. Certes, sa mission était de se rendre insupportable, mais ils penseraient qu'elle était sur le point de devenir leur belle-fille, leur belle-sœur... et que Riley serait leur petit-fils, leur neveu.

Toutefois, ce serait un mensonge.

C'est le jeu, petite gourde, se tança-t-elle. *Et quelle importance ? Ce ne sont que des inconnus, pour toi. Riley est toute ta vie. Il est sous ta responsabilité. Alors que tu ne reverras jamais les autres.*

— Nous ne les laisserons pas prendre le bébé, voilà tout, décréta-t-il d'un ton coupant, comme s'il avait compris la justesse de son argument et que cela l'agaçait.

Elle aurait aimé comprendre pourquoi il était à ce point déterminé à mettre un terme aux tentatives de son père de jouer les entremetteurs. Pour une personne comme elle, qui n'avait jamais beaucoup compté pour ses parents, cette irritation envers une famille qui ne voulait que son bien était presque incompréhensible.

— D'accord, consentit-elle, cela me convient. Dois-je comprendre que vous suggérez que… je laisse simplement s'exprimer mon charme naturel ?

— Bien sûr, nous allons devoir mettre au point une histoire, concernant notre relation. Au moins, nous n'aurons pas à inventer les circonstances de notre rencontre. Nous pouvons déclarer que c'est grâce à une petite annonce que nous nous sommes connus.

— Celle de votre père, je suppose. Pas la vôtre.

— Naturellement.

Elle contempla un instant Joshua, assis en face d'elle à la grande table, et jugea qu'il aurait été difficile de trouver deux personnes moins susceptibles qu'eux de former un couple heureux sur toute la surface de la terre.

Deux étrangers s'observant de part et d'autre d'une rue avaient plus de chances de passer pour des amoureux que Joshua et elle.

— Je doute que nous convainquions qui que ce soit, remarqua-t-elle en soupirant.

— Que voulez-vous dire ? grogna-t-il.

— Nous ne sommes pas des fiancés crédibles.

Elle se leva et, faisant le tour de la table, alla s'asseoir sur la chaise voisine de la sienne. Elle l'observa un instant, notant son menton volontaire, ses lèvres au dessin ferme. Il était très, très bel homme. Mais, aussi, désespérément sévère.

— Si je comprends bien, vous désirez faire croire à votre famille que vous avez perdu la raison en vous fiançant avec une femme indigne de vous, c'est bien cela ?

— C'est l'idée, oui.

— Dans ce cas, vous devez absolument leur faire croire que vous êtes fou de moi. Malheureusement, Joshua, je vous trouve bien trop lucide. Vous êtes… responsable. Une véritable figure de pouvoir. Personne n'ira croire que vous êtes amoureux de moi. En tout cas, pas si vous n'avez pas l'air un peu plus… détendu.

L'ombre d'un sourire étira ces lèvres qui avaient déjà attiré son attention un peu plus tôt. Ses yeux d'azur se firent plus chaleureux et cette nouvelle chaleur se réverbéra dans son propre corps comme une onde brûlante.

— Ce que vous voulez dire, c'est que nous devrions avoir l'air d'entretenir une relation plus... intime, c'est ça ?

— Ce... n'était qu'une suggestion, bredouilla-t-elle, la gorge sèche.

— Une suggestion essentielle, il me semble, murmura-t-il en se penchant vers elle, son regard rivé au sien.

Puis il leva une main vers son visage et elle recula si précipitamment qu'elle faillit faire basculer sa chaise.

— On dirait que je ne suis pas le seul à me sentir un peu stressé, remarqua-t-il.

— Moi ? se défendit-elle, respirant bien à fond pour se calmer. Pas du tout !

Elle n'avait pas l'habitude des hommes, ni que les hommes la touchent. De temps à autre, certains petits amis de sa mère avaient habité chez elles, mais aucun d'eux n'avait jamais eu de comportement inapproprié avec Danielle. En outre, elle ne s'était jamais sentie assez proche d'eux pour même les serrer dans ses bras, quelle que soit l'occasion.

Et, surtout, elle n'était pas habituée à côtoyer des hommes si beaux que le simple fait de les regarder en face confinait à la souffrance physique.

— Vous aviez raison, nous devrions nous appliquer davantage à avoir l'air d'un couple. Et cela signifie que vous devrez éviter de courir vous réfugier sous les meubles chaque fois que je m'approche de vous.

Elle s'assit bien droite, les mains immobiles sur ses genoux, avant de marmonner :

— Je ne me suis pas enfuie, vous voyez ?

— Vous en avez été dangereusement proche, observa-t-il.

— Ce n'est pas vrai. Je...

Au même instant, la paume tiède de Joshua entra en contact avec sa joue et elle cessa de respirer. Son pouce glissa lentement sur la courbe de son visage jusqu'au léger creux, juste sous ses lèvres, sans que ses yeux quittent les siens une seule seconde.

Elle se sentait... étourdie, et elle avait chaud. Très chaud. Elle brûlait comme si une chaudière s'était allumée dans son corps à la seconde où sa main s'était posée sur sa peau nue.

Il s'attendait sûrement à ce qu'elle flirte avec lui. Qu'elle joue à fond le rôle de la fille de petite vertu avide d'argent qu'il lui avait réservé. C'était ce que sa famille était censée penser d'elle. Mais, à cet instant précis, elle se sentait totalement paralysée par le choc.

Elle prit une profonde inspiration, s'efforçant de se ressaisir. Pourtant, lorsque le pouce de Joshua effleura ses lèvres d'une caresse sensuelle, sa façade de sérénité se désintégra tout à fait. Ce contact était presque trop intime, comme une douce transgression de toutes les convenances. Une sensation qu'elle éprouvait pour la toute première fois mais, qui n'était pas franchement déplaisante.

Une nouvelle femme semblait s'éveiller en elle. Comme si elle découvrait soudain certaines parties de son corps qui lui étaient restées inconnues jusque-là.

Comme il l'avait suggéré tout à l'heure, elle avait envie de courir se réfugier sous les meubles ou de s'enfuir à toutes jambes dans la nuit. De se mettre à l'abri d'un danger qu'elle ne faisait que pressentir.

Le problème, c'était qu'il la tenait encore sous le feu de son regard. Ces yeux d'azur étaient comme des chaînes qui l'attachaient solidement à son siège. Et son pouce, pressant contre ses lèvres, était lourd, trop lourd pour qu'elle puisse le repousser. Pour qu'elle essaie même de lutter. Mais, à la réflexion, en avait-elle réellement envie ?

Cette sensation gagna lentement la totalité de son corps, faisant tomber une à une toutes ses barrières, éveillant en elle des désirs inattendus.

La caresse de son doigt lui communiquait une promesse qu'elle n'avait jamais su avoir besoin qu'on lui fasse.

Elle était sur le point de reprendre ses esprits, de s'écarter de lui, lorsqu'il referma la distance entre eux et l'embrassa.

Ses lèvres étaient tièdes et fermes, son baiser très différent de tout ce qu'elle avait pu imaginer. Elle avait toujours cru qu'un baiser vous faisait perdre la raison, vous transformait, que c'était une force irrésistible, à en juger par la façon dont sa mère se comportait.

Lorsque sa mère était amoureuse – tout du moins c'était ainsi qu'elle nommait cet état, même si Danielle avait toujours su que ce n'était que du désir sexuel –, elle devenait une tout autre personne.

Bien sûr, Danielle avait toujours su qu'un baiser pouvait avoir de puissants effets. Mais elle n'avait certes pas imaginé qu'elle resterait à ce point elle-même lorsqu'un homme posait ses lèvres sur les siennes, qu'elle serait parfaitement consciente de tout ce qui l'entourait et de ce qu'elle était en train de faire : de la pression de ses lèvres généreuses contre les siennes, de la chaleur de sa main contre sa joue, de cet incendie de désir qui s'était allumé en son centre et qui lui criait que ce baiser ne suffirait pas.

Un désir qui lui fit comprendre qu'elle espérait bien davantage. Il existait autre chose qu'elle devait découvrir.

Cet homme quasiment étranger l'embrassait si bien qu'elle aurait voulu que cela ne s'arrête jamais.

Dans un geste instinctif, elle leva son visage vers le sien, entrouvrant ses lèvres, lui permettant d'approfondir son baiser, éprouvant une excitation immodérée à goûter cette douce invasion. Elle découvrait, éblouie, tout ce qui lui avait manqué sans qu'elle s'en doute.

C'était là une seconde surprise. Car elle n'avait pas seulement imaginé qu'une femme perdait toute volonté lorsqu'un homme l'embrassait. Elle s'était aussi imaginé qu'elle-même était totalement immunisée contre cette faiblesse. Parce qu'elle en avait vu cent fois le résultat. Elle connaissait le prix à payer. Et cependant, elle était assise là et elle permettait à cet homme de l'embrasser et de l'embrasser, encore et encore. Elle était Danielle Kelly et elle se soumettait à cet assaut sensuel avec un abandon presque choquant.

Elle avait gardé les mains sur ses genoux dans une attitude presque guindée, mais elle répondait à son baiser avec délices, avec reconnaissance, savourant sa lenteur sensuelle. Excitante. Délicieusement troublante.

Les mains de Joshua se remirent alors en mouvement, glissant sur sa nuque, sur ses épaules, descendant jusqu'à sa taille pour l'enlacer. Elle creusa instinctivement les reins, regrettant de ne pas pouvoir presser son corps contre le sien, annuler la distance qui les séparait. Car il était toujours assis sur sa chaise, et elle sur la sienne.

Quand il recula un peu, elle suivit docilement le mouvement, se blottissant contre lui avec un abandon presque humiliant. Elle désirait retrouver le goût de sa bouche, que Joshua Grayson, son complice dans une manipulation absurde, l'homme qui l'avait engagée comme fausse fiancée, l'embrasse encore.

— Cela ira, déclara-t-il brusquement en lui pinçant gentiment le menton, ses yeux d'azur brillant rivés aux siens. Oui, mademoiselle Kelly. Je crois que cela ira très bien.

Puis il acheva de la relâcher, s'adossant à nouveau à sa chaise pour retourner son attention vers son dîner.

Elle se sentit rougir jusqu'aux oreilles. Il n'avait rien ressenti du tout. Il n'avait fait que lui prouver un fait. C'était une simple répétition destinée à mettre au point la comédie qu'ils devaient jouer devant sa famille le lendemain soir. Ce baiser n'avait rien changé pour lui. Ce n'était que la rencontre de deux bouches, rien de plus.

Pour elle, c'était le tout premier baiser. Tout un monde s'était révélé à elle.

Et, à cet instant précis, elle entrevit pour la première fois à quel point un homme pouvait faire souffrir une femme en l'humiliant. Simultanément, elle fit pour la première fois l'expérience personnelle de la furie d'une femme blessée dans son orgueil.

Elle se leva et alla se placer derrière lui, puis, sans réfléchir à ce qu'elle faisait, elle plaça les mains sur ses larges épaules. Alors, se penchant un peu, elle glissa les mains sous le col de sa chemise pour les poser sur son torse.

Ses paumes rencontrèrent une peau brûlante, des muscles durs et elle faillit laisser échapper un gémissement. Elle dut faire appel à toute sa volonté pour résister à son envie de s'enfuir et de retirer précipitamment les mains, comme une enfant qui vient de se brûler en ouvrant le four.

Elle n'avait jamais touché un homme de cette façon et elle était épouvantée de découvrir à quel point cette petite vengeance, cette petite rébellion contre son attitude blasée, était excitante.

— Oui, murmura-t-elle, se penchant pour mordiller le lobe de son oreille, je pense effectivement que c'était très convaincant.

Elle se redressa, laissant traîner lentement les doigts sur sa peau, ignorant d'où lui venait cette assurance nouvelle, cette connaissance intuitive, cet instinct féminin apparemment inné qui lui permettait de jouer de la sorte avec lui. Mais elle le sentait, aucun doute là-dessus.

Elle était officiellement en train de jouer le rôle de la petite coquine impertinente. Étant donné que c'était dans ce but qu'elle avait été engagée, il était parfaitement raisonnable qu'elle ait flirté ainsi avec lui. Mais, lorsqu'elle retourna vers Riley et qu'elle souleva son couffin de transport, son cœur battait à tout rompre.

— Je crois que je vais aller dormir, déclara-t-elle. Je dois être fraîche et dispose pour rencontrer votre famille demain.

— Demain, vous porterez une autre tenue, déclara-t-il d'un ton qui n'admettait aucune réplique.

— Pourquoi ? s'étonna-t-elle, baissant les yeux vers son vieux pull et son jean délavé. Cela n'a aucun sens. Vous désiriez que je sois le plus choquant possible. Autant garder ces vêtements-là.

— Non, répliqua-t-il. Ma famille doit vous désapprouver, mais il faut tout de même que la situation reste crédible. De plus, je pense qu'une croqueuse de diamants exigerait tout de suite une somptueuse nouvelle garde-robe, n'êtes-vous pas de mon avis ?

Elle crut le voir réprimer un sourire. Il devait essayer de la punir pour sa petite démonstration de tout à l'heure. Elle se demandait seulement où était le piège.

— Je ne sais pas, grommela-t-elle.

— Voyons, mademoiselle Kelly, ne m'avez-vous pas déclaré vous-même que vous étiez une croqueuse de diamants ? C'est pour cela que vous êtes venue, non ? Pour mon argent.

— Oui, je suppose que c'est vrai, convint-elle d'un ton froid.

Pour l'argent, pas pour une garde-robe neuve. Cela signifie donc que c'est encore à vous de payer pour ces extras.

— Considérez que c'est fait, répondit-il en rivant ses yeux d'azur brillant dans les siens.

Cet homme représentait un danger pour elle. Et si elle avait appris une chose concernant Joshua Grayson, c'était que, s'il déclarait qu'un événement allait se produire, il se produisait toujours.

5

Joshua ne comptait pas essayer de transformer Danielle en femme du monde en un seul jour. Il faisait aussi de son mieux pour ne pas trop penser à la douceur de ses lèvres sur les siennes. À la sensation de ses mains parcourant son torse.

Ce qui était vrai, en revanche, c'était qu'il devait faire en sorte qu'ils aient l'air d'un couple. Mais il ne devait à aucun prix se laisser distraire par sa beauté. Il avait mille bonnes raisons pour rester le plus loin possible de Danielle Kelly – sauf, naturellement, lorsqu'ils jouaient la comédie du couple. Ils allaient devoir se toucher quelquefois, bien entendu, mais il n'avait pas l'intention de profiter d'elle.

En premier lieu, elle était financièrement à sa merci. Ensuite, cette femme était synonyme de complications. Et il désirait que sa vie reste calme.

En temps normal, il se contrôlait parfaitement. Si une situation ne se prêtait pas à une aventure sexuelle, il s'en abstenait, tout simplement. Et c'était justement le cas à cet instant, ce qui signifiait qu'il allait devoir mettre sa sexualité à la diète jusqu'à la fin de son association avec Danielle.

Ce qui ne devrait pas lui poser de problème notable.

Il avait en réserve une petite liste de femmes qu'il voyait de temps à autre. Il en choisirait une, qu'il contacterait après le départ de Danielle. Il lui restait seulement à convaincre son corps et son cœur que c'était la seule voie raisonnable.

Hélas, le souvenir de leur baiser de la veille – et de l'invraisemblable chaleur qui s'en était dégagée – ne cessait de le hanter.

Puis Danielle apparut, vêtue de la petite robe noire qu'il lui avait fait livrer.

Il eut la confirmation qu'il allait lui falloir plus de vingt-quatre heures pour lui apprendre la sophistication. Ses longs cheveux bruns et lisses lui descendaient toujours jusqu'à sa taille et, pour tout maquillage, elle ne portait qu'une touche de brillant à lèvres rose pâle.

Mais la coupe toute simple de la robe mettait en valeur sa silhouette mince et ses petits seins adorables, jusque-là dissimulés sous son pull informe.

Elle descendait les marches, portant à deux mains le siège pour bébé avec une difficulté visible. Craignant de la voir chuter, il se précipita pour la soulager de ce fardeau. Lorsqu'il baissa les yeux vers l'enfant, une étrange émotion lui serra le cœur.

— Je ne voudrais pas que ce bébé ou vous vous rompiez le cou en tombant, remarqua-t-il d'un ton plus bougon qu'il n'en avait eu l'intention. Cette charge est trop lourde pour vous.

— Dans ce cas, proposez-moi votre aide plus tôt la prochaine fois, répliqua-t-elle. D'ailleurs je monte et descends des escaliers en portant Riley depuis sa naissance. J'habitais un appartement au troisième étage sans ascenseur.

— J'imagine qu'il est plus lourd aujourd'hui.

— Ah, parce que vous êtes aussi un expert en développement de l'enfant ? ironisa-t-elle.

— Pas vraiment, convint-il en se renfrognant.

Ensemble ils se dirigèrent vers la porte. Soucieux d'établir clairement qu'il était responsable de la soirée, il posa sa main au creux de son dos, juste au-dessus de ce que la robe suggérait être un magnifique derrière.

Il avait placé sa main là exprès pour la troubler. Mais, ce qu'il n'avait pas anticipé, c'était qu'il serait lui-même au moins aussi troublé qu'elle par ce contact.

Il sortit rapidement, lui proposa de porter Riley et lui laissa le siège afin qu'elle l'installe elle-même sur la base spéciale qu'il avait fait livrer avec toutes les fournitures pour bébé. Puis il se mit au volant et attendit qu'elle monte à l'avant.

— Pourriez-vous allumer le chauffage ? suggéra-t-elle en frottant ses bras nus comme si elle avait froid.

— Pourquoi n'avez-vous pas emporté une veste ? observa-t-il alors qu'ils sortaient du parking.

— Je n'en ai aucune, répondit-elle. Je ne possède que deux pulls et je doute que l'un ou l'autre soit assorti à ma robe.

Il arrêta brusquement le moteur pour, ôtant sa propre veste, la lui tendre. Elle se contenta de la fixer comme s'il lui montrait un ragondin vivant.

— Prenez-la, insista-t-il.

Elle fronça les sourcils, puis, après une brève hésitation, lui prit la veste des mains et l'enfila.

— Merci, lâcha-t-elle d'une voix presque inaudible.

Ils roulèrent en silence jusqu'à la maison de ses parents. Dans la voiture, les seuls sons provenaient du bébé confortablement assis à l'arrière. Un rappel fort à propos de la soirée qui les attendait. Il s'apprêtait à présenter une fiancée surprise – et un bébé surprise – à ses parents. Or, tout à coup, son plan ne lui apparaissait plus tout à fait sous le même jour.

Il allait jeter Danielle et Riley dans la fosse aux lions.

Joshua serra les dents, ses mains crispées sur le volant. L'interminable traversée de la ville touchait à sa fin. Il tourna à gauche sur une route secondaire, puis s'engagea sur un chemin de terre et ils arrivèrent bientôt en vue du modeste ranch qui était toujours le foyer de ses parents.

Et qu'une partie de son cœur considérait toujours comme son propre foyer.

Il se tourna vers Danielle et constata qu'elle avait pâli.

— Tout ira bien, la rassura-t-il.

Elle contempla un instant la bague à son doigt, puis releva les yeux vers lui.

— Je suppose qu'il est temps d'entrer en scène.

Danielle se sentait nerveuse. Elle avait si chaud qu'elle n'avait plus du tout besoin de la veste de Joshua. Mais ce n'était pas la robe ni les chaussures neuves qu'il lui avait commandées qui avaient fait grimper sa température. C'était la veste. Bien sûr, c'était le but même d'une veste, mais dans ce cas-ci la raison était tout autre : Joshua avait remarqué qu'elle avait froid et cela ne l'avait pas laissé indifférent.

Il lui avait offert sa propre veste afin qu'elle se sente bien.

Le vêtement était trop grand pour elle et ses manches étaient si longues que ses mains y disparaissaient entièrement. Et il était imprégné de son odeur. Depuis l'instant où elle l'avait enfilée, elle luttait contre un impérieux besoin d'enfouir son visage dans le tissu et de se perdre tout entière dans cette fragrance masculine qui lui rappelait celle de sa peau… Sa peau qu'elle avait goûtée avec délices la veille.

Debout sous le porche de cette modeste bâtisse où Joshua avait grandi, même s'il était difficile de le croire, sa veste sur les épaules et Joshua lui-même portant Riley dans son siège auto, il n'aurait été que trop facile de croire qu'ils étaient un vrai couple et qu'il s'apprêtait à la présenter à ses parents.

Elle portait même sa veste. Sa veste encore tiède de la chaleur de son corps et qui sentait…

Elle était encore perdue dans ses rêveries lorsque la porte s'ouvrit. Une femme blonde aux cheveux grisonnants et aux yeux exactement du même bleu que ceux de son fils leur offrit un sourire de bienvenue.

— Ah, c'est toi, Joshua, dit-elle, lançant un regard en coin à Danielle et s'efforçant visiblement de n'avoir pas l'air choquée. Je ne t'attendais pas si tôt. Et j'ignorais que tu nous amenais une invitée.

Son regard descendit vers le siège auto, et elle corrigea :

— Euh… Deux invités.

— J'ai pensé que ce serait une bonne surprise, répondit-il.

— Quoi donc, mon chéri ?

Un homme qui ne pouvait être que le père de Joshua apparut derrière elle sur le seuil. Il était grand, avec des cheveux et des yeux bruns. Lui aussi avait l'air très aimable. Chez l'une comme chez l'autre, il y avait une chaleur et une gentillesse naturelle qui paraissaient absentes chez leur fils.

Danielle sentit à nouveau la chaleur de la veste, et elle tempéra cette opinion. Joshua ne respirait peut-être pas la gentillesse, mais elle était là, enfouie au fond de lui. Ce qu'elle ne parvenait pas à comprendre, c'était pourquoi il cherchait à la dissimuler.

Elle-même était susceptible et d'un caractère difficile, mais, au moins, elle avait une excuse. Sa famille était la pire qui puisse exister. Alors que, d'après ce qu'elle savait, la famille de Joshua était seulement coupable de trop l'aimer. Comment avoir pitié d'un homme riche à millions, aux parents aimants dont la seule faute était d'intervenir dans sa vie davantage qu'il ne le jugeait raisonnable ?

— Qui est cette jeune femme ? s'enquit son père.

— Danielle, je te présente mes parents, Todd et Nancy Grayson, dit Joshua d'une voix suave, en passant au tutoiement de circonstance. Maman, papa, j'ai le plaisir de vous présenter Danielle Kelly. Merci, papa, car c'est à toi que je dois de l'avoir rencontrée.

— Vraiment ? fit son père d'un air stupéfait.

— Oui, naturellement, confirma Joshua. Elle a répondu à ton annonce dans le journal. Danielle est ma fiancée.

Après ce bref échange, ils furent précipitamment introduits dans la maison, où un concert d'exclamations les accueillit. La maison était déjà pleine de gens. Une jeune femme était assise dans un coin, près d'un colosse tatoué bâti comme un lutteur, visiblement un parent de Joshua, qui tenait sa main. Un autre homme, aussi grand que Joshua, aux yeux du même bleu, mais aux cheveux un peu plus sombres, se trouvait près d'eux.

— Mon frère Devlin, dit Joshua, désignant le colosse aux tatouages avant d'enlacer la taille de Danielle. Et son épouse, Mia. Et voici mon frère Isaiah. Je suis surpris de voir que sa brillante assistante, Poppy, n'est pas ici avec lui.

— Isaiah ? lança une petite femme aux cheveux sombres, attachés en chignon, qui apparut sur le seuil de la cuisine. Voulez-vous une bière ou un whisky ?

Depuis son élégant chignon d'où s'échappaient quelques boucles folles encadrant son joli visage, jusqu'à ses pieds minuscules chaussés d'escarpins à hauts talons, elle était impeccable. Elle portait une jupe légèrement évasée aux hanches et recouvrant ses genoux, et un haut de couleur unie très près du corps.

— C'est sa... petite amie ? s'enquit Danielle.

— Absolument pas, corrigea Poppy en riant. Je suis son assistante.

Danielle trouva curieux qu'une assistante soit présente à une réunion de famille, mais elle se garda bien d'en faire la remarque.

— Poppy est bien plus qu'une assistante, observa Nancy Grayson. Elle fait partie de la famille. Elle est avec eux depuis qu'ils ont créé leur société.

Danielle n'avait reçu aucune information concernant leurs relations familiales parce qu'elle était ici uniquement pour se faire détester, pas pour se lier d'amitié avec eux.

La porte se rouvrit à cet instant et, cette fois-ci, ce fut une femme blonde, plus jeune, qui fit son entrée.

— Désolée d'être en retard, s'excusa-t-elle. Je terminais un projet et je n'ai pas vu le temps passer.

Elle avait les mêmes yeux que Joshua. C'était sûrement sa sœur, Faith, l'architecte dont il lui avait parlé avec tant de joie et d'orgueil. Une femme du même âge que Danielle, mais infiniment plus accomplie, à tel point qu'elles auraient pu appartenir à des espèces totalement différentes.

— Cette jeune femme est la fiancée de Joshua, expliqua Todd Grayson à la nouvelle venue. Il lui a demandé de l'épouser.

— Ferme la porte, papa, dit Faith. C'est vrai, Joshua ?

— Oui, mentit Joshua sans tiquer.

— C'est merveilleux, assura Faith en s'avançant pour serrer son frère dans ses bras, avant de faire de même avec Danielle.

— Dois-je comprendre que personne ne va poser de questions au sujet du bébé ? intervint Isaiah.

— À l'évidence, tu comptes t'en charger, remarqua Devlin.

— Tout de même, je trouve votre silence assourdissant, observa Isaiah.

— C'est mon bébé, déclara Danielle, le sang aux joues.

Elle remarqua un subtil changement dans l'expression du père de Joshua. Mais, n'était-ce pas l'effet recherché ? D'éveiller ses soupçons ? De lui faire croire que son fils était tombé entre les griffes d'une aventurière avide d'argent ?

— Ah, fit la mère de Joshua. C'est… C'est très inattendu.

Ces mots avaient à peine franchi ses lèvres qu'elle se tourna vers Danielle, s'excusant déjà de les avoir prononcés :

— Joshua n'avait pas semblé manifester beaucoup d'intérêt pour le mariage ou pour la famille, expliqua-t-elle.

Danielle soupçonnait que c'était un euphémisme. Si Joshua était disposé à aller aussi loin pour décourager son père de se mêler de ses affaires, c'était probablement parce qu'il était l'ennemi juré du mariage.

— Eh bien, il se trouve que c'est grâce à papa que Danielle et moi avons fait connaissance, répliqua Joshua.

— Et comment vous a-t-il aidés ? s'enquit sa mère, rivant son regard d'azur sur l'intéressé.

— Euh… J'ai pensé qu'il n'y avait pas de mal à lui donner un petit coup de main, expliqua son père d'un air coupable.

— Et comment l'as-tu aidé ? insista sa mère.

— Un homme ne doit pas rester seul, déclara-t-il. Et surtout pas nos garçons.

— Certains d'entre nous aiment être seuls, remarqua Isaiah.

— Tu ne parlerais pas ainsi si tu n'avais pas une femme qui te fait la cuisine et qui se charge de toutes les corvées à ta place, rétorqua son père, tournant son regard vers Poppy.

— Elle est mon employée, rappela Isaiah.

Poppy parut plus irritée par le commentaire d'Isaiah que par la déclaration du patriarche des Grayson. Mais elle ne fit aucun commentaire.

— Tu avais raison, déclara Joshua. J'avais seulement besoin de rencontrer la femme idéale. Tu as placé cette petite annonce dans le journal avec la liste de toutes mes qualités, et la femme de mes rêves y a répondu.

C'était totalement ridicule et Danielle se sentit rougir. Les qualités auxquelles le père de Joshua avait fait allusion ne concernaient que son compte en banque. Et c'était forcément à cela que toute la famille devait penser.

Elle savait que c'était l'occasion idéale de confirmer son personnage de croqueuse de diamants. Mais, au même instant, Riley se mit à pleurer.

— Oh ! fit-elle en rougissant. Je... Je dois...

Elle fouilla dans le sac à langer tout neuf, à la recherche d'un biberon, puis elle alla extraire le bébé de son siège auto.

— Laissez-moi vous aider, intervint la mère de Joshua.

Devant tant de gentillesse, Danielle se sentit affreusement coupable, mais, avant qu'elle n'ait eu le temps de protester, Nancy Grayson lui prit le bébé des bras. Riley s'agita un peu, pleurnichant toujours, mais dès que la mère de Joshua eut placé la tétine dans la bouche du bébé, il se calma instantanément.

— Ce bébé est si sage ! remarqua-t-elle. Est-il habitué aux inconnus ?

— À part une voisine qui le connaît depuis qu'il est né, j'ai toujours été la seule à m'occuper de lui, répondit Danielle.

— N'avez-vous pas de famille ?

Luttant contre l'impression d'être une bête curieuse, elle fit signe que non. Tous les regards dans la pièce convergeaient sur elle et elle sut qu'ils attendaient tous de la voir commettre une erreur. Or c'était exactement ce qu'elle était censée faire. Commettre une grossière erreur. C'était pour cela que Joshua la payait.

— Non, je n'ai aucune famille, déclara-t-elle d'un ton ferme. Depuis le début, il n'y a que Riley et moi.

— Vous devez vous sentir soulagée d'avoir quelqu'un pour vous aider, aujourd'hui, observa Faith, sans aucune méchanceté mais visiblement curieuse.

— C'est vrai, répondit Danielle. S'occuper seule d'un bébé est une tâche épuisante. Et je ne gagnais pas suffisamment d'argent pour... Enfin pour tout. Alors, j'ai eu de la chance d'avoir rencontré Joshua. Parce qu'il... m'aide beaucoup.

Au même instant, la sonnerie du four tinta dans la pièce voisine et Nancy tourna la tête.

— Oh ! fit-elle, je dois m'occuper de notre dîner. Tiens, Joshua, puisque tu es un homme si serviable...

Et, avant que Danielle ait pu protester, avant que Joshua ait pu dire un mot, Nancy lui colla le bébé dans les bras.

Il parut aussi paniqué que si sa mère lui avait confié une bombe à retardement et Danielle elle-même craignit une explosion imminente. Il ne lui avait pas échappé que Joshua n'avait jamais touché Riley. Certes, il avait porté son siège auto, mais il n'avait jamais volontairement touché le bébé. Et, à la réflexion, elle ne pouvait s'empêcher de penser qu'il avait consciemment évité le moindre contact avec lui. Bien sûr, tout le monde n'aime pas les bébés. Elle-même n'avait jamais ressenti une attirance particulière pour eux avant l'arrivée de Riley. Joshua était peut-être dans le même cas.

Elle devinait à sa posture un peu raide qu'il n'avait pas du tout l'habitude de porter un enfant. Serré contre son large torse d'athlète, Riley paraissait encore plus minuscule.

La réaction de Joshua contribuerait probablement à prouver qu'elle n'était pas du tout l'épouse qu'il lui fallait. Peut-être pas de la façon qu'il avait prévu, mais d'une manière tout aussi efficace.

Il prit place sur le canapé, Riley toujours serré contre lui, visiblement décidé à poursuivre cette farce jusqu'au bout.

— Alors, si je comprends bien, vous vous êtes rencontrés grâce à une petite annonce, remarqua Isaiah d'un ton franchement incrédule. Une annonce que papa aurait placée dans le journal.

Tous les regards se tournèrent vers Todd, qui haussa les épaules.

— J'ai seulement fait ce que n'importe quel autre père soucieux du bonheur de ses enfants aurait fait à ma place.

— Personnellement, je remercie le ciel d'avoir trouvé mon épouse tout seul, déclara Devlin.

— Tu as trouvé une épouse en braconnant dans mon groupe d'amies, corrigea Faith d'un ton désapprobateur. Isaiah et Joshua ont trop de classe pour cibler des femmes aussi jeunes.

— En fait, intervint Danielle, décidant que c'était une parfaite occasion de mettre en avant une autre de ses nombreuses lacunes, j'ai à peine vingt-deux ans.

Le père de Joshua se tourna vers son fils pour le fusiller du regard.

— Vraiment ?

— Oui, confirma Danielle. Vraiment.

— Voilà qui est un peu inattendu de ta part, observa Todd.

— C'est justement pour cette raison que notre rencontre a été extraordinaire, affirma Joshua. Si j'avais cherché tout seul une compagne pour la vie, j'aurais probablement choisi une femme avec un profil totalement différent. Il y a quelques semaines seulement, si tu m'avais posé la question, je t'aurais déclaré que je ne voulais pas d'enfants. Et, aujourd'hui, regardez-moi !

Tout le monde le regardait et Joshua était visiblement très mal à l'aise. Danielle n'était pas très sûre qu'il ait convaincu son auditoire autant qu'il l'espérait, mais c'était un tableau assez amusant, elle devait en convenir.

— J'aurais aussi choisi une femme d'un âge plus proche du mien, poursuivit-il. Mais l'une des principales qualités de Danielle est sa grande maturité. C'est sans doute parce qu'elle est maman. Certes, les circonstances dans lesquelles elle l'est devenue n'étaient pas idéales, mais le courage avec lequel elle a fait face à ses difficultés et résolu ses problèmes – en répondant à cette petite annonce – est l'une des nombreuses qualités qui m'ont séduit chez elle.

Elle avait envie de lui envoyer un bon coup de pied dans les tibias. Il la faisait passer pour une petite intrigante. D'accord, c'était le but de l'opération. Et, pour être honnête, compte tenu des informations dont Joshua disposait, concernant sa vie… il imaginait probablement que c'était exactement ce qu'elle était. C'était stupide et injuste, bien sûr. Tout le monde avait des relations sexuelles, mais une femme devenait une paria à la seconde où elle exhibait la preuve vivante de cette activité. C'était l'une des leçons qu'elle avait apprises au sujet des gens, depuis qu'elle était devenue l'unique soutien de Riley.

Tout ce qui importait, pour ces hypocrites, c'était que Danielle semblait être une fille facile. Et donc, elle l'était forcément. Alors qu'en réalité elle était vierge.

C'était un mot qu'elle devait absolument chasser de son esprit tant qu'elle serait assise dans le salon des Grayson.

Ses joues étaient brûlantes, comme si un essaim d'abeilles l'avait piquée.

— Le destin vous joue des tours curieux, observa-t-elle.

Se rapprochant de Joshua, elle lui prit Riley des bras et la hâte avec laquelle il renonça à l'enfant lui montra éloquemment qu'il n'attendait que cela.

Le reste de la soirée s'écoula dans une sorte de brouillard, fait de moments de gêne et de conversations languissantes. À l'évidence, la famille de Joshua était composée de gens merveilleux, de gens bienveillants, mais ils étaient sérieusement intrigués par les circonstances dans lesquelles il avait pris sa décision. Todd Grayson avait l'air de s'attendre à ce que son épouse s'en prenne physiquement à lui d'une seconde à l'autre.

En bref, tout se passait exactement comme Joshua l'avait prévu. Pourtant elle ne parvenait pas à s'en réjouir. Elle n'en tirait aucune satisfaction. C'était un sentiment horrible.

L'heure du départ arriva enfin et, à ce stade, elle avait hâte de franchir cette porte au pas de course et de continuer à courir, de laisser loin derrière elle toute la famille Grayson – Joshua y compris.

Elle rassemblait ses affaires et Joshua parlait avec l'un de ses frères lorsque Faith s'approcha d'elle.

— Nous n'avons pas encore eu l'occasion de bavarder, toutes les deux, observa-t-elle.

— Non, en effet, convint Danielle, aussitôt sur ses gardes, craignant la direction que pourrait prendre une franche conversation avec la jeune sœur de Joshua.

— Je suis sûre qu'il vous a parlé de moi, remarqua Faith.

— Oui, naturellement, reconnut Danielle d'un ton un peu méfiant, soupçonnant qu'il s'agissait d'une sorte de test.

— Parfait. Alors, voilà. Joshua n'est pas du genre « mariage et bébés ». Mon frère fréquente en général des top-modèles dont la plus petite est de quinze centimètres plus grande que vous, même sans ses ridicules talons aiguilles. Et, autre détail important, il préfère les blondes.

Sous le regard critique de cette jeune femme qui l'avait jugée et déclarée inférieure, Danielle sentit ses joues s'enflammer à nouveau.

— Vraiment ? répliqua-t-elle. C'est peut-être à cause de ma brillante conversation. Ou alors, parce que j'ai d'autres talents qu'il apprécie.

Elle vit l'autre femme rougir à son tour et elle en tira une amère satisfaction. Danielle, la vierge ignorante, avait fait rougir Faith Grayson, une femme infiniment plus sophistiquée qu'elle.

— Je vois, répondit celle-ci. Eh bien, si vous projetez de le mener par le bout du... pour arriver à son portefeuille, sachez que je ferai tout pour m'y opposer. S'il évite tout engagement sérieux depuis si longtemps, c'est pour une bonne raison. Et je ne vous permettrai pas de lui faire du mal. Il n'a déjà que trop souffert.

— Je n'ai aucune intention de rompre avec lui, répliqua Danielle, se demandant ce qui avait bien pu faire souffrir un homme aussi insensible en apparence. Pourquoi le ferais-je ? Je préfère vivre dans sa maison que dans un foyer pour mères célibataires.

Elle se détestait d'avoir tenu de tels propos. À l'évidence, Faith avait déjà deviné qu'elle était avec Joshua pour son argent – même si ce n'était pas de la façon dont elle le supposait. Et Danielle était censée lui offrir la pire image possible d'elle-même. Mais, simultanément, elle souffrait que l'autre femme se soit forgé une image aussi négative d'elle sur la seule base de son origine sociale. De son apparence.

Les gens l'avaient considérée pendant si longtemps comme une miséreuse, un cas social – pas tout à fait à tort – que c'était resté un point sensible pour elle.

— Nous sommes une famille très unie, poursuivit Faith, et nous veillons les uns sur les autres. Souvenez-vous de cela.

— Mais votre frère m'aime.

— Si c'est vrai, alors j'espère que vous serez très heureux ensemble. Pour être honnête, j'espère que c'est le cas. Le problème, c'est que je ne suis pas sûre de le croire.

— Pourquoi ? rétorqua Danielle.

Elle était furieuse, à présent, même si elle n'avait aucun droit de l'être. Il n'y avait aucune raison pour qu'elle se sente touchée personnellement, pourtant c'était bien le cas.

D'un simple regard, Faith Grayson l'avait jugée. Elle l'avait placée dans la catégorie qui, au fond, était réellement la sienne : une moins que rien, une pauvresse qui convoitait seulement l'argent et la sécurité que Joshua pouvait lui offrir. Danielle avait déjà renoncé à sa dignité en acceptant de participer à cette comédie. S'efforcer d'en sauver quelques lambeaux était stupide. Mais elle ne put s'empêcher d'essayer.

— Est-ce parce que je suis une espèce de traînée qu'il ne s'abaisserait jamais normalement à fréquenter ?

— C'est surtout parce que je connais mon frère, précisa Faith. Et je sais qu'il n'a pas l'intention de s'engager dans une autre relation sérieuse, quelle qu'elle soit.

Une autre relation sérieuse.

Ces mots résonnèrent dans l'esprit de Danielle comme un coup de tonnerre. Ils signifiaient que Joshua avait vécu une relation sérieuse par le passé. Or, il n'en avait pas soufflé mot. Il lui avait seulement déclaré qu'il désirait mettre un terme aux manigances de son père, qu'il n'avait aucune envie de se marier. Il s'était bien gardé de mentionner que c'était parce qu'il avait déjà échoué une première fois.

Elle s'efforçait encore d'assimiler cette information lorsque, profitant de ce silence momentané, Faith poursuivit :

— On dirait que vous ne le connaissez pas aussi bien que vous le pensez. En réalité, vous ne le connaissez pas du tout, n'est-ce pas ? Vous savez uniquement de lui qu'il est riche.

— Et qu'il est très sexy, observa Danielle.

Il n'était pas question de revenir sur leur accord. Il était trop tard pour cela. Mais elle comptait bien dire ses quatre vérités à Joshua après leur départ.

Il ne l'avait pas préparée à cette situation. Auprès de sa famille, elle passait pour une idiote. Alors qu'elle rassemblait ses affaires, il lui revint à l'esprit qu'avoir l'air d'une idiote avait toujours été son objectif. Elle pouvait se rendre insupportable à leurs yeux de bien des façons, après tout. Le fait qu'elle ne sache rien au sujet de son soi-disant fiancé contribuait à les faire paraître encore moins compatibles.

Lorsque, après de démonstratives embrassades, ils eurent enfin pris congé de la famille et regagné la voiture, Danielle eut l'impression de respirer enfin librement pour la première fois depuis au moins deux heures. Cette famille si chaleureuse, cette maison si cosy et vibrante d'un amour comme elle n'en avait vu que dans les films, l'avait laissée émue au point qu'elle avait l'impression d'étouffer.

Ils montèrent dans la voiture et elle appuya sa tête à la vitre glacée du côté passager. Sa respiration la couvrit instantanément de buée. Elle n'essaya même pas de résister à l'envie d'y dessiner un cœur.

— Vous sentez-vous encore dans la peau de votre personnage ? ironisa-t-il en faisant sa marche arrière.

— Pas particulièrement, répondit-elle en effaçant son œuvre d'un geste impatient. Je ne comprends pas, c'est tout. Et, à présent que je les ai rencontrés, je comprends moins encore. Votre sœur m'a fait subir un interrogatoire en règle dès qu'elle a eu l'occasion de me parler en privé. Votre père s'inquiète beaucoup de la situation. Votre mère fait de son mieux pour l'accepter, bien que nous soyons le couple le plus mal assorti de tous les temps. Pourquoi vous conduire ainsi, Joshua ? Je ne comprends vraiment pas.

Elle n'avait pas eu l'intention de le critiquer aussi ouvertement. Après tout, ses motivations ne la regardaient pas. Il la payait. Le fait qu'il soit un riche, excentrique et idiot jouait en sa faveur, dans une certaine mesure. Mais cette soirée l'avait mise mal à l'aise. Et même si, dans son cas, elle devait placer une plus haute priorité sur sa survie que sur les nuances subtiles du bien et du mal, leur stratagème commençait à lui peser sérieusement.

— Je vous ai déjà tout expliqué, répliqua-t-il d'un ton si dur que le bébé à l'arrière gémit doucement.

— Ne réveillez pas Riley, le gronda-t-elle.

— Nous formons un couple parfaitement crédible, insista-t-il d'un ton impatient.

— Pas aux yeux de votre sœur, rappela-t-elle. Elle m'a déclaré que notre couple n'était absolument pas crédible, parce que vous n'avez jamais eu l'intention de tomber amoureux une « seconde fois ».

Il faisait sombre dans la voiture, mais elle vit ses mains se crisper sur le volant.

— C'est justement cela, le problème, marmonna-t-il. Ils sont tous au courant. Parce qu'une famille comme la mienne ne sait jamais tourner la page. Ils désirent tout savoir de vos blessures et, ensuite, ils deviennent obsédés par l'idée qu'ils pourraient vous aider à les guérir. Et ils ne vous écoutent pas lorsque vous leur dites qu'il n'y a rien à guérir.

— Écoutez, coupa-t-elle d'un ton exaspéré, je ne suis qu'une bimbo idiote que vous avez trouvée grâce à une petite annonce et qui a besoin de votre argent. Alors, je ne comprends pas toutes ces sottises codées. Expliquez-moi ce qui se passe en toute simplicité. Surtout si je vais devoir assister à d'autres soirées comme celle-ci, à essayer de me faire détester par votre famille. Laquelle, entre nous soit dit, m'a tout l'air d'une de ces familles idéales qu'on ne voit qu'à la télévision.

— J'ai déjà aimé une femme avant, Danielle. Croyez-moi, cela n'en vaut pas la peine. Et moins encore si l'on songe à la souffrance qui accompagne la fin de l'amour. Ou, pire encore, à la souffrance qu'on a infligée à l'autre.

Il avait parlé d'une voix monocorde et, sur le moment, elle ne sut pas quoi répondre.

— Je ne...

— Les détails sont secondaires, l'interrompit-il, quittant la route pour s'engager sur la longue allée qui conduisait à sa maison. Quelqu'un vous a déjà fait souffrir, vous aussi, n'est-ce pas ?

— Oui, reconnut-elle en prenant une profonde inspiration.

— Était-ce le père de Riley ?

— Pas exactement, répondit-elle en se tortillant inconfortablement sur son siège.

— N'étiez-vous pas amoureuse de lui ?

— Non, convint-elle. Je ne l'aimais pas. Mais ma mère m'a joué un de ses tours. Je comprends que l'amour fait souffrir.

Je comprends aussi qu'on ne peut pas toujours compter sur le soutien de sa famille.

— Oui, marmonna Joshua en arrêtant la voiture et en coupant le contact. C'est vraiment formidable, d'avoir une famille aux petits soins pour vous.

Et, sur ces mots, il descendit du véhicule et s'éloigna à grands pas en direction de la maison.

Fronçant les sourcils, elle déboucla sa ceinture et retroussa les manches de la veste de Joshua avant de libérer le siège auto de sa base. Puis elle le suivit à l'intérieur de la maison.

— Pourtant, vous essayez de faire souffrir la vôtre, remarqua-t-elle en le rejoignant. Vous m'excuserez de ne pas très bien vous comprendre.

— Je n'essaie pas de faire souffrir ma famille, répliqua-t-il en pivotant vers elle, ses yeux plus bleus et plus brillants que jamais. Je voudrais seulement qu'ils tournent la page une bonne fois pour toutes. Mon père ne comprend pas. Il est persuadé qu'il me suffirait de trouver une nouvelle personne à aimer pour que tout s'arrange. Mais rien ne peut s'arranger. Je ne peux pas être guéri. Je ne le veux pas. Et je vous concède que cette comédie est peut-être un peu extrême, mais comment qualifier l'idée de placer une petite annonce dans le journal pour trouver une épouse à son fils ? Je ne fais que lui rendre la monnaie de sa pièce.

— Vous pourriez peut-être en discuter avec lui.

— Croyez-vous que je ne l'aie pas fait ? Que j'aie eu tout de suite l'idée de recourir à cette comédie idiote ? J'ai essayé tous les arguments raisonnables, mais il est impossible de raisonner avec un homme aussi entêté que mon père.

— Oui, sûrement, répondit-elle d'un ton dubitatif. J'ai vu le monstre qu'il était. Totalement dévoué à votre mère, et qui vous a élevés et a veillé sur vous jusqu'à ce que vous soyez assez forts pour quitter la maison et réussir plus brillamment que lui.

Elle posa le siège auto sur le canapé et, libérant Riley de sa sangle, le souleva dans ses bras et se dirigea vers l'escalier.

— Lorsque j'étais enfant, nous n'avions rien, lança-t-il derrière elle d'une étrange voix sans timbre.

— Je suis désolée, répondit-elle, la gorge serrée. Mais à moins que vous n'ayez été à la rue ou que vous ne soyez resté seul des journées entières pendant que l'un de vos parents partait travailler – vraiment seul, sans frère ni sœur pour vous tenir compagnie –, nous avons probablement des définitions différentes de ce que signifie « ne rien avoir ».

— Soit, convint-il, nous n'étions pas pauvres à ce point. Mais nous n'avions que le strict nécessaire. Et, par ici, quand on n'a pas d'argent, il n'y a pas grand-chose à faire, à part s'attirer des ennuis.

— Quelle sorte d'ennuis ? s'enquit-elle, intriguée.

— Les choses habituelles : traîner dans les bois, l'alcool, le sexe...

— Avec ce que vous dépensiez en alcool, observa-t-elle, serrant Riley un peu plus fort contre elle, vous auriez pu vous payer une place de cinéma.

— Nous mettions tout notre argent en commun, répliqua-t-il d'un ton impatient. Nous ne réfléchissions pas à l'avenir. Ni à quoi que ce soit d'autre, d'ailleurs.

— Qu'est-ce qui a changé ? Car vous n'êtes pas resté ici. Vous avez trouvé un but à votre existence.

— Un jour, je me suis réveillé et j'ai compris que je n'aurais jamais davantage que ce que j'avais déjà, à moins de changer radicalement de vie. L'avenir qui m'attendait ici n'avait rien d'excitant, croyez-moi. Une vie de petit éleveur, faite d'incertitudes constantes et de privations. C'était le lot de mon père et je détestais cette existence-là. Je buvais dans les bois tous les soirs avec mes copains pour échapper à cette réalité. Je ne voulais pas vivre la même vie que mon père. Alors j'ai changé. Pas assez vite pour améliorer mes notes et obtenir une bourse d'études dans une université prestigieuse, mais je suis parti m'installer à Seattle et j'ai décroché un poste subalterne dans une firme de relations publiques.

— Vous êtes allé là-bas sans connaître qui que ce soit ?

— Je me suis fait de nouvelles connaissances. Et j'ai découvert que j'avais un certain talent pour communiquer avec les gens. À Seattle, personne ne me connaissait. Personne ne savait qui était mon père et on me jugeait uniquement sur mes propres mérites. Je pouvais réécrire l'histoire de ma vie. Je n'étais plus le jeune vaurien d'une petite ville, mais un jeune homme brillant à l'avenir prometteur.

Elle était fascinée par cette histoire et par sa façon de la raconter. Par l'idée d'une nouvelle naissance, d'une nouvelle page blanche. Naturellement, avec un bébé sur les bras, une telle métamorphose serait beaucoup plus difficile. Mais son association avec Joshua lui permettrait de réussir.

Elle ne parvenait pas encore à croire qu'il ait dû transformer aussi radicalement sa vie. Et, même si elle était encore irritée contre lui à cet instant, cette idée lui insuffla un nouveau courage.

— Cela a dû être une expérience incroyable, remarqua-t-elle en déposant un baiser sur la tête de Riley. Et terrifiante.

— Si quelque chose m'effrayait, c'était idée de retourner d'où j'étais venu sans avoir rien changé à ma vie. Et il n'était pas question que cela se produise. Alors, j'ai travaillé plus dur que n'importe qui. Je me suis fixé des objectifs et je les ai atteints. Puis j'ai rencontré Shannon.

Danielle eut l'impression que son cœur cessait de battre en entendant le nom de cette femme. Ce qui n'avait aucun sens, bien sûr. Elle ressentait de la curiosité, mais sous une forme désespérée. Comme s'il était vital pour elle de tout savoir au sujet de cette inconnue qui avait partagé la vie de Joshua et avait vraisemblablement fait de lui l'homme qu'elle voyait planté devant elle. À moins de connaître cette femme, elle ne parviendrait jamais à le comprendre.

— Ah ? fit-elle, incapable de dissimuler son désespoir. Et qui était cette Shannon ?

— Elle a été ma petite amie pendant quatre ans, alors que je m'installais à Seattle pour y rester. Nous vivions ensemble. J'allais lui demander de m'épouser. Puis elle a découvert qu'elle était enceinte, poursuivit-il en détournant le regard, alors que ses yeux bleus étaient devenus froids et distants. Et je me suis dit que nous pouvions sauter l'étape des fiançailles et passer directement au mariage.

Elle le connaissait assez bien pour deviner que cette histoire n'aurait pas de fin heureuse. Joshua n'avait pas d'épouse. Il n'avait aucun enfant et, à en juger par ses interactions avec Riley – ou plutôt le soin qu'il mettait à éviter toute interaction avec lui –, elle était certaine qu'il n'avait jamais été papa.

— Mais cela ne s'est jamais produit, n'est-ce pas ?

— Elle préférait attendre la naissance du bébé avant de m'épouser, et je me suis rendu à ses raisons. Malheureusement, elle a fait une fausse couche au cinquième mois. Pour elle comme pour moi, cela a été une terrible épreuve, physique et mentale. Et sa convalescence a été pire encore. Je ne savais plus quoi faire. Alors, je me suis remis au travail. Nous avions un très bel appartement en ville et, si je travaillais, elle pouvait rester à la maison. Je m'occuperais d'elle, ferais de mon mieux pour la rendre heureuse. J'essaierais de faire en sorte que notre mariage soit son seul souci.

Il ne tenait visiblement pas à s'attarder sur la douleur dévastatrice qu'il avait ressentie à la perte de cet enfant. Les faits étaient simples. Il avait aimé une femme de tout son cœur et il avait eu l'intention de l'épouser. Ils attendaient un enfant ensemble, puis ils l'avaient perdu.

Elle serra Riley un peu plus fort dans ses bras.

— Mais, sur le plan émotionnel, elle allait de plus en plus mal, poursuivit-il. D'abord, elle a commencé à faire chambre à part, puis elle n'a plus quitté le lit. Elle souffrait beaucoup. Au début, je ne me suis pas interrogé sur ces changements. Il m'a semblé logique qu'elle ait besoin de médicaments antidouleur après les épreuves qu'elle venait de traverser. Mais elle a continué à les prendre. Et moi, j'ai commencé à m'inquiéter. Nous nous sommes même disputés à ce sujet. Elle m'a déclaré que je n'avais pas le droit de mettre en doute la réalité de sa souffrance – physique et psychologique. Et... je me suis dit qu'elle avait probablement raison. Alors, je l'ai laissé faire durant toute une année. Puis j'ai appris que l'abus de ce type de médicaments était un problème d'échelle nationale et j'ai essayé de la mettre en garde. Mais, lorsque j'évoquais ce sujet, Shannon se mettait toujours en colère.

Danielle avait peine à imaginer ce qu'elle entendait : cette autre vie qu'il avait vécue, dans une autre ville, avec une femme qu'il avait aimée, où il avait rêvé de fonder une famille et d'élever un enfant, où il s'était perdu dans le travail pour éviter d'avoir à affronter la douleur de la perte qu'ils avaient subie, où la femme qu'il aimait s'était perdue elle-même d'une autre façon.

Cette histoire semblait être à des années-lumière de l'homme qu'il était aujourd'hui, avec cette expression intraitable, ce regard étincelant et cette attitude froidement déterminée. Il lui était impossible de l'imaginer totalement désarmé et impuissant.

— Elle a entamé une liaison avec un autre homme, un de mes collègues de travail, poursuivit-il d'une voix morne. Peut-être se voyaient-ils déjà secrètement avant qu'elle ne me quitte. Je n'en suis pas sûr. Tout ce que je sais, c'est qu'elle ne dormait plus avec moi depuis longtemps. Je n'ai même pas eu l'impression qu'elle me trompait. Le problème, ce n'était pas tant cette relation, mais le fait que l'homme en question était amateur de drogues dures et qu'il lui en procurait à volonté.

— C'est... c'est affreux, Joshua ! murmura-t-elle. J'ai vu les ravages que ces substances peuvent causer. Je sais le mal qu'elles engendrent.

— Imaginez-vous ce que je ressentais ? s'enquit-il tristement. Lorsque cette femme est entrée dans ma vie, elle était ravissante, heureuse. Celle qui m'a quitté était une femme brisée, une toxicomane. J'ai ruiné sa vie.

— Non ! s'écria-t-elle en reculant d'un pas, la gorge nouée. Vous n'êtes pas responsable. Ce sont les drogues qui...

— Je n'ai pas été là pour elle, Danielle, insista-t-il d'un ton douloureux. Je n'ai jamais aimé les difficultés. Je n'ai pas su réagir.

— Mais cela, c'était autrefois, argua-t-elle. Aujourd'hui, vous êtes un homme différent. Et vos futures relations...

— Et voilà justement le problème, coupa-t-il. Vous ne me connaissez pas. Vous n'appréciez pas du tout le peu que vous savez de moi et, néanmoins, vous essayez de m'aider à régler mon problème et de me convaincre de ne pas fermer la porte aux futures relations. Cela a été votre premier réflexe, alors même que vous n'avez aucune sympathie pour moi. Mon père a été incapable de s'en empêcher, lui non plus. C'est pour cela que vous et moi sommes en train de jouer cette comédie. Parce qu'il a été jusqu'à placer une petite annonce dans le journal et refuse de m'écouter. Mon père sait que mon ex est une junkie qui vit aujourd'hui dans la rue et que je me sens responsable. Il désire encore que je vive une vie rangée comme la sienne où il n'a jamais commis d'erreur et où il n'a jamais abandonné personne à son sort.

Danielle ne savait pas quoi répondre à cela. Elle imaginait que le père de Joshua avait probablement commis quelques erreurs, mais qu'en savait-elle ? Tout ce qu'elle connaissait, c'étaient les pères absents et les mères qui traitaient leurs enfants comme des erreurs à oublier le plus vite possible.

Soudain, elle eut l'impression qu'un étau lui comprimait la poitrine.

— Je vais monter et mettre Riley au lit, déclara-t-elle en se détournant pour se diriger vers l'escalier.

Elle ne se retourna pas, mais entendit des pas lourds derrière elle. Sans qu'elle comprenne pourquoi, il la suivait.

Elle entra dans sa chambre et, laissant la porte ouverte, alla coucher Riley dans son berceau. Le bébé s'agita un instant, mais sans se réveiller. Elle transpirait un peu d'avoir porté son petit corps tout chaud contre sa poitrine, mais c'était une sensation divine. En songeant à Joshua et à ce qu'il avait perdu, elle mesurait sa propre chance.

Il était resté planté sur le seuil à l'observer.

— Avez-vous encore envie de vous disputer avec moi ?

— Non, répondit-elle. Cela n'a jamais été mon intention.

Elle tenta de le contourner, mais sa carrure massive lui barrait la porte. Il refusait de bouger, ses yeux d'azur brillant rivés aux siens.

— Vous paraissiez prête à en découdre avec moi, dit-il.

— Pas du tout, se défendit-elle, avançant la main pour l'écarter de son chemin. J'avais seulement besoin d'une explication.

À l'instant où ses doigts entrèrent en contact avec la musculature de son épaule, elle eut la sensation qu'un arc électrique la traversait de part en part, un choc incroyablement excitant qui la ramenait à cette étrange tension au centre de son corps, qu'elle avait éprouvée lorsqu'il avait mentionné Shannon pour la première fois.

Les deux sentiments étaient liés. La jalousie avait été le premier. Celui-ci avait pour nom « désir ».

Elle leva ses yeux vers son visage, nota la barbe naissante aux reflets d'or sur son menton volontaire et supposa qu'elle devait piquer. Elle était très tentée de caresser son visage pour vérifier si c'était vrai. Ce serait une folie, décida-t-elle.

Alors, sa main se referma et retomba à son côté.

— Et vous ? murmura-t-il d'une voix rauque. Après avoir traversé toutes ces épreuves, avoir été enceinte et abandonnée, vous n'avez pas envie de replonger dans une relation, n'est-ce pas ?

Il ne connaissait pas sa situation. Et il l'ignorait parce qu'elle la lui avait délibérément dissimulée. Mais, à cause des circonstances entourant la naissance de Riley, parce que sa mère avait toujours agi ainsi dans ses relations avec les hommes et parce que ces relations finissaient toujours mal, elle désirait éviter tout engagement romantique.

— Je ne suis pas pressée de me marier, répondit-elle. Mais il y a une différence entre la prudence et le refus total.

— Vraiment ?

Il avait incliné légèrement la tête vers elle et la dominait de toute sa taille. Sa fragrance masculine parvenait jusqu'à ses narines à chacune de ses respirations. La chaleur qu'elle ressentait rayonnait de son grand corps.

Soudain, elle avait la bouche sèche. Elle désirait… qu'il pose ses lèvres sur les siennes. Elle désirait connaître le goût de ses baisers. Elle désirait le caresser.

Se rappelait-il leur baiser, lui aussi ? Bien sûr, pour lui, un baiser était probablement un événement sans importance, banal. Pour elle, cela avait été une expérience unique.

— Vous ne pouvez pas honnêtement m'affirmer que vous comptez rester seul toute votre vie, remarqua-t-elle.

— Je suis seul uniquement lorsque j'en ai envie, murmura-t-il d'une voix caressante. Il existe une grande différence entre désirer passer toute sa vie auprès d'une personne et avoir envie de quelques heures au lit avec elle. Dites-moi, Danielle, ajouta-t-il après une pause, avez-vous partagé votre lit avec un homme depuis la naissance de Riley ?

Elle secoua la tête en silence. Les mots, les explications refusaient de franchir ses lèvres. Puis, de toute façon, il fut trop tard. Car il s'avança d'un pas et sa bouche vint se poser sur la sienne.

6

Il irait tout droit en enfer, c'était certain. Après tout ce qui s'était passé ce soir avec sa famille, après Shannon, son sort était scellé. Ce baiser suffirait à le faire damner pour l'éternité.

Danielle était très jeune, elle était vulnérable et, d'un point de vue contractuel, pratiquement à sa merci. L'avoir embrassée, avoir songé à faire bien davantage avec elle, c'était pousser la scélératesse jusqu'à son extrême limite.

Mais, à cet instant précis, cela lui était égal.

Si l'enfer consistait à l'embrasser, à se délecter sans limite du goût de sa bouche, il serait heureux d'y rester à demeure.

Elle resta immobile un instant, serrée contre lui, puis elle leva son visage vers le sien et noua les bras autour de son cou, glissant les doigts dans ses cheveux pour attirer fiévreusement sa bouche contre la sienne. Comme si elle craignait qu'il la repousse. Comme s'il était capable d'une telle folie.

Il avait perdu toute capacité de raisonnement dès l'instant où il s'était approché d'elle, et probablement pour longtemps.

Comment aurait-il pu rester lucide alors qu'elle gémissait contre sa bouche comme un chaton, qu'elle l'embrassait, timidement d'abord, puis avec une hardiesse croissante ?

Il l'adossa au montant de la porte, serrant son corps délicat tout contre le sien. Il était en érection et savait qu'elle sentirait l'intensité de son désir.

Ses mains quittèrent sa taille fine pour glisser sur ses fesses fermes et descendre jusqu'à l'ourlet de sa robe. Il releva le tissu d'un geste décidé, renonçant à toute délicatesse, à toute élégance, poussé par un besoin désespéré de la pénétrer. De se perdre dans son corps et d'oublier tout le reste : la manière dont il l'avait connue, la raison pour laquelle elle était ici, ce qui s'était passé chez ses parents, ce soir, l'horrible, l'incommensurable tristesse dont les murs de son somptueux appartement en terrasse au sommet de la plus haute tour de la ville avaient été les témoins et qui lui collait à la peau. Ce luxueux refuge aurait pourtant dû le protéger de toutes les peines et de tous les malheurs.

Oui, il désirait effacer tout cela de sa mémoire.

Il désirait ne penser à rien d'autre qu'au goût de la bouche de Danielle, à la douceur de sa peau sous ses doigts. Et il ne comprenait toujours pas comment une gamine maigre et dépenaillée avait soudain réussi à allumer ce feu ravageur en lui.

Mais, pour le moment, l'origine de cet incendie lui était totalement indifférente. Il désirait seulement s'y brûler.

Il glissa une main entre ses jambes, effleurant le tissu soyeux de sa culotte et il sentit qu'elle cessait de respirer, puis qu'elle cambrait les reins pour aller à la rencontre de ses caresses, cessant de l'embrasser pour laisser retomber sa nuque contre le montant de la porte.

C'était une invitation évidente et il glissa ses doigts sous l'élastique. En rencontrant sa peau brûlante et humide, qui trahissait à quel point elle le désirait aussi, il dut serrer les dents pour ne pas perdre instantanément le contrôle de lui-même, comme un adolescent à sa première expérience sexuelle.

Il ne se souvenait pas de la dernière occasion où une femme lui avait fait un pareil effet, ni même si cela s'était déjà produit. Un simple contact et la promesse de délices à venir le poussaient tout près du bord du précipice.

Très peu de causes avaient d'immenses effets.

Il continua à la caresser, concentrant son attention sur le bouton ultrasensible, et elle ouvrit brusquement les yeux, comme s'il venait de lui révéler une zone totalement inexplorée de son corps et qu'elle venait de découvrir un phénomène totalement nouveau. Cette réaction éveilla en lui des sentiments confus qu'il pressentait dangereux pour sa tranquillité d'esprit.

Ce qu'ils faisaient maintenant ne devait pas être important. Elle ne devait pas être importante pour lui.

— Tu dois être à moi, murmura-t-il d'une voix rauque tout contre sa bouche.

Ces mots presque brutaux, très loin de sa façon habituelle de déclarer son désir à une jeune femme, parurent causer un choc à Danielle, comme si elle venait de toucher un fil électrique. Elle se figea dans ses bras, puis s'écarta pour le dévisager d'un air stupéfait.

— Que sommes-nous en train de faire ?

Elle était totalement sincère, sa voix un peu tremblante, une expression d'incompréhension et même de crainte sur son joli visage.

— Je crois que nous étions sur le point de faire l'amour, répondit-il d'une voix douce, soudain conscient de cette étrange vulnérabilité au fond de son regard.

Elle secoua la tête et, se libérant de son étreinte d'un mouvement souple, elle s'éloigna de la porte pour reculer jusqu'au berceau.

— Nous ne pouvons pas, murmura-t-elle, pressant la main contre sa joue.

Elle avait l'air du stéréotype de la femme en détresse des films muets. C'était comique et il en aurait ri si elle n'avait pas réussi à lui donner l'impression d'être le méchant du film.

— Ce serait… Ce serait mal, balbutia-t-elle.

— Pourquoi, exactement ?

— Parce que vous me payez pour que je sois ici. Vous me payez pour jouer le rôle de votre fiancée. Et si notre relation devenait physique, je ne vois pas en quoi je serais différente de n'importe quelle prostituée.

— Je ne vous paie pas pour le sexe, argua-t-il. Je vous paie seulement pour que vous fassiez semblant d'être ma fiancée. Mais je vous désire et cela n'a rien à voir avec le reste.

— Je ne suis pas du même avis, répliqua-t-elle, les yeux brillant de larmes contenues. Je m'en veux déjà horriblement pour ce que j'ai fait à votre famille. Nous les avons dupés ce soir, et nous allons continuer à les duper. Je ne peux pas ajouter le sexe à cette situation. Je dois mettre un terme à cette histoire, Joshua. Je dois partir avant d'avoir l'impression de m'être perdue en acceptant tout ceci. Je ne supporte pas l'idée de n'avoir trouvé une solution à mes problèmes d'argent et de logement qu'au prix de la perte de ce qui était jusque-là mon unique trésor : ma dignité. Non, vraiment, je ne peux pas.

Il n'avait jamais supplié une femme de toute sa vie, mais, à cet instant, il comprit qu'il était sur le point de le faire, pour essayer de la convaincre que l'expérience serait suffisamment agréable pour qu'ils en ignorent les conséquences éventuelles.

Puis son regard se posa sur le berceau – le berceau où dormait son bébé – et il comprit que cet argument ne fonctionnerait pas avec elle.

Elle avait été maltraitée, malmenée par la vie et, même si elle ne lui avait jamais donné aucun détail à ce sujet, il en avait la preuve devant les yeux. Elle était seule. Elle avait été abandonnée au moment où elle était le plus vulnérable. Pour elle, les conséquences du sexe n'avaient rien d'hypothétique.

Pour lui non plus, d'ailleurs, car il était un fidèle adepte de la protection. Ce problème ne se posait pas entre eux. Mais il ne pouvait pas lui en vouloir de ne pas lui faire confiance, bien sûr. Il serait plus sage pour lui de chercher une femme moins compliquée. Une femme qui ne porterait pas en elle le fardeau de son passé, comme c'était le cas de Danielle.

Malgré cela, il brûlait d'envie de la supplier de lui accorder ses faveurs, comme un mendiant d'amour.

Mais il n'en fit rien.

— Le sexe n'est pas si important pour moi, assura-t-il. Si vous n'êtes pas d'humeur, tant pis.

— Bien, répondit-elle d'une voix mal assurée. C'est probablement une autre bonne raison de ne pas le faire.

— Je vais commencer à organiser quelques entretiens pour trouver une nounou, déclara-t-il, changeant brusquement de sujet pour refouler l'image de son corps nu dans ses bras.

— D'accord, balbutia-t-elle, comme si elle n'était pas encore remise du choc.

— Ainsi, vous aurez plus de liberté et nous pourrons faire quelques promenades à cheval.

— Pourquoi ? s'étonna-t-elle. Je viens de vous repousser. Pour quelle raison feriez-vous quoi que ce soit pour moi ?

— Je vous l'ai déjà dit. Il ne s'agit pas d'un bonus en échange de vos faveurs. Le fait que vous m'ayez repoussé ne change rien à mes intentions.

— Je ne comprends pas, répondit-elle. Tout a un prix, dans la vie. Il n'y a aucune raison pour que vous fassiez quelque chose pour moi sans rien attendre en retour.

— La vie n'est pas faite uniquement de transactions intéressées, Danielle, lui rappela-t-il d'une voix douce.

— Je suppose que c'est vrai quand on aime quelqu'un, convint-elle d'un air pensif. Mais personne ne s'est jamais vraiment soucié de moi.

S'il n'avait pas déjà eu l'impression d'être le roi des crétins, ces paroles auraient suffi à lui ouvrir les yeux. Parce que sa famille était aux petits soins pour lui. Parce que, toute sa vie, une foule de gens avaient fait des choses pour lui, pour l'unique raison qu'ils avaient envie de lui offrir quelque chose qui vienne d'eux, sans rien attendre en retour.

Mais, après Shannon, quelque chose avait changé en lui. Il avait éprouvé le besoin de tenir les autres à distance, car exprimer ses sentiments lui était devenu impossible.

Il n'avait plus envie de donner aux autres, de créer des liens avec eux depuis très, très longtemps. Néanmoins, pour une raison mystérieuse, il avait envie de tisser des liens avec Danielle. Il désirait tout donner à cette jeune femme si fragile et si douce.

Ce n'était pas de l'altruisme. Pas vraiment. Elle avait si peu qu'il ne lui aurait pas été très difficile de changer sa vie de façon positive sans que cela lui coûte un gros effort. Elle n'avait jamais eu affaire à de la gentillesse, ce qui signifiait que le plus petit geste de générosité suffirait à la combler.

— Les premières candidates doivent se présenter pour l'emploi de nounou dès demain matin, dit-il. Aimeriez-vous avoir votre mot à dire ?

— Que mon opinion compte pour choisir la personne qui va garder mon bébé ? Oui, ce serait une bonne idée.

Elle porta la main à ses lèvres d'un geste inconscient, puis elle l'abaissa précipitamment.

— Bonne nuit, dit-elle d'un ton embarrassé.

— Bonne nuit, grogna-t-il.

Et, sur ces mots, il se détourna d'elle et referma la porte derrière lui d'un geste décidé. C'était l'unique façon de continuer à se conduire en homme civilisé. Il devait absolument la laisser tranquille. Il allait faire quelque chose pour l'aider. Comme si cela pouvait suffire à effacer toutes ses fautes passées.

Bien sûr, ce ne serait probablement pas suffisant. Mais, en tout cas, cela l'aiderait, elle. Et, pour une raison qu'il ne comprenait pas vraiment, c'était important.

Cela signifiait peut-être qu'il n'était pas encore au-delà de toute rédemption.

Danielle n'avait jamais fait passer un entretien d'embauche à une personne qui devait travailler pour elle. Jusque-là, c'était toujours elle qui sollicitait l'emploi. Il lui semblait étrange – et assez plaisant – de se trouver de l'autre côté de la table. Elle ressentait une curieuse sensation de puissance, d'autant plus agréable que le fait était rarissime.

Elle ne se sentait certes pas puissante, l'autre soir, lorsque Joshua l'avait embrassée. Elle s'était sentie faible comme un chaton nouveau-né, prête à s'abandonner et à lui donner tout ce qu'il désirait.

Sauf qu'elle ne l'avait pas fait. Elle avait refusé. Elle était très fière d'elle-même pour s'être montrée aussi ferme, même si elle se désolait secrètement d'avoir manqué cette occasion de se pâmer de plaisir dans ses bras.

Mais le plaisir était secondaire. Elle devait d'abord préserver son estime d'elle-même.

C'était une question de fierté et d'instinct de survie. Elle pensait réellement ce qu'elle lui avait dit. Si elle repartait d'ici brisée, incapable de se libérer de lui, de cette vie, parce qu'elle s'était laissé emprisonner par des liens qu'elle n'avait pas anticipés, elle ne se le pardonnerait jamais. Elle ne serait sortie de sa pauvreté que pour tomber dans un piège qui lui apporterait seulement d'autres souffrances.

Car elle avait beau se répéter que Joshua n'était pour elle qu'un moyen d'accéder à une vie normale et qu'il ne méritait pas la famille merveilleuse qu'il avait, elle commençait à éprouver certains sentiments pour lui. Des sentiments qu'elle ne pouvait pas se permettre d'éprouver.

L'histoire de sa petite amie l'avait bouleversée. Elle avait ébranlé ses défenses patiemment construites.

Qu'allait-elle faire ?

Prenant une profonde inspiration, elle tourna son regard vers la nouvelle nounou, Janine, qui venait de commencer son travail ce jour-là et qui allait garder Riley pendant que Joshua et elle feraient une promenade à cheval.

Danielle était nerveuse. C'était la première fois qu'elle quittait Riley depuis longtemps. Lorsqu'elle travaillait comme caissière, elle n'avait pas eu d'autre choix, mais, cette fois-ci, c'était différent. Ce n'était qu'un luxe et elle se sentait coupable de l'abandonner pour le plaisir.

Elle refoula aussitôt cette idée. C'était une réaction ridicule, quoique préférable, bien sûr, à l'indifférence de sa mère pour ses enfants. Au moment de la naissance de Riley, elle avait probablement déjà épuisé le peu d'instinct maternel qu'elle avait pu posséder.

Poussant un profond soupir, Danielle se tourna à nouveau vers Janine.

— Pendant notre absence, Riley devrait dormir la plupart du temps, assura-t-elle. Et, même s'il se réveille, il est généralement de bonne humeur.

— Ce n'est qu'un bébé, répondit Janine en souriant. J'en ai déjà gardé beaucoup. Ne craignez rien, je m'occuperai bien de lui.

Au même instant, Joshua entra dans la pièce et Danielle cessa de respirer.

Il était vêtu d'une chemise de coton bleu marine, d'un jean et coiffé d'un Stetson blanc qui lui donnait l'air du héros d'un vieux western.

Ne sois pas stupide, se tança-t-elle. *Joshua est peut-être un héros, mais il n'est pas ton héros.*

Les filles comme elle ne rencontraient pas de héros. C'étaient à elles de se montrer intrépides. Et cela lui convenait très bien. Le problème, c'était d'en convaincre son pauvre cœur stupide qui, à cet instant, battait à tout rompre.

Il n'était que trop facile de se souvenir de la sensation qu'elle avait éprouvée en l'embrassant, lorsque sa barbe naissante un peu rêche lui avait effleuré la joue. Une sensation follement excitante, grisante. Elle faisait pour la première fois l'expérience de la différence entre les hommes et les femmes.

Mais c'était dangereux. Elle avait entrouvert une porte sans en avoir eu l'intention et, désormais, il était trop tard pour la refermer.

— Prête ? s'enquit-il.

Leurs yeux se rencontrèrent et elle ne put s'empêcher de songer qu'ils étaient parfaitement assortis à sa chemise. Le bleu du ciel et celui de l'océan.

Qu'est-ce qui n'allait pas chez elle ? Elle ne s'était jamais sentie aussi stupide devant un homme avant lui.

— Oui, répondit-elle d'une voix un peu étranglée. Je suis prête.

— Ne soyez pas aussi nerveuse, observa-t-il avec un sourire en coin. Je serai doux avec vous.

— Voilà qui est plutôt rassurant, marmonna-t-elle en rougissant. Sauf que c'est plutôt le comportement du cheval qui m'inquiète.

— Elle sera douce comme un agneau, la rassura-t-il, je vous le promets. Je n'ai jamais enseigné l'équitation à qui que ce soit, mais je suis sûr de réussir avec vous.

Remarquant que ses paroles pouvaient avoir un double sens, elle repoussa aussitôt cette hypothèse.

Mais, au fond, c'était peut-être bien vrai.

Il n'avait montré aucune timidité en lui expliquant ce qu'il attendait exactement d'elle, l'autre soir. Il avait glissé la main entre ses jambes. Il l'avait touchée là où aucun autre homme ne l'avait jamais touchée. Il lui avait fait tutoyer les étoiles et jaillir des gerbes d'étincelles sur la peau.

Il était normal que cette expérience l'ait bouleversée. Mais, comme il l'avait déclaré lui-même, le sexe n'était pas très important à ses yeux. Une affaire banale. Alors, pourquoi y penserait-il maintenant ? Il avait probablement déjà tout oublié. Ce baiser n'était plus qu'un vague souvenir, perdu parmi ses innombrables expériences sexuelles précédentes.

Elle, en revanche, n'avait aucun autre point de comparaison, et cette expérience-ci était restée gravée dans sa mémoire. Le responsable était planté devant elle, sa présence très réelle.

— Je suis prête, s'entendit-elle répondre. Totalement prête.

— Parfait. Allons-y.

En proposant cette promenade à cheval à Danielle, Joshua se soumettait à une forme très particulière de torture, il devait le reconnaître. Mais il avait déjà l'habitude de se punir et il restait donc dans son personnage.

Depuis qu'ils s'étaient embrassés – et même un peu plus – dans sa chambre, l'autre soir, il n'avait pas cessé de penser à elle un seul instant. Il avait fait de son mieux pour l'éviter en s'immergeant dans le travail, mais il se réveillait encore la nuit, couvert de transpiration et en pleine érection. L'esprit encore embrumé de rêves d'elle, de sa bouche brûlante, de la merveilleuse fragrance de sa peau.

Habituellement, le grand air lui éclaircissait les idées. Longer les limites de sa propriété à cheval était sa thérapie personnelle. Galoper sur les pentes des collines, avec le majestueux spectacle des crêtes des montagnes pour horizon, lui rappelait sa propre insignifiance. Certains jours, il y puisait une sorte de réconfort.

Mais pas aujourd'hui.

Aujourd'hui, une pensée l'obsédait. Il fixait d'un regard fasciné l'adorable postérieur de Danielle, qui chevauchait devant lui. Le pas de sa jument lui imprimait des oscillations affolantes et il ne pouvait s'empêcher d'imaginer la jeune femme en train de le chevaucher de la même manière.

Il ne comprenait pas ce qui lui arrivait ni son obsession pour elle.

Elle n'était pas du tout comme les femmes sophistiquées qu'il préférait d'ordinaire. Par certains côtés, elle lui rappelait le type de filles qu'il fréquentait autrefois ici, lorsqu'il n'était qu'un adolescent qui passait son temps libre à boire et à faire des galipettes dans les bois.

À l'époque, il aimait les filles simples et directes qui désiraient les mêmes choses que lui : quelques heures d'escapade, un peu de distraction.

Le problème, c'était qu'il savait déjà que ce n'était pas du tout ce que Danielle désirait. Elle n'était pas à la recherche d'aventures sans lendemain. Or, c'était tout ce qu'il avait à lui proposer.

Et il y avait un second problème. Les sentiments qu'il éprouvait pour elle n'avaient rien d'anodin. Une simple attirance sexuelle n'aurait jamais tourné à l'obsession. Or il devait malheureusement reconnaître qu'il en était là.

Au cours des deux semaines qu'elle avait passées chez lui, elle avait repris un petit peu de poids. Il devinait déjà ce que serait sa silhouette si elle vivait confortablement, au lieu de se contenter de survivre. Elle était naturellement mince, mais dotée de courbes d'une élégance subtile.

Pourtant, ce qu'il aimait plus encore que ses seins hauts et impertinents ou ses hanches gentiment évasées, c'était le dessin ferme de son menton, qui annonçait une volonté de fer, ses épaules délicates mais bien droites, qui suggéraient à la fois la force et la fragilité.

Elle paraissait indomptable, toutefois il soupçonnait que, si un homme trouvait son point faible, elle ne serait pas seulement brisée, elle serait anéantie.

Il s'obligea à détourner le regard, pour se concentrer sur le paysage qui les entourait. Derrière la dernière pente des montagnes, on apercevait déjà l'océan gris et tumultueux dans la distance.

— Que pensez-vous de mes talents de cavalière ? s'enquit-elle en se tournant vers lui.

— Au moins, vous n'êtes pas encore tombée, répondit-il un peu méchamment, incapable de s'empêcher de fixer à nouveau ses jolies fesses rondes.

— Pas encore ? répéta-t-elle avec un rire de dérision, une lueur de défi dans ses beaux yeux marron. Je n'ai pas l'intention de tomber, Joshua Grayson. Il en faudrait beaucoup plus pour me faire mordre la poussière.

— Vous trembliez, tout à l'heure, lorsque je vous ai aidée à vous hisser en selle.

— Eh bien, regardez-moi maintenant, répliqua-t-elle en serrant les rênes dans une seule main pour lever l'autre en l'air. Je commence à me sentir très à l'aise dans mes étriers.

— Une vraie cow-girl, commenta-t-il.

Tout à coup, il désirait que ce soit vrai, et cette idée le stupéfia. Il désirait qu'elle aussi profite de cet exutoire à toutes les pressions, de cette liberté. Elle méritait mieux qu'un petit appartement, mieux que de devoir lutter chaque jour pour sa survie.

Tu lui donnes déjà tout cela. C'est exactement le sens de cet arrangement. Comme elle l'a dit elle-même, elle est une croqueuse de diamants et tu lui offres une vie d'aisance.

Oui, mais il désirait lui donner bien davantage.

Ainsi qu'il l'avait déclaré, il ne désirait pas lui offrir un simple échange. Il tenait à ce qu'elle ait quelque chose qui leur appartienne en propre. À elle et à Riley. C'était peut-être une tentative maladroite d'expier pour ce qu'il n'avait pas su offrir à Shannon ni pu offrir à l'enfant qu'il avait perdu.

Il prit une profonde inspiration, emplissant ses poumons des senteurs des pins et de l'océan, s'efforçant de dissiper la tension qui lui serrait la poitrine.

Elle se tourna à nouveau vers lui et, cette fois-ci, elle lui offrit un sourire éblouissant, qui soulagea instantanément la tension dans sa poitrine et lui coupa le souffle.

— Êtes-vous prête à rentrer ? s'enquit-il, s'efforçant de se ressaisir.

— Non. Je ne suis même pas sûre de jamais vouloir quitter ce lieu. C'était... Merci infiniment.

Cette fois, elle ne le regardait pas en face. Sans doute parce qu'elle était beaucoup moins à l'aise avec l'expression sincère des sentiments qu'avec le sarcasme.

Exactement comme lui.

— Tout le plaisir a été pour moi, assura-t-il, fixant la limite de la forêt.

Il talonna son cheval pour passer devant elle et prendre la tête pour le retour vers l'écurie. Ils chevauchèrent un moment en silence, pourtant il sentait à chaque instant son regard rivé dans son dos et il lança sans se retourner :

— Danielle, seriez-vous en train de fixer mon postérieur, par hasard ?

— Non ! se récria-t-elle d'un ton embarrassé. Qu'est-ce qui a pu vous donner une idée pareille ?

Ils s'arrêtèrent devant les écuries et il sauta à bas de sa selle pour s'approcher de la jument de Danielle.

— Menteuse ! dit-il en souriant. Avez-vous besoin d'aide ?

— Pas de la vôtre, répliqua-t-elle. Vous venez de me traiter de menteuse.

— Parce que vous reluquiez mon derrière et nous le savons tous les deux, observa-t-il en lui tendant sa main. À présent, laissez-moi vous aider. Je ne voudrais pas que vous fassiez une chute disgracieuse à la dernière minute.

— Bah ! fit-elle d'un air moqueur.

Mais, lorsque ses doigts effleurèrent les siens, il eut l'impression qu'un arc électrique jaillissait entre eux. Il choisit de l'ignorer. Parce qu'aucune raison au monde ne pouvait justifier que le simple contact des doigts d'une femme contre les siens le mette dans un tel état d'excitation sexuelle.

Il l'aida à descendre de sa selle, la serrant contre lui à l'instant où ses pieds touchèrent le sol. Puis il renonça à lutter.

Il en avait assez de prétendre que ce qu'ils faisaient n'était pas un long prélude à l'instant où il l'embrasserait de nouveau. C'en était fini de faire semblant de croire que ces quelques derniers jours n'avaient pas été les préliminaires de l'amour et d'essayer d'ignorer que, chaque fois que l'un ou l'autre pensait à leur baiser, ils ne se rapprochaient pas davantage de l'inévitable.

Elle le désirait, il le savait. Il le lisait clairement dans sa réponse à ses caresses. Elle résistait peut-être encore à ce désir, et lui aussi avait ses propres freins. Mais ces considérations n'étaient rien face à la force du sentiment qui grandissait entre eux à chaque seconde et qui devenait impossible à ignorer.

Il était à deux doigts de poser sa bouche sur la sienne lorsqu'elle se haussa sur la pointe des pieds et lui glissa une main derrière la nuque.

Et ce fut elle qui l'embrassa, lui donnant un baiser d'une douceur hésitante. En quelque sorte une question, alors que le sien eût été un ordre. Mais ce baiser n'en était que plus divin. Elle était venue à lui. Elle avait encore un problème avec leur situation, mais elle s'était trouvée incapable de résister plus longtemps.

Il posa une main sur la douceur de sa joue, faisant un vaillant effort pour rassembler tout ce qui lui restait de self-control. Il désirait lui permettre de continuer à mener le jeu, la laisser libre de poursuivre son exploration. Sa jolie bouche butinant ses lèvres avait une maladresse charmante, sa langue testait timidement la sienne.

Il brûlait d'envie de lui faire l'amour sans attendre, avec passion, comme si sa vie en dépendait. S'emparer de ses hanches et la repousser contre le mur de l'écurie, baisser son jean et glisser à nouveau la main entre ses jambes magnifiques, sentir une nouvelle fois sa chair secrète, brûlante et humide.

Il désirait la pénétrer lentement, sentir combien elle le désirait aussi.

Mais il n'en fit rien.

Ce fut l'effort le plus gigantesque qu'il ait jamais eu à fournir de toute sa vie. Attendre. Permettre à Danielle de mener le jeu. La laisser croire qu'elle contrôlait la situation. Il était prêt à tout pour éviter qu'elle prenne peur une nouvelle fois. S'il devait se montrer patient, ne rien brusquer, il en était capable. Il le fallait.

Pourvu qu'il puisse la posséder.

Elle devait être à lui. Il devait exorciser le démon qui s'était emparé de lui, et qui exigeait qu'il la prenne. Qui exigeait qu'il la fasse sienne.

Son cheval s'ébroua derrière eux à cet instant et, comme si elle sortait d'un rêve, Danielle s'écarta de lui.

Aïe.

— Accorde-moi un instant pour m'occuper des chevaux, dit-il d'un ton précipité. Je ne serai pas long.

Il allait expédier cette corvée en un rien de temps et revenir aussitôt se délecter du goût de sa bouche. Il dessella les chevaux, puis les étrilla rapidement, s'attendant à la voir détaler. Au lieu de cela, elle resta à l'observer avec des yeux immenses, une expression d'indécision totale sur son ravissant visage.

Parce qu'elle savait.

Elle savait que si elle restait là, il ne se contenterait pas d'un baiser. Qu'il la désirait tout entière.

Il poursuivit son travail, mais moins vite, s'obligeant à ralentir chaque geste. À faire durer l'opération, parfaitement conscient que c'était une torture pour eux deux. Il tenait à ce qu'elle le désire autant qu'il la désirait.

Il devinait qu'elle était tentée de s'enfuir, mais aussi que son corps le réclamait. Qu'elle désirait qu'il lui fasse l'amour. Elle vacillait entre sa peur et une irrésistible curiosité.

Et il espérait bien que la curiosité gagnerait la partie.

Au bout d'un moment interminable, elle toussota pour s'éclaircir la voix.

— Vas-tu avoir besoin de toute la journée pour faire cela ? remarqua-t-elle d'un ton impatient.

— Il faut bien soigner ses chevaux, Danielle. Je sais qu'une fille de la ville comme toi ne comprend pas l'importance de ces choses-là.

Elle le dévisagea attentivement une seconde, puis elle fit un pas en avant et, lui arrachant son Stetson, elle le posa sur sa propre tête.

— Tu me fais marcher, dit-elle. Tu te joues de moi.

— Pas encore, répliqua-t-il, incapable de réprimer son sourire. Mais j'en ai bien l'intention.

Après cet échange, il accéléra un peu le rythme. Il conduisit les chevaux dans leur box, puis, prenant la main de Danielle, il l'entraîna au fond des écuries, vers une échelle donnant accès au fenil.

— Puis-je te montrer quelque chose ?

Elle hésita un instant, visiblement songeuse, avant d'observer :

— Pourquoi ai-je le sentiment que ce n'est pas le fenil que tu désires me montrer ?

— Je vais te montrer le fenil, assura-t-il. Mais ce n'est pas tout ce que je voudrais te montrer, c'est vrai.

Elle recula d'un pas, visiblement nerveuse, mais il glissa une main derrière sa nuque et écrasa ses lèvres sur les siennes pour l'embrasser comme il avait désiré le faire, tout à l'heure, lorsque sa petite bouche butinait la sienne. Il avait épuisé toutes ses réserves de patience et il n'était plus question de la laisser continuer à mener le jeu. Plus maintenant.

Il lui prit le visage entre ses mains, effleurant ses joues d'une caresse, et murmura tout contre ses lèvres :

— Ce que nous faisons maintenant n'a aucun rapport avec l'arrangement que nous avons conclu. Aucun rapport avec notre contrat, ni avec une quelconque petite annonce, celle de mon père ou la mienne. Le fait est que je te désire. Tu comprends ?

— Oui, répondit-elle dans un souffle.

Un flot d'adrénaline envahit son sang, accompagné d'un étrange sentiment de triomphe mêlé d'un soupçon de culpabilité. Il la désirait. Il savait qu'il ne la méritait pas. Mais cela ne l'empêcherait pas de la faire sienne.

Alors, il la prit par la main et l'aida à gravir l'échelle.

7

Le cœur de Danielle battait si fort qu'elle n'entendait plus que ses coups assourdissants dans ses oreilles, alors qu'elle grimpait les barreaux de l'échelle du fenil.

Le lieu était très différent de ce qu'elle avait imaginé. Il était propre. Un tas de foin occupait un coin de cet espace, mais le reste était immaculé. Tout était soigneusement rangé et organisé avec précision. Connaissant Joshua, cela n'était pas vraiment une surprise.

Néanmoins, elle ne put s'empêcher de sourire. Elle le connaissait, c'était vrai. D'une certaine façon, elle avait l'impression qu'il était la personne au monde qu'elle connaissait le mieux.

Ce qui, naturellement, en disait long sur toutes ses autres relations passées. Durant quelque temps, elle avait eu des amis, mais ils avaient disparu les uns après les autres lorsqu'elle avait dû s'occuper à plein temps de sa mère enceinte, tout en travaillant au magasin pour survivre. Par la suite, lorsqu'elle s'était retrouvée seule à s'occuper de Riley, aucun d'eux n'était revenu.

Au fond, elle ne leur en voulait pas. Leur vie était déjà suffisamment difficile sans qu'ils doivent y ajouter les problèmes d'une amie encore plus infortunée qu'eux.

Elle les comprenait, certes, mais cela ne l'empêchait pas de souffrir de sa solitude.

Elle se tourna vers Joshua et leurs regards plongèrent l'un dans l'autre. Il s'était confié à elle, lui avait parlé de son passé, tandis qu'elle continuait à lui dissimuler un énorme secret. Et elle persistait dans son silence, alors même qu'elle s'apprêtait à lui offrir son corps.

Elle prit une profonde inspiration et s'apprêtait à parler lorsque quelque chose dans son regard d'azur l'en dissuada. C'était le regard intense d'un prédateur, qui lui donnait l'impression d'être le centre de l'univers ou, tout du moins, de son univers à lui.

C'était un sentiment grisant. Et elle l'éprouvait pour la toute première fois de sa vie.

Elle désirait davantage. Elle désirait tout. Quelles que puissent en être les conséquences.

Et c'était une idée effrayante. Plus terrifiante que d'accepter de faire une chose inédite pour elle. Car elle venait enfin de comprendre comment sa mère avait pu renoncer à sa raison, à son estime d'elle-même, pour cet instant où un homme vous regarde comme si vous étiez tout pour lui.

Danielle avait vécu si longtemps avec le sentiment qu'elle n'était rien pour personne, à part un fardeau, qu'elle éprouvait une sorte de merveilleuse ivresse à être considérée comme la solution, au lieu d'être le problème. Elle savait qu'elle ne pourrait jamais revenir en arrière, quoi qu'il advienne.

Même si son bon sens avait tenté de s'imposer, elle l'aurait ignoré, parce qu'elle avait besoin de faire cette expérience. Son cœur exigeait ce baume bienfaisant pour effacer les profondes blessures qu'elle portait en elle.

Joshua traversa l'espace immaculé pour aller ouvrir un placard. À l'intérieur, plusieurs épaisses couvertures de laine à dessins géométriques d'inspiration tribale étaient soigneusement pliées. Il en sortit deux et étala la première sur le sol.

Elle fit de son mieux pour contrôler la panique qui commençait à s'emparer d'elle et se manifestait sous la forme d'un rire hystérique qu'elle sentait monter dans sa gorge.

— Je sais bien que ce fenil n'est pas une suite de palace, s'excusa-t-il.

— Cela ne me dérange pas du tout, assura-t-elle avec un sourire un peu contraint.

Il posa la seconde couverture, toujours pliée, au pied de leur couche improvisée et, s'emparant de sa main, il l'attira à lui. Puis il inclina la tête, et ses lèvres vinrent se poser sur les siennes.

Le cœur de Danielle battait si fort qu'il devait l'entendre et comprendre à quel point il la troublait.

Elle avait des révélations à lui faire concernant sa mère qui était aussi celle de Riley. Concernant sa virginité.

Mais elle n'avait pas les mots pour les exprimer.

Seuls les battements de son cœur pouvaient parler pour elle, ses membres tremblants. Elle pouvait lui montrer que ses yeux s'emplissaient de larmes et que, malgré ses efforts désespérés, elles continuaient à couler.

Elle savait manipuler une conversation, offrir des réponses naviguant habilement entre vérité et fiction.

Mais son corps ne connaissait que la vérité.

Elle espérait qu'il le comprenait. Plus tard, ils parleraient, se montreraient honnêtes l'un envers l'autre. Parce qu'il lui poserait des questions. Beaucoup de questions. Mais, pour le moment, elle laisserait ses caresses – fussent-elles timides et maladroites – et les petits baisers pudiques qu'elle déposait sur ses joues exprimer à sa place ce qu'elle ne pouvait pas lui dire avec des mots.

— Je n'ai pas besoin de luxe, ajouta-t-elle d'une voix qu'elle ne reconnut pas elle-même.

— Tu y as droit, murmura-t-il. Mais, si je devais t'emmener dans ma chambre, il faudrait attendre jusqu'à ce soir, or je n'avais pas envie d'attendre.

— Ce n'est pas d'un cadre luxueux dont j'ai besoin, répondit-elle dans un souffle. Seulement de toi. Ici. Maintenant.

Il redressa la tête et prit une profonde inspiration, puis sa bouche vint se poser sur la sienne. Ce fut un baiser brûlant, ravageur, qui enflamma instantanément des zones de son corps trop longtemps négligées. Elle se cramponna à ses puissantes épaules pour maintenir son équilibre, parce que ses jambes ne la soutenaient plus.

Il la souleva dans ses bras sans effort apparent, la serrant contre sa poitrine comme si elle n'était qu'une enfant, puis il la porta jusqu'à la couverture et la reposa doucement sans cesser de l'embrasser.

Danielle était éblouie, hypnotisée par l'intensité de son regard et son air de farouche détermination. La proximité de leurs corps et sa fragrance masculine la bouleversaient.

Elle avait passé ces quelques derniers mois à s'occuper de son demi-frère, se consacrant tout entière à ce petit être humain qu'elle aimait plus que tout au monde. Mais, ce faisant, elle s'était oubliée elle-même. Elle avait donné continuellement, s'était sacrifiée sans rien espérer en retour.

Sauf que ceci, c'était bien plus qu'elle n'avait jamais eu ou espéré : être le centre d'attention d'un homme, l'objet de son désir.

Il avait besoin d'elle, mais pas à la manière d'un enfant. Ce besoin n'était pas entièrement égoïste. Le désir de Joshua lui offrait autre chose en retour quand il l'embrassait, caressait son corps, la tourmentait avec la promesse d'un désir qu'elle n'avait jamais éprouvé auparavant.

Avant de se rendre compte de ce qu'elle faisait, elle glissa les mains sous l'ourlet de sa chemise, effleurant avec délectation son ventre aux muscles durs. Sa peau était brûlante sous ses doigts et, tout à coup, ce qu'elle avait pu faire – ou ne pas faire – par le passé lui sembla sans importance. Sa virginité était un détail secondaire.

Le feu du désir avait réduit à néant sa raison. Rien ne comptait plus, hormis le besoin de sentir sa peau contre la sienne. Sans aucune barrière pour les séparer.

Soudain, ses années de solitude, de glaciale distance avec les autres étaient un fardeau qu'elle ne pouvait simplement plus porter. Elle avait besoin de sentir son corps sur elle, en elle, quel que soit l'ordre dans lequel cela se produirait. À cet instant, cela lui était indifférent.

Parce que son désir balayait les conséquences possibles, comme une fringale désespérée que seules pouvaient apaiser ses caresses. Son désir d'elle.

Elle releva sa chemise avec des doigts tremblants et elle l'aida à la faire passer par-dessus sa tête. La gorge sèche, les lèvres entrouvertes, elle le détailla tout à loisir. Il avait de larges épaules, un torse sculptural aux muscles parfaitement dessinés, couverts d'une légère toison dorée qui allait en se rétrécissant avant de disparaître sous la ceinture du jean qu'il portait bas sur ses hanches.

Elle n'avait jamais vu aucun homme qui lui ressemble, en tout cas jamais en chair et en os. Et elle ne s'était jamais non plus trouvée aussi près d'un homme. Elle posa les paumes sur ses pectoraux, se délectant de leur chaleur, de leur fermeté, des battements précipités de son cœur qu'elle sentait sous ses doigts, aussi forts que les siens.

Elle écarta les jambes et il s'allongea sur elle. Malgré les vêtements qui les séparaient encore, elle sentait distinctement son érection presser contre cette partie de son corps où brûlait un feu liquide. Alors elle se perdit tout entière dans son baiser, dans l'oscillation de ses hanches contre les siennes. Cet instant, cette expérience étaient tout ce qu'elle avait manqué en grandissant. Des années d'adolescence gâchées, durant lesquelles elle aurait dû découvrir le flirt, se rouler dans le foin avec les garçons en espérant de ne pas se faire attraper. Au demeurant, sa mère n'aurait rien trouvé à y redire.

Ce qu'elle vivait maintenant était une réhabilitation. Plus encore, c'était une découverte de désirs dont elle ignorait jusqu'à l'existence. Sans compter qu'elle n'aurait jamais imaginé désirer un homme comme Joshua.

Ils formaient un couple invraisemblable. Un brillant homme d'affaires trentenaire, propriétaire d'un ranch et qui semblait fuir tout engagement émotionnel, et elle, jeune femme pauvre ayant tout juste dépassé la vingtaine, s'accrochant désespérément à chaque lien qu'elle pouvait établir avec les autres, parce que chacun d'eux était rare et précieux.

Malgré tout, sans qu'elle sache trop comment l'expliquer, ils s'accordaient parfaitement lorsqu'ils s'embrassaient, se caressaient. Pour une raison mystérieuse, il était le seul homme qui ait jamais eu cet effet-là sur elle.

C'était peut-être parce qu'il l'avait initiée à l'équitation. Ou peut-être parce qu'il leur offrait, à Riley et à elle, une occasion d'échapper à la pauvreté. Peut-être parce qu'il était si beau. Quoi qu'il en soit, elle avait le sentiment que le lien qui s'était tissé entre eux transcendait toutes ces catégories.

Mais, alors que la bouche de Joshua traçait un chemin sinueux de baisers sur son cou, ces questions s'éloignèrent de son esprit. Elle n'avait pas besoin de donner un nom à ce lien. Elle n'en avait même pas envie.

Elle cessa de respirer lorsqu'il fit passer son chemisier par-dessus sa tête avec une dextérité bien supérieure à la sienne, puis la débarrassa de son soutien-gorge. Les pointes de ses seins avaient durci, lui rappelant que la nature n'avait pas été très généreuse avec elle, pour ce qui était de leur taille.

Si ce détail l'embarrassait un peu, Joshua, lui, ne sembla pas s'en formaliser.

Au lieu de cela, il inclina sa tête pour recueillir un bouton rose entre ses lèvres. Cette sensation fut si soudaine, si choquante et si inattendue, qu'elle laissa échapper un gémissement et cambra le dos pour aller à la rencontre de sa bouche.

Levant les yeux vers les siens, il lui adressa un sourire insolent qui aurait dû l'irriter. Tout au contraire, elle s'abandonna totalement à la chaleur de son corps et à l'incendie qui s'était allumé entre eux, à sa bouche magique qui dessinait une carte du plaisir sur sa peau, descendant jusqu'à la frontière délimitée par la ceinture de son jean. Sa bouche gourmande butinait à présent son ventre, juste au-dessus du bouton de laiton, et cette nouvelle sensation était si délicieusement choquante qu'elle s'entendit gémir de plaisir une nouvelle fois.

Elle appuya son poing fermé contre sa bouche pour s'empêcher de devenir trop bruyante et de se couvrir de ridicule en révélant la profondeur de son inexpérience. Les sons qu'elle produisait annonçaient clairement qu'elle découvrait ces sensations pour la première fois. Et, naturellement, elle se sentait un peu trop vulnérable.

Elle était habituée à garder les gens à distance. Transparente aux yeux des autres, elle utilisait son insignifiance comme un bouclier pour protéger ses sentiments et ses secrets.

Mais, ici, aucune mise à distance n'était possible. Et moins encore lorsqu'il défit le bouton et tira lentement la fermeture à glissière de son jean avant de faire glisser le tissu un peu rugueux le long de ses jambes, entraînant sa culotte dans le même mouvement.

Elle s'était sentie vulnérable quelques instants plus tôt, mais ce n'était rien comparé à ce qu'elle ressentait à présent. Elle se sentait fragile, douloureusement exposée, alors qu'il repoussait gentiment son genou pour se régaler les yeux du spectacle de sa féminité offerte.

Elle avait envie de resserrer les jambes, de se couvrir, mais elle était comme paralysée, totalement captive de l'attente de ce qui pourrait se produire ensuite. Elle brûlait de le découvrir et, en même temps, désirait désespérément y échapper.

Les doigts doux mais vigoureux de Joshua effleurèrent l'intérieur de sa cuisse, se rapprochant dangereusement de sa chair palpitante et humide. Puis elle le sentit. Là. Sa main se referma sur elle. Ce contact n'était ni doux ni hésitant. Sa paume appliquait une pression ferme sur son clitoris, tandis que ses doigts agiles l'entrouvraient pour se glisser en elle.

Ses intentions devinrent claires lorsqu'il inclina la tête pour poser sa bouche au centre de sa féminité. Elle souleva les hanches, sans même se donner la peine d'essayer d'étouffer le gémissement qui s'échappait de ses lèvres.

Il changea alors de position, agrippant ses hanches pour la soumettre à un impitoyable assaut. L'extrême tension qu'elle ressentait dans son sexe augmentait avec chaque caresse de sa langue agile sur le bouton ultrasensible. Et, lorsqu'il y appuya simultanément son pouce, elle enfonça les ongles dans les muscles de son dos sur un geste convulsif.

Son pouce glissa le long de la fente humide et brûlante, agaçant l'entrée de son corps, et elle se mit à onduler des hanches presque sans s'en rendre compte, désirant désespérément qu'il aille plus loin, soudain incapable de supporter plus longtemps le vide douloureux qu'elle ressentait en elle pour la première fois.

Il glissa un doigt en elle et cette invasion étrangère lui coupa le souffle. Mais la sensation d'étrangeté passa très vite, sous l'action bienfaisante de sa bouche. Le second doigt qui se glissa en elle le fit sans aucune difficulté.

Lorsque ses doigts commencèrent à se mouvoir plus vite, elle sentit qu'un tremblement de terre était sur le point de se produire dans son corps. Une secousse lente qui gagna progressivement tout son être, faisant trembler ses membres. Entre-temps, la pression continuait à augmenter en son centre et, lorsque son pouce vint s'y appuyer, ce fut l'explosion. Vague après vague, un tsunami de sensations déferla sur elle, la laissant abasourdie, anéantie, longtemps après le premier choc.

Puis il se leva et se débarrassa en même temps de son jean et de son boxer, les faisant glisser lentement sur ses jambes musculeuses.

Elle n'avait jamais vu un homme nu, en tout cas pas en chair et en os. Et la preuve évidente de son désir, dressée devant lui comme une énorme colonne de chair, vint lui rappeler, s'il en était besoin, qu'ils n'en avaient pas terminé, tous les deux, même si elle se sentait merveilleusement satisfaite après cet orgasme cataclysmique.

Satisfaite, mais pas rassasiée. Elle désirait davantage. Il avait bien plus à lui donner. Elle désirait se sentir proche de lui. Parce qu'elle voulait lui rendre le plaisir qu'il lui avait offert, dans la limite de ses modestes moyens.

Il s'agenouilla et, tirant son jean à lui, il en sortit son portefeuille. Lorsqu'il en retira un préservatif, elle lui fut reconnaissante de sa présence d'esprit. Elle n'était pas imprudente au point d'accepter une relation sexuelle sans protection et ce, pour mille raisons, mais elle n'y aurait pas songé toute seule s'il ne l'avait pas fait.

Dieu merci, l'un d'eux, au moins, continuait à réfléchir. Elle-même était trop bouleversée pour rester aussi lucide, trop abasourdie par son récent orgasme et par l'énormité de ce qui était sur le point de se produire.

Lorsqu'il se positionna entre ses jambes et qu'il pressa son épais pénis contre l'entrée de son sexe brûlant, elle en eut le souffle coupé.

Cela faisait mal, très mal. Ses doigts ne l'avaient pas préparée à recevoir cette colonne de chair.

Il remarqua son hésitation et ralentit, poursuivant sa progression avec une lenteur frissonnante. Elle s'accrocha à ses épaules et, fermant les yeux, elle enfouit son visage au creux de son cou alors qu'il finissait d'entrer en elle d'un ultime coup de hanches.

Elle faisait de son mieux pour continuer à respirer, mais son esprit flottait dans une sorte de brouillard diffus. Joshua était en elle et elle venait de perdre sa virginité. En réalité, elle n'avait pas l'impression d'avoir perdu quoi que ce soit. Au contraire, il lui semblait qu'elle y avait gagné. Énormément gagné.

La douleur commençait déjà à s'atténuer et, lorsqu'elle leva les yeux vers son visage, elle nota son expression d'extrême concentration, sa mâchoire serrée, les veines de son cou saillantes.

— Ça va ? s'enquit-il d'une voix un peu étranglée.

Elle acquiesça en silence, puis elle contracta ses muscles internes pour voir l'effet que cela produisait.

Ce fut au tour de Joshua de laisser échapper un gémissement. Il inclina la tête, pressant son front contre le sien, avant de l'embrasser. Puis il se remit en mouvement.

Bientôt, la merveilleuse tension qu'elle avait ressentie tout à l'heure réapparut au centre de son corps et le feu du désir vint remplacer la douce plénitude dans laquelle elle baignait. Comment pouvait-elle brûler de ce désir fou, quelques instants à peine après s'être sentie aussi comblée ?

C'était ce qui se produisait pourtant.

Rien n'exista plus, hormis le rythme de leurs deux corps, la sensation excitante de cette douce invasion. La douleur avait disparu et il ne restait plus que le plaisir. C'était une sensation totalement inédite, unique, fabuleuse. Elle aurait souhaité qu'elle ne s'arrête jamais.

Mais, plus encore que de son propre plaisir, elle jubilait de voir Joshua perdre sa belle assurance.

Car il l'avait changée de tant de façons qu'elle ne savait plus si elle pourrait jamais redevenir elle-même. Il n'était que justice qu'il perde un peu pied, lui aussi.

Le front de Joshua s'était couvert de transpiration, qui ruisselait aussi dans son dos, et elle se délectait de sentir sous ses doigts la preuve éclatante de l'effet que ce corps-à-corps sensuel avait sur lui.

Sa respiration s'était faite saccadée. Il tremblait, les assauts de ses hanches devenaient des coups de boutoir. Or, loin d'en être effrayée, elle lui rendait passionnément coup pour coup, son propre plaisir accompagnant le sien pas à pas.

Tremblant de tous ses membres, il enfouit le visage dans son cou avec un gémissement rauque, puis il s'enfonça en elle une dernière fois, déclenchant une vague géante dans tout son corps, puis ils basculèrent ensemble dans un abîme insondable de plaisir.

Il tenta de se retirer, mais elle le retint fermement, resserrant les bras autour de lui pour le garder tout contre elle. Car, plus vite leurs corps se sépareraient, plus vite ils devraient parler. Et elle n'était pas sûre d'être prête pour une telle conversation.

Néanmoins, lorsqu'il releva la tête, l'étincelle qu'elle vit luire au fond de ses yeux bleus suggérait que le moment était venu de parler, que cela lui plaise ou non.

Il se laissa rouler de côté, s'écartant d'elle, puis il se redressa en position assise, avant de lâcher :

— Tu comptes m'expliquer ce qui s'est passé ou je vais devoir le deviner tout seul ?

— Quoi donc ? s'enquit-elle d'un air trop innocent pour être sincère.

— Danielle, je vais te poser une question et j'ai besoin que tu me répondes honnêtement. Étais-tu vierge ?

Joshua sentait encore son sang bouillonner dans ses veines et le feu du désir qui couvait juste sous la surface de sa peau. La question qu'il venait de poser était probablement absurde. La douleur qu'il avait cru deviner chez elle pendant l'acte pouvait s'expliquer par le fait qu'elle n'avait plus fait l'amour avec un homme depuis qu'elle avait mis au monde son enfant.

Mais il avait le pressentiment que l'explication était ailleurs. Car, si Danielle était vierge, tout s'expliquait. Sa façon de répondre à son baiser. Sa première réaction lorsqu'il l'avait caressée.

Sa réaction allait bien au-delà du désir, au-delà du simple plaisir des sens. Il avait senti une sorte d'émerveillement chez elle. Le sentiment d'une découverte.

Mais cela signifierait alors que Riley n'était pas son fils. Et qu'elle lui avait menti effrontément.

— Voyons, Joshua, se défendit-elle, Riley devrait être la preuve que...

— Ne me mens pas, Danielle, coupa-t-il en lui saisissant le poignet pour la faire asseoir face à lui.

— Pourquoi vas-tu penser une chose pareille ? protesta-t-elle faiblement.

— Pour de nombreuses raisons. Mais, principalement, parce qu'il m'est déjà arrivé de faire l'amour avec une vierge. Ou, plus exactement, Sadie Miller et moi nous sommes mutuellement déniaisés dans les bois, il y a dix-huit ans de cela. On n'oublie pas ces choses-là. Bien sûr, j'en conviens, l'étroitesse de ton sexe pourrait s'expliquer par d'autres raisons.

Il la vit rougir jusqu'aux oreilles, mais il poursuivit impitoyablement :

— Toutefois, je n'y crois pas du tout. Alors, que se passe-t-il vraiment, Danielle ? Qui est la maman de Riley ?

— Je suis sa mère, insista-t-elle d'un ton colérique, une larme roulant sur sa joue. En tout cas, c'est comme si je l'étais. Je devrais l'être.

— Mais ce n'est pas toi qui l'as mis au monde.

— Non, c'est vrai, reconnut-elle, essuyant une seconde larme sur sa joue.

— Tu fuis quelqu'un ? Y a-t-il quelque chose que je devrais savoir ?

— Non, ce n'est pas du tout cela. Je ne me cache pas. Je n'ai pas volé ce bébé. Je suis la tutrice légale de Riley. Mais je me trouvais dans une position problématique. C'était en tout cas l'avis des services sociaux. J'ai perdu mon emploi à cause de problèmes de baby-sitting et j'ai besoin d'argent.

Soudain, elle paraissait si incroyablement jeune, tellement vulnérable... Et il avait l'impression d'être le roi des imbéciles.

Certes, elle lui avait menti. Elle lui avait fait croire que son histoire était totalement différente de celle qu'il découvrait maintenant. Pourtant, c'était surtout contre lui-même qu'il était furieux.

Parce que la situation qu'elle lui dévoilait était encore plus désespérante que celle qu'elle avait tenté de lui montrer. Parce qu'elle était vierge et qu'il l'avait traitée avec une indifférence monstrueuse.

Elle avait été désespérée, totalement à court de solutions, et elle avait répondu à son annonce uniquement parce qu'elle n'avait pas d'autre choix. Il se voyait obligé de remettre en question tout ce qu'il avait cru savoir à son sujet. Et, dans ce nouveau récit, il devait reconnaître qu'il tenait le rôle du méchant.

— À qui est ce bébé ?

Elle demeura un instant silencieuse, ses genoux ramenés contre sa poitrine, dissimulant sa nudité, avant de répondre d'une voix sans timbre :

— Riley est mon demi-frère. Ma mère s'est présentée à ma porte, il y a un an de cela, enceinte et totalement désespérée. Elle avait besoin de quelqu'un pour l'aider. Ce jour-là, elle semblait sincèrement disposée à s'occuper de lui. Elle lui a même donné un prénom. Elle m'a juré qu'elle serait une meilleure mère pour lui qu'elle ne l'avait été pour moi. Qu'elle en avait fini avec les hommes et tout le reste. Mais elle n'a tenu aucune de ses promesses. Peu de temps après, elle a rencontré un autre type. Au début, je l'ignorais. Je ne m'étais pas rendu compte qu'elle laissait très souvent le bébé seul dans l'appartement lorsque j'étais à mon travail. Lorsque je l'ai découvert, je n'ai pas hésité, poursuivit-elle d'une voix tremblante, après avoir pris une profonde inspiration. Je n'ai pas attendu qu'elle décide elle-même de l'abandonner. J'ai contacté les services sociaux. Et j'ai ainsi obtenu d'être temporairement nommée tutrice légale de Riley. Ma mère a disparu avec son nouvel ami. Malheureusement, j'ai ensuite été licenciée de mon travail et je me suis trouvée incapable de payer le loyer. Et c'est alors que je suis tombée sur ta petite annonce.

— Tu aurais dû me dire tout cela avant, observa-t-il, jurant entre ses dents.

— Peut-être. Mais j'avais besoin de cet argent, Joshua. Je ne pouvais pas prendre le risque que tu retires ton offre. Je voyais bien que tu n'étais pas très content que j'aie amené un bébé avec moi. Aujourd'hui, je comprends pourquoi. Mais, à ce moment-là, je ne voulais rien faire qui puisse compromettre notre arrangement.

Il avait l'impression de s'être conduit comme un imbécile, ce qui était sûrement vrai. Il comprenait tout à coup qu'il lui avait fait vivre un véritable enfer. Quels que soient ses liens généalogiques avec Riley, elle était désespérée et il en avait profité. C'était un peu moins vrai lorsqu'il s'abstenait de la toucher. Au moins, il pouvait alors prétendre que leur arrangement était une transaction équitable.

Mais, à présent ?

À présent, il lui avait fait l'amour et il lui était impossible de continuer à prétendre qu'elle n'était rien pour lui.

Et, très franchement, il n'en avait pas envie.

Il luttait contre ce sentiment depuis la seconde où ils étaient partis chevaucher dans les collines, ou peut-être même depuis qu'ils étaient repartis de la maison de ses parents, la semaine précédente.

Mais, aujourd'hui, lorsqu'il avait posé les yeux sur elle, lorsqu'il l'avait vue sourire et qu'il avait remarqué qu'elle avait repris des couleurs, depuis qu'elle vivait dans un environnement où elle se sentait en sécurité...

Il avait désiré lui offrir cela, et bien davantage, lui faire plus de bien que de mal, réparer et non briser.

Pour Shannon, il était trop tard. Mais il pouvait encore aider Danielle. Il pouvait faire en sorte qu'elle se sente toujours en sécurité. Qu'elle et Riley soient toujours protégés.

L'idée aurait pu lui paraître comique si la situation elle-même n'avait pas été aussi dramatique. La petite annonce de son père l'avait irrité et lui avait donné envie de lui donner une leçon. Mais il n'avait pas prévu Danielle.

Il n'avait pas envisagé les sentiments qu'elle éveillait en lui, ni qu'elle ramènerait à la vie une partie de lui-même qu'il croyait endormie pour de bon.

Ce n'était pas seulement une question d'alchimie, ni une simple attirance sexuelle. C'était un profond désir de la rendre heureuse et la couvrir de présents. De réparer ce qui était cassé.

Il savait que la solution ne viendrait pas de lui personnellement, mais son argent pouvait certainement régler certains de ses problèmes. De plus, l'alchimie existait réellement entre eux, une alchimie extraordinaire allant bien au-delà de tout ce qu'il avait pu ressentir par le passé.

— La vérité ne change rien, lâcha-t-elle d'une voix étouffée, laissant tomber la tête sur ses bras. Rien du tout.

Il tendit une main et lui saisit doucement le menton pour l'obliger à relever les yeux vers lui, avant de répliquer :

— Si, au contraire, elle change tout, même si cela ne doit pas être le cas. Au fond, ce n'est peut-être pas Riley qui l'a changée, mais seulement nous deux.

— Il n'est pas obligatoire qu'elle change quoi que ce soit, insista-t-elle.

— Danielle, je ne peux pas...

Elle sursauta et, s'agrippant à son bras, une expression de terreur dans ses grands yeux, elle murmura :

— Joshua, je t'en prie, j'ai besoin de cet argent ! Je ne peux pas retourner là d'où nous venons. Les services sociaux me soumettent à des obligations plus sévères que si j'étais sa mère biologique. Je ne peux pas risquer de perdre Riley.

Il lui souleva à nouveau le menton et, plongeant le regard tout au fond de ses grands yeux bruns brillants de larmes retenues, il répondit d'une voix douce :

— Danielle, pour rien au monde je ne voudrais que tu risques de le perdre. Je désire vous protéger tous les deux.

— Vraiment ? répondit-elle d'un ton soupçonneux, évitant son regard.

— J'ai beaucoup réfléchi. J'y réfléchissais déjà tout à l'heure, pendant notre promenade à cheval, mais à présent que je connais toute votre histoire… Je voudrais que Riley et toi restiez vivre avec moi.

— Quoi ? fit-elle, éberluée.

— Danielle, accepterais-tu de m'épouser ?

8

Danielle ne parvenait pas à assimiler ce qu'elle venait d'entendre.

Elle s'attendait à ce qu'il se mette en colère, à ce qu'il soit furieux parce qu'elle lui avait menti, mais certes pas à ce qu'il lui propose de l'épouser.

Tout du moins, c'était ce qu'elle avait cru comprendre.

— Tu veux… m'épouser ? M'épouser pour de vrai ?

— Oui, confirma-t-il d'un ton sans réplique. L'idée de berner ma famille te met mal à l'aise et elle m'indispose, moi aussi. Tu as besoin d'argent et de sécurité et, après tout, je peux facilement te les offrir. Il existe une alchimie indéniable entre nous. Et… Je ne veux pas te renvoyer affronter le monde toute seule. Tu ne sais même pas où tu iras habiter.

Il n'avait pas tort, à ce sujet. Et c'était une proposition fichtrement alléchante. Ils étaient nus, tous les deux, et il était beau comme un dieu. Elle désirait l'embrasser à nouveau, le caresser, mais, plus que tout, elle désirait qu'il la serre une nouvelle fois dans ses bras vigoureux.

Elle désirait se sentir proche de lui. Soudée à lui. Elle désirait désespérément ne plus se sentir seule.

Mais il y avait forcément un « mais ».

Il y avait toujours un « mais ». Il pouvait lui raconter tant qu'il voudrait que ceci n'était pas une simple transaction commerciale, qu'il l'avait emmenée faire une promenade à cheval sans arrière-pensée, ce qui était sûr, c'était qu'ils avaient fait l'amour et qu'il avait un préservatif tout prêt dans son portefeuille.

Donc, il s'y était préparé.

Cette idée lui serra la gorge.

— Avais-tu prévu ce qui s'est passé ? s'enquit-elle. La séduction après l'équitation ?

— Non, j'ai toujours un préservatif dans mon portefeuille parce que j'aime être toujours prêt pour le sexe. On ne sait jamais. Tu peux m'en vouloir pour cela si cela te chante, mais, dans la mesure où nous l'avons utilisé ensemble, ce serait quelque peu hypocrite de ta part.

— Essaies-tu de me tendre un piège ? s'enquit-elle, au bord de la panique. Parce que je ne comprends pas quel profit tu pourrais retirer de devenir mon mari, ou de nous garder ici, Riley et moi. Tu n'as aucune affection pour Riley. Tu ne supportes même pas de te trouver dans la même pièce que lui.

— J'ai brisé Shannon, rétorqua-il d'un ton coupant. Je l'ai ruinée, je le sais. Mais toi, je ne te briserai pas. Je désire faire exactement le contraire. Te réparer.

— Je ne suis pas un robinet qui fuit, répliqua-t-elle d'une voix tremblante. On ne peut pas tout réparer dans ma vie en me glissant une bague au doigt.

— Je n'ai pas dit cela, se défendit-il. Mais tu as besoin de quelque chose que je peux t'offrir, et moi… j'ai besoin de toi, Danielle. Ce que je t'offre, ce n'est pas l'amour, mais je sais être fidèle, ajouta-t-il d'une voix tendue, après une brève pause. Je suis prêt à devenir un mari depuis des années, et cette partie-là ne me gêne pas du tout. Je peux m'occuper de toi, assurer votre sécurité. Et si je te renvoyais dans le monde extérieur avec rien d'autre qu'une somme d'argent et que quelque chose vous arrivait, à Riley et à toi, je ne me le pardonnerais jamais. Alors, reste avec moi. Épouse-moi.

C'était fou. Il était fou.

Et elle aussi était folle de rester là à l'écouter, à réfléchir sérieusement à tout ce qu'il lui offrait.

Pourtant, elle imaginait ce que serait sa vie ici, pour elle, comme pour Riley, dans le ranch de Joshua et sa belle maison.

Et elle savait – avec une certitude absolue – que ce qu'elle avait ressenti physiquement avec lui, ce qui venait de se produire, expliquait en grande partie la teneur de cette conversation.

Plus encore que le plaisir, c'était la sensation d'être proche de lui qu'elle trouvait la plus tentante. En fait, c'était la partie la plus dangereuse de sa proposition. La possibilité d'avoir un homme à ses côtés durant toute sa vie. D'élever Riley avec l'appui de cet homme si fort.

Elle sentit sa gorge se serrer. *Riley*. Riley pourrait avoir une figure paternelle en grandissant. Naturellement, elle n'était pas certaine du rôle que Joshua jouerait effectivement dans sa vie. Aujourd'hui, il était mal à l'aise avec le bébé, mais elle savait que Joshua était un homme juste et qu'il n'exclurait jamais Riley intentionnellement. Et surtout pas maintenant, alors qu'il venait de leur offrir de vivre avec lui.

— Et Riley ? s'enquit-elle, la bouche sèche.

— Que veux-tu dire ?

— Ta proposition le concerne, lui aussi. Et… Je ne parle pas seulement du gîte et du couvert. Mais… Serais-tu prêt à l'élever comme un fils ? Ton père serait-il un grand-père pour lui ? Tes frères ses oncles, et ta sœur sa tante ? Je comprends qu'avoir un enfant dans ta maison doit te sembler douloureux, après avoir été privé une fois de la possibilité d'être père. Et je comprends aussi que tu désires me réparer, me sortir d'une situation difficile. Et c'est une offre tentante, Joshua. Extrêmement tentante. Mais j'ai besoin de savoir si elle concerne aussi Riley.

Joshua la considéra une seconde en silence, d'un visage de pierre, avant de répondre :

— Je ne suis pas certain de faire un bon père, Danielle. Je suis prêt à essayer, mais je ne peux pas te garantir que je serai le meilleur. Cela étant, tu as raison, je pourrai toujours compter sur ma famille pour me seconder en cas de besoin. Et, surtout, Riley t'a, toi.

Et il n'en fallut pas davantage pour la décider.

C'était pour cette raison qu'elle ne pouvait pas refuser. Parce que si elle se détournait de Joshua maintenant, Riley n'aurait qu'elle. Elle l'aimait, mais elle n'était qu'une femme seule. Si elle restait ici avec Joshua, Riley aurait des grands-parents, des tantes et des oncles, une famille. Des personnes qui savaient ce qu'était une vraie famille. Elle-même faisait de son mieux, mais les seuls modèles familiaux qu'elle connaissait étaient le cauchemar de la froide indifférence et de l'abandon ou les familles hystériques des séries de télévision.

La famille Grayson savait – Joshua savait – ce que signifiait le mot « famille ». Si elle acceptait sa proposition, Riley le saurait aussi.

— Je suppose... Je suppose que je ne peux pas vraiment repousser une pareille offre, répondit-elle, la gorge serrée.

Toujours nue, mais nullement embarrassée, elle se redressa. Ce qui se passait ici, à cet instant, était autrement important que le fait qu'il voie ses seins.

— D'accord, Joshua, murmura-t-elle. Je veux bien t'épouser.

9

Le plus grand problème, avec ce brusque changement de plans, c'était que Joshua avait tout fait pour que sa famille déteste Danielle. Et à présent, il allait réellement l'épouser.

Certes, ses efforts n'avaient rencontré qu'un succès limité et sa famille ne l'avait pas franchement haïe. Cette situation avait certainement dû leur sembler suspecte, mais sa famille était tout simplement trop juste, trop chaleureuse, pour détester une femme comme elle.

Il n'en demeurait pas moins qu'il se sentît coupable. Et il savait qu'il allait devoir agir sans délai pour corriger la situation. C'était précisément pour cette raison qu'il se trouvait dans les bureaux de la Gray Bear Construction, plutôt que d'être resté travailler chez lui. Il savait que Faith et Isaiah seraient là, et il avait besoin de parler aux membres de sa fratrie.

Le siège de leur société se trouvait dans un petit immeuble construit sur le modèle d'une cabane de rondins. Il était situé à l'entrée de la ville, près de l'ancien emplacement de Rona's Diner, un restaurant bon marché qui avait fait place aux boutiques branchées qu'appréciaient les touristes de passage à Copper Ridge.

C'était un magnifique ensemble de bureaux avec une superbe vue sur l'océan, mais Joshua préférait travailler tranquillement dans sa propre maison isolée dans les montagnes.

Son frère faisait de même, et il était d'autant plus remarquable qu'il soit ici aujourd'hui. Mais, comme il avait un autre rendez-vous en ville, il avait consenti à se traîner hors de son ermitage.

Il portait même une chemise décente et un jean propre pour l'occasion.

Faith, brillante et efficace, venait chaque jour au bureau, toujours vêtue de différentes variations de son uniforme personnel : pantalon noir et haut noir – auxquels elle avait ce jour-là ajouté un petit pull de cachemire, car il faisait frisquet.

— Que fais-tu ici ? s'enquit-elle en lui lançant un regard scrutateur.

— Je suis venu pour parler avec toi, répondit Joshua.

— Je vais préparer du café, annonça une voix derrière lui.

Joshua se retourna et vit Poppy plantée à quelques pas. Étrangement, il n'avait pas remarqué sa présence. Mais, bien sûr, Poppy savait se fondre dans le décor. Aussi loin qu'il s'en souvienne, elle avait toujours été là avec eux : elle était comme un équipement de bureau indispensable, mais qu'on ne remarque que lorsqu'il ne fonctionne plus. Et Poppy fonctionnait toujours à merveille.

— Merci, Poppy, lança Faith.

— Quoi de neuf ? s'enquit Isaiah, s'adossant à son fauteuil, les bras croisés.

— Je me marie dans deux semaines.

— Avec la gosse avec qui tu sors ? s'enquit Faith d'un ton sarcastique.

— Elle a le même âge que toi, observa-t-il. Et, oui, c'est bien elle que je vais épouser.

— Si tu me permets une question : pourquoi te crois-tu obligé de nous annoncer ton futur mariage une seconde fois ? s'enquit Isaiah.

— Parce que la première fois, je vous avais menti, expliqua Joshua d'un ton embarrassé. Papa avait placé une petite annonce dans le journal pour me trouver une épouse et j'avais choisi Danielle uniquement pour lui donner une bonne leçon. Mais, au bout du compte, ma plaisanterie s'est retournée contre moi. Je désire réellement l'épouser.

— Mon Dieu, Joshua ! s'exclama Faith. Tu es vraiment un âne ! Je savais que tu mijotais quelque chose, mais j'étais loin de soupçonner que tu avais l'intention de jouer un tel tour à maman et à papa.

— Et que soupçonnais-tu ?

— Que ton… machin avait pris la place de ton cerveau, précisa-t-elle. Et, visiblement, cette première conclusion était juste. Car, franchement, pour quelle autre raison épouserais-tu cette femme que tu connais à peine ?

— Elle compte beaucoup pour moi. Et, croyez-moi, sa vie n'a pas été rose.

— As-tu couché avec elle ?

Cette question totalement dénuée de tact provenait d'Isaiah. Mais, bien sûr, son frère n'avait jamais eu aucune finesse. Voilà pourquoi ses fonctions dans l'entreprise concernaient les finances et pas les contacts avec la clientèle.

— Oui, reconnut Joshua.

— Elle doit être formidable, dit son frère en se levant sans décroiser ses bras. Mais je ne crois pas que cela puisse convaincre l'un de nous que tu penses encore avec ton brillant cerveau.

— Eh bien, tu es un crétin, rétorqua Joshua. Le sexe n'a rien à voir dans cette histoire. Je pourrais obtenir cela ailleurs sans aucune difficulté.

Faith poussa un soupir excédé et Joshua se tourna vers elle, les sourcils froncés.

— Et toi, tu peux arrêter de soupirer, ajouta-t-il. C'est toi qui as mentionné le sexe la première. Je ne fais que clarifier la situation. Tu sais ce que j'ai vécu avec Shannon et ce que je lui ai fait vivre. Si je renvoie Danielle et son bébé là d'où ils viennent et qu'il leur arrivait quelque chose, je ne me le pardonnerais jamais.

— Tu vis déjà dans un état d'auto-flagellation constante, ironisa Faith.

— Aimerais-tu vérifier si cela peut encore empirer ?

— Non, convint Faith. Mais épouser une femme au hasard, une femme rencontrée par les petites annonces, me paraît être une manière extrême d'expier tes fautes passées. Tu ne pourrais pas te contenter de réciter quelques *Ave Maria*, par exemple ?

— Si c'était aussi simple, je l'aurais fait depuis longtemps, répondit-il en soupirant. Je n'ai pas l'intention de raconter la totalité de l'histoire à papa et à maman, mais, à toi, je te dirai tout. Parce que je compte sur toi pour ne pas te montrer trop dure avec Danielle, quoi que tu aies pu penser d'elle quand je l'ai présentée à la famille. C'est moi qui l'ai entraînée dans ce guêpier et, à présent, c'est à moi de l'en faire sortir.

— Tu es vraiment une tête de mule, observa Isaiah, secouant la tête d'un air incrédule.

— En principe, c'est ton rôle, marmonna Joshua. Je me suis dit que c'était mon tour d'essayer, pour une fois.

La porte du bureau s'ouvrit à cet instant, livrant passage à Jonathan Bear, leur associé, qui dirigeait la branche construction de la société. Il jeta un coup d'œil à la ronde, visiblement étonné de les voir tous réunis.

— Est-ce une réunion secrète dont je n'aurais pas été informé ? remarqua-t-il.

— Joshua va se marier, expliqua Faith d'un air morose.

— Toutes mes félicitations, dit Jonathan en souriant – fait rarissime chez cet homme taciturne. Le mariage est une institution formidable, vous verrez.

Leur associé avait récemment épousé Hayley Thompson, la fille du pasteur, dans la plus stricte intimité. Avant son mariage, Jonathan ne souriait jamais, comme si le monde entier était ligué contre lui. Mais, depuis qu'il avait rencontré Hayley, il était devenu un autre homme. Après tout, le mariage avait peut-être du bon. Et cette façon d'expier ses fautes n'était peut-être pas aussi terrible qu'il l'avait initialement pensé.

— Vous voyez ? observa Joshua. Jonathan le recommande. Vous devriez cesser de me fixer de cet air soupçonneux, tous les deux.

Jonathan se contenta de hausser les épaules et, traversant la pièce, se dirigea vers son bureau au fond des locaux, laissant Joshua seul face à son frère et à sa sœur.

— Je serai de ton côté quoi que tu décides, crois-moi, déclara Faith. C'est seulement que je ne voudrais pas te voir souffrir.

— Et je t'en suis reconnaissant, assura-t-il. Mais la réalité, c'est qu'on ne peut souffrir que lorsqu'on aime. Et je ne suis pas amoureux de Danielle.

Faith le dévisagea comme s'il avait dit une énormité.

— Dans ce cas, quel besoin as-tu de te marier ? Je ne cherche pas à te critiquer, mais je ne comprends pas.

— L'amour n'est pas le début et la fin de tout, Faith. Quelquefois, s'engager à veiller sur une personne peut suffire. J'aimais Shannon et, pourtant, je n'ai pas su la protéger. Depuis, j'ai mûri. Et je comprends mieux ce qui est vraiment important dans la vie. Je désire veiller sur Danielle et sur Riley. Qu'y aurait-il de plus important que cela ? Je suis certain que Shannon aurait préféré cette attitude à tous les serments d'amour.

— Très bien, déclara Faith. Tu m'as convaincue. Je te soutiendrai.

— Alors, tu ne vas pas me harceler comme une sale gosse ?

— Je n'ai pas dit cela, objecta Faith, réprimant visiblement un sourire. J'ai dit que je te soutiendrais. Mais, étant ta jeune sœur, je me dois de te rappeler que ce que tu considères comme du harcèlement est quelquefois une autre façon de veiller sur tes intérêts.

— Et toi ? s'enquit Joshua, se tournant vers son frère. Tu vas continuer à te conduire comme un casse-pieds ?

— Bien entendu.

Joshua s'autorisa enfin à sourire. C'était le mieux qu'il pouvait espérer de la part de sa fratrie. Mais il tenait absolument à ce que Danielle sente qu'elle avait sa place dans la famille, qu'elle n'était pas une étrangère pour eux.

Et si l'intensité de son besoin de veiller sur elle n'était pas strictement normale, il n'avait pas l'intention de trop y réfléchir. Il n'avait jamais prétendu être normal et il n'allait pas commencer aujourd'hui.

Danielle attendait que Joshua rentre à la maison et elle commençait à se sentir nerveuse. Ce sentiment d'attente était une expérience toute nouvelle pour elle. Cela faisait une éternité qu'elle n'avait pas attendu le retour d'une personne avec une telle impatience. Durant son enfance, elle se souvenait d'avoir souvent souffert de la solitude, mais elle ne désirait pas vraiment non plus que sa mère rentre à la maison. Car elle serait encore ivre et Danielle aurait la lourde tâche de s'occuper d'elle, d'une manière ou d'une autre.

C'était l'histoire de sa vie. N'être plus seule signifiait seulement devoir s'occuper de quelqu'un. Durant ses heures de solitude, au moins elle était libre de son temps.

Mais Joshua était différent. Être auprès de lui ne signifiait pas devoir tout gérer à sa place.

Elle songea aux instants qu'ils avaient vécus ensemble, dans le fenil des écuries, et ce souvenir la fit frissonner. Elle avait dormi dans sa propre chambre, la nuit passée, et, depuis sa proposition de mariage, Joshua avait soigneusement gardé ses distances. Elle avait le pressentiment que cette hésitation était liée à son inexpérience.

Mais elle était à nouveau prête pour lui. Prête à apprendre.

Entre-temps, elle se sentait fébrile. Et un tout petit peu anxieuse.

Il était si facile de le désirer, de rêver qu'elle le serrait dans ses bras chaque soir lorsqu'il rentrait à la maison, qu'elle l'embrassait. Elle pourrait peut-être même apprendre à cuisiner afin de lui préparer de savoureux dîners et de lui servir autre chose que des tartelettes aux fruits réchauffées.

Mais Joshua les adorait, se rappela-t-elle. Et elle aussi.

Ils devraient peut-être les inclure au menu de leur mariage, songea-t-elle. Cela se faisait chez certains couples. Une sorte de clin d'œil aux origines de leur relation au moment de se marier.

Elle réprima un gémissement. Que lui prenait-il ? Elle était en train de tomber follement amoureuse de lui. Amoureuse d'un homme. Ce qu'elle s'était juré de ne jamais faire. Mais comment ne pas être folle de lui ? Il lui avait offert son soutien, une famille pour Riley, un toit au-dessus de sa tête. Il était devenu son amant et il lui avait proposé de devenir son mari.

Au cours de ces quelques brefs instants, la façon dont elle envisageait le reste de sa vie s'était radicalement modifiée. Un avenir plus doux, plus paisible qu'elle ne l'avait jamais espéré s'était entrouvert devant elle. Et, même si elle l'avait voulu, elle n'aurait pas été assez forte pour le refuser.

À vrai dire, elle ne connaissait aucune femme qui aurait repoussé une telle proposition. Joshua était sexy et extrêmement charmant. Il lui arrivait quelquefois de se conduire comme un idiot, bien sûr, mais il avait un bon fond, et il aimait les tartelettes aux fruits.

De bons mariages avaient prospéré sur des fondations encore moins solides.

Elle entendit la porte de l'entrée s'ouvrir et se refermer en claquant, alors son cœur manqua un battement.

Joshua entra, beau à couper le souffle dans une chemise bleue aux manches retroussées jusqu'aux coudes. Pour la première fois de sa vie, elle fut à deux doigts de s'évanouir d'émotion.

— Crois-tu qu'il soit possible de fabriquer un gâteau de mariage avec des tartelettes aux fruits ? s'enquit-elle.

Elle n'aurait su dire pourquoi c'était la première phrase qui lui était venue à l'esprit. Il aurait peut-être été plus logique qu'elle lui déclare simplement qu'elle était impatiente de lui arracher tous ses vêtements.

Mais, non. Elle lui parlait de pâtisseries.

— Je n'en sais rien, répondit-il. Mais nous nous marions dans deux semaines. Alors, si tu trouves un moyen d'empiler des tartelettes et d'en faire un gâteau de mariage, je suppose que nous économiserions du temps et de l'argent.

— J'en serais probablement capable, assura-t-elle. Je te jure que cette idée ne m'a pas obsédée toute la journée, mais, pour une raison mystérieuse, ce sont les premiers mots qui sont sortis de ma bouche.

— Je connais un meilleur moyen d'occuper ta bouche, murmura-t-il en se rapprochant, ses yeux d'azur brillant rivés aux siens, pour lui enlacer la taille.

Puis il l'embrassa.

Ce fut un baiser profond, d'une merveilleuse douceur, qui la fit se sentir… totalement en sécurité dans le cercle magique de ses bras, entourée de sa force. Et quelle importance si tout ceci n'était qu'un rêve ? Ce serait la première fois. Elle n'avait jamais eu le luxe de rêver d'hommes comme lui, d'une passion aussi intense.

Il lui semblait juste de pouvoir profiter de ce bonheur, ne serait-ce qu'un petit moment. Pouvoir rêver d'un mariage et d'un gâteau, d'un homme qui l'embrasse dès son arrivée, qui la désire comme Joshua la désirait en ce moment même.

— Janine est-elle à la maison ? s'enquit-il, interrompant leur baiser juste le temps nécessaire pour lui poser la question.

— Non, murmura-t-elle d'une voix essoufflée.

Elle n'eut pas le loisir d'en dire davantage, car il la souleva dans ses bras et l'emporta jusqu'au salon, où il la déposa sur le canapé. Et, comme par magie, il réussit à faire passer simultanément son chemisier par-dessus sa tête.

— Tu fais cela avec beaucoup d'habileté, observa-t-elle, levant les yeux vers lui alors qu'il se débarrassait de sa propre chemise. Je suppose que c'est le résultat d'une longue pratique ?

— As-tu réellement envie d'en parler ? répliqua-t-il, ses mains sur la boucle de sa ceinture.

— Je ne sais pas, répondit-elle, plus impressionnée que jalouse. J'étais seulement curieuse.

— Je me suis attiré pas mal d'ennuis lorsque j'étais adolescent. Je crois que je t'ai déjà raconté l'épisode de ma première expérience dans les bois, non ?

— Oui, c'est vrai. Mais comme j'ai moi-même perdu ma virginité dans une écurie, je suis mal placée pour te juger.

— Probablement, convint-il. Ensuite, je suis parti m'installer à Seattle. Et, là-bas, cela a été pire encore, parce que, tout à coup, je me suis retrouvé entouré de femmes que je n'avais pas connues depuis la petite enfance.

— Je comprends que cela ait pu être un problème, répondit-elle, hochant la tête d'un air faussement grave.

Il lui sourit. Puis il acheva de déboucler sa ceinture et ôta son pantalon, le laissant tomber négligemment sur le sol avant de se planter devant elle, magnifiquement nu, la preuve de son désir dressée devant lui.

— Plus tard, poursuivit-il, je me suis installé dans une relation à long terme. Et j'ai découvert que j'avais un certain talent pour cela. Tout du moins en ce qui concerne la fidélité.

— Je suppose que tu as dû te sentir soulagé.

— Je dois tout de même reconnaître que, sur le chapitre de la promiscuité sexuelle, au cours de ces cinq dernières années, mon comportement a été affligeant. Mais j'ai acquis des compétences très particulières.

— Je suppose que c'est mieux que rien, commenta-t-elle, plissant le nez.

— C'est toi qui m'as posé la question.

— Et j'avais envie de savoir.

Il passa les mains derrière elle, dégrafa prestement son soutien-gorge et le lança quelque part, dans le même geste.

— Eh bien, maintenant, tu sais, murmura-t-il, posant les mains contre le dossier du canapé, l'enfermant dans la cage de ses bras. Acceptes-tu toujours de m'épouser ?

— Le facteur m'a fait la même proposition en me livrant un colis, ce matin. Je suppose que cela devient assez sérieux, entre nous.

— Je ne pense pas que le facteur puisse te faire ressentir ceci, répliqua-t-il d'une voix suave, en posant à nouveau sa bouche sur la sienne.

Il la repoussa contre les coussins, la fit basculer et, avant de comprendre ce qui lui arrivait, elle se retrouva allongée sous son grand corps. S'emparant de ses poignets, il tira ses bras au-dessus de sa tête avant de se pencher pour couvrir son cou, puis ses seins, d'une pluie de baisers.

Lorsqu'il prit l'une des pointes dans sa bouche, elle cambra les reins pour se presser contre lui. Il changea légèrement de position pour glisser une main à l'intérieur de son jean, sous le tissu de sa culotte, pour découvrir qu'elle était déjà humide et brûlante, prête pour lui.

Ondulant des hanches contre ses doigts au rythme de ses caresses, elle croyait déjà voir des éclairs éblouissants derrière ses paupières, lorsqu'un orgasme monta en elle avec une rapidité embarrassante.

Elle prit une profonde inspiration, faisant de son mieux pour retarder l'explosion. Quelle femme ne se sentirait pas embarrassée d'avoir joui d'un simple baiser ? De quelques brèves attentions dispensées à ses seins et du contact d'une main entre ses jambes ?

Mais elle ouvrit alors les yeux et rencontra son regard. Elle le vit esquisser un sourire diabolique, puis le sentit glisser un doigt profondément en elle et entreprendre de caresser simultanément son clitoris avec son pouce.

Et elle n'eut alors d'autre recours que de se laisser porter par l'explosion, en se cramponnant à lui comme si sa vie en dépendait. Et, malgré tous ses efforts, il lui fut impossible de détacher son regard du sien.

Une sensation trop intense, trop crue, et beaucoup trop intime, dont elle était prisonnière. Elle s'y noyait, totalement impuissante à la faire cesser. Elle ne pouvait que s'y soumettre.

Alors qu'elle se remettait encore de ce cataclysme orgasmique, Joshua la débarrassa rapidement de son jean, qui alla rejoindre son soutien-gorge sur le sol.

Puis, sans la quitter un instant du feu de son regard, il entreprit de la caresser à travers le mince tissu de sa culotte, agaçant sa chair, rendue hypersensible par ses caresses précédentes.

Il glissa alors un doigt sous l'élastique au niveau du pli de la cuisse, effleurant sa moiteur brûlante, puis il lui ôta sa culotte d'un geste vif et la jeta négligemment de côté. Et elle se retrouva nue comme la première fois, totalement exposée, vulnérable devant lui. À sa merci.

Au demeurant, ce n'était pas du tout déplaisant. D'une certaine façon, c'était même assez exaltant. Elle adorait les attentions dont il l'entourait, elle se délectait de sentir qu'elle était son unique centre d'intérêt.

Mais elle désirait déjà davantage. Elle désirait devenir son égale, au moins dans un domaine.

Il avait l'expérience pour lui, et beaucoup d'imagination. Il avait eu de nombreuses amantes. Elle supposait même qu'il en avait oublié le nombre exact.

À l'inverse, elle-même n'avait aucune expérience. Personne

ne lui avait jamais enseigné les subtilités de l'art d'aimer. Mais elle désirait les acquérir.

Si l'intensité du désir équivalait à l'expérience, elle pouvait rivaliser avec n'importe laquelle des femmes qu'il avait connues. Parce qu'elle était portée par un désir si profond, une passion si brûlante qu'ils avaient révélé des zones de son corps dont elle avait jusque-là ignoré l'existence.

Elle s'assit sur les coussins et lut la surprise dans les yeux de Joshua. Tendant un bras pour poser une main sur son torse athlétique, elle se délecta de sentir la chaleur de ses muscles sous ses doigts, la légère toison masculine qui caressait délicieusement sa paume.

— Danielle ! murmura-t-il d'un ton d'avertissement.

Elle décida de l'ignorer. Elle allait épouser cet homme. Il allait être son mari. Cette idée l'emplissait d'une étrange euphorie.

Il avait tout le pouvoir. Il avait l'argent, cette magnifique maison. Ce qu'il lui offrait s'apparentait presque à de la charité. Si elle devait un jour sentir que sa place était réellement ici – que cette maison était vraiment la sienne –, ils devaient être égaux au moins dans un domaine.

Il fallait qu'elle lui donne quelque chose, elle aussi.

Et, le mieux, c'était de commencer tout de suite.

Elle se pencha vers lui, posant sa bouche sur son cou, traçant un chemin de baisers jusqu'à la pointe d'un sein. Elle le sentit tressaillir à ce contact et cette réaction lui procura une satisfaction bien au-delà du simple plaisir physique.

Il était si magnifique qu'elle prenait un plaisir infini à l'explorer, à suivre du bout de ses doigts les contours de chacun de ses muscles parfaitement définis. Mais elle ne comptait pas s'arrêter là. Non, elle était loin d'en avoir terminé avec lui.

Il l'avait bouleversée. Il l'avait fait frissonner. Il lui avait fait perdre la tête. Et elle allait lui rendre la pareille.

Prenant une profonde inspiration, elle posa ses lèvres sur ses abdominaux durs. Un seul baiser léger, la partie la plus facile avant de passer à ce qu'elle désirait vraiment faire, même si cela l'effrayait un peu.

Elle releva la tête, rencontrant son regard alors qu'elle refermait les doigts sur son sexe pour le serrer doucement.

Ses yeux étincelèrent comme la glace sur le feu et il ne dit pas un mot. Il resta là, mâchoires serrées, une expression de concentration absolue sur son visage.

Puis, détournant le regard de son visage, elle concentra son attention sur la partie la plus masculine de son anatomie. Elle avait littéralement faim de lui. Il n'y avait pas d'autre mot pour exprimer ce qu'elle ressentait.

Elle brûlait de le goûter. Et cette faim oblitérait tout le reste.

Elle le goûta d'abord prudemment du bout de sa langue. Sa peau était brûlante et salée. Mais ce qu'elle trouva le plus érotique, ce fut sa réponse. Il laissa retomber sa tête en arrière, la respiration sifflante, les dents serrées. Et il tendit les bras, glissant les mains derrière son dos pour l'attirer contre lui.

Elle était peut-être inexpérimentée, mais il éprouvait quand même du plaisir. Et cette idée l'emplissait d'un merveilleux sentiment de puissance féminine. Elle se sentait désirée.

Elle glissa les doigts plus bas sur la colonne de chair, puis le prit plus profondément dans sa bouche. Il laissa échapper un gémissement rauque, sauvage, un gémissement de plaisir venu du fond des âges. Danielle était au paradis.

Car Joshua était un homme de contrôle. Il avait tout contrôlé dès la seconde où elle l'avait rencontré.

Après tout, la situation se résumait à cela. Depuis la petite annonce dans le journal jusqu'à sa proposition de mariage, il n'avait jamais cessé d'essayer de plier la situation à sa volonté, de plier les gens autour de lui à sa volonté, de leur montrer qu'il avait raison, que sa manière d'agir était la meilleure.

Mais, à cet instant précis, il était en train de perdre le contrôle. C'était lui qui était à sa merci, lui qui tremblait. Et, tout cela, c'était à elle qu'il le devait.

Même si c'était elle qui lui donnait du plaisir, elle ressentait une immense satisfaction en continuant à le goûter. En continuant à le faire trembler.

Il avait besoin d'elle. Il la désirait. Après toute une vie passée à se sentir totalement insignifiante, c'était la sensation la plus grisante de l'univers.

Elle avait entendu ses amies relater des situations comme celle-ci. Elles en riaient. D'autres disaient que c'était horrible ou alors que c'était un excellent moyen de contrôler leur partenaire.

Aucune n'avait jamais mentionné le plaisir que l'on ressentait à faire transpirer et trembler un grand mâle dominant. Elles n'avaient jamais suggéré que, dans cet acte, une femme pouvait se sentir extrêmement désirée, aimée. Ou que donner du plaisir pouvait être plus excitant encore que d'en recevoir.

Elle le prit plus profondément dans sa bouche et les mains de Joshua se glissèrent dans ses longs cheveux.

— Doucement, gémit-il.

— Pourquoi ?

— Parce que si tu continues ainsi, je ne vais pas tenir très longtemps, expliqua-t-il sans se donner la peine de chercher une formule plus élégante.

— Et alors ? Lorsque c'était toi qui le faisais, c'est ce qui s'est passé avec moi.

— Oui, mais tu es une femme. Et tu peux enchaîner autant d'orgasmes que j'aurai la force de te procurer sans avoir besoin d'une pause pour souffler. Je ne voudrais pas que ceci se termine tout de suite.

Elle s'apprêtait à protester lorsqu'il la saisit par les épaules et l'attira à lui pour l'embrasser passionnément, l'empêchant non seulement de prononcer la moindre parole, mais aussi de penser de façon cohérente.

Il s'éloigna d'elle à peine un instant pour récupérer son portefeuille, puis, convenablement protégé, il l'allongea à nouveau sur le canapé.

— Attends ! l'arrêta-t-elle d'une voix qu'elle reconnut à peine elle-même. Je voudrais… être au-dessus.

— Comment dire « non » à une si aimable requête ? observa-t-il en inversant leurs places respectives, la positionnant au-dessus de lui.

Il était fabuleusement dur sous elle, elle le sentait, et elle ondula des hanches de façon aguichante, frottant sa féminité brûlante et liquide contre lui avant de le positionner à l'entrée de son corps.

Puis, millimètre par millimètre, elle se laissa descendre sur lui, se délectant de chaque seconde de cette douce invasion, jusqu'à ce qu'il soit tout entier en elle.

— Je ne sais pas du tout ce que je fais, lâcha-t-elle dans un souffle.

— Fais seulement ce qui te procure du plaisir, suggéra-t-il d'une voix rauque, les yeux fermés.

Elle souleva ses hanches, puis elle se laissa redescendre lentement sur lui. Après quoi, elle répéta le mouvement, encore et encore, cherchant le bon rythme, celui qui le ferait gémir de plaisir, le meilleur angle, la pression la plus efficace, pour que son plaisir soit égal au sien.

Les premières ondes d'une explosion annoncée commencèrent à irradier dans son corps et elle se remit à onduler des hanches, augmentant la pression exactement là où elle en avait besoin.

Alors, lui saisissant le menton, Joshua l'embrassa. Un baiser passionné, brûlant, désespéré.

Et il n'en fallut pas davantage. Elle rendit les armes. Une éblouissante explosion de plaisir secoua tout son être : alors, resserrant ses muscles internes autour de lui, elle bascula dans un orgasme aux proportions monumentales.

Elle sentit qu'il l'allongeait sur le dos pour poursuivre ses furieux assauts, atteignant sa propre délivrance avec une férocité qui lui donna la sensation que tout son corps avait pris feu sous l'effet de sa passion.

Il était vaincu. Totalement vaincu. Et c'était elle qui l'avait terrassé.

Étouffant un gémissement, il agrippa ses hanches pour la serrer convulsivement contre lui, l'obligeant à ressentir toute la force de chacun de ses coups de boutoir. Et elle eut alors la preuve qu'il avait dit vrai, tout à l'heure. Il n'y avait aucune limite au nombre d'orgasmes qu'elle pouvait ressentir.

Elle capitula à son tour, frissonnant de tout son corps alors qu'elle basculait une nouvelle fois dans un abîme de plaisir tandis qu'il explosait en elle, le visage enfoui contre son cou, contractant tous ses muscles.

Il demeura immobile un moment, les lèvres contre sa gorge. Danielle glissa les doigts dans ses cheveux, un sourire comblé aux lèvres, laissant les dernières vagues de plaisir bercer son corps.

— Il est l'heure d'aller au lit, murmura-t-il, plongeant le regard dans le sien, effleurant ses lèvres d'un doux baiser.

Elle sentit alors qu'il la soulevait dans ses bras. Blottie contre son large torse, elle se laissa emporter vers l'escalier sans protester.

Il la déposa sur son grand lit, sur la couverture d'une douceur merveilleuse. Cette chambre serait la leur, celle où ils dormiraient ensemble.

Pour une raison inconnue, cette idée fit monter des larmes brûlantes à ses paupières. Elle avait vécu seule durant si longtemps qu'une telle intimité lui semblait presque effrayante. Mais cela ne l'empêchait pas de la désirer avec une intensité presque physique.

Joshua vint la rejoindre sur le lit et elle ressentit un irrésistible besoin de se blottir dans ses bras, de se délecter de cette proximité. Cependant, il était nu. Et elle aussi. Alors, ce désir de proximité céda momentanément la place à celui de jouer encore un peu avec lui.

La grande main de Joshua vint se poser au bas de son dos, puis elle glissa encore pour se refermer sur l'une de ses fesses. Il lui sourit. Et une sensation d'une violence presque douloureuse l'envahit lentement.

Elle était heureuse.

En un éclair, elle comprit qu'elle n'avait jamais été vraiment heureuse avant ce jour-là. Tout du moins, pas sans que ce bonheur ne soit accompagné d'autres soucis qui viennent l'annihiler en lui rappelant que, derrière un moment de bonheur, la tragédie n'était jamais loin.

Mais celle-ci était bien au-delà de ses préoccupations actuelles. Elle ne voyait que Joshua, ne pensait qu'à lui. Et – dans l'immédiat – tout n'était qu'harmonie dans son univers.

Elle ne voulait pas que cet instant magique soit gâché par la moindre pensée négative. Alors, elle cessa de réfléchir, refoula toutes ses incertitudes et l'embrassa à nouveau.

En se réveillant, Joshua constata que la chambre était plongée dans la pénombre. Une femme était blottie dans ses bras. Et il ne savait pas trop ce qui l'avait arraché à son profond sommeil.

Danielle dormait paisiblement, ses cheveux sombres étalés sur son visage comme une toile d'araignée. Comme il tendait une main pour les écarter, elle tressaillit à ce contact et se blottit plus étroitement contre lui, resserrant les bras autour de sa taille.

Elle était épuisée. Probablement parce qu'il l'avait prise comme un sauvage, trois ou quatre fois, avant qu'ils ne finissent tous deux par s'endormir.

Il l'observa un instant et son désir resurgit aussitôt, violent, viscéral. N'essayait-il pas de se berner lui-même en prétendant qu'il faisait tout ceci uniquement pour elle ? Qu'il était motivé par une noble cause ? Car quelle cause servait-il, sinon celle de prendre du plaisir avec elle ?

Puis il comprit ce qui l'avait réveillé.

La porte de la chambre était restée ouverte et il entendait, à peine audibles, les pleurs désespérés d'un bébé.

Riley.

Il tourna le regard vers Danielle et vit qu'elle était encore profondément endormie. Devinant qu'elle serait contrariée qu'ils aient oublié d'emporter le moniteur pour bébé avec eux, il sortit précautionneusement du lit et enfila un jean sur sa peau nue.

Il n'avait pas la moindre idée de ce qu'on était censé faire pour calmer un bébé. Mais Danielle était morte de fatigue – à cause de lui – et il ne souhaitait pas la réveiller.

Les pleurs devenant plus forts dans le couloir, il se hâta jusqu'à la chambre de Danielle. Dans son berceau, Riley hurlait en agitant ses petits membres. Pour une raison inconnue, le bébé était extrêmement mécontent.

Planté devant le berceau, Joshua fronça les sourcils. S'il allait épouser Danielle, cet enfant était aussi sous sa responsabilité.

Riley serait son fils.

À cette idée, il sentit sa gorge se serrer. Tant d'autres événements s'étaient produits depuis que Shannon avait perdu son bébé qu'il ne lui arrivait pas très souvent de réfléchir à ce qui aurait pu être. Toutefois, en cet instant, il ne pouvait s'empêcher d'y penser.

Son fils aurait eu cinq ans.

Il s'efforça de refouler la vague d'émotion qui déferlait sur lui. C'était cette émotion qui lui faisait éviter tout contact avec Riley, il en était conscient.

Mais son fils n'était pas ici. Il n'avait jamais eu la chance de naître. Riley, en revanche, était bien présent. Et Joshua pouvait être là pour lui.

Il se pencha pour poser doucement la main sur la poitrine du bébé. Son petit corps tressaillit, mais il s'arrêta de pleurer.

Joshua était totalement ignorant des besoins d'un bébé. Et il n'avait jamais eu besoin d'apprendre, faute d'avoir eu l'occasion de tenir son fils dans ses bras. Il n'avait jamais affronté une nuit blanche parce que son bébé pleurait.

Soulevant le petit garçon hors de son berceau, il l'installa contre sa poitrine, une main soutenant sa petite tête couverte de duvet.

Au cours de sa vie, il s'était très rarement trouvé dans des circonstances qui le fassent douter de lui-même, principalement parce qu'il prenait grand soin d'éviter toute situation qu'il ne contrôle pas parfaitement. Mais, en serrant cette petite créature dans ses bras, il se sentit perdu. Il craignit que sa force ne soit un handicap plutôt qu'un avantage. Car, à cet instant précis, il avait le pressentiment de l'extrême fragilité de ce petit être. Il craignait de lui faire du mal par maladresse ou par ignorance.

Mais – et c'était là l'un des bons côtés des bébés – Riley ne semblait pas exiger de lui qu'il soit parfait. Il avait uniquement besoin qu'il soit présent. Et cela, il savait le faire.

Il alla jusqu'au fauteuil à bascule, dans un coin de la chambre, et il s'y assit, berçant Riley contre sa poitrine.

— Tu as peut-être faim, murmura-t-il.

Riley secoua la tête, laissant une petite traînée de bave sur sa peau. Joshua imaginait facilement les moqueries de son frère s'il le surprenait dans cette position. Mais, bien sûr, l'idée même d'Isaiah avec un bébé semblait totalement incongrue. Devlin oui, mais seulement depuis qu'il avait épousé Mia qui l'avait totalement changé. Elle avait fait de lui un homme plus serein, meilleur.

Il songea à Danielle, profondément endormie dans sa chambre, à son insatiable désir d'elle, tout à l'heure, à l'impasse dans laquelle elle se trouvait. Elle était plus ou moins à sa merci.

Pouvait-elle faire de lui un homme meilleur, après tout ? Dans un sens, il avait déjà fait un pas dans cette direction en l'accueillant chez lui avec Riley.

Il devait être l'homme qui prendrait soin d'eux, puisqu'il désirait tout réparer autour de lui. Et eux aussi pouvaient peut-être le réparer, lui.

Joshua était seul dans la chambre, mais il secoua la tête. Il aurait été injuste de leur faire porter un tel fardeau.

— Joshua ?

Il releva les yeux et vit Danielle plantée sur le seuil. Elle portait l'un de ses T-shirts, qui ne la couvrait que jusqu'en haut des cuisses. Dans la pénombre de la chambre, il ne parvenait pas à lire son expression.

— Je suis ici, répondit-il sans élever la voix.

— Tu as pris Riley dans tes bras ? s'enquit-elle en s'avançant dans la chambre pour venir s'arrêter devant lui, son profil éclairé par un rayon de lune.

Avec ses longs cheveux sombres tombant en cascade autour de ses épaules et la pâle lueur argentée qui baignait son visage, elle avait l'air d'une créature d'un autre monde. Comment avait-elle pu lui faire pitié ? Comment avait-il pu ne pas voir tant de beauté ?

— Je l'avais entendu pleurer, expliqua-t-il.

— Je peux le reprendre.

Pour une raison mystérieuse, il n'avait pas du tout envie de renoncer à cet instant et il secoua la tête.

— Non, répondit-il, cela ira.

— Très bien alors, répliqua-t-elle, esquissant un sourire. Dans ce cas, je vais lui préparer un biberon.

— Bonne idée.

Il la vit s'affairer un moment près de la table à langer, où il supposait qu'elle avait rangé tout l'attirail nécessaire, puis elle revint vers lui, un biberon à la main. Elle versa quelques gouttes de lait à l'intérieur de son poignet, et elle hocha la tête, satisfaite qu'il soit à la bonne température. Puis elle le lui tendit.

— Aimerais-tu lui donner le biberon toi-même ? proposa-t-elle.

— Euh... Oui, bien sûr.

— Tu as beaucoup d'expérience avec les bébés ? s'enquit-elle.

— Aucune, avoua-t-il.

— Je ne m'en serais jamais douté, observa-t-elle. Mais, bien sûr, moi non plus je n'avais quasiment aucune expérience avant la naissance de Riley. Et je ne pensais pas en connaître une un jour.

— Vraiment ?

— Non, assura-t-elle. Car je n'avais pas l'intention de me marier. Je savais déjà tout des hommes, vois-tu. Ma mère est tombée enceinte de moi alors qu'elle n'avait que quatorze ans. Inutile de préciser que ma vie n'a pas commencé sous les meilleurs auspices. Je n'ai jamais connu mon père et j'ai été élevée dans une atmosphère... d'instabilité. Ma mère n'était simplement pas prête à mettre au monde un enfant. Comment aurait-elle pu l'être ? Elle-même n'avait pas eu une enfance heureuse et elle était très jeune... Je pense qu'elle désirait me garder, qu'elle désirait être une bonne mère, mais que c'était trop difficile pour elle. Elle rêvait toujours d'autre chose. Elle cherchait le véritable amour.

— Mais je suppose qu'elle ne le cherchait pas du bon côté.

— C'est le moins qu'on puisse dire, convint Danielle en soupirant. Ma mère a eu beaucoup de petits amis et quelques-uns ont habité avec nous. Parfois, c'était un mieux, quand ils étaient financièrement plus à l'aise que nous et qu'ils vivaient dans de plus belles maisons. Plus je grandissais, plus ma mère m'apparaissait immature. J'ai commencé à comprendre à quel point elle était jeune, en réalité. Lorsqu'elle avait le cœur brisé, je la réconfortais, plus comme une amie que comme sa fille. Lorsqu'elle sortait et qu'elle rentrait ivre, c'était moi qui la mettais au lit comme si j'étais l'adulte, et pas elle. Je savais seulement que je ne désirais pas vivre comme elle, poursuivit-elle après un profond soupir. Je ne voulais pas dépendre d'une autre personne ou qu'une autre personne dépende de moi. Et, en grandissant, je n'ai jamais connu une relation qui échappe à cette règle.

— Mais tu es ici, observa-t-il, le cœur serré. Et tu vas m'épouser.

— Je ne suis pas sûre que tu puisses réellement comprendre ce que je ressens, répondit-elle avec un petit rire nerveux. Je n'avais jamais rien espéré de mieux que ce qu'on avait et je retrouve soudain l'espoir. Je n'avais jamais espéré me marier, mettre au monde des enfants, vivre dans une magnifique maison avec un grand jardin… Puis il y a eu Riley, reprit-elle après une pause, la voix tremblante d'émotion. Il y a eu ta petite annonce. Et il y a eu toi. Et, tout à coup, je désire des choses différentes, j'ai des attentes différentes. Je recommence à espérer et cela, c'est une sorte de miracle.

Il était tenté de l'avertir qu'elle n'avait pas de miracles à attendre de lui. Que si elle plaçait ses espoirs en lui, elle serait presque certainement déçue. Mais il en fut incapable, parce que ce qu'elle lui décrivait se rapprochait trop de sa propre réalité.

Lui aussi avait renoncé à l'idée d'avoir une épouse et des enfants. Il avait décidé que cette tranche de vie n'était pas pour lui. Et cependant, il était là en train de donner le biberon à un bébé à 3 heures du matin, face à une femme qui venait de quitter son lit et portait sa bague à son doigt.

Il désirait s'accrocher à cette nouvelle réalité. Il désirait s'assurer qu'elle était vraiment réelle et qu'elle durerait. La féroce intensité de ce désir le laissa abasourdi.

Un instant plus tard, il entendit un étrange bruit de succion et s'aperçut que le biberon était vide.

— Suis-je censé l'aider à faire son rot ?

— Oui, confirma Danielle en riant. Mais je vais m'en charger.

— Pourquoi pas moi ? Je peux y arriver.

— Il va sûrement régurgiter son biberon sur ton torse follement sexy. Il vaut mieux qu'il le fasse sur mon T-shirt.

Elle lui prit Riley des bras et il se rassit pour admirer le spectacle de sa tranquille assurance, tandis qu'elle s'occupait du petit garçon. Elle le berça sur son épaule, lui tapotant gentiment le dos jusqu'à ce qu'il émette un son qui suggérait qu'il venait de rendre une partie de son biberon sur le T-shirt qu'elle portait.

La première fois qu'il avait posé les yeux sur elle, Joshua avait songé qu'elle était une étrange créature. Tendue. Nerveuse. Fragile. Mais elle était en fait solide comme le roc. Il s'en rendait compte, en cet instant.

Personne n'avait été là pour elle lorsqu'elle grandissait. Et cependant, elle était énergiquement intervenue pour s'assurer que son demi-frère recevrait toute l'attention dont il avait besoin. Renonçant à tous ses projets d'avenir, elle avait décidé de devenir maman à l'âge de vingt-deux ans sans avoir jamais connu l'amour.

— Qu'y a-t-il ? s'enquit-elle, étonnée par son silence, le ramenant brusquement au présent.

— Tu es une femme extraordinaire, Danielle Kelly. Et si personne ne te l'a jamais dit, il est grand temps que quelqu'un le fasse.

Elle était brillante, ravissante, sans peur.

Jusque-là, elle avait été comme une flamme que personne ne s'était donné la peine de remarquer. Mais elle était venue vers lui. En répondant à sa petite annonce, elle avait allumé un incendie ravageur dans sa vie.

La façon dont le monde les jugeait, elle et lui, lui paraissait injuste. Pour les autres, il était un homme d'affaires respecté, et elle... Mais ne l'avait-il pas justement choisie parce qu'il savait que sa famille ne verrait en elle qu'une mère isolée sans le sou ?

Pourtant elle en valait dix comme lui.

Elle battit rapidement des cils, sans pouvoir empêcher une larme de rouler sur sa joue.

— Pourquoi... Pourquoi penses-tu cela ?

— Peu de gens en auraient fait autant que toi. Assumer la responsabilité de ton demi-frère, ce n'est pas rien. Surtout après tout ce que ta mère t'a fait subir. Toute une vie à t'occuper d'une personne qui aurait dû veiller sur toi et, ensuite, répondre à mon annonce et te présenter ici.

— Certains seraient d'avis que c'était la solution de facilité.

— Peut-être. Sauf que j'aurais pu être un tueur en série.

— Ou tu aurais pu exiger que je me déguise en oursonne sexy, observa-t-elle avec un sérieux pince-sans-rire. À vrai dire, je crois cette dernière possibilité était la plus crédible.

— Vraiment ?

— Les amateurs de déguisements sexy sont bien plus nombreux que les tueurs en série, raisonna-t-elle. Dieu merci.

— Heureusement pour toi, je ne suis ni l'un ni l'autre.

Il n'était pas très sûr d'être à la hauteur des espoirs qu'elle plaçait en lui, mais, à cet instant, il désirait ardemment ne pas la décevoir.

Elle alla jusqu'à la table à langer et changea prestement la couche de Riley avant de le replacer dans son berceau. Puis elle se redressa et lui fit face d'un air hésitant.

— Je suppose que je pourrais... Je peux simplement rester ici. Ou bien...

— Va chercher le moniteur du bébé, coupa-t-il. Tu vas revenir dans mon lit.

Elle lui sourit et fit exactement ce qu'il avait suggéré.

Le lendemain, en entrant dans sa chambre, Danielle y trouva des robes de mariée. Pas une ou deux, mais une bonne dizaine. Toutes à sa taille.

Elle contemplait d'un regard ébahi les housses à vêtements laissant deviner en transparence de somptueux satins, des perles et des soieries, lorsque Joshua entra dans la pièce et vint se planter devant elle.

— Qu'est-ce que c'est que tout cela ? s'enquit-elle en désignant la collection de robes occupant une bonne partie de l'espace de la chambre.

— Nous allons nous marier dans deux semaines, lui rappela-t-il. Tu as besoin d'une robe.

— Une robe de princesse à porter en dégustant mon gâteau de mariage aux tartelettes de supermarché, remarqua-t-elle en riant pour essayer de ne pas fondre en larmes.

À cause du geste merveilleux de cet homme qui lui avait fait livrer tout un assortiment de robes dans sa chambre afin qu'elle puisse choisir sans se déranger.

Et aussi parce que, si elle avait été une personne normale, elle aurait des amies avec qui elle pourrait célébrer cet événement. Ou sa mère. Au lieu de cela, elle était dans cette chambre, près de son bébé endormi, et son fiancé était l'unique spectateur de son bonheur.

— En revanche, tu n'es pas censé voir ces robes avant la cérémonie, observa-t-elle.

— Je suis incapable d'imaginer de quoi elles auront l'air lorsqu'elles seront sorties de ces housses, rassure-toi. J'ai fait appel à une boutique spécialisée en ville. Je leur ai décrit ta silhouette et leur ai demandé de nous livrer quelques robes susceptibles de te convenir.

Danielle ouvrit de grands yeux.

— Tu leur as décrit ma silhouette ?

— Oui, bien sûr, répondit-il sans se troubler. Pour leur donner une idée de ce qui t'irait.

— Et... Comment as-tu décrit ma silhouette, Joshua ? s'enquit-elle prudemment.

— Un elfe, précisa-t-il.

Elle fut d'autant plus surprise qu'il ne semblait pas plaisanter. Et une description aussi pleine de fantaisie était particulièrement étonnante, venant de sa part.

— Un elfe ?

— Oui, confirma-t-il, esquissant un sourire. Tu me fais penser à un elfe. Ou à une nymphe des bois.

— Une nymphomane, peut-être. Et c'est toi le responsable.

— Danielle, je suis sérieux, répliqua-t-il en l'enlaçant par la taille pour l'attirer à lui.

— Très bien, répondit-elle en lui offrant un sourire, faute d'une meilleure repartie.

— Tu es très désirable.

Ces mots lui causèrent une étrange émotion et, soudain, elle sentit sa vue se brouiller de larmes.

— Tu n'es pas obligé de dire cela, murmura-t-elle.

— Crois-tu que je sois en train de te mentir ? protesta-t-il, s'emparant de sa main pour la poser sur la preuve tangible de sa passion. Les hommes ne peuvent pas simuler le désir.

— Suis-je censée croire ton pénis ? Il est de notoriété publique que le désir physique d'un homme n'est pas la preuve de son attachement sincère.

— Je le sais d'autant mieux que je l'ai souvent constaté par moi-même. Mais c'est une raison supplémentaire de me croire, car je connais parfaitement la différence entre une simple attirance sexuelle pour une femme et la sensation qu'elle a touché quelque chose, tout au fond de moi, dont j'ignorais jusqu'à l'existence. Je te l'ai dit, je n'aime pas les complications. J'évite soigneusement les situations difficiles et les gens difficiles. C'était mon principal défaut. Un énorme défaut. Je ne sais pas encore si je pourrai me le pardonner un jour, mais ce que toi et moi avons ici me laisse espérer qu'il m'est encore possible de rattraper mes erreurs.

C'étaient de très jolis mots, des sentiments très élevés, mais teintés de quelque chose qui lui donnait l'impression qu'elle tombait dans la catégorie des gens difficiles auxquels il faisait allusion.

Toutefois, l'intensité de son regard, ces magnifiques robes de mariée qui l'entouraient de toutes parts, le diamant étincelant à son doigt lui soufflaient de ne pas analyser de trop près ces sentiments négatifs. Elle en avait plus qu'assez des sentiments négatifs.

Joshua était comme un rêve éveillé. Tout ici l'était. Et elle désirait continuer à rêver le plus longtemps possible. Était-ce mal ? Après toutes les épreuves qu'elle avait traversées, elle ne le pensait pas.

— Eh bien, en attendant, je vais demander à ton pénis et au reste de ta personne de sortir. Je vais essayer quelques robes.

— Et je n'ai pas le droit de regarder ?

— Je reconnais que rien dans notre relation n'a été conventionnel jusqu'ici, mais j'aimerais te surprendre avec la robe que j'aurai choisie.

— C'est un désir légitime. Que dirais-tu de me confier Riley un petit moment ?

— Janine devrait bientôt être ici.

— Je m'occuperai de lui jusqu'à ce qu'elle arrive, répondit-il avec un haussement d'épaules nonchalant.

Il traversa la pièce et souleva le bébé dans ses bras. Riley lui offrit un sourire édenté qui n'était peut-être qu'un réflexe, mais qui produisit un curieux petit pincement dans son cœur.

Joshua prenait de l'assurance avec Riley et il faisait un gros effort pour anticiper les besoins de l'enfant lorsqu'il s'occupait de lui.

Le spectacle de cet homme magnifique devant elle, le bébé dans ses bras, acheva de balayer toutes ses pensées négatives. Et, lorsqu'il quitta la pièce et qu'elle se tourna vers la collection de robes étalée devant elle, elle avait refoulé ses derniers doutes.

Joshua n'était peut-être pas parfait, il restait quelques problèmes à régler entre eux, mais ce qu'elle vivait maintenant avec lui était infiniment plus désirable que tout ce qu'elle avait connu auparavant. Et une fille comme elle ne pouvait pas se permettre d'être trop exigeante.

Prenant une profonde inspiration, elle tira la fermeture à glissière de la première housse.

10

Le jour du mariage approchait, et Danielle était au bord de la crise de nerfs. D'une certaine façon, elle était heureuse. Lorsque Joshua l'embrassait, lorsqu'il lui faisait l'amour, lorsqu'il la serrait toute la nuit dans ses bras vigoureux, tout était parfait.

C'était durant les heures creuses, dans le silence juste avant l'aube, qu'elle était confrontée à elle-même et que ses sentiments négatifs refaisaient surface, l'obligeant à les examiner.

Le mariage devait avoir lieu deux jours plus tard et sa robe avait été professionnellement retouchée à ses mesures exactes. C'était une robe splendide de lourd satin, au dos profondément échancré, absolument ravissante et, ne serait-ce que pour cette seule raison, il lui était désormais impossible de reculer.

L'idée de lui dire « non » à ce stade provoquait dans son cœur une sourde souffrance qui la paralysait, qui s'irradiait dans tout son corps. Non, elle ne désirait pas quitter Joshua. Malgré l'étrangeté de leur relation, quelle que soit l'asymétrie de leurs sentiments l'un pour l'autre, elle désirait rester avec lui. Elle le désirait avec une sorte de désespoir.

Elle tourna le regard vers lui alors qu'il arrêtait sa voiture, le véhicule le plus luxueux dans lequel elle soit jamais montée, devant la maison de ses parents.

Quelquefois, le simple fait de poser les yeux sur lui était une souffrance. Et, en d'autres occasions, c'était lorsqu'elle se détournait de lui qu'elle souffrait. Sa souffrance était presque continuelle.

Elle avait besoin de sa présence auprès d'elle. Et, en même temps, elle avait besoin de prendre ses distances.

La vérité, c'était peut-être qu'elle avait perdu la raison.

Il lui fallut un instant pour se rendre compte qu'elle était restée figée sur le siège du passager et que Joshua avait déjà extrait Riley de son siège pour bébé à l'arrière, afin de le prendre dans ses bras, enveloppé dans sa couverture.

Et cette scène éveilla en elle une autre sorte de souffrance.

Joshua était follement sexy, cela ne faisait aucun doute. Jour et nuit. Mais sa façon d'être avec Riley... N'importe quelle femme qui l'aurait observé lorsqu'il tenait Riley dans ses bras serait instantanément tombée folle amoureuse de lui.

Comme elle-même à cet instant.

Elle le suivit jusqu'à l'entrée de la maison, s'efforçant de baisser les yeux et de se concentrer sur le crissement de ses jolies bottes toutes neuves sur le gravier, afin de ne pas se laisser submerger par sa nervosité.

La mère de Joshua avait insisté pour leur préparer un dîner prénuptial. C'était une seconde chance pour Danielle de faire une bonne impression. Cette fois-ci, elle ne pouvait pas simplement se conformer aux plus basses attentes que la famille de Joshua pouvait avoir d'une personne comme elle. Danielle se sentait tenue de donner la meilleure image possible d'elle-même.

Lorsqu'elle tourna le regard vers Joshua, elle constata qu'il l'observait.

— Tu t'en sortiras très bien, la rassura-t-il.

Puis il se pencha pour l'embrasser. Fermant les yeux, elle s'abandonna tout entière à son baiser.

Et, comme de bien entendu, ce fut justement à cet instant que la porte s'ouvrit en grand.

— Ah, vous voilà, tous les deux !

Nancy Grayson paraissait sincèrement heureuse de les voir. Et plus encore de les avoir surpris en train de s'embrasser sous le porche.

— Merci de nous recevoir, bredouilla Danielle, encore toute

tremblante de ce baiser, mais s'efforçant désespérément de faire bonne figure.

— Bienvenue dans la famille, répondit la vieille dame. Et maintenant, laissez-moi tenir mon petit-fils dans mes bras.

Ces paroles la figèrent. Soudain, elle avait envie de pleurer. En fait, elle pleurait vraiment. Les larmes ruisselaient sur ses joues sans qu'elle puisse les arrêter.

— Qu'y a-t-il, ma chère ? s'enquit la mère de Joshua, fronçant les sourcils.

— Je n'avais jamais espéré que Riley aurait des grands-parents, répondit Danielle, la gorge serrée. Qu'il aurait une famille. Et... Cela compte énormément pour moi.

Nancy prit Riley des bras de Joshua, puis elle se tourna vers elle et posa une main sur son épaule.

— Il n'est pas le seul à avoir une famille, désormais, dit-elle d'une voix douce. Vous aussi.

Durant toute la soirée, Danielle ne cessa de s'étonner de l'accueil chaleureux qu'elle recevait de la part de tous les membres de cette famille. Mia, sa belle-sœur, fit de sincères efforts pour mieux la connaître et Faith, la plus jeune sœur de Joshua, ne lui manifesta pas la moindre hostilité.

Mais, celui qui la surprit le plus, ce fut le père de Joshua, lorsqu'il vint s'asseoir à côté d'elle sur le canapé au moment du dessert. À ce moment-là, Joshua était en pleine conversation avec ses frères à l'autre bout de la pièce, tandis que Mia, Faith et la mère de Joshua étaient très occupées à jouer avec Riley.

— Je savais que vous seriez parfaite pour lui, déclara M. Grayson.

— Comme épouse, voulez-vous dire ? s'enquit-elle en levant les yeux vers lui.

Elle ignorait les raisons qui l'avaient poussée à poser cette question au lieu de se contenter d'accepter son compliment, mais elle savait parfaitement qu'elle n'était pas l'épouse qu'il aurait choisie pour son fils et elle ne voulait pas qu'il fasse semblant de croire le contraire.

— Je ne parlais pas de la petite annonce, précisa-t-il. Je suis au courant de ce qu'il a fait. Je sais qu'il a placé une seconde annonce pour trouver quelqu'un qui lui servirait à me donner une leçon. Mais, à la seconde où je vous ai vue, j'ai su que vous étiez exactement la femme dont il avait besoin : une rencontre inattendue, une femme capable de le faire sortir de sa zone de confort. Maintenant, tout cela est bien réel, n'est-ce pas ?

Tout cela est bien réel.

Ces mots résonnèrent un instant dans son esprit.

Réel ? songea-t-elle. *Vraiment ?* Certes, ils allaient réellement se marier, mais leur relation était-elle réelle ?

Il n'était pas amoureux d'elle. Il désirait la réparer. Et, ce faisant, il était convaincu qu'il se réparerait lui-même.

Tout cela n'était peut-être pas moins réel que ce qu'avaient la plupart des autres gens. C'était peut-être seulement plus honnête.

— Oui, répondit-elle dans un souffle. Tout est réel.

— Je sais que ma manie de m'occuper de ses affaires l'irrite, poursuivit M. Grayson. Je ne suis pas stupide. Et je sais qu'il avait le sentiment de ne pas être écouté. Mais il était tellement enlisé dans sa douleur… et je devinais qu'il avait besoin d'aimer à nouveau. Il a toujours pensé que je ne connaissais rien à la vie, en dehors de mon cadre familier. Un petit intérieur douillet, le stéréotype de la famille rurale heureuse, précisa-t-il en désignant le salon d'un geste circulaire. Mais il se trompe. Quel que soit son style de vie, un homme a besoin d'amour. Et cet homme-là a besoin d'amour plus encore que la plupart. Joshua a toujours été têtu, d'un caractère difficile. Je n'ai jamais pu le convaincre de vraiment me parler. C'est de cela dont il a besoin : d'une personne à qui il peut parler, qui voie ce qu'il y a de bon en lui, pour qu'il puisse recommencer à l'accepter, lui aussi.

« Besoin d'amour », murmura Danielle en retournant ce mot dans son esprit.

C'était la révélation qu'elle avait essayé d'éviter. Voilà pourquoi elle souffrait lorsqu'elle posait les yeux sur lui, lorsqu'il était à ses côtés, lorsqu'elle se détournait de lui, lorsqu'il était absent.

C'était la source de cette tension qui la déchirait, chaque jour plus douloureuse, plus insupportable. Et aussi du merveilleux sentiment d'espoir qu'elle éprouvait depuis qu'elle l'avait rencontré.

Elle aimait Joshua.

Et lui ne l'aimait pas. Il se servait seulement d'elle comme d'un substitut à la petite amie qu'il croyait avoir trahie.

— Un homme, qu'il soit riche ou pauvre, a besoin d'amour, observa Todd. Croyez moi, c'est ce qui fait tourner le monde. C'est ce qui vous permet de continuer à vivre lorsque la récolte a été mauvaise. C'est la lumière qui vous guide hors des ténèbres dans les pires moments de la vie. Je suis heureux que mon fils l'ait enfin trouvée.

Ce n'était pas tout à fait vrai, songea-t-elle. C'était elle qui avait trouvé sa lumière. Pour lui, elle n'était qu'un pansement qu'il appliquait sur une blessure qui s'avérerait fatale s'il ne la traitait pas.

— Je ne...

— Prête à rentrer à la maison ?

Danielle leva les yeux et vit Joshua planté devant elle. Et ces mots...

Il voulait dire : dans « sa » maison. Avec lui. Comme si cette maison était également la sienne. Comme si lui aussi était à elle.

En tout cas, sa question lui permit de balayer tous les doutes qui l'avaient assaillie et de se replonger dans le conte de fées qu'elle vivait depuis qu'elle avait accepté sa demande en mariage.

— Oui, bien sûr, répondit-elle en se levant.

Elle l'observa tandis qu'il prenait congé de sa famille, puis qu'il soulevait Riley dans ses bras et jetait le sac à langer sur son épaule. Oui, elle l'aimait.

Elle l'aimait à la folie. Comme elle avait cru ne jamais être capable d'aimer. Le seul problème, c'était que Joshua ne l'aimait pas.

C'était le jour de son mariage.

Heureusement, seule sa famille y assisterait. Un mariage discret dans une petite église de Copper Creek déjà décorée pour Noël, ce qui avait fait gagner du temps à tout le monde, et évité des soucis inutiles.

Et cela tombait bien, car Joshua avait déjà gravement éprouvé la patience de la boulangère avec sa commande spéciale d'un gâteau de mariage confectionné uniquement avec des tartelettes aux fruits.

Cela avait été la seule requête de Danielle et, même s'il savait que ce n'était qu'une plaisanterie, il avait bien l'intention de réaliser son vœu.

Il adorait lui faire plaisir, qu'il s'agisse de lui enseigner l'équitation, de la combler au lit ou de lui préparer de savoureux repas. Et sa réponse était une gratitude douce et sincère que personne avant elle ne lui avait jamais manifestée.

Cette approbation le touchait. Il ne pouvait pas le nier.

Il entra dans l'église déserte, avec ses hauts plafonds aux poutres apparentes incurvées pour former des arches. La nef était déjà entièrement décorée de houx.

Tout semblait prêt. Il ne restait plus qu'à attendre l'heure de la cérémonie.

Soudain, les portes conduisant à la salle paroissiale s'ouvrirent en grand et Danielle fit une entrée éblouissante. Si elle lui était apparue comme une créature éthérée en d'autres occasions, le terme était trop faible pour la décrire à cette seconde précise. Sa longue chevelure était coiffée en un chignon lâche sur sa nuque et tressée de gypsophiles. Quelques mèches folles encadraient son joli visage.

Et la robe...

Le corsage ajusté soulignait sa silhouette mince et la jupe tourbillonnait autour de ses jambes à chacun de ses pas avec des reflets chatoyants. Elle tenait à la main un bouquet de roses pourpres, du même ton que son rouge à lèvres rouge sombre.

— Je croyais que je n'étais pas censé te voir avant la cérémonie, remarqua-t-il.

— Oui, je sais, convint-elle en soupirant. J'étais ici, en train de me préparer, et j'avais l'intention de rester cachée jusqu'au moment propice, mais j'ai besoin de te parler.

— Ah ? fit-il, étonné. Alors, je t'écoute.

— D'accord, murmura-t-elle, triturant nerveusement les tiges du bouquet de fleurs qu'elle tenait entre ses mains. Accorde-moi une seconde.

— Danielle Kelly, tu es arrivée dans ma maison comme une tornade et tu as pratiquement refusé de partir avant que je ne t'aie donné ce que tu désirais, observa-t-il d'un ton incrédule. Ne fais pas semblant d'avoir peur de moi maintenant.

— C'était différent, alors, se défendit-elle. À ce moment-là, je n'avais pas peur de te perdre. Maintenant, j'ai peur, avoua-t-elle d'une voix tremblante, en levant ses grands yeux sombres vers les siens.

— Toi ? s'étonna-t-il, ne parvenant pas à croire qu'une femme aussi merveilleusement forte puisse avoir peur de quoi que ce soit.

— Je n'ai jamais rien eu que je tienne à conserver, expliqua-t-elle. Tout du moins, pas avant Riley. Lorsque j'ai obtenu sa garde, l'idée de le perdre m'est devenue insupportable. C'était la première fois que j'éprouvais ce genre de sentiment. Et, aujourd'hui... je l'éprouve à nouveau avec toi. Sais-tu quel est votre point commun, à Riley et à toi ?

— Mes caprices occasionnels ? suggéra-t-il, la gorge serrée.

Il savait que ce n'était pas la chose à dire, qu'il avait tort de prendre la situation à la légère alors que le sujet tenait visiblement à cœur à Danielle. Car elle tremblait.

Elle le dévisagea un instant, puis elle prit une profonde inspiration, avant de déclarer :

— Je t'aime. C'est ce que tu as en commun avec Riley. C'est pour cela que j'ai peur de te perdre. Parce que tu es important à mes yeux. Et c'est même beaucoup plus que cela. Tu es... tout pour moi.

— Danielle ! murmura-t-il, le souffle coupé.

Il était le roi des imbéciles. Elle croyait être amoureuse de lui et comment s'en étonner ? Il était son premier amant, le premier homme qui lui ait jamais procuré un orgasme, lui ait offert un foyer et promis une certaine sécurité financière. Il était compréhensible qu'une femme aussi vulnérable et aussi solitaire puisse confondre son sentiment de gratitude avec de l'amour.

— Ne prends pas ce ton-là avec moi, coupa-t-elle en fronçant les sourcils. Je sais que tu t'apprêtes à jouer les vieux sages, que tu vas m'expliquer que je ne sais pas de quoi je parle. Je me souviens que tu m'as déclaré qu'étant toi-même un coureur de jupons tu connaissais la différence entre le sexe de consommation et...

— Danielle ! gémit-il. Le pasteur pourrait t'entendre !

— Et alors ? répliqua-t-elle. Quelle importance ? Il s'agit de nous. Cela fait partie de la vie, et je n'en ai pas honte. Ce que j'essaie de dire, ajouta-t-elle avec un air de défi, c'est que je n'ai pas besoin que tu m'expliques ce que tu crois être mes sentiments. J'ai vécu seule longtemps, très longtemps, privée d'amour. Et j'ai eu tout loisir d'imaginer ce que je ressentirais. Ce que cela signifierait pour moi.

— Danielle, murmura-t-il en se rapprochant d'elle, se sentir protégée n'est pas la même chose qu'aimer.

— Je sais cela ! rétorqua-t-elle dans le silence de l'église. Crois-moi, si j'avais pensé qu'avoir quelqu'un pour s'occuper de moi était la même chose que d'aimer, j'aurais probablement suivi le même chemin que ma mère. Mais je ne l'ai pas fait. J'ai attendu. J'ai attendu d'avoir trouvé un homme qui mérite qu'on fasse des folies pour lui. Et me voici, vêtue d'une magnifique robe de mariée, en train d'invectiver l'homme que je suis censée épouser dans une heure. D'essayer de lui faire comprendre que je l'aime. On peut difficilement être plus idiote, Joshua.

— Si tu m'aimes, ce n'est pas un problème, assura-t-il, la gorge serrée. Mais j'ignore ce que tu attends de moi en me faisant cette révélation.

— Que tu m'aimes aussi, bon sang ! répondit-elle en tapant du pied sur le sol, réveillant des échos sous les voûtes.

Il eut la sensation qu'une main géante lui serrait le cœur et il mit un instant à répondre :

— Danielle, je ne peux pas t'aimer. C'est impossible. Et, en toute honnêteté, il vaudrait mieux que tu n'éprouves pas de tels sentiments pour moi. Je pense que nous pouvons être d'excellents partenaires. C'est la relation qui me convient. Je sais négocier des accords, serrer des mains, respecter ma part d'un contrat. Mais, pour ce qui est des sentiments... Je te suggérerais bien d'appeler

Shannon pour qu'elle t'explique elle-même ce qu'elle pense de moi, mais je ne pense pas qu'elle ait le téléphone en ce moment.

— Tu ne peux pas te sentir responsable des erreurs qu'elle a commises, répliqua-t-elle. Mais, au fond, si. Je suppose que tu y arrives très bien. C'est exactement ce que tu as fait ces cinq dernières années. Tu as perdu un enfant, je le sais. Ensuite, tu as aussi perdu ta fiancée, la femme que tu aimais. Et tu t'accroches à cette souffrance pour essayer d'éviter qu'elle ne se répète.

— Ce n'est pas cela du tout, répondit-il en soupirant. Il serait irresponsable de ma part de prétendre que j'ignore ce que je lui ai fait. De ne pas tenir compte de l'effet que ma fréquentation peut avoir sur une femme. Elle avait besoin de quelque chose que je ne pouvais pas lui donner, poursuivit-il après avoir toussoté pour s'éclaircir la voix. Je l'aimais – tu as raison. Mais ce n'était pas assez.

— Tu te trompes à ce sujet-là aussi, observa-t-elle. Tu l'aimais suffisamment, Joshua. Mais il faut être deux pour aimer. On peut aimer une personne de tout son cœur, mais si l'autre ne sait que faire de cet amour, ce sentiment s'étiole, comme une jeune pousse qu'on a négligé d'arroser. C'était à elle de soigner l'amour que tu lui donnais. Tu ne pouvais pas le faire à sa place.

— Je n'en ai pas assez fait, insista-t-il, les mâchoires serrées.

— Tu t'es peut-être montré trop intransigeant. Tu as peut-être commis des erreurs. Mais, dans ce cas, elle aurait dû t'en parler. Or, elle n'a rien dit. Elle s'est enfermée dans son silence. L'amour doit être à double sens. L'autre doit l'accepter. On ne peut pas combler une personne, la faire se sentir entière, rien qu'en l'aimant. Elle doit d'abord s'aimer suffisamment elle-même pour désirer cette complétude. Et elle doit t'aimer suffisamment pour oublier sa douleur et son égoïsme, et changer, elle aussi. Même si c'est difficile.

— Je ne peux pas prétendre qu'elle a été égoïste, grogna-t-il. Je ne peux pas affirmer qu'elle a fait quoi que ce soit de critiquable.

— Ma mère aussi avait de très bonnes excuses, observa-t-elle. Elle n'a pas eu une vie facile, c'est vrai. Je ne peux pas imaginer me retrouver enceinte à quatorze ans. Elle a vécu un enfer, mais le fait est qu'elle a choisi de s'y replonger, aujourd'hui encore. Elle a passé toute sa vie à chercher inutilement un amour que ses enfants lui auraient donné volontiers, sans aucune condition. Je l'aimais plus que tout, et Riley est un bébé, totalement dépendant de la personne qui s'occupe de lui. Aurions-nous pu l'aimer davantage ? Aurions-nous pu la convaincre de rester ?

— C'est différent.

— Absolument pas ! s'insurgea-t-elle, haussant la voix.

— Je comprends que tout ceci est nouveau pour toi, dit-il en s'efforçant de rester calme. Et j'avoue qu'il est agréable – d'une manière un peu égoïste – de voir que tu m'attribues toutes ces qualités. Je serais presque tenté de te mentir, Danielle. Mais j'en suis incapable. Ce que je t'ai offert est tout ce que j'ai. Tu as le choix : accepter notre partenariat ou partir.

Elle ne pouvait pas partir, il le savait. Elle avait trop besoin de lui. C'était cette dépendance qui lui donnait l'impression d'être un monstre. Il savait qu'il détenait tout le pouvoir entre ses mains et qu'elle finirait par capituler devant ses arguments. Elle y serait bien obligée.

Et ensuite, quoi ? se demanda-t-il. Se fanerait-elle à ses côtés comme une plante négligée, en désirant inutilement une chose qu'il refusait de lui offrir ?

C'était une situation douloureusement familière. Serrant les dents, il se prépara à entendre sa réponse.

Ce qu'il n'avait pas prévu, c'était qu'elle lui jetterait son bouquet de fleurs au visage.

Il le rattrapa au vol, tandis qu'elle se plantait devant lui, tremblante de fureur.

— Félicitations, cracha-t-elle d'une voix chargée de toute l'amertume du monde. C'est toi qui as attrapé le bouquet. Je suppose que tu seras le prochain de la famille à te marier.

— J'y compte bien, gronda-t-il, serrant les roses dans son poing, ignorant la piqûre des épines. Nous nous marions dans une heure.

Ses yeux s'emplirent de larmes et elle secoua lentement la tête. Puis elle tourna les talons et sortit de la pièce en courant, ne s'arrêtant qu'une seconde pour se débarrasser de ses escarpins, les abandonnant dans sa fuite comme Cendrillon.

Et il resta là, les fleurs à la main, une goutte de sang sur le doigt, là où une épine l'avait piqué, à regarder s'éteindre le premier rayon de lumière, la première lueur d'espoir qui soit entrée dans sa vie depuis des années. Et à les voir disparaître pour toujours.

Naturellement, sa fuite ne l'empêcha pas de rester près de l'autel et de l'attendre. Ni de continuer à se comporter comme si le mariage allait avoir lieu comme prévu.

Il savait qu'elle n'avait pas pu aller très loin, principalement parce que Janine était encore quelque part dans l'église avec Riley. Même si les actions de Danielle lui paraissaient incompréhensibles à cet instant et si elles le mettaient au supplice, il savait qu'elle ne partirait jamais en laissant Riley.

Toutefois, lorsque les premiers accords de la musique résonnèrent dans la nef, Danielle n'avait pas réapparu. Et il était là, comme le roi des crétins, à attendre une femme qui ne viendrait pas.

Les membres de sa famille échangeaient des regards chargés d'un mélange de pitié et de colère. Mais ce fut son père qui prit la parole le premier :

— Que diable lui as-tu fait, mon garçon ?

C'était une excellente question dont il connaissait malheureusement la réponse.

— Pourquoi rends-tu Joshua responsable ? protesta Faith, sa petite sœur, accourant comme toujours à sa rescousse, même lorsqu'il ne le méritait pas.

— Parce que cette jeune femme l'aime, répliqua son père. Et elle ne l'aurait pas laissé planté là si elle n'avait pas eu une bonne raison pour cela.

— S'il subsiste le moindre doute au sujet de ce mariage, intervint le pasteur d'un ton apaisant, il vaut beaucoup mieux que chacun prenne le temps de réfléchir. Le mariage est une union sacrée, censée durer toute la vie.

— Danielle était sûre de ses sentiments, assura le père de Joshua. Ce qui signifie que c'est mon fils qui a mis la pagaille.

— Lorsque deux personnes s'aiment...

Le reste de la phrase du pasteur John fut noyé par les remarques de la famille, mais ces quelques mots touchèrent Joshua jusqu'au fond de l'âme.

Lorsque deux personnes s'aiment.

Deux personnes. Un même amour.

Un amour partagé. Donnant-donnant.

Et il les comprenait. Il les comprenait réellement.

Il comprenait pourquoi elle ne pouvait pas accepter une relation qu'elle estimait à sens unique. Parce qu'elle en avait déjà fait l'expérience et qu'elle en avait souffert. C'était exactement le type de relation qu'elle avait eu avec sa mère.

Danielle était prête à tourner le dos à tout ce qu'il lui avait offert, à sa maison, à son argent, à la sécurité et même à sa famille. Parce que, pour une raison qui lui échappait, son amour comptait davantage pour elle que tout cela.

Il avait cru cet amour insuffisant, destructeur. Et lorsqu'elle se tenait devant lui, le suppliant de l'aimer en retour, il avait cru son amour sans importance.

Mais, pour elle, il était tout.

Comment avait-il osé mettre en doute les sentiments qu'elle éprouvait pour lui ? Pour Danielle, l'amour signifiait bien davantage qu'un ranch et des relations sexuelles satisfaisantes. Et elle l'avait prouvé, car elle était visiblement prête à sacrifier le ranch et le sexe pour qu'il consente à lui rendre son amour.

— Tout est ma faute, s'entendit-il déclarer. Elle m'a dit qu'elle m'aimait. Et je lui ai répondu que ce n'était pas réciproque.

— Alors, là, même moi je ne peux plus te défendre, maugréa Faith en levant les yeux au ciel. Tu es vraiment un âne.

Sa mère paraissait bouleversée, son père furieux. Seuls ses frères ne semblaient pas du tout surpris.

— Mais la réalité, c'est que tu l'aimes, déclara son père d'un ton posé. Pourquoi diable es-tu allé lui déclarer le contraire ?

En cet instant, bien sûr, Joshua comprit que Danielle avait vu juste à propos d'autre chose : il était terrifié.

Terrifié de désirer la vie dont il avait toujours rêvé, mais à laquelle il avait renoncé parce que sa première tentative s'était soldée par une catastrophe. Et parce que cet horrible échec avait été extrêmement douloureux.

— Parce que j'ai été lâche, répondit-il. Mais il n'est pas question que je continue à l'être.

Tournant le dos à l'autel, il alla ramasser le bouquet de fleurs abandonné sur un siège au premier rang.

— Je vais la chercher, annonça-t-il. Je sais qu'elle ne peut pas être très loin, vu que Riley est encore ici.

Il croyait déjà savoir exactement où il pouvait la trouver.

— Mon Révérend, avez-vous d'autres mariages prévus aujourd'hui ?

— Non, répondit le pasteur John. Celui-ci était le seul pour aujourd'hui. Il est rare que les gens se marient un jeudi.

— Avec un peu de chance, et si je ne gâche pas tout une nouvelle fois, nous aurons peut-être besoin de vous.

11

Danielle avait froid et ses pieds nus commençaient à lui faire mal. Mais il lui aurait été impossible de courir avec ses hauts talons. Elle se serait brisé le cou.

Dans ce cas, bien sûr, elle n'aurait plus rien senti du tout. Hélas, un cœur brisé n'obéissait pas à ces règles. Elle ressentait une douleur profonde, persistante, qui naissait au creux de sa poitrine et irradiait dans tout son corps.

Elle devait avoir l'air pathétique, allongée sur la couverture indienne dans le fenil des écuries, là où Joshua lui avait fait l'amour pour la première fois. Son refuge secret.

Tôt ou tard, elle allait inévitablement se retrouver face aux autres, à commencer par Joshua. Elle devait retourner récupérer Riley et faire ses bagages.

Elle se débrouillerait pour vivre sans l'argent de Joshua. Elle retrouverait un job de caissière dans un supermarché, se battrait à nouveau avec les problèmes de garde d'enfant.

Elle avait craint de se sentir terrorisée par cette perspective, profondément attristée par ce retour à la pauvreté. Curieusement, il n'en était rien.

Tout cela lui était indifférent.

Bien sûr, cela changerait certainement lorsqu'elle y serait plongée jusqu'au cou, mais, pour le moment, tout ce qui lui importait, c'était qu'elle allait perdre Joshua.

S'il avait été aussi pauvre qu'elle, elle aurait été heureuse de lutter à ses côtés pour leur survie. Avec ou sans argent, dans l'aisance ou dans la pauvreté, elle avait besoin qu'il l'aime. Autrement...

Fermant les yeux, elle respira profondément l'air froid et piquant du fenil.

Elle s'était efforcée d'ignorer les avertissements de son cœur, concernant leur relation, mais, au bout du compte, elle en avait été incapable.

Elle ne savait que trop bien ce que l'on ressentait lorsqu'on aimait sans être aimée en retour. Et, durant quelque temps, il lui avait été facile de faire semblant de croire qu'en prenant soin d'elle matériellement et en lui faisant l'amour, il lui rendait ce qu'elle lui offrait.

Mais la passion entre eux s'éteindrait avec les années et, si l'amour était absent de leur relation, si l'amour n'était pas son unique fondation, ce qu'ils avaient ensemble ne pouvait pas durer.

Elle s'épargnerait un chagrin encore plus déchirant dans l'avenir en taillant dans le vif aujourd'hui.

Elle secoua lentement la tête. À cette seconde précise, elle se demandait ce qui la motivait réellement.

L'orgueil ?

Au diable, l'orgueil ! gémit-elle.

Au même instant, la porte des écuries s'ouvrit et elle entendit un bruit de pas au niveau inférieur. Elle se recroquevilla sur la couverture, le visage enfoui au creux de son coude comme une enfant. Comme s'il lui suffisait de se cacher les yeux pour que la personne qui venait d'entrer dans les écuries ne la voie pas non plus.

Puis elle entendit que quelqu'un grimpait à l'échelle. Elle savait qui. Mais, après tout, elle s'était déjà couverte de ridicule devant lui tout à l'heure. Qu'il la voie prostrée sur la couverture en un tas pitoyable ne pouvait pas donner une pire image d'elle-même que celle qu'elle lui avait offerte tout à l'heure, à l'église.

— Je pensais bien que je te trouverais ici.

Elle ne leva pas la tête en entendant sa voix. Au lieu de cela, elle se recroquevilla davantage sur la couverture.

Elle sentit qu'il se rapprochait, ce qui était absurde. Elle savait qu'elle ne pouvait pas réellement sentir la chaleur qui irradiait de son corps.

— J'ai commandé le gâteau de mariage que tu m'avais suggéré, murmura-t-il. Et je dois te dire qu'il a un aspect répugnant. Alison, la pâtissière, a fait du très bon travail, mais je n'arrive pas à imaginer que cette horreur soit comestible.

— Au diable ce gâteau ! gronda-t-elle en se redressant brusquement, prise d'un soudain accès de rage. Laisse-moi tranquille, Joshua.

— Je pensais que tu aimais ces tartelettes aux fruits.

— Oui, mais je n'aime pas qu'on me mente. Et tes tartelettes auraient le goût du mensonge.

— Tu m'as dit beaucoup de vérités, tout à l'heure, Danielle. Je suis un lâche. Et la culpabilité est bien plus facile à supporter que le chagrin.

— Que suis-je censée comprendre ? s'enquit-elle, essuyant ses larmes d'un revers de main coléreux. Ne me torture pas. Ne me parle pas par énigmes. Je suis prête à m'en aller s'il le faut, mais je ne le désire pas. Alors, s'il te plaît, ne me tente pas de...

— Je t'aime, l'interrompit-il d'une voix rauque. Et, si je te le dis seulement maintenant, ce n'est pas parce que je te prenais pour une aventurière. D'ailleurs, tu m'as prouvé le contraire en te détournant de moi. Ne crois pas cela, s'il te plaît. Je ne peux pas te reprocher d'avoir eu besoin de mon soutien financier pour assurer à Riley une vie meilleure. Et, cependant, tu étais prête à tourner le dos à ce que j'aurais pu t'offrir, uniquement parce que je refusais de prononcer ces quelques mots que tu attendais. Comment puis-je prétendre ne pas avoir besoin de ton amour, alors que tu m'as démontré que tu avais davantage besoin de lui que de la sécurité financière que je pouvais t'apporter ? Comment puis-je douter de toi, de la force de tes sentiments ? Comment puis-je excuser mon refus de t'ouvrir mon cœur ?

Il s'agenouilla devant elle et prit ses mains entre les siennes, et elle remarqua, un peu hors de propos :

— Tu... Tu vas salir ton beau costume.

— Ta robe est déjà toute sale, répliqua-t-il.

Elle baissa les yeux vers sa robe de mariée de satin blanc et, constatant qu'elle était toute poussiéreuse, poussa un soupir.

— Oh ! zut !

— Cela m'est égal, assura-t-il en lui relevant gentiment le menton pour l'obliger à le regarder en face. Je t'épouserais même en jean déchiré et même dans cette écurie. Et je t'épouserais avec joie dans cette robe poussiéreuse. Tu... Tu avais raison sur tous les points. Me blâmer moi-même pour la douleur de Shannon était une échappatoire, une solution de facilité. Cela me permettait de ne plus jamais prendre le risque d'aimer pour être sûr de ne pas souffrir à nouveau. Les vieilles souffrances sont plus supportables. La mienne n'a pas disparu, mais c'est une douleur sourde qui ne se réveille qu'occasionnellement. Lorsque je regarde Riley, il me rappelle un fils qui n'a jamais pu voir un jour et, dans ces moments-là, oui, je ressens une profonde souffrance. Mais je sais que si je te perdais, si je perdais Riley... ce serait une douleur toute fraîche, un enfer au présent. Et j'ai une assez bonne idée de ce que je ressentirais, parce que j'en ai déjà fait l'expérience. De plus, je sais que, cette fois-ci, ce serait pire, poursuivit-il après une pause. Et... j'essayais de m'en protéger. Mais, désormais, je ne crains plus la souffrance, ni l'angoisse d'aimer. Je les accueille à bras ouverts. J'ai besoin de toi, Danielle. Je t'aime. Quoi que l'avenir puisse nous réserver, je t'aimerai toujours. Et je suis prêt à tous les sacrifices pour toi.

Il y avait une telle intensité émotionnelle dans l'expression de son beau visage, une sincérité si totale dans sa voix, qu'elle ne put que le dévisager en écoutant ces paroles qu'elle n'avait jamais imaginé entendre un jour.

— J'étais jeune et stupide, la dernière fois que j'ai cru à l'amour, poursuivit-il. J'étais égoïste. J'ai commis des erreurs, même si je ne suis pas entièrement responsable de ce qui est arrivé. La destinée y avait sa part. Et les choix personnels que

Shannon a faits ont compté tout autant. Mais, cette fois-ci, si les choses se gâtent, je te promets que je ne t'abandonnerai pas. Je ne te laisserai pas m'exclure de ta vie. Si tu me fermes ta porte, je la défoncerai. Parce que ce qui existe entre nous est spécial, réel. C'est l'espoir. Et je lutterai de toutes mes forces pour m'y accrocher.

Elle se précipita pour nouer les bras autour de son cou et cet élan les fit basculer ensemble sur la couverture.

— Je ne t'exclurai jamais de ma vie, gémit-elle en serrant les paupières, des larmes brûlantes ruisselant sur ses joues. T'avoir rencontré est la chose la plus merveilleuse qui se soit jamais produite dans ma vie. Je ne me sens plus seule, Joshua. Peux-tu seulement comprendre ce que cela signifie pour moi ?

— Je le comprends parfaitement, murmura-t-il en déposant un baiser sur ses lèvres. Parce que j'erre seul dans mon désert émotionnel depuis un bon bout de temps, moi aussi. Et tu es la première personne qui m'ait donné envie d'en sortir.

— Je t'aime, lâcha-t-elle dans un souffle.

— Je t'aime de tout mon cœur, moi aussi, assura-t-il. Acceptes-tu toujours de devenir ma femme ?

— Mille fois oui !

— Parfait.

Il l'aida à se redresser et l'entraîna aussitôt vers l'échelle. Ils redescendirent dans l'écurie et, main dans la main, Danielle dansant d'un pied sur l'autre sur le ciment froid, ils se dirigèrent ensemble vers les grandes portes restées ouvertes.

Et soudain, elle se figea, stupéfaite. Toute sa famille était là à les attendre dans l'allée gravillonnée devant les écuries, ainsi que Janine, Riley et le pasteur John.

La mère de Joshua, qui tenait le bouquet de roses entre ses mains, le tendit à Danielle. Puis Joshua s'approcha de Janine, lui prit Riley des bras et l'installa fièrement au creux de son coude avant de retourner auprès de Danielle.

— J'ai l'air totalement dépenaillée, observa-t-elle alors qu'il prenait doucement sa main dans la sienne.

— À mes yeux, tu es parfaite.

Un sourire de bonheur aux lèvres, elle contempla sa nouvelle famille et la nouvelle vie qui s'offrait à elle.

Puis son regard retourna se poser sur l'homme qu'elle aimait de tout son cœur.

— Très bien alors, murmura-t-elle. Épouse-moi, cow-boy.

Épilogue

5 décembre 2017

TROUVÉ UNE ÉPOUSE

Todd Grayson, éleveur local, et Nancy, son épouse, sont heureux de vous annoncer le mariage de leur fils, Joshua Grayson, millionnaire et ancien célibataire, et de Danielle Kelly, native de Portland, aujourd'hui résidente de Copper Ridge et fille de leur cœur. M. Grayson savait que son fils avait besoin d'une compagne forte et déterminée à ses côtés, une femme capable de tenir tête à un caractère de cochon, ce qu'elle réussit parfaitement. Mais, le plus important, c'est qu'elle l'aime de tout son cœur. Et c'est exactement ce que ses parents désiraient pour lui, l'unique seule raison de leurs ingérences continuelles dans sa vie.